AMANDA BROOKFIELD

Aus allen Wolken

GOLDMANN
Lesen erleben

Buch

Die Londonerin Charlotte Turner hat sich von ihrem Mann getrennt, weil sie seine Affäre mit einer anderen Frau nicht mehr länger ertragen konnte. Nun steht sie kurz vor ihrem 40. Geburtstag und ist entschlossen, noch einmal ganz von vorne anzufangen. Das gemeinsame Haus will sie verkaufen und für sich und ihren pubertierenden Sohn Sam ihr Traumhaus finden. Charlotte glaubt fest daran, dass sie eines Tages wieder glücklich sein wird. Doch dies erweist sich als gar nicht so einfach: Sie verbringt ihre Tage damit, in einem Büro zu arbeiten und sich um ihre kränkelnde Mutter Jean zu kümmern, Sam leidet mehr unter der Trennung seiner Eltern, als er zugibt, und dann scheint der Mann ihrer besten Freundin auch noch ein Auge auf sie geworfen zu haben. Als würde das alles nicht reichen, schnappt ihr jemand ihr Traumhaus vor der Nase weg. Und ausgerechnet dieser Mann kreuzt auf einmal ständig Charlottes Weg …

Autorin

Amanda Brookfield wurde 1960 in London geboren. Nach einem Studium in Oxford arbeitete sie in der Werbebranche und als freie Journalistin für verschiedene Zeitungen und Magazine. Die erfolgreiche Romanautorin lebt nach diversen Auslandsaufenthalten mit ihrem Mann und ihren zwei Söhnen inzwischen wieder in London.

Amanda Brookfield

Aus allen Wolken

Roman

Aus dem Englischen
von Karin Diemerling

GOLDMANN

Die Originalausgabe erschien 2008
unter dem Titel »Life Begins« bei Michael Joseph,
an imprint of Penguin Books Ltd., London, England.

FSC www.fsc.org
MIX
Papier aus verantwortungsvollen Quellen
FSC® C014496

Verlagsgruppe Random House FSC-0100
Das FSC®-zertifizierte Papier *München Super* für dieses Buch
liefert Arctic Paper, Mochenwangen GmbH.

1. Auflage
Deutsche Erstveröffentlichung August 2012

Umschlaggestaltung: UNO Werbeagentur, München
Umschlagfoto: © plainpicture / Narratives
Redaktion: Sandra Lode
AG · Herstellung: Str.
Satz: IBV Satz- u. Datentechnik GmbH, Berlin
Druck und Bindung: GGP Media GmbH, Pößneck
Printed in Germany
ISBN: 978-3-442-47124-9

www.goldmann-verlag.de

Für Rod und Gyll

Die Wahrheit ist selten rein und nie einfach.

Oscar Wilde

Erstes Kapitel

Ich sitze dort, wo die Ausläufer der Wellen gerade noch hingelangen, und patsche mit den Händen nach dem schäumenden Wasser. Der Sand scheuert zwischen meinen Zehen, die Bänder meines Sonnenhütchens sitzen fest um mein Kinn. Große Hände heben mich hoch. Das Gesicht meines Vaters ist ganz nah vor mir, wettergegerbt und lächelnd, seine blauen Augen blitzen aus der Sonnenbräune hervor. Als er mich in die Höhe wirft, lache ich, geborgen in dem Wissen, dass ich aufgefangen werde. Meine Mutter liest in einem Liegestuhl, ihre schlanken, weißen, sommersprossigen Glieder ruhen in dem schützenden Schattenkreis eines großen Sonnenschirms mit Holzgestell. Sie trägt einen blauen Sarong und einen dazu passenden Turban; eine widerspenstige kupferbraune Locke hat sich daraus gelöst und fällt ihr in die Stirn. Als ich vor Vergnügen kreische, späht sie über den Rand ihrer schwarzen Sonnenbrille und lächelt, ihre bemalten Augenlider blinzeln in dem grellen Licht.

Charlotte schloss die Haustür auf und schob mit einiger Mühe den dahinter liegenden Stapel Post beiseite. Im selben Moment trat ihr Nachbar vor die Tür. Er trug einen ausgebleichten Morgenmantel mit Schottenkaro und hinten offene Lederslipper, die die gelblich-rissige Hornhaut an seinen Fersen sehen ließen.

»Fröhlichen Valentinstag, meine Liebe«, bellte er, bückte sich und tauschte die leere Milchflasche in seiner Hand gegen die volle neben dem Wertstoffbehälter aus. Dann richtete er sich wieder auf und stützte grimassierend eine Hand ins Kreuz.

»Danke, gleichfalls, Mr. Beasley.«

»Geht's dem kleinen Sam gut?«

»Oh, ja, danke. Ich habe ihn gerade zur Schule gebracht.« Während Charlotte ihre Post durchsah, warf sie einen unglücklichen Blick auf ihren VW-Käfer, der wie ein überdimensionaler glasierter Napfkuchen vor dem »Zu verkaufen«-Schild an ihrer Gartenpforte stand. Wie immer war sie für die morgendliche Schultour mit ihrem zwölfjährigen Sohn zu spät dran gewesen und hatte hastig den Inhalt des Wasserkessels über die Windschutz- und Heckscheibe gegossen, nur um dann den größten Teil des Eises mit den Fingernägeln abkratzen zu müssen, da das Wasser sofort gefror. Sam hatte ihr mit versteinerter Miene vom Beifahrersitz aus zugesehen, das Kinn auf seinen Rucksack gestützt. Das Auto war erst nach dem dritten Versuch angesprungen und hatte kurz darauf dieses neue dumpfe Geräusch gemacht, jedoch nicht lange genug, um sofort nach der Ursache forschen zu müssen.

»Da sind bestimmt ein paar Valentinskarten dabei.« Mr. Beasley deutete mit dem Kopf auf die Briefe und zeigte grinsend seine gelben Zähne.

»Das bezweifele ich.« Charlotte lächelte. Sie wusste, ihr Nachbar meinte es gut. Seit Martins Auszug vor zehn Monaten verging keine Woche ohne solche Gesprächsversuche. Aber der Morgen war zu kalt, um an der Türschwelle herumzustehen, und natürlich hatte sie keine Valentinsgrüße bekommen. Noch nicht mal eine selbstgebastelte Karte mit klebstoffverschmierten Glitzerherzen von Sam, was in Anbetracht seines Alters vollkommen normal war, ihr aber trotzdem einen kleinen Stich versetzte.

»Das Haus schon verkauft?«, krächzte Mr. Beasley, als sie sich gerade nach drinnen verdrücken wollte.

»Nein, aber heute Vormittag kommt jemand, um es sich anzusehen. Er muss jeden Augenblick hier sein …« Charlotte sah demonstrativ auf ihre Armbanduhr.

»Steht schon 'ne Weile zum Verkauf, was?«

»Ein paar Monate, ja.«

»Und Sie haben noch nichts Neues gefunden?«

»Nein, Mr. Beasley, bisher nicht.«

»Hab's leider vergessen, wonach suchen Sie nochmal?«

»Ich …« Charlotte stockte, abgelenkt von dem braunen Umschlag mit Gerichtsstempel, den sie zuoberst in der Hand hielt. »Etwas Kleineres, Günstigeres, näher am Park«, murmelte sie die Kurzversion der Angaben, die sie vor acht Monaten bei Tim Croft, ihrem Immobilienmakler, gemacht hatte. Unter ihrem Anorak schlug ihr Herz schneller – vor Erleichterung, Freude, einer ganzen Lawine von Emotionen. Das musste das vorläufige Scheidungsurteil sein. Ihr war zumute, als hätte sie sich die ganze Zeit gegen eine große, schwere Tür gestemmt, die endlich nachgab – kein grässliches Gefeilsche mehr darum, wie viel sie beim Friseur oder im Kaufhaus ausgab, keine elenden Sitzungen mit ihrem Taschenrechner und einem Stapel Quittungen. Es war endlich vorüber. Sie war frei.

Mr. Beasley sog die Backen ein und hob sein schwermütiges, unrasiertes altes Gesicht zum feuchtgrauen Februarhimmel. »Am Park … oh je, die sind teuer, solche Häuser, selbst die ganz kleinen.«

»Tatsächlich? Nun, ich bin trotzdem optimistisch, *sehr* optimistisch.« Gut gelaunt wegen des braunen Umschlags, drückte Charlotte den Stapel Post an ihre Brust und flüchtete nach drinnen.

Dort herrschte ohne Martin noch immer eine fast greifbare Stille, als würde irgendein Hausgeist an ihrer Stelle trauern, da sie selbst sich weigerte, den Niedergang ihrer unglücklichen Ehe zu beklagen. In schwachen Momenten hatte Charlotte sich schon gefragt, ob das der Grund war, weshalb das Haus sich so schwer verkaufen ließ. In anderen, rationaleren Momenten kam es ihr einfach nur ungerecht vor, dass sie eine Immobilie am Hals hatte, in der anscheinend eine Atmosphäre wie bei einem Trauerfall herrschte, auch wenn sie noch so viele Vasen mit frischen Blumen darin verteilte, während Martin und seine ehebrecherische Geliebte Cindy sich in ihrem neuen, geräumigen Haus am Themseufer in Rotherhithe ausbreiten konnten.

Sie ließ sich Zeit mit dem braunen Umschlag, kochte sich eine Tasse Kaffee, fand einen Keks dazu, genoss den Augenblick. Dann, als sie das Schriftstück in den Händen hielt, las sie bewusst jedes Wort, überflog auch nicht den Juristenjargon oder das Kleingedruckte und zwang sich, an die Bitterkeit der letzten Monate zu denken und an die anonyme Nachricht, die ihr schließlich den nötigen Anstoß – und den Mut – gegeben hatte, dem Jammer ein Ende zu setzen. *Ihr Mann hintergeht Sie mit einer anderen. Jemand, der es gut meint.* Schon damals hatte sie eine Art perversen Triumph empfunden – all die Jahre nachlassender Zuneigung, der nagende Verdacht, Martins Leugnen –, und hier nun, in wenigen Worten, war die Bestätigung, die Erlaubnis aufzugeben, beinahe so offiziell wie das gestempelte Schriftstück vor ihr.

Dazu noch eine Hausbesichtigung, die erste in fünf Wochen. Das würde ein Glückstag werden, beschloss Charlotte, während sie geradezu ausgelassen durch die Zimmer im Erdgeschoss sauste, Unterlagen zu ordentlichen Stapeln zusammenschob und einzelne Gegenstände aufhob, die an unpassende Stellen gewandert waren: ein nasses Handtuch, ein Handy-Ladegerät, zwei ungleiche saubere Socken. Mit vollen Armen ging sie nach oben und sann darüber nach, warum es so seltsam war, Fremde bei sich zu empfangen, und warum man sich stets veranlasst fühlte, das perfekte Heim zu präsentieren, das es sowieso nicht gab.

Als sie zur Tür von Sams Zimmer in der obersten Etage kam, fluchte sie laut. Der Inhalt von Schubladen und Schrankfächern ergoss sich in den Raum wie herausquellende Eingeweide. Auf dem Boden lagen sämtliche Steine einer Legokiste, die seit Monaten – oder waren es Jahre? – unter dem Bett eingestaubt war, und überzogen den Teppich mit einem chaotischen Mosaik. Dazwischen verteilt die einst so geliebten Fußballerfigürchen, CDs ohne Hülle, Süßigkeitenpapier, eine Schale mit angetrockneten Cornflakesresten, ein Plastikbumerang und eine Reihe zerknickter Comics und Zeitschriften.

Charlotte packte ihr Bündel fester und kämpfte gegen eine Vielzahl vertrauter Empfindungen an – Ärger, Groll, Resignation, Verzweiflung –, unter denen ein schuldbewusstes Verantwortungsgefühl schwelte. Zu was für einem Mann würde ihr Sohn heranwachsen, fragte sie sich plötzlich, zu was für einem Partner oder Ehemann? Sie stand immer noch an der Schwelle, gelähmt von Zweifeln und düsteren Vorahnungen, als es an der Haustür klingelte.

»Tut mir leid, ich bin etwas zu früh.« Der Mann, der dichtes, dunkles, an den Schläfen ergrautes Haar und eine große, von der Kälte gerötete Nase hatte, drückte ihre Hand zu fest, um echtes Bedauern zu vermitteln.

»Das macht nichts, schon gut … kommen Sie rein.« Charlotte schüttelte seine Hand durch das verknäulte Kabel des Ladegeräts hindurch. »Obwohl Sie mich ein wenig überrumpelt haben, fürchte ich. Ich habe leider kein duftendes Brot im Ofen oder frisch gebrühten Kaffee, um Sie für das Haus einzunehmen.« Sie legte ihr Bündel auf dem Stuhl in der Diele ab und tadelte sich stillschweigend dafür, dass sie schon in den ersten Sekunden so entschuldigend klang, so *verzweifelt*. »Wollen wir mit der Küche anfangen?«

»Gern, wie es Ihnen passt.« Er hatte bei ihrem Scherz mit dem Brot und dem Kaffee nicht einmal gelächelt, und nun sah er zur Dielendecke hinauf, direkt zu der Stelle, wo Martins übergelaufene Badewanne vor zwei Jahren einen gelben Fleck hinterlassen hatte. Sie hätten die Stelle natürlich längst neu verputzen und streichen lassen sollen, genauso wie die Schimmelecke über der Hintertür und das Delta aus feinen Haarrissen, das um die Deckenrosette im Wohnzimmer entstanden war, nachdem Sam mit sechs Freunden, die an seinem Geburtstag bei ihm übernachtet hatten, irgendwelche akrobatischen Übungen vollführt hatte. Das Haus, erkannte Charlotte mit plötzlicher, schrecklicher Klarheit, war ein Zeugnis ihrer gescheiterten Ehe, und das nicht allein wegen seiner spürbaren Leere. Es war ein sprichwörtlicher Klotz am Bein: hässlich, schwer und hinderlich. Je eher sie es loswurde, desto besser. Sie warf einen verstohlenen Blick auf den möglichen Interessenten, der sichtlich angespannt war und die Arme steif auf dem Rücken verschränkt hielt, und fragte sich, ob er sich eventuell erweichen ließe, wenn sie andeutete, dass sie bereit wäre, mit dem Preis herunterzugehen. Tim Croft riet ihr schon seit einiger Zeit mehr oder weniger direkt dazu.

In der Küche redete sie schnell – zu schnell – über den Müllschlucker und darüber, dass die Sonne den hinteren Teil des Hauses sehr hell und licht machte. Ihr Besucher warf einen skeptischen Blick in den Garten und dann auf seine Uhr. »Sie können sich auch gern allein umsehen, wenn Ihnen das lieber ist«, schlug Charlotte beiläufig vor und lehnte sich gegen den Küchentisch, der wackelte, weil der Papierkeil, der das verhindern sollte, wieder einmal verrutscht war. »Man muss ein bisschen Arbeit reinstecken, ich weiß, mal frisch streichen und so.« Hör auf, dir ein Bein auszureißen, schalt sie sich.

»Danke, aber … also, offen gesagt sehe ich schon, dass das hier nicht ganz das ist, wonach ich suche.«

Charlotte umklammerte ihre Ellbogen. »Ach so, zu dumm. Na ja, macht nichts …«

»Ich bin alleinstehend, wissen Sie, das heißt, ich habe eine Tochter und eigentlich keine Zeit zum Renovieren, noch nicht mal für einen frischen Anstrich. Außerdem dachte ich, nach der Beschreibung des Maklers, dass das Haus nahe genug an ihrer Schule läge, damit sie zu Fuß hingehen kann. Sie hat gerade in St. Leonard angefangen, und ich muss mit dem Auto zur Arbeit fahren, und der Verkehr hier in der Gegend ist höllisch …«

Charlotte stieß sich vom Tisch ab und hob abwehrend die Hände, um weiteren verlegenen Erklärungen zuvorzukommen. »Ich bitte Sie, ich weiß genau, was Sie meinen. Mein Sohn geht auch auf die St. Leonard, und ich kann Ihnen sagen, dass die Fahrt zur Schule von hier aus eine Tortur ist – nicht in Luftlinie natürlich, da täuscht der Stadtplan, aber man muss drei Hauptverkehrsstraßen überqueren …« Sie schüttelte den Kopf. »Wenn der Schulweg für Sie Priorität hat, wären Sie, ehrlich gesagt, verrückt, dieses Haus zu kaufen. Also, gehen Sie sofort wieder«, scherzte sie und zeigte auf die Tür. »Ich befehle es Ihnen.«

»Äh … gut.« Er lächelte unsicher und zog sich in den Flur zurück.

»Ich bin auch alleinerziehend«, rutschte es Charlotte heraus, während sie hinter ihm hertrottete. »War nicht so geplant, aber das Leben macht sich anscheinend einen Spaß daraus, unsere Pläne zu durchkreuzen, nicht wahr? Eines Tages schaut man zurück, sieht sich an, wie alles begonnen hat, und dann, wohin man es gebracht hat, und denkt: Du meine Güte, wie ist *das* denn passiert? Als würde man zwei Menschen betrachten, die nichts miteinander zu tun haben oder …« Sie brach ab, als sie den schmerzlichen Ausdruck auf seinem Gesicht sah und die Eile, mit der er seinen eleganten, anthrazitfarbenen Mantel zuknöpfte.

»Also, vielen Dank, Mrs. Turner. Es tut mir leid, dass ich Ihnen Ungelegenheiten bereitet habe. Vielleicht sollten Sie Ihr Maklerbüro anweisen, das nächste Mal klarere Informationen zu geben.«

»Ja, unbedingt. Ganz recht. Auf Wiedersehen, Mr.… äh…« Charlotte spürte, wie ihre Wangen brannten. Ich habe meine Umgangsformen verlernt, dachte sie hilflos. In letzter Zeit schossen Bemerkungen und Entgegnungen geradezu eigenmächtig aus ihr heraus. Sie vermisste Martin nicht – wie sollte sie die Ursache von so viel Unglück vermissen? –, wurde sich aber immer deutlicher bewusst, dass ein Ehemann, wie unzulänglich auch immer, ihrer Persönlichkeit so etwas wie das nötige Gewicht gegeben hatte. Ohne diesen Ballast war sie freier, aber auch irgendwie ungefestigt, aus dem Gleichgewicht gebracht, solange sie sich noch nicht daran gewöhnt hatte.

»Porter. Wie das Bier.«

»Wie bitte?« Charlotte musste um ihn herumgreifen, um die Haustür zu entriegeln.

»Ich heiße Porter«, wiederholte er kühl und wich ihr aus. »Das ist eine alte Bezeichnung für Bier.«

»Tatsächlich? Aha. Mr. Porter, natürlich, jetzt erinnere ich mich. Oh, na so was… wow…«, rief sie und vergaß für einen Moment, verlegen zu sein, als er eine knallrote Pudelmütze aus seiner Manteltasche holte und sie tief über die Ohren zog. Sie stand ihm nicht gerade gut. »Das ist ja mal 'ne Mütze.«

»Rose, meine Tochter, hat sie mir zu Weihnachten geschenkt«, murmelte er, und über sein blasses Gesicht huschte ein Lächeln. »Wo es um Liebe geht, ist kein Platz für Stolz, stimmt's?«

»Ja, da haben Sie recht«, murmelte Charlotte und ließ sich mit einem erleichterten Seufzen gegen die Wand sinken, nachdem sie die Tür hinter ihm geschlossen hatte.

Das indischstämmige Mädchen – mit ihrem seidigen Vorhang pechschwarzer Haare und den großen mandelförmigen Augen bei weitem die hübscheste von Tim Crofts Angestellten – hatte eine Vase mit Rosen neben ihrem Computer stehen, zwölf blutrote Schönheiten mit dicken grünen Stängeln und messerscharfen Dornen. Beim Anblick des glückstrahlenden Mädchens fragte sich Charlotte, wie man bloß so naiv sein konnte, dieses ganze Theater um das Verschicken oder Erhalten von Valentinsgrüßen ernst zu nehmen. Wart's nur ab, hätte sie am liebsten zu dem Mädchen gesagt. Wart's nur ab, wohin die Rosen führen.

Tim Croft, herzlich und überschwänglich wie immer, bat sie mit ausladender Geste in sein Büro, kredenzte ihr eine Tasse Kaffee und gab sich mitfühlend, als sie von dem Besichtigungstermin mit Mr. Porter berichtete. »Nicht der einfachste Kunde«, bemerkte er und strich sich über den säuberlich rasierten halbkreisförmigen Bart um seine Kinnlinie. »Seine Frau ist offenbar vor Kurzem gestorben. Eierstockkrebs, zu spät erkannt. Drei Wochen nach der Diagnose war sie tot.« Er schnippte mit den Fingern.

»*Tot!*« Charlotte schlug die Hände vor den Mund. »Und ich dachte, als er sagte, er sei alleinstehend ...«

»Tragisch, gewiss, aber was will man machen.« Tim räusperte sich zweimal hintereinander. »Die gute Nachricht ist, dass mich heute Morgen eine Mrs. Burgess angerufen hat, die darauf brennt, sich nächste Woche Ihr Haus anzusehen.«

»Ah, gut«, murmelte Charlotte, in Gedanken immer noch bei dem armen verwitweten Mr. Porter, der sich unter dem Ansturm ihres zudringlichen Geplappers über die Beschwernisse des Lebens wand.

Tim Crofts grobknochige Finger flogen über die Computertastatur. »Soll ich ihr den Donnerstagnachmittag anbieten, sagen wir um drei? Donnerstagnachmittags arbeiten Sie nicht bei Ravens Books, oder?«, fügte er vertraulich hinzu, als freue es ihn, dass er in den Monaten des vergeblichen Bemühens, ihr Haus an den Mann zu bringen, ihren Wochenablauf bestens kennengelernt hatte. »Lassen Sie den Kopf nicht hängen, Charlotte«, fuhr er jovial fort. »Am Ende kommen alle ans Ziel.«

Aber wohin?, fragte sich Charlotte, während sie nickte und lächelte und ihre Kaffeetasse von sich schob. Wohin kamen alle? Und woher wussten sie, wann sie angekommen waren? »Donnerstag, fünfzehn Uhr, Mrs. Burgess. Danke, Tim. Ich habe übrigens noch mal über den Angebotspreis nachgedacht – vielleicht könnte ich ein bisschen runtergehen, aber nicht zu viel, sonst kann ich mir nichts Neues leisten. Die Häuser in Parknähe sind ja soo teuer.« Sie klimperte ihn an und verspürte plötzlich das Bedürfnis nach einem seiner aufmunternden Monologe über den Immobilienmarkt und das Auf und Ab der Preise, auch das mit dem Anszielkommen konnte er ruhig wiederholen.

»Nun.« Tim, der einen nie im Stich ließ, tippte sich an die Nase. »Ich habe so etwas läuten gehört, ganz inoffiziell, dass es etwas in Ihrer Preislage in der Chalkdown Road gibt. Nur einen Katzensprung vom Park entfernt, kein überteuertes Objekt, könnte genau das sein, was Sie suchen. Die Besitzer haben es privat inseriert, aber ich werde mal sehen, was sich machen lässt.«

»Wunderbar, das klingt vielversprechend. Danke, Tim. Sie halten mich auf dem Laufenden, ja?« Schon auf den Beinen, bereit zum Gehen, gab Charlotte ihm die Hand, die er schüttelte, aber zu ihrer Verwunderung nicht gleich wieder losließ.

»Charlotte, ich habe gedacht … verzeihen Sie, wenn …«

Er sprach auf einmal so leise, dass sie sich über den Schreibtisch beugen musste, um ihn zu verstehen.

»Ich habe nur gedacht …« Er warf einen vorsichtigen Blick

zu seinen Kollegen hinüber. »Es könnte vielleicht nett sein, mal was zusammen trinken zu gehen oder so. Nicht heute Abend, natürlich, am Valentinstag haben Sie bestimmt schon was vor, aber vielleicht nächste Woche oder die Woche darauf?«

»Was trinken?« Charlotte flüsterte fast und sah sich ebenfalls wachsam um, während sie sachte ihre Hand befreite. »Was *trinken*?«

Tim lachte und zupfte sich nervös am Kinn, wo die Barthaare am längsten waren. »Na ja, Sie wissen schon, Flüssigkeit in einem Glas, manchmal ist auch was zu essen dabei.«

»Oh, ach so …«

»Nicht heute natürlich«, bekräftigte er, fuhr sich über die borstigen braunen Haare und sah zum Fenster, als überlegte er, ob es machbar wäre, über den Aktenschrank zu hechten und sich durch die Scheibe zu stürzen.

Die Antwort musste selbstverständlich nein lauten. Der Mann war ihr Immobilienmakler. Zwar hatte sie ihren Freundinnen versprochen, sich wieder ins Spiel zu bringen, sobald sie bereit dazu wäre, sich nach all den trüben Jahren wieder mal ein bisschen zu vergnügen, doch es war ihr nie in den Sinn gekommen, den untersetzten, breitgesichtigen Tim Croft in Erwägung zu ziehen. Er hatte einen Bart. Sie mochte keine Bärte.

Andererseits war es ein Valentinstag ohne Karten oder Blumen gewesen. Sie hatte ihr vorläufiges Scheidungsurteil in der prall gefüllten beigen Aktenmappe mit der Aufschrift *Scheidung* abgelegt, und außerdem benötigte das noch vage Vorhaben, sich mal wieder zu amüsieren, vielleicht einfach einen Anstoß von außen. Daneben konnte sie nicht leugnen, dass Tim ihr leidtat, furchtbar leid, weil sein Blick immer wieder zum Fenster wanderte und seine Angst, abgewiesen zu werden, wie ein rotes Warnlicht blinkte. So kam es, dass sie, obwohl sie *nein* dachte, bloß etwas von Babysitter-Problemen vor sich hinmurmelte, da Sam mit seinen zwölf Jahren noch Beaufsichtigung brauchte, wenn er sich mit den Hausaufgaben abplagte, sein Abendessen zu sich nahm und versuchte, sich vorm Zubettgehen zu drücken.

»Die sechzehnjährige Tochter meiner Nachbarn freut sich immer über Babysitterjobs«, schlug Tim eifrig vor und vergaß dabei, leise zu sprechen, was zu hochgezogenen Augenbrauen bei der Inderin führte. »Sie heißt Jessica«, fuhr er gedämpfter fort, »und ist verrückt nach Kindern. Ich könnte sie anrufen. Wie wär's mit acht Uhr am kommenden Mittwoch? Einfach, um mal bei einem Drink über Häuser zu sprechen und nicht bei abgestandenem Kaffee.« Er grinste und zupfte sich wieder am Kinn, seine Augen blickten flehend.

Charlotte sagte zu und bereute es dann den restlichen Nachmittag über. Einige Zeit später, als das große schwarze Tor von St. Leonard in Sicht kam, die Gitterstäbe wie eine Reihe aufgepflanzter Hellebarden vor dem verwaschenen Februarhimmel, hatte sie bereits mehrere ausführliche Ausreden ersonnen und wieder verworfen. Die gewohnte Parkplatzjagd, das Ausschauhalten nach Lücken zwischen den Einfahrten und den gelben Parkverbotslinien, stellte diesmal eine willkommene Ablenkung dar. Als sie endlich eine gefunden hatte, war die Sonne schon eine versinkende silbrige Scheibe und glich eher einem Mond als einem Stern. Charlotte betrachtete sie vom warmen Kokon ihres Käfers aus und merkte, dass ihre Stimmung ebenfalls im Sinken begriffen war. Sie stellte hastig den Motor ab und trat hinaus in die kalte Dämmerung.

»Sie dürfen hier nicht parken! Ihre Stoßstange ragt in meine Einfahrt hinein.«

»Ach, tatsächlich?« Charlotte spähte an dem Anwohner vorbei, einem älteren Mann mit Hängebacken und Baskenmütze, sah aber nichts als den ungewaschenen Buckel ihres VWs. »Aber ich dachte …«

»Da ist eine weiße Linie«, knurrte der Mann, wobei sich Spuckebläschen in seinen Mundwinkeln bildeten. »Eine weiße Linie, und Sie stehen darauf.«

Ein Stück weiter die Straße hinunter hatte sich inzwischen eine Gruppe von Eltern vor dem Tor eingefunden. Charlotte sah, wie Theresa mit ihrer komischen Ohrenklappen-Mütze sich angeregt mit Naomi unterhielt, deren dreijährige Zwillingsjungen an ihren Armen zerrten. »Ich will nur meinen Sohn abholen, ich bin gleich wieder weg.« Sie blickte den Mann verständnisheischend an und baute darauf, dass sein fortgeschrittenes Alter ihn empfänglich machte für die nachlassenden Reize einer blassen Neununddreißigjährigen mit violetten Schatten unter den Augen und wirrem rotbraunen Haar, das den Tag als Knoten begonnen hatte, sich aber nun zu einem unordentlichen Pferdeschwanz auflöste.

»Wenn Sie nicht sofort wegfahren, rufe ich die Polizei. Wir haben die Nase voll, das kann ich Ihnen sagen, *gestrichen* voll. Jeden verdammten Tag das Gleiche. Nichtsnutzige Frauen, die ihre nichtsnutzigen riesigen Karren in unseren Einfahrten parken …« Er verstummte, vielleicht, weil er merkte, dass diese Beschimpfung nicht auf den Käfer passte, vielleicht auch, weil plötzlich Tränen über Charlottes Gesicht strömten.

Ungehalten rieb sie mit dem Ärmel über ihre Wangen, ging zum Auto zurück und stach blind mit dem Schlüssel auf das Türschloss ein.

»Also schön, fünf Minuten«, schnauzte der Mann und zog sich kopfschüttelnd zurück. »Und morgen will ich Sie nicht wieder hier erwischen.«

Sam war leicht auszumachen – das Gesicht halb hinter dem weißblonden, fransigen Schopf verborgen, mit offenen Schnürsenkeln und heraushängendem Hemdzipfel, schleifte er den Rucksack hinter sich her wie ein störrisches Haustier an der Leine. Mehrere seiner Klassenkameraden blödelten neben ihm herum und überragten ihn um ein ganzes Stück, ihre pubertierenden Körper waren kräftig und muskulös, bereit für das Mannesalter. Sam dagegen schien mit seiner Statur eines unterernährten Waisenkindes und den steckendünnen Armen und Beinen – grausam deutlich zu sehen aufgrund der eigenwilligen Entscheidung an diesem Morgen, Shorts anzuziehen – eher zu den zierlichsten Mädchen zu gehören.

»Sam!« Charlotte eilte aufs Schultor zu und blinzelte die lächerlichen Tränen weg. Er blieb ein bisschen zurück, untersuchte etwas an seinen Schuhsohlen, während George, mit seinen dicken, dunklen Locken und den roten Pausbacken unverwechselbar Theresas Sohn, aus der Gruppe hervorstürmte und kurz, aber freudig seine Mutter umarmte.

»Mah-Jongg bei mir, übernächsten Freitag«, schrie Theresa und wich einer Lolliverkäuferin aus, während sie auf den schlammbespritzten Volvo auf der anderen Straßenseite zuhielten, in dem der Kopf ihrer Jüngsten mit den hüpfenden Zöpfchen zu sehen war.

»Ich weiß nicht, wie sie das schafft«, sagte Naomi. Sie kam mit den Zwillingen herbeigeschlendert, die jetzt an ihrer Schwester Pattie zerrten – sie ging schon seit der Vorschule in Sams Klasse, rümpfte aber neuerdings die Nase über Spielverabredungen mit Jungs und zog Mädchengespräche hinter verschlossenen Türen vor. »Vier Kinder, vier Schulen, die Frau ist verrückt.« Charlotte nickte und lächelte bei diesem nur allzu bekannten Kommentar. Sie alle bewunderten Theresa – gut organisiert, fröhlich, selbstironisch, Frau eines Facharztes in hoher Position, der oft unterwegs war, um Vorträge auf Tagungen zu halten. Sie behauptete ständig, nicht zurechtzukommen, managte ihren Alltag aber hervorragend. Als die Freundschaften zwischen ihren Kindern ins Wanken gerieten, war es Theresas Vorschlag gewesen, dass die Mütter sich trotzdem weiter treffen sollten, zum Beispiel zu Mah-Jongg-Partien (sie habe keine Zeit, jeden Monat ein Buch zu lesen, sagte sie, und könne Bridge nicht ausstehen). Diese sporadischen, lustigen Zusammenkünfte hatten etwa zur selben Zeit begonnen, als Charlottes Ehe in den letzten Zügen lag, und sich als ein wahrer Rettungsanker erwiesen. Die warmherzige Unterstützung ihrer Freundinnen war wie eine Sauerstoffkur gewesen und hatte ihr die Kraft gegeben, es wieder mit den traurigen Verhältnissen zu Hause aufzunehmen.

»Ich dachte, Theresa hätte die Maler im Haus«, bemerkte Naomi, während sie einen halbherzigen Versuch unternahm, die Zwillinge von ihrer Schwester wegzuziehen.

»Hat sie auch, aber bis dahin sind sie fertig.«

»Lasst Pattie in *Ruhe*!«, explodierte Naomi, was die gewünschte Wirkung hatte, ehe sie Charlotte mit normaler, freundlicher Stimme fragte: »Jo hat mich gebeten, Ellie abzuholen, weil ihr Au-pair-Mädchen krank ist. Hast du sie schon gesehen?«

Charlotte suchte die ausgedünnte Kinderschar ab. Josephine Burrows, Marketingleiterin mit drei Sprösslingen und einer Vorgeschichte problematischer Haushaltshilfen, war die Vierte im Bunde. Ellie, ihr jüngstes Kind, hatte noch zwei Brüder, die mit dem Bus zu einer anderen Schule in Wimbledon fuhren. »Hey, das ist sie doch dort, oder? An der Mauer, sie liest.«

»Sie *liest*. Hast du das gehört, Pattie, sie liest, und zwar freiwillig.« Naomi funkelte ihre Tochter an und wandte sich dann wieder Charlotte zu. »Sag mal, geht es dir gut?«

»Ja, bestens, alles in Ordnung.«

Naomi sah sie zweifelnd an. »Martin hat doch nicht schon wieder über Sams Besuchswochenenden verhandeln wollen, oder?«

»Nein, und heute Morgen war das Scheidungsurteil in der Post. Endlich.« Sie stieß mit der Faust in die Luft.

»Warum dann das lange Gesicht?«

»Ach, ich weiß nicht, vielleicht liegt's an den Hormonen oder daran, dass ich das Haus nicht verkaufen kann … oder dass ich mich auf eine Verabredung mit meinem *Immobilienmakler* eingelassen habe! Ich wollte eigentlich ablehnen«, jammerte Charlotte, »aber es kam irgendwie falsch heraus.«

Naomi lachte schallend, was in einem liebenswerten Kontrast zu ihrer zierlichen Gestalt und den feingeschnittenen Gesichtszügen stand. »Na, das ist doch toll. Solange es nicht der dicke Alte ist, sondern der nette Jüngere mit dem Bürstenschnitt, der hoffentlich nicht verheiratet ist.«

»Natürlich nicht«, erwiderte Charlotte ein wenig barsch. »Ich bin ja wohl die Letzte, die sich auf so was einlassen würde, oder?«

»Nein, da hast du sicher recht«, stimmte Naomi, immer noch lachend, zu. »Mach dir keine Sorgen wegen des Hauses, das findet schon einen Abnehmer. Weißt du noch, dass Graham und ich anderthalb Jahre gebraucht haben, um unser erstes Haus in Milton Keynes loszuwerden? Der Markt war total abgestürzt und wollte sich nicht wieder erholen, aber jetzt wohnen wir hier, glücklich und zufrieden im sonnigen Wandsworth! So, jetzt sollte ich mal besser Ellie holen und die Bande nach Hause bringen.« Plötzlich erschöpft deutete sie auf ihre Zwillinge, die sich gerade ein erbittertes Gezerre um ein Stiftmäppchen lieferten. »Du hast gesagt, du wolltest mal wieder unbeschwert sein, erinnerst du dich?«, drängte sie, offenbar nicht einverstanden mit Charlottes Miene. »Du wolltest dich treiben lassen, dich *amüsieren*. Die Trennung ist jetzt Monate her, und du warst so unglücklich … Weißt du noch, Charlotte? Wie unglücklich verheiratet du warst?«

Eine Spur von Ungeduld lag in ihrer Stimme, sodass Charlotte die Augen verdrehte, »Ja, natürlich« antwortete und Sam ein Zeichen machte, dass es Zeit war, zum Auto zu gehen. Sie verlor langsam die Geduld mit sich selbst. Der Wendepunkt, nach dem sie sich so gesehnt hatte, war heute Morgen gekommen, und schon suchte sie wieder nach Gründen, um Trübsal zu blasen.

Sie ging flott, doch Sam rannte ihr voraus. Er hatte rote Flecken in den Kniekehlen – ein Wiederaufflammen eines Ekzems im Babyalter – und einen blauen Fleck an der Wade. Sie lief schneller, um ihn einzuholen, und an die Stelle ihres Selbstmitleids traten die vertrauten Schuldgefühle wegen alledem, was Martin und sie Sam zugemutet hatten, zumal sie nur allzu gut wusste, wie es war, das Kind eines Vaters zu sein, der fremdging. »Alles in Ordnung, mein Schatz?«

»Jo.«

»Ich dachte mir, eine Cola und ein Stück Schokoladenkuchen in diesem hübschen Café wären jetzt genau das Richtige.«

Das war ein billiger Trick, wusste Charlotte, doch wie die meisten billigen Tricks funktionierte er. Die Vergangenheit konnte sie nicht ändern – geschehen war geschehen –, aber die Zukunft lag jetzt mehr in ihrer Hand denn je.

Sams Gesicht hellte sich erwartungsgemäß auf, was in den letzten Wochen ein seltenes Glück gewesen war, ein schöner Anblick, als würde ein Schleier vor der Sonne weggezogen. »Lass uns deinen Rucksack ins Auto werfen und zu Fuß gehen. Oder besser rennen«, rief Charlotte und spurtete die Straße entlang, sobald sie das Auto abgeschlossen hatte. Sie wusste, dass er sie in Sekundenschnelle einholen würde, doch es war so schön, ihn immer noch überraschen zu können.

Zweites Kapitel

Es gibt immer eine Werkstatt, überall, egal, wo wir wohnen; einen dämmerigen, nach Holzspänen riechenden Raum mit Regalbrettern voll kleiner, ausgebeulter Schachteln, die Nägel unterschiedlicher Größe, Schrauben und Muttern enthalten. An der Wand über der Arbeitsbank hängen Hämmer, Schraubenzieher und Schraubenschlüssel, alle nach Größe geordnet, die kleinsten so verlockend, dass ich sie – genau wie die winzigste meiner geliebten Matroschkapüppchen – fest in meiner Faust einschließen möchte. Manchmal – die Szenen verschwimmen miteinander – lässt mein Vater mich auf seinem Schoß sitzen und ihm helfen, ein Stück Holz in den Schraubstock zu spannen. Mit beiden Händen drehe ich den schweren Griff und beobachte dann, wie die stählernen Kiefer immer fester zubeißen, während er den Rest macht. Wie Zähne, sagt er, Monsterzähne, und drückt seinen Mund in meinen Nacken, sodass ich mich winde und quietsche mit jener Angst-Freude, die so leicht in einem Kind aufkommt.

Am darauffolgenden Mittwoch aß Sam sein Abendessen mit noch mehr methodischem Widerwillen als sonst, stützte den Kopf in eine Hand und schob mit der Gabel aufgespießte Hähnchenstücke oder einzelne Karotten- und Kartoffelscheiben in seinen kaum geöffneten Mund. Charlotte saß mit einem Becher Tee daneben und verkniff es sich zu schimpfen. Sie hatten bereits eine Auseinandersetzung darüber geführt, weshalb er nicht vorm Fernseher essen sollte, die sie – schon kurz davor nachzugeben – knapp gewonnen hatte.

»Ich werde nicht lange wegbleiben. Ein nettes Mädchen, das Jessica heißt, kommt und passt auf dich auf. Bist du damit einverstanden?«

Sam steckte ein Karottenstück in den Mund und kaute langsam. »Meinetwegen.«

»Dad hat angerufen. Ich fahre dich am Freitag gleich nach der Schule zu ihm, weil Cindy den Nachmittag frei hat. Er hat gesagt, dass sie vielleicht mit dir ins Kino gehen. Das wäre doch nett, oder?«

»Ja, schon.«

»In der Schule alles okay?«

Er hob den Kopf und sah sie an, seine blassblauen Augen blitzten verächtlich hinter seinen Stirnfransen. »Schule ist scheiße.«

»Miss Hornby hat gesagt, dass du dich in diesem Halbjahr viel besser machst und …«

»Miss Hornby ist eine Spastikerin.«

»Das ist ein übles Schimpfwort, Sam. Ich will nicht, dass du so etwas in den Mund nimmst.«

Er ließ seine Gabel auf den leeren Teller fallen und schob den Stuhl zurück. »Kann ich jetzt fernsehen?«

»Willst du keinen Nachtisch – ein Joghurt oder einen Keks?«

Er schüttelte den Kopf und reckte trotzig das Kinn, was sie kurz, aber lebhaft an Martin erinnerte.

»Wie wär's mit einem Joghurt *und* einem Keks *beim* Fernsehen?«

Sam runzelte die Stirn, wehrte sich gegen ihre Freundlichkeit, ihre sanfte Stimme, stellte sich stur. »Kann ich am Computer spielen?«

Charlotte trommelte mit den Fingern auf den Tisch und tat so, als würde sie überlegen. »Ja, aber erst, nachdem du fertig gegessen hast, und … lass mich überlegen … ich glaube, einmal Knuddeln wird dich das auch kosten. Ein dickes, festes Knuddeln, von dem niemand zu erfahren braucht.«

Sam schlurfte zu ihr hin und ließ sich in die Arme nehmen, wobei ein Gefühl in ihr aufwallte, das so stark war wie damals, als der Arzt ihn aus ihrem Bauch herausgezogen und ihn, winzig und glitschig, in ihre Arme gelegt hatte. Sie grub die Nase in seine Haare und gönnte sich einen Atemzug von dem Kleinejungengeruch seiner Haut, stillte ein animalisches Bedürfnis, das an jenem Tag in der Klinik eingesetzt hatte und so unmittelbar, so überwältigend war, dass sie den an ihrem Bett herumstehenden Martin angesehen und sich gefragt hatte, wie sie vor diesem Moment je hatte glauben können zu wissen, was Liebe bedeutet.

Gleich darauf hatte Sam sich schon wieder befreit und die Hand in die Keksdose gesteckt.

»Hattest du heute Mannschaftssport?«

»Nee. Kann ich zwei haben?«

»Ja. Warte, lass mich mal den blauen Fleck da sehen.«

»Was für einen blauen Fleck?«

»Da, an deinem Bein, und am Ellbogen hast du auch einen.« Charlotte wollte seinen Arm festhalten, aber er riss sich los und sauste aus der Küche.

Eine Stunde später begrüßte sie einen pickelgesichtigen Teenager samt Tim Croft in der Diele und stellte mit gemischten Gefühlen fest, dass der Makler sich ihretwegen richtig Mühe gegeben hatte – seine drahtigen, hellbraunen Haare glänzten frisch gewaschen, sein Bart war sauber gestutzt, seine großen Zähne strahlten. Statt seines gewohnten Büroanzugs trug er eine braune Lederjacke, einen schwarzen Rollkragenpullover und dunkle Jeans, die eng genug saßen, um einen entweder von Natur aus athletischen Körperbau oder harte Arbeit im Fitnessstudio zur Geltung zu bringen.

Eigentlich war er ganz attraktiv, räumte Charlotte ein, was

sie jedoch noch verkrampfter statt entspannter machte, als sie die beiden ins Esszimmer führte, damit sie Sam Hallo sagen konnten. Ihre eigenen Vorbereitungen hatten lediglich in einem schnellen Bad und ein wenig Kopfzerbrechen vor ihrem überfüllten Kleiderschrank bestanden, weil sie nach etwas suchte, das vorzeigbar war, aber nicht zurechtgemacht aussah. Sie hatte ihrem Spiegelbild Grimassen geschnitten und sich mit einiger Selbstverachtung wieder wie ein unerfahrener Teenager gefühlt; schließlich hatte sie sich für eine konservative – geradezu spießige – dunkelbraune Cordhose und ein cremeweißes Oberteil mit Perlmuttknöpfen entschieden.

»Wir haben den Computer im Esszimmer stehen, damit ich mitbekomme, wenn Sam viereckige Augen kriegt, stimmt's, Schatz?«, plauderte Charlotte munter, um Sams unhöflich gebrummter Begrüßung etwas entgegenzusetzen. »Ich wette, du kannst gut mit Computern umgehen, oder, Jessica?«, fragte sie, wobei sie über Sams Schultern lugte und zufrieden sah, dass es nur tanzende Punkte waren, auf die er gebannt starrte; ein harmloses Fußballspiel und nicht so etwas Unwägbares wie ein Chatroom. Martin hatte sich um all diese Dinge gekümmert – Kindersicherungen, Spamfilter, Firewalls und andere unbegreifliche Vorrichtungen, die für einen gesunden Umgang mit der virtuellen Welt sorgen sollten. Ihre eigenen Kenntnisse reichten, wie Sam nur zu gut wusste, nicht über das Anklicken von Webseiten und das Schreiben von E-Mails hinaus.

»Ich bin nicht schlecht«, antwortete Jessica gedehnt, wobei eine monströse Zahnspange zum Vorschein kam, vermutlich der Grund, weshalb das arme Mädchen so wenig sprach.

»Soll ich dir alles zeigen?«, erbot Charlotte sich und kämpfte gegen erneute Bedenken wegen des Abends an und auch wegen ihrer Wahl des cremefarbenen Oberteils, das, wie sie völlig vergessen hatte, die entnervende Angewohnheit besaß, bis zum Brustkorb hochzurutschen.

»Ja, danke, Mrs. Turner.«

»Sehr schön.« Tim, unverkennbar der Zufriedenste bei dieser merkwürdigen Zusammenkunft, klatschte in die Hände und ging zu Sam hinüber, um ihn zu fragen, wer da gegen wen spielte und welchen Rang sie in der Liga einnahmen. Allmählich erwärmte sich Charlotte für ihn, vor allem, als sie während ihrer Führung mit Jessica sah, wie schwer Sam es ihm machte, indem er nicht vom Bildschirm aufblickte und nur einsilbige Antworten gab. »Der Makler«, hatte er geschnaubt, als sie ihm gestand, mit wem sie verabredet war. »Wozu das denn?« Charlotte hatte gezögert angesichts der Vielzahl von möglichen, aber unangebrachten, weil zu komplizierten Erklärungen (weil ich mich geschmeichelt fühlte und er mir leidtat, weil du das einzige männliche Wesen bist, mit dem ich seit der Trennung von deinem Vater aus war, weil ich, seit das Ende des Scheidungsprozesses in greifbarer Nähe ist, in eine unverständliche, ärgerliche Passivität hineinzurutschen drohe, weil ich rückfällig werde und über die Vergangenheit nachgrüble …). »*Hah*!« Sam hatte den Ausruf in ihr Schweigen hineingespuckt und seine spezielle Würgereiz-Grimasse gemacht, bevor er die Treppe hinaufgerannt war.

»Können wir los?« Tim kam ihnen entgegen, als sie in die Diele zurückkehrten.

»Ich glaube schon, es sei denn, du hast noch Fragen, Jessica?« Charlotte lächelte das Mädchen aufmunternd an, das sehr artig Konversation gemacht hatte, während ihm der Kühlschrank gezeigt und Anweisungen für Sams Bade- und Schlafenszeit gegeben wurden. »Er wird natürlich versuchen, es hinauszuzögern, aber gib ihm nicht nach, okay? Er kann das Licht anlassen, wenn er will, er schläft gern bei eingeschalteter Lampe. Aber ich werde nicht spät zurückkommen …« Sie unterbrach sich nervös, da Tim mit den Fingerknöcheln knackte und Jessica auf ihre Füße starrte, beide ganz offensichtlich in den Startlöchern.

»Ich dachte, wir fahren ein bisschen raus aus der Stadt.«

»Ach ja?« Charlotte umklammerte die Schnalle ihrer Handtasche und sah zum Fenster hinaus, starrte durch ihr verschwommenes Spiegelbild hindurch auf die vorbeiziehenden Neonlichter der Bars und Geschäfte. Tim hatte sie zu einem schnittigen Zweisitzer geleitet, den sie noch nie vor dem Immobilienbüro gesehen hatte. Man fühlte sich darin eher wie in einem Cockpit als in einem Auto. Was sie von der Welt draußen sehen konnte, kam ihr genauso zusammengedrückt vor: gebeugte, unter dem dunklen Märzhimmel dahineilende Gestalten, Handys ans Ohr gepresst, jeder mit seinem eigenen engen, komplizierten Leben beschäftigt. *Entspann dich*, rief sie sich zur Ordnung. *Lass dich treiben*. Nach all dem Hadern waren ihre Erwartungen hinsichtlich dieses Dates so niedrig, dass sie kaum enttäuscht werden konnten. Ein bisschen Spaß, keine Liebe – wie schwer konnte das schon sein? Wenn es schiefging, würde sie es hinterher ihren Freundinnen als komische Anekdote erzählen können, zum Beweis dafür, dass sie ihren Sinn für Humor nicht verloren hatte und dass ihre Dauerrolle als jammernde, betrogene Ehefrau endgültig zu Ende war. Charlotte atmete tief durch, lockerte den Griff um ihre Handtasche und bemerkte, dass die scharfe Kante der Schnalle eine rote Kerbe in ihrer Handfläche hinterlassen hatte. Wie eine Lebenslinie, sinnierte sie, entschlossen, positiv zu denken, eine neue starke Lebenslinie, die sie wer weiß wohin führen würde.

Das lederbezogene Lenkrad machte leise schmatzende Geräusche, wenn Tim es durch seine Hände gleiten ließ.

»Keine Angst, nicht allzu weit. Richtung Kingston. Ist Ihnen zu warm?«

»Nein, das heißt, vielleicht ein bisschen.« Charlotte rückte ihre Beine von der Schaltkonsole mit den Reglern weg, während er verschiedene Knöpfe drückte. Sie nahm sein Aftershave wahr, einen leichten, aber scharfen Zitrusduft. Unter seinem Ohrläppchen wuchsen drei lange Haare, die er beim Rasieren übersehen hatte. Beim Schalten streifte er jedes Mal mit dem Ellbogen ihren Arm. Seine Oberschenkelmuskeln zeichneten sich deutlich unter der Hose ab, wenn er die Pedale bediente. »Hören Sie, Tim«, platzte sie heraus, »vielleicht habe ich einen falschen Eindruck erweckt, ich meine, indem ich einverstanden war, heute Abend mit Ihnen auszugehen. Ich wollte nicht …«

»Ich weiß.« Er grinste sie kurz von der Seite an. »Das ist in Ordnung, ehrlich. Ich habe Ihnen keine Chance gelassen, stimmt's? Hab Sie einfach überfahren. So bin ich leider manchmal, wenn ich mir was in den Kopf gesetzt habe.«

»Es ist nur so, dass ich erst vor Kurzem …«

»Eine Trennung durchgemacht habe? Ja, das ist mir schon klar. Ich bin auch noch nicht allzu lange geschieden«, fügte er sogleich hinzu, während er von der Hauptstraße abbog. »Zehn Jahre Beziehung, man glaubt, man hat eine Seelenverwandte gefunden, und dann, zack« – er schnippte mit den Fingern –, »ist man allein, gießt abgestorbene Topfpflanzen, sieht sich jeden Mist im Fernsehen an und fragt sich, wie es dazu kommen konnte. Man muss etwas dagegen unternehmen, sonst wird man verrückt.«

»Das stimmt«, pflichtete Charlotte ihm bei und fand ihn auf einmal so sympathisch, dass sie sich beherrschen musste, um ihm nicht von dieser rückwärtsgewandten Melancholie zu erzählen, die sie immer wieder überkam, wenn sie am wenigsten Grund dazu hatte.

»Also sagte ich mir, warum soll ich sie nicht auf einen Drink einladen?«, fuhr Tim fort. »Auch wenn die Frau nicht auf dich steht. Auch wenn«, redete er weiter, ohne sich von Charlottes ausbleibendem Widerspruch aus der Ruhe bringen zu lassen, »diese Frau eine Kundin ist und sämtliche Ratgeber davor warnen, Berufliches und Privates miteinander zu vermischen. Ah, da sind wir.« Er bremste scharf und bog bei einem Wegweiser in Form eines ausgestreckten Arms ab, in den die Worte »El Ranchero« eingeschnitzt waren. Kurz darauf parkten sie vor zwei großen hölzernen Straußen, die einen Fußweg zu einer leeren Veranda und einer großen Eingangstür bewachten. »Ein Freund hat mir das empfohlen. Ist eine von diesen spanischen Tapas-Bars, nichts Vornehmes, bloß Snacks und Getränke. Das Richtige, um ein bisschen Spaß zu haben, hm?« Er sprang aus dem Wagen und hielt ihr galant die Tür auf, trabte dann voraus, um die Geste mit der Restauranttür zu wiederholen.

Aus der Nähe betrachtet waren die Strauße scheußlich; primitiv geschnitzt und so schlecht befestigt, dass ihre dünnen Beine sichtlich wackelten, als ein Windstoß über den Parkplatz fuhr. Doch Tim winkte sie mit der Grandezza eines Hotelportiers in das warme, hell erleuchtete Innere, und bald saßen sie auf bequemen Barhockern vor gut gekühltem Weißwein und kleinen Tellern mit Garnelen, Ratatouille und leckeren Minitortillas. Sie sprachen unbefangen und ausführlich über Häuser, Preise, Straßen, Anzahlungen und Gutachten. Tim hatte mehrere komische Geschichten über schwierige Kunden und nicht zustande gekommene Abschlüsse in petto, darunter eine mit einem Milchmann und einem als Haustier gehaltenen jungen Hahn, über die Charlotte so lachen musste, dass sie beinahe vom Hocker fiel. Dann, ganz unvermittelt, als sie vollkommen entspannt und nicht auf der Hut war, erklärte Tim, dass sie ihm von Anfang an gefallen habe, dass quasi ein helles Licht angegangen sei, als sie zum ersten Mal sein Büro betreten habe. »Ist schon gut«, versicherte er ihr hastig und tätschelte ihre Hand, weil sie rot wurde und wegsah. »Du hast deutlich gemacht, wie du empfindest, und ich verstehe, ich *respektiere* das, aber …« Er senkte die Stimme. »Auch als einfacher Freund würde ich gern alles über dich erfahren, Charlotte Turner, oder wenigstens ein kleines bisschen mehr?« Er verlieh der Bitte etwas Witziges, indem er mit Daumen und Zeigefinger eine winzige Menge andeutete.

Geschmeichelt, ihr Gespür vom Wein betäubt und unsicher, was sie von diesem Mann halten sollte, der ständig einen anderen Ton anschlug, so fremd (so undurchschaubar, nachdem sie zwanzig Jahre lang mit keinem anderen zusammen gewesen war als Martin), entgegnete Charlotte schwach, dass es nicht viel zu erzählen gebe und was denn mit ihm sei? Im selben Augenblick entschied sie, dass der Bart gar nicht so schlimm war. Zumindest hing kein Fett oder Essen darin, darauf achtete er streng, indem er ihn immer wieder zwischen den Bissen mit der Serviette abtupfte. Er aß sehr manierlich für einen Mann, was ihr gefiel. Martin war beim Essen immer in eine Art Trance verfallen und hatte eine Gabel nach der anderen in sich hineingeschaufelt, unfähig, eine intelligente Unterhaltung zu führen, bis sein Hunger gestillt war.

»Ich habe zuerst gefragt.« Er schenkte ihr Wein nach.

»Na schön, lass mich nachdenken.« Sie trank einen Schluck, dann noch einen. »Die Kurzbiographie wäre: geboren in Sri Lanka beziehungsweise Ceylon, wie es damals noch hieß, denn mein Vater war im Teehandel tätig, dann nach Constantia in Südafrika gezogen …«

»*Tee* in Südafrika?«

»Nein, da war es dann Wein«, sagte Charlotte lachend. »Okay, lassen wir's dabei.«

»Nein, nein«, protestierte er. »Weiter bitte. Ich will noch mehr hören.« Er fuhr mit dem Finger über seine Lippen, um ihr zu versichern, dass er von nun an den Mund halten würde.

»Im zarten Alter von neun Jahren wurde ich aufs Internat geschickt, und ein paar Jahre später kehrten meine Eltern nach England zurück und zogen nach Tunbridge Wells. Meine Mutter wohnt immer noch dort. Wir verstehen uns nicht besonders gut. Äh … was noch? Ach ja, mein Vater starb, als ich achtzehn war. Ich hatte gerade an der Durham University angefangen. Dort habe ich auch meinen Mann kennengelernt. Wir haben Sam bekommen, sind nach London gezogen, haben uns im vergangenen Jahr getrennt und werden noch in diesem Jahr geschieden – hoffe ich.« Charlotte griff nach ihrem Glas und stellte es wieder ab, drehte den Stiel herum und lächelte schüchtern. »Das wär's im Großen und Ganzen. Eine schlichte Angelegenheit, so ein Leben, nicht wahr? Wenn man es auf das Wesentliche reduziert, meine ich.«

»Ja, ziemlich schlicht«, stimmte Tim zu, obwohl er mit den Gedanken schon seit einer Weile woanders war. Er mochte es, dass sie die drei obersten Knöpfe ihrer Strickjacke offen gelassen hatte, um den Blick – bestimmt absichtlich – auf die bescheidenen Rundungen ihrer Brüste zu lenken. Sie schienen noch gut in Form zu sein, wenn man bedachte, dass sie ein Kind geboren hatte und an die vierzig sein musste. Durch die dünne Wolle des Oberteils konnte er vage den Umriss ihres BHs erkennen. Vielleicht war es auch so ein BH-Hemdchen, ein hübsches Ding aus Seide mit Spitzenrand. Ihr Mund war ebenfalls verführerisch und von diesem natürlichen Kirschrot, das oft mit rotbraunen Haaren einherging. Jetzt, da der Lippenstift abgerieben war, fand er ihn noch unwiderstehlicher.

Er sollte solche Gedanken nicht zulassen. Er hatte behauptet, sie zu verstehen, also sollte er dabei bleiben und die Posse, dass er nur Freundschaft wollte, weiterspielen. Reden war so wichtig für Frauen, sich Gefühle mitzuteilen und all das. Phoebe hatte ihm das immer wieder eingetrichtert und auf ihm herumgehackt, weil er ihr angeblich nicht zuhörte oder keine Emotionen zeigte oder die falschen.

»Und du?«

»Wie bitte?«

»Deine Kurzbiographie.«

Sie stützte einen Arm auf den Tresen, schmiegte ihre linke Wange in die Hand und wandte sich ihm erwartungsvoll zu; endlich sprühte Leben in ihren intelligenten grünen Augen. Einen Moment zuvor war sie sich mit den Fingern durch die Haare gefahren und hatte sie als zwei seidige Schwingen hinter die Ohren fallen lassen. Irgendwo hatte er gelesen – wahrscheinlich in einem der Männermagazine, die er seit Phoebes Auszug wieder hervorgeholt hatte –, dass solches Sichzurschaustellen bei Frauen echtes sexuelles Interesse verriet. Die Körpersprache war das Entscheidende, hatte in dem Artikel gestanden. Sie verriet alles über uns und bewies, dass wir Menschen trotz unserer elegant formulierten Sätze und der ganzen sogenannten *Kommunikation*, auf die Phoebe so viel Wert gelegt und die sie schließlich abgebrochen hatte, nicht viel weiter entwickelt waren als der Rest des Tierreichs. Liebe, Hass, Angst, Begehren – dazu brauchte man keine Worte. Es war alles an den Augen, Händen, Beinen abzulesen. Man musste es nur erkennen. Inspiriert ahmte Tim ihre Haltung nach – Ellbogen auf dem Tresen, Kopf in die Hand gestützt. Er sah ihr tief in die Augen, als er näher rückte und die wenig spannende Aussage von sich gab, dass sein Vater Elektriker gewesen sei, um sie dann, blitzschnell und doch sanft, wie er hoffte, zu küssen.

Nach dem Regen singt das Gras. Ich lausche ihm, stehe im Schatten des Jackfruchtbaums, von dessen großen, smaragdfarbenen Blättern Wasser herabtropft. Über mir hängt eine der dicken, knubbeligen, grünen Früchte, schwer von Feuchtigkeit, groß ge-

nug, um mich zu erschlagen, sagt mein Vater, sollte sie auf meinem Kopf landen. Ich sehe nach oben, betrachte ihr knorriges Äußeres – wie das Gesicht eines Greises – und frage mich, wie es sich wohl anfühlt zu sterben, oder ob es wie einschlafen ist, was man ja nicht fühlt. Ich sollte jetzt eigentlich schlafen. Es ist die Zeit nach dem Mittagessen, wenn die Hitze wie ein Kissen auf dem Gesicht lastet und die streunenden Hunde in den Schattenflecken dösen und nach den Fliegen schnappen. Meine Mutter denkt, ich liege auf meinem Bett unter dem rotierenden Deckenventilator, die Amah, meine Kinderfrau, neben mir eingenickt im Korbsessel, und verdaue mein Essen. Sie trifft sich mit einer Bekannten, die eine Tochter in meinem Alter hat; ich sollte mit ihr spielen, aber sie fühlt sich nicht wohl.

Ich gehe über den Rasen, meine nackten Füße sinken in dem weichen, frischen Grün ein und hinterlassen Spuren, die nicht bleiben. Ich luge durch das Loch im Zaun und sehe den Gärtner zusammengekauert neben seinen Geräten liegen, seine weiß-rosa Fußsohlen mir zugekehrt, seine dünnen schwarzen Beine wie zwei staubige Stöcke. Um ihn herum explodieren die Bougainvillea- und Frangipaniblüten wie Feuerwerk am Geburtstag der Königin von England. Mir ist langweilig, der Kitzel des Ungehorsams schon verflogen. Ich denke an die kranke Tochter der Freundin meiner Mutter und überlege, ob sie wohl nett ist. Ob sie schöne Puppen mit kunstvollen Kleidern hat wie meine Freundin Freya, die zurück nach England gezogen ist. Ich möchte auch in England wohnen, bei der Königin, die so prächtige Geburtstage feiert, bei Freya und ihren Spielsachen und den selbstgebackenen Scones ihrer Mutter.

Meine Haut prickelt in der Hitze. Meine Haare kleben feucht im Nacken. Hinter dem Loch streckt sich der Gärtner, hebt den Kopf und schaut zu mir herüber, als könnte er durch die Holzlatten sehen. Ich flitze zurück über das Gras. Die Tür zur Werkstatt steht einen Spalt offen, und ich schlüpfe hinein, ein Bein voran, dann der Kopf und die Schultern. Das ist fast so gut wie vom Bootsanleger ins Meer zu springen – das Eintauchen meines erhitzten Körpers in die wohltuende Kühle. Doch dann bleibe ich hängen. Ich zerre, komme aber nicht los. Ich höre den Gärtner auf den Zaun zugehen. Ich spüre, wie sein Augapfel sich durch das Loch bohrt, in seiner Höhle rollt, nach Ärger Ausschau hält. Er wird zu meiner Amah gehen und mich verpetzen. Er mag sie. Sie sitzen manchmal zusammen auf der Hintertreppe und teilen sich die Milch einer Königskokosnuss, saugen mit zwei Strohhalmen, ihre Münder dicht beieinander. Ich ziehe fester und höre das Reißen des Baumwollstoffs. Ein rostiger Nagel hat meine Shorts aufgeschlitzt, meine Lieblingsshorts aus Gingham. Ein Streifen hängt vorn herab, die Ränder ausgefranst und braun wie bei einer Wunde.

Ich möchte weinen, will aber nicht entdeckt werden. In der dunklen Werkstatt ist es, als würde man von kühlen Fingerspitzen gestreichelt. Es ist beruhigend, gestreichelt zu werden. Meine Amah macht das manchmal, wenn ich nicht einschlafen kann, streift mit ihrem Handrücken und den rissigen Nägeln über meine Arme und Beine und summt dabei eines von ihren komischen Liedern, die keine Melodie haben.

Ich gehe auf die Arbeitsbank zu, wo der Schraubstock im Dämmerlicht glänzt. Ich bin jetzt größer und komme an die Werkzeuge an der Wand heran. Seit ich weiß, dass ich sie erreichen kann, habe ich kaum noch das Bedürfnis, sie in die Hand zu nehmen. Sogar der winzigste Schraubenzieher mit seiner kantigen Spitze und dem Holzgriff sieht jetzt gewöhnlich aus. Ich seufze und ahne, dass etwas verloren gegangen ist, während ich mich umdrehe.

Erst da sehe ich sie. Ich sehe das Weiße ihrer Augen, so groß in ihrem dunklen Gesicht. Sie macht kein Geräusch, als sie ihre Lippen auf das Ohr meines Vaters drückt. Ich sehe seinen Hinterkopf, die Haare, die sich bis zum Hemdkragen locken. Er liegt auf ihr, auf der Schilfmatte neben dem Puppenhaus, dessen Dach kaputt ist und das er zu reparieren versprochen hat. Er liegt auf ihr und bewegt sich. Seine Hose hängt um seine Fußknöchel, seine

Hemdzipfel bedecken halb seinen Hintern und die Oberschenkel. Der Moment dauert an, endlos. Ich weiß, was sie da tun. Ich weiß es, weil Freya es mir erklärt und dabei kichernd unter die Röcke ihrer Puppen gezeigt hat.

Die Augen sind jetzt noch größer, weißer. Als sie ihre Lippen von seinem Ohr nimmt, hört er auf, sich zu bewegen, und dreht seinen Kopf in meine Richtung. Aber ich renne schon aus dem Schuppen, meine zerrissenen Shorts flattern. Ich renne zurück über den Rasen, vorbei an den Schmetterlingsblüten der Blumen, vorbei an dem Loch im Zaun. Die Sonne sticht heiß auf meinen Kopf herab. Der ausgetrocknete Boden ist eben und hart, und doch habe ich das Gefühl, durch die Luft zu laufen, mit dem Kopf nach unten, schwerelos, verloren.

Jessica war überraschend nett gewesen. Sie hatte ihn lange aufbleiben lassen, ihm erzählt, wie es war, zehn Tage lang nur Obst zu essen, und von einem Jungen namens Darren gesprochen, der sie nie anrief. Das hatte Sam wieder daran erinnert, dass er früher, bevor dieses blöde Getue in der Schule darum losging, wer auf wen stand und warum, ziemlich gut mit Mädchen ausgekommen war. Noch früher hatte er sich sogar eine kleine Schwester gewünscht. George hatte eine, die Matilda hieß, mit roten Backen und Haaren voller Knoten, und sie lief ihm nach und bediente ihn wie eine Sklavin. Einmal hatte sie Sekundenkleber gegessen, weil George es ihr befohlen hatte, und ihn trotzdem nicht angeschwärzt, noch nicht einmal als Georges Mum mit hervorquellenden Augen und aschfahlem Gesicht etwas von Sterben und Magenauspumpen geschrien hatte.

Das war zu der Zeit, als George ihn noch nachmittags zu sich eingeladen hatte. Sam hatte den Zwischenfall beeindruckt verfolgt, beeindruckt sowohl von dem Beweis geschwisterlicher Loyalität (so eine Verbündete zu haben!) als auch von all dem Geschrei, das nicht nur Georges Mum machte, sondern auch George selbst und seine kleine Schwester, bis zu guter Letzt auch noch seine Brüder mit einstimmten. Und dann, ganz plötzlich, als wäre ein Sturm vorübergezogen oder als hätten sie sich in einer Sprache verständigt, die alle außer ihm konnten, hatten sie sich reihum umarmt, sich beruhigt und dann Muffins aufgetoastet. Als er nach Hause zurückgekommen war, hatte er mehr denn je darunter gelitten, dass seine Eltern nicht miteinander redeten: sein Vater, der die Zeitung wie einen Schutzschild ausbreitete, seine Mutter, die Messer und Gabeln so schrecklich genau auf den Tisch legte – es war wie weißes Rauschen gewesen, beständig, unsichtbar, ohrenbetäubend.

Jetzt, im Dunkeln seines Zimmers, hörte er ein Echo davon und schaltete die Nachttischlampe an. Sein Lieblings-Asterixband lag unter seinem Bett für Notfälle, aber aus irgendeinem Grund war er nicht in der Stimmung dafür. Er streckte sich so lang er konnte, bis in die Zehen und die Fingerspitzen hinein, in der Hoffnung, dadurch zu wachsen. Er hatte eine unbekannte Krankheit, da war er sicher. Seit Wochen nun schon maß er sich jeden Abend an dem kindischen Maßband hinter der Tür (eine grinsende Papiergiraffe mit heraushängender Zunge, die dort hing, seit er denken konnte), und nie tat sich etwas. Nach dem netten Abend mit Jessica hatte er sich besonders zuversichtlich, besonders *groß* gefühlt. Er hatte noch nicht mal versucht zu mogeln wie sonst, sondern die flache Hand leicht auf seinen Kopf gedrückt und sie still gehalten, während er sich verrenkte, um die Zentimeter ablesen zu können. Aber es waren wieder nur die armseligen einhundertsiebenundfünfzig gewesen, gerade bis zu der schwarzen Nasenspitze der Giraffe.

Als er das blöde Vieh jetzt anstarrte, das zurückzustarren schien, überkam ihn ein solcher Hass, dass er in seiner Nachttischschublade zwischen Taschenmessern, Feuersteinen und anderen Schätzen nach seinen Wurfpfeilen kramte. Er balancierte auf der Matratze und schleuderte alle drei nacheinander durchs Zimmer, nagelte das dumme Cartoon-Gesicht der Giraffe an die Wand. Seine Mutter würde ihn natürlich ausschimpfen – *Löcher* in der Wand, wo sie doch das Haus *verkaufen* wollten. Sam äffte sie halblaut nach, als er zurück unter die Bettdecke kroch. Er wollte sowieso nicht umziehen, und sie war es schließlich, die ihm dauernd Hoffnungen wegen seines Wachstums machte. *Jeden Augenblick* würde er in die Höhe schießen, versprach sie immer, *jeden Augenblick*, weil sie wie üblich etwas Beruhigendes sagen wollte statt einfach die Wahrheit, und deshalb konnte man ihr nicht trauen, nicht wirklich.

Sam war schon fast eingeschlummert, als er ein Auto draußen vorm Haus halten hörte. Er duckte sich unter den Vorhang und dachte unwillkürlich, wie cool der lange rote Sportwagen des Maklers doch neben ihrem albernen alten Käfer aussah. Um sich zu trösten, rief er sich Dads BMW und Cindys Saab vor Augen, beide schwarz, beide Cabrios. Die Wagen standen auf dem asphaltierten Abstellplatz vor ihrem neuen Haus, glänzend und schnittig, wie zwei Mitglieder derselben Familie. Dad und Cindy hatten auch zusammenpassende Fahrräder und die komplette Ausrüstung dafür: Helme, Pumpen, Shirts und Shorts aus Lycra. Vor Kurzem hatten sie auch ihm ein Rad geschenkt, schon zum Geburtstag, hatte sein Dad gesagt, damit sie gemeinsam Ausflüge unternehmen konnten. Das hatten sie zwar noch nicht getan, aber er war ein paar Mal mit Cindy den Weg am Fluss entlanggefahren, was Spaß gemacht hatte, aber auch irgendwie komisch gewesen war, als würden sie nur spielen, etwas Cooles zu unternehmen, statt es wirklich zu tun.

Inzwischen halb auf der Fensterbank kniend und mit Gänsehaut an den Beinen, wartete Sam ab und verstand nicht, warum seine Mutter nicht ausstieg. Er schob den Vorhang beiseite, reckte den Hals, um besser hinaussehen zu können, und wünschte, er hätte Supermans Laseraugen, um damit das Autodach zu durchbohren. Dann ging die Beifahrertür auf, und da war sie, unverändert in ihrem alten schwarzen Mantel.

Sam schlüpfte wieder unter die Decke und zog sie bis zum Kinn. Sie würde bestimmt nach ihm sehen. Das tat sie immer. Sie hatte es auch in der schlimmsten Zeit nicht versäumt, nach dem vielen Schreien und Türenknallen, als auch die Dunkelheit ihre geschwollenen Augen nicht verbergen konnte und er wusste, dass der leichte Salzgeschmack ihres Gutenachtkusses vom Weinen kam.

Jetzt hatten dieselben Lippen womöglich den vom Bart eingerahmten Mund des Maklers berührt, in den langen Minuten, während sie noch im Auto saß. Sam atmete langsam aus und biss in den Bettbezug. Als es auf dem Treppenabsatz knarrte, rollte er sich auf die Seite und vergrub sein Gesicht im Kissen. Er hatte auf gar nichts Einfluss, weder im Guten noch im Schlechten. Die Matratze sank ein, als sie sich auf die Bettkante setzte. Sam rührte sich nicht, auch nicht, als ihr Mund seinen Kopf streifte und tröstend einen Kuss auf die oberste Stelle hauchte, die wieder nicht über die Giraffennase hinausgekommen war.

Drittes Kapitel

Theresa summte leise vor sich hin, wie immer, wenn sie viel zu tun hatte. Das Currygericht nahm langsam Form an, und die köstlichen Aromen des bratenden Rindfleischs und der Gewürze überdeckten praktischerweise den Geruch von frischer Farbe, der aus dem Wohnzimmer hereindrang. Neben dem mit braunem Fleischsaft bespritzten Herd lag die Rechnung des Malers. Durch die Wand hörte sie gedämpftes Poltern, als der Mann seine Leitern zusammenklappte und die Möbel wieder an Ort und Stelle rückte.

Da sie beide Hände voll hatte – mit Kardamom, einer frischen Chilischote, dem tropfenden Kochlöffel –, zog sie den Ärmel ihres Sweatshirts mit den Zähnen hoch, um auf ihre Armbanduhr zu sehen und dabei eine schnelle, komplexe Kalkulation bezüglich all der Dinge anzustellen, die in der halben Stunde, bevor es Zeit wurde, die Kinder von der Schule abzuholen, noch zu erledigen waren. Danach – Theresa summte lauter, während ihre Gedanken rasten – würde George zum Trompeteüben für seine Prüfung am kommenden Freitag überredet, Matilda nach Nissen untersucht und die mittleren beiden, Alfie und Jack, würden, wie neuerdings immer, bei allem und jedem beaufsichtigt werden müssen, ob es die Hausaufgaben waren oder das Zähneputzen. Sie waren fünfzehn Monate auseinander und befanden sich gerade in einer Phase so harten Konkurrenzkampfes – um die Aufmerksamkeit ihrer Mutter, die Anzahl der Spaghetti, die sie auf ihre Teller schaufeln konnten, oder darum, wer als Erster oben an der Treppe ankam–, dass es das taktische Geschick eines gewieften Diplomaten, ganz zu schweigen von ständiger Wachsamkeit, erforderte, um den Frieden zu wahren.

Mit einem zufriedenen Seufzer setzte sie den Deckel auf den Topf. Sie hätte so manches mit ihrem Leben anfangen können. Sie war stets gut in der Schule gewesen, hatte als aufgeweckt und beliebt gegolten. Ihre Eltern, beide Lehrer, mussten verwundert ihre Enttäuschung herunterschlucken, als sie nicht studiert, sondern eine Ausbildung zur Krankenschwester gemacht hatte. Auch dabei hatte sie sich hervorgetan, so wie sie sich jetzt darin hervortat, ihre große Familie zu versorgen. Es war, wie eine Krankenstation oder eine kleine Firma zu leiten– Projekte überwachen, sich um praktische Details kümmern, vorbildliches Verhalten belohnen, das Beste aus jedem herausholen, vorausschauend planen und handeln. Wie irgendjemand das Leben als Hausfrau und Mutter als unterfordernd und langweilig abtun konnte, ging über ihren Verstand. Obwohl es natürlich viele gab, die schlecht in diesem Job waren, überall und immer wieder, genauso wie viele ihren Betrieb schlecht managten. Man sollte zwar nicht urteilen, aber wenn man sich ansah, wie manche Leute ihr Leben verpfuschten – die gute Charlotte, zum Beispiel–, konnte man kaum umhin, sich ein wenig glücklich zu schätzen.

Das Curry, das mild genug war, um den Kindern zu schmecken, würde auch als Mahlzeit für die Mah-Jongg-Gruppe und für Henry reichen, der sich, wie immer an ihren »Weiberabenden«, wie er sie nannte, verdrücken würde. Er würde kurz seinen Kopf ins Wohnzimmer stecken – sein schütter gewordenes Haar zerzaust nach dem Fußweg vom Bahnhof, Fältchen leiser Belustigung um seine tief liegenden blauen Augen–, während die Frauen sich um den Spieltisch versammelten, und sich dann durch die Küche in sein Arbeitszimmer zurückziehen. Dort würde sie ihn später nach dem Aufräumen finden, schlafend, die Brille auf der Nasenspitze, das Kinn auf der Brust, bei leise murmelndem Fernseher, eine halb gelesene Zeitschrift noch aufgeschlagen im Schoß. Er würde sogleich aufwachen, wie alle Ärzte es konnten, sich über die späte Stunde wundern und sie dann nach oben scheuchen, damit er das Haus abschließen und die Alarmanlage einschalten konnte.

Theresa stellte eilig einen Scheck für den Maler aus, kratzte die schlimmsten Fleischspritzer mit dem Daumennagel von der Rechnung und unterbrach ihr Summen, als sie die Szene vor ihrem geistigen Auge sah. Natürlich gab es auch manchmal Streit zwischen ihnen, aber selbst das hatte in den vierzehn Ehejahren eine gewisse Vorhersehbarkeit angenommen, die beinahe beruhigend war. Die weitaus schwerste Zeit war ganz am Anfang gewesen, als Henry als Assistenzarzt lange Schichten im Krankenhaus absolvierte und sie noch die Karriereleiter einer Krankenschwester emporkletterte. Müde, einsam und desillusioniert hatte sie sich auf eine Affäre mit einem seiner Kollegen eingelassen – eigentlich nur ein One-Night-Stand –, die sie ihm beinahe sofort gestanden hatte, wobei sie schluchzend Kleider in einen Koffer warf. Statt wütend zu werden oder ihr beim Packen zu helfen, hatte Henry sie noch am selben Abend nach Paris entführt, sie regelrecht zum Flughafen Gatwick geschleppt und dann in ein dermaßen teures Hotel, dass sie noch Monate danach den Überziehungskredit abbezahlen mussten. Rückblickend hatte Theresa oft gedacht, dass dieser an sich unverzeihliche Fehltritt ihre Feuertaufe war; wie ein Pferd, das gegen ein erstes Hindernis schlägt, es aber nicht umwirft und bei den folgenden die Hufe höher nimmt, hatten sie den Parcours nach der Krise gestärkt fortgesetzt.

Nachdem der Maler bezahlt, das Wohnzimmer abgestaubt, das Curry gekocht, der Reis gewaschen, die Bügelwäsche zusammengefaltet, die Waschmaschine beladen, die Geschirrspülmaschine entladen, die Alarmanlage eingeschaltet, die Haustür zweifach abgeschlossen und der Volvo in den Nachmittagsverkehr eingefädelt worden war, wanderten Theresas Gedanken wieder zu der Trennung von Charlotte und Martin. Es gab nun kein Zurück mehr, was traurig war, aber auch, um ganz ehrlich zu sein, einige Ungelegenheiten bereitete. Martin war nämlich ausgesprochen nett. Vor allem Henry verstand sich sehr gut mit ihm – Computergefachsimpel, Rugbyschauen, Väter-Söhne-Nachmittage im Park. Da die Ehe nun nicht mehr zu retten war, konnte es passieren, dass er einen guten Freund verlor. Der lebte nun in Rotherhithe mit einer Frau zusammen, die Cindy hieß. Vor ein paar Tagen hatten sie eine Einladung zur Hauseinweihung bekommen, eine große, protzige Karte mit Fotos von Champagnerkorken und Flitter. Als sie vorhin mit dem Staubwedel auf dem Kaminsims darum herumgefahren war, hatte sie überlegt, ob sie die Einladung nicht lieber in eine Schublade legen sollte, zumindest, bis der Mah-Jongg-Abend vorbei war. Ihre Loyalität galt schließlich in erster Linie Charlotte. Sie hatten sich vor acht Jahren miteinander angefreundet, über Georges und Sams Montessori-Kindergarten und einen platten Reifen auf der South Circular, wo sie einfach die Warnblinkanlage eingeschaltet hatten und in ein Weinlokal abgehauen waren.

Martin und Henry waren erst viele Monate später dazugekommen, und auch nur, weil sie und Charlotte es arrangiert hatten, indem sie die Freundschaft mit Essenseinladungen und Theaterbesuchen offiziell auf die Ebene der Erwachsenen hoben. Jetzt würde bei solchen gemeinsamen Aktivitäten entweder eine Vermögensverwalterin namens Cindy miteinbezogen werden müssen, die zehn Jahre jünger war und keine Kinder hatte (keine anzunehmende Busenfreundin, weder für sie noch für Henry), oder, wie es aussah, ein Angestellter einer der führenden Immobilienagenturen von Wandsworth.

Theresa, die zwischen den Bodenschwellen auf dem letzten Straßenstück vor der Grundschule ihrer Tochter routiniert bremste und beschleunigte, schüttelte den Kopf. Ein Rendezvous mit dem eigenen Hausmakler roch nach Verzweiflung. Und was hätte Charlotte schlussendlich davon? Doch nur wieder eine Beziehung, die sie Kraft kostete, die die Bereitschaft erforderte, Männersocken zu waschen und manchmal ein Interesse an Sex zu heucheln, wenn man in Wahrheit nichts als eine schöne Tasse Tee wollte. Die Liebe, hatte Theresa gelernt, lag jenseits solcher Belastungsproben, das Außergewöhnliche wartete im Schatten des Gewöhnlichen. Es war manchmal viel Zeit nötig, um sich auf jemanden einzulassen, ihm zu vertrauen … Sie umfasste das Lenkrad fester. Durchhaltevermögen. Das war es, was jede Ehe brauchte, und ihre Freundin hatte einfach nie genug davon besessen.

Während wir auf dem Bahnsteig warten, fällt mir auf, wie glatt und frisch die Gesichter der anderen Eltern aussehen, wie energiegeladen sie sind, als sie Taschen und kleinere Geschwister herumschleifen, wie jung. Meine bleiben etwas zurück, außen vor, unsicher, alt. Verglichen mit den schicken Frisuren der anderen Frauen wirken die Haare meiner Mutter strähnig und zu lang, das Rot ist mit Grau durchsetzt, und die einst üppige Haarpracht meines Vaters ist zu einem braunen Kranz um seine Glatze geschrumpft, wie ein zu kleines Nest für ein großes Ei. Auch ihre Kleidung ist unpassend, ihr grellgelber Schal, sein rot getupftes Halstuch. Ich schäme mich, zu ihnen zu gehören.

Die Elastikbänder meiner neuen Schulkniestrümpfe schneiden in meine Kniekehlen. Der Stoff meines Rocks fühlt sich rau an meinen Oberschenkeln an. Meine fest geflochtenen Haare ziehen an meiner Kopfhaut. Ich will, dass der Zug kommt, damit ich den Abschied hinter mir habe und mich nicht mehr vor ihm fürchten muss. Ich wünschte, dass meine Eltern nicht so anders wären, aber ich vermisse sie schon jetzt schmerzlich, vor allem ihn mit seiner bärigen Zärtlichkeit, seinen Spielen und Scherzen und diesem besonderen Lächeln, das auch nach zwei Jahren noch bedeutet: »Ich weiß, dass du es weißt, aber wir werden nicht darüber sprechen.«

Wir haben einen Holzschuppen in Constantia, doch ich betrete ihn nie. Das Puppenhaus, repariert, wie neu, steht auf einem Tisch am Fußende meines Bettes. Durch seine weiß gerahmten Fenster kann ich immer noch die Figuren sehen, die mir einst so viel bedeutet haben, den Mann im Sessel, dessen spindeldürre Beine – Wollfilz um Draht – komisch abgeknickt sind, und die Frau in der Küche, an die Miniatur-Wäschemangel gelehnt, die ich von meinem gesparten Taschengeld aus einem Katalog gekauft habe. Ihre angeklebten Haare lösen sich ab, und die Haltung ist unnatürlich, ganz die einer Puppe. Daneben, in einer rosa Wiege aus Holz, guckt das winzige Porzellangesicht eines Babys – ihres gemeinsamen Babys – über seine Gazedecke hinweg, seine schwarzen Punktaugen blicken leer. Ich sehe die Püppchen, will sie aber nicht mehr anfassen. Sie müssen allein zurechtkommen, genau wie ich.

Im Zug halte ich meinen Hut auf dem Schoß. Er ist aus Stroh und hat ein blaues Band. In der Mitte der Vorderseite prangt ein Abzeichen mit einem Wappen und den Worten »In Omnibus Veritas«. Im Bahnhofscafé hat mir meine Mutter erklärt, wobei sie stirnrunzelnd in ihren wässerigen grauen Tee starrte (»der Teestaub vom Fabrikboden«, beschwert sich mein Vater laut, stolz auf sein Wissen), dass sie »In allem liegt Wahrheit« bedeuten. Sie hat es zweimal gesagt und von mir zu ihm geblickt, als wüsste sie Bescheid … aber das kann natürlich nicht sein, weil sie an dem Tag mit ihrer Freundin zu Mittag gegessen hat, und außerdem wäre sie nicht mit nach Afrika gekommen, wenn sie es wüsste, um Teeblätter gegen Weintrauben einzutauschen und eine feuchte, ermüdende Hitze gegen eine, die so trocken ist, dass sie einen bis auf die Knochen verbrennt.

»Bist du neu?«

»Ja.« Ich zupfe an dem Band und versuche zu lächeln, als wäre es ganz normal und erträglich, neu zu sein. Das Mädchen, das die Frage gestellt hat, hat dunkelblaue Augen und honigfarbene Haare, die sich in seidigen Locken über ihre Schultern ringeln. Sie sitzt mir gegenüber, eine Zeitschrift auf den Knien. Sie kaut Kaugummi, den sie zwischen den Zähnen hervorquellen lässt und wieder einsaugt. Auf ihren Fingernägeln sind Reste von abgeblättertem rotem Nagellack. Sie trägt ihre Schul-Kreissäge weit zurückgeschoben, wie einen Heiligenschein. Sie sagt, sie ist dreizehn, und das blaue Band bedeutet, dass wir im selben Haus sind. Ich bin überglücklich, schon eine Freundin, eine ältere, wunderhübsche Freundin, in meinem Haus gefunden zu haben. Sie sagt, sie heißt Letitia, und fragt mich nach meinem Namen.

»Charlotte Boot.«

Sie sagt zuerst nichts, ihre blauen Augen werden groß. »Boot?«

Ich wittere Gefahr und sehe aus dem Fenster. Das ländliche England wirkt verwaschen im Vergleich zu den Landschaften, die ich kenne: Grautöne, die in Grün- und Brauntöne verschwimmen, wie von einem Aquarellmaler gemalt, der zu viel Wasser auf dem Pinsel hatte.

»Boot wie in Bootface? Kotzgesicht?«

Ich starre auf die verschmierte Palette von Surrey, halte Ausschau nach etwas Schönem oder Konkretem, an dem ich mich festhalten kann. Ich sehe das Mädchen nicht an, aber ich höre den veränderten Ton in ihrer Stimme, die Schärfe, so scharf wie das Messer, mit dem unsere alte Köchin im Hügelland neue Schnitte in das Kreuzgitter ihres Hackbretts schnitt. Einen Moment, einen glücklichen Moment lang schließt mich der Tunnel der Erinnerung ein, und ich stehe neben dem Ellbogen der Köchin und beobachte, wie die dunklen Haare auf ihrem Arm glänzen, als sie mit dem Messer eine Ananas bearbeitet, den stacheligen Kopf abschlägt und dann die Rüstung um das Fruchtfleisch entfernt. Eins, zwei, drei, *vier Hiebe, und das saftige gelbe Innere ist freigelegt, damit ich es essen kann. »Nein, nur Boot.«*

»Eben, Bootface, sag ich doch. Und Karottenkopf. Karottenkopf Kotzgesicht.« Sie schaukelt mit dem Fuß beim Reden, stößt mit der harten Schuhkappe gegen mein Schienbein.

Eine Frau in einem braunen Kostüm und dicken Nylonstrümpfen öffnet die Tür zu unserem Abteil und hakt unsere Namen auf einem Klemmbrett ab. Sie unterrichtet ein Fach, das Theologie heißt, erklärt sie, und ist die stellvertretende Leiterin unseres Internatshauses. Sie lächelt mich an und sagt, dass es schön ist, mich dabeizuhaben, und dass ich mich schon bald zurechtfinden werde. Ich lächele krampfhaft zurück und will sie dazu bringen, nie wieder zu gehen. Doch eine Minute später schließt sich die Abteiltür zischend, und sie ist fort. Letitia klemmt die Beine unter ihren Sitz und wendet sich ihrer Zeitschrift zu. Ich atme leise und ruhig und verarbeite die Erkenntnis, dass ein englisches Internat mir keine Zuflucht vor den Schwierigkeiten des Lebens bieten wird und dass sich gleichgültig zu stellen die einzig sichere Überlebensmethode bleibt.

Weil sie direkt von einer höchst unbefriedigenden Sprechstunde bei Miss Hornby kam (nein, Sam sei nicht er selbst in letzter Zeit, ja, sie würden ein wachsames Auge auf ihn haben), war Charlotte nicht ganz bei der Sache, als sie sich mit Hilfe des Stadtplans zur Chalkdown Road durchschlug. Allerdings war deren günstige Lage gleich auf den ersten Blick so offensichtlich, selbst an diesem dämmerigen Märznachmittag, dass sie dem Lenkrad einen begeisterten Schlag versetzte und dabei versehentlich die Hupe erwischte, was ihr einen finsteren Blick von einem Jogger eintrug, für den sie vom Gas gegangen war, um ihn über die Straße zu lassen.

Der Park lag nur eine Gehminute entfernt, und, wie es aussah, war es noch dazu ein schöner Spaziergang dorthin, durch eine gewundene Allee mit großen grauen und weißen viktorianischen Häusern, deren Eingänge säuberlich beschnittene Büsche und kiesbedeckte Parkplätze für kleine, teure Stadtautos zierten. Die Chalkdown Road selbst bestand aus einer eher zusammengewürfelten Ansammlung von Gebäuden, darunter eine aufgegebene, schmutzige Backsteinkirche und eine Reihe von hässlichen Apartmentblocks, zusätzlich verunstaltet durch Graffiti, Satellitenschüsseln und Betonbalkone voll rostender Elektrogeräte und angeschlagener Blumentöpfe. Aber es war eine lange Straße, und Nummer zweiundvierzig stand in einer Gruppe von Einfamilien-Doppelhäusern im Landhausstil, ein ganzes Stück weit weg von solchen Unansehnlichkeiten. Es hatte einen Vorgarten aus gepflegtem Rasen, umgeben von Hecken aus blühendem Winterjasmin – ein verblüffender und höchst willkommener Farbfleck an einem Tag, der mit so starken Regengüssen begonnen hatte, dass Charlotte an die Monsun-Sturzbäche ihrer frühen Kindheit erinnert wurde, die durch ihre Heftigkeit tiefe Furchen ins Erdreich gegraben hatten.

Ein hübsches Cottage in Wandsworth, nahe am Park und nur knapp über ihrem Preislimit … Charlotte konnte es kaum fassen, als sie durch die Windschutzscheibe blickte, und ihre Phantasie galoppierte voraus, sodass sie schon sah, wie Sam vergnügt zu Fuß zur Schule ging, während sie ihm von der Haustür aus nachwinkte. Vielleicht würde sie ihm sogar seinen lang gehegten Wunsch nach einem Hund erfüllen, überlegte sie träumerisch, es musste ja kein kurzbeiniger blöder Dackel sein, wie ihre Mutter einen hatte, nein, sie würde einen *richtigen* Hund anschaffen, der sprang und lief und Stöckchen holte und auf Verlangen seine Zuneigung zeigte. Sams Begeisterung allein wäre die Sache schon wert. Und wenn Sam erst wieder obenauf war, würde auch sie endlich den Neuanfang machen können, den sie sich vorgenommen hatte, und ihre Freiheit genießen, statt sich von ihr lähmen zu lassen.

Auch das Innere des Hauses enttäuschte sie nicht. Während Tim (der ganz als Makler und nicht als potenzieller Verehrer gekommen war) in irgendwelchen Unterlagen nachsah und eine Zahlenkombination eintippte, um die Alarmanlage auszuschalten, lief Charlotte in der Diele herum und kommentierte mit entzückten Ausrufen jede Besonderheit: die Buntglasfenster in der Haustür, die niedrigen Deckenbalken, die frisch geölten Holzdielen. So gestimmt konnte sie die alte und abgenutzte Einbauküche gnädig übersehen und stattdessen die ungewöhnlichen Bodenfliesen und die praktischen Haken und Regale zur Aufbewahrung von sauber geschrubbten Pfannen, Knoblauchzöpfen, Familienfotos, Teetassen und Gläsern voll getrockneter Kräuter beachten.

Im Wohnzimmer gab es dunklere Holzbalken und einen Kamin aus Kalkstein, den ein hübsches Dekor in Zitronengelb und Blassblau schmückte. In der zunehmenden Dämmerung war gerade noch eine halbmondförmige Terrasse durch die Flügeltür zum Garten zu erkennen. Begrenzt von Beeten mit Lavendel und einer üppigen Japanischen Rose, die über und über voll von dunkelroten Beeren hing, bildete das Gärtchen einen Glanzpunkt für die Rückseite des Hauses, genau wie der Jasmin für die Vorderseite. Dahinter erstreckte sich ein langes, breites Rasenstück, das wie alles einen gepflegten, mit Liebe gehegten Eindruck machte. Das war es, was sie für das Cottage einnahm, erkannte Charlotte, während sie sich begierig umsah, noch mehr als die gemütlichen Zimmer und die Nähe zum Park.

Versunken und bezaubert, wie sie war, wurde sie von Tims Händen auf ihrer Schulter überrascht; seine schicken Anzugschuhe hatten kein Geräusch auf dem Teppich gemacht.

»Ich glaube, ich möchte dieses Haus«, murmelte sie und

ließ sich ein wenig gegen ihn sinken, wobei sie dachte, dass es, auch wenn man gar nichts weiter erwartete, einfach schön war, jemanden zu haben, an den man sich anlehnen und mit dem man eine Mahlzeit und Gedanken über Häuser teilen konnte.

»Und ich möchte dich«, sagte Tim und legte die Arme um ihre Taille. »Ich habe so sehr auf einen Anruf von dir gewartet. Du hast gesagt, du würdest mich anrufen. Warum hast du dich nicht gemeldet?«

Charlotte zögerte. Sie hatte nicht angerufen, weil sie nicht sicher war, ob sie eine zweite Verabredung mit ihm wollte. Trotzdem hatte sie sich bei seinem förmlichen Händedruck auf der Straße ein bisschen zurückgewiesen gefühlt und sich sogar zerstreut gefragt, ob ihre Art zu küssen neulich, etwas eingerostet und scheu gegenüber der Geographie eines neuen Gesichts, zu wünschen übrig gelassen hatte. »Weil es falsch wäre, Tim, deshalb.«

»Falsch?«

»Unangemessen.«

»Quatsch. Wir sind doch erwachsen.« Er ließ seine Hände über ihre Hüften gleiten und zog sie fester an sich. »Ich habe mir gedacht … wenn wir hier fertig sind, könnten wir zu mir gehen. Ich bin kein schlechter Koch. Ich würde uns schnell etwas zu essen machen und dann …«

»Ich kann leider nicht heute Abend. Ich habe schon etwas vor.« Sie wand sich aus seinen Armen und drehte sich zu ihm um.

»Ach so.« Er sah niedergeschlagen aus.

»Mit meinen Freundinnen«, erklärte sie. »Wir treffen uns alle paar Wochen abwechselnd bei einer von uns zu Hause und spielen Mah-Jongg.«

»Mah-Jongg? Wie ausgefallen.«

»Es geht hauptsächlich darum, sich zu sehen und zu reden – so ein Mädelsabend, du weißt schon. Es ist eine kleine Gruppe, alle gute Freundinnen, und offen gesagt weiß ich nicht, wie ich die letzten Jahre ohne sie hätte durchstehen sollen … Sag mal, könnten wir jetzt mit der Besichtigung weitermachen?«, fragte sie ein wenig ungeduldig, sowohl, weil sie den Rest des Hauses sehen wollte, als auch, weil sie ausgerechnet ihn, den Makler, darum bitten musste, als wäre es ein Gefallen.

»Ja, natürlich.« Tim schlug die Hacken zusammen und grüßte militärisch. »Zu Ihren Diensten, Madame. Alle Unangemessenheit wird sofort eingestellt.«

Charlotte lachte und warf angesichts der schwierigen Situation hilflos die Arme in die Luft. »Hör zu, Tim, es tut mir leid. Diese ganze Sache – du und ich – ich weiß einfach nicht, ob das klug ist oder was ich mir davon verspreche oder … aber ich mag dich«, fuhr sie hastig fort, als sie seine Miene sah und daran dachte, wie schön es sich angefühlt hatte, gehalten zu werden, »und vielleicht könnten wir, wenn wir keine bestimmten Erwartungen haben und so, uns bald mal wieder treffen. Okay?«

»Okay.« Er verdrehte die Augen und machte ein Gesicht wie ein Kind, dem man etwas erklärt, das es schon weiß. »Ich finde dich eben toll, das ist alles. Ich finde dich toll und bin nicht gut darin, mit so was hinterm Berg zu halten. Aber das ist in Ordnung«, fügte er, schon wieder obenauf, hinzu und warf die Hausschlüssel von einer Hand in die andere. »Das ist mein Problem, nicht deines. Ich nehme einfach, was ich kriegen kann, wie man so schön sagt.« Er ballte die Faust um die Schlüssel. »Würde Madame jetzt gern die Schlafzimmer sehen oder fürchtet sie, ich könnte sie mit einem Rugbygriff auf eine Matratze werfen?«

Charlotte kicherte und nahm seine Hand, als sie die Treppe hinaufstiegen, die steil war, ein schmales Holzgeländer hatte und oben in einen sich nach drei Seiten verzweigenden Flur mündete. Es gab drei Schlafzimmer und ein Bad, alle ansprechend dekoriert und ausreichend groß. Das hinterste hatte einen eigenen Balkon mit Blumenkästen, in denen Mini-Alpenveilchen und Winterstiefmütterchen wuchsen; ein kleiner, schmiedeeiserner Gartenstuhl stand darauf. Als sie das sah – sich selbst sah, wie sie mit einem Buch und einer Tasse Tee im Frieden mit sich und der Welt auf diesem Stuhl saß –, wirbelte Charlotte herum und erklärte, dass sie das Haus unbedingt haben müsse, dass sie jeden Preis akzeptieren werde, den Mrs. Burgess für ihr Haus bot, und einen Kredit von der Bank erbetteln werde, sogar von Martin, wenn nötig, um den Rest aufzubringen. Sie müsse es einfach haben, überschlug sie sich mit heißem Gesicht. Ob er das verstehe?

Tim, der gerade mit der Leiter in der Luke zum Dachboden kämpfte, sagte, er werde sein Bestes tun und ob sie zuerst hinaufgehen wolle oder er das tun solle?

»Tim«, drängte Charlotte, »kannst du mir dieses Haus beschaffen?« Sie zog an seinem Jackett. Der Dachboden war ihr egal. Ein uninteressanter Raum, in dem man Dinge abstellte, die eigentlich auf die Müllkippe gehörten. Außerdem mochte sie die staubige Kälte dort nicht und das Gefühl von etwas Unbekanntem, das dort lauerte. Sam allerdings wäre begeistert, dachte sie und blickte mit einem Hauch mehr Interesse zu der Luke hinauf. Sam, der nicht umziehen wollte, der noch zu jung war, um zu verstehen, wie nötig, wie wichtig es war, mit dem Alten abzuschließen und ein neues Kapitel aufzuschlagen. Als kleiner Junge war der Wäscheschrank unterm Dach im Haus ihrer Mutter sein Lieblingsplatz gewesen. Er hatte ihn beim Versteckspielen entdeckt und sich von da an oft dorthin zurückgezogen, auch wenn es keinen Grund gab, sich zu verstecken. Manchmal blieb er besorgniserregend lange verschwunden, kam aber immer mit schmutzigen

Knien und dem benommen-siegreichen Gesichtsausdruck eines Forschungsreisenden wieder heraus.

»Hey, ich werde tun, was ich kann, okay?«, versprach Tim, offensichtlich überrascht von der Dringlichkeit in ihrer Stimme. Er klopfte auf die Leiter. »Willst du dir den Dachboden jetzt ansehen oder nicht?«

Charlotte schüttelte den Kopf. »Im Moment nicht, danke. Ich hebe das für Sam auf. Apropos Sam«, sagte sie mit einem Blick auf ihre Armbanduhr, »ich sollte jetzt los. Ich muss ihn von seinem Schülerclub abholen, zu seinem Vater fahren und rechtzeitig für meine Verabredung zurück sein. Ich mache mir ein bisschen Sorgen um ihn, ehrlich gesagt«, gestand sie und wich dabei der Ziehleiter aus.

»Um wen?«, schnaufte Tim, während er versuchte, die Luke zu schließen.

»Um Sam«, murmelte Charlotte und dachte wieder an das unbefriedigende Gespräch mit der noch sehr jungen, ständig lächelnden und leicht herablassenden Klassenlehrerin am Nachmittag. Sie hatte sich eher wie eine überbesorgte Mutter behandelt als beruhigt gefühlt und in Gedanken über die mangelnde Einfühlsamkeit einer jungen Frau geschimpft, deren Können sich auf die Lebensdaten der Frauen von Heinrich dem Achten beschränkte und wie man diese in gerader Linie auf eine Tafel schrieb und deren Wissen über Kinder lediglich auf ihrer eigenen, kaum beendeten Kindheit beruhte.

»Du machst dir Sorgen um Sam?«, hakte Tim nach und klopfte den Staub von seinem Anzug.

»Ach, ist nicht weiter schlimm«, sagte sie, trotzdem ermutigt durch sein Interesse. »Ich habe heute mit seiner Lehrerin gesprochen. Irgendetwas Unerfreuliches geht an seiner Schule vor, da bin ich mir sicher. Aber Sam würde, wie vermutlich alle Kinder, lieber die schlimmsten Qualen ertragen, als sich der Schande auszusetzen, gepetzt zu haben.«

»Du meinst, er wird schikaniert?«

Charlotte zuckte die Achseln. »Vielleicht. Ein bisschen …«

Die Versuchung, ausführlicher darüber zu reden, wurde durch das Zuschlagen der Haustür im Keim erstickt. Ein wenig schuldbewusst zuckten sie zusammen und eilten nach unten, wo sie schnell ein paar Nettigkeiten mit der Hausbesitzerin wechselten, einer Mrs. Stowe, Ende fünfzig, graublaue Augen und lange graue Haare, die sie auf mädchenhafte Weise mit einem breiten blauen Haarband zurückhielt.

»Wir wollten gerade gehen, aber Ihr Haus ist *wunderbar*, *vielen* Dank. Ehrlich gesagt …« Charlotte warf Tim einen Seitenblick zu, der sich auf neutrale Maklerart im Hintergrund hielt und auf die dornigen Sträucher mit den festen grünen Rosenknospen vor der Tür starrte. »Also, das ist wahrscheinlich voreilig und unüblich, aber ich denke, ich würde Ihnen gern ein Angebot machen.«

Mrs. Stowe lächelte unsicher. »Nun, das ist schön zu hören, meine Liebe, aber wie Ihnen Mr. Croft hoffentlich erklärt hat, war das eine höchst inoffizielle Besichtigung. Besonders mein Mann legt nach wie vor großen Wert darauf, es privat zu verkaufen. Im Grunde …«

Bevor sie den Satz beenden konnte, unterbrach Tim seine Blumenstudien und beendete die Begegnung geschäftsmäßig mit Abschieds- und Dankesworten und dem Versprechen, sich telefonisch zu melden.

»Ich verstehe das nicht«, jammerte Charlotte, sobald sie außer Hörweite waren. »Entweder ist es zu verkaufen oder nicht, was denn nun?«

»Das weiß man nicht, die Leute haben schließlich das Recht, ihre Meinung zu ändern. Wie Mrs. Stowe sagte, war das sozusagen eine Vorbesichtigung, völlig unverbindlich, der sie nur dank meiner Überredungskünste zugestimmt hat. Man muss erstmal einen Fuß in die Tür bekommen, Charlotte, das ist oft der wichtigste Schritt. Ich werde morgen als Erstes mit ihr sprechen, mich langsam vortasten, vielleicht die Möglichkeit eines Angebots in verschlossenem Umschlag andeuten …«

»In verschlossenem Umschlag?«

»Falls Mrs. Burgess ein Angebot für dein Haus abgibt und du, wie du sagst, noch etwas mehr Geld auftreiben kannst, würde das deine Position deutlich stärken.« Tim konnte nicht verhindern, dass sich ein wenig beruflicher Stolz in seinen Ton schlich. Zu Charlottes Vorbehalten gegen ihn gehörte, vermutete er, dass er *nur* ein Makler war. Jetzt aber sah sie, dass er etwas taugte, dass er ihr raten und helfen konnte und zuverlässig war. Sie war so hübsch, wie sie da ganz aufgeregt bei ihrem Auto stand, der Wind ihr herrliches Haar zerzauste und ihre grünen Augen ein bisschen wild blickten. Es gefiel ihm sogar, dass sie kompliziert war, ihn ständigen Wechselbädern aussetzte, ihn im Ungewissen ließ, ihn bei der Stange hielt. »Amüsier du dich bei deinem Mah-Jongg, und mach dir keine Gedanken, okay? Ich ruf dich an, sobald ich was Neues weiß.« Er streichelte ihr mit dem Handrücken über die Wange. »Okay? Das ist mein Beruf«, fügte er hinzu und wusste, dass er sein Glück herausforderte, konnte aber in seiner Hochstimmung nicht anders. »Ich kenne mich in diesen Dingen aus. Ich bin gut. Fahr los, und mach dir einen schönen Abend. Wir telefonieren bald. Und, Charlotte?«

Sie hielt inne, ein Bein schon im Auto. »Ja?«

»Diese andere Sache … du und ich … keine Erwartungen, versprochen. Großes Pfadfinderehrenwort.« Ihr Gesicht entspannte sich zu einem warmen, erleichterten Lächeln, das ihm zu Herzen ging. Er hatte ganz vergessen, wie spannend es war, einer Frau nachzujagen, wie begehrenswert ein Preis, der Geduld verlangte.

Viertes Kapitel

Ich bin drei verschiedene Personen: die Tochter, die jeden Sonntag nach Hause schreibt und von gelegentlich schmackhaftem Essen, Ergebnissen der Mathearbeiten und ihrer Hoffnung, für das Schwimmteam ausgewählt zu werden, berichtet; das stille, karottenköpfige Mädchen namens Bootface, das die Augen niederschlägt und sich schlafend stellt, wenn die Foppereien losgehen, die Bettdecke fest um sich gezogen; und ich bin Charlotte, die Freundin einer externen Schülerin namens Bella, die in der Klasse neben mir sitzt und mich an den Ausgangswochenenden und in den kurzen Ferien zu sich nach Hause einlädt, wo wir mit den Schminksachen ihrer Mutter spielen und üben, Zigaretten wie Filmstars zu halten, den Rauch langsam zwischen den Zähnen hervorströmen lassen und rosa Lippenabdrücke auf die Filter machen.

Bella hat einen älteren Bruder, der Adrian heißt, klein und untersetzt ist, Stoppelhaare am Kinn hat und Ohren, die wie runde Klammern von seinem Kopf abstehen. Ich mag ihn, weil er reitet und sich nicht darum schert, dass er hässlich ist. Seine Augen sind blitzblau und voller Schalk. Er riecht nach Sattelseife und dem Mulch des Stallhofs. Er nennt mich Charlie und kommandiert mich herum. Ich gehe und hole Sattel- und Zaumzeug, Eimer, Besen und Striegel mit singendem Herzen. Wenn ich zwischen meinen klammen Bettlaken liege, suche ich Trost in Träumen von seinem klaren Blick und seinen großen Händen. Sie sind voller Schwielen, haben kurze, breite, schmutzige Nägel, und ich will sie auf mir spüren, will, dass sie meinen Nacken streicheln und in die lange, rot leuchtende Last meiner Haare fahren. In diesen

Träumen beginne ich zu glauben, dass es vielleicht noch ein anderes Ich gibt, eine vierte Person, die sich wie eine russische Puppe in den anderen versteckt und darauf wartet, gefunden zu werden.

Das Haus in Rotherhithe war genau das, was Martin in Charlottes Augen immer verachtet hatte: Teil einer Neubausiedlung auf einem mit Schranken abgesperrten Gelände, eines in einer langen Reihe gleich aussehender Einfamilienheime mit Blick auf einen kleinen Kreisel, der zu dieser Jahreszeit mit steifen Regimentern von Osterglocken und Tulpen bepflanzt war. Wenn sie dort hineinfuhr, hatte sie immer das Gefühl, in eine Art Spielzeugstadt für Erwachsene zu kommen, wo man gut beschützt das sonst so gefahrvolle Leben nachspielen konnte.

Sam dagegen behauptete, es gefalle ihm dort. Er fand es »cool«, dass er von seinem Zimmer aus die Themse sehen konnte und keinen Helm brauchte, wenn er mit seinem Fahrrad über das dick asphaltierte Wegenetz der Siedlung fuhr. Und auf Charlottes Nachfrage hin (sanft, ganz sanft, wobei sie dem Drang widerstehen musste, herauszuschreien, dass nur sie ihm eine gute Mutter sein konnte) hatte er eingeräumt, dass er auch Cindy mochte. Sie machte die Pizza selbst, und er durfte den Belag aussuchen. Sie erlaubte ihm, gleich drei DVDs auf einmal beim Verleih mitzunehmen, und sonntags durfte er bis zum Mittagessen im Schlafanzug herumlaufen, wenn er wollte. Charlotte hörte sich solche Mitteilungen (wahllos und eher selten geäußert) so gelassen wie möglich an und kämpfte den Impuls nieder, in Kochbüchern nach Pizzarezepten zu suchen und ganze Regalreihen von DVDs in ihren Einkaufskorb zu fegen.

Die Hauptsache war natürlich, dass es Sam gut ging, das stand außer Frage. Lieber eine Cindy, die Sam verwöhnte und sich bei ihm einschmeichelte, als eine Kinderhasserin.

Obwohl sie sich schon wunderte, dass Martin dabei mitmachte – Martin, der ihr ständig vorgeworfen hatte, zu nachgiebig zu sein, und eines schrecklichen Abends Sams Zimmertür abgeschlossen hatte, um ihm sein nächtliches Herüberwandern ins Elternschlafzimmer abzugewöhnen. Als das Gewimmer angefangen hatte, hatte er auch die Schlafzimmertür abgesperrt, hatte sie mit dem Gewicht seines Körpers auf dem Bett festgehalten und über irgendwelche Erziehungsmethoden gefaselt, die er im Fernsehen gesehen hatte. Er habe genug, hatte er gesagt, sie müsse sich entscheiden, ob sie auf seiner Seite sei oder gegen ihn. Als wäre er es, dem wehgetan wurde, und nicht ihr sechsjähriger Sohn, der auf der anderen Seite des Flurs laut seine Verwirrung herausschluchzte.

Charlotte hatte sich entschieden. Es war ihr leichtgefallen. Sie war zu Sam ins Bett gekrochen und die ganze Nacht dort geblieben, hatte sich eingeredet, dass er sie brauchte, obwohl er innerhalb von wenigen Sekunden eingeschlafen war und sie wach gelegen und ihrem eigenen Herzschlag zugehört hatte, bis die Vögel sangen.

»So, da sind wir«, trällerte Charlotte in dem Bemühen, fröhlich zu klingen, als sie auf dem geteerten Stellplatz neben Cindys Saab hielt. »Hast du an deine Zahnbürste gedacht?«

»*Mum.*«

»Gut, dann vergiss nicht, sie zu benutzen.«

»*Mum.*«

»George war lange nicht mehr bei uns, stimmt's?«, nahm sie einen neuen Anlauf, seine düstere Stimmung aufzuhellen, in der er in letzter Zeit nach jedem Schultag zu sein schien, sogar wenn er keinen verhassten Club nach dem Unterricht hatte. »Ich treffe Theresa heute Abend, soll ich was für euch ausmachen?«

Sam gab ein Geräusch von sich, das wohl ein Nein sein sollte.

»Nein, danke, Mum«, korrigierte ihn Charlotte streng, während sie seine Tasche aus dem Kofferraum hievte, und küsste ihn dann versöhnlich auf den Kopf. Im selben Moment ging das Licht in der Küche an, die vom Autostellplatz zu sehen war, und brachte Leben ins Haus wie ein flackernder Fernsehbildschirm. Cindy, in einer rosa Jogginghose aus Nickistoff und weißem T-Shirt, die blonden Haare zu einem modisch-fransigen Knoten gedreht, durchquerte den Raum und griff nach einem der oberen Schrankfächer. Charlotte konnte nicht anders, als sie anzustarren, ihren schlanken, leicht gebräunten Arm, den Umriss ihres vollen Busens, die elastische Einbuchtung ihrer Taille. Freya, erinnerte sie sich plötzlich, hatte eine Puppe namens Cindy gehabt, mit gewellten, gelbblonden Haaren, Perlensteckern in den Ohren, rot lackierten Fingernägeln und einem so spitzen, harten Busen, dass sie, wenn sie keine Lust zum Spielen mehr hatten und stattdessen miteinander kämpften, oft die begehrteste Waffe war.

Als Cindy sie an der Tür begrüßte, fiel Charlotte jedoch auf, dass die neue Partnerin ihres Mannes heute nicht so puppenhaft perfekt aussah wie sonst. Zwar lächelte sie wie immer und nannte Sam »Darling«, der sich überraschender- und ärgerlicherweise nicht wegduckte und sein Würgereiz-Gesicht machte, sondern nur schüchtern zurücklächelte, aber sie hatte blauschwarze Schatten unter den Augen und an mehreren Stellen dick aufgetragenen Concealer im Gesicht, der Hautunreinheiten verbergen sollte. Charlotte, schon halb auf dem Sprung zurück ins sichere Auto, konnte es sich nicht verkneifen zu fragen, ob es ihr gut gehe.

»Doch, doch, alles in Ordnung, danke – es war nur eine harte Woche im Büro. Die Märkte spielen verrückt, niemand kann sie zurzeit richtig einschätzen. Gott sei Dank ist Freitag. Hallo, Süßer, schön dich zu sehen.« Sie tätschelte Sams Kopf und schenkte Charlotte dieses strahlende Lächeln, mit dem sie jede ihrer Begegnungen bewältigte, so gnadenlos freundlich, dass es kein anderes Mittel dagegen gab als den Rückzug.

»Tschüss, Sam, benimm dich.« Charlotte zerzauste ihm das Haar und rief »Bis Sonntagabend«, als er davonstürmte. Dann vertraute sie Cindy leiser an, dass sie am Wochenende mal mit Martin sprechen müsse.

»Du kannst jederzeit anrufen, das weißt du, Charlotte.«

»Ja, ich … sicher. Danke.«

»Aber ich richte es ihm aus, wenn du willst.«

Charlotte blinzelte in den grellen Schein ihres Lächelns, und dabei überkam sie ein schwindelerregender Zorn, weil sie von ihrem Platz verdrängt worden war. Diese Frau hatte eine Affäre mit ihrem Mann gehabt, teilte nun Tisch und Bett mit ihm und spielte die Mutter für *ihr* Kind. Sie war auf den zerbrechlichen Resten ihres Eheglücks herumgetrampelt, indem sie sich für Martin verfügbar gemacht hatte. Und jetzt wohnten sie hier in ihrem Spielzeugstadt-Haus mit ihren zueinanderpassenden Autos und machten einen auf heile Familie, während sie sich mit den harten Realitäten wie Geld, Hausverkauf oder Kindererziehung herumschlug. Das war unerträglich. Martin sagte immer, sie solle alles, was Sam betraf, mit ihm besprechen, aber er machte es ihr nicht gerade leicht. Wenn sie Sam brachte oder abholte, passte es nie, und am Telefon wirkte er stets in Eile und distanziert, oder alte Feindseligkeiten schlichen sich in ihr Gespräch und lenkten sie vom Thema ab.

Nachdem sie es geschafft hatte, sich einigermaßen freundlich zu verabschieden, verschwand der Zorn jedoch wieder wie ein Anfall von Übelkeit, und es blieb nur Mitleid zurück. Sie gönnte Cindy Martin und umgekehrt. Die Ehe mit ihm hatte sich totgelaufen. Sie konnte froh sein, dass sie das hinter sich hatte, überaus froh.

Sie war am Ende der Auffahrt angelangt, als sie Martins schwarzen BMW heranrauschen sah. »Hallo.« Er stieg schnell aus, zog seine Aktentasche mit sich und fuhr sich mit einer Hand durch die Haare, wie immer, wenn er unruhig war.

»Hallo.«

»Du hast ihn also gebracht?«

»Ja, gerade eben. Ich hab's eilig, gehe heute Abend zu Theresa.«

»Gut. Dann bis Sonntag.«

Sie standen mehrere Meter voneinander entfernt, Martin an der Vorderseite seines Wagens, während Charlotte kleine Schritte rückwärts auf ihren eigenen zumachte. Seine Haare, die sich ihr jugendliches Blond bewahrt hatten, wurden sichtlich dünner und bildeten Geheimratsecken, aber körperlich sah er so fit aus wie seit Jahren nicht, seine Anzughose hing locker an seinen Hüften, und von seinem Oberkörper ging eine kraftvolle Spannung aus.

»Wenn's geht, etwas früher als sonst, ich hoffe, das ist in Ordnung. Sagen wir, um vier?«, fügte er hinzu.

Charlotte biss sich auf die Lippen und wog ab, ob sie der Einfachheit halber zustimmen oder auf den kleinen inneren Protestschrei hören sollte, weil er so selbstverständlich annahm, dass es ihr recht war. Am Sonntag wollte sie ihre Mutter besuchen. Das frühere Abliefern würde bedeuten, dass sie von Kent zurückhetzen und dafür sorgen musste, dass etwas Vernünftiges für Sams Abendessen im Haus war. »Darf ich fragen, warum?«

Sie sah, wie er erstarrte, seinen ganzen Körper in Habachtstellung brachte, als bereite er sich darauf vor, einer großen Welle oder starken Windbö zu widerstehen. »Cindy und ich sind einem Chor beigetreten. Die Proben sind um fünf am Sonntagnachmittag. Ich muss Sam vorher absetzen und rechtzeitig wieder hier sein.«

Charlotte konnte ein ungläubiges Schnauben nicht unterdrücken. »*Du – in einem Chor?*«

»Sag mir einfach, ob es geht«, brummte Martin und drückte beinahe verschämt seine Aktentasche an sich, als wüsste er selbst, wie wenig es zu dem alten Martin passte – hartnäckiger Fan von Punkrock und Led Zeppelin –, seine kratzige Bassstimme in den Dienst disziplinierten Chorgesangs zu stellen. »Kann ich Sam am Sonntag um vier zurückbringen oder nicht?« Er mahlte mit den Kiefern und sah sehnsüchtig zu dem erleuchteten Fenster hinüber, von dem Cindy ihm theatralisch zugewinkt hatte, bevor sie wieder verschwunden war.

»Ja, ich denke schon«, gab Charlotte müde nach. »Vier Uhr. Ich werde da sein. Ich esse an dem Tag mit Mum zu Mittag und werde wahrscheinlich froh über einen Grund sein, früher wegzukönnen«, gestand sie.

»Verstehe. Also, danke.«

»Aber ich muss mit dir reden«, rief sie ihm nach, als die Sorgen um Sam sie wieder überfielen, zusammen mit der Angst vor dem gewagten Schritt, um ein Darlehen zu bitten.

Martin stellte seine Aktentasche vor der Tür ab. »Ich dachte, du hast es eilig.« Cindy, die bemüht nicht zu ihnen nach draußen sah, war wieder im Rahmen des Küchenfensters aufgetaucht. Neben ihr konnte Charlotte gerade noch Sams wuscheligen Kopf erkennen und dann seine Hand mit den abgekauten Fingernägeln, noch dazu beschmiert von einer Filzstiftkritzelei, die auf etwas zeigte.

»Stimmt auch. Ich meinte morgen, am Telefon. Es geht um Sam.«

»Ja, das dachte ich mir. Warum kannst du es mir nicht jetzt sagen, Herrgott?« Feiner Nieselregen hatte eingesetzt, mehr ein dahintreibender Dunst, und die Tröpfchen glitzerten im Licht, das aus dem Haus strömte. Martin zog sich unter den Schutz des Vordachs zurück.

Charlotte hielt die Handtasche über ihren Kopf und eilte zum Auto. »Nein, jetzt ist keine Zeit.«

»Charlotte.« Die Silben zischten aggressiv durch die feuchte Luft wie Feuerwerksraketen. »Wenn es wichtig ist, sag es mir, verdammte Scheiße.«

Charlotte zuckte zusammen und dachte an das ganze Elend, das Misstrauen, die Feindseligkeit, den Wunsch, frei zu sein. »Morgen, Martin. Ich rufe dich an.«

Einen Augenblick später erschien Martin in der hell erleuchteten Küche, einen Arm um Cindys makellose Schultern gelegt, eine Hand in Sams strohfarbenem Schopf. Mann, Frau, Kind – das perfekte Familiendreieck. Nein, nicht perfekt, verbesserte Charlotte sich rasch und drehte den Zündschlüssel einmal und dann ein zweites Mal, ehe der Motor ansprang. Sam war nicht ihr gemeinsames Kind, Cindy sah ausgelaugt aus, und Martin würde ihrer irgendwann überdrüssig werden, wenn er es nicht schon war.

Auf dem Weg zu Theresa hielt sie bei dem Wein- und Spirituosenladen an der Hauptstraße des Viertels an. Als sie mit einer Flasche Rioja wieder herauskam, sah sie auf der anderen Straßenseite einen hochgewachsenen Mann mit einer roten Pudelmütze. Ein großes, dünnes Mädchen mit krausen, kupferroten Haaren ging knapp hinter ihm, die Schultern hochgezogen unter einem Schulblazer, der ihr mehrere Nummern zu groß war. Beim Einfädeln in den Straßenverkehr ein paar Minuten später sah sie das Paar erneut, als es gerade in einen silberfarbenen Mercedes stieg. Sie lachten jetzt über etwas, und zwar so ausgelassen, dass ihr die Überlegung durch den Kopf schoss, wie es wohl gewesen wäre, wenn Martin gestorben wäre, statt untreu zu sein, ob das Ende einer Ehe leichter zu akzeptieren war, wenn der Tod und nicht menschliches Fehlverhalten es herbeigeführt hatte.

Es war Vollmond an diesem Abend; groß und gelb hing er über dem Horizont und so tief, dass George, der ihn durch die oberste Scheibe des Badezimmerfensters betrachtete, an ein riesiges Frisbee dachte, das über die Baumwipfel rollte. Er war von seiner Mutter zu einer gründlichen Körperreinigung verdonnert worden. Sie hatte irgendwie einen siebten Sinn für solche Dinge, auch wenn sie nicht darauf zu achten schien. Nicht nur duschen, sondern ein *Vollbad*, hatte sie gesagt, als wüsste sie über seinen Trick Bescheid, den Hahn voll aufzudrehen und nur seine Haare nass zu machen, wenn er keine Lust zu mehr hatte. Heute hatte er mal wieder keine Lust gehabt, aber sie war energisch ins Bad gekommen, bevor er die Tür abschließen konnte, hatte Wasser eingelassen und so viel von ihrem speziellen Schaumbad hineingekippt, dass ein großer weißer Schaumberg vom Fußende auf den Boden geglitten war, als er in die Wanne stieg.

Eigentlich war es ganz nett, so im duftenden Wasser zu liegen, musste George zugeben, in Sicherheit vor seinen nervigen jüngeren Geschwistern und dem Theater mit den Vorbereitungen für den Spieleabend seiner Mutter. Patties Mutter Naomi war bereits da und saß auf dem Sofa mit einem Glas Wein, das George ihr hatte einschenken müssen, während seine Mutter seine kleinen Brüder nach Mah-Jongg-Steinen durchsuchte. Sie lagen jetzt beide oben im Bett, nachdem ihnen unter Androhung der Todesstrafe eingeschärft worden war, Matty nicht zu wecken, die bei der Läusevorsorge so laut gebrüllt hatte, dass sie doch tatsächlich einen Teil ihres Abendessens herausgekotzt hatte. Alfie hatte sich fasziniert hingehockt und seinen Brüdern die unverdauten Bohnen in Tomatensoße gezeigt (Matty hatte das Curry nicht gemocht), was eklig, aber auch interessant gewesen war, bis ihre Mum gesagt hatte, dass sie das Zeug, wenn sie es denn so spannend fänden, auch gleich mal aufwischen könnten.

George hatte sich daraufhin ins Trompeteüben geflüchtet und war viel länger dabeigeblieben, als er eigentlich wollte, aus lauter Angst, zu irgendwelchen Hausarbeiten herangezogen zu werden. Als seine Mutter dann leise in sein Zimmer gekommen war, hatte er so getan, als würde er sie nicht bemerken, und das Stück nochmal von vorn gespielt, obwohl es schon beim ersten Mal gut geklappt hatte. Doch statt von der Kotze oder seinen falschen Tönen anzufangen, hatte sie ganz freundlich gesagt, dass es ihr leidtäte, wenn sie ihn wegen der Musikprüfung zu sehr getriezt hätte. Ob er zur Feier, dass die Prüfung vorbei war, am kommenden Freitag einen Freund zum Übernachten einladen wollte und wie es denn mit Sam wäre?

Danach hatten sie ein bisschen Streit gehabt, weil er nein gesagt hatte – nicht zu der Idee, einen Freund zum Übernachten einzuladen, aber zu Sam. Seine Mutter hatte nicht mehr freundlich geschaut, sondern ihm einen Vortrag darüber gehalten, was Sam durchmachte und wie wichtig es wäre, in Notzeiten für Freunde da zu sein, worauf er gern erwidert hätte, dass sie Sam doch selbst einladen sollte, wenn ihr so viel an ihm lag. Aber das hatte er nicht gemacht, denn freche Widerrede zahlte sich bei seiner Mutter nie aus, und dann hatten ihn das Klingeln an der Tür und die Aufgabe des Weinausschenkens erlöst.

Trotzdem war es nicht fair, dachte George trotzig und saugte geräuschvoll mit seiner Zahnspange an dem nassen Waschlappen auf seinem Gesicht, dass seine Mum ihm ein schlechtes Gewissen wegen der Wahl seiner Freunde einreden wollte. Sam war früher mal ganz okay gewesen, damals, als noch jeder mit jedem gespielt hatte. Aber jetzt konnte ihn niemand mehr besonders gut leiden. Er war so ein peinlicher Angeber geworden, umso peinlicher, weil er eigentlich nichts hatte, womit er angeben konnte. Wie viel sein Dad verdiente, was für ein Handy er bekommen sollte, Punkte bei Computerspielen – wen interessierte das? Außerdem war es wahrscheinlich sowieso gelogen. Seine Eltern ließen sich scheiden, na und? Er war schließlich nicht das erste Kind, dem das passierte. Die Mutter von Rose, dem neuen Mädchen in ihrer Klasse, war *gestorben*. Das war nach Georges Ansicht wesentlich schlimmer und beeindruckender. Wenn seine Mum gesagt hätte, er solle nett zu Rose Porter sein, hätte er sich eher Mühe gegeben, weil allein die Vorstellung, seine Mutter zu verlieren, so schrecklich war, dass ihm dabei sofort übel wurde, auch wenn diese Mutter einen noch so sehr herumkommandierte und man ihr nichts vormachen konnte.

Allerdings kam die mutterlose Rose offenbar ganz gut allein zurecht. Sie war eines von diesen beängstigend klugen Mädchen, die in der ersten Reihe saßen, ständig die Hand in der Luft hatten, weil sie alles beantworten konnten, und in der Pause die Nase in ein Buch steckten. Sie war so groß wie die größten Jungen in der Klasse, hatte karottenrote Vogelnesthaare, Haut so weiß wie Sunblocker und hellblaue Augen, die durch einen hindurchzustarren schienen. Als ihr am Vormittag im Theaterkurs Sam als Partner zugewiesen worden war (für eine blöde Übung, bei der einer ein Baum sein musste und der andere der Wind), hatte sie so finster und turmhoch überlegen ausgesehen, so voller Verachtung für Sams pustendes Abgezappel um ihre ausgestreckten Arme herum, dass George ein bisschen Mitleid mit seinem ehemaligen Freund empfunden hatte.

Aber nicht genug, schwor er sich und verteilte noch mehr Wasser auf dem Boden, als er aus der Wanne kletterte, um den nervigen Loser zu einem gemeinsamen Freitagabend einzuladen.

Unten im Wohnzimmer hatte Naomi Gesellschaft von Josephine bekommen, deren modisch kurz geschnittenes blondes Haar dunkel vom Regen war und die nichtsdestoweniger in ihrem dunkelblauen Hosenanzug und den hochhackigen Schuhen tadellos aussah. Theresa machte sich zwischen ihnen zu schaffen, stellte Schalen mit Gemüsechips hin, bot an, Wein nachzuschenken, und sah nach dem Kartentisch, der von seinem Platz hinter dem Klavier hervorgeholt und für das abendliche Spiel aufgeklappt worden war. Aus den Hosentaschen ihrer Söhne gerettet, lagen alle Mah-Jongg-Steine nun ordentlich aufgereiht in dem zweigeteilten Viereck, das für den Beginn der Partie nötig war. In der Mitte lagen, wie zwei lose Zähne, die abgegriffenen, verformten Würfel, die zu dem Mah-Jongg-Set gehörten (vor ein paar Jahren aus einer Laune heraus bei einem Garagen-Flohmarkt erstanden), dazu ein kleines Heftchen mit der Spielanleitung, das von derart altem Tesafilm zusammengehalten wurde, dass die Streifen inzwischen schmutzig braun waren und kaum noch klebten. Naomi hatte lange genug mit ihrem Weinglas allein dagesessen, um Lust zu bekommen, sich in die Spielanleitung zu vertiefen, und warnte nun die Freundinnen, dass sie beabsichtige, heute eine der schwierigeren Partien mit höherer Punktzahl zu spielen.

Josephine stöhnte. »Ich kann mir die Spielbilder sowieso nie merken. Ich bringe meine Winde und meine Drachen durcheinander, und manche von diesen Bambussen sehen genau aus wie Blumen.«

»Es ist wie bei Spielkarten, Jo – verschiedene Farben, zusätzliche Punkte für Winde und Drachen –, und wir müssen diesmal unbedingt diese Nordwind-Geschichte spielen, Theresa.«

»Und was ist das für eine Geschichte?«, fragte Theresa geistesabwesend, weil sie sich mehr um das Curry sorgte, das bereits ernste Anzeichen einer Dehydration zeigte, während der Reis, der im Backofen warmgehalten wurde, klumpig und klebrig zu werden begann.

»Ich kapier diese Nordwind-Partie nicht«, jammerte Josephine, streckte ihre langen Beine aus und lehnte sich mit offensichtlichem Wohlbehagen auf dem weichen Sofa zurück, Hände und Weinglas auf den Bauch gestützt. Bei ihren Chefs in der Unternehmensberatung galt sie als hochintelligent, gnadenlos und unermüdlich, weshalb sie solche Abende besonders entspannend fand. Wie ihre Freundinnen genau wussten, scherte sie sich keinen Deut um den Nordwind oder darum, ob sie Bambusse und Blumen durcheinanderbrachte. Vor dem Mah-Jongg hatte sie einer Lesegruppe angehört, deren Treffen aber zu sehr als harte Arbeit empfunden: bierernste, teils intellektuell frustrierte Frauen, die sich in ellenlangen Monologen ergingen und darum rangelten, dass ihre belanglosen Meinungen gehört und respektiert wurden. Jetzt las sie genüsslich Dick Francis oder weichgespülte Geschichten über Frauen, die shoppen gingen und jede Menge Sex hatten. »Ich fand ja sowieso schon immer, dass der Südwind mehr zählen sollte als der Nordwind. Weil er angenehmer ist, *milder* … Ach, davon könnte ich jetzt ein bisschen gebrauchen.« Sie seufzte und zog eine Grimasse. »Der März ist immer so endlos und scheußlich, Weihnachten schon lange her und noch so viele Monate bis zu den Sommerferien. Ich lege mich gerade für einen Kurztrip an Ostern ins Zeug, aber Paul sagt, er kann nicht frei bekommen.«

»Das sagt Paul immer, und dann überredest du ihn doch«, erwiderte Theresa prompt, sah auf die Uhr und fragte sich, wo Charlotte blieb.

»Graham hat eine Konferenz in Dubai im Sommer«, sagte Naomi. Sie ging zum Kaminsims, um sich Martins und Cindys Einladung anzusehen, die Theresa aufgrund verschiedener häuslicher Zwischenfälle zu verstecken vergessen hatte. »Er will es so hinbiegen, dass ich mitkommen kann.«

»Mit Pattie und den Zwillingen?«

»So weit sind wir noch nicht.«

»Aber bei Konferenzen haben die Männer nie Zeit für einen«, wandte Theresa ein. »Ich weiß, Graham ist im Bankfach und kein Mediziner, aber es läuft immer auf das Gleiche hinaus. Am Ende sieht man den Zimmerkellner öfter als seinen Partner.«

»Muss nicht das Schlechteste sein«, witzelte Josephine mit einem Funkeln in ihren braunen Augen.

Sie lachten, vereint in einer mühelosen Kameradschaft, was weder Ehemänner noch Zimmerkellner herabsetzte, sondern nur die Tatsache anerkannte, dass sie Frauen und noch jung genug waren, um einige der Einschränkungen des Ehelebens zu bedauern.

Für Charlotte nun kein Thema mehr, dachte Theresa, als sie zum Fenster hinüberging, um auf die Straße hinauszusehen, und fragte sich, ob sie nach ein paar weiteren Schlucken Wein sogar ein wenig neidisch auf sie werden könnte. Hotelpagen, Immobilienmakler – durch ihren neu gewonnenen Singlestatus hatte Charlotte nun die freie Auswahl. Sie sah auf ihren Busen – ein bisschen zu schlaff und zu groß nach den Kindern, aber attraktiv präsentiert in einem blauen, spitzenbesetzten Lieblingstop – und versuchte, sich das Gesicht eines knackigen jungen Mannes anstelle von Henrys eulenäugigem an ihrem Ausschnitt vorzustellen. Dann dachte sie an ihre Schwangerschaftsstreifen, den großen Leberfleck an ihrem Oberschenkel, den sie untersuchen lassen musste, die Speckröllchen an ihren Hüften, und das liebe Gesicht ihres Mannes erschien wieder in einem milderen Licht. Mit achtunddreißig Jahren und sechs Kilo Übergewicht hatte sie ihre beste Zeit hinter sich, und jeder neue Liebhaber würde das bemerken.

Henry dagegen, sann sie zärtlich, hatte sie zu ihrer besten Zeit gekannt, so wie sie ihn vor der Brille, dem knackenden Knie und dem Bauchansatz gekannt hatte, der je nach Selbstdisziplin mal größer und mal kleiner war. Ihr würde immer die Erinnerung an die erste Zeit ihrer Verliebtheit bleiben, an den gut aussehenden, frischgebackenen Chirurgen mit den lustig zwinkernden Augen, der sie zu einem Rugbyspiel eingeladen, hinterher ihre trockenen, halb erfrorenen Lippen geküsst und dabei Liebeserklärungen gestammelt hatte.

»Wir werden wohl ohne Charlotte anfangen müssen«, verkündete sie und ließ den Vorhang fallen.

»Vielleicht ist sie ja mit ihrem neuen Lover zusammen«, vermutete Josephine mit einem Seitenblick zu Naomi, die ihre engste Verbündete in der Gruppe war.

»Ach, ich finde, wir sollten Charlotte ermutigen«, rief Naomi und ließ einen kleinen Schneeschauer von Flitter auf den Teppich niedergehen, als sie mit der Einladung wedelte. »Es muss furchtbar schwer sein, wieder das Selbstvertrauen für Flirts und Verabredungen aufzubringen, wenn man fast vierzig ist und so gemein betrogen wurde, oder?«

Josephine verdrehte die Augen. »Meinst du Martin und *Cindy*?«

»Na klar.« Naomi stellte die Karte sorgfältig an ihren Platz zurück. »Und die anderen. Charlotte hatte immer den Verdacht, dass da noch andere waren, weißt du nicht mehr?«

Die drei Frauen schwiegen eine Weile und dachten an die unerfreulichen Berichte über die Turner-Ehe, die immer bitterer und häufiger wurden, je länger sie Charlotte kannten. Mürrisch, lieblos, untreu – Josephine hatte schnell die Bezeichnung »Martin das Monster« geprägt und Charlotte schon gleich zu Anfang zugeredet, sich von ihm zu trennen. Doch dann war Martin bei einem Elternabend in der Schule erschienen, und Josephine hatte sich unversehens mit einem sanftmütigen, gut aussehenden Mann mit sorgenvollem Blick und offenem Lächeln unterhalten. Sie hatte den Schimpfnamen über Nacht fallen lassen und Charlotte zwar weiter Rückhalt gegeben, ihr aber keine Ratschläge mehr erteilt.

»Aber sie hat doch jetzt diesen Makler, der ihr den Hof macht, dann ist doch alles in Ordnung, oder?«, wollte Josephine wissen, als sie ihren Platz am Tisch einnahm, entschlossen, wenigstens eine der Freundinnen zu einem bisschen Klatsch zu bewegen. »Außerdem ist sie schön!«, rief sie leicht gereizt, als immer noch keine Reaktion kam. »Es wäre doch nicht gerecht, so gut auszusehen und auch noch glücklich zu sein, oder?«

»Jo, du bist unmöglich«, tadelte Naomi freundschaftlich und setzte sich neben sie.

»Lasst uns auswürfeln, wer der Nordwind ist«, bestimmte Theresa mit strengem Blick. »Ich werde für mich und für Charlotte würfeln.«

Mit perfektem, aber ungeplantem Timing traf Charlotte genau dann ein, als Henry den Schlüssel in die Haustür steckte. Da sie auf diese Weise unangekündigt hereinschneite, hörte sie zufällig ihren Namen aus der halb offen stehenden Wohnzimmertür, während sie ihren Mantel ablegte. Henry hörte es auch, wurde verlegen und bellte eine unnötig laute Rüge nach oben, als Georges dunkler Lockenkopf sich durch das Treppengeländer schob. »Du solltest längst im Bett sein!«

George verkündete stolz: »Guck mal, Dad« und streckte seine Zunge über die Oberlippe bis zur Nasenspitze hinauf.

»Hat Sam auch so gute Umgangsformen?«, erkundigte sich Henry grinsend, nachdem er seinen Sohn ins Bett geschickt hatte.

»Nicht genau die, aber früher konnte er mal beide Beine

hinter den Kopf klemmen und Purzelbäume durchs Zimmer schlagen.«

»Mein Gott, wie schockierend«, gluckste Henry und stieß die Wohnzimmertür auf. »So, Ladys, hier kommt das fehlende Mitglied eurer Zockerrunde.«

Es entstand eine kurze Pause, ehe die drei Frauen reagierten, wie nach dem wenig mitreißenden Schluss einer Theaterdarbietung. Nun war Charlotte sicher, dass man über sie gesprochen hatte, und fühlte sich ausgeschlossen, auch noch nach der herzlichen Begrüßung.

Wahrscheinlich hatten sie ein bisschen über Tim geklatscht, was nur menschlich und verständlich war, und sie war eben überempfindlich, beruhigte sie sich, während sie versuchte, das übliche Chaos des Spiels zu genießen, bei dem Mauern aus Spielsteinen zusammenbrachen und Josephine immer »Pong« kreischte, wenn sie »Kong« meinte und eines von Theresas köstlichen Currygerichten das Getriebe schmierte. Außerdem unterschied sie sich ohne Ehemann nun tatsächlich von den anderen, und sie wunderte sich nur, dass sie so lange gebraucht hatte, um das zu kapieren. Sie erzählte fürs Erste nichts von ihren eigenen Neuigkeiten, wollte sich selbst und das nagende Gefühl des Außenseitertums in dem munteren Reigen von Anekdoten um den Tisch herum verlieren. Aber es wurde nur noch schlimmer: Familienleben, Familienurlaube, Familienzwiste, mein Mann dies, mein Mann das. Es war, als würden die drei Freundinnen eine andere Sprache sprechen.

Schließlich wurde sie von Theresa gerettet, die ihren Blick auffing und ihr vorschlug, das Ferienhaus in Suffolk, das sie und Henry vor ein paar Jahren von Henrys Eltern geerbt hatten, für sich und Sam zu nutzen, in den Osterferien oder auch den Sommerferien, wie es ihr passte. Woraufhin Naomi, nachdem sie dafür votiert hatte, das Spiel zu beenden und es sich auf den Sofas und Sesseln gemütlich zu machen, sich erkundigte, wie es denn so mit Tim lief.

»Ach, wir waren erst einmal zusammen aus, und der Abend ist ziemlich an mir vorbeigegangen, um ehrlich zu sein«, berichtete Charlotte, die sich in der allgemeinen Wärme und Sympathie sonnte und sich dafür schämte, je an den Freundinnen gezweifelt zu haben. »Wir waren in diesem komischen spanischen Lokal und haben gesalzene Mandeln und lauter ölige Snacks gegessen. Es war eigentlich ganz nett, aber dann habe ich zugelassen, dass er mich im Auto vor meinem Haus küsst, und jetzt denkt er, da läuft was zwischen uns. Heute wollte ich ihm schonend beibringen, dass nichts daraus wird, aber jetzt hat er dieses tolle Haus in der Chalkdown Road für mich gefunden, und ich bringe es einfach nicht über mich, ihn ganz in die Wüste zu schicken.«

»Ein Haus!«, rief Theresa in das Gelächter hinein. »Das ist ja großartig. Das heißt, wenn du einen Käufer für dein altes gefunden hast, schätze ich …« Sie stockte, sah sich zwischen den frisch gestrichenen Wänden und sorgfältig ausgewählten Möbeln ihres Wohnzimmers um und dachte, dass sie sich nur äußerst ungern davon trennen würde.

»Genau. Aber es sieht so aus, als gäbe es jemanden. Eine Mrs. Burgess, und Tim ist sicher, dass sie ernsthaftes Interesse hat.« Charlotte plauderte weiter und genoss es, sich endlich richtig zu entspannen und wieder ganz dazuzugehören. »Es ist eigentlich mehr ein Cottage als ein Einfamilienhaus. Im Vorgarten wächst herrlicher Jasmin, es hat ein Schlafzimmer mit Balkon und zwei kleine Buntglasfenster in der Diele. Die Eigentümerin meinte, sie würden nicht gern über Tims Maklerbüro verkaufen, was schlecht für ihn wäre, aber noch nicht das Aus für mich. Sam würde ein Neuanfang in einer anderen Umgebung auch guttun. Er könnte zu Fuß zur Schule gehen, und wir wären so nahe am Park, dass ich schon mit dem Gedanken gespielt habe, einen Hund anzuschaffen …«

»Hey, mal langsam, einen Hund?«, Theresa hob die Hände, um ihren Redefluss zu stoppen. »Was ist mit deinem Job in der Buchhandlung, wer kümmert sich dann um das Tier? Außerdem hasst du Hunde.«

»Falsch, ich hasse nur den Hund meiner Mutter, weil er langweilig, überfüttert und schlecht erzogen ist. Außerdem arbeite ich Teilzeit bei Ravens, und Sam hat sich schon immer einen Hund gewünscht. Er ist zurzeit …« Charlotte unterbrach sich abrupt. Sie hatte zu viel getrunken, stellte sie mit einigem Erstaunen fest, und stellte vorsichtig ihr Weinglas ab. Beinahe hätte sie genau das Thema angeschnitten, das sie sich zu vermeiden geschworen hatte. Miss Hornby hatte ihr versichert, die Situation im Griff zu haben. Martin würde dieser Einschätzung höchstwahrscheinlich zustimmen. Sie wollte auf keinen Fall den Eindruck erwecken, sie würde nun, da alles sich zum Besseren wandte, nach einem neuen Grund suchen, niedergeschlagen zu sein, nach einer neuen Sorge, kaum dass die eine große Sorge aus dem Weg war. Wie würde sich das auch anhören, wenn sie gegenüber den Müttern von George und Pattie, Sams ältesten Freunden, den Verdacht äußerte, ihr Sohn würde gemobbt? »Sam ist halt immer noch ziemlich durcheinander«, beendete sie den Satz lahm und sah sich nach ihrer Handtasche um.

»Er wird sich schon wieder fangen«, meinte Theresa. »Er muss sich eben noch … anpassen, das ist alles.«

»Und Kinder sind sehr anpassungsfähig«, warf Josephine ein, während sie mit den Füßen wieder in ihre Schuhe schlüpfte und Naomi zunickte, die versprochen hatte, sie nach Hause zu fahren.

»Das stimmt«, pflichtete Naomi bei, zog ihre Tasche von der Stuhllehne und stand auf.

Nachdem Theresa die beiden verabschiedet und überprüft hatte, ob die Gästetoilette im Erdgeschoss benutzbar war, bevor sie Charlotte hineinließ, suchte sie ihren Mann im Arbeitszimmer auf.

»Nein, ich schlafe nicht«, krächzte Henry und wackelte mit seinen Füßen, die über die Sofalehne ragten. »Ist die Gefahr vorbei?« Er spähte vorsichtig über die Lehne wie ein Soldat über den Rand eines Schützengrabens.

»Pst«, ermahnte ihn Theresa lächelnd, den Finger an die Lippen gelegt. »Zwei sind gegangen, aber Charlotte ist noch auf dem Klo. Ich möchte sie demnächst mal sonntags zum Mittagessen einladen, sie und Sam.«

»Sicher, gern.« Henry schob seine Finger unter die Brille und rieb sich die Augen.

»George und Sam scheinen nämlich Streit zu haben, und wenn sie hier zusammenkommen, klärt sich das vielleicht. Und Charlotte hat sich heute Abend zwar Mühe gegeben, aber ich glaube, sie ist immer noch ziemlich deprimiert.«

»Du weißt es sicher am besten, mein Schatz.«

»Ja, allerdings. Übrigens, falls du aus deiner Höhle kommen willst, bevor Charlotte geht, solltest du vielleicht zuerst deinen Hosenschlitz zumachen. Ich freue mich natürlich über jede Chance, in den Eingriff deiner Unterhose zu schielen, aber ich weiß nicht, ob Charlotte diese Vorliebe teilt.«

Charlotte hockte derweil in der engen, schlecht beleuchteten Gästetoilette, wo ihre Knie beinahe an die Tür stießen, und musste sich am Waschbecken festhalten. Die Wände zu beiden Seiten waren mit gerahmten Collagen von fächerartig angeordneten Familienschnappschüssen behängt und zeigten zahnlose Babygesichter und tapsige Kleinkinder, Henry mit vollerem Gesicht und vollerer Haarpracht, Theresa lachend und schwanger in einem Laura-Ashley-Kleid, einen Kinderwagen schiebend. Die Bilder verschwammen ineinander, drehten sich um sie. Sie kämpfte sich auf die Beine und betrachtete sich in dem kleinen Spiegel über dem Becken, kniff sich in die Wangen und zog an ihren Lippen, weil ihre Blässe sie entsetzte. »Wie ein Zombie«, zischte sie und stützte sich wieder am Waschbecken ab. »Ein hässlicher *Zombie.*«

Als sie sich zurück in die Diele wagte, traf sie auf Theresa und Henry, die locker die Arme umeinander gelegt hatten und über irgendetwas lachten. Sie unterdrückte einen neuen, noch schlimmeren Schwindelanfall und verkündete mit ruhiger, deutlicher Stimme, dass sie ihr Auto am nächsten Tag abholen und jetzt ein Taxi rufen werde – falls ihnen das recht sei, falls sie eine Taxinummer hätten, aber sie könne natürlich auch ihr Handy benutzen. Sie kramte in ihrer Tasche, fand aber nur Schlüssel, einen Taschenspiegel, ihr Portemonnaie, einen zerrupften Tampon. Dann kam der Fußboden auf sie zu, und sie musste Halt an der Wand suchen, wobei sie gegen einen Druck von blauen Glockenblumen stieß, der neben der Treppe hing. »Tut mir leid, ich glaube, ich bin ein bisschen …«

»Herrje, du Ärmste«, rief Theresa, rannte zu ihr hin und fing sie auf.

In der weichen, mütterlichen Umarmung ihrer Freundin schloss Charlotte die Augen und war für einen Moment so losgelöst und ruhig, dass sie hätte einschlafen können. Als sie die Augen wieder aufmachte, floss der Dielenboden an ihr vorbei wie ein schneller, dunkler Fluss.

»Armes Mädchen«, sagte Theresa sanft und streichelte Charlottes Schulterblätter mit derselben Zärtlichkeit, die auch Matildas Heulkrampf vor ein paar Stunden beschwichtigt hatte. »Du siehst erschöpft aus. Lass das mit dem Taxi, Henry wird dich nach Hause fahren, nicht wahr, Henry?« Über Charlottes Kopf hinweg wechselte sie einen eindringlichen Blick mit ihrem Mann.

»Natürlich.« Henry rückte die Glockenblumen gerade und griff nach seinem Mantel.

Ein paar Minuten später saß Charlotte zusammengesunken auf dem Beifahrersitz des Volvo, die Füße eingezwängt zwischen einer zum Platzen vollen Tüte mit Bibliotheksbüchern und einem Paar Fußballschuhe, von denen getrockneter Schlamm abbröckelte. »Tut mir leid.«

»Nein, kein Problem.«

Charlotte schlang die Arme um ihren Oberkörper und rollte den Kopf in den Nacken, um das Pochen darin zu lindern. »Geht ihr hin?«

»Wie bitte?«

»Zu der Party. Martin und Cindys. Geht ihr hin? Ich habe die Einladung gesehen.«

»Ach so, das.« Als könnte er den uneinschätzbaren Gefahren weiblicher Emotionen durch Tempo entkommen, beschleunigte Henry vor einer gerade rot gewordenen Ampel.

»Nicht, dass ich was dagegen hätte«, sagte Charlotte, während die plötzlich erhöhte Geschwindigkeit sie in ihren Sitz drückte. »Ich hab bestimmt nichts dagegen«, beteuerte sie und brach in Tränen aus.

»Ach herrje, Charlotte.« Sie erreichten eine weitere rote Ampel, die er diesmal unmöglich überfahren konnte.

»Beachte mich gar nicht.« Charlotte rang nach Luft und rieb sich hektisch die überquellenden Augen. »Ich mache das dauernd in letzter Zeit, nicht nur wenn ich betrunken bin. Es ist unerträglich. Ich bin fast vierzig, ich bin eine unabhängige Frau, ich sollte mich beherrschen können.« Sie ließ sich zurückfallen, als Henry erneut beschleunigte, diesmal aus dem Stand heraus. »Warst du auch schon mal unglücklich, wenn du es nicht sein solltest, Henry?«, schluchzte sie und wühlte mit tränenverschleiertem Blick nach einem Taschentuch, fand aber nur den Tampon.

»Aber sicher. Das passiert jedem. Hier.« Er nahm eine Hand vom Lenkrad und zog ein zerknittertes, aber sauberes Taschentuch aus seinem Mantel.

»Danke … du bist so nett … alle sind so … nett zu mir.« Sie schnäuzte sich lautstark die Nase. »Ich behalte es und wasche es dann … Danke, Henry.«

»Da sind wir«, sagte Henry mit einiger Erleichterung, hielt jedoch vor dem falschen Haus und musste dann am Bürgersteig entlang zu einem viel dunkleren Straßenstück weiterrollen. Er parkte in zweiter Reihe mit der Absicht, sich schnell zu verdrücken, aber als er die dunklen Fenster mit den offenen Vorhängen sah und die Gartenpforte, die quietschend an einem halb zerbrochenen Scharnier hing, lenkte er den Wagen doch in eine Lücke. »Ich bringe dich noch zur Tür«, erklärte er mürrisch und spürte einen Anflug von Wut. Er hatte sich gehütet, Partei zu ergreifen – das sollte man besser vermeiden, wenn Freunde sich scheiden ließen –, aber Martin hatte ganz schön was angerichtet, dachte er grimmig, als er Charlotte aus dem Auto half und sie auf dem Weg über den rissigen gepflasterten Gartenpfad zur Haustür am Ellbogen stützte. »Hast du deinen Schlüssel?«

»Ja, irgendwo …« Sie schüttelte ihre Tasche, in der es klapperte. »Danke nochmal, Henry.« Sie hielt ihm die Wange zum Kuss hin, und er kam dem Ritual nach. Und dann, wegen der steinernen Stille des Hauses und seiner schwarzen Fenster, dem Gefühl, als würde er seine Nase dagegendrücken und sehen, was sie durchmachte, nahm er sie in die Arme und zog sie an sich. Was einfach nett und brüderlich gemeint war, nur dass Charlotte einen kleinen Seufzer ausstieß und sich so fest an ihn presste, dass er zwangsläufig ihren geschmeidigen, schlanken Körper und den flatternd schnellen Schlag ihres Herzens spürte. Ach herrje, dachte er, aber nicht ratlos, wie er es im Auto gesagt hatte, sondern weil sie attraktiv und schutzbedürftig war und er sie bisher noch nie so betrachtet hatte. Ach herrje. Kupferhaar, der Duft von Zitrone in ihrem Nacken – welchem Mann wäre es nicht genauso ergangen?

Schlaff und beschwipst klammerte sich Charlotte an ihn, bis Henry ihr die Schlüssel abnahm und sie zur offenen Tür hineinschob. Er beugte sich vor und knipste das Licht an, ohne hineinzugehen, und widerstand dem Drang, ihr zu helfen, als sie mit den Ärmeln ihres Mantels kämpfte.

»Also, gute Nacht.«

»Gute Nacht, Henry, und vielen Dank.« Endlich hatte sie den Mantel abgestreift, wobei ein Stück bloße Schulter mit einem BH-Träger in einem verwaschenen Grau zum Vorschein kam. Henry war überzeugt, dass ihn ein vampartiger schwarzer Spitzenträger wesentlich weniger berührt hätte. Doch dieses flüchtig erblickte Stück Unterwäsche ließ ihm die Freundin seiner Frau in einem neuen Licht erscheinen – betrogen, anziehend, allein.

Aber nicht wirklich allein, ermahnte er sich, als er kopfschüttelnd und leicht verwirrt durch den Vorgarten zum Auto ging. Sie hatte Sam und eine Handvoll enger Freunde, wozu auch er und seine Frau gehörten. Dieser unerwartete erotische Reflex war nichts weiter als das – ein unwillkürliches Zucken, typisch männlich, wie Theresa sagen würde, sollte er ihr diese Anwandlung je gestehen.

Was natürlich der reine Wahnsinn wäre, dachte Henry etwa zwanzig Minuten später, während er den dunklen, lockigen Hinterkopf seiner Frau küsste und sich im Bett an sie kuschelte. Als sie murmelte, er sei ja lange weg gewesen, antwortete er, dass eine Reihe von roten Ampeln sich unterwegs gegen ihn verschworen habe.

Fünftes Kapitel

Meine Haare werden nach und nach dicker und bekommen einen dunkler lodernden Rotton. Ich schieße in die Höhe. Ich bekomme Brüste. Männer drehen sich nach mir um. Ich werde jetzt akzeptiert. Ich lerne, mir die Achseln zu rasieren und die feineren, hellen Haare an meinen Beinen. Ich zupfe meine ebenfalls dunkler gewordenen Augenbrauen zu dünnen Bögen und stelle meine Beine mit Hilfe kurzer Röcke, Feinstrumpfhosen und knöchelhoher Wildlederstiefeletten zur Schau. Adrian wird zur Last. Er treibt sich an meinen Wochenenden mit Bella in unserer Nähe herum, auf seinem breiten Gesicht spiegeln sich Hoffnung und Enttäuschung. Bella und ich verlieren das Interesse an den Stallungen, betteln jetzt nicht mehr darum, reiten zu dürfen, sondern verhandeln über abendliche Ausgangszeiten, wenn wir in die Stadt wollen. Wir hören die Boomtown Rats und Genesis, tauschen Lippenstifte aus und pauken gemeinsam das Periodensystem und französische Vokabeln.

In dem Winterhalbjahr, in dem ich fünfzehn werde, wird Letitia glupschäugig und klapperdürr und verlässt die Schule. Alle nennen mich Charlie. Ich bin frei.

Meine Eltern wollen zu Weihnachten nach England zurückkehren. Meinem Vater ist mitgeteilt worden, dass er ein schwaches Herz hat und die Büroarbeit und die Aufsicht in den Weinbergen aufgeben soll. Bella besucht mich für zwei Wochen in meinen letzten Ferien in Constantia. Der warme Wind bläst kräftig durch das Tal und weht uns die Haare ins Gesicht, wenn wir am Pool liegen. Wir warten, bis meine Mutter einkaufen fährt, und mixen uns dann Cocktails aus Wodka, Martini und Limettensaft, die wir mit Strohhalmen aus hohen Gläsern schlürfen. Wir kleben uns Tiersticker auf die Bäuche und sehen zu, wie unsere Haut um sie herum rosa wird. Bellas ist eine Katze, meiner eine Schnecke. Wir rauchen und tratschen über unsere Freundinnen, unsere Lehrer und unsere Familien. Bella vertraut mir an, dass sie bei den Mathearbeiten schummelt, indem sie Formeln auf die Innenseite ihrer Ellbogen schreibt. Sie sagt, dass sie einmal, am Ende eines langen Tages auf der Pferdejagd, kleine lustvolle Krämpfe tief in ihrem Becken verspürt hat. Sie sagt, sie ist in jemanden verknallt, der Englisch bei uns unterrichtet, aber nicht in Mr. Coots, den Grammatiklehrer, sondern in Miss Garth, bei der wir Jane Eyre *gelesen haben. Sie schlürft an ihrem Cocktail und sieht mich nicht an. Ich sage, dass Miss Garth hübsch ist und ich ihr Geheimnis nicht verrate, dass ich gut darin bin, Geheimnisse zu hüten. Aber ich weiß, dass ich etwas im Gegenzug bieten muss. Eine vertrauliche Mitteilung verlangt nach einer anderen. Ich habe nur ein Geheimnis, das mir wichtig ist, das immer noch in mir brennt, genährt von den samtbraunen Augen des Mädchens, das jeden Tag zum Kochen und Saubermachen kommt. Sie heißt Charity und sieht meinen Vater unverwandt an, schwingt ihre breiten Hüften in ihren bunt gemusterten Kleidern, und ihre Flip-Flops klatschen gegen ihre rosafarbenen Fersen, wenn sie mit dem Mopp die Fußböden schrubbt.*

Ich trage dieses Geheimnis mit mir herum, aber ich kann es nicht teilen, stelle ich fest, noch nicht einmal mit Bella, die offen wie eine weiche, großblättrige Blume auf der Liege neben mir liegt, noch nicht einmal in dem wohligen Schwebezustand von unseren Wodka Lemons.

Also erzähle ich ihr stattdessen, dass ich meine Mutter hasse. Als ich es ausspreche, spüre ich, dass es wahr ist. Ich hasse meine Mutter wegen ihrer unnahbaren grünen Augen, wegen der Laschheit ihrer Arme, wenn ich gehalten werden will, wegen der eselsohrigen

Romane, die ihr Gesicht verbergen, wenn sie auf dem Sofa oder in der Mitte ihres breiten Himmelbettes ruht. Ich hasse sie, weil sie mich so unvorbereitet zu den grauen Himmeln und grauen Schieferdächern und durchweichten Hockeyfeldern Englands geschickt hat. Aber vor allem hasse ich sie wegen ihrer Ahnungslosigkeit, für dieses Nichtwissen, in dem sie neben meinem Vater herlebt. Sogar in der größten afrikanischen Hitze sind ihre Hände und ihr Gesicht eiskalt, unbeteiligt, abweisend. Wenn ich sie so empfinde, wie muss er sie erst empfinden? Wo ist ihre Sehnsucht zu lieben und geliebt zu werden? Wo ist ihr Herz?

Am letzten Tag der Ferien ziehen wir unsere Sticker ab und quietschen vor Vergnügen, als wir die weißen Umrisse auf unseren Bäuchen sehen. Bellas, der weniger sorgfältig gegen die Risiken des Badens und Waschens geschützt wurde, ist ein wenig verschwommen, vor allem am Schwanz, aber meiner zeigt die perfekte schneeweiße Karikatur einer Schnecke, der Buckel des Schneckenhauses ist fest und rund, die Fühler am Kopf weisen nach oben wie Pfeile, die ihr Ziel kennen.

Der Aufruhr wegen des Umzugs nach England scheint kein Ende zu nehmen. Das Haus in Tunbridge Wells ist klein, sagen sie, weshalb wir viele Möbel verkaufen müssen. Die Falten im sonnengegerbten Gesicht meines Vaters werden tiefer. Weil er offenbar noch das Meiste aus seinem schwächelnden Herzen herausholen will, arbeitet er härter denn je oder zumindest länger, geht aus dem Haus, wenn die Sonne gerade am Horizont erglüht, und kommt erst zurück, wenn die Dunkelheit schon dicht wie Teer ist und der Wind kalt. Die Nickerchen meiner Mutter werden länger, während Charity vor offenen Kartons kniet und Seidenpapier um die Ecken und Kanten unserer Besitztümer wickelt.

Als sich das Maul des Umzugslasters mit einem Knall schließt, spüre ich, dass auch etwas anderes zum Abschluss kommt, tief drinnen, unwiederbringlich. Beim Abschied von den Dienstboten weint mein Vater. Ihre Zukunft ist ungewiss, erklärt er. Sie haben *keine Ersparnisse wie er, keine Altersvorsorge oder Geldanlage, nicht einmal die Gewissheit eines Dachs über dem Kopf. Charity steht ein wenig abseits von den anderen, hält ihren Kopf mit dem gelben Turban hoch und den schwarzäugigen Blick auf eine Stelle zwischen den sanften grünen Hügeln und den mit Buschwerk bewachsenen höheren Bergen dahinter gerichtet.*

In letzter Minute kommt es zu einer Verzögerung bei der Hausübernahme, die uns zwingt, mehrere Nächte in einem kleinen Hotel zu verbringen. Die Wände zwischen unseren Zimmern sind dünn. Ich höre dem An- und Abschwellen ihrer Auseinandersetzungen zu, die leise beginnen, dann lauter werden, dann wieder leiser, wie ein Lied. Die Schnecke verblasst langsam, wird unsichtbar, verschwindet in meiner Haut.

Am Samstagabend fühlte sich Charlotte immer noch nicht wieder ganz auf der Höhe, weshalb sie, als sie mit Theresa telefonierte, um sich erneut für Henrys ritterliches Benehmen zu bedanken, die Vermutung äußerte, dass ein Virus und nicht ein Glas zu viel dafür verantwortlich sein könnte. Theresa quittierte das mit einem derart lauten Gackern, dass sie die Theorie eilig zurücknahm und sich peinlich berührt fragte, was Henry beim Nachhausekommen wohl über sie erzählt hatte. Sie erinnerte sich nur noch bruchstückhaft an das, was auf Henrys Chauffeurdienst gefolgt war – wie sie sich am Geländer festhielt, um nach oben zu gelangen, bei dem ersten Versuch, ein Glas Wasser zu trinken, alles verschüttete und mehrmals in der Nacht mit hämmernden Schläfen und schweißgetränktem Nachthemd aufwachte.

Jason, der sich samstagvormittags mit seinem Partner Dean in der Buchhandlung abwechselte und der weichherzigere von den beiden war, hatte nur einen Blick auf sie geworfen und dann auf den Lagerraum gedeutet, wo es einen bequemen Sessel und eine Kanne mit frischem Kaffee gab. Trotzdem hatte sie die Arbeitszeit nur mit mehreren Schmerztabletten durchgestanden und verärgert auf die hereinschwärmenden Kunden reagiert, die der Frühlingssonnenschein herausgelockt hatte, statt sich wie sonst über sie zu freuen. Die meisten schauten auf dem Weg zu einem Café oder zum Park herein und hatten Buggys und Kleinkinder dabei. Normalerweise liebte Charlotte die Aufgabe, ratlose Eltern glücklich zu machen, indem sie versteckte oder nicht gleich als solche zu erkennende Knüller aus ihrer kleinen Abteilung für junge Leser hervorzog. An diesem Morgen jedoch hatte sie sich nicht von der Kasse fortbewegt und es ihrem Chef überlassen, die Kunden zu umgarnen, während sie sich darauf konzentrierte, keine Fehler mit dem neuen Kartenlesegerät zu machen, das öfter Anweisungen blinkte, die sie nicht verstand.

Der Höhepunkt dieses Belastungstests war ein Anruf von Tim gewesen, der berichtete, dass Mrs. Stowe immer noch unentschlossen war, aber auf vielversprechende Art, und dass Mrs. Burgess den verlangten Preis geboten hatte und ein Gutachten erstellen lassen wollte. »Also, gehst du nun mit mir essen?«, hatte er frech hinzugefügt. »Habe ich mir das jetzt verdient?« Charlotte, die bemerkte, dass Jason von der anderen Ecke des Ladens aus zuhörte, neugierig und kritisch aufgrund ihres mangelnden Einsatzes an diesem Tag, hatte schnell ja, ja geflüstert und versprochen, ihn zurückzurufen.

Stattdessen verkroch sie sich abends mit einem Becher Suppe im Bett und schlief vierzehn Stunden lang durch. Am nächsten Morgen erwachte sie völlig benommen und musste sich dem doppelten Schrecken stellen, dass sie Martin immer noch nicht angerufen hatte und ihr ein Mittagessen mit ihrer Mutter bevorstand.

»Bist du allein?«

»Du meinst, ohne Sam?«, fragte Martin mit ironischem Unterton zurück.

Charlotte zögerte. Ihr war immer noch ein bisschen übel, und sie hörte Musik im Hintergrund. Das erinnerte sie daran, dass ihr Mann gern Unterhaltungen bei laut aufgedrehter Musik führte, dabei zwar stets beteuerte, er würde ihr zuhören, aber gleichzeitig mit dem Fuß oder einem Finger den Rhythmus klopfte, was für sie hieß, dass ihm die Musik wichtiger war. »Ich mache mir Sorgen, dass er in der Schule gemobbt wird.«

»Tatsächlich? Zu mir hat er nichts davon gesagt.«

»Nein, das würde er auch nicht. Ich meine, Kinder sagen so etwas nicht, oder?«

»Nicht?«

»Martin, hörst du mir auch wirklich zu?«

»Natürlich. Hast du schon mit der Schule gesprochen?«

»Ja, ich war am Freitag bei Miss Hornby. Sie meinte, er sei ein bisschen stiller als sonst, und sie würden ihn im Auge behalten.«

»Na, dann ist doch alles in Ordnung.«

»Klar. Bestens. Blöd von mir, es zu erwähnen.«

Er seufzte. »Charlotte, fang nicht wieder so an, okay? Ich weiß, dass es dir besonders nahegeht, wenn Kinder aufeinander herumhacken, aber …«

»Nein, Martin, du weißt gar nichts«, fuhr sie ihn an und wünschte, sie könnte alles tilgen, was er über sie wusste, all die vielen kleinen Einzelheiten, die man in zwanzig Jahren unweigerlich von sich preisgab. »Sam ist nicht er selbst. Ich kenne ihn, er ist nicht wie sonst.«

»Das ist aber auch kein Wunder, oder?«, gab Martin zu bedenken.

Die Musik hatte aufgehört, und in der Stille klang plötzlich jedes Wort gewichtiger. »Wir sind alle noch dabei, uns neu zurechtzufinden, einschließlich Sam. Außerdem ist er fast dreizehn, ein schwieriges Alter. Und es macht ihm zu schaffen, dass er so klein ist, hat er Cindy anvertraut. Ich habe daraufhin mit ihm geredet und ihm gesagt, dass ich auch erst mit vierzehn einen Wachstumsschub hatte, dass manche Jungs schon sehr früh in die Höhe schießen und es bei anderen viel länger dauert.«

»Ja, das war gut«, gestand Charlotte ihm zu und versuchte, sich nicht an Cindys Anteil an der Geschichte zu stören, an der Vorstellung, wie Sam sich an sie lehnte und ihr sein Herz ausschüttete.

»War sonst noch was?«

»Ich müsste mir vielleicht etwas Geld von dir leihen«, platzte sie heraus, weil ihr keine geschickte oder subtile Einleitung einfiel. »Ich habe ein Haus gefunden, es ist nur eine Art Cottage, eine Doppelhaushälfte, kostet allerdings ein wenig mehr, weil es in der Nähe des Parks liegt. Ich habe zwar endlich einen Käufer für unser Haus gefunden, aber es könnte sein, dass das Geld nicht ganz reicht.«

Auf einen Moment verblüfften Schweigens folgte ein ungläubiges Lachen. »Tut mir leid, Charlotte, aber das geht nicht. Wir haben uns doch gerade finanziell geeinigt, oder?«

»Ich meinte als Darlehen.«

Er lachte erneut, freundlicher diesmal. »Nein, ganz unmöglich. Cindy und ich haben eine große Hypothek aufgenommen, und dann muss ich jeden Monat für dich und Sam blechen. Ich stehe finanziell mit dem Rücken zur Wand – ich dachte, du wüsstest das. Ehrlich, ich kann es nicht fassen«, fuhr er nun wieder höhnisch-ungläubig fort, »dass du überhaupt auf die Idee kommst, ich könnte dir helfen.«

»Ich auch nicht«, erwiderte Charlotte und sagte sich, dass es ja immer noch die Bank gab und dass man alles im Leben bekommen konnte, wenn man es nur genug wollte.

Ein Platzregen hatte eine kleine Armee von Schnecken aus den Blumenbeeten auf den unsinnigen Zickzackpfad gelockt, der zur Haustür ihrer Mutter führte. Charlotte trat mit ihren hohen Absätzen vorsichtig zwischen sie und dachte, wie praktisch es doch war, sein Haus mit sich herumzutragen, statt sich von seinem Heim losreißen und herumkriechen zu müssen, bis man ein passenderes fand.

Auf halbem Weg blieb sie stehen, betrachtete die vertraute schwarz-weiße Front im nachgeahmten Tudorstil und erinnerte sich daran, was für ein Wrack ihr Vater von dem Moment an gewesen war, als er darin wohnen musste. Sicher, es war sein Herz gewesen, sein schwaches Herz, aber sie glaubte fest, dass seine Seele bereits als Folge des erzwungenen Umzugs von Afrika nach England verwelkt war. Er hatte angefangen, sich mit Gartenarbeit zu beschäftigen, aber nur sehr halbherzig und weil es ihm erlaubte, kettenrauchend seine Player's ohne Filter zu qualmen, ohne sich die gemurmelten Vorwürfe ihrer Mutter anhören zu müssen. Seine einzigen anderen Beschäftigungen waren schlafen und fernsehen gewesen, oft beides gleichzeitig, mit einem halb getrunkenen Becher Tee oder einem Gin Tonic voll Eis auf der Sessellehne neben sich.

Ihre Mutter dagegen war richtig aufgeblüht, als wäre es nur die afrikanische Hitze gewesen, die ihr die Energie geraubt hatte. Sie trat der britischen Frauenvereinigung und einem Bridgeclub bei und ging regelmäßig zur Kirche, beteiligte sich an den reihum stattfindenden Kaffeekränzchen der Gemeinde und sorgte mit für den Blumenschmuck. Abends servierte sie ihm das Essen auf einem Tablett, das wie ein kleiner Tisch gedeckt war, mit Serviette, einem Glas Wasser, Pfeffer- und Salzstreuer und einem Beilagenteller mit Brot und Butter, und aß oft allein am Küchentisch bei laufendem Radio, während er vor dem Fernseher saß. Sie hatten getrennte Betten, zwei schmale Einzelbetten, die nebeneinander standen, und dann irgendwann auch getrennte Schlafzimmer, an entgegengesetzten Enden des Flurs. Als er zu schwach für die Gartenarbeit wurde, hatte Jean diese Pflichten eine Zeitlang übernommen und in grünen Gummistiefeln und einem exzentrischen Schlapphut die Rosen mit der Gartenschere bearbeitet, so geschäftsmäßig und erbittert, wie es zu ihrem Gesichtsausdruck passte.

Inzwischen kümmerte sich ein Mann namens Bert um den Garten, und eine Frau namens Prue kam freitagvormittags zum Putzen. Nach allem, was Charlotte mitbekommen hatte, behandelte ihre Mutter die beiden auf eine peinlich herrische Art und spielte die Rolle der Kolonialherrin mit wesentlich mehr Gusto als zu der Zeit, da sie noch Grund dazu gehabt hätte.

Charlotte sah, wie sich der Spitzenvorhang hinterm Wohnzimmerfenster bewegte, wusste aber, dass von ihr erwartet wurde zu läuten. Sie hatte ihre Kleidung sorgfältig gewählt, damit sie zu keiner Kritik Anlass gab – einen schicken braunen Rock, Schuhe mit hohen Absätzen, einen Wollblazer. Nachdem sie auf die Klingel gedrückt hatte, zupfte sie wartend am Saum der Jacke, während Jasper, der Dackel, kläffte und ihre Mutter die Tür entriegelte.

»Hallo, Mum, ich habe dir ein paar Osterglocken mitgebracht. Du siehst gut aus.« Charlotte stieg über den Hund hinweg und küsste die weiche, gepuderte Wange, bevor sie die Blumen überreichte.

Jean schüttelte den Kopf. »Wirklich? Kann ich mir kaum vorstellen. Mir geht es gar nicht gut. Dr. Fairgrove sagt, er macht sich große Sorgen um mich, und wenn ich nicht aus dem Haus gehen *müsste*, um für mich und den lieben alten Jasper einzukaufen, wäre ich wahrscheinlich schon zusammengeklappt. Ich brauche meinen Stock immer mehr«, klagte sie, gab Charlotte die Osterglocken zurück und zog einen Spazierstock aus Aluminium aus einem Ständer mit Elefantenfiguren hinter der Tür. »Ich werde so schnell müde ohne ihn.«

»Du Arme«, murmelte Charlotte und bemühte sich, keinen Vorwurf in dem Knallen des Stocks auf dem Linoleum zu hören, als sie ihrer Mutter in die Küche folgte. Sie sah auf den jetzt leicht gebeugten Rücken der Achtundsiebzigjährigen und bemerkte den Schatten früherer Eleganz in ihren dünnen Beinen – so dünn, dass die Strumpfhose an den Knöcheln Falten warf. »Mmh, hier riecht's aber lecker.«

»Es ist nur Fisch, in der Folie gedünstet. Kabeljau mit heller Soße.« Jean lehnte ihren Stock an den Küchentisch und hob stirnrunzelnd den Deckel des Topfs an. »Mir steht nicht so der Sinn nach Kochen in letzter Zeit. Außerdem habe ich es nie richtig gelernt. Bevor dein Vater und ich nach England zurückkamen, brauchte ich es einfach nicht.« Ein verloren träumerischer Ton hatte sich in ihre Stimme geschlichen. »Ich brauchte es nicht«, wiederholte sie wehmütig und bückte sich – langsam, steif –, um Jasper vom Boden aufzuheben und das seidige schwarze Fell zwischen seinen Ohren zu kraulen.

Charlotte suchte eine Vase für die Blumen und zog dann die Besteckschublade auf, um den Tisch zu decken. »Ich bin auch keine tolle Köchin«, tröstete sie ihre Mutter. »Vielleicht ist das erblich.«

»Unsinn, Liebes, du könntest es leicht lernen, auch jetzt noch.« Jean schlug geübt den Kartoffelbrei mit einer Gabel. »Männer mögen es, wenn man für sie kocht. Das alte Sprichwort, dass Liebe durch den Magen geht, ist ja so wahr. Nimm das hier zum Beispiel.« Sie hielt eine Gabelvoll des jetzt cremigen Breis in die Höhe. »Man gibt Salz, Pfeffer, Butter, Milch und – das Wichtigste – ein Ei dazu. Das sind schlichte Zutaten, keine gottgegebene Gnade.«

Charlotte biss die Zähne zusammen und fuhr fort, Messer und Gabeln auf den Platzdeckchen zu verteilen; winterliche Szenen mit Schlittschuh laufenden und Feuerholz sammelnden Dorfbewohnern, die sie schon als junges Mädchen auf andere Tische gelegt hatte, als die Farben noch nicht verblasst waren und der Filz darunter schwammartig und grün statt dünn und grau.

Beim Verspeisen des Fisches, der zu weich, aber schmackhaft war und in einer leicht versalzenen Soße schwamm, lauschte Charlotte bemüht verständnisvoll Jeans Smalltalk über die Auswirkungen des wechselhaften Frühlingswetters auf ihre Gesundheit und über den vielen Staub im Haus, weil die unglückselige Prue mal wieder die Kranke simuliere.
»Prue wird sicher kommen, sobald sie kann«, wagte Charlotte einzuwenden und blickte auf die tadellos saubere Vitrine neben dem Tisch, in der das beste Porzellan, das sämtliche Haushaltsunfälle und Gefahren des Verschifftwerdens um die halbe Welt überstanden hatte, ausgestellt war.

»Aber das genügt nicht, Charlotte. Man braucht Personal, auf das man sich verlassen kann. Und meine Bettwäsche – ich hasse es, wenn die Bettwäsche nicht regelmäßig gewechselt wird.«

»Das kann ich ja machen, wenn du möchtest.«

»Würdest du das tun, Liebes?« Jean lächelte zum ersten Mal seit der Ankunft ihrer Tochter, wobei ihre kleinen, perlenartigen Zähne zum Vorschein kamen, auf die sie zu Recht immer noch stolz war. »Das wäre sehr nett.« Sie betastete die festen weißen Locken ihrer Dauerwelle, und ihre blauen Augen glänzten vor Dankbarkeit.

»Kein Problem.« Charlotte merkte, wie ihre Geduld nachließ, was vorauszusehen war. Dass ihr schon wieder übel wurde, speiübel sogar, machte es nicht besser. Sie schob den halb gegessenen Kartoffelbrei mit dem Fisch auf eine Seite des Tellers und legte ihr Besteck ab.

»Hast du keinen Hunger?«

»Nicht viel, leider. Ich fühle mich seit Tagen ein bisschen …«

»Jasper! Hier, Liebling. Guck mal, was die ungezogene Charlotte dir übrig gelassen hat.«

Charlotte biss sich auf die Lippen und verschränkte die Arme, während ihr Teller ihr vor der Nase weggezogen und auf den Boden gestellt wurde. Der Dackel kletterte aus seinem Weidenkörbchen und trottete auf die Leckerei zu; seine zu langen und durch das Alter nach außen gebogenen Krallen schabten hörbar über das Linoleum.

»Ich habe Kuchen zum Nachtisch, einen schönen Biskuit. Meinst du, du bekommst davon etwas hinunter?«

»Ein kleines Stück, bitte«, sagte Charlotte ergeben. Sie versuchte, nicht hinzusehen, wie die rosa Zunge des Hundes sich durch die Fischklumpen arbeitete, und fragte sich frustriert, wie man sich von einem Menschen, den man sein ganzes Leben kannte, derart in die Enge getrieben fühlen konnte. »Ich kann nicht sehr lange bleiben – Martin bringt Sam heute früher zurück.«

»Charlotte, verzeih mir, wenn ich frage, aber gibt es wirklich keine Hoffnung mehr für euch beide?«, entfuhr es Jean, und sie hob in ihrem Unmut ruckartig die Arme.

Charlotte starrte auf ihr Stück Kuchen, das viel größer war als das ihrer Mutter und in der Mitte von einem klebrigen Streifen aus dunkelroter Marmelade durchzogen. Mit untypischem Verlangen dachte sie an den Madeira, der ihr gewöhnlich aufgedrängt wurde: pur immerhin, nicht zu süß, obwohl auch der in der Kehle hängenbleiben konnte.

»Charlotte?« Jean hielt ihre Kuchengabel wie eine Angriffswaffe. So sieht ihre Vorstellung von mütterlicher Zuwendung aus, dachte Charlotte.

»Mum …« Sie faltete ihre Serviette zusammen und fuhr mit den Fingern an dem Knick entlang. »Unser vorläufiges Scheidungsurteil ist jetzt durch. Martin lebt mit einer anderen Frau zusammen.«

»Ich weiß, Liebes, aber …«

»Mit einer Frau, mit der er noch während unserer Ehe eine Affäre hatte.«

»Halt, das hat er immer abgestritten, oder? Er hat beteuert, er sei nur mit ihr befreundet gewesen. Dieser lächerliche kleine Zettel war schuld, stimmt's?« Sie stach mit der Gabel in die Luft. »Ein Kind, besonders ein Junge, braucht seinen Vater …«

Charlotte wurde wieder schwindelig. Sie drückte die Gabel mit der Kante in den Kuchen, sodass die Marmelade herausrann.

»In jeder Ehe gibt es Höhen und Tiefen, Charlotte.«

»Sicher, du musst es ja wissen, Mum. Du hast ja …«

»Wie bitte?«

Charlotte versuchte zu schlucken. Der Kuchenbissen blieb ihr im Hals stecken. Ein uralter Reflex hatte den Rest des Satzes abgeschnitten; ein Reflex, der schonen wollte und mit dem Gesicht ihrer Mutter zusammenhing, schlaff vor Bestürzung und noch etwas anderem … Angst. »Ich meine nur, Höhen und Tiefen … Entschuldige, ich glaube, ich muss …«

Die Hand auf den Mund gepresst, rannte sie nach oben ins Bad. Jasper hoppelte ihr aufgeregt nach, stupste mit seiner Schnauze an ihre Fersen. Sie hatte keine Zeit, die Tür zu schließen oder irgendetwas anderes zu tun, als sich beim Würgen an den Rand des Waschbeckens zu klammern.

»Jasper, *raus*!«

Aus dem Augenwinkel sah sie, wie der Gehstock den Hund in den Flur schob und die Tür zuging. Ich bin allein, dachte sie, Gott sei Dank. Doch gleich darauf wurde der Wasserhahn aufgedreht, ihre Haare wurden zurückgehalten und ein warmer Waschlappen auf ihre Stirn gedrückt.

»Du armes Kind. So, gleich ist's besser. Ein Schluck Wasser, wenn du so weit bist. Ich dachte schon, dass du ein bisschen blass um die Nase aussiehst. Ich hoffe, es war nicht der Fisch.«

Charlotte hockte sich hin und schüttelte den Kopf, während sie sich die Nase mit einem Stück Klopapier putzte. Sie brachte sogar ein Lächeln zustande. »Ich bin schon seit ein paar Tagen nicht ganz auf der Höhe«, krächzte sie. »Hoffentlich stecke ich dich nicht an.«

»Ich kriege keinen Bazillus«, gab Jean zurück. »Dafür sorgt mein Dorschleberöl.«

»Igitt.« Charlotte griff nach einem Handtuch und hievte sich hoch. »Ich bring das Zeug nicht runter, auch nicht in den Kapseln, die angeblich geschmacklos sind.« Sie wischte noch einmal mit dem Lappen über ihr Gesicht, fühlte sich viel besser und merkte, dass sie den Moment gern in die Länge ziehen wollte. Doch ihre Mutter war schon halb im Flur und befahl ihr, sich hinzulegen und erst wieder herunterzukommen, wenn sie bereit sei.

Charlotte spülte ihren Mund aus, brachte ihr Haar mit einem staubigen Schildpattkamm aus dem hinteren Teil des Badezimmerschränkchens in Ordnung und ging dann leise durch den Flur zu dem alten Wäscheschrank, wo sie kurz stehen blieb, um einen sentimentalen Blick in den Zwischenraum zur Dachschräge zu werfen, in dem Sam sich einst so gern versteckt hatte. Im selben Augenblick erkannte sie, wie dumm es war, mit irgendjemand anderem als Sam selbst über seine Probleme zu reden. Sie würde es noch heute Abend tun, und wenn er sich noch so sehr sperrte. Falls da irgendetwas Unheilvolles vor sich ging, würde sie es aus ihm herausbekommen.

Nachdem sie das Bett ihrer Mutter frisch bezogen und die schmutzigen Bezüge sorgsam zusammengefaltet in den Wäschekorb gelegt hatte, ging sie bis zu der Tür des Zimmers, das in den späteren Jahren das ihres Vaters gewesen war, besann sich jedoch eines Besseren und kehrte zur Treppe zurück. Seine persönlichen Sachen waren schon lange in die Läden von Wohlfahrtsverbänden gewandert. Das Bett würde glatt und leer sein, das Zimmer nach Möbelpolitur riechen. Das einzige Andenken war ein altes Foto von ihm auf der Fensterbank, auf dem er zwischen Teesträuchern stand, die Hand schützend gegen die Sonne erhoben, zwei Arbeiter mit grinsenden, staubigen Gesichtern neben ihm, die prallvolle Pflückersäcke auf ihren Rücken trugen, darunter die Handschrift ihrer Mutter: *Reggie in Ratnapura*. Charlotte kannte es so gut, dass sie es längst nicht mehr anzusehen brauchte.

Jean war in der Küche, hatte laut das Radio laufen und wischte die Platzsets ab.

»Tut mir leid …«

»Schon gut. Du bist ziemlich angeschlagen. Du solltest nach Hause fahren und ins Bett gehen.«

»Ich habe deine Bettwäsche gewechselt.«

»Danke, aber das hätte ich schon geschafft, weißt du.« Sie schaltete das Radio aus und hängte den Lappen über den Rand der Spüle.

»Ja, ich weiß.« Charlotte nahm ihre Handtasche. »Dann gehe ich mal. Kann übrigens sein, dass ich bald umziehe.«

»Tatsächlich? Ich dachte, den Plan hättest du aufgegeben.«

»Hatte ich auch fast, aber dann …« Charlotte ließ den Satz unvollendet, weil eine innere Stimme ihr riet, den Rückzug anzutreten, solange die Stimmung relativ harmonisch war. »Ich gebe dir natürlich Bescheid.«

An der Tür drückte Jean ihr eine Plastiktüte in die Hand. »Das ist für deinen Geburtstag.«

»Meinen Geburtstag? Das ist doch noch Monate hin«, sagte Charlotte lachend. »Davor werden wir uns noch ein paar Mal sehen.«

»Möglich, aber ich will es auf keinen Fall vergessen, und der Post kann man heutzutage nicht trauen.«

»Na gut, danke.« Charlotte spähte in die Tüte.

»Es ist schließlich dein vierzigster.«

Charlotte zog eine Grimasse. »Erinnere mich nicht daran.«

»Du wirst wohl eine große Party geben, oder?«

»Das glaube ich kaum.«

»Die für Martin damals war wunderbar.«

»Ja, ja, das stimmt«, murmelte Charlotte, küsste sie hastig auf die Wange und eilte durch den Vorgarten, so begierig darauf wegzukommen, dass sie die Schnecken vergaß und versehentlich zwei davon platttrat.

»Grüß Sam«, rief Jean, als sie an der Gartentür war. »Sag ihm, seine Oma lässt ihn lieb grüßen.«

Auf der Rückfahrt nach Wandsworth stöpselte Sam die Kopfhörer seines tragbaren CD-Spielers ein. Zu dem Gerät gehörte auch eine Tasche an einem Gürtel, sodass man beim Gehen Musik hören konnte, aber jedes Mal, wenn er das versuchte, sprang die CD, selbst wenn er nur kleine Schritte machte und vorsichtig atmete. Es war ein blödes, buntes Ding, und er verstand überhaupt nicht mehr, warum er sich so darüber gefreut hatte, als er es vor einem Jahr bekommen hatte. Jetzt wollte er viel lieber einen iPod, wie Cindy einen hatte, aber gerade, als er sie schon fast überredet hatte, war sein Dad eingeschritten und hatte gesagt, frühestens zu seinem Geburtstag und auch dann nur, wenn er fleißig lernte und ein gutes Zeugnis bekam, blah blah.

Wenigstens funktionierte der CD-Spieler auf seinem Schoß im Auto. Seine Mum hätte ihm wahrscheinlich auf den Kopf getippt und gesagt »Ist da jemand?« oder sonst so einen Spruch, damit er ihn ausschaltete und sich mit ihr unterhielt, aber sein Dad hatte kein Problem damit. Am Nachmittag hatte er sogar gefragt, ob er mal reinhören könnte, und dann mit den Fingern zur Musik geschnippt und »Nicht schlecht«

gesagt, was eigentlich ziemlich lahm war, aber trotzdem irgendwie ganz nett. Bloß dass er sich kurz darauf zu ihm auf den Teppich gelegt und ihn ganz ernst und wichtig gefragt hatte, ob in der Schule alles in Ordnung wäre, was schon nicht mehr so nett war, denn das hieß, dass das Fingerschnippen wieder nur so ein verlogenes Erwachsenengetue gewesen war, das sie immer machten, wenn sie etwas von einem wollten und glaubten, sich einschleimen zu müssen.

Die Welt draußen wirkte ganz anders mit einem Soundtrack dazu, interessanter irgendwie, besser. Sogar die Hochhäuser und der spuckegraue Himmel und der Stop-and-go-Verkehr, der seinen Dad offensichtlich stresste (Fingertrommeln auf dem Lenkrad, ständiges Auf-die-Uhr-Blicken und An-den-Haaren-Reißen, als wollte er, dass ihm noch mehr ausfielen), sahen ganz okay aus, wenn die Gorillaz ihm dazu in den Ohren dröhnten. Sam wünschte, er hätte einen ähnlichen Filter für die tägliche Tortur der Schule. Mit Musik im Kopf würde ihm das Gekicher über seinen mickrigen Körper, wenn er in der Umkleidekabine nur noch in der Unterhose dastand, nichts mehr ausmachen, auch nicht der höhnische Blick dieser komischen Rose Porter im Theaterkurs oder Georges neuer Tick, ihm halb den Rücken zuzukehren und sein Heft mit dem Arm zu bedecken, oder – was am schlimmsten war – Miss Hornbys mamihafte Freundlichkeit. *Hat dir dein Pausenbrot geschmeckt, Sam? Gut gemacht, du hast daran gedacht, deinen Bleistiftspitzer zu benutzen! Komm doch mal in den Schachclub nach der Schule, wir würden uns sehr freuen!*

Als wäre er behindert oder so was. Als wäre er ein trauriger kleiner Behinderter, den man hätscheln musste. Bei der Hausaufgabenbetreuung am Freitag hatte sie sogar den Arm um ihn gelegt – vor allen anderen –, und das so lange, dass er ihr einen Boxhieb verpassen wollte. *Ob er sich aufs Wochenende freue? Ob ihm die Geschichte der Tudors Spaß mache?*

Irgendwelche Probleme, und er solle sofort zu ihr kommen. Das war echt pervers, und das hätte er am liebsten den anderen zugerufen, die ebenfalls an den Tischen in der Bibliothek saßen und schadenfroh grinsten. Aber man durfte nicht reden, und als seine Mum kam, waren sie schon alle gegangen, außer Rose, die wie immer den Kopf über ihre Aufgaben gebeugt hatte und schrieb und schrieb, als würden die Worte einfach mit der Tinte aus ihrem Füller fließen, kein Ausstreichen, kein Gefühl, vor Langeweile zu sterben, wie es ihm so oft ging.

»Sam, Schatz, ich dachte, wir könnten zur Abwechslung mal irgendwohin gehen zum Abendbrot, eine Pizza essen oder so. Hättest du Lust dazu?«

Sein Dad war in einer Abgaswolke davongebraust, was, wie Sam wusste, mit dem Fingertrommeln und dem Haareziehen zusammenhing. Er und Cindy sollten zusammen irgendwo *singen*, und Cindy wollte nicht zu spät kommen. Das hatte sie mehrmals gesagt, während in letzter Minute und mit viel Trara seine Sachen zusammengepackt wurden. Er wäre genauso unordentlich wie sein Vater, hatte Cindy ihn geneckt, und sein Dad hatte ein genervtes Gesicht gemacht, um zu zeigen, dass er das nicht komisch fand. Als ob sie ihre Sachen immer gleich in die Wäschetruhe täte, hatte er erwidert, was eine ganz und gar nicht neckende Bemerkung von Cindy über nasse Handtücher und den Abwasch hervorgerufen hatte, nach der sie aus dem Zimmer gegangen war und die Tür ganz leise zugemacht hatte. Was schlimmer war als ein ordentliches Türenknallen, fand Sam. Als Nächstes war auch sein Dad hinausgegangen, und im Haus war es vollkommen still geworden, sodass Sam den Fernseher angemacht hatte, damit er die Stille nicht hören und nicht darüber nachdenken musste, dass es seine eigenen vergessenen Socken neben dem Sofa waren, die das Ganze ausgelöst hatten. Ein paar Minuten später waren sie händchenhaltend zurück ins Wohnzimmer gekommen. Aber Cindys Augen waren rot und geschwollen gewesen, und beim Verabschieden an der Tür hatte sie die Hand seines Vaters bis zur letzten Sekunde festgehalten und nochmal betont, wie wichtig es sei, dass er nicht zu spät zurückkäme.

Sam schüttelte auf die Frage seiner Mutter den Kopf und erklärte, dass sie schon am Abend zuvor Pizza gegessen hatten, wobei jeder wie üblich seinen eigenen Belag auswählen durfte, und er hatte Ananas und Paprika und Schinken genommen.

»Paprika?«, rief sie, als wäre das etwas Verbotenes. »Seit wann magst du Paprika?«

»Seit irgendwann eben.« Sam zuckte die Achseln. Sie saßen in der Küche. Sie hatte ihm einen Apfelsaft eingeschenkt, obwohl er nicht darum gebeten hatte, und eine Tasse Tee für sich gemacht, die sie nun mit beiden Händen an ihre Brust drückte, als wollte sie sich daran wärmen.

»Wie wär's dann mit einem Hamburger? Ein Hamburger mit Pommes?«

Sam beäugte sie misstrauisch und schüttelte wieder den Kopf. Er war gerade erst nach Hause gekommen, und der Gedanke, schon wieder woandershin zu fahren, selbst für den seltenen Genuss von Junkfood, reizte ihn wenig. »Wir könnten Pasta essen«, sagte er nach einigem Nachdenken, weil er merkte, dass sie ihm einen Gefallen tun wollte. »Mit dieser Soße, die ich gern mag. Die ohne die Stückchen drin.«

»Mit dieser Soße – na klar. Sehr gut, genau das werden wir essen.« Sie sprang auf und legte los, machte Schrankfächer auf und hantierte mit Packungen und Töpfen und Dosen.

»Aber ich hab noch keinen richtigen Hunger«, gestand er. »Cindy hat einen Schokoladenkuchen gebacken.«

»Ach ja? Wie *schön*, dass sie so eine gute Köchin ist.«

»Ich mag, was du kochst«, sagte Sam leise.

»Oh, Schatz …« Charlotte stellte die Töpfe ab, küsste ihn

auf den Kopf und setzte sich wieder zu ihrem Tee. Sie strahlte jetzt und räusperte sich. »Ich muss dir was Aufregendes erzählen. Ich wollte eigentlich warten, bis ich sicher bin, dass es auch klappt – ich habe ein ganz tolles Haus direkt am Park gefunden, viel näher an St. Leonard …«

»Warum müssen wir denn umziehen? Ich will nicht umziehen.«

»Na ja, das denkst du jetzt, aber warte mal, bis du es siehst …«

»Ich will es nicht sehen.« Sam beobachtete, wie sie langsam ihren Teebecher abstellte, exakt auf dem nassen Ring, den er auf dem Tisch hinterlassen hatte.

»Ich würde es dir gerne zeigen«, sagte sie fest. »Vielleicht nach der Schule in dieser Woche. Es dir mal anzusehen schadet nichts. Es hat einen Dachboden, einen richtig großen, mit einer Leiter. Und wir könnten … das heißt, ich habe mir überlegt, da der Park so nahe ist, könnten wir eventuell sogar einen Hund anschaffen. Was hältst du davon? Wahrscheinlich nicht vor Weihnachten, aber so ein Welpe, ganz für dich allein?«

Sam drehte seinen Apfelsaft hin und her und sah sie nicht an. Sie wartete darauf, dass er von seinem Stuhl aufsprang und jubelnd die Arme in die Luft warf, das war ihm klar. Halb wollte er das auch. Ein eigener Hund! Endlich! Doch er war zugleich irgendwie sauer und fühlte sich unter Druck gesetzt.

»So etwas nennt man Bestechung«, sagte sie lächelnd. »Ein Hund für ein Haus. Kein schlechter Handel, oder?«

»Vielleicht.«

»Na, überleg's dir«, sagte sie forsch, als glaubte sie, schon gewonnen zu haben.

Sam schob seinen Stuhl zurück und stand auf, doch sie hielt ihn fest und bedeutete ihm, sich wieder zu setzen. »Warte mal, junger Mann, ich habe dich zwei Tage lang nicht gesehen. Ich finde, ich verdiene noch ein paar Minütchen deiner Gesellschaft.« Sam blieb, machte aber deutlich, dass er kein großes Bedürfnis nach weiteren Gesprächen hatte. Das Bedürfnis schrumpfte gegen null, als sie verkündete, dass sie am kommenden Wochenende bei Georges Familie zum Mittagessen eingeladen waren. »Und Theresa hat gesagt, wir können in den Osterferien ihr Cottage in Suffolk haben«, fuhr sie munter fort. »Das wäre doch toll, oder? Du kannst gerne einen Freund mitbringen, es muss ja nicht unbedingt George sein. Es kann *irgendwer* sein.« Sie machte eine ausladende Geste mit den Armen, als läge ihm die ganze Welt zu Füßen.

Sam wollte sich ein Lächeln abringen, aber es ging nicht. Er hasste es, wie sie und alle anderen Erwachsenen neuerdings dahinter her waren, etwas aus ihm herauszubekommen, ihn dazu zu bringen, das Richtige zu sagen, das Richtige zu *fühlen*.

»Sam, Liebling …« Sie sprach jetzt ganz sanft und sah ihn mit großen Augen an. »Ist alles in Ordnung? Wirklich in Ordnung? Ich meine, es ist doch nichts los, was du mir sagen solltest, oder?«

Sam rutschte so abrupt auf seinem Stuhl nach vorn, dass der kippte und er gegen die Tischkante stieß. Um irgendetwas zu tun, bei dem er sie nicht ansehen musste, griff er sich einen Apfel aus der Obstschale und biss kräftig hinein.

»Sam, Schatz«, drängte Charlotte, »das ist doch eine ganz einfache Frage, die ich nur stelle, weil ich mir ein bisschen Sorgen mache …«

»Ja, aber du … ihr fragt das alle dauernd«, stieß er hervor, den Mund voll Apfel, der mehlig war und nach nichts schmeckte. »Und ich hab die Schnauze voll davon, ich hab sie so scheißvoll …«

Sie war sofort auf den Beinen, als wäre ein elektrischer Schlag durch ihren Stuhl gezuckt. »Wag es nicht, solche Ausdrücke zu gebrauchen!«

»Ich wag es aber«, schrie er. »Ich wag es, verfluchte Scheiße!« Und dann, weil er anfing zu weinen und beim Anblick ihres betroffenen Gesichts keinen Ausweg mehr wusste, warf er den Apfel zurück in die Schale und rannte aus der Küche. Er stürmte die Treppe hinauf, nahm drei Stufen auf einmal, zog sich am Geländer hoch. Oben riss er die Tür zu seinem Zimmer auf, warf sich aufs Bett und zog die Decke über den Kopf, sodass nur noch Dunkelheit und das Pochen seines Herzschlags um ihn herum waren.

Die Zeit schien stillzustehen und dann dahinzuschleichen. Es war heiß unter der Decke, das Atmen fiel schwer. Sam lauschte auf Schritte, aber es kamen keine. Er würde an Sauerstoffmangel sterben, entschied er, packte den Baumwollbezug mit beiden Fäusten und dachte triumphierend daran, wie mies sie sich dann alle fühlen würden. Alle. Für immer und ewig. Er würde es ihnen zeigen. Er stellte sich vor, wie seine Mutter seinen leblosen Körper im Bett fand, wie sie schrie und klagte und sich gegen die Brust schlug wie die Frauen in den langen schwarzen Kleidern, die er im Film gesehen hatte. Er stellte sich vor, wie sie es seinen Lehrern sagte und George und Rose – was für ein schlechtes Gewissen sie alle haben würden und wie dumm sein Vater dastünde, weil er ihm den iPod versagt hatte. Das wäre großartig, nur leider, erkannte Sam, setzte sich auf und warf die Decke ab, könnte er das ganze schöne Theater als Leiche nicht miterleben.

Draußen war aus dem Nieselregen eine dichte Wasserwand geworden, die ein kräftiger Wind gegen das Fenster neben seinem Bett trieb, dass es nur so platschte und die Scheibe erzitterte. Weil das Geräusch so laut war, merkte Sam erst, dass seine Mutter nach oben gekommen war, als sie das Licht anmachte. Er blinzelte in der plötzlichen Helligkeit und zog sich die Decke um die Schultern. Jetzt geht's los, dachte er, jetzt geht der Ärger richtig los. »Entschuldigung.« Er wollte es stolz und trotzig sagen, aber es tropfte nur flüsternd von seinen Lippen, kaum hörbar durch das Regengeprassel.

»Ich habe die Giraffe abgehängt, hast du gesehen?« Sie ging zu der freien Stelle, an der die kindische Figur von einem Metermaß gehangen hatte, und strich mit den Fingern über die Wand, als wollte sie sie streicheln. »Irgendjemand hatte sie mit Pfeilen beschossen. Guck mal, da sind noch die Löcher, hier und hier und hier. Die arme Giraffe, sie musste gerettet werden.« Sie drehte sich halb um, damit er sah, dass sie grinste. »Ich dachte, wir könnten die Uhr, die du so magst, dort hinhängen, die im Gästezimmer, bei der man das Innere sieht. Die hat dir immer gefallen, oder?«

Sam nickte ganz langsam.

»Manchmal ist es okay zu fluchen, Sam. Manchmal aber auch nicht. ›Verfluchte Scheiße‹ ist ein starker Ausdruck, den du sparsam verwenden solltest.«

Sam wurde von Kopf bis Fuß heiß. Die Worte klangen schrecklich aus ihrem Mund. Er wünschte, sie hätte sie nicht gesagt.

»Ich mache jetzt das Abendessen. Komm runter, wenn du so weit bist.«

Charlotte verschränkte die Arme, als sie aus dem Zimmer ging, und war froh, dass er nicht sah, wie weiß ihre Finger waren, wo sie sich in die Ellbogen gruben; froh, dass er nicht wusste, wie lange sie ihre Worte geübt hatte und wie sehr sie sich bemühte, die Entfremdung von ihrer Mutter nicht auf ihn zu übertragen, eine Entfremdung, unter der sie nicht nur als Kind gelitten hatte, sondern auch an diesem Mittag, im Alter von neununddreißigdreiviertel, am mütterlichen Küchentisch.

Sie ließ seine Zimmertür angelehnt, ging nach unten und wünschte, sie hätte etwas anderes – jemand anderen –, bei dem sie Zuflucht suchen könnte als das leere Erdgeschoss ihres Hauses. Wie ein Roboter kochte sie die Pasta und die stückchenlose Soße aus dem Glas, in Gedanken darüber versunken, wie sich bestimmte Muster im Leben wiederholten und wie ungeheuer wachsam man sein musste, um nicht auf sie hereinzufallen.

Theresa lag zwischen den Schaumbergen ihres Lieblingsbadezusatzes, die Haare im Nacken hochgesteckt, das Radio an dem Haken über ihrem Kopf leise dudelnd, und gab sich trägen Betrachtungen über die himmlische Ruhe eines späten – aber nicht zu späten – Sonntagabends hin. Die erste Hälfte des Tages war hektisch verlaufen, da sie den Kirchgang, Georges auswärtiges Rugbyspiel und den Sonntagsbraten unter einen Hut zu bekommen versuchte, Henry Bereitschaftsdienst hatte und die beiden kleineren Jungs zu zwei verschiedenen Geburtstagsfeiern gefahren und wieder abgeholt werden mussten, während Matilda sich mehrfach übergab, ohne dass ihr Husten die Ursache gewesen wäre. Doch danach hatte sich der Nachmittag wunderbar ruhig und friedlich gestaltet, als wäre ein Vorhang vor einer Parallelwelt aufgezogen worden, in der brave Kinder Schulter an Schulter auf dem Teppich lagen und puzzelten oder Bücher lasen, während der Gatte darauf bestand, die Küche aufzuräumen und einem das unerwartete Vergnügen bescherte, gemütlich Kaffee zu trinken und in der Sonntagszeitung blättern zu können. Selbst als George den Fernseher für die Playstation einschaltete, stellte er den Ton so leise und ließ seine Brüder so großzügig mitspielen, dass nicht das übliche Heidenspektakel ausbrach. Matilda hatte zwei Stündchen auf dem Sofa gedöst und dann beim Aufwachen nicht gegreint, sondern in einer Ecke des Wohnzimmers ein Krankenhaus für ihre Puppen eingerichtet und nichts weiter verlangt als eine Packung Pflaster und einen gelegentlichen Ausruf des Mitgefühls für die kränksten ihrer Plastikpatienten.

Um acht Uhr abends schließlich hatten sie und Henry allein Sandwiches mit Rindfleisch und eingelegten Gurken verzehrt und einem Polizeiinspektor dabei zugesehen, wie er eine Serie schauriger Morde in einem abgelegenen Dorf aufklärte. Dafür arbeitet man, sinnierte Theresa und versank noch tiefer im Schaum, für diese Oasen der Ruhe, die es wert waren, den Stürmen standzuhalten. Nur mit Henry stimmte irgendetwas nicht. Sie beobachtete ihn, als er ins Bad kam und seinem eigenen abendlichen Reinigungsritual nachging. Er war so still, nicht ganz bei sich.

»Weißt du, vielleicht hat die arme Charlotte sich doch einen Virus bei uns eingefangen, obwohl es ihr jetzt besser zu gehen scheint.« Sie musste laut reden, um das aus dem Hahn schießende Wasser zu übertönen, das Henry immer zu weit aufdrehte und dadurch seinen Pyjama vollspritzte.

»Wem? Charlotte?«

»Nein, Matty. Sie ist jetzt wieder fitter, aber möglicherweise hat sie Charlotte angesteckt, mit was auch immer. Ich habe dir doch erzählt, dass Charlotte glaubte, irgendeinen Infekt zu haben statt nur einen Kater. Und Matty ist seit einigen Tagen nicht ganz gesund.«

»Ach so, ja.« Henry legte seine Brille vorsichtig auf der Seifenschale ab und klatschte sich einen Waschlappen aufs Gesicht, wobei er den Kopf zurückbeugte, sodass sich die Konturen seiner Nase und der Augenhöhlen darunter abzeichneten.

»Henry? Alles in Ordnung mit dir?«

Er nahm den Lappen ab und sah sie an. »Natürlich. Alles bestens. Warum?«

»Weil du nach dem Mittagessen abgewaschen hast, ohne mit den Töpfen zu scheppern oder die Kinder anzuschreien, damit sie helfen«, erwiderte Theresa trocken. »Höchst ungewöhnlich.«

»Erinnere mich daran, es nie wieder zu tun.«

»Hey, sei doch nicht so.« Theresa griff nach einem Handtuch und stieg aus der Wanne. Sie tapste über die Badematte zu ihm hin und stützte ihr Kinn auf seine Schulter. »Ich habe zu viel heißes Wasser eingelassen, und jetzt bin ich ganz aufgequollen und verschwitzt.« Sie streckte ihrem Spiegelbild die Zunge heraus. Ihre Backen wirkten knallrot neben dem blassen Gesicht ihres Mannes, und feuchte Strähnen klebten auf ihrer Stirn. »Liebst du mich noch?«

»Natürlich.« Henry lächelte und küsste sie auf die Nase, ehe er seine Zahnbürste zur Hand nahm. Er putzte gründlich und fest, besonders an den Stellen, auf die ihn die Zahnhygienikerin hingewiesen hatte. Theresa trat zurück auf die Badematte, rubbelte ihren Rücken und die Beine ab und hockte sich dann auf den Toilettensitz, um auch die Zwischenräume zwischen den Zehen abzutrocknen. Sie hatte von der Hitze des Bades rosa Flecken auf der Haut. Ihre Arme und Beine waren immer noch wohlgeformt und fest, aber ihr Bauch war seit Matilda, die bei der Geburt am schwersten von allen vieren gewesen war, von silbrigen Streifen durchzogen und bildete eine schwere Rolle unter ihrem Bauchnabel. Ein spätabendliches Bad, wusste Henry, war ein Zeichen dafür, dass sie sehr entspannt, sehr glücklich war und Sex auf dem Plan stand, falls er sich darauf einlassen wollte. Nach so vielen Jahren verstanden sie sich auch ohne Worte. Er wusste, dass sie Lust auf Sex hatte, genauso wie sie wusste, dass etwas mit ihm nicht »stimmte«. Und das war eigentlich etwas Schönes, sagte sich Henry, tupfte seinen Mund ab und ging ins Schlafzimmer: gute Kommunikation, gegenseitiges Verständnis, das waren die Eckpfeiler lang anhaltender Liebe. Er lehnte sein Buch gegen die Knie – die gebundene Biographie eines Politikers, die so schwer war, dass seine Arme schmerzten, wenn er sie hielt – und begann zu lesen. Ein paar Minuten später kam Theresa ins Bett und schlang ihre Arme um seinen Bauch.

»Du willst nicht wirklich lesen, oder?«

»Hm?«

Sie presste ihren Mund auf seinen Arm und saugte, bis der Ärmelstoff feucht war und seine Haut prickelte. »So«, sagte sie und schmatzte zufrieden mit den Lippen. »Ein Knutschfleck, weil ich dich liebe.«

»Vielen Dank, Schatz.« Er sah sie liebevoll über den Rand seiner Brille hinweg an. »Würdest du mich denn auch noch lieben, wenn ich das Kapitel hier zu Ende lesen würde?«

Sie grinste und fühlte sich zu wohlig, zu schläfrig, um beleidigt zu sein. »Möglich.« Sie drehte sich auf die andere Seite, zog die Knie an die Brust und schloss die Augen. »Übrigens, Charlotte und Sam kommen am nächsten Sonntag. Ich dachte, ich könnte zur Abwechslung mal eine Ente machen. Was meinst du?«

»Köstlich.«

»Und ich hab gesagt, sie könnten im Cottage wohnen.«

Henry fuhr herum. »Wann?«

»In den Osterferien … eine Woche.« Ihre Stimme klang undeutlich. Sie war kurz vorm Einschlafen.

»Gut.« Henry richtete seinen Blick wieder auf den Anfang der Seite. Er hatte kein einziges Wort aufgenommen. *Sir William stellte seine Ergebnisse dem Parlament vor, ehe er in seinen Club zurückkehrte. Sir William … Sir William.* Henry blinzelte, konzentrierte sich auf die Worte und blinzelte wieder, sah jedoch nicht die korpulente Gestalt der Hauptperson seines Buches vor sich, sondern Charlotte Turner, schlank, Haut wie Milch und Honig, fließendes Kupferhaar, die grünen Augen traurig, aber hoffnungsvoll. Wenn er sie nicht *gespürt* hätte, wäre es bestimmt nicht so weit gekommen. Aber er hatte sie gespürt, diese wenigen Sekunden lang, in seinen Armen. Vor allem hatte er ihre Hilflosigkeit und Sehnsucht gespürt, und das hatte eine Tür aufgestoßen, die er offenbar nicht wieder zubekam: eine Tür, die in einen Raum voller phantastischer Szenarien führte. Was wäre passiert, wenn er sie fester gehalten hätte oder länger oder sie ins Haus begleitet hätte, ihr aus dem Mantel geholfen hätte, sich erboten hätte, Tee zu machen oder Wein einzuschenken oder …

Henry rollte sich herum und knipste seine Nachttischlampe aus. Jetzt war er stark versucht, sich seiner Frau zu nähern, doch sie schlief schon – tief und übergangslos wie immer. Es wäre außerdem gemein, ausgerechnet die Person für seine erbärmliche, geheime Lust zu benutzen, der er damit Unrecht tat. Und wohin sollte diese Lust schon führen, außer in eine Katastrophe mit vielfachen Verletzungen? Theresa hatte ihn ein einziges Mal betrogen, und das tat nach dreizehn Jahren immer noch weh, wenn er daran dachte. Es war ihm anfangs leichtgefallen, ihr zu vergeben, später schwerer, aber er hatte es geschafft. Etwas dergleichen würden sie jetzt nicht mehr überstehen. Vielleicht eine beschwipste Fummelei, aber nicht mit Charlotte … *Charlotte!* Verdammt, war er dabei, den Verstand zu verlieren?

Henry rang mit dem Bettzeug, zog und zerrte, bis die Erschöpfung ihn übermannte und er lang ausgestreckt auf dem Rücken einschlief wie ein verwundeter Kämpfer.

Sechstes Kapitel

Bella macht ein Gap Year, ein praktisches Jahr im Ausland, aber für mich wäre das tatsächlich nichts als eine Lücke, ein In-der-Luft-Hängen, verschwendete Zeit. Auf den Rat eines Lehrers hin bewerbe ich mich, und zwar erfolgreich, an der Durham University, um Englische Literatur zu studieren. Meine Mutter bietet mir an, mich hinzufahren. Am Abend, bevor wir aufbrechen, packe ich das Auto voll, stopfe Bettzeug um Kartons und Koffer und um meine Stereoanlage und die Gitarre, die ich gekauft habe, aber nicht spielen kann. Mein Vater sieht mir von seinem Sessel am Wohnzimmerfenster aus zu, wo er nun den größten Teil des Tages verbringt, eine karierte Wolldecke über seine knochigen Knie gelegt. Seine großen Hände, von denen die Finger der linken schmutzig gelb verfärbt sind, tasten in seinem Schoß nach den Zigaretten, die er nicht mehr rauchen kann. Sein Atem ist ein einziges Röcheln, seine dunklen Augen mit den schweren Lidern ziehen sich immer mehr in ihre Höhlen zurück.

Früh am nächsten Morgen steht er mit einer kleinen Tasche zu seinen Füßen an der Haustür. Er komme mit, sagt er. Es sei ein großer Schritt, er wolle daran teilhaben. Sein Blick schnellt zwischen dem Gesicht meiner Mutter und mir hin und her, die eingesunkenen Augen fordern uns zum Widerspruch heraus. Ich muss umpacken und Platz für mich auf dem Rücksitz schaffen, damit er vorne sitzen kann. Es ist eine lange Fahrt, und ich starre die meiste Zeit auf seinen Hinterkopf, sehe seinen Schädel durch die papierdünne Kopfhaut und die rührenden Büschel silbergrauer Haare, die sich immer noch bemühen, ihn zu bedecken. Das Stück

Hals zwischen seinem Kragen und dem Haaransatz sieht dagegen so weich aus, so widersinnig jung und verletzlich, dass ich meine Hand darauflegen möchte, um es zu verbergen und zu schützen.

Durham ist schöner, als ich erwartet hatte: hohe, dunkle, alte Steinmauern, unterbrochen von den glatten Wänden und Glasfronten moderner Gebäude, zwei Epochen, die harmonisch nebeneinander existieren. Die Kathedrale beherrscht den Luftraum mit ihren riesigen, viereckigen Türmen, ein majestätischer Orientierungspunkt, der unser vollgeladenes Auto, unser Leben, klein erscheinen lässt. Mit ihrer Hilfe lese ich den Stadtplan und dirigiere uns in die richtige Richtung. Ich bin nervös, kann es aber kaum erwarten, mein College zu finden und die beiden loszuwerden. Sie übernachten irgendwo am Stadtrand und wollen früh am nächsten Morgen wieder aufbrechen.

Verwirrt von den gelben Parkverbotslinien kurbele ich das Fenster herunter und bitte ein Mädchen mit rundem Gesicht in einem Dufflecoat um Hilfe. Sie heiße Eve, sagt sie, und es gebe Parkplätze auf der Rückseite des Gebäudes, und ob es mein erstes Semester sei und welches Hauptfach und bis bald. Glücklich kurbele ich das Fenster wieder hoch und denke an den schrecklichen Abschied auf dem Bahnsteig vor neun Jahren, das Verschicktwerden, meine schwache Kleinmädchenhoffnung. Ich bin so dankbar, dass ich jetzt älter bin, besser gerüstet, besser vorbereitet.

Es ist bitterkalt. Ich spüre die Hilflosigkeit meines Vaters, als er mit hochgezogenen Schultern in dem schneidenden Wind steht und zusieht, wie wir das Auto ausladen. Drei Treppen führen zu meinem Zimmer hinauf. Meine Mutter, eine Bücherkiste in den Armen, schärft ihm ein, aufzupassen und das Geländer zu benutzen. Ich gehe hinter ihnen, und die Griffe meiner Tüten schneiden Striemen in meine Handflächen. Ich erkenne Rache in ihrer Energiegeladenheit und will ihn trösten. Oben geht sein Atem rasselnd und pfeifend. Meine Mutter marschiert an uns vorbei, saust die Treppe hinunter für die nächste Ladung.

»Ich habe etwas für dich«, sagt er. Er hockt sich auf die Schreibtischkante und greift unendlich langsam in die Innentasche seines Jacketts. Während ich seinen vorsichtigen Bewegungen, den flatternden Fingern zusehe, überfällt mich die Ahnung, wie ein sicheres Wissen, dass dies unser letzter Abschied sein wird. Sein Blick hat etwas Weiches, der mir sagt, dass er es auch weiß. »Hier …« Er zieht einen dicken weißen Umschlag hervor und starrt darauf. Ich glotze ihn ebenfalls an, mein Herz galoppiert wie wild. Denn ich weiß, was solche Umschläge in solchen Momenten bedeuten können. Ich habe George Eliot und Jane Austen und Thomas Hardy gelesen: geänderte Testamente, Geständnisse auf dem Totenbett, Aufklärung von Rätseln und Missverständnissen. Ich kenne die Möglichkeiten und fühle mich bereit und würdig, eine eigene Version davon zu erfahren. Meine Kehle schnürt sich zu, weil er dem Tod nahe ist und ich Angst vor dem habe, was in dem Brief steht, aber ich bin auch aufgeregt. Etwas kommt zum Abschluss. Ich lecke mir über die Lippen.

»Mach ihn später auf«, krächzt er.

Ich umarme ihn zärtlich und verabscheue es, wie groß ich in meinen hochhackigen Schuhen bin, wie robust mein Körper sich an seiner mageren Brust anfühlt. Ich küsse ihn auf die raue Wange und wünschte, ich könnte etwas von meiner Jugend und Kraft auf ihn übertragen, damit er wieder gesund wird. In meinen ganzen achtzehn Jahren hätte ich ihn nicht mehr lieben können, und ich würde es ihm sagen, wenn meiner Stimme zu trauen wäre.

Als meine Mutter wieder hereinkommt, schmallippig und mit harten Augen, die Kabel meiner Stereoanlage um ihre Fußknöchel schleifend, öffne ich die oberste Schublade meines Resopal-Schreibtischs und lasse den Umschlag hineinfallen. Mein Wissen über seinen Seitensprung ist eine Bürde, aber es hat uns auch auf eine beinahe beglückende Weise zusammengeschweißt. Wir sind ein Kreis, der sich schließt, meine Mutter ist die Außenseiterin.

Später, als Eve mich auf einen Kaffee zu sich einlädt, bin ich drauf und dran abzulehnen. Ihr Zimmer liegt auf demselben Flur, eine gemütliche Höhle mit Lampen, Wandteppichen, Postern und Kissen. Sie redet über Fakultäten, Studentenclubs und Tutoren und reicht dicke Finger von hausgebackenem Shortbread zum Kaffee. Ich nicke und lächele, knabbere und schlürfe und habe ein schlechtes Gewissen, weil ich nicht richtig zuhöre.

Endlich zurück in meinem Zimmer, schließe ich die Tür ab und zünde mir eine Zigarette an, bevor ich mich der Schublade nähere. Ich inhaliere tief, genieße das kurze Schwindelgefühl, die Dramatik des Augenblicks. Die Schublade klemmt, gibt dann nach. Ich lege die Zigarette auf der Tischkante ab und schiebe einen Finger unter die Umschlagklappe. Der scharfe Papierrand schneidet in meine Haut, aber ich achte nicht darauf und lasse die Blutstropfen Flecken machen, wo sie wollen.

Darin befindet sich ein DIN-A4-Blatt, leer bis auf einen Satz, in dem vier zusammengefaltete Fünfzig-Pfund-Scheine stecken. »Für kleine Extras«, steht da, »in Liebe, Dad.«

Ich starre fassungslos darauf und schüttele dann den Umschlag, als könnte doch noch irgendeine Erklärung oder Entschuldigung, ein Ausdruck der Auflehnung oder des Bedauerns herausfallen. Die Scheine sind glatt, druckfrisch, die Ränder scharf genug, um noch mehr Schnitte in meine Hände zu ritzen, wenn ich nicht aufpasse. Aus dem Flur höre ich das leise Dudeln von Musik, Schritte, Unterhaltungen, als die anderen Studierenden eintreffen. Mein Zimmer wirkt sehr leer im Vergleich dazu, sehr still, eine Welt für sich. Ich stecke das Geld in mein Portemonnaie und greife nach dem nächsten Karton, um auszupacken.

Der erste Gegenstand, der mir in die Hände fällt, ist meine Matroschka-Puppe; sie riecht stark nach der frischen Lackschicht, die mein Vater im Zuge seiner bedauernswerten Suche nach einer sinnvollen Beschäftigung kürzlich aufgetragen hat. Eine Weile halte ich ihrem verständnislosen Blick stand und denke darüber nach, wie ähnlich wir uns sind mit unseren verschiedenen, überei-

nandergelagerten Ichs, unseren Schutzpanzern, hinter denen wir uns verstecken, um zu überleben.

Ich schließe meine Anlage an und ziehe irgendeine LP aus der Kiste auf dem Schreibtisch. »Give me hope, help me cope, with this heavy load«, mach mir Hoffnung, hilf mir, mit dieser schweren Last fertigzuwerden, singe ich beim Arbeiten und werde mir bewusst, dass das leise An- und Abschwellen meiner Enttäuschung in eine andere leise Melodie in meinem Kopf übergeht. Von zweihundert Pfund kann ich mir eine Menge Extras leisten: pelzgefütterte Stiefel, Gitarrenstunden oder einen Dufflecoat wie Eves gegen das raue nördliche Klima. Es ist großzügig von ihm, und doch fühle ich mich im Stich gelassen. Ich hatte mir so viel mehr gewünscht. Keine großen Worte, aber doch ein Eingeständnis der Wahrheit, über die ich vor all den Jahren unter dem sengend heißen Dach des Gartenschuppens gestolpert bin. Das mag uns zusammengeschweißt haben, aber es brachte auch Kummer, Verlust und große Furcht mit sich; wie meine Knie gezittert haben, als ich über das stachelige Gras davongelaufen bin, das kann ich immer noch fühlen. Weiß er das? Hat er es je gewusst?

Ich reiße meine Geldbörse auf und sehe mir die Scheine noch einmal an, kämpfe die plötzliche, dunkle Angst nieder – viel schlimmer als die Enttäuschung –, sie könnten einen Versuch darstellen, mein Schweigen über seinen Tod hinaus zu erkaufen. Ich drehe die Musik lauter, singe noch lauter, sorge dafür, dass die Angst sich verflüchtigt. Er würde nie so denken. Ihm ist doch sicher klar, dass meine Verschwiegenheit nie an Bedingungen geknüpft war, dass es mir bereits im Alter von sieben Jahren darum ging, das Märchen meines Lebens zu bewahren und seines ebenso.

Als Tim vom Fitnessstudio nach Hause radelte, tat er das über längere Strecken freihändig und lenkte nur mit dem Gleichgewichtssinn, Willenskraft und den Muskeln an der Innenseite seiner Oberschenkel. Er war ausgelassen, fühlte sich unbesiegbar und ganz Herr der Lage, wie immer nach einem ausgiebigen Training. Es war Sonntag, und der Frühling zeigte sich in voller Pracht, mit massenweise Blumen, die an ihm vorbeisausten, lauter bunte Farbpaletten, und sich über Gartenmauern, aus Kübeln und Blumenampeln ergossen.

Vor dem Gartencenter war er gezwungen, wieder den Lenker zu nehmen, um einer Frau auszuweichen, die eine Schubkarre voller Kompostsäcke und Setzlinge zu der offen stehenden Heckklappe eines in zweiter Reihe parkenden Kombis schob. Auf dem Gelände, das vor ein paar Wochen noch ein verlassener, tropfender Dschungel gewesen war, herrschte jetzt Hochbetrieb. Die Frau hatte ein Kleinkind dabei, das gefährlich dicht um die Schubkarre herumhüpfte und ihre Ermahnungen, auf dem Gehsteig zu bleiben, überhörte. Tim sah die beiden beim Bremsen finster an. Verwöhnte Mittelschichtdamen mit Kindern und Autos, die sie kein bisschen beherrschten, konnten einem schon Lust machen, sie niederzumähen. Charlotte gehörte zwar auch der gutsituierten Mittelschicht an, aber sie war keine typische Vertreterin. Das war eines der Dinge, die er an ihr mochte – dass sie sich zwar in einem bestimmten gesellschaftlichen Milieu bewegte, jedoch nicht so richtig dazuzugehören schien. Sie hatte so etwas Verlorenes an sich, das ungeheuer anziehend wirkte. Sein einziger Vorbehalt gegen sie war ihr Zwerg von einem Sohn, dieser Sam. Er hatte es immer wieder erlebt: schöne, lebenslustige Frauen, die durch Nachwuchs vollkommen verdorben wurden. Bei Phoebe war es allein schon der *Gedanke* an Kinder gewesen, der alles verdorben hatte. Bevor sie geheiratet hatten, war sie genauso abgeneigt gewesen wie er. Schon nach zwei Jahren jedoch hatte er regelmäßig die Pillenpackung in ihrer Nachttischschublade kontrolliert, um sicherzustellen, dass sie ihn nicht hinterging.

Allerdings, dachte Tim, während er vor der Steigung auf

dem letzten Stück seines Wegs ein paar Gänge herunterschaltete, war es bei einer Frau, die schon ein Kind hatte, weniger wahrscheinlich, dass sie noch mehr in die Welt setzen wollte, vor allem wenn sie bald vierzig wurde, eine beschissene Ehe hinter sich hatte und ein Funkeln in den Augen, das darauf schließen ließ, dass man mit ihr Spaß haben konnte. Tim atmete schwer und trat kräftig in die Pedale. Er musste sie haben. Er musste einfach. Er hatte es satt, nur davon zu träumen. Er musste Tatsachen schaffen.

Sobald er im Haus war (eine Doppelhaushälfte mit drei Schlafzimmern, deren Wert in den drei Jahren seit dem Kauf glatt um fünfzigtausend Pfund gestiegen war), verschaffte er sich Erleichterung, indem er schnell und heftig unter dem harten Strahl seiner Massagedusche masturbierte, und setzte sich dann in seinen Lieblingssessel, um einen Plan zu schmieden. Wie gewöhnlich, wenn er unter Druck stand, sammelte er seine Gedanken, indem er eine Liste anlegte. Die oberste Priorität in beruflicher wie privater Hinsicht war Mrs. Stowe. Sie hatte ihm versprochen, noch einmal mit ihrem Mann zu reden, nach seinen letzten Anrufversuchen aber nicht mehr zurückgerufen. Wenn es ihm nur gelänge, den Kontakt aufrechtzuerhalten, würde er die Sache bestimmt unter Dach und Fach bringen. Mit Mrs. Burgess dagegen ging es gut voran. Sie hatte einen Käufer für ihr Haus gefunden und wartete nun auf das Ergebnis des Gutachtens, um Charlottes zu erwerben. Hurra! Einen Punkt konnte er abhaken.

Tim nuckelte an der Wasserflasche, die er im Studio gekauft hatte. Ein Liter nach dem Sport war sein Ziel, auch wenn er das selten schaffte. Getränke mit Kohlensäure und Aroma waren ihm lieber, solche, bei denen man zwischen ein paar Schlucken rülpsen musste. Aber er wollte gern jünger aussehen als zweiundvierzig und war entschlossen, alles dafür zu tun. Wasser war gut für den Kreislauf und die Haut, und er hatte einen teuflischen Durst nach der Schwitzerei. Seine Bauchmuskulatur pulsierte noch von den zusätzlichen zwanzig Übungen. Er hatte sich einer Phantasie von Charlotte hingegeben, um sie durchzuhalten: Sie war nackt und saß rittlings auf ihm, die Enden ihrer prachtvollen Haare streiften kitzelnd sein Gesicht, ihr Mund war weich, ihr Blick anerkennend. Das hatte Wunder gewirkt.

Der nächste Punkt auf seiner Liste war Charlotte selbst. Sie hatte ihn am vergangenen Wochenende angerufen, aber nur, um ihm zu sagen, dass sie krank war. Die diversen weiteren Telefonate hatten das Haus betroffen und waren über seinen Assistenten Savitri erfolgt. So mancher würde sich vielleicht davon entmutigen lassen, aber Tim, dessen Selbstbewusstsein sich dank der Endorphine auf einem Höhenflug befand, sah das bloß als neuen Bestandteil einer immer reizvolleren Herausforderung an. Er würde sie noch an diesem Nachmittag anrufen, die Fortschritte mit dem Haus ein bisschen hochspielen, sich nach dem Jungen erkundigen, nach dieser Mobbinggeschichte – ja, das war gut – und nach ihr natürlich. Tim kaute auf seinem Stift herum und überlegte, wie er es am besten anstellte. »Geburtstag, 8. Juni«, schrieb er nach ein paar Minuten und gratulierte sich zu diesem kleinen Juwel an persönlicher Information, das er seinen Unterlagen entnommen hatte. Eine schöne Geschiedene kurz vor ihrem Vierzigsten, die unbedingt umziehen wollte, einen mürrischen Sohn im Schlepptau hatte und keine anderen Beschäftigungen als Brettspiele mit ihren Freundinnen und einen Teilzeitjob bei zwei Schwuchteln in einem Buchladen. Mann, wenn er davon nicht was zu seinem Vorteil nutzen konnte, hatte er es wirklich nicht mehr drauf.

So in seine Gedanken vertieft, zwang er noch mehr Wasser seine Kehle hinunter und prustete es beinahe durch die Nase wieder aus, als das Telefon klingelte und Charlotte am

Apparat war. »Tim, entschuldige, ich wollte eigentlich schon früher anrufen, aber dann kam eins zum anderen, und jetzt ist Sonntag, und das ist wahrscheinlich …«

»Perfekt«, unterbrach Tim sie fröhlich, und in seinen Ohren knackte es, als er schluckte. »Gut, dass du anrufst.« Die Wasserflasche war ihm irgendwie aus der Hand gefallen und träufelte jetzt einen dunklen Fleck auf die indische Seidenbrücke, die Phoebe unbedingt hatte mitnehmen wollen und die er nicht herausgerückt hatte. »Perfekt«, wiederholte er und merkte, dass seine Liste und sein klares Denken beim Klang von Charlottes Stimme irgendwie flöten gegangen waren. »Ich setze übrigens immer noch große Hoffnungen in Mrs. Stowe, sehr große Hoffnungen. Ich weiß ja, wie viel dir das Haus bedeutet«, fügte er hinzu.

»Ich danke dir, und Tim, wegen des Abendessens …«

Ah, endlich. Tim rutschte vom Sessel auf den Boden, streckte die Beine aus und lehnte den Kopf an das Sitzpolster. »Ich hatte schon gehofft, dass du deswegen anrufst – dass du es nicht vergessen hast.« Unter Einsatz von beiden Füßen schaffte er es, die Wasserflasche aufzustellen. Sachte, mahnte er sich. Immer schön sachte.

»Natürlich nicht, aber ich wollte vorschlagen, dass wir vielleicht lieber damit warten, bis wir das … das Geschäftliche abgeschlossen haben.«

»Also, ich muss sagen, das ist der schlechteste Vorschlag, den ich je gehört habe«, sagte Tim schnell und richtete sich panikartig auf.

»Aber du musst zugeben, dass es etwas …«

»Nur ein kleines Abendessen, Charlotte, unter Freunden. Das wird doch wohl nicht den Weltfrieden bedrohen, oder?«

Zu seiner Erleichterung lachte sie. »Nein, ich schätze nicht.«

»Könnte vielleicht sogar nett werden?«, lockte er.

»Hm, vielleicht…«

Dann war plötzlich der Sohn da, kam offenbar gerade ins Zimmer gestürmt. Das Lachen verschwand sofort aus ihrer Stimme. »Entschuldige, Tim, ich muss jetzt Schluss machen. Sam und ich sind zum Sonntagsbraten bei Freunden eingeladen.

»Wollen wir Donnerstag sagen?«, schlug er hastig vor. »Um acht bei mir? Ich bin sicher, dass Jessica Zeit hat, ich rufe sie gleich mal an. Ich wohne übrigens im Ferndene Drive, Nummer dreiundsechzig. Beim Gartencenter links abbiegen, du kannst es nicht verfehlen.«

Er legte auf und malte sich schon aus, wie es werden würde. Keine wackeligen Barhocker und Tapas mit zu viel Knoblauch diesmal. Er würde das französische Kochbuch konsultieren, das er Phoebe geschenkt und das sie nicht ein einziges Mal benutzt hatte. Er konnte gut kochen, wenn er es sich vornahm; drei Gänge, der beste Wein, Blumen auf dem Tisch, gedämpftes Licht, leise Musik, er würde sie umwerben, bis sie umfiel. Sie war schön, eine Klassefrau, ein wenig rätselhaft, vom Pech verfolgt; jemand, der es mehr brauchte, mehr verdiente, umworben zu werden, war kaum vorstellbar. Jessica musste einfach Zeit haben. Jessica hatte immer Zeit. Kein Wunder, bei den Pickeln und den Zähnen. Er würde dem Mädchen nochmal so viel zahlen wie Charlotte, würde ankündigen, dass es spät werden könnte, und versprechen, dass es sich für sie lohnen sollte.

Weil die Sonne durchs Schaufenster hereinschien, war es am Donnerstagmorgen so warm an der Kasse, dass Charlotte ihren Chef Dean fragte, ob sie nicht die Heizung abdrehen könnten. Dean, der mit einem sein halbes Gesicht verdeckenden Kaschmirschal und ausgiebig schniefend eingetroffen war, antwortete mit einem düsteren Blick.

»Schon gut. Ich ziehe einfach die hier aus«, sagte sie schnell, stellte sich so weit wie möglich an den Rand des sonnigen Vierecks und legte ihre Strickjacke ab.

»Schöne Farbe, übrigens«, krächzte Dean und zeigte auf das Kleidungsstück, das von zu vielen Runden in der Waschmaschine Noppen bekommen hatte, aber immer noch hübsch erbsengrün war. »Genau dein Ding.«

»Danke«, murmelte Charlotte, die wusste, dass er das Kompliment aus schlechtem Gewissen machte, und dachte, wie viel einfacher Jason doch im Umgang war. Sie fuhr fort, einen Karton mit Kundenbestellungen auszupacken, und wunderte sich im Stillen darüber, dass ihre beiden Chefs zwar regelmäßig jammerten, wie schwierig es doch sei, sich gegen Buchhandelsketten und Supermärkte zu behaupten, jedoch keinerlei erkennbare Anstrengungen unternahmen, Kosten einzusparen. Abgesehen von ihrer extravaganten Einstellung zum Heizen, ließen sie nun überflüssigerweise auch die Ladenfront schon wieder streichen, von Zitronengelb zu Wedgwoodblau, und Dean hatte kürzlich angekündigt, dass der alte, aber vollkommen annehmbare Holzfußboden mit einem chintzartigen, graubeigen Teppichboden bedeckt werden sollte, der, wie sie dem Kostenvoranschlag entnommen hatte, mehrere Tausend Pfund kosten würde.

Aber es war nur noch eine Stunde bis Feierabend, tröstete sie sich und ließ den Bücherkarton stehen, um einen Mann abzukassieren, der stundenlang herumgestöbert hatte und nun bloß eine Geburtstagskarte kaufte. Nur noch sechzig Minuten, dann würde sie zwei Stündchen für sich haben, ehe sie Sam von der Schule abholen musste. Und später war da noch die Essenseinladung bei Tim, auf die sie sich freuen konnte. Sie freute sich tatsächlich darauf, stellte sie einigermaßen überrascht fest. Und warum auch nicht? Der Mann war ungebunden, in der richtigen Altersgruppe, aufmerksam, witzig, attraktiv – der perfekte Begleiter für eine Frau in ihrer Lage, die kein Interesse an etwas Ernsthaftem oder Langfristigem hatte. Als er am Montag angerufen hatte, um zu bestätigen, dass Jessica auf Sam aufpassen konnte, hatte er sie mehrmals mit selbstironischen Bemerkungen über zu viel Fitnesstraining und den Gehstock, den er jetzt brauche, um aus dem Bett zu kommen, zum Lachen gebracht. Er hatte sich auch nach dem Sonntagsessen erkundigt und ehrlich mitfühlend geklungen, als sie zu erklären versuchte, dass sie sich dabei nicht besonders wohlgefühlt hatte, obwohl Theresa und Henry so liebe Freunde waren. Wer das Vergnügen ihrer Gesellschaft genieße, solle verdammt nochmal dankbar dafür sein, hatte er aufbrausend beteuert, was natürlich Blödsinn war, aber trotzdem ziemlich nett.

»Immer noch zu warm?«, fragte Dean, nachdem sich die Tür bimmelnd hinter dem Kunden und seiner Glückwunschkarte geschlossen hatte.

»Nein, ich …«

»Doch keine Hitzewallungen, hoffe ich?«, neckte er sie und nahm damit die Unterhaltung von vorhin wieder auf, die sich, ohne dass sie es gewollt hätte, um Älterwerden und Geburtstage gedreht hatte.

»Nicht, dass ich wüsste«, erwiderte Charlotte, die versucht war, beleidigt zu sein, was ihr jedoch nicht gelang, weil auf die Stichelei ein heftiger Hustenanfall folgte. »Hey, dir geht es aber gar nicht gut.«

»Ich komme schon klar. Der Laden brummt ja nicht gerade.« Dean tupfte sich den Mund mit einem Papiertaschentuch ab und verschwand im Lager.

Allein zurückgelassen musste Charlotte unwillkürlich wieder an den Fehlschlag des sonntäglichen Mittagessens denken. Das langweilige Thema ihres runden Geburtstags war auch dabei auf den Tisch gekommen. Henry und Theresa hatten es sogar geschafft, sich darüber zu streiten, weil Henry, den Mund voller Pflaumenauflauf mit Streuseln, bemerkte, dass man solche Meilensteine gebührend feiern müsse, und wenn Charlotte Hilfe bei der Organisation brauche, solle sie es nur sagen; worauf Theresa erwidert hatte, sie werde selbstverständlich gern eine Party für ihre Freundin ausrichten, aber das Ganze sei doch Quatsch, denn einundvierzig sei genauso wichtig wie vierzig, wen kümmere die Null schon?

Charlotte, die sich in einem verwirrenden Kreuzfeuer des Aneinandervorbeiredens wiedergefunden hatte, dabei sah, wie Sam unnötig heftig die Beine unterm Tisch schwang, während George nichts anderes tat, als sich mit seinen Geschwistern zu kabbeln, wäre am liebsten gegangen, ehe alles noch schlimmer wurde. Stattdessen waren sie zu einem gemeinsamen Spaziergang im Park aufgebrochen. Selbst das hatte sich jedoch als unbefriedigend erwiesen, da Theresa zu sehr damit beschäftigt gewesen war, den jüngeren Kindern ihre Anoraks auf- und zuzumachen sowie Dreiräder und Roller im Blick zu behalten, um ein Gespräch zu führen, und die Jungen halbherzig miteinander losgelaufen waren, dann aber getrennte Wege eingeschlagen hatten.

Der einzig Fröhliche in der Gruppe war Henry gewesen, der die ganze Zeit neben ihr herging, über den Termin für ihre Nutzung des Ferienhauses sprach und meinte, er habe um dieselbe Zeit einen Arbeitsaufenthalt dort geplant. Als sie daraufhin anbot, ihren Urlaub zu verschieben, hatte er das abgelehnt und gesagt, das sei überhaupt kein Problem, es gebe ja noch die voll ausgestattete Einliegerwohnung, sie würden einander nicht ins Gehege kommen.

»Es ist doch nur eine Zahl, Süße«, sagte Dean, als er mit einem Glas Wasser zurückkam und amüsiert Charlottes versunkene Miene bemerkte.

»Was? Ach so, das.« Charlotte lachte. »Alle scheinen wild

entschlossen zu sein, mich ständig daran zu erinnern, aber mir ist das Datum vollkommen schnurz, wirklich. Ich habe an etwas ganz anderes gedacht.«

»Du siehst nach wie vor toll aus, Darling«, insistierte Dean, »du brauchst dir überhaupt keine Sorgen zu machen. Diese Wangenknochen, diese Haare! Du gehörst zu den wenigen, die immer umwerfend sein werden.«

Charlotte hob protestierend die Hände. »Mein Gott, als Nächstes bietest du mir eine Gehaltserhöhung an!«

Sie lachten immer noch, als das Telefon klingelte. Dean ging ran, reichte ihr dann den Hörer und formte das Wort »Schule« mit den Lippen.

»Mrs. Turner? Hier ist Miss Brigstock von St. Leonard. Tut mir leid, dass ich Sie bei der Arbeit störe.«

»Miss Brigstock?« In den vier Jahren, in denen Sam dort zur Schule ging, hatte Charlotte noch nie einen Anruf von der Direktorin bekommen. Sie war eine ernste Frau in den Fünfzigern, mit Tränensäcken und einem wenig schmeichelhaften geometrischen Haarschnitt. Ein bisschen farblos, aber engagiert, beschränkte sie ihre mündliche Kommunikation normalerweise auf wortreiche Einleitungen bei den Elternabenden.

»Es hat da leider einen Vorfall gegeben, Mrs. Turner. Ich wäre Ihnen sehr dankbar, wenn Sie zu uns in die Schule kommen könnten.«

»Einen *Vorfall?*« Aus Charlottes Verwunderung wurde Angst. »Was ist passiert? Geht es Sam gut?«

»Ja, mit Sam ist alles in Ordnung. Aber wir hätten gern, dass Sie vorbeikommen.«

»Jetzt?« Charlotte sah zu ihrem Arbeitgeber hin, der so tat, als räumte er das Kartenkarussell in der anderen Ecke des Ladens auf. »Jetzt gleich?«, wiederholte sie dumpf.

»Wenn es Ihnen nichts ausmacht. Wie gesagt, Sam geht es

gut«, fügte sie freundlicher hinzu, »aber ich würde Ihnen alles gern persönlich erklären, wenn Sie hier sind.«

Charlotte legte ungeschickt den Hörer auf. »Dean, es tut mir sehr leid, aber …«

Er winkte ab und zeigte auf die Tür. »Geh schon. Ist in Ordnung. Keine Sorge. Ist sowieso ruhig heute.«

Erst als die Türglocke wieder verstummt war, sah Dean, dass sie ihre grüne Strickjacke vergessen hatte. Er nahm sie, legte sie sorgsam zusammen und fragte sich, wie es wohl war, all diese elterlichen Sorgen durchzumachen, noch einen anderen Menschen als seinen Partner zu haben, um den man sich kümmern musste. Eine Zeitlang hatte er unbedingt ein Kind adoptieren wollen, aber Jason war dagegen gewesen, weil er fand, sie seien einander genug, und hatte zwei kleine Siamkätzchen angeschafft.

Dominic Porter bemühte sich, seiner langgliedrigen Gestalt auf dem rutschigen Ledersofa gegenüber von Miss Brigstocks Schreibtisch den Anschein einer entspannten Haltung zu geben. Grässliches Sitzmöbel, aber eine gute Frau, dachte er und erinnerte sich an seinen ersten Besuch mit Rose in der Schule. Die Direktorin hatte sich – pädagogisch richtig – vor allem Rose zugewandt und ein solch warmes, echtes Interesse an den Antworten seiner Tochter gezeigt – sie einfühlsam die Richtung des Gesprächs bestimmen lassen –, dass Rose sich geöffnet hatte wie noch nie gegenüber einem Erwachsenen, noch nicht einmal zu der Zeit, als Maggie noch gesund war und sie keine anderen Sorgen hatten als die üblichen Alltagsprobleme: schlechtes Wetter, mit nur einem Gehalt auskommen müssen, in welcher Farbe man die Diele streichen sollte und so weiter.

Rose hatte sich danach natürlich wieder verschlossen wie eine exzentrische Blume, die blühte, wann sie wollte – selten, im Geheimen oder wenn man es am wenigsten erwartete –, aber es hatte Dominics Vertrauen in die Schule gestärkt und ihm die schwere Entscheidung erleichtert, das Farmhaus in Hampshire aufzugeben, das Maggie so geliebt hatte, und nach London zu ziehen. Das mitten im Schulhalbjahr zu tun war zwar nicht ideal, aber nachdem er es Rose zuliebe lange hinausgezögert hatte, hatte er auf einmal erkannt, wie sehr sie beide auf der Stelle traten und dabei fast vor die Hunde gingen: Jede selbstgenähte Vorhangfalte im Haus, jeder Nippes, der Duft von Maggies Seite des Kleiderschranks (Jasmin oder was zum Teufel es sonst war, das sie benutzt hatte) – alles, was in den ersten Monaten ein Trost gewesen war, wurde mit der Zeit einfach zu schmerzlich, um es länger zu ertragen. Ohne Maggie war auch das Pendeln nicht mehr sinnvoll. Ihre Eltern hatten eine Weile ausgeholfen, aber danach hatte eine Reihe von gutmütigen, linkischen Au-pair-Mädchen die Lücke füllen müssen, bis er abends aus dem Zug stieg. Wenn er sie darauf ansprach, beteuerte Rose stets, die Mädchen zu mögen, und sagte, es mache ihr nichts aus, wenn er spät nach Hause komme. Aber seit dem Tod ihrer Mutter war sie eine Meisterin darin geworden, das Richtige zu sagen, und Dominic hatte gelernt, ihr nicht immer zu glauben.

Weil er als Junggeselle einmal eine Wohnung in der Trinity Road gehabt hatte und sein Bruder in einer Nebenstraße der Garratt Lane wohnte, hatte er sich auf Wandsworth verlegt. Das Viertel war genauso gut wie jedes andere, um einen Neuanfang zu machen. Auf St. Leonard war er bei einer Google-Suche gestoßen, denn die Schule erfüllte alle seine Kriterien, war klein, koedukativ und lag in der Nähe einer attraktiven, aber bezahlbaren Wohngegend. Kurz darauf hatte er von mehreren unerwarteten Seiten lauter Gutes über sie gehört, von einer alten Freundin von Maggie, einer Cousine zweiten Grades und dem Mädchen in dem Friseursalon in Farnham, das Rose die Haare schnitt und dessen Onkel zwanzig Jahre lang dort Lehrer gewesen war.

Gute Beziehungen waren wirklich eine große Stütze, sinnierte Dominic, stand auf und ließ sich wieder auf dem Rand seiner zu glatten Sitzgelegenheit nieder, als Miss Brigstock zurückkam. Ihr folgten eine schlanke, blonde Frau mit einem Tablett voll Teegeschirr sowie seine Tochter; die Kniestrümpfe waren ihr auf die dünnen Knöchel heruntergerutscht, ihre intelligenten blauen Augen blickten wachsam.

»Alles in Ordnung, Schatz?« Sie hatte sich dicht neben ihn gestellt, jedoch ohne ihn zu berühren. Rose nickte, zog ihre Strümpfe hoch und zupfte an der abgekauten Nagelhaut an ihren Fingern.

»Wir brauchen noch zwei Stühle, denke ich«, sagte die Direktorin. »Gillian, würden Sie sich darum kümmern?«

Die jüngere Frau eilte hinaus und kam wenige Augenblicke später mit zwei Plastikstühlen wieder, die sie gegenüber dem Sofa aufstellte.

»Rose, möchtest du vielleicht ein Glas Saft?«

Rose schüttelte den Kopf, setzte sich und rutschte auf dem tiefen Sofa zurück, wobei die nackte Haut ihrer Beine ein quietschendes Geräusch auf dem Leder machte.

»Vielen Dank, dass Sie gekommen sind, Mr. Porter. So ein Glück, dass ich Sie zu Hause angetroffen habe – Sie sind gerade auf Haussuche, wenn ich Sie richtig verstanden habe? Ich hoffe, Sie werden fündig.«

»Ich denke doch, danke.«

Sie reichte ihm eine Tasse Tee, die Dominic dankbar annahm. Er war jetzt nervös, weil Rose es war; das spürte er, es ging in Wellen von ihr aus.

»Wie ich schon am Telefon sagte«, fuhr Miss Brigstock fort, »ist Rose nicht in Schwierigkeiten – ganz und gar nicht.« Sie lächelte Rose an, die mit verschränkten Armen und gesenktem Kopf dasaß, als würde sie am liebsten im schwarzen Rachen des Sofas versinken. »Aber es hat einen unschönen Zwischenfall gegeben, und da ich der Meinung bin, dass man so etwas im Keim ersticken sollte, möchte ich dich jetzt bitten, Rose, uns mit deinen eigenen Worten zu schildern, was passiert ist.«

Ein paar Türen weiter den Gang hinunter wurde Charlotte zum selben Zeitpunkt – atemlos, schwitzend, die Autoschlüssel noch in der Hand – in einen kleinen Nebenraum geführt, in dem Sam im Schneidersitz auf dem Boden saß. Vor ihm hockte ein junger Mann mit wirren dunklen Haaren. Der Mann richtete sich auf, als Charlotte hereinkam, und gab ihr breit lächelnd die Hand. »Mrs. Turner? Ich bin Philip Dawson, der Schulpsychologe.«

»Psychologe?« Charlotte blickte von Dawson, dessen Aufnahme ins Kollegium ihr noch verschwommen aus einer Schulmitteilung in Erinnerung war, zu Sam, der, statt sie zu begrüßen, das Gesicht zur Wand gedreht hatte. »Schatz?« Sie kniete sich neben ihren Sohn, immer noch voller Sorge, aber auch erleichtert. Er war unverletzt, Gott sei Dank. Wie schlimm der »Vorfall«, wie die Direktorin es typisch euphemistisch und mit politisch korrektem Taktgefühl genannt hatte, auch sein mochte, bestand nun, da alles ans Tageslicht kam, zumindest Hoffnung auf eine Lösung. Die Tatsache, dass sofort der Schulpsychologe eingeschaltet worden war, bedeutete sicher, dass die Lehrer genauso dachten. »Armer Liebling. Geht es dir gut? Erzähl mir, was passiert ist … erzähl's deiner Mum.« Sie legte einen Arm um seine steif hochgezogenen Schultern.

»Sam?«, forderte der Psychologe ihn sanft auf. »Es ist wohl das Beste, wenn du uns alles erklärst.«

»Ich hab nichts *gemacht*«, schrie Sam und spuckte das letzte Wort so giftig aus, dass Charlotte das Gleichgewicht verlor.

»Soll ich es lieber deiner Mutter sagen?«

Sam zuckte die Achseln, sah niemanden an.

»Bitte tun Sie das«, murmelte Charlotte, stand auf und ahnte, dass die Dinge nicht ganz so einfach lagen, wie sie vermutet hatte.

Der Psychologe räusperte sich. »Ich fürchte, Sam war nicht sehr nett zu einem Mädchen in seiner Klasse, einem Mädchen namens Rose, das …«

»Das kann nicht sein«, unterbrach ihn Charlotte mit fester Stimme und strich über Sams dicken Schopf. Die Haare fühlten sich weich und kühl an, die Kopfhaut war heiß. »Sie verstehen das nicht. Es ist umgekehrt, schon seit Wochen. Ich weiß nicht, ob es diese Rose war oder …«

Philip Dawson schüttelte den Kopf und lächelte bedauernd. »Heute in der Mittagspause …« Er wandte sich wieder an Sam. »Hey, mein Freund, es wäre wirklich besser, wenn wir das von dir hören könnten.« Als Sam sich nicht rührte, seinen Kopf immer noch unbequem zur Seite drehte, wie um sich unsichtbar zu machen, seufzte er und fuhr fort. »Heute in der Mittagspause hat Sam Rose Porter an den Haaren gezogen und sie getreten.«

Charlotte stieß ein raues, ungläubiges Lachen aus. »Dann muss sie etwas wirklich Schlimmes zu ihm gesagt haben.«

»Das bestreitet sie. Sie sagt, es habe schon einmal so einen Zwischenfall gegeben, vor der Hausaufgabenbetreuung in der letzten Woche, als Sam ihr den Arm auf den Rücken gedreht hat und …«

»Ich kann das nicht glauben.« Charlotte war den Tränen nahe, wusste aber, dass sie beherrscht und tapfer bleiben musste. »Sam ist es, dem das Leben schwer gemacht wird, der Hilfe braucht, und nicht dieses Mädchen. Ich habe sogar schon mit seiner Klassenlehrerin darüber gesprochen, weil ich wusste, dass irgendetwas nicht stimmt.«

»Ganz recht. Etwas stimmt nicht, und wir werden Sam helfen, seine Probleme …«

»Wo ist Miss Brigstock? Ich möchte sie sofort sehen.«

»Ich wollte Sie gleich zu ihr bringen, Mrs. Turner. Im Moment spricht sie mit Rose und ihrem Vater. Wir werden gemeinsam eine Lösung finden. Bitte versuchen Sie, ruhig zu bleiben«, fügte er mit einem Blick auf Sam hinzu.

Charlotte holte tief Luft und sehnte sich plötzlich ungeheuer nach Martin. Sie konnte mit so etwas nicht alleine fertigwerden, das konnte sie einfach nicht. Martin würde entschieden auftreten, ohne hysterisch zu werden. Er würde wissen, was zu tun war, wie man mit diesem Hippie mit seinem weichen irischen Akzent, den langen Haaren und dem gewinnenden Lächeln umging. Lass dich nicht einschüchtern, befahl sie sich. Halt dich an die Wahrheit. »Sam würde niemals absichtlich jemandem wehtun …«

»Es gibt mehrere Kinder, die bestätigen, was Rose uns gesagt hat, Mrs. Turner«, unterbrach er sie sachte. Er legte eine Pause ein, damit Charlotte das verdauen konnte, und sprach dann in einem mitfühlenden Ton weiter, der nahelegte, dass er zwar das Schwert der Wahrheit in der Hand hielt, aber kein Bedürfnis hatte, den tödlichen Schlag auszuführen. »Und wir haben die Aufnahmen der Überwachungskameras von dem Vorfall letzte Woche …«

»Überwachungskameras?«

»Alle Schulen sind heutzutage damit ausgestattet, aus Sicherheitsgründen. Wir haben die Aufnahmen durchgesehen. Es tut mir leid, aber was Rose uns erzählt hat, scheint wahr zu sein.«

Charlotte wandte sich ab und schlug die Hände vors Gesicht. Der Psychologe hockte sich neben Sam. »Wir kriegen das wieder hin, okay? Der erste Schritt ist, dass du es zugibst. Dann musst du dich natürlich bei Rose entschuldigen und versprechen, sie in Ruhe zu lassen, was du gleich tun kannst, und danach könnt ihr das Ganze hinter euch lassen. Und einmal die Woche, oder öfter, wenn du möchtest, treffen wir beide uns und unterhalten uns darüber, wie es so läuft und wie es dir geht. Es ist hart, ich weiß. Ihr Kids müsst mit einer Menge zurechtkommen, stimmt's?«

Im Laufe dieser Rede hatte Sam sich langsam umgedreht, um dem Psychologen ins Gesicht zu sehen. Charlotte bemerkte sowohl die freundliche, entgegenkommende Körpersprache des Mannes als auch die Kapitulation und die Scham in der Reaktion ihres Sohnes. Also hatte er es wirklich getan. Also war er nicht der Schikanierte, sondern der Schikanierer. Das war nicht hinnehmbar, und sie würde dafür sorgen, dass Sam das begriff. Dennoch hatte sie in diesem Moment bloß den Wunsch, den Psychologen wegzustoßen, Sams Hand zu packen und davonzulaufen – zurück durch den Gang mit dem braunen Linoleum, vorbei an den Klassenzimmern, den gerahmten Ausstellungsstücken kleiner Künstler und den Tafeln mit Anweisungen für Feueralarmübungen; hin zu einem abgeschiedenen Ort, wo es keinen Schmerz, keine Wut, keine Angst oder einen der zahllosen anderen Stolpersteine gab, die einen am Glücklichsein hinderten.

Charlotte kannte bestimmte Einschlaftricks, die sie in Jahren des Kampfes gegen die Schlaflosigkeit verfeinert hatte. Zählen half oft – nicht Schafe, sondern Tage; die Tage bis Weihnachten, bis zu Sams Geburtstag, bis zu ihrem Geburtstag, ihrer nächsten Periode und der danach. Mit etwas Glück war sie weggedämmert, bevor sie es ausgerechnet hatte. Dann gab es da noch die kleinen weißen Pillen, die sie sich bei einem verzweifelten Hausarztbesuch in der letzten, qualvollen Phase mit Martin beschafft hatte, indem sie weinte und peinlich herumstammelte, dass ihr Mann sie mit einer anderen Frau betrüge. Der Arzt – es war der gewesen, den sie in der Gemeinschaftspraxis am wenigsten mochte, mit der nasalen Stimme und der Angewohnheit, seinen Stift gegen die Schreibtischkante zu tippen – hatte ihr geraten, sich an eine Selbsthilfeorganisation zu wenden, und ihr ein Rezept für Temazepam ausgestellt, das er und seine Kollegen bei den folgenden Besuchen erneuert hatten.

Die Wirksamkeit der Tabletten, die Freude darüber, sich nach Wunsch Ruhe und Erleichterung verschaffen zu können, war für sie geradezu eine Offenbarung gewesen: Einmal schlucken, und das schreckliche nächtliche Streiten oder, genauso schlimm, das lastende Schweigen des Nichtstreitens, die unsichtbare, undurchdringliche Mauer des Sich-nicht-Berührens, verschwanden. Nur aufzuwachen und sich benommen an die Wirklichkeit zu erinnern war schwerer gewesen, als würde man genau in den Albtraum hineingeraten, vor dem das Tageslicht einen normalerweise rettete.

Am Abend dieses Donnerstags wälzte sich Charlotte auf die Seite, zog die Nachttischschublade auf und holte zum ersten Mal seit zehn Monaten das Tablettenfläschchen wieder heraus. Es war noch nicht zu spät, die schlimmen Eindrücke des Nachmittags auszublenden, die in der Erinnerung noch lebhafter waren: Sam, der kleinlaut und bedrückt die schlaffe Hand des Mädchens schüttelte, während alle Erwachsenen zusahen, eine Szene, die genauso inszeniert war wie ihr Händeschütteln mit dem Vater unter gemurmelten Plattitüden und Höflichkeiten. Warum nur ausgerechnet diese beiden? Der Mann mit der toten Frau, der ihr Haus scheußlich fand, und die linkische Tochter mit ihren dünnen, sommersprossigen Armen und Beinen. Warum war Sam nicht auf ein weniger bedauernswertes Kind losgegangen, irgendein kaugummikauendes fettes Balg mit Segelohren und Schweinsaugen?

Nachdem die versöhnlichen Worte und Beteuerungen –

dass Sam ebenfalls Unterstützung brauche und sie erhalten werde – über die Bühne waren, wurde Charlotte trotzdem das Gefühl nicht los, dass das schlechte Benehmen ihres Sohnes ihr Versagen war. Falls die Ursache darin lag, dass er unglücklich war, trug sie jedenfalls eine Mitschuld. Niemand sprach das aus, aber sie spürte, dass die anderen es dachten. Als sie Sam an den lächelnden, nickenden Gesichtern vorbei hinausschob und dabei versuchte, eine Würde an den Tag zu legen, die sie nicht empfand, schwor sie sich, dass sie lieber einem Erschießungskommando gegenüberstehen würde, als so etwas noch einmal durchzumachen.

Zu Hause angekommen hatte sie den erschöpften, zu keiner Aussprache mehr fähigen Sam sein Abendessen vor dem Fernseher einnehmen lassen, bevor er zu Bett ging. »Sie konnte mich nicht leiden«, lautete die einzige Erklärung, die er herausbrachte. »Niemand kann mich leiden.« Innerhalb kürzester Zeit war er eingeschlafen, ein schmuddelig-weißes Seehundbaby an die Brust gedrückt, das er von dem Regal voller Stofftiere über seinem Bett heruntergeholt hatte.

Charlotte war auf Zehenspitzen nach unten gegangen und hatte Martin angerufen, aber nur Cindys singende Stimme zu hören bekommen, die verkündete, dass sie gerade nicht ans Telefon gehen konnten, und anschließend Tim, um die Verabredung abzusagen. Sie nannte nur kurz und bündig den Grund und war selbst zu ausgelaugt, um sich darum zu scheren, wie das klang. Als sie sich gerade Bohnen in Tomatensoße auf Toast gemacht hatte und die erste Gabel zum Mund führte, rief Martin zurück.

»Hast du diese Videoaufnahmen gesehen?«, knurrte er. »Hast du sie selbst gesehen?«

»Nein, ich habe gar nicht danach gefragt«, hatte sie gestottert. »Ich … Sam … Sam hat das getan, Martin. Er hat es zugegeben, hat sich entschuldigt. Er hat es wirklich getan!«

Sie hörte, wie er die Luft einsog, schwach, aber unverkennbar, das Atemholen vor dem Ausbruch.

»Dann erklär mir mal eines«, explodierte er, »wie konntest du die Situation nur so katastrophal fehldeuten? Zu glauben, dass Sam gemobbt wird, während …« Da hatte sie aufgelegt, aus reinem Selbstschutz, hatte sich vor seiner Stimme und dem Teller mit kalten Bohnen an einen engen, winzig kleinen Ort in ihrem Kopf zurückgezogen.

Ja, wie konnte sie nur? Charlottes Arm war schwer, als sie das Plastikfläschchen schüttelte und wieder abstellte. Die Pillen hatten ihr Halt gegeben, als sie auf dem absoluten Tiefpunkt angelangt war. Jetzt wieder auf sie zurückzugreifen käme dem Eingeständnis gleich, dass sie wieder so tief gesunken war, dass sie auch ohne einen kalten, feindseligen, fremdgehenden Ehemann, auf den sie alles schieben konnte, immer noch unfähig war, Frieden zu finden, immer noch alles vermasselte.

Die schlaflos zugebrachte Nacht hatte verschiedene Phasen. Das Rauschen des Straßenverkehrs wurde uneinheitlicher. Zwei Katzen gaben ein jaulendes Duett zum Besten. Eine laute Gruppe Jugendlicher schrie, lachte und kickte Blechdosen durch die Gegend. Die Dunkelheit wurde dichter und hellte sich dann zu einem gefleckten Grau auf, als der Mond mit den Wolken Katz und Maus spielte. Mit zunehmender Übermüdung stellte sich irgendwann eine manische Klarheit ein. Sie hatte sich also geirrt, hatte das Beste von ihrem Kind gedacht statt das Schlechteste, war einem Widerhall ihrer eigenen tiefsten Ängste aufgesessen, statt seine zu erkennen. Na und? Das war menschlich. Außerdem trug die Schule auch einen Teil der Verantwortung, diese Klassenlehrerin mit ihren Zuckerwattehaaren und ihrem süßlichen Lächeln, ganz zu schweigen von Martin …

Charlotte setzte sich auf und knipste das Licht an. Blinzelnd tastete sie nach dem Telefon auf dem Nachttisch und wählte Martins Handynummer. Es war zwar noch unsozial früh, aber er schaltete sein Handy über Nacht immer ab, und sie wollte sich nur mit einer Nachricht Luft machen, sich wehren, weil sie es vorhin nicht gekonnt hatte, und erklären, was keiner Erklärung bedürfen sollte, nämlich dass Sams Verhalten bedeutete, dass er tatsächlich unglücklich war, dass Menschen die schlimmsten Dinge taten, wenn sie sich ungeliebt fühlten, und dass es ihre Aufgabe als Eltern war, ihm darüber hinwegzuhelfen.

Sie hatte gerade alles gesagt und mit einer knappen, klaren Sachlichkeit gesprochen, zu der sie sonst nicht fähig war, als das Telefon klingelte und sich Cindys Stimme, sanft und vorsichtig, meldete. »Charlotte?«

»Cindy, es tut mir leid. Ich habe Martin gerade eine Nachricht hinterlassen. Ich …« Charlotte sah auf ihren Wecker. Es war halb sechs. In der noch kohlschwarzen Dunkelheit draußen hatten die Vögel angefangen zu singen.

»Wegen Sam?«

»Ja, natürlich. Tut mir sehr leid, dass ich dich geweckt habe. Ich dachte, sein Handy wäre ausgeschaltet.«

»Das macht nichts, ich war schon wach.«

»Oh?« Charlotte wartete, vermutete Ärger.

»Schrecklich, das mit Sam. Unglaublich. Er ist so ein lieber Kerl.«

»Ja, das ist er.«

»Soll ich Martin bitten, dich später anzurufen?«

»Hm, ich habe ihm zwar gerade auf die Mailbox gesprochen, aber ja, danke.« Charlotte zögerte und unterdrückte den absurden Impuls, Cindy zu fragen, ob es ihr gut ging. Sie hörte sich nicht so an.

»Tschüss dann.«

»Tschüss, Cindy.«

Charlotte schaltete das Licht aus und zog die Decke wieder übers Kinn. Das Bett kam ihr auf einmal riesig vor. Sie streckte den Fuß zu der kalten Hälfte aus, die Martins gewesen war, und dachte daran, wie schön ein warmes Bein sich an eisigen Zehen anfühlte. Ob Cindy und Martin Probleme hatten? Sie ließ den Gedanken treiben, betrachtete ihn von allen Seiten, prüfte ihre Gefühle. Wenn er unter Druck geriet, konnte Martin unerträglich sein. Und Cindy hatte in letzter Zeit ziemlich fertig ausgesehen. Vielleicht wiederholten sich auch dort bestimmte Muster. Getröstet schlief sie endlich ein, drückte das Kissen auf der leeren Seite an sich und wärmte es an ihrer Brust.

Sam schlief tief und fest, bis seine schmerzende Blase ihn weckte. Er nahm den Seehund mit ins Bad, setzte ihn auf dem Waschbecken ab und sah beim Pinkeln immer wieder in sein schnurrbärtiges Gesicht. Das gab ihm ein gutes Gefühl, sodass er ausnahmsweise einmal darauf achtete, nicht in die Hose zu tropfen und sich hinterher sogar die Hände wusch. Er sollte sich eigentlich mies fühlen, weil er sich mies benommen hatte. Zu dieser Rose, dieser blöden Rose, die so überzeugend einen Baum spielen konnte und ihn ansah, als wäre er gar nicht da. *Warum?* Das war alles, was sie wissen wollten, als müsste es für alles einen Grund geben, obwohl es meistens ganz anders war, obwohl das Meiste einfach *passierte*. Er hatte ihr ja nicht wirklich wehgetan, hatte sie nur ein bisschen gekniffen und ihren Arm verdreht, hauptsächlich, um zu sehen, wie sie reagierte, und vielleicht auch, um ihr zu zeigen, dass er *da* war.

Sam ging zur Tür, dann fiel ihm der Seehund ein. Der starrte ihn mit seinen glänzenden schwarzen Augen wissend an. Sam nahm ihn und strich mit seiner Nase über das plüschige Fell. Es roch nach seinem Bett, nach ihm selbst wahrscheinlich.

Es war ein angenehmer Geruch, fand er, und dachte an den komisch seifigen Geruch der Bettwäsche bei George zu Hause und an den von Rose in den wenigen Sekunden, die er sie festgehalten hatte, warm und nach Pfefferminz. Er hatte ihr nicht wehtun wollen. Echt nicht. Sam drückte sein Gesicht in den weichen Bauch des Seehunds und ließ den abgegriffenen Pelz seine Tränen und ein bisschen Rotz aus seiner Nase aufsaugen.

Wieder im Bett sah er zu, wie die langen Metallzeiger seiner neuen Uhr um das Zifferblatt zuckten, und wünschte, er könnte sie anhalten, damit es nie Morgen würde und er zur Schule gehen müsste. Man würde ihm seine Strafe nicht erlassen, keine Frage. Noch nie hatte er seine Mutter wütender gesehen – ihr eisiges Schweigen im Auto, der zu einem Strich verkniffene Mund, der zornig funkelnde Blick. Viel schlimmer aber noch war ihr Gesichtsausdruck im Büro der Direktorin gewesen, die glasigen Augen, die zuckenden Lippen, genau wie bei ihm, wenn er versuchte, nicht zu weinen. Sam hatte gebetet, dass sie nicht weinen würde. Bei all dem Gerede und Händeschütteln und Entschuldigen war dies das Einzige, woran er denken konnte. Und sie hatte es nicht getan. Zwar war die Feuchtigkeit in ihren Augen zu sehen, aber sie quollen nicht über, und als ihre Lippen zitterten, biss sie sich darauf.

Nur wenig Zeit schien vergangen zu sein, da klingelte es plötzlich an der Tür. Sam, der sich der Notwendigkeit bewusst war, bei seiner Mutter Pluspunkte zu sammeln, sprang die Treppe hinunter und fummelte an den Schlössern herum, zog den Stuhl in der Diele heran, um an den obersten Riegel zu gelangen.

»Für deine Mum, schätze ich mal«, sagte der Bote augenzwinkernd, während er ihm einen großen Strauß gelber Rosen übergab. »Ihr Geburtstag, was? Hoffen wir mal, dass sie von deinem Dad sind, eh?«

Sam machte langsam die Tür wieder zu. Es war nicht ihr Geburtstag, oder? Er dachte scharf nach, erinnerte sich zwar nicht an das genaue Datum, aber immerhin daran, dass die Feier meistens mit dem Beginn der Sommerferien zusammenfiel. Und jetzt war noch nicht mal Ostern vorbei, also konnte es nicht sein. Er wandte sich zur Treppe und trug den Strauß sorgsam mit beiden Händen. Er wusste, dass er nicht von seinem Vater war, hoffte allerdings, dass auch der Makler mit dem Bart nicht dahintersteckte.

»Sam, wer war das?«

»Komme gleich.« Bei den letzten Stufen nahm er je zwei auf einmal, beflügelt von der Einsicht, dass die Blumen, von wem sie auch kamen, sie bestimmt in gute Laune versetzen würden.

Zuerst entwickelte sich alles ganz vielversprechend. Als sie die Rosen sah, richtete sie sich mit einem glücklichen Quietschen auf und riss die beiliegende Karte aus dem kleinen Umschlag, als wäre es wirklich ein Geburtstagsgeschenk – das tollste, das sie je bekommen hatte. Beim Lesen schnupperte sie träumerisch an den Blumen und ließ sich dann mit einem blöden Lächeln wieder in die Kissen sinken. Die seien von Tim Croft, gestand sie und schaute noch blöder drein, obwohl Sam das mit einem Leseeifer, der seinem Englischlehrer neue Hoffnung gemacht hätte, schon von allein herausgefunden hatte, indem er die auf dem Kopf stehende Nachricht entzifferte: *Alles Liebe von Tim. Essen am nächsten Freitag? Ich gebe nie auf.*

Doch sobald er mit dem Vorschlag herausrückte, heute die Schule ausfallen zu lassen, wurde ihr Gesicht weiß und hart. Sie warf die Blumen beiseite und sagte, das komme nicht in Frage, er solle sofort duschen und frühstücken und dann zwei Briefe schreiben, einen an seine Schulleiterin und einen an Rose Porter, und falls er irgendein Problem damit habe, werde sie sich noch ein paar mehr für ihn einfallen lassen.

»Zum Glück haben wir vorbestellt«, bemerkte Henry am folgenden Abend, als er, Graham und Paul sich mit den Ellbogen einen Weg durch das Gedränge zu dem Sims bahnten, auf dem der Barkeeper den Champagner bereitzustellen versprochen hatte. Die Flasche stand geöffnet in einem Eiskübel, daneben sechs Flöten und zwei Päckchen Erdnüsse. Seine Begleiter, die wie er aufgrund der übereifrigen Zentralheizung des Theaters schwitzten und eine trockene Kehle hatten, rieben sich erwartungsvoll die Hände, während er einschenkte.

»Sollten wir nicht auf die Ladys warten?«, wagte Paul einzuwenden und schielte in Richtung der Toiletten.

»Das soll wohl ein Witz sein«, schnaubte Graham, denn er hatte schon beim Ausstand eines Kollegen ein paar Gläser getrunken, weshalb er beinahe zu spät gekommen wäre und sich einen bitterbösen Blick von seiner Frau eingefangen hatte, und war daher noch durstiger als die beiden anderen. »Ihr wisst doch, was auf der Damentoilette los ist, da stehen sie immer Schlange. Meiner Ansicht nach hätten die drei es bis zum Ende des fünften Aktes einhalten und die Beine zusammenkneifen sollen. Wenn sie noch viel länger brauchen, werden wir sogar ernsthaft in Erwägung ziehen müssen, auch ihren Anteil runterzukippen.«

»Na, was haltet ihr davon?«, fragte Henry, fischte ein paar Erdnüsse aus der Packung und nahm sich vor, nicht in den Brotkorb zu greifen, wenn sie später im Restaurant waren.

»Er ist ziemlich gut. Bei ihr bin ich mir nicht so sicher. Ein bisschen zu …«

Graham suchte stirnrunzelnd nach dem richtigen Wort und sah blitzartig wieder Naomi vor sich, wie sie am Abend zuvor die Treppe heruntergewankt war, nachdem sie zum vierten Mal versucht hatte, die Zwillinge zum Einschlafen zu bringen. »Hysterisch, möchte ich sagen. Sie übertreibt es, als wollte sie uns unbedingt zeigen, dass sie auf der Schauspielschule war.«

»Ich finde das ganze Stück überinterpretiert«, pflichtete Paul mit einem gewissen Sachverstand bei, der sich auf einen guten Cambridge-Abschluss in Englisch gründete, auch wenn er dann in den Beruf des Buchhalters hineingerutscht war. »Die Geschichte steht im Vordergrund, das ist immer so bei Shakespeare, aber sie treten sie breit wie in einer billigen Soap.«

»Ah, da kommen sie.« Henry winkte, als die Köpfe von Theresa, Josephine und Naomi auf der anderen Seite der Bar in Sicht kamen. Er sah zu, wie seine Frau das Trio durch das Gedränge führte. Sie hatte sich heute Abend besonders sorgfältig gekleidet, ein schwarzes Spitzenoberteil, das viel Haut und den BH durchschimmern ließ, zu einem ausgestellten Samtrock, der hübsch um ihre Knie schwang. Sogar die richtig hochhackigen Schuhe trug sie, von denen sie immer behauptete, dass ihr darin die Zehen einschliefen. Zweifellos hatte sie die gesamte Aufmachung innerhalb von fünf Minuten zusammengestellt, zwischen den Gutenachtgeschichten für die Kinder, den Anweisungen für den Babysitter und dem Einstecken der Theaterkarten.

Kurzum, er war ein Glückspilz von einem Ehemann, sagte sich Henry, während er den Frauen ihre Gläser reichte und sie in ihrem Staat bewunderte. Solche Abende in festlicher Kleidung und mit all dem Geplauder waren kleine Theaterstücke in sich. Dann musste er daran denken, wie Theresa ihm im zweiten Akt die Hand aufs Knie gelegt hatte, gerade als Othello dröhnte, dass »nie ein andres Glück mir, diesem gleich, im Schoß der Zukunft harrt«. Er hatte ihre Hand kurz und pflichtbewusst gedrückt und sich über ihre verflixte Intuition gewundert, mit der sie genau dann eine Liebesbeteuerung einforderte, wenn er nicht in der Stimmung war, sie zu geben. War es Liebe, einen anderen Menschen in- und auswendig zu kennen?, fragte er sich unvermittelt. War es so einfach?

»Ist es nicht schrecklich«, flötete Josephine angeregt, »zu wissen, dass alles böse enden wird? Als würde man einen Unfall in Zeitlupe verfolgen.«

»Ja, ja, der fatale Charakterfehler.« Graham warf einen provozierenden Blick in die Runde. »Wir haben alle einen.«

»So, so, und was ist deiner?«, erwiderte Josephine gewohnt scharfzüngig. »Komm, sag schon, du bist unter Freunden.«

Naomis Mann kratzte sich in gespielter Nachdenklichkeit den Kopf mit den kurz geschorenen dunklen Haaren. »Lass mich überlegen … ich arbeite zu hart zum Wohle anderer … eine Neigung zur Selbstaufopferung …«

»Ja, klar«, ächzte Naomi in ihr Glas.

Theresa musterte ihren Mann. Er hatte einen Fleck an der Wange, Salz vielleicht oder Erdnusskrümel. Lachfältchen umrahmten seine Augen, und sein großer, freundlicher Mund bewegte sich entspannt beim Lächeln, Essen und Sprechen. Er schob die Brille am Nasensteg hoch und spielte an seinem Ohrläppchen herum. Er war wie immer. Und sie war eine dumme Pute. Eine verwöhnte dumme Pute, die so reich beschenkt war in ihrem Leben, dass sie sich schon schlecht behandelt fühlte, wenn ihr Mann zwei Wochen lang nicht mit ihr schlief, und auf Charlotte eifersüchtig wurde – ausgerechnet auf Charlotte –, nur weil Henry der Freundin beim Sonntagsspaziergang den Hof gemacht hatte, während sie die gute Mutter spielen und sich um laufende Nasen, umgekippte Dreiräder und Raufereien zwischen den Jungen kümmern musste. Henry hätte ihr helfen sollen, und das hatte sie ihm auch wütend unter die Nase gerieben, sobald Charlottes Käfer davongeknattert war. Henry hatte sich entschuldigt, und sie hatte »in Ordnung« gesagt.

Nur war es nicht in Ordnung, weil es da noch diese anderen Sachen gab, die zu erwähnen sie sich nicht hatte überwinden können: das flirtende Geplänkel am Esstisch über Charlottes

Alter und der lächerlich großherzige Vorschlag, eine Party zu ihrem Vierzigsten auszurichten (eine *Party*!), und dann gegen Ende der Woche das offensichtlich einstudierte Aufwerfen der Frage, ob man Charlotte nicht in den Theaterbesuch miteinbeziehen solle. Normalerweise hätten sie Martin und Charlotte dazugebeten, hatte er argumentiert und dabei ausgesehen wie George, wenn er mehr Zeit an der Playstation oder einen Nachschlag Eiscreme heraushandeln wollte – diese schmalen Augen, als würde er gegen die eigene Verschlagenheit ankämpfen –, also sei es doch nicht gerecht, Charlotte von der Unternehmung auszuschließen, bloß weil sie jetzt allein sei? Das gelte dann aber auch für Martin und Cindy, hatte sie zurückgeschossen. Warum sollten die beiden nicht stattdessen gefragt oder ebenfalls gefragt werden? Daraufhin hatte er den Mund gehalten. Aber dann war sie in die Küche gegangen und hatte die Bleistiftpfeile in dem großen Terminkalender neben dem Telefon gesehen – dünne, unschuldige Linien über dem Zeitraum der Osterferien. »Arbeitslager« hatte er dazugeschrieben, was wie immer bedeutete, dass er plante, sich allein nach Suffolk zurückzuziehen. Allerdings wollte Charlotte sich ungefähr zur selben Zeit dort aufhalten, wie sie beide wussten, denn auch für sie gab es eine Linie in dem Terminkalender. Als Theresas Augen von einem Pfeil zum anderen geschnellt waren, hatte sie einen unvermeidlichen Zusammenprall erkannt – »Arbeitslager« und »Charlotte« überschnitten sich. Es war wie dieser Unfall in Zeitlupe, den Josephine als Vergleich für das Bühnengeschehen herangezogen hatte, dachte Theresa unglücklich und mit vom Champagner pochenden Schläfen, während sie zurück auf ihre Plätze gingen.

Doch kaum verrichtete der falsche, fatale Beweis von Desdemonas Taschentuch auf der Bühne sein schmutziges Werk, begann sie sich schon wieder besser zu fühlen. Was man sah, musste noch lange nicht der Wahrheit entsprechen. Wenn man eines von dem unglückseligen Othello lernen konnte, dann dass zu viel Furcht und Einbildung oft genau die Katastrophe herbeiführten, die man vermeiden wollte. Worauf es ankam, war Vertrauen. Der Rest folgte von allein. Zum zweiten Mal an diesem Abend suchte sie Henrys Hand und verschränkte ihre Finger mit seinen – lange, schlanke Finger, Chirurgenfinger, die sie schon immer geliebt hatte. Seine Handflächen fühlten sich ein wenig feucht an, aber es war auch sehr warm im Theater. »Fahr' alles hin!«, stöhnte Othello. Nicht mit mir, schwor sich Theresa und zog ihre Hand weg, weil sie spürte, dass sie Henry lästig war. »Ich verhungere«, flüsterte sie ihm zu und unterdrückte die dummen Gedanken. »Macht mal ein bisschen fix mit dem fünften Akt.«

Später im Restaurant brachte sie ganz unbefangen das Dilemma mit Charlotte und den Theaterkarten zur Sprache. Eine lebhafte Debatte entspann sich, man sprach über die Schwierigkeit, seine Loyalitäten zwischen Freunden, die sich scheiden ließen, aufzuteilen und plötzlich alleinstehende Beziehungsflüchtlinge in eine ausgewogene Gruppe von Paaren zu integrieren. Dann wurde auch das Verhalten des schlimmen, in Ungnade gefallenen Sam diskutiert und mit gemurmelten Äußerungen schockierten Mitleids und Unglaubens kommentiert. Ausgerechnet die mutterlose Rose war von dem schwächlichen Sam drangsaliert worden! Das Gespräch erhielt einen Beigeschmack von Schadenfreude, die in einem Kreis guter Freunde eigentlich nichts zu suchen hatte.

Theresa erkannte die unschöne Tendenz, brachte aber nicht die Kraft auf, sie zu unterbinden. Sie würde Charlotte helfen, so gut sie konnte, indem sie auf George Einfluss nahm (sie hatte ihm bereits einen weiteren Vortrag darüber gehalten, dass man in der Not zu seinen Freunden stand) und selbst freundlich zu ihr war. Sie mochte die Freundin schrecklich gern, trotz all ihrer Probleme und Macken, aber an diesem Abend zumindest war ihr ihre eigene sichere Stellung im Kreis der Freunde, an der Seite ihres Mannes, wesentlich wichtiger. Also ließ sie die Unterhaltung ihren Lauf nehmen, genoss das allgemeine Lob, als das großzügige Überlassen des Cottages erwähnt wurde, und erzählte sogar, dass der arme Henry sich wegen dieser Unannehmlichkeit bei seiner geheiligten Arbeitsklausur einschränken musste. Sie sah ihren Mann kurz an und schöpfte neue Zuversicht bei seinem gestöhnten Einverständnis und der Bereitwilligkeit, mit der er ihrem Blick begegnete.

Siebtes Kapitel

Sechs Wochen meines ersten Semesters sind vorbei, und die Stadt hat sich in eine Mondlandschaft aus Schnee verwandelt. Die Kathedrale, dick mit Zuckerguss überzogen, ragt aus dem Weiß hervor wie eine riesige Hochzeitstorte. Sie schlägt die Stunde, als ich vorbeikomme, die Glocken klingen gedämpft und ungewiss in dem Schneetreiben. Ich trage neue, pelzgefütterte Stiefel und einen Dufflecoat, ich bin spät dran, haste zu einem Vorsprechen. Der Schnee klebt in ungleichmäßigen Klumpen an meinen Schuhsohlen, bremst meinen Schritt und bringt mich aus dem Gleichgewicht. Es ist sieben Uhr, und ich habe noch einen halben Kilometer zu gehen.

Ich bin spät dran, aber ich schiebe meine Kapuze zurück und sehe zu dem Uhrenturm hinauf, suche Trost und Sinn in seiner geheimnisvollen, winterlichen Schönheit. Doch ich sehe nur eine Kirche, schneebedeckt und größer als die, in der ich vor zehn Tagen gestanden habe, halb erstickt vom Weihrauch, während meine Mutter unter ihrem Schleier zitterte und Geräusche von sich gab, die mir peinlich waren und sicher auch meinem Vater peinlich gewesen wären, hätte er durch die Bretter seines Sargs hindurchsehen können. Er hätte auch den Weihrauch nicht gemocht oder das ganze andere katholische Brimborium, auf dem sie bestand, aber da er nichts verfügt hatte, hatte sie freie Hand. Der Gottesdienst war für sie, nicht für ihn. Trotzdem weinte sie und weinte. Mit trockenen Augen und stumm stand ich neben ihr und fragte mich, ob es Heuchelei oder Liebe war.

Meine Tränen kommen, wenn ich allein bin, so wie jetzt, unter dem massigen Schatten der Kathedrale, während eisige Schneeflocken auf meinen Lippen schmelzen und die gedämpften Glockenschläge mir noch in den Ohren dröhnen. Mein geschlossener Kreis ist zerbrochen, mein Orientierungspunkt verloren. Ich habe nur noch sie, die ich nicht liebe. Ich habe keine Antworten. Ich habe kein Zuhause, nur ein Haus, in dem ich mich nicht aufhalten will. Mein Studium besteht aus Büchern, die mir sinnlos vorkommen, ist eine Jagd nach Ideen, die zur Strecke zu bringen ich kein Bedürfnis verspüre. Es gibt kein Muster, keine Bedeutung. Eve war es, mütterlich besorgt, die mich aus meinem Zimmer gelockt hat, um an dem Vorsprechen teilzunehmen. Sie geht auch hin, hat vorher aber noch woanders zu tun. Sie verfügt ebenfalls über keinerlei Schauspielerfahrung, ist aber in den Regisseur verknallt und daher bereit, jede Schmach zu erdulden, um dieselbe Luft wie er zu atmen. Sie meint, dass wir uns nicht mehr als blamieren können und dass wir, falls wir als Darstellerinnen abgelehnt werden, immer noch anbieten können, Requisiten aufzutreiben und Bühnenbilder zu malen. Sie sagt, dass es im Leben darum geht, wieder aufzustehen, wenn man hingefallen ist, und keine Angst zu haben, nach seinen Träumen zu greifen, woraus ich schließe, dass es sie wirklich schlimm erwischt hat.

Mit feuchten Haaren, feuchten Augen, feuchter Nase und auf meinen klumpigen Sohlen rutschend, überquere ich den Collegehof und stoße die Flügeltür des Raums auf, zu dem eine Schiefertafel in der Portierloge mich gewiesen hat. Die Tür quietscht, aber niemand dreht sich um. Es gibt mehrere halb besetzte Stuhlreihen, die von mir weg auf eine improvisierte, von zwei Gelenkleuchten erhellte Bühne gerichtet sind. Ein Mädchen mit blauen Strähnen in den Haaren und grellrotem Lippenstift kniet dort und sieht in den Text, wobei sie schreit: »Ja, wir wissen alle, was du für mich getan hast!« Ihre Stimme klingt angestrengt, heiser und faszinierend schrill, doch nicht sie ist es, die meinen Blick anzieht, sondern der Mann, der vor ihr steht. Weich fallende, zerzauste, sandfarbene

Haare, schmale Hüften in engen, verwaschenen Jeans, dazu ein gammeliger schwarzer Pullover, dessen Ärmel bis zu den Ellbogen hochgeschoben sind. Er steht direkt vor einer der Lampen, sodass das Licht durch seine Haare scheint. Wenn er sich bewegt, werde ich geblendet. Ich lege die Hände über die Augen und blinzele. Ich dachte, er spricht für die Rolle des Jimmy vor, aber er dankt dem Mädchen und ruft mir zu, mich zu setzen.

Ich taste mich durch eine der Reihen zu Eve vor, die mir ein Regiebuch gibt.

»Ist er nicht göttlich?«, flüstert sie. »Ist er nicht einfach göttlich? Ich bin als Nächste dran. Wir können spielen, was wir wollen, sagt er. Ich werde es mit der Bügelszene am Anfang probieren. Was meinst du?«

Da ich keine Meinung dazu habe, nicke ich und blättere durch das Stück.

»Ich brauche eine Helena«, ruft er und zeigt in unsere Richtung. Eve steht auf. »Nein, nicht du, du.« Sein Finger zielt auf die linke Seite meiner Brust, auf mein Herz. Ich stehe auf, werfe meinen Mantel ab und fahre mit den Fingern durch meine wirren, nassen Haare. Ich bewege mich langsam, bin mir vieler Dinge zugleich bewusst, darunter meines Erstaunens darüber, wie viel in einem einzigen Moment menschlichen Daseins stecken kann. Ich werde mit diesem Mann schlafen, das weiß ich. Ich weiß auch, dass Eve es weiß, dass die Verbindung von der Bühne zu meinem Stuhl, so unmittelbar, so stark, irgendwie sichtbar ist. Als ich auf die Bühne zugehe, spüre ich, wie ihre Träume unter meinen Füßen zertreten werden, aber meine Sehnsucht ist zu groß, als dass es mir etwas ausmacht.

Glück stellt sich ein, lerne ich an diesem Abend, wenn die Erfüllung des Begehrens nicht nur die Erwartungen übertrifft, sondern zugleich und gleichermaßen auch von dem Begehrten erfahren wird. Während wir Pasta essen und über John Osborne und die billigen Poster an den Wänden des Bistros reden, darüber, wie *es ist, ein Einzelkind zu sein, und ob man Pilze schälen sollte, weiß ich mit berauschender Gewissheit, dass das Gleichgewicht der Freude vollkommen ist. Er empfindet genauso wie ich. Wir werden miteinander schlafen, aber da ist auch schon dieses köstliche Gefühl eines gemeinsamen Langsamerwerdens, hervorgerufen durch die Erkenntnis, dass wir noch unser ganzes Leben lang Zeit haben, wenn wir wollen. Weil ich darauf bestehe, teilen wir uns die Rechnung, lachen über unsere beiderseitige Rechenschwäche, kehren etwas Banales in Liebeswerben um. Ehe wir gehen, schnappt er sich eine saubere Papierserviette von einem der Nachbartische und reißt sie mittendurch. Ich schreibe meinen Namen und meine Telefonnummer auf die eine Hälfte und er seinen samt Nummer auf die andere. Ich sehe zu, wie seine Hand den Kuli führt, und frage mich, wie ich den Namen Martin je gewöhnlich finden konnte, frage mich, wie sich seine Zunge in meinem Mund anfühlen wird.*

Der Nebel war so dicht an diesem Morgen, waberte wie Rauch durch den verwilderten hinteren Garten, dass Dominic, der sich in der zugigen Küche seines gemieteten Hauses die Hände an einer ersten Tasse Tee wärmte, überlegte, ob er den Plan, zum Redhill-Flugplatz zu fahren, nicht lieber aufgeben und stattdessen zur Arbeit gehen sollte. Von oben hörte er Dielenknarren und Wasserrauschen, als Rose zwischen dem Bad und ihrem Zimmer hin- und herging und sich so zügig fertig machte, dass sie Maggie in pures Erstaunen versetzt hätte. Rose, die sich den Wecker stellte! Rose, die mehr als fünf Minuten, bevor sie wegmusste, aufstand! Die sich die Zähne putzte, ohne dazu aufgefordert worden zu sein, und einen Kamm durch das morgendliche Dickicht ihres widerspenstigen Haars zwang – unglaublich, phantastisch! Seine Frau und seine Tochter hatten erbitterte Kämpfe wegen dieser Rituale ausgetragen, derart erbittert manchmal, dass er froh war, mit seiner Aktentasche aus dem Haus flüchten zu können. Sie waren so oft aneinandergeraten, weil sie sich so ähnlich waren – hitzköpfig, eigensinnig, willensstark –, wie zwei Tiger in einem Käfig. Aber auch leidenschaftlich und liebevoll. Dominic schluckte seinen heißen Tee herunter. Nein, so ging das nicht, nicht heute, an keinem Tag mehr. Sentimentaler Müll. Er schluckte erneut, heftiger.

»Morgen, Dad.«

»Morgen, Schatz. Ich habe gestern eine Packung Pop-Tarts gekauft, sie ist im Brotkasten.«

Sie rümpfte ihre Stupsnase, den einzigen Teil des Gesichts, auf dem die Sommersprossen weit genug verstreut waren, um das Perlweiß ihrer Haut durchscheinen zu lassen.

»Ich dachte, die magst du.«

Sie schüttelte den Kopf. »Nein, jetzt nicht mehr.«

»Na schön.« Dominic trank seinen Tee aus. »Dann also Frühstücksflocken.« Er zog diverse Packungen aus dem Schrank.

»Gehst du heute nicht zur Arbeit?«

»Nein.« Er lachte. »Wie hast du das erraten?«

Sie zuckte die Achseln, ungerührt von seinem anerkennenden Ton. »Du hast Jeans an. Was bedeutet, dass du entweder fliegen oder auf Haussuche gehst.«

»Ersteres, Miss Schlaumeier. Ich muss mir keine Häuser mehr ansehen, weißt du nicht mehr?«, hakte er nach und war ein bisschen besorgt, weil sie etwas derart Einschneidendes vergessen hatte. Hieß das womöglich, dass ihr das Haus doch nicht gefiel und sie es nur gesagt hatte, um ihm eine Freude zu machen? »Unser Angebot ist doch akzeptiert worden?«

»Dein Angebot, Dad«, erwiderte sie altklug. »Es ist schließlich nicht mein Geld.«

Dominic beschloss, das Thema fallenzulassen. Sie studierte die Rückseite der Cornflakespackung und war offensichtlich nicht gesprächig. Maggie hatte morgens auch nie viel geredet.

Obwohl sie es meist gewesen war, die als Erste nach unten ging, um Tee zu machen, und oft hinterher wieder ins Bett kam und ihr Knie zwischen seine Beine schob, wenn sie mit ihm schlafen wollte. Dominic drehte sich zum Fenster, als der Schatten des Verlangens sich herabsenkte und dann vorüberzog, ein privater, lautloser Sturm, aber schwächer jetzt, eindeutig schwächer.

Der Nebel löste sich auf, trieb in Strähnen über den Zaun und die Äste der Bäume wie dünner werdendes Haar. Ein Eichhörnchen hockte auf einem der schlammigen Flecken im Rasen, zuckte mit dem Schwanz und guckte über seine Schulter, als wüsste es, dass es beobachtet wurde. Er vermisste Maggie, doch es gab Zeiten, da vermisste er einfach nur den Sex, ein schlichtes Grundbedürfnis, das doch so schwierig zu befriedigen war, wie sich herausgestellt hatte. Ein Blind Date, das wohlmeinende Freunde in Hampshire für ihn organisiert hatten, hatte tatsächlich zu einer Art Liaison geführt; die Frau war eine schlanke, attraktive Brünette gewesen, geschieden mit zwei Kindern, intelligent, eigenes Vermögen, eine gute Liebhaberin, großzügig und einfallsreich. Dominic hatte die Chance erkannt und sein Bestes getan, sie zu nutzen, jedoch bald feststellen müssen, dass er sich eher wie ein Zuschauer als wie ein aktiver Teilnehmer in der Beziehung fühlte. Selbst wenn sie sich liebten, war er nicht richtig bei der Sache gewesen und hatte hinterher gegen das Verlangen angekämpft, sich aus ihren Armen zu befreien und nach Hause zu stürzen.

Natürlich hatte er nichts dergleichen getan. Dazu war er viel zu gut erzogen. Er hatte still dagelegen, während ein fremder Kopf auf seinem Arm ruhte, lange Finger den dunklen Schild seiner Brusthaare streichelten und ihm sehr persönliche Fragen über Liebe und Trauer gestellt wurden. Da hatte er erkannt, dass sein schmerzlicher Verlust ihm eine gewisse Anziehungskraft verlieh – das Romantische einer Tragödie, ein Mann, der gerettet werden musste. Er hatte das Ansinnen abgeblockt, wollte nicht gerettet werden, und so hatte sie auf seine einsilbigen Antworten mit einem Schwall vertraulicher Mitteilungen reagiert, die allesamt mit den Enttäuschungen ihrer Ehe zusammenhingen. Peinlich berührt hatte Dominic in das Dämmerlicht des Schlafzimmers gestarrt und war vor dem schieren Gewicht dessen, was sie unbedingt mit ihm teilen wollte, zurückgeschreckt. Weil er sich wie ein Betrüger vorkam, hatte er die Sache nach ein paar solcher Begegnungen beendet und sich mit den üblichen Phrasen – er sei noch nicht bereit, brauche Raum für sich – herausgeredet.

Was er wirklich brauchte, war ein unbeschriebenes Blatt, dachte Dominic und verfolgte das Eichhörnchen mit den Augen, als es durch einen Streifen Unkraut und dann einen Baum hinaufsprang; eine Frau, die so frisch und unbelastet war wie Maggie damals, als sie sich kennenlernten, voller Ideale, Hoffnung und Großmut, immer noch der Überzeugung, dass das Leben mehr Wünsche erfüllen als enttäuschen würde. Vielleicht jemanden wie diese junge Polin, die sein gerissener Bruder neulich bei einem Essen an sein Tischende gesetzt hatte. Ende zwanzig, selbstbewusst, mit riesengroßen Augen und dem jugendlichen Drang zu gefallen und Erfolg zu haben, stolz auf ihre ungewöhnliche Karriere – erst Au-pair-Mädchen, dann Sekretärin, dann Nachwuchsproduzentin bei einer Filmfirma –, hatte sie eine Energie ausgestrahlt, an der man nicht vorbeikam. Na so was, einige seiner Kunden investierten in Filme, hatte sie überschwänglich in ihrem abgehackten Schulenglisch ausgerufen, als wäre sie auf einen kolossalen Zufall gestoßen, vielleicht könnten sie ja mal bei einem Mittagessen darüber reden.

»Dad, wir kommen zu spät.«

»I wo.«

»Aber du hast noch nicht gefrühstückt, und es ist schon

acht Uhr, und dir wird schlecht, wenn du vorm Fliegen nichts gegessen hast.«

Dominic streichelte seiner Tochter über die Wange und vermisste das sorglose, unbedachte Wesen, das in seinen ersten zehn Lebensjahren eine ständige Geduldsprobe für ihn gewesen war. Sie versuchte natürlich, ihm Maggie zu ersetzen, darauf würde jeder Amateurpsychologe kommen. Vollkommen begreiflich und darum nicht minder herzzerreißend. Sie hatte einen geliebten Menschen verloren und wollte nun auf Teufel komm raus retten, was ihr geblieben war. Ihm ging es auf seine Art genauso; in den schlimmsten Zeiten hatte er sich jeden Augenblick des Tages zusammenreißen müssen, um sie in Ruhe zu lassen, obwohl er ihren füllenhaften, zerbrechlichen Körper an seine Brust drücken und heulen wollte wie ein Wolf. Das war das neue Spiel, das sie spielten: kein Weichling sein, und Rose war eine Meisterin darin. Wie sie den Zwischenfall mit dem abscheulichen Sam Turner gehandhabt hatte, war typisch: Sie hatte ihn für sich behalten, um ihren Vater nicht aufzuregen, hatte ihn ruhig den Lehrern gemeldet, als es zu schlimm wurde, und ihn hinter sich gelassen, sobald sie aus dem Büro der Schulleiterin heraus waren. Sam Turner sei ein *Loser*, ein *Außenseiter*, hatte sie auf der Fahrt nach Hause erklärt, und sie hätte kräftig zurückgetreten, wenn sie damit nicht riskiert hätte, sich selber Ärger einzuhandeln.

Ehe sie das Haus verließen, sah Dominic die Post durch. »Guck mal, hier ist ein Brief für dich.«

»Für mich?« Rose riss ihm den Umschlag aus der Hand.

»Von jemandem, den ich kenne?«

Sie überhörte das und steckte den Brief in ihre Blazertasche, sagte dann aber, weil sie das gute Herz ihrer Mutter hatte: »Vielleicht zeige ich ihn dir später, okay?«

Als Dominic über die Autobahnbrücke fuhr, begann der

herrliche Frühlingstag, den die Wettervorhersagen versprochen hatten – blauer Himmel, leichter Wind, sechzehn Grad warm –, aus dem Nebel hervorzutreten wie ein prächtiges Ölgemälde unter einer blassen Schicht von Wasserfarben. Wie immer empfand er große Unlust bei dem Gedanken, zuerst einmal eine Stunde oder länger einplanen zu müssen, um die Hangartüren mit den Schultern aufzustemmen, die Cessna hinaus auf das Rollfeld zu ziehen und die notwendigen Checks durchzuführen, bevor er über Funk um die Starterlaubnis bitten konnte. Während manche Flieger von den technischen Vorbereitungen regelrecht gefesselt waren, ging es ihm bei seiner Teilhaberschaft an dem kleinen Flugzeug nur um die reine Lust am Fliegen. In den ersten Wochen nach Maggies Tod hatte er ein paar Mal jeden vorgeschriebenen Sicherheitscheck ausgelassen – Querruder, Höhenruder, Licht, Öl, Flugbenzin etc. – und war über die grasbewachsene Startbahn geholpert, ohne eine andere Vorkehrung getroffen zu haben, als die Starterlaubnis einzuholen. Keiner würde was merken, hatte er sich gesagt. Keiner würde sich darum scheren. Aber als er es zum dritten Mal so machte und gerade eine Schleife um die Isle of Wight flog, war vom Ärmelkanal her ein Sturm aufgezogen. Eine halbe Stunde lang hatte er allein nach den Instrumenten fliegen müssen, was ihm auch gelungen war, schwitzend vor Konzentration und mit dem Wissen aus den Fortgeschrittenenstunden, die er extra für einen solchen Notfall genommen hatte. Er wurde in dem engen Cockpit hin und her geschüttelt, der Regen prasselte gegen die Scheibe, und er zwang die Maschine mit seinem Willen vorwärts, getrieben von dem starken Wunsch zu überleben, nicht nur für Rose, sondern auch für sich selbst.

An diesem Tag wurde Dominic von seinem Ausflug in die Höhe nicht enttäuscht. Der Himmel war tiefblau, und die Sonne blendete sogar durch die Sonnenbrille hindurch.

Dreihundertfünfzig Meter unter ihm breitete sich die klar gezeichnete Karte Südenglands aus, ein vorwiegend ländliches Gebiet im grünen Festkleid, bestickt mit den silbernen Bändern der Flüsse und Straßen und den geometrischen Mustern der Hecken und gepflügten Felder. Häuser scharten sich um Kirchen wie Kieselsteine um einen Felsbrocken, und ihre gedeckten Farben wurden gelegentlich durch das Smaragdgrün und Türkis von Sportplätzen und Swimmingpools aufgelockert.

Dominic drehte nach Westen ab, flog an den unteren Hängen der North Downs entlang, ließ den Steuerknüppel durch seine Hände gleiten. Rechts in der Ferne erkannte er das bedrohliche gelbgraue Flirren über London, vom hohen Luftdruck eingeschlossener Smog, menschengemachte Atemnot. Er schauderte und richtete das Flugzeug nach Süden aus, genoss die Freiheit, der Stadt den Rücken zukehren zu können. Er stieg höher, bis die Schafe auf den Weiden nur noch weiße Flecken waren und die Seen der Kalksteinbrüche verwischte blaue Fingerabdrücke. Seine Stimmung hob sich mit der Maschine; es war ein traumhafter Tag, voller Schönheit und Hoffnung, ein Tag, dachte er und lachte unwillkürlich in sich hinein, an dem vielleicht sogar Maggie bereit gewesen wäre, eine ihrer Tabletten gegen Reisekrankheit zu schlucken und mitzufliegen.

Achtes Kapitel

Theresa blieb in Reichweite der Umrandung und bemühte sich, über die Schlittschuhbahn zu gleiten, statt zu eiern, wie es auch Charlotte ein paar Meter vor ihr schaffte. Irgendwo in der im Kreis fahrenden Menge knallten Sam und George ständig gegeneinander und gegen die Bande, als würde ihre Ungeschicktheit die Herausforderung, nicht hinzufallen, bloß spannender machen. Charlotte war auf Theresas Drängen hin vorausgefahren. Sie trug einen blauen Schal, der um ihre glänzende Kupfermähne flatterte, und hielt sich so steif wie alle Anfänger, hatte aber offenbar den Dreh heraus, wie man sein Gewicht verlagerte, um Schwung zu bekommen, ohne viel mit den Beinen arbeiten zu müssen, worüber Henry im Skiurlaub gern ausführliche Vorträge hielt. Letztlich lief es darauf hinaus *loszulassen*, sagte er, dem Körpergefühl zu vertrauen und den Verstand auszuschalten. Was alles schön und gut war, dachte Theresa, während sie ihre schmerzenden Knöchel zur nächsten Atempause an die Seite lenkte, aber das Verletzungsrisiko außer Acht ließ; Auto fahren, einkaufen, mit Wäschebergen und tobenden Kindern fertigwerden – ein blöder kleiner Unfall, und ihre häusliche Welt würde zum Stillstand kommen.

Sie schnaufte noch immer, als Charlotte sich über die Eisfläche hinweg einen Weg zu ihr bahnte. »Alles in Ordnung? Hast du genug? Wollen wir uns mal setzen? Das war übrigens eine super Idee von dir. Ein Höhepunkt mitten in der Woche, und die Jungs kommen mal wieder zusammen, wirklich super!«

»Einen Tee fände ich jetzt wunderbar«, gestand Theresa und wünschte, ihre Beweggründe für diese spontane Unternehmung wären so unschuldig, wie sie schienen. Zum Teil waren sie das auch, denn sie schätzte Charlottes Gesellschaft und wollte etwas Solidarisches tun angesichts des Tratsches, der immer noch zwischen Buggys, Hunden und Fahrrädern am Schultor kursierte und gegen den das bisschen Klatsch im Theater vorige Woche richtig harmlos war. Eine Mutter, die Charlotte nicht einmal näher kannte, hatte beim Warten auf das Ende der Orchesterprobe gegenüber der gebannt zuhörenden Elternschar das Wort »Missbrauch« benutzt und mit wissender Miene hinzugefügt, dass solche Dinge immer »in den eigenen vier Wänden« begännen. Als Theresa erwidert hatte, das sei Quatsch, Sam sei im Grunde ein guter Junge, der eine schwere Zeit durchmache, krankhaft schüchtern sei und arg mitgenommen von der Trennung seiner Eltern, hatten die anderen eher enttäuscht denn beschämt dreingesehen, fast als hätte man ihnen den Spaß verdorben.

Georges knappe Zusammenfassung des Zwischenfalls – Rose sei hochnäsig und Sam ein Idiot – war ihr sehr viel wahrheitsgetreuer vorgekommen. Nachdem ihr Ältester dieses Urteil gesprochen hatte, hatte er sich mit erfrischender Sprunghaftigkeit darüber empört, dass er beim Fußball eine Zeitlang auf der Ersatzbank sitzen musste, und dann verbissen die Verhandlungen wegen der Aufgabe seines Trompetenspiels wiederaufgenommen. Als Theresa den Plan mit dem Eislaufen angesprochen hatte, hatte er sogar versucht, seinen Vorteil daraus zu ziehen, und gesagt, wenn sie wolle, dass er sich mit einem Idioten anfreunde, müsse er eine Entschädigung dafür bekommen. »McDonald's«, hatte sie in scharfem Ton geantwortet, um ihre Bewunderung zu verbergen. »Pommes und Hähnchennuggets hinterher zur Belohnung. Und was den Trompetenunterricht betrifft, können wir sowieso erst zum Ende des Schulhalbjahres kündigen, sodass du bis zum Sommer durchhalten musst.«

Über die weniger unschuldigen Aspekte ihrer Einladung an Charlotte und Sam wollte Theresa lieber nicht nachdenken. Sie hatten mit Überlebensinstinkten zu tun, die primitiver und zugleich berechnender waren als diejenigen, die ihrem Können auf der Eisbahn im Wege standen. »Nah am Feind bleiben« hätte ihre Mutter es genannt. Es gab zwar keinen neuen Grund zur Sorge, nur die beiden Bleistiftlinien im Kalender und eine seltsame Missstimmung, die kam und ging, sich manchmal wirklich anfühlte und manchmal nicht. Aber wenn es irgendeine neue Entwicklung in Henrys blöder Schwärmerei, oder was immer es war, gab, wollte sie nahe genug dran sein, um es zu wissen, es zu *riechen*, so gewiss, wie ein Tier sein eigenes Ende witterte.

»Schau mal, Theresa, was sie für einen Spaß haben. Ganz wie früher«, rief Charlotte und stellte zwei Styroporbecher mit Tee vor ihnen ab.

»Das Tolle an Jungs ist«, bemerkte Theresa nüchtern, »dass sie meistens nicht reden, sondern einfach machen, und wenn das Machen funktioniert ...« – sie winkte Sam und George zu, die sich Charlottes Schal geliehen hatten und sich damit um die Eisbahn zogen –, »... ist plötzlich alles gut.«

Charlotte riss die Ecke eines Zuckertütchens ab und ließ den Inhalt in ihren Tee rieseln. »Das hat Sam dringend gebraucht nach der üblen letzten Woche.« Sie schüttelte das Tütchen und nahm ihren Mut zusammen, um zu erzählen, was sie bisher niemandem anvertrauen konnte, nicht einmal Martin, den sie angerufen hatte, um sich für ihre Nachricht im Morgengrauen zu entschuldigen und kühl, aber fair einzuräumen, dass sie die Verantwortung gemeinsam trugen, falls jemand an Sams Fehlverhalten schuld war. »In diesem Büro von Miss Brigstock, wo sie um ihn herumstanden, Rose, ihr

Vater, der Psychologe … dass Sam so etwas Gemeines tun konnte, und jetzt denken alle, es ist meine Schuld …«

»Natürlich ist es nicht deine Schuld.«

»Na ja, wie man's nimmt.« Charlotte lächelte bedrückt. »Es liegt letztlich daran, dass er unglücklich ist.«

»Sicher, das weiß jeder«, warf Theresa energisch ein.

»Und wenn ein Kind unglücklich ist, wessen Schuld ist das?«

Theresa fing Georges Blick auf, der an ihrem Tisch vorbei hinter Sam und dem Schal herjagte, und winkte mit beiden Armen, froh über die Ablenkung. Es hatte zwar sicher keine Misshandlung gegeben, wie die grässliche Frau am Schultor angedeutet hatte, aber viel Streit und Ärger im Hause Turner, und Sam hatte das am stärksten zu spüren bekommen. Hinzu kam, dass er für seine Mutter schon immer der Mittelpunkt der Welt gewesen war, und das war ein gefährlicher Platz für ein Kind.

»Deine Kinder hätten so was nie gemacht, stimmt's?«, fuhr Charlotte beharrlich und mit liebenswerter Offenheit fort. »Deine Kinder hätten Rose nicht den Arm verdreht. Ausgerechnet ihr! Einem Mädchen, das keine Mutter mehr hat.« Charlotte stöhnte. »Du hättest mal sehen sollen, wie der Mann mich angestarrt hat, der Vater. So vernichtend, wie … wie ich ihn umgekehrt vermutlich auch angestarrt hätte«, schloss sie trübsinnig. »Du weißt, dass er mein Haus besichtigt hat? Oder vielmehr nicht besichtigt hat, weil er es auf den ersten Blick nicht leiden konnte.«

»Dominic Porter? Nein, das wusste ich nicht … Entschuldige, dass ich lache, aber die Welt ist wirklich klein. Du lieber Himmel …« Theresa lehnte sich zurück und schüttelte den Kopf. »Aber ich hoffe, dass er, abgesehen von tödlichen Blicken, vernünftig reagiert hat. Ich meine, jeder weiß, dass Kinder zu allem Möglichen fähig sind.«

»Ja, mehr oder weniger, wenn Schweigen vernünftig ist.«

»Er redet offenbar nie. Naomi meint, sie hat es schon mehrmals versucht und immer auf Granit gebissen. Na ja, der arme Kerl, was der so durchgemacht hat ... Er arbeitet für eine dieser großen amerikanischen Banken, bringt Rose aber jeden Tag selbst zur Schule. Und er war auch bei dem Schwimmfest neulich dabei.«

»Na toll, bravo! Nein, versteh mich nicht falsch«, sagte Charlotte, als Theresa sie erstaunt ansah, »aber bloß weil er verwitwet und alleinerziehend ist, halten ihn alle für einen großen Helden. Während eine alleinerziehende Frau, selbst eine, deren Mann gestorben ist, statt mit einer Jüngeren durchzubrennen, nicht annähernd so bewundert wird, auch wenn sie zehnmal so viel auf die Reihe kriegt wie er. Obwohl ich ihn natürlich bedauere wegen seines Schicksalsschlags«, setzte sie schnell hinzu.

»Sein Bruder ist dieser Schauspieler«, sagte Theresa, die es für klüger hielt, das Thema zu wechseln. »Benedict Porter, er hat in dem Film mit dem Hund und den zwei Ärzten mitgespielt. George meint übrigens, dass Rose ziemlich hochnäsig ist«, erwähnte sie noch, denn sie schloss aus Charlottes abfälligem Gesichtsausdruck, dass dies eher ein Trostpflaster darstellte.

Sogleich strahlte die Freundin. »Ich habe deinen Sohn schon immer gemocht. Und jetzt mag ich ihn noch mehr.« Sie sah den beiden Jungen nach, die das Spiel mit dem Schal aufgegeben hatten und jetzt Eisschnellläufer imitierten, indem sie vornübergebeugt, die linke Hand auf dem Rücken, dahinflitzten. »Das wird Sam aufmuntern. Obwohl er komischerweise jetzt schon viel fröhlicher ist oder zumindest ruhiger. Ich habe ihn gezwungen, einen Brief an die verflixte Rose zu schreiben, was ihm gewaltig gestunken hat, aber er hat es getan, und nach anfänglichem Widerstand geht er jetzt wieder lammfromm zur Schule. Dieser Mr. Dawson scheint ihm gutzutun. Sam war ein paar Mal bei ihm, ich habe allerdings keine Ahnung, worüber sie reden.« Ein unsicheres Lachen entfuhr ihr bei der Vorstellung, dass ihr Sohn sich einem Fremden gegenüber öffnete und ihm sein Herz ausschüttete, wie er es ihr gegenüber nie tun würde.

»Das mit dem Brief klingt nach einer guten Idee«, versicherte Theresa, als sie sah, wie sich Charlottes Miene verdüsterte, und verstand nicht mehr, wie sie eine so geplagte Frau je als Bedrohung hatte ansehen können. »Ich habe versucht, aus George mehr über die allgemeine Situation in der Schule herauszukriegen, aber wie gesagt, das Problem mit männlichen Wesen ist, dass sie nicht reden.« Sie verzog das Gesicht. »Apropos, wie läuft es denn mit deinem tollen neuen Mann?«

»Toll?« Charlotte, der nicht bewusst war, dass sie sich so enthusiastisch oder unvorsichtig über Tim Croft geäußert hatte, sah überrascht von ihrem Tee auf.

»Dem Immobilienmakler.«

»Ich weiß, wen du meinst, Dummerchen. Ich hatte nur den Eindruck, dass du – dass ihr alle – Tim nicht so richtig passend findet.«

»Unsinn«, erwiderte Theresa und rechtfertigte die Lüge im Stillen damit, dass sie ihre Meinung ehrlich geändert hatte. »Ich kann nicht für Naomi oder Josephine sprechen, aber ich für meinen Teil finde nicht, dass es darauf ankommt, was jemand von Beruf ist. Was zählt ist, wie sich ein Mann benimmt.« Sie unterbrach sich, als ihre Gedanken unvermeidlich zu dem neuen Schatten über ihrer Ehe zurückkehrten. Natürlich würde Henry sich anständig benehmen. Das hatte er immer getan, und so würde es bleiben. War er es nicht gewesen, der *sie* vor all diesen Jahren wieder auf den rechten Weg gebracht hatte? War sein Glaube an ihre Beziehung nicht sogar stärker gewesen als ihrer? Hatte er nicht Freudentränen geweint, als er jedes der glitschigen Neugeborenen in den Armen hielt, und gerührt hervorgestoßen, ihre Liebe und das Geschenk der Geburt würden ihn erst vollständig machen? Das konnte sich doch nicht über Nacht ändern, nicht wegen einer albernen kleinen Verschossenheit, falls es überhaupt so weit ging. Und war so eine kleine Verschossenheit nicht normal? Hatte sie nicht selbst vor nicht allzu langer Zeit dem jungen Musiklehrer schöne Augen gemacht, der darauf bestanden hatte, dass George der Jazzband beitreten sollte, und sich ein wenig in dessen Lob über die kräftige Lunge und flinken Finger ihres Sohnes gesonnt? Ja, da war sie auch ein bisschen verknallt gewesen, keine Frage. Doch dann hatte der Lehrer sich mit einer Flötistin verlobt und die Schule verlassen, ohne das Herzflattern zu bemerken, das seine dunkeläugige Ernsthaftigkeit bei einer Frau ausgelöst hatte, deren einzige Schuld darin bestand, dass sie übermüdet war und zweimal hingeschaut hatte, wo einmal hätte genügen sollen. So etwas war normal, nur ein kleines Stolpern im Rhythmus, das kein Herz zum Stillstand brachte.

Charlotte war schwankend aufgestanden und hockte nun zu Theresas Füßen. »Ich glaube, deine Schnürsenkel sind zu locker.« Sie schob ihre Pulloverärmel hoch. »Wenn ich sie etwas fester binde, wird es vielleicht …«

Theresa stieß einen kleinen Protestschrei aus und versuchte, ihre Schlittschuhe wegzuziehen, ohne Charlotte dabei ernsthafte Verletzungen zuzufügen. »Noch fester, und mein Bein stirbt ab. Die Durchblutung hat sowieso schon aufgehört, sag ich dir, es ist ganz heiß und tut weh.«

»Lass mich mal sehen.« Charlotte ließ sich auf die Knie nieder und legte Theresas linken Fuß über ihre Beine. »Siehst du, es ist hier zu locker«, sagte sie und klopfte auf den Knöchel, »und hier zu eng. Aber wenn man …« Schon löste sie geübt die Schnürsenkel von den Haken, zog sie zurecht und band sie erneut. »So. Jetzt den anderen bitte.«

Theresa gab nach. Der erste Schlittschuh fühlte sich wesentlich besser an. Sie betrachtete die Freundin aus halb geschlossenen Augen und empfand wieder uneingeschränkte Zuneigung für sie. »Du weißt, dass du sehr gut aussiehst, oder?«, platzte sie heraus. »Du siehst sehr gut aus, und das bedeutet Macht. Du solltest sie klug einsetzen.«

Charlotte schnaubte, ohne aufzublicken. »Und du solltest keinen Quatsch reden und stillhalten.«

Eine Weile sagte keine von beiden etwas. Charlotte machte mit der freiwillig übernommenen Aufgabe weiter und wunderte sich darüber, dass ein Kompliment zugleich wie eine Warnung klingen konnte. Überhaupt hatten die Leute in letzter Zeit eine Vorliebe dafür entwickelt, sich über ihr Aussehen zu äußern. Sie hatte sich, seit sie erwachsen war, nie weniger attraktiv, weniger selbstbewusst gefühlt. Wenn sie derzeit im Badezimmerspiegel einen Blick auf ihren Körper erhaschte und ihre spitzen Ellbogen und Knie sah, ihre auffällige, wilde Haarmähne, war ihr manchmal, als käme das hässliche kleine Entlein ihrer Schultage wieder zum Vorschein, als hätte sie es nie hinter sich gelassen.

»Ich meine ja nur«, ließ Theresa nicht locker, »dass du dich vor Verehrern wahrscheinlich kaum retten kannst, jetzt, da du wieder frei bist. Wie die Bienen um den sprichwörtlichen Honigtopf und so weiter.«

»Hey, ich bin nicht auf einen anderen Planeten gezogen«, widersprach Charlotte lachend, während sie den letzten Doppelknoten band und sich setzte. »Ich lasse mich bloß scheiden.«

Theresa schlürfte ihren inzwischen lauwarmen, geschmacklosen Tee und verkniff sich die Bemerkung, dass eine Scheidung ihrer Erfahrung nach tatsächlich einen anderen Planeten bedeutete – mit anderen Taktiken, anderen Regeln, anderen Prioritäten; dass Charlotte durch ihre Trennung von Martin nicht nur ihr eigenes Leben, sondern auch das derjenigen, die ihr nahestanden, aus dem Gleichgewicht gebracht hatte und es gefährlich war, dieser Tatsache keine Beachtung zu schenken.

»Ich war schon vorher kein Honigtopf, und jetzt bin ich erst recht keiner«, fuhr Charlotte fort. »Meine Bilanz, was Männer betrifft, ist ...« Sie zögerte. »Ach, vergiss es.«

»Nein, sprich weiter«, forderte Theresa sie neugierig auf, da Charlotte nie viel über ihre Beziehungen vor Martin erzählt hatte.

Charlotte zuckte die Achseln. »Ein paar Reinfälle in jungen Jahren und dann ...« Sie hatte den Plastiklöffel aus ihrem leeren Becher genommen und bog ihn zurück, als faszinierte sie seine Elastizität. »Dann Martin.« Der Löffel zerbrach, sie warf die beiden Teile in den Becher und fügte unbeschwerter hinzu: »Weißt du, Theresa, ich will im Moment eigentlich gar keinen Partner, und das ist auch kein Wunder, nach dem, was ich erlebt habe, oder? Was ich vor allem will, ist, allein zurechtkommen und mich ein bisschen amüsieren, weshalb ich am Freitag mit dem ›tollen‹ Tim Croft zusammen essen werde, der so nett war, mir Rosen zu schicken, nachdem ich ihn wegen des Theaters mit Sam versetzt hatte ...«

»Rosen?« Theresa klatschte bei diesem Beweis fortgeschrittenen Liebeswerbens entzückt in die Hände. »Und eine Esseneinladung? Das ist ja phantastisch! Ich hoffe, du wirst dir was richtig Umwerfendes zum Anziehen leisten.«

»Nein, bestimmt nicht«, erwiderte Charlotte grinsend. »Er muss mich nehmen, wie ich bin, in meiner schwarzen Standardhose und einer gebügelten Bluse.«

»Ach komm, sei keine Spielverderberin.« Theresa kicherte, nun wirklich unbefangen, und drohte mit dem Zeigefinger. »Ich dachte, du willst dich amüsieren.«

Charlotte zog einen Flunsch. »Wie jeder mir ständig vorhält, bin ich fast vierzig ...«

»Ha«, unterbrach Theresa sie, die nun vor gutem Willen

und Selbstvertrauen strotzte, »was das betrifft, wollte ich dir schon die ganze Zeit sagen, dass ich Henrys Idee, dir bei der Ausrichtung einer Party zu helfen, wirklich großartig finde.«

»Nein, nein!«, wehrte Charlotte mit erhobenen Händen ab. »Vielen Dank, das ist sehr nett von euch, aber wie ich deinem reizenden Mann schon sagte, ist mir das zu viel. Ich werde einen Tisch in einem Restaurant bestellen oder so was, ein paar Freunde einladen und wahrscheinlich – wenn ich das aushalten kann – meine Mutter.«

»Na, sag Bescheid, wenn du es dir anders überlegst.« Theresa fiel ihre Großzügigkeit nun noch leichter, da Charlotte das Angebot abgelehnt hatte.

»Höchstens überlege ich, den verdammten Tag ganz zu übergehen.«

»Nein, das werde ich nicht zulassen. Was ist mit diesem neuen Lokal, das gerade irgendeine Auszeichnung bekommen hat? Contini … nein, Santini.«

»Theresa, es sind doch noch Monate hin bis Juni«, flehte Charlotte um Erbarmen.

»Solche Restaurants sind schnell ausgebucht, also warte nicht zu lange. Ah, da kommen die Jungs, bestimmt ausgehungert, wie ich sie kenne. Na, habt ihr Hunger, ihr Süßen?«

George wechselte einen finsteren Blick mit Sam. Er hasste es, wenn seine Mutter ihn ›Süßer‹ nannte oder gar seine Freunde miteinbezog. »Noch fünf Minuten«, brüllte er und gab Sam einen Schubs, der zurückschubste, als sie zurück aufs Eis stürmten und dabei wackelig auf den Spitzen ihrer Schlittschuhe balancierten.

Am Freitag war es so ungewöhnlich warm für die Jahreszeit, dass die Experten eine neue Flut von Warnungen über globale Erderwärmung und Rasensprengverbote ausgaben. Als Tim auf das Stöhnen seiner vor Hitze umkommenden Kollegen hin die Heizung im Büro abdrehen wollte, hielt er plötzlich den Regler in der Hand. Da er zu viel zu tun hatte, um sich selbst darum zu kümmern, bat er Savitri, die Wartungsfirma anzurufen, während er die Ärmel hochkrempelte, um vor dem mit Besichtigungsterminen ausgefüllten Nachmittag noch eine Liste von Anrufen abzuarbeiten. Ein paar Tage Frühlingssonnenschein, und auf dem Immobilienmarkt ging es rund; das war jedes Jahr so, und doch wurde er immer wieder davon überrascht.

Tim wanderte beim Telefonieren um seinen Schreibtisch herum, wechselte den Hörer von einem Ohr zum anderen und blieb ab und zu stehen, um Zahlen und Termine zu notieren und weitere Kritzeleien zu der Einkaufsliste für das Abendessen mit Charlotte hinzuzufügen. *Filetsteaks, Pilze, Schalotten, Sahne, Reis, Rauke, Käse und Cracker, Obst, Sekt, Wein, BLUMEN, KERZEN*. Die letzten beiden Posten in Großbuchstaben, weil sie zu der Sorte wichtiger Extras gehörten, die er gern vergaß.

Es hatte zu Phoebes Lieblingsvorwürfen gehört, dass er keinen Sinn für Romantik habe; alle seine Fehler – sich nicht an wichtige Jahrestage zu erinnern, nicht das Richtige zur richtigen Zeit zu sagen, die Klotür nicht hinter sich zuzumachen, neue Kleider oder Frisuren nicht zu bemerken – waren angeblich darauf zurückzuführen. Frauen legten Wert auf solches Zeug, und er war entschlossen, alles zu geben, gerade jetzt, so kurz vorm Ziel.

Das Kochbuch, in dem er das Rezept gefunden hatte, hatte ihm einen kleinen Schock versetzt. Phoebe hatte es doch einmal benutzt, allerdings nicht als Quelle kulinarischer Inspiration, sondern als Wurfgeschoss bei einem ihrer endlosen, verwickelten Streits. Sie hatte es mit beiden Händen über den Kopf gehalten und durch die Küche geschleudert wie ein Fußballer beim Einwurf. Er hatte sich rechtzeitig geduckt, dann aber beim Aufrichten seinen Kopf an einer scharfen

Schrankkante angeschlagen. In reflexhafter Reue war Phoebe auf ihn zugestürzt und hatte ihn wegen der Beule bedauert. Wenige Minuten später hatten sie sich die Kleider vom Leib gezerrt und waren zwischen den Einbauelementen herumgetaumelt, bis Phoebe Halt am Küchentisch fand und sich bäuchlings daran klammerte wie eine Sonnenanbeterin an eine Felsplatte. Herrgott, was für ein Kampf. So was von geil.

Unangenehm erregt hatte er kurz überlegt, nach einem anderen Ratgeber für den Abend zu suchen. Aber dann war er auf das Rezept für *Bœuf Stroganoff* gestoßen, das so exquisit und einfach aussah, und es wegen einer alten sexuellen Erinnerung an seine Exfrau nicht zu verwenden war ihm armselig vorgekommen. Bald würde er neue, noch schönere Erinnerungen haben, wenn er seine Karten richtig ausspielte, hatte er sich voller Vorfreude gesagt.

Nach dem Hauptgang wollte er Käse statt eines Nachtischs anbieten. Er würde das Käsebrett mit Obst garnieren, wie Phoebe es bei den seltenen Gelegenheiten, wenn sie Gäste hatten, getan hatte; Kiwischeiben, Weintrauben, vielleicht ein, zwei Pflaumen, ein bisschen was, das Charlotte und er nebenbei knabbern konnten und das hübsch aussah. Was ihn betraf, kam eine gehaltvollere Nachspeise nicht in Frage, nicht, weil seine Kochkünste dafür nicht ausreichten, sondern weil zu viel Essen – im Gegensatz zu Alkohol, der ihn nie schlapp machte – schon des Öfteren zu einer Reihe übler Folgen geführt hatte, vor allem, wenn er nervös war: Darmkrämpfe, Verdauungsstörungen, *Blähungen*, Gott behüte. Außerdem schlürfte sich der Wein besonders gut zu ein paar Häppchen Käse. Und Wein, da war er sicher, würde eine Schlüsselrolle spielen, um ihn ans Ziel seiner Wünsche zu bringen: Charlotte, die ihre Abwehrhaltung aufgab, Charlotte leidenschaftlich entfesselt.

Alle Telefonate verliefen reibungslos, bis Tim zu denen kam, an denen ihm am meisten lag: Mrs. Burgess wollte, dank des Berichts eines pingeligen Gutachters, ihr Angebot für Charlottes Haus um sage und schreibe zehntausend Pfund verringern, während Mrs. Stowe dabei blieb, dass sie privat verkaufen wollten und die Dienste seiner oder einer anderen Agentur in Wandsworth nicht benötigten. Sie hätten schon seit Wochen ein Angebot vorliegen, gestand sie, und ihr Mann sei nun böse auf sie, weil sie sie beide auf Abwege gebracht hatte. Tim bot seine ganze Überredungskunst auf und mobilisierte all die Gelassenheit und all den Charme, mit denen er schon in der Vergangenheit zahllose Hürden genommen hatte. Gut vierzig Minuten später hatte er jedoch lediglich den schwachen Kompromiss erzielt, dass beide Damen ihn anrufen würden, sollten sie ihre Meinung ändern. Falls nicht ein Wunder geschah, war Charlottes geliebte Chalkdown Road so gut wie verloren.

Tims Stimmung war derart im Keller, dass er gleich zwei Schlüsselbunde für die nachmittäglichen Besichtigungen vergaß und den Supermarkt ohne Pflaumen und Käsecracker verließ. Das fiel ihm aber erst auf, als er schon bedenklich spät mit seinen Essensvorbereitungen dran war und eine komplizierte Mischung brodelnder Zutaten am Herd bewachte, die die Soßenbasis bilden sollte, sich aber weigerte, getreu dem Rezept einzukochen. Aufgrund der davon verursachten Hektik, der Kochdünste und einer eiligen, zu heißen Dusche schwitzte er nun obendrein so heftig, dass ihm jetzt schon klar war, dass er vor dem Essen noch eine zweite, kältere Dusche nehmen und ein frisches Hemd anziehen musste.

Da die Soße hartnäckig weiter wie eine unappetitliche Suppe aussah, dünn und klumpig, drehte er das Gas auf die höchste Stufe und brachte ein paar Minuten damit zu, in den staubigen hinteren Regionen der Küchenschränke nach etwas Crackerartigem zu suchen, das er zum Käse servieren konnte. Mit einer geöffneten Packung zerbröckelnder Vollkornkekse in der Hand wandte er sich wieder dem Herd zu und musste feststellen, dass die nicht sehr vielversprechende Soße endlich eingekocht war, nämlich zu einer unbrauchbaren braungesprenkelten Kruste.

Lieber Sam,
danke für Deinen Brief. Das war nett von Dir, auch wenn Deine Mum Dich dazu gezwungen hat, und ich wette, das hat sie. Die einzigen Briefe, die ich sonst kriege, sind von meinem Briefmarkenclub, und die mag ich nicht besonders, um ehrlich zu sein, weil ich keine Lust mehr auf Briefmarkensammeln habe, aber Dad will nicht, dass ich es aufgebe. Ich habe schon tonnenweise Marken und müsste sie eigentlich in ein Album einsortieren. Ich sage meinem Dad, dass ich es gemacht habe, und verstecke sie in einer Schublade. Er meint, jeder sollte ein Hobby haben, aber ich habe keins, außer Schreiben, was ich wirklich gern mache, ich weiß auch nicht, warum. Ich kann auch häkeln, weil meine Mum es mir beigebracht hat. Das Hobby von meinem Dad ist Fliegen, was ziemlich cool ist, schätze ich, nur dass mir schlecht dabei wird, genau wie meiner Mum immer.
Jedenfalls danke, dass Du mir geschrieben hast. Es tut mir leid, dass Du meinetwegen so viel Ärger bekommen hast, aber Du hast es so gewollt.
Mit freundlichen Grüßen
Rose Porter.
P.S.: Sag bitte niemandem, dass ich zurückgeschrieben habe.

Vielleicht durch Theresas Enthusiasmus angeregt, verwarf Charlotte am Freitagabend plötzlich die brave schwarze Hose samt gebügelter Bluse und gab einem blauen Rock aus Knittersamt und einem weiten Seidenoberteil den Vorzug. Sie trug grünen Lidschatten auf, um den leuchtenden Smaragdton ihrer Augen hervorzuheben, schlüpfte in ein Paar hochhackige Slingpumps und betrachtete skeptisch die Wirkung in dem großen Spiegel, halb in der Erwartung, den Geist von Bootface herausspringen zu sehen.

So war es also, wieder glücklich zu sein, staunte sie, drehte sich hin und her und bewunderte das Schwingen des Samtrocks und die Eleganz, die das feine Gewebe der schwarzen Feinstrumpfhose ihren dünnen Waden und knochigen Knien verlieh. Das bedeutete es zu *leben* – das Leben zu genießen, statt zu zögern und zu schwanken wie ein Wanderer ohne Kompass. Jetzt hatte sie endlich ihre Richtung gefunden: gute Freunde, ein Verehrer, der Rosen schickte, die Aussicht auf ein neues Haus! Sam war immer noch ziemlich still, zu still, hatte aber nichts mehr davon verlauten lassen, dass er unbeliebt sei. Noch ermutigender waren die drei Sternchen für eine besonders gute Leistung, die neulich in seinem Hausaufgabenbuch aufgetaucht waren, und an diesem Abend hatte er gefragt – von sich aus! –, ob er am kommenden Donnerstag einen zusätzlichen Nachmittag zum Schülerclub gehen könne, dabei arbeitete sie an diesem Tag nur vormittags und freute sich immer darauf, die langweilige Hausarbeit durch einen Ausflug zum Schultor unterbrechen zu können.

Charlotte schob einen hervorlugenden BH-Träger zurecht, als sie nach unten eilte, und beglückwünschte sich in einem seltenen Anfall von Selbstzufriedenheit zu dem Anteil, den sie an diesen Fortschritten hatte – dass sie hart geblieben war, was den Schulbesuch betraf, darauf bestanden hatte, dass er mit zum Schlittschuhlaufen kam, obwohl er nicht wollte, und ihn nicht über die Sitzungen mit dem Psychologen ausgefragt hatte. Sie hatte die Initiative ergriffen, die Kontrolle übernommen, endlich einmal etwas richtig gemacht, und zwar ganz allein!

Jessica kam diesmal mit dem Fahrrad, das sie geradewegs in

die Diele schob, weshalb Charlotte beim Türöffnen ausweichen musste. Sie trug eine graue Strickmütze, die sie bis über die Augenbrauen gezogen hatte, wodurch ihre strähnigen Haare sich um die Ohren bauschten. Auf den Rücken hatte sie einen prall gefüllten Rucksack geschnallt, der gegen die Wand stieß, als sie das Fahrrad hereinbugsierte.

»Ist es okay, wenn ich es hier abstelle? Ich hab nämlich kein Schloss.«

»Ja, ja«, murmelte Charlotte und griff schnell nach dem Lenker, damit der keine neuen Macken in den bereits arg mitgenommenen Anstrich schlug. »Sam badet gerade. Danach hat er noch Hausaufgaben zu machen, es wäre gut, wenn du darauf achten könntest …«

»Klar, kein Problem.« Jessica riss sich die Mütze vom Kopf. »Ich muss auch noch jede Menge machen.« Sie stellte polternd den Rucksack auf den Boden und kratzte sich ausgiebig am Kopf. »Scheiß Referate. Hey, Mrs. Turner, Sie sehen richtig toll aus.«

»Danke.« Charlotte wurde rot. »Ich komme nicht allzu spät wieder«, sagte sie, hastete hinaus und ersparte sich damit das Grinsen, das sich garantiert auf dem Gesicht des Teenagers breitmachte.

Vor Tims Haus hielt Charlotte kurz inne und atmete tief durch. Sie roch das Essen auf dem Herd, etwas Leckeres. Martin hatte in der Küche nie etwas getaugt – fettige Pfannengerichte, gelegentlich chinesisch, Berge davon und mit zig Zutaten, was ihr nur selten geschmeckt und hinterher eine Heidenarbeit beim Aufräumen gemacht hatte. Auf einmal sah sie es als etwas ganz Besonderes an, dass ein Mann ihr das einfache Kompliment machte, etwas für sie zu kochen.

Tim öffnete so schnell, dass sie erschrak und fürchtete, er könnte hinter der Tür gewartet, vielleicht sogar ihr Profil durch das gemusterte Glas beobachtet haben. Er trug ein rosa Hemd mit offenem Kragen und eine schwarze Hose mit exakter Bügelfalte, die an den kräftigen Oberschenkeln auslief. Als er um sie herumsprang, ihr die Jacke abnahm und sie vorwarnte, dass noch nichts fertig sei, bemerkte sie ein Paar frisch geputzte schwarze Ledermokassins mit Quasten, die ordentlich am Fuß der Treppe abgestellt waren. Ihr Gastgeber, sah sie im selben Moment, trug weder Socken noch Schuhe. Kleine, unbedeutende Nebensächlichkeiten, die ihr dennoch leisen Widerwillen verursachten. Sie mochte keine Schuhe mit Quasten. Und den Anblick seiner nackten Füße, deren Zehen dicht behaart waren, der zweite auffallend länger als der große, fand sie ebenfalls störend, zu intim irgendwie, als würde er Informationen preisgeben, die sie nicht aufzunehmen bereit war.

Beim Betreten der Küche schlug ihre Stimmung jedoch wieder um. Das Essen duftete köstlich, und alles war schön angerichtet: zwei dampfende Töpfe auf einem spiegelnden Edelstahlherd, eine Vase mit Freesien auf dem Tisch, Servietten, Weingläser, Besteck und eine einzelne rote Kerze, die bereits brannte. Sie nahm den Eindruck noch in sich auf, als es plötzlich hinter ihr knallte und Tim ihr auch schon ein Glas mit schäumendem Sekt in die Hand drückte.

»Auf dich«, sagte er und sah ihr in die Augen, als sie anstießen, »und auf alles, was die Zukunft bereithält. Ich stehe ganz zu deiner Verfügung.«

»Also, auf die Zukunft trinke ich gern«, antwortete Charlotte lachend und verzog das Gesicht, als ihr beim ersten Schluck die Kohlensäure in die Nase stieg.

»Es ist eine recht zusammengerührte Mahlzeit geworden, fürchte ich«, entschuldigte sich Tim, stellte sein Glas ab und drückte ein paar Tasten an einem Mini-CD-Spieler, der zwischen dem Toaster und dem Wasserkocher stand. »War nicht so geplant. Warum sind Rezepte am Ende eigentlich immer komplizierter als sie aussehen? Ich hatte eine Art Soßenkrise, aber ich hoffe, sie mit Sahne bewältigt zu haben.«

»Es wird bestimmt wunderbar schmecken.« Eine Ballade kam aus dem CD-Spieler, die Stimme eines Mannes, eines Schwarzen, gefühlvoll, eingängig, vertraut. »Die schönsten Lovesongs«, las Charlotte, überflog die Namen der Interpreten auf dem Cover und musste über das törichte Verhalten der Menschen lachen, die Mikrochips und Raumfahrt beherrschten und immer noch so viel kreative Energie darauf verwendeten, eine bestimmte Empfindung zu verstehen und zu erklären. Als wäre die Liebe ein Rätsel, das geknackt werden konnte, wenn man es nur richtig anpackte, dabei wussten gebrannte Kinder wie sie nur allzu gut, dass es sich um ein launisches, unbeständiges, unzuverlässiges Gefühl handelte, das von Stimmungen, äußeren Umständen und bestimmten Chemikalien im Gehirn abhing, die wahrscheinlich eines Tages (so hoffte sie) von Forschern in Flaschen abgefüllt und in Apotheken verkauft werden würden.

»Worüber lachst du?«

»Ach nichts.« Charlotte legte die Hülle wieder neben den CD-Spieler.

»Du siehst großartig aus.«

»Danke.« Um seinem bewundernden Starren zu entkommen, sah sie unwillkürlich wieder auf seine nackten Füße hinunter.

Tim bemerkte es und machte einen kleinen, verlegenen Hüpfer, wie um die störenden Gliedmaßen zu verbergen, wenn das akrobatisch möglich wäre. »Entschuldige, ich hatte noch kurz geduscht, konnte die Socken auf die Schnelle nicht finden, der Reis war am Überkochen, und dann hast du geklingelt.«

»Ach, das macht nichts«, sagte Charlotte und dachte, was sie doch für eine Spießerin war, sich an dieser Zwanglosigkeit zu stören. Wie steif und prüde und ungeübt darin, jemanden näher kennenzulernen. Sie wollte ihm gerade versichern, dass es sowieso zu warm für Socken war, als ein zäher weißer Schaum über den Rand des einen Topfs quoll.

Tim reagierte sofort und stieß dabei eine Reihe von Flüchen aus, während Charlotte sich taktvoll abwandte, übertrieben genießerisch an den Freesien schnupperte und stetig an ihrem Sekt nippte. Sie hätte ihn gern nach den Fortschritten in puncto Haus gefragt, wollte aber nicht berechnend erscheinen. Sie würde warten, bis das Essen auf dem Tisch stand, beschloss sie, wenn er mehr Ruhe hatte und die Stimmung lockerer war, und kam Tims Aufforderung nach, sich noch Sekt einzuschenken.

Doch als sie dann Knie an Knie bei gefüllten Tellern an dem kleinen Tisch saßen und seine gepflegten Bartstoppeln im Kerzenlicht schimmerten, stellte sich ein neuer, lästiger Anfall von Nervosität bei Charlotte ein. Sie trank noch mehr, um ihn zu vertreiben, und verkündete, dass sie mit dem Taxi gekommen sei und auch eines für den Heimweg brauchen würde. Tim füllte ihr Glas auf und sagte, er wäre enttäuscht, wenn es anders wäre, und wie wichtig es sei, sich ab und zu mal gehenzulassen. Eine Gesprächspause entstand, die lange genug war, dass Charlotte sich erneut scheute, Mrs. Burgess oder die Chalkdown Road zu erwähnen, und ihn stattdessen nach seinem Elternhaus fragte, nach seinem Vater, dem Elektriker, und seiner Mutter, die, wie sich herausstellte, bei anderen Leuten geputzt hatte.

Tim sonnte sich sichtlich in ihrer Aufmerksamkeit und erzählte von einer Kindheit, die im Vergleich zu ihrer eigenen derart entbehrungsreich gewesen war, dass Charlotte schließlich meinte, ihn allein schon deswegen ins Herz schließen zu müssen. Als der Sekt sowie eine Flasche Rotwein ausgetrunken waren und sie den köstlichen Eintopf aus Rindfleisch und Pilzen bis auf den letzten Bissen verputzt hatten, war sie zwischendurch mehrmals den Tränen nahe gewesen.

»Und was passierte, nachdem das Geschäft deines Vaters pleite gegangen war?«

»Wir wurden rausgeworfen, weil wir die Miete nicht mehr bezahlen konnten. Ich musste von der Schule abgehen und mir einen Job suchen. Guck mich nicht so mitleidig an, so schlimm war es nicht. Ich meine, wir waren trotzdem recht glücklich. Wir sehen uns nicht mehr allzu oft, und meine Schwester geht mir immer noch auf den Wecker, aber so ist das nun mal mit Familien, oder?«

»Wie wahr …« Charlotte fragte sich, ob er es wirklich ihr überlassen wollte, die Situation voranzutreiben, und ob sie dazu überhaupt in der Lage war. Ihre Zweifel blieben, bis Tim den Tisch abgeräumt hatte, um Platz für eine herrliche Käseplatte mit Früchten zu schaffen. Als sie sich eine Weintraube nehmen wollte, traf sie plötzlich auf seine Hand.

»Charlotte.« Er hielt nur einen ihrer Finger fest, streichelte ihn und zog sachte daran.

Jetzt kommt es, dachte Charlotte und sah die Szene wie aus großer Höhe, sah sich und Tim an dem kleinen Tisch, Hand in Hand neben der flackernden Kerze. Jetzt kommt es. Lass dich treiben … mach schon, lass es zu …

»Charlotte, du weißt, was du mit mir machst, oder?« Seine Stimme klang belegt, seine Lider waren schwer. »Ich muss ständig an dich denken. In jeder Minute, andauernd. Ich wollte es mir verbieten, aber ich kann nicht anders. Bitte …«

Jetzt hatte er ihre ganze Hand genommen und führte sie durch einen gewölbten Durchgang, der den Küchen-Essbereich mit dem Wohnzimmer verband. Irgendwie schien es ein langer Weg zu sein. Charlotte lehnte sich ein bisschen zurück, genoss es, gezogen, überredet zu werden, die Kontrolle aufzugeben. Sie kamen an dem Bild eines Leoparden vorbei, der im hohen Gras hockte und die Lefzen hochzog, sodass die weißen Sicheln seiner Fangzähne zum Vorschein kamen; dann an dem Foto einer jungen Frau in Shorts und T-Shirt, ihre langen, sonnengebleichten Haare wehten ihr in die Augen, ihre Knie hatten Grübchen, ihre Füße steckten in unordentlichen Sandhaufen. Weiter vorn, hinter Tims Arm, der immer noch ausgestreckt war und sie zog, stand ein dunkelrotes, samtartiges Sofa. Es fühlte sich weich an, als sie darauf niedersank, beinahe zu weich, und gab unter ihr nach wie eine Hängematte, noch bevor er sich auf sie legte.

Er bewegt sich in mir und hört plötzlich auf, bleibt aber weiter auf seine Arme gestützt. »Beweg du dich«, sagt er, »dann, wenn du willst. Beweg du dich.«

Ich liege still, halte den Augenblick in seiner Vollkommenheit fest, halte ihn.

Es hat Monate gedauert, um so weit zu kommen, so vertraut miteinander zu werden, so selbstsicher. Wir haben uns gestritten, über den literarischen Wert des Ulysses, staatliche Willkür, das Bildungswesen und ob man den Abwasch über Nacht einweichen lassen sollte oder nicht. Wir haben die Launen des anderen ertragen, ich seine schweigende Anspannung vor dem Abgabetermin für eine Arbeit oder vor einer Premiere, er meine prämenstruelle Gereiztheit und meine gedrückte Stimmung vor einem notwendigen Pflichtbesuch zu Hause. Wir haben getanzt, sind spazieren gegangen und Bussen hinterhergerannt, wir haben geschwitzt und uns geküsst, verkatert, mit Kopfschmerzen, mit Husten und Schnupfen, wir haben Geheimnisse miteinander geteilt und gelacht und gelacht und gelacht, über schlechte Filme, über Eve, über Pete, Martins besten Freund, und über uns selbst.

Langsam hebe ich mein Becken an, bewege es zurück. Er schließt die Augen. Seine Arme zittern. Der Augenblick geht vorbei, unweigerlich.

Er atmet langsam aus. Den Blick fest auf mich gerichtet, beginnt er, auf meinen Rhythmus einzugehen, dreht hin und wieder den Kopf zur Seite wie ein Schwimmer beim Armschlag, um Luft zu holen. »Verlass mich nie«, flüstert er. »Verlass mich nie. Ich liebe dich.«

Mein Ohr brennt von der Hitze seines Atems. »Nie«, sage ich, und meine Stimme ist nur ein Hauch, aber mein Herz schlägt laut in der wunderbaren Gewissheit, dass wir erst am Anfang sind, dass das Beste noch kommen wird.

Ich spare mir meine erste Liebeserklärung für hinterher auf, drücke die drei Worte mit den Lippen in seine salzig-feuchte Brust; ich würde seine Haut damit brandmarken, wenn ich könnte, direkt über seinem Herzen. Eng umschlungen liegen wir beieinander, der Schweiß trocknet auf unserer Haut, und wir geben uns einer Innigkeit hin, die viel mehr ist als körperliche Befriedigung und mir viel heiliger vorkommt als alles, was ich je in der Kirche erfahren habe.

Vor allem aber schätze ich mich glücklich. Niemand anders könnte je so lieben oder geliebt werden, bestimmt nicht Eve mit ihrer neuen Verknalltheit in einen Rugbystar aus einem höheren Semester, oder Pete, der die Freundinnen wechselt wie seine Unterwäsche, und ganz sicher nicht unsere Eltern – Martins mit ihrem kleinlichen Gezanke und ihren Wohnwagenurlauben, und meine mit ihrer nun abgeschlossenen traurigen Geschichte der getrennten Betten und getrennt eingenommenen Mahlzeiten, ein gemeinsames Leben, verwelkt durch Untreue. Was die Auswirkungen dieser Geschichte auf meine Kindheit betrifft, so habe ich Martin grob das Wesentliche erzählt, aber keine Einzelheiten. Das einst so gestochen scharfe Bild der zwei Gestalten auf den staubigen Matten, der dunklen Haare an den Oberschenkeln meines Vaters, die sich von den weißen Hemdzipfeln abheben, ist mit der Zeit verblasst, und ich habe nicht den Wunsch, es wieder deutlicher vor mir zu sehen. Auch brauche ich es nicht mehr, denn ich habe diesen neuen Glauben an eine Liebe, die der Lust Sinn verleiht, habe das einst verlorene Märchen meiner frühesten Erinnerungen wiedergefunden.

Neuntes Kapitel

Martins und Cindys Einweihungsparty fand an einem stürmischen Märzabend statt, an dem die Temperaturen plötzlich so stark fielen, dass man an einen letzten verzweifelten Versuch des Wettergottes glauben konnte, vor dem Beginn der britischen Sommerzeit am folgenden Tag noch einen anständigen Winter hervorzubringen. Theresa hatte die Uhren bereits umgestellt, was verfrüht sein mochte, aber von dem Chaos im letzten Jahr herrührte, als sie die kleineren Jungs bei einer Geburtstagsfeier abgeliefert hatte, während der engagierte Clown gerade Schluss machte und George fast ein ganzes Rugbymatch verpasst hatte, worauf er den ganzen Nachmittag untröstlich in sein Kissen schluchzte.

»Wir haben überhaupt keinen Schnee gehabt«, beschwerte sie sich, als Henry langsam um die Neubausiedlung in Rotherhithe kurvte und nach einem Parkplatz Ausschau hielt. »Keine einzige Flocke, ist dir das klar?«

»Doch, im Januar, in der Woche, als der Boiler gestreikt und die verstopfte Regenrinne die Wand im Wohnzimmer ruiniert hat.«

»Aber da gab es trotzdem kaum welchen, oder? Nicht genug jedenfalls, um einen Schneemann zu bauen. Ich werde nie vergessen, wie der arme Alfie es versucht hat und die anderen ihm vom Fenster aus zugesehen haben. Am Ende hat er mehrere Handvoll Dreck dazunehmen müssen und ist beinahe in Tränen ausgebrochen, weißt du noch?«

»Allerdings«, murmelte Henry, dessen Gedanken mehr um

Charlotte als um seinen Sohn kreisten, denn er wünschte, sie wäre auch eingeladen. Er hatte sie seit Wochen nicht gesehen, was eingedenk Theresas Bluthund-Fähigkeit, Ungemach zu wittern, wahrscheinlich das Beste war. Andererseits schien der seltene Kontakt seine Besessenheit nur zu verschlimmern – schreckliche, wunderbare, heimliche Vorstellungen plagten ihn fortwährend, und da Suffolk immer näher rückte, hatten sie jetzt auch einen konkreten Rahmen. Er leugnete zwar, dass Charlottes Urlaubspläne irgendeine Bedeutung für ihn hatten, aber in Wahrheit ging bereits seine Phantasie mit ihm durch, und er sah lange Spaziergänge und gemütliche Teestunden vor sich und vielleicht sogar, wenn die Abende kühl genug waren, gemeinsames Kuscheln vor dem lodernden Kamin bei dem einen oder anderen Glas Wein. Es wäre eine Gelegenheit – vermutlich die einzige –, sie näher kennenzulernen und herauszufinden, ob das, was er fühlte, irgendeine Berechtigung hatte, in irgendeiner Weise erwidert wurde.

Die Eckdaten seiner Arbeitswoche wurden immer noch im Kalender herumgeschoben, zum Teil aufgrund von Verpflichtungen in der Klinik, aber auch, weil er furchtbare Angst hatte, sich zu verraten. Wegen seiner Phantasien, der Ungewissheit, schlief er schlecht, und doch war da eine freudige Erregung, die ihn jeden neuen Tag auf einem Adrenalinhoch beginnen ließ, so ähnlich, stellte er sich vor (er hatte nicht damit herumexperimentiert, im Gegensatz zu den meisten anderen Medizinstudenten), wie wenn man Partydrogen nahm. Nur wurde er am frühen Abend dann sehr müde, und seine Wachsamkeit ließ nach, und zwar so sehr, dass er, als Theresa leichthin bemerkte, Charlotte treffe sich nicht mehr mit ihrem Immobilienmakler und das sei ja wohl typisch, einen Energieschub verspürte, der ihn fast vom Sofa katapultierte.

Mit größter Willensanstrengung war es ihm gelungen, lediglich eine Augenbraue hochzuziehen und zungeschnalzend

»typisch« zu seufzen. Dann hatte er in trägem Ton, der totale Gleichgültigkeit vortäuschen sollte, gefragt, ob Theresa ein Wort mit sieben Buchstaben und R am Ende für »Entdecker« wisse.

»Pionier«, antwortete Theresa knapp und sah wieder zum Fernseher hin, wobei ein ungeduldiges Übereinanderschlagen ihrer Beine der einzige schwache Hinweis darauf war, dass sie etwas bemerkt hatte.

Henry hatte bedächtig die Kästchen ausgefüllt und dann das Kreuzworträtsel vor seinen Augen verschwimmen lassen. Der Immobilienheini – wippender Gang, wippende Haare. Er hatte den Kerl ein paar Mal kurz gesehen, und dass Charlotte ihm den Laufpass gegeben hatte, bedeutete einen Triumph des guten Geschmacks über Verzweiflung und Einsamkeit oder was zum Teufel es sonst war, das sie überhaupt dazu gebracht hatte, sich mit so einem Typen einzulassen. Natürlich beging sie Fehler: Sie war haltlos, allein und von dieser zerbrechlichen Schönheit, die den männlichen Beschützerinstinkt weckte, obwohl Henry so etwas bisher nur gegenüber seinen Kindern empfunden hatte. Theresa war nie der Typ Frau gewesen, der eine solche Reaktion hervorrief. Zu viel Ritterlichkeit oder galantes Gesülze von Männern ließ bei ihr garantiert die Zornesfunken sprühen.

Was eigentlich Bewunderung verdiente, sagte sich Henry und betrachtete das blasse Gesicht seiner Frau im Seitenspiegel, während sie ihn in eine enge Lücke zwischen einem Porsche und einer Mauer winkte. Und wohin konnte das mit Charlotte schon führen? Zu einer platonischen Verbindung? Einer ehebrecherischen Affäre? Dazu, Theresa zu *verlassen*? Das war unvorstellbar.

Unvorstellbar, und doch trennten die Leute sich ständig. Zum Beispiel Martin, dachte Henry, als sein Freund die Tür aufmachte. Er sah in seiner bequem geschnittenen dunklen

Hose und dem anthrazitgrauen T-Shirt zehn Jahre jünger aus und grinste über beide Ohren wie eine Katze, die am Milchtopf geschleckt hat. Cindy kam hinter ihm herbeigeschwebt, schüchterner lächelnd, aber unbestreitbar glamourös in einem seidigen blauen Kleid, das unter ihrem beachtlichen Busen gerafft war und wasserartig schimmernd bis zu den Knien fiel.

»Das meint ihr also mit legerer Kleidung, ja?«, sagte Henry vorwurfsvoll zu den beiden und verspürte einen Anflug von Mitleid mit Theresa, die sich untypisch lange damit herumgequält hatte, was sie anziehen sollte, und sich schließlich für eine Hose entschieden hatte, die neuerdings zu tief in ihre Hüften schnitt (was Henry pflichtgetreu geleugnet hatte, als sie ihn danach fragte) und die sie nun bitter bereuen würde.

Es war ein lockeres, aber sehr *geschniegeltes* Beisammensein, urteilte Henry, als ihnen ein vorbeikommender Kellner Gläser mit Kir Royal anbot und sie in den offenen Wohnbereich gebeten wurden, der in einem minimalistischen Stil mit hohen, schlanken Blumenarrangements in den Ecken und raumgreifender moderner Kunst an den Wänden dekoriert war. Die Möbel waren an den Rand gerückt worden, mit Ausnahme eines Stutzflügels, um den die anderen früh eingetroffenen Gäste verstreut herumstanden. Darunter Sam, der mit seinen am Boden schleifenden Jeans und einem zerknitterten dunkelgrünen Sweatshirt erfrischend ungeschniegelt aussah. Als er Theresa und Henry entdeckte, löste er sich von der Gruppe und kam sichtlich erleichtert auf sie zu.

»Hallo. Schrecklich hier, was?«

»Aber Sam!«, sagte Theresa tadelnd, lachte jedoch dabei.

Sam strich mit den Fingern durch seine Haare und zog die Spitzen gerade, um seinem Pony den aktuellen Igellook zu verleihen, was an diesem Tag dank des Experimentierens mit Haarspray und -wachs von Cindys Toilettentisch bestens klappte. Seine Mutter hatte keinen Toilettentisch. Sie schminkte sich immer im Bad und bewahrte den Fön in einer Kommodenschublade auf. Cindys Tisch dagegen war eine wahre Fundgrube, ebenso das angeschlossene Badezimmer, in dem auf jeder Abstellfläche so viele Duschbäder, Peelings, Öle, Festiger, Badesalze und Feuchtigkeitspräparate aufgereiht waren, dass man damit eine kleine Drogerie bestücken konnte. Normalerweise durfte er dieses Heiligtum nicht betreten, nicht einmal zum Pinkeln, aber er hatte die Stunde, in der er allein geblieben war, weil Martin und Cindy Getränke im Wein- und Spirituosenladen besorgten, genutzt, um sich aus fast jeder Tube und Dose zu bedienen.

»Wie geht's deiner Mum?«, fragte Theresa, weil ihr das noch die sicherste der Fragen zu sein schien, die ihr in den Sinn kamen, doch dann fiel ihr der Makler ein, und sie hätte sich am liebsten auf die Zunge gebissen. »Der Funke ist einfach nicht übergesprungen«, war neulich Charlottes einzige Erklärung gewesen, bevor sie das Gespräch wieder auf Sam gelenkt hatte, um zu berichten, wie viel glücklicher ihr Sohn jetzt wirkte, und sich – unnötigerweise – für seine Weigerung zu entschuldigen, seinen dreizehnten Geburtstag zu feiern, der in der vergangenen Woche gewesen war. Er wolle auch keinen Freund mit nach Suffolk bringen, hatte sie gesagt und damit unwissentlich Theresas Hoffnung, George mitzuschicken, zunichtegemacht.

Sam runzelte die Stirn und fummelte an seinen Haaren herum, als stellte die Erkundigung nach seiner Mutter eine echte Herausforderung dar.

Henry sah sein Zögern und dachte unbeherrscht: Charlotte ist unglücklich. Sie empfindet genauso wie ich und leidet.

»Mum geht's gut«, antwortete Sam endlich, »nur dass ihr Chef im Buchladen heute wieder krank war, weshalb sie mich früher hierherbringen musste. Sie war sauer, weil sie eigentlich nur jeden zweiten Samstag arbeiten muss und dann nur vormittags, nicht den ganzen Tag.«

»Die Arme. Aber wie ich hörte, hattest du Geburtstag, stimmt's?«, fuhr Theresa munter fort.

»Jo. Wir waren in dem neuen James-Bond-Film, und Dad hat mir einen iPod geschenkt.«

»Toll. Jetzt bist du endlich ein Teenager, was?«

Ein Kellner kam mit einem Tablett voller Canapés zu ihnen, jedes eine Liliputanerversion von einem Gericht, das normalerweise einen ganzen Teller füllte. Sam streckte eine Hand aus, besann sich dann jedoch auf seine Manieren und ließ die Erwachsenen zuerst wählen. Stattdessen schob er die Hand in seine hintere Jeanstasche und tastete nach der Ecke von Roses letztem Brief:

Wir werden bald umziehen. Eigentlich mag ich das Haus, in dem wir jetzt wohnen, total gern, aber es wird toll sein, nicht mehr mit dem Bus fahren zu müssen. Ich hasse den Bus. Felix will immer neben mir sitzen, und er STINKT.

Neben das letzte Wort hatte sie ein Smileygesicht mit heruntergezogenen Mundwinkeln und gerümpfter Nase gemalt. Sam, der überhaupt nicht zeichnen konnte, fand das ziemlich cool und wollte ihr das in seinem nächsten Brief schreiben. Weil die organisatorischen Probleme, die Briefmarken, Briefkästen und die Geheimhaltung vor den Eltern darstellten, zu groß wurden, waren sie dazu übergegangen, Zettel in der Schule auszutauschen. Das war komisch, weil sie trotzdem nie miteinander redeten, jedenfalls nicht richtig, nur den üblichen Kram wie »Kannst du mir deinen Spitzer leihen?« oder »Wie lange dauert es noch, bis es läutet?«. Aber Rose war auch irgendwie komisch, war es von Anfang an gewesen. Er mochte das an ihr, obwohl es zuerst einer der Gründe gewesen war, weshalb er sich dazu hatte verleiten lassen, ihr den Arm umzudrehen.

Als er an der Reihe war, nahm Sam sich zwei Minipizzas und drei Babyhamburger vom Tablett und schob alles auf einmal in den Mund. Die Erwachsenen langweilten sich jetzt, das merkte er, sie sahen sich über seinen Kopf hinweg um und drehten ihre Gläser in den Händen. Georges Vater leckte sich die Finger ab und meinte: »Du bist gewachsen, mein Freund, was?«, worauf Sam höflich nickte und dann davonschoss, um seinen Vater zu suchen und ihn um Erlaubnis zu bitten, sich auf das große Doppelbett mit dem Fernseher zurückziehen zu dürfen.

Theresa stöhnte. »Das hättest du nicht sagen sollen. Du weißt doch, dass seine Größe sein wunder Punkt ist.«

»Tatsächlich? Woher soll ich das denn wissen?«

»Das weiß jeder.«

»Ach ja? Na dann kein Wunder, dass es sein wunder Punkt ist, oder? Außerdem habe ich gesagt, dass er gewachsen ist, und das stimmt, und zwar beträchtlich, meine ich.«

Dieser kleine und, wie Theresa fand, erfreulich normale Zank zwischen Eheleuten wurde durch Martin und Cindy unterbrochen, die sich zu zweit von einem Gästegrüppchen zum anderen durcharbeiteten wie siamesische Zwillinge. Sie unterhielten sich daraufhin lebhaft über das stürmische Wetter und die Vorteile von Seidenblumen gegenüber Strohblumen. Henry spürte die leise Verachtung seiner Frau sowohl für die trivialen Gesprächsthemen als auch für die kindische Unzertrennlichkeit ihrer Gastgeber. Als würde sie ein Radarsignal senden, das nur für ihn wahrnehmbar war. Nach außen hin war sie herzlich und lächelte, genau wie er. Während er sich darüber Gedanken machte und auch über seine eigene, schwerwiegendere Heuchelei in den letzten Wochen, fiel ihm ein Zitat von W. H. Auden aus seiner Schulzeit ein, irgendetwas in dem Sinne, dass die geistig Normalen wissen, dass sie Theater spielen, wohingegen die Verrückten glauben, es nicht zu tun. Wenigstens bin ich noch bei Verstand, tröstete er sich, wenigstens weiß ich, dass ich mich verstelle.

Als das Paar nach getaner Pflicht weiterwanderte und Theresa ihrer Verachtung Ausdruck zu geben begann – waren die beiden Koalabären? Wieso klebten sie so aneinander? Was wollte Martin eigentlich mit seinem knappen T-Shirt beweisen? –, stellte Henry fest, dass seine eigenen, ähnlich kritischen Reflexe in mildes Verständnis übergingen. Eine neue Frau, ein neues Leben, ein neues Kapitel, eine zweite Chance, sich noch einmal neu erfinden ... ja, er verstand den Reiz daran sehr wohl. Die zwei mochten den Eindruck machen, sich gegenseitig stützen zu müssen, aber sie wirkten durchaus glücklich auf ihn. Und oftmals waren diejenigen, die das Glück anderer verspotteten, selbst am wenigsten mit ihrem Leben zufrieden, dachte er niedergeschlagen.

Der Wind rüttelte das Auto regelrecht durch. Charlotte hielt unwillkürlich das Lenkrad fest, als wollte sie ihr kleines Gefährt bei vollem Tempo unter Kontrolle bringen, dabei stand es dicht am Bordstein geparkt, mit ausgeschaltetem Motor in der leeren Straße. Sie fühlte sich beim Aufprall der Windböen sicher unter dem gewölbten Dach und fror auch nicht, obwohl die Heizung aus war und es pfeifend durch den kleinen Spalt an dem hinteren Fenster zog, das nicht richtig schloss. Es war irgendwie schön, die sich neigenden Bäume zu beobachten, die Gewalt der peitschenden Äste und rollenden Mülltonnendeckel, ohne ihr selbst ausgesetzt zu sein. Zwei Warnkegel, die eine Gefahrenquelle auf dem Gehsteig markiert hatten, lagen jetzt auf der Seite und kullerten gegen den Zaun der leer stehenden Kirche.

Es dämmerte nun sehr schnell. Die blutroten letzten Sonnenstrahlen malten Streifen auf den Himmel über den Schieferdächern und den um sich schlagenden Bäumen.

Ich bin in einer Luftblase, dachte Charlotte, in meinem Luftblasenauto. Nichts kommt an mich heran. Ich bin allein, aber in Sicherheit. Der gelbe Jasmin, der sich wasserfallartig über die vordere Hauswand ergoss, hatte Gesellschaft von anderen Farbtupfern bekommen: bonbonrosa Rosen und etwas Blaues – Iris vielleicht, oder waren es Levkojen? War es möglich, einem Haus nachzustellen? War es das, was sie da tat – die Nähe von etwas suchen, das man liebte, aber nicht bekommen konnte? Sie hatte ihr eigenes Haus jetzt vom Markt genommen und Tim die Entscheidung durch die hübsche Inderin ausrichten lassen. Es war eine Niederlage, ohne Zweifel; die grässliche, feilschende Mrs. Burgess mit ihrer Mängelliste, ihr begrenztes Budget, das unerreichbare, begehrte Objekt, Sams niederschmetternder Mangel an Begeisterung. Am Ende hatte sie sich mit erhobenen Händen ergeben, hatte schlichtweg aufgegeben.

Tim hatte ihr daraufhin ebenfalls eine Nachricht hinterlassen. *Es tut mir so leid. Bitte ruf mich jederzeit an, wenn du es dir anders überlegst*. Er meinte natürlich das Haus, aber auch das andere, das, was an dem Abend der Esseneinladung abrupt zwischen ihnen geendet hatte, als Martins Geist – nein, korrigierte sie sich –, als der Geist ihrer *Liebe* zu Martin, an die sie sich erinnerte, die sie aber so lange nicht mehr *gefühlt* hatte, aus dem weichen roten Polster gestiegen war und sie gewürgt hatte, bis sie schrie. Denn sie hatte geschrien, oder? Auf jeden Fall hatte sie ein Geräusch gemacht, unerwartet, schrill, nervenzerreißend, wie laut quietschende Bremsen. Und Tim, schweißglänzend, schwer, grunzend, stoßend, kurz vorm Höhepunkt, hatte seinen Schwanz herausgezogen und sich halb auf ihren Bauch und halb auf ihren zerknitterten Rock ergossen.

Ein reflexartig reagierender weiblicher Teil tief in ihrem

Inneren hatte sich vergewaltigt gefühlt. Aber es war keine Vergewaltigung gewesen, das wusste sie. In ihrem neuen Überschwang hatte sie Tim so weit gebracht, hatte den armen Mann an einen Punkt gebracht, an dem er nicht mehr zurückkonnte, ohne zu ahnen, dass ihre eigene Grenze unter der neuen Hoffnung und dem Amüsierwillen und der Weinseligkeit in ihr verborgen lag.

»Mein Gott, Charlotte, was hab ich …? Hab ich dir wehgetan? Was ist denn?« Unter anderen Umständen – zum Beispiel ohne die Erinnerung an ihr zwanzigjähriges Selbst und ihren künftigen Verlobten im Raum, der über ihr, in ihr war, kurz davor, vor Liebe und sexuellem Begehren zu explodieren – hätte sie vermutlich genug Mitleid mit Tim gehabt, um sein fleischiges Knie zu tätscheln und irgendwelche Plattheiten zu murmeln, die ihm erlaubten, etwas von seiner Würde und seinem verletzten Stolz zu retten. Aber sie war selbst zu schockiert, zu niedergeschmettert von diesem Ansturm der Vergangenheit gewesen, von dem wiederaufflammenden Wissen, was es hieß zu lieben, *wirklich* zu lieben, um mehr als ein Wimmern von sich zu geben. Tim hatte an seiner Gürtelschnalle gezerrt und schnell eine Box mit Taschentüchern geholt, drei auf einmal herausgezogen und ihren Bauch abgetupft wie jemand, der in Panik eine Wunde versorgen will.

Danach hatten sie dagesessen wie die Fremden, die sie waren, und auf das Taxi gewartet, jeder in seine eigene stumme Verständnislosigkeit versunken. Als das Taxi sich verspätete und ein zweiter Anruf nötig war, was die Qual noch verlängerte, hatte Tim die schlechte Nachricht von der Entscheidung der Stowes hervorgestammelt, die offenbar schon die ganze Zeit einen privaten Käufer an der Hand gehabt hatten. Er habe es ihr längst sagen wollen, wollte ihnen aber nicht den Abend verderben, der jetzt ohnehin verdorben sei. Er habe sein Bestes getan, es tue ihm leid, es werde natürlich andere

Häuser geben, andere Angebote, andere Eigentümer. Dabei war er wieder ein wenig in Schwung gekommen, vielleicht durch den vertrauten Jargon seines Berufs, an dem er sich inmitten der Trümmer festhalten konnte.

Zu Hause hatte sie Jessica schlafend auf dem Sofa angetroffen, mit aufgeklapptem Laptop, ihre Bücher über den Teppich verstreut. Verlegen, weil sie geweckt werden musste, hatte das Mädchen seine Sachen eingesammelt und war auf ihrem Fahrrad in die Nacht davongesaust. Charlotte war mit kühlem, geradezu beängstigend klarem Kopf von der Haustür direkt hinauf in Sams Zimmer gegangen. Er schlief mit offenem Mund, sodass die kräftigen, geraden Zahnreihen zu sehen waren, die im Kontrast zu den noch kindlichen Lippen und der Pfirsichhaut eines kleinen Jungen seltsam männlich wirkten. Sie kniete sich neben das Bett und strich ihm ein einzelnes Haar aus der Stirn, nahm es zwischen Zeigefinger und Daumen und legte es über seinen Kopf, seinen hübschen Kopf mit dem lächerlich langen, wirren Pony und dem runden Scheitelwirbel, so viele Tausend Haare, so eine perfekte Spiralform.

Sie wäre am liebsten zu ihm gekrochen, unter die Decke mit den herumfliegenden Superhelden. Aber sie roch den Wein in ihrem Atem und auf ihrer Haut, und sie roch Tim – sein Zitrusaftershave, seinen Schweiß, sein Sperma. Durch den Schock wieder nüchtern, nüchterner denn je, war sie sich der Unlauterkeit ihrer Sehnsucht nach Sam voll bewusst. Der Abgrund, der sich an diesem Abend unter ihr aufgetan hatte, war allein ihr Abgrund. Er hatte schon länger auf sie gewartet, gähnend, aber unsichtbar, während all der Jahre des Jammerns und Klagens, des Wetterns einer unzufriedenen Ehefrau, auch während der halbherzigen Versuche in letzter Zeit, wieder auf die Beine zu kommen, und der Behauptungen, sich nach Unabhängigkeit zu sehnen. Sie hatte Martin *so sehr* geliebt. Das hatte sie vergessen. Hatte es vergessen wollen. Nie würde man den Auslöser solcher intensiven Gefühle in Flaschen abfüllen können. Er war ihr Glaube gewesen, ihre Welt. Sie wollte Martin nicht zurückhaben, aber dieser verlorene Glaube war in der Tat etwas, das es zu betrauern galt. Empfand er jetzt dasselbe für Cindy? Wurde das Gefühl weniger wirklich, wenn man es zweimal empfand? War Liebe am Ende doch nur Einbildung, die Bereitschaft, daran zu glauben? Was blieb noch ohne sie?

Charlotte sah unverwandt auf das liebe, schlafende Gesicht ihres Sohnes – das Produkt wahrer Leidenschaft und doch von Anbeginn noch etwas viel Ursprünglicheres, Unzerstörbares, etwas, auf das man automatisch reagierte wie auf ein Lächeln, obwohl man tausendmal mehr dabei empfand. Wann hatten die Schwierigkeiten angefangen? Die Entfremdung, das Misstrauen, der Groll – nach Sams Geburt oder vorher? Und wer hatte diese anonyme Nachricht geschrieben? Wem war so sehr daran gelegen gewesen, ihren elenden Kampf zu beenden?

Der kleine Wagen schwankte wieder, vor und zurück diesmal, als würde eine böswillige Riesenhand ihn an der hinteren Stoßstange packen und auf die Schnauze kippen wollen. Sie versuchte, nicht an die Party zu denken – Sam, Theresa und Henry, Naomi, Jo, Paul, Graham, alle waren sie da, außer ihr. Sie versuchte, nicht an Martin zu denken, der ein neues Leben mit Cindy lebte, das Ritual beging, das gemeinsame Heim einzuweihen, Leute einlud, seine neue Partnerschaft öffentlich machte, besiegelte, selbst wenn es auch da möglicherweise bereits Probleme gab, Risse in der Fassade. Ha! Risse, ha! Doch sogar ihre Missgunst war halbherzig. Missgunst raubte einem Energie, und sie hatte einfach keine mehr.

Überdrüssig und ein wenig hungrig beschloss Charlotte, dass es Zeit war, ihr erbärmliches Belauern zu beenden und nach Hause zu fahren. Sie würde die vergiftete Nachricht heraussuchen, beschloss sie mit zurückkehrender Tatkraft, sich den Wisch noch einmal genauer ansehen, ihn vielleicht sogar verbrennen. Als sie gerade nach dem Zündschlüssel griff, erschien auf einmal ein neuer Farbfleck über den Blumen vor dem Cottage. Leuchtend rot … die Bommelmütze, schon wieder. Diese schreckliche Mütze und diesmal noch ein passender Schal dazu, der um seinen Hals hing wie ein Strick. Charlotte riss die Augen auf: Dominic Porter stand in der Haustür und schüttelte Mrs. Stowes Hand – *er schüttelte Mrs. Stowes Hand!*

Ihr nächster Impuls war Flucht. Er durfte sie auf keinen Fall sehen. Dieser furchtbare, unausstehliche, hagergesichtige Mann mit seiner genauso unausstehlichen Tochter, die ständig Sams und ihren Weg kreuzten wie Plagegeister. Auf keinen Fall. Egal ob Gleichgültigkeit, Aufsässigkeit oder Freundlichkeit – was auch im Laufe einer Begegnung an Reaktion erforderlich wäre, das schaffte sie jetzt nicht.

Sie drehte den Zündschlüssel. Der Motor gab dieses kratzende Geräusch von sich, dieses spezielle, nervtötende Geräusch, wie so häufig, wenn sie spät dran war, als spürte er ihre Eile in ihren hektisch flatternden Fingern. Sie versuchte es erneut, drehte brutal den Schlüssel herum, brachte aber nur ein noch schlimmeres Kratzen hervor, als würde Metall gegen Metall schaben.

Dominics Gedanken waren bei beweglichem und unbeweglichem Inventar, den glücklichen Zufällen, die immer wieder durch Beziehungen herbeigeführt wurden (die Stowes kannten Benedict, der seine Haussuche erwähnt hatte), und der Frage, ob es schon zu spät war, um seinen Notar anzurufen und mit ihm darüber zu sprechen, ob Vertragsabschluss und Eigentumsübertragung am selben Tag möglich wären. Erst das stotternde Kratzen des VW-Motors ließ ihn aufmerksam werden. Als er sich auf der Suche nach der Ursache des Geräuschs umdrehte, war es jedoch nicht Charlotte Turner, die er am Steuer des kleinen schwarzen Wagens sah, sondern das verschwommene Bild seiner rothaarigen Frau: Maggie in ihrem alten schwarzen Mini, dem sie freundlich zuredete, damit er ansprang, so wie sie es mit allem tat, was sich ihr widersetzte, egal, ob es sich um Mensch oder Maschine handelte.

Aber es war natürlich nicht Maggie: Die Haare dieser Frau waren länger, glatter und eher kastanienbraun als rot, ihre Augen waren grün statt blau, und sie hatte kaum Sommersprossen. Sie war auch viel schlanker, hatte knabenhafte Hüften und lange, bewegliche Finger, die wie dafür geschaffen schienen, sich um eine Flöte zu legen oder über die Tasten eines Klaviers zu fliegen. Dominic brauchte nicht auf das Auto zuzugehen, um über diese Einzelheiten Bescheid zu wissen. Er hatte Charlotte Turner eingehend gemustert, nicht erst während der unangenehmen Begegnung in Miss Brigstocks Büro, sondern schon vorher, in ihrer engen Diele und in der Küche mit dem nach Süden gelegenen Garten und dem unter der Spüle eingebauten Müllschlucker. Schon da hatte er sich vor der jämmerlichen Schwäche gewarnt, erneut von einer rothaarigen Frau angezogen zu werden wie von einem Beuteschema.

»Haben Sie Probleme?« Er beugte den Kopf zu ihr herab und war leicht verärgert, dass sie nicht gleich das Fenster herunterkurbelte, diese Frau, deren Sohn seine Tochter kurzfristig traumatisiert hatte (obwohl Rose inzwischen alles andere als traumatisiert wirkte) und deren missliche Lage er leicht hätte ignorieren können, zumal er noch eine Reihe von wichtigen Anrufen zu erledigen hatte. Außerdem hatte er Rose Spaghetti Bolognese versprochen, wofür er noch die Zutaten kaufen musste.

»Er macht das manchmal.«

Sie hatte das Fenster herabgelassen, aber nur halb, als hätte sie Angst, belästigt zu werden, aber wohl eher von dem Sturm als von ihm, hoffte Dominic. »Ich habe dort hinten geparkt. Ich habe ein Starthilfekabel.«

»Nicht nötig.« Sie versuchte erneut, den Motor anzulassen, und knirschte sichtbar mit den Zähnen, als dieser nur wieder einen stotternden Missklang von sich gab. »Er macht das manchmal«, wiederholte sie, offenbar zunehmend verzweifelt. »Wenn ich ein Weilchen warte, ihn kurz ruhen lasse ... bitte bemühen Sie sich nicht. Wenn nichts mehr hilft, kann ich den Automobilclub anrufen, ich bin Mitglied.«

»Aha, die vierte Notrufnummer. Sehr gut.« Dominic richtete sich auf, eher verblüfft als beleidigt, dass sie ihn als guten Samariter so kurz und bündig ablehnte. Sam hatte sich Rose gegenüber gemein benommen, oder? Die Frau sollte auf Knien vor ihm rutschen! Außerdem sah sie kein bisschen aus wie Maggie, entschied er im selben Moment, keine Spur von Ähnlichkeit, null. Und Maggie hätte nie im Leben so feindselig auf ein Hilfsangebot reagiert. »Also, bis dann«, murmelte er und entfernte sich, wobei es ihm immer noch etwas widerstrebte, die Niederlage einzugestehen. War er denn wirklich so abstoßend?

»Entschuldigen Sie ... Ich hoffe, es stört Sie nicht, dass ich frage ...« Sie hatte das Fenster jetzt ganz heruntergekurbelt und steckte den Kopf halb heraus. Ihr Gesicht war nicht eigentlich blass, sondern richtig weiß, so weiß wie die blendenden Zähne, und ihre Augen waren zwar strahlend grün, aber rotgerändert, so wie die von Rose, wenn sie kurz vorm Weinen war. Ihre Stimme allerdings klang fest und drang kräftig durch das Heulen des Windes zu ihm. »Ich habe gesehen, dass Sie aus Nummer zweiundvierzig gekommen sind, und da habe ich mich gefragt ... Kennen Sie Mrs. Stowe? Ich meine, offensichtlich tun Sie das, aber ...«

Dominic machte wieder ein paar Schritte auf das Auto zu und steckte die Hände in die Hosentaschen. »Ja, das heißt, mein Bruder kennt sie. Mrs. Stowes Tochter ist Schauspielerin, und er ist ein Kollege von ihr. Sie haben im vergangenen

Jahr einen Film zusammen gedreht. Dem Umstand habe ich es zu verdanken, dass ich das Haus kaufen kann – das war schon seit Wochen im Gespräch, aber jetzt sind wir uns einig geworden.« Er nahm die Hände aus den Taschen und rieb sie aneinander. »Die Stowes haben sich soeben netterweise bereit erklärt, noch vor Ostern auszuziehen, sodass ich meinen Mietvertrag nicht verlängern muss. Es ist ein privater Verkauf«, fügte er, von Charlottes Miene zu der Erklärung genötigt, hinzu, als sie ihren Kopf wieder ins Auto zurückzog. Wie eine Schildkröte, die sich in ihren Panzer zurückzieht, dachte Dominic und sah sie neugierig an.

»Ich weiß – ich wusste, dass es zum Verkauf stand. Ich wollte es selbst kaufen.« Sie starrte durch die Windschutzscheibe.

Dominic schwieg, während er seine Schlüsse daraus zog. Als er sich die Hände in den Manteltaschen wärmen wollte, stieß er mit einem Finger auf ein Loch, ein großes Loch, durch das man Schlüssel und Pfundmünzen verlieren konnte. Maggie hätte das im Nu geflickt – sie war ein Genie in allem, was mit Nadel und Faden und überhaupt mit Handarbeiten zu tun hatte. Kochen hatte sie auch geliebt, und zwar so sehr, dass er ab und zu darauf bestehen musste, auch mal dranzukommen; er hatte ihr vorgehalten, dass Kochen schließlich seine zweite Leidenschaft neben dem Fliegen war und er es außerdem ungerecht fand, jeden Abend die ungeliebte Aufgabe des Abwaschens übernehmen zu müssen. Streitereien – wer hätte je gedacht, dass man sie vermissen könnte? »Ach, so ein Pech … ich … Es ist ein schönes Haus.«

»Ja, es ist ein wunderschönes Haus. Ich hätte es sehr gern gehabt. Aber leider war es jenseits meines Preislimits und wurde mir auch nur inoffiziell gezeigt, was schon nicht in Ordnung war, so wie es sich anhört. Ich meine, ich wusste, dass sie lieber privat verkaufen wollten, aber nicht, dass sie schon jemand Bestimmten im Sinn hatten.« Charlotte drehte den

Zündschlüssel, und der Käfer sprang glucksend an, wie er es gern tat, sobald sie die Hoffnung endgültig aufgegeben hatte.

Dominic beugte sich näher ans Seitenfenster und hob die Stimme, um den Motor zu übertönen, wehrte sich gegen den plötzlichen Eindruck, dass er getadelt wurde. »Hören Sie, es tut mir leid, okay?«

»Nein, mir tut es leid«, rief sie zurück. »Ich hätte nichts sagen sollen. Es ist egal.« Sie schenkte ihm ein breites, entschuldigendes Grinsen und ließ ihre tollen Zähne sehen. »Viel Glück mit allem.«

»Es gibt ja noch andere Häuser …«, begann er.

Charlotte schüttelte den Kopf, legte den ersten Gang ein und sah in den Seitenspiegel. »Ich habe beschlossen zu bleiben, wo ich bin, und das Beste daraus zu machen.« Das Grinsen war noch da, aber bemühter, mit verzerrten Lippen.

»Schön. Dann ebenfalls viel Glück dabei«, sagte Dominic, der sich jetzt ein wenig hilflos fühlte. »Viel Glück«, murmelte er noch einmal, als sie die Straße hinunterknatterte.

Auf dem Weg zu seinem Auto blies der Wind ihm direkt entgegen, sodass seine Augen tränten und die Mantelschöße flatterten. Geschieden, mit einem schwierigen kleinen Sohn und selbst nicht gerade unkompliziert, sagte er sich, als die Hilflosigkeit in Mitgefühl überzugehen drohte. Seine Gedanken drifteten zu der bedürftigen, verbitterten Frau ab, mit der er kurz und unglücklich das Bett geteilt hatte. Ihre ganze Geschichte, all der Ballast, wo er doch selbst genug mit sich herumschleppte – den Fehler würde er nicht noch einmal begehen. Das Beste aus dem zu machen, was man hatte, war allerdings kein schlechtes Motto, dachte er, als er hinter das Steuer seines Wagens glitt. Das gelang ihm inzwischen sogar recht gut, nun da Rose sich besser zurechtfand und sie beide vor einem Neubeginn in einem Haus standen, das ihm wie ein Geschenk in den Schoß gefallen war, Benedict sei Dank. Der gute Benedict, der selbst ein chaotisches Privatleben hatte, es aber immer wieder schaffte, andere glücklich zu machen. Seinem listigen Bruder hatte er es nun auch zu verdanken, dass die clevere, hübsche Polin mehr in sein Blickfeld gerückt war. Sie hieß Petra und hatte ihm vor Kurzem eine Nachricht betreffs eines gemeinsamen Mittagessens hinterlassen. Irgendwo in ihrer Nähe, schlug sie vor, da sie zurzeit außerhalb der Studios in Battersea arbeite – falls ihm das nicht ungelegen komme, falls er Zeit habe, falls er Lust habe, vielleicht irgendwann in den nächsten Wochen oder auch Monaten, falls er viel zu tun habe. Es war eine lange Nachricht, die hinter den zu verschachtelten Sätzen und dem etwas gestelzten Englisch eine sympathische Unsicherheit und hoffnungsvolle Erwartung erahnen ließ.

Die Aussicht, sich mit ihr zu treffen, war aufregend, merkte Dominic froh und hauchte seine vor Kälte steifen Hände an, bis die Heizung in Gang kam. Er würde Benedict bitten, ihm ein gutes Lokal in ihrer Gegend zu empfehlen. Er würde in seinen Büro-Terminkalender sehen und einen ruhigen Tag herauspicken, es vielleicht so einrichten, dass er zu Hause arbeiten konnte, Rose von der Schule abholen, den Papierkram für den Umzug vorbereiten … Ja, das war ein guter Plan, etwas, worauf er sich freuen konnte. Dominic atmete tief ein und aus. Manchmal vergaß er tatsächlich zu atmen. Er stellte sich Petras frisches, intelligentes Gesicht vor, die seidigen, zu einem Bob geschnittenen Haare, ihre langen Beine – er liebte lange Beine! »Und es wird Zeit, wieder richtig zu leben«, sagte er leise und warf noch einen anerkennenden Blick auf sein zukünftiges Zuhause. »Es wird wirklich Zeit.«

Liebe Rose,
wir ziehen jetzt doch nicht in ein anderes Haus. Ich bin froh, weil Mum jetzt nicht mehr so rumstresst und ich nicht dau-

ernd Ordnung in meinem Zimmer machen muss. Das einzig Blöde daran ist, dass sie gesagt hat, wir können uns einen Hund anschaffen, wenn wir umziehen, und jetzt wird wohl nichts daraus. Doof ist auch, dass sie meint, wir müssten hier jetzt ganz viel streichen und reparieren und ausmisten und all so was. Im Moment soll ich eigentlich Sachen zusammensuchen, die ich weggeben will, wie alte Spielsachen und so. Total langweilig! Und ich soll packen, weil wir wegfahren. Langweilig! Wir fahren bloß nach Suffolk, in das Haus von Georges Dad. Wir waren da schon mal für ein Wochenende, und es hat die ganze Zeit geregnet. Tut mir leid, dass dieser Brief so langweilig ist.

Sam

P.S: Zum Geburtstag habe ich einen iPod und ein Upgrade für mein Handy und ganz viele neue Playstation-Spiele bekommen.

P.P.S: Du kannst voll gut zeichnen.

Sam faltete den Brief zu einem festen, dicken Quadrat zusammen und überlegte, ob er wohl der einzige Junge auf der Welt war, der die Schule in den Osterferien vermissen würde. Niemals würde er so etwas zugeben können. Das war genauso unmöglich wie zuzugeben, dass seine einstige Feindin in der Klasse irgendwie – *wie nur?* – zu einer engen Brieffreundin geworden war. Nachrichten mit der Klassenstreberin auszutauschen, nicht nur mit jemand Unbeliebtem, sondern auch noch mit einem *Mädchen* – er wäre das Gespött der ganzen Schule.

Das Komische war nur, dass er noch nie so wenig hatte befürchten müssen, zum Gespött zu werden. Durch die Sache mit Rose – diese *neue* Sache mit Rose – und weil er sich im Unterricht jetzt immer von seiner besten Seite zeigen musste, bemühte er sich nicht mehr darum, mit Georges Gang herumhängen zu können, und hatte zu seinem Erstaunen festgestellt, dass sie neuerdings scharf darauf waren, mit ihm herumzuhängen. Es war schon verrückt, da bekam man etwas, nachdem – oder gerade weil – man aufgehört hatte, es zu wollen. In der letzten Schulwoche hatte George sogar angedeutet, dass er, wenn auch nur die geringste Chance bestanden hätte, sich vor dem von seiner Mutter geplanten Besuch bei seiner Oma in Cornwall zu drücken, gern mit nach Suffolk gekommen wäre. Er hätte dort einen Drachen auf dem Dachboden, den er noch nie hätte steigen lassen, hatte er gesagt, und es gäbe einen Platz in den Dünen, den er Sam gern zeigen wollte, das perfekte Versteck. Er hatte sogar eine Karte davon gezeichnet, mit Pfeilen und Kreuzen, wie eine Schatzkarte.

Sam vermisste Roses Briefe und kleine Zeichnungen. Aber noch mehr vermisste er den Nervenkitzel der heimlichen Übergabe, die verstohlenen Blicke über ihre Bücher hinweg und hinter den Rücken der anderen, das tolle Gefühl, dass da etwas lief, von dem niemand was wusste, noch nicht einmal Mr. Dawson, dem er alles Mögliche erzählt hatte, zu dem er jetzt aber nicht mehr zu gehen brauchte, es sei denn, er wollte es.

Er blieb zögernd auf dem Treppenabsatz stehen, plötzlich darüber besorgt, wie seine neueste Bemühung um schriftliche Kommunikation aufgenommen werden würde. Roses letzte Nachricht, die sie ihm vor zwei Wochen während einer öden Verloren-und-gefunden-Sitzung am letzten Schultag in die Hand gedrückt hatte, hatte mit den Worten »Bis nach den Ferien« geendet. Als wäre das alles für sie nur so ein Schulding. Sie hatte noch nicht einmal vorgeschlagen, Handynummern auszutauschen, was echt ein herber Schlag gewesen war.

Jetzt hatte er nur noch diesen Nachmittag, dann würden sie nach Suffolk fahren, wo es kein Handynetz gab, wie seine Mutter sagte, und man mit dem Auto zum nächsten Briefkasten fahren musste. Sam lehnte sich über das Geländer und reckte den Hals, um herauszufinden, wo sich Charlotte genau befand. Zuletzt hatte er sie mit einer Pagode aus leeren Pappschachteln in das Gästezimmer im ersten Stock gehen sehen, aber jetzt war die Tür zu, und sie kniete im Flur davor. Sie wühlte mit einer Hand in einem verstaubten, zerbeulten Koffer und schob mit der anderen eine Haarsträhne hinters Ohr, die sich sofort wieder löste und vor ihrer Nase baumelte.

»Na du«, sagte sie, ohne aufzusehen.

»Na.«

»Hast du gemacht, worum ich dich gebeten habe?«

»Beinahe«, log Sam und ballte die Faust fest um seinen Brief. »Kann ich zum Laden gehen und Süßigkeiten kaufen?«

»Wenn du deinen Schrank ausgemistet und gepackt hast, ja.«

Sam gab ein Geräusch von sich, das wie ein Ja klingen sollte, ohne eines zu sein, sodass er später abstreiten konnte, gelogen zu haben. Zu seiner Überraschung funktionierte es, denn als er die Treppe hinunterkam, redete sie weiter, aber nicht übers Aussortieren, sondern über andere langweilige Sachen, die sie seit dem Frühstück schon mindestens fünfmal angesprochen hatte.

»Wir müssen früh los, sonst kommen wir in den Berufsverkehr. Tut mir leid, dass es nur vier Tage sind, aber ich muss wieder zurück und im Laden aushelfen, weil Dean immer noch krank ist. Und wenn wir wieder da sind, kommt bald deine Patentante zu Besuch, habe ich dir das schon gesagt?«

»Ja, ja, Eve, die dir plötzlich E-Mails geschrieben hat und die ich noch nie gesehen habe, weil sie in Boston wohnt«, antwortete Sam, sprang auf das Geländer und wappnete sich zugleich dagegen, ausgeschimpft zu werden, aber es machte einfach zu viel Spaß, daran herunterzurutschen, und außerdem hatte er so vielleicht die Chance, schnell einen Umschlag aus dem Sideboard unten zu mopsen, während sie noch oben war.

»Georges Dad hat versprochen, uns noch die Schlüssel vorbeizubringen, ehe wir morgen aufbrechen«, fuhr sie fort, als hätte er nichts gesagt und würde nicht auf dem Geländer runtersausen, »was wirklich nett von ihm ist.« Sie sah auf ihre Armbanduhr. »Und Sam …«

Jetzt kommt's, dachte er kurz vor dem verzwickten Absprung in der Diele, bei dem er schlitternd auf dem Läufer landen würde, wenn er gut war. Jetzt kommt's.

»Wenn du schon zum Laden gehst, könntest du ein bisschen Brot mitbringen, geschnitten, Weißbrot oder Schwarzbrot, was du unter deine Rühreier haben willst.«

»Ja, klar«, schnaufte Sam und sah überrascht zur Treppe hoch. Er hatte den Dielenläufer verpasst, war aber sicher auf allen vieren gelandet. Sie kniete immer noch vor dem Koffer und sang leise vor sich hin, während sie Kleider und Papiere herausnahm und zu Haufen ordnete. Das machte sie jetzt schon seit Tagen so, genau wie jemand, der umziehen wollte, und nicht wie jemand, der sich dagegen entschieden hatte.

Ein paar Kilometer entfernt ging Theresa etwas zielstrebiger zwischen ihren Schränken und einem großen Koffer hin und her, der sich schnell füllte. Morgenmäntel und Hausschuhe – das Haus in Cornwall war zugig –, Spielzeug und Gesellschaftsspiele, falls es regnete (es würde garantiert regnen), Gummistiefel und Regenjacken und wenigstens je einen der selbstgestrickten Pullover, die im Laufe des vergangenen Jahres in großen wattierten Umschlägen eingetroffen waren. Alfie und Jack würden ihre anziehen, kein Problem, aber George mit seinen dreizehn Jahren wollte verständlicherweise langsam keine grobmaschigen, grellbunten Stricksachen mehr tragen – auch nicht, um seiner Oma eine Freude zu machen, die er sehr mochte–, während Matilda… Theresa seufzte in zärtlicher Verzweiflung über das neue Modebewusstsein ihrer sechsjährigen Tochter: Seit sie vom Zwang der Schuluniform befreit war, hatte sie es sich angewöhnt, jeden Morgen mit der Bockigkeit eines Teenagers Kleider aus ihrer Kommode zu zerren und zu verwerfen. Nur Sachen, die rosa waren oder glitzerten, kamen zur Zeit in Frage, und da sie dadurch auf ihr Ballettkostüm und ein paar zu große Stücke aus der Kostümkiste beschränkt war, verging in diesen Ferien kaum ein Morgen ohne Geschrei.

Naomi, die sich zum Nachmittagstee eingeladen und die Zwillinge, aber nicht Pattie mitgebracht hatte und auch noch über die Zeit blieb, die Theresa fürs Packen eingeplant hatte (sie fuhren bereits an diesem Abend), hatte gemeint, es sei doch Mitte April, meistens sonnig, und was mache es schon, wenn ein Kind sein Tutu im Supermarkt trage? Ja, hatte Theresa lachend erwidert, was mache das schon, abgesehen von den paar Pädophilen, einer kleinen Lungenentzündung und dem »Nur Handwäsche«-Schild in besagtem Tutu, was die schon beträchtliche Arbeit mit der Familienwäsche noch vermehrte.

Außerdem war es eine Frage der Kontrolle, dachte Theresa nun, als sie sich auf den zu vollen Koffer stellte. Kein Tutu im Supermarkt zu erlauben gehörte zu ihren Strategien, den Alltag zu bewältigen und das Chaos fernzuhalten, das über sie hereinbrechen würde, sobald sie nachließ. Aus der Art zu schließen, wie die Zwillinge am Nachmittag herumgetobt hatten, bestand auch für Naomi eine gewisse Gefahr, davon überwältigt zu werden. Kontrolle. Sie würde sie ausüben, wo sie konnte, sagte sie sich grimmig, kniete sich auf den Deckel und stieß zischende Flüche aus, als der Inhalt an den Seiten herausquoll.

»Brauchst du zufällig Hilfe?«

»Henry ... nein, ich meine, ja, bitte.« Sie stand vom Koffer auf und sah zu, wie ihr Mann ihn auf das Ehebett wuchtete und mit roher Gewalt den Reißverschluss zuzog.

»So, geschafft. Alles paletti.«

»Alles paletti. Und du?« Sieben Wochen und zwei Tage, dachte sie, sieben Wochen und zwei Tage, seit er mich zuletzt angefasst hat. Ein Küsschen hier und da, vor und nach der Arbeit, vor und nach dem Schlafengehen, onkelhaft, unzureichend. Es hatte auch keinerlei Protest dagegen gegeben, dass sie allein nach Cornwall fuhr, keine einzige Klage, dass er erwog oder wünschte, die blöde Arbeitsklausur aufgeben und mitkommen zu können. »War es Charlotte recht, dass du ihr die Schlüssel vorbeibringst?«

»Ja, absolut. Sie fand es zum Totlachen, dass wir das alle vergessen hatten.«

Theresa fand es eher ausgesprochen dämlich als komisch. Bei einem hastigen Sandwich-Mittagsimbiss in der vorigen Woche hatte sie zwar daran gedacht, Charlotte die letzte, etwas komplizierte Etappe der Fahrt zu beschreiben und sich im Voraus für die Eigenarten des Boilers zu entschuldigen, aber nicht daran, wie die Freundin eigentlich ins Haus kommen sollte. Charlotte, die zu sehr damit beschäftigt gewesen war, über Dominic Porter zu fluchen, weil der sich ihr Traumhaus unter den Nagel gerissen hatte, sowie über die zusätzlichen Arbeitsstunden, die die fortdauernde Krankheit ihres Chefs ihr abverlangten, war es ebenfalls nicht in den Sinn gekommen. Sie war ungewöhnlich energiegeladen gewesen, beinahe manisch, hatte darüber geplappert, dass sie die Vergangenheit endgültig hinter sich gelassen habe, dass sich alles nun zum Besseren wende und sie glücklich über ihren Entschluss sei, nicht umzuziehen, sondern einen Neuanfang im alten Haus zu machen. Sie hatte sogar durchgesetzt, dass das nächste Mah-Jongg-Treffen bei ihr stattfand, trotz ihrer umfangreichen Renovierungspläne und einer möglichen Überschneidung mit dem Besuch von Sams lang verschollener Patentante. Dann würden sie und Eve eben zusammen spielen, hatte sie gesagt, damit keine ungerade Spielerzahl entstand.

Theresa, die vom Eindringen einer Fremden in ihren gemütlichen kleinen Kreis, die das Gleichgewicht störte und um die man sich höflich bemühen musste, nicht begeistert war, hatte sich dabei ertappt, dass sie die vertraute alte Freundin vermisste: die Charlotte, die man ständig aufpäppeln, trösten, mit Ratschlägen versorgen, ja bedauern musste. Jahrelang hatte sie sich ihr überlegen gefühlt, so selbstzufrieden, so *glücklich verheiratet* – und das fehlte ihr jetzt.

Henry war es, dem das Versäumnis mit den Schlüsseln als Erstem aufgefallen war. Er ließ seinen Bund vor ihrer Nase baumeln, als Naomi endlich gegangen war und sie den Brokkoli abgoss und sich fragte, warum sie sich vier Stunden Autofahrt bei Dunkelheit aufgehalst hatte, wo doch die sechs Stunden am folgenden Tag, selbst bei starkem Verkehr, wesentlich stressfreier gewesen wären. »Doh!«, hatte Henry gerufen und damit George nachgeahmt, wie er Homer Simpson nachahmte. Dann hatte er sich eilig, geradezu überschäumend erboten, Charlotte anzurufen und eine Übergabe für den nächsten Morgen zu vereinbaren. Er selbst plante, am Tag darauf mit dem Zug zu fahren und noch einige Zeit zu bleiben, wenn Charlotte und Sam schon wieder in London waren. Er hatte so oft und in allen Einzelheiten darüber gesprochen, dass Theresa seine Äußerungen schon wörtlich herunterleiern konnte. Er würde sich in der Einliegerwohnung *verbarrikadieren*, um mit seinem neuesten wissenschaftlichen Aufsatz ordentlich *voranzukommen*, und würde *wie immer* Kraft und Inspiration aus der Ferienlandschaft seiner Kindheit ziehen.

»Zum Totlachen?«, wiederholte sie nun matt und verwünschte ihre Großzügigkeit, die sie überhaupt dazu gebracht hatte, Charlotte das Cottage anzubieten.

»Ja, und außerdem«, fuhr Henry leichthin fort und kehrte ihr den Rücken zu, als er den Koffer auf den Boden stellte, »hat sie vorgeschlagen, dass ich doch gleich morgen mit ihr fahren soll, wenn ich die Schlüssel bringe, statt noch einen Tag zu warten und den Zug zu nehmen, was ja auch wirklich viel praktischer ist, wenn man es sich recht überlegt.«

Theresa, die sich das nicht erst überlegen musste, sah sofort ein, wie viel praktischer das war, verdammt ekelhaft praktisch. »Schön. Wie nett von Charlotte.« Sie folgte Henry die Treppe hinunter und rang mit den widerstreitenden Stimmen in ihrem Kopf: Die eine schrie die alten, instinktiven Ängste heraus, während die andere sie für den klassischen Fehler tadelte, Probleme durch Eifersucht erst heraufzubeschwören. Es hatte auch schon früher tote Phasen in ihrem Sexleben gegeben. Das war keine große Sache. Eine Ehe war eine Reise, eine lange Reise durch eine sich dauernd verändernde Landschaft, mit verschiedenen Stimmungen, Abschnitten, Farben. Alles war ständig im Fluss. *Vertrauen* hieß die Konstante. Und Liebe natürlich. »Ich hoffe nur … ich meine, ich mache mir ein bisschen Sorgen, dass …«, begann sie stockend.

»Ja?« Henry blieb an der Wohnzimmertür stehen und sah sie über den Rand seiner Brille hinweg an – die nicht wie sonst verschmiert war, sondern blank geputzt, sodass seine tiefblauen Augen gut zur Geltung kamen. »Was?«

»Na ja, ob du arbeiten kannst, wenn die beiden da sind und dich ablenken. Wäre es nicht besser hierzubleiben, wo du das ganze Haus für dich hast? Du könntest das Telefon abstellen und …«

»Das würde nichts bringen«, unterbrach er sie und fügte dann sanfter hinzu: »Du weißt doch, wie schwer es mir fällt, mich hier zu Hause hinter die Arbeit zu klemmen.«

»Kannst du denn so einfach einen Tag früher weg? Ich dachte, du hast so viel zu tun im Krankenhaus«, hakte sie lahm nach.

»Das ist kein Problem. Ich habe schon klar Schiff gemacht. Hör mal, Tessy, wenn du aus irgendeinem unerfindlichen Grund möchtest, dass ich den Zug nehme, dann sag das einfach.«

»Nein, du hast recht. Es ist einfacher so.«

»Tessy?« Henry setzte die Brille ab, wie es seine Gewohnheit war, wenn ein häusliches Drama bevorstand, und blinzelte sie an. »Ist alles in Ordnung mit dir?«

Theresa ging mit kleinen Schritten auf ihn zu und legte ihre Wange an seine Brust, spürte die Hemdknöpfe durch seinen Pullover, der ein altes, abgetragenes Lieblingsstück war. »Tut mir leid. Ich bin nur sauer, weil ich heute Abend nach Cornwall fahren muss, das ist alles. Ich bin zu müde, ich hätte mich nicht darauf einlassen sollen.«

»Dann fahr eben erst morgen«, schlug er leicht entnervt vor.

Theresa schüttelte den Kopf. »Nein, du weißt doch, wie meine Mutter ist. Sie hasst solche kurzfristigen Änderungen. Sie wird auf uns warten, mit einer Taschenlampe, selbst gekochter Suppe und der Keksdose auf dem Tisch. Wenn ich jetzt losfahre, sind wir um elf da«, schloss sie mit fester Stimme und war wieder ganz ihr energisches Selbst, als sie den Kindern oben zurief, sie sollten alles zusammensuchen, was sie noch brauchten, und sich unten in der Diele versammeln.

Was um alles in der Welt sollte Charlotte auch – besonders in ihrer neuen, selbstbewussten »Ich nehme mein Leben in die Hand«-Phase – mit meinem Henry anfangen, dachte Theresa viel zuversichtlicher, als sie über die A404 sausten und zwei ihrer Kinder gebannt Harry Potters Abenteuer verfolgten, während die anderen beiden schliefen. Einem zerstreuten Arzt mit schlechten Augen, Bauchansatz und leicht behaartem Rücken. Sie lachte laut, was ihr einen verärgerten Blick von George eintrug, der jede Silbe über die angreifenden Todesesser in sich aufsog.

Und was sollte Henry, genau betrachtet, mit Charlotte anfangen? Einer Frau, die ihre Haussuche und Liebesaffären so gründlich in den Sand setzen konnte, dass es schon grotesk war, einer der engsten Freundinnen seiner Frau, zum Kuckuck nochmal? Und falls er sich wirklich für sie interessierte, auch nur ein bisschen, würde er es doch nicht so plump anstellen, zur selben Zeit wie sie nach Suffolk zu fahren, oder? Nein, natürlich nicht. Die sich überschneidenden Linien im Kalender waren ein Beweis dagegen und nicht dafür, dass er hinterhältige Pläne schmiedete. Theresa fing an zu pfeifen. Sie war ein Dummkopf, ein verdammter Dummkopf.

Trotz des Protestgeschreis ihrer beiden nicht schlafenden Mitfahrer hielt sie Stephen Fry mitten im Satz an und warf George ihr Handy in den Schoß, mit der Aufforderung, die Nummer von zu Hause zu wählen. »Eine gute Reise morgen, und ich liebe dich«, sagte sie, sobald Henrys Stimme sich meldete.

»Ja, gleichfalls, Tessy«, antwortete er. »Gleichfalls.«

Charlotte hatte einen schönen Traum, in dem sie etwas suchte – nicht die feige Nachricht eines vorgeblich wohlwollenden Unbekannten, nach der sie Schachteln und Kisten durchwühlt hatte, was zu einem sehr viel nützlicheren allgemeinen Aufräumen geführt hatte, sondern etwas viel Besseres und Wichtigeres. Etwas, das nur ihr träumendes Ich verstand. Sie wachte auf, als sie kurz davor war, das Gesuchte zu finden. In der Dunkelheit draußen hatte ein einsamer Vogel ein fröhliches Morgenlied angestimmt und wiederholte immer wieder dieselbe Tonfolge, als hoffte er, dadurch seine schlafmützigeren Kumpel zum Mitsingen zu bewegen. Als sie so dalag und dem vereitelten Glück des verblassenden Traums nachsann, erkannte Charlotte, dass sie ohnehin wusste, wo die Nachricht war, sicher genug, um nicht sofort aus dem Bett springen und nachsehen zu müssen. Sie verschränkte die Arme hinter dem Kopf und stellte stattdessen Betrachtungen über die allmähliche Besserung ihrer Gemütsverfassung an, zu der es in den zwei Wochen seit dem Albtraum gekommen war, der auf Tims schwammartigem roten Sofa begonnen und mit dem demütigenden Herumlungern vor Chalkdown Road Nr. 42 geendet hatte.

Dieses Dramatisieren ihrer eigenen Person ließ sie immer noch rot werden. Aber es bestand kein Zweifel daran, dass durch all das Scheußliche etwas in ihr freigesetzt worden war. Auf der Fahrt nach Hause, Dominic Porters mitleidigen Blick noch vor Augen, hatte sich ihre schwache Entschlossenheit zu so etwas wie angeregter Tatkraft gesteigert. Ehe sie sich versah, warteten zehn schwarze Säcke auf eine Fahrt zum nächsten Müllabladeplatz und eine Liste von empfohlenen Anstreichern neben dem Telefon. Obendrein hatte sie bei der Arbeit jetzt so viel mehr Verantwortung, dass Jason angesichts ihrer längeren Arbeitszeiten und des bevorstehenden Kurzurlaubs in Suffolk tatsächlich eine Assistentin für sie eingestellt hatte. Das Mädchen hieß Shona und zeigte bislang mehr Interesse daran, über Deans Krankheit zu tratschen (»Rippenfellentzündung, dass ich nicht lache«), als zu lernen, wie man Kreditkarten entgegennahm oder Bücher in Online-Katalogen fand. Manchmal erschwerte Shona die Arbeit eher, als sie zu erleichtern, aber Charlotte war sich bewusst, dass diese unbedarfte Helferin ihr ein Gefühl von Kompetenz und Tüchtigkeit vermittelte. Bestellungen aufgeben, das Lager verwalten, das Schaufenster neu dekorieren, mit zwei lokalen Autoren über Buchvorstellungen sprechen –

sie begann sich langsam zu fragen, was sie früher mit ihrer Zeit angefangen hatte. Endlich ging sie einmal in einer Aufgabe auf, einer anderen als Sam oder das Kopfzerbrechen darüber, was die Leute von ihr dachten und warum die wichtigste Beziehung ihres Lebens in die Brüche gegangen war.

Als der einsame Vogel verstummte, schlüpfte sie aus dem Bett und ging barfuß ins Gästezimmer. Im Nachttisch dort lag eine zerfledderte Ausgabe von Wordsworths *Prelude* aus ihrer Studentenzeit neben mehreren Büroklammern, einer leeren Tintenpatrone und einem Kuli mit dem eingravierten Namen der ersten Firma, für die Martin gearbeitet hatte, nachdem er die Theaterregie endgültig für die Computerbranche und einen sicheren Achtstundenjob aufgegeben hatte. Der Zettel steckte in dem Buch, genau, wie sie es erwartet hatte, zwischen zwei Seiten voller Unterstreichungen und verblasster Bleistiftanmerkungen. *Eine Wonne war es in dieser Morgenröte, am Leben zu sein, doch jung zu sein der reinste Himmel.*

»Mum, was machst du da?«

»Dasselbe könnte ich dich auch fragen, junger Mann«, sagte Charlotte lächelnd, schob den Zettel schnell wieder in sein Versteck und schloss die Schublade. Jung zu sein war der Himmel gewesen. So sollte es sein. Wordsworth hatte das genau erfasst und ebenso das Bedauern darüber, die Jugend verloren zu haben – sie hatte einmal Aufsätze darüber geschrieben, aber nie gedacht, es selbst zu erleben. »Hast du Hunger?«

Sam rieb sich die Augen, als könnte er nicht glauben, was er da sah. »Mum, es ist vier Uhr morgens oder so was.«

»Ich weiß, ich weiß.« Charlotte griff nach dem Morgenmantel, einem alten von Martin, der immer hinter der Schlafzimmertür hing und dem schwarzen Sack nur entronnen war, weil sie ihn nicht gesehen hatte. »Aber ich bin am Verhungern. Dieses Rührei hat nicht richtig satt gemacht, oder? Ich dachte mir ...« Sie rieb sich das Kinn und runzelte die Stirn. »Da wir ja eine lange Fahrt vor uns haben, könnten wir vielleicht zweimal frühstücken und jetzt gleich mit ein bisschen Toast und Honig anfangen – oder Marmelade –, und ich werde mir einen Tee machen, aber du willst wahrscheinlich lieber einen heißen Kakao. Hol erst deinen Bademantel«, rief sie, als Sam sogleich in die Küche stürmen wollte.

Charlotte machte das Licht aus und ging aus dem Zimmer. Sie hatte die Nachricht noch einmal sehen müssen, und sei es nur, um sich an die kleine Rolle zu erinnern, die sie beim Untergang ihrer Ehe gespielt hatte. Wie sehr sie und Martin sich auch einmal geliebt hatten, es hatte viele schlimme Jahre gegeben, Jahre des Streits – wegen Sam, weil sie Martin Seitensprünge vorwarf, weil er es abstritt. Die bösartige Botschaft war nur der Tropfen gewesen, der das Fass zum Überlaufen gebracht hatte. Die einzige unbeantwortete Frage blieb, wer dahintersteckte, wer es derart »gut« mit ihr gemeint hatte, sie zu schreiben. Martin hatte stets geleugnet, etwas darüber zu wissen. Eine Zeitlang hatte sie insgeheim Jo verdächtigt, die zuerst sehr gegen Martin eingestellt gewesen war und in der Londoner City arbeitete, wo sie ihn ohne Weiteres hätte sehen können, wie er Cindy in einem Restaurant verwöhnte. Doch selbst das war jetzt kaum noch von Bedeutung. Nichts davon war von Bedeutung. Es lag hinter ihr.

Charlotte ging langsam die Treppe hinunter. Das Glück war ein unbeständiges Ding, das dazu neigte, sich einem zu entziehen, wenn man es zu genau unter die Lupe nahm. Also richtete sie ihre Aufmerksamkeit auf das Geklapper aus der Küche und Sams fröhliches Pfeifen. Es war ein abgehacktes, unmelodiöses Gezwitscher – Martin hatte seine musikalischen Gene leider nicht weitergegeben –, doch genau wie das Vogelkonzert in der ersten Dämmerung machte es sie froher, als alle Worte der großen Lake Poets es vermocht hätten.

Zehntes Kapitel

Als Henry eintraf, standen Sam und Charlotte schon mit ihrem Gepäck in der Diele, sahen auf ihre Armbanduhren und überlegten, ob sie etwas vergessen hatten. Beim Ertönen der Türklingel fiel Sam Georges Lageplan ein, der immer noch in einer Seitentasche seines Ranzens steckte, und er flitzte nach oben.

Henry stellte eine schwere Reisetasche aus Leder ab und drückte Charlotte einen Kuss auf die Wange, und zwar so fest, dass sie dachte, die Begrüßung sei damit beendet, und es zu einem peinlichen Moment kam, weil er offenbar vorhatte, der anderen Wange die gleiche Ehre zu erweisen.

»Das ist wirklich nett, dass du vorbeikommst«, sagte Charlotte, die sich über die Reisetasche wunderte und fand, dass es für solch höfliche Gepflogenheiten ein bisschen früh am Morgen war. »Nicht an die Schlüssel zu denken, also wirklich, und du musstest auch noch mit dem Taxi kommen!«, rief sie, als sie sein Taxi davonbrausen sah. »Wie lästig!«

Henry schien das kein bisschen lästig zu finden. Er hatte die Hände unter seiner braunen Kordjacke in die Hüften gestemmt und grinste. »Theresa hat den Wagen. Sie ist gestern Abend mit den Kindern nach Penrith gefahren. Um ihre Mutter zu bemuttern«, fügte er hinzu und verzog dabei das Gesicht.

»Ja, sie hat es mir gesagt.« Charlotte wühlte in ihrer Handtasche nach dem Portemonnaie. »Ich sollte dir die Fahrt bezahlen, und wir werden dich natürlich zu Hause absetzen oder am Bahnhof, wo du willst.« Wieder warf sie einen Blick auf die Reisetasche. »Ich hätte darauf bestehen sollen, die blöden Schlüssel selbst bei euch abzuholen, zumal ihr nur ein Auto habt – ich habe einfach nicht nachgedacht.«

»Aber das hätte vor der langen Fahrt einen Umweg für dich bedeutet, und außerdem …« Henry zögerte. »Ich habe mir da eine kleine Planänderung überlegt.«

»Ach ja?« Hinter ihr kam Sam vom Geländer gesegelt und schlitterte auf dem rutschigen Dielenläufer bis zur Haustür. »Hallo, Dr. Curtis.«

»Hallo, Sam. Wie geht's?«

»Gut, danke.«

»Schön.«

»Planänderung?«, fragte Charlotte.

»Natürlich nur, wenn es dir nichts ausmacht, aber ich dachte, ich könnte vielleicht …« Jetzt sah Henry auf seine Tasche und hoffte inständig, dass seine kleine Lüge gegenüber Theresa nicht umsonst gewesen war.

»Mit uns fahren, aber klar!« Charlotte klatschte in die Hände und freute sich aufrichtig über die Aussicht, einen Erwachsenen auf der Reise dabeizuhaben, noch dazu einen Erwachsenen, der es überflüssig machen würde, sich an Theresas Anweisungen zu erinnern: gewölbte Steinbrücken, Pubschilder und immer schön weit links fahren, um den unfallträchtigen Weiderosten auszuweichen. »Ich weiß nicht, warum ich nicht selbst darauf gekommen bin. Es ist wie mit den Schlüsseln«, plauderte sie, schob Sam zur Tür hinaus und bedankte sich mehrfach bei Henry, als dieser galant ihr Gepäck an sich nahm. »Theresa hat dir vielleicht erzählt, dass ich in letzter Zeit ziemlich viel zu tun hatte, in der Buchhandlung und überhaupt. In meinem Kopf geht es drunter und drüber.«

»Ja, sie hat es erwähnt. Auch dass du dein Haus nicht mehr verkaufen willst«, bemerkte Henry und zog bei der unwillkommenen Erinnerung an den Makler unnötig heftig an seinem Sitzgurt.

»Stimmt. Ich hatte mir eingebildet, dass ein Neuanfang auch unbedingt in einer neuen Umgebung stattfinden muss«, gestand sie und erwiderte beim Losfahren Mr. Beasleys Winken, »dabei hat es damit nichts zu tun. Man sagt das Gleiche, wenn jemand gestorben ist, nicht?«

»Was?«, murmelte Henry, der mit der lang geschwungenen Kurve von Charlottes Oberschenkel unter ihrer Jeans beschäftigt war und mit der Vorfreude darauf, solche Anblicke nun stunden-, ja tagelang genießen zu können.

»Dass man nach einer erschütternden Erfahrung am besten abwartet, bis sich die Wogen geglättet haben, und dann schaut, wie man sich fühlt.«

»Dad ist aber nicht gestorben«, schnaubte Sam, während er die Kabel seines iPods entwirrte. Weiter vorn auf der Straße konnte er den Briefträger sehen, den dünnen, kahlköpfigen mit dem Ohrring, der ihm manchmal zuzwinkerte. Das erinnerte ihn an Rose und an seinen Brief, der jetzt hoffentlich nach Trinity Hill 13 unterwegs war. Es sei denn, sie waren schon umgezogen. Sams Herz klopfte heftig. Konnten sie schon umgezogen sein? In dieses Haus, von dem seine Mum dauernd geschwärmt hatte. Von den Millionen Häusern in London mussten sie sich ausgerechnet dasselbe aussuchen. Seine Mum war stinkwütend gewesen, aber Sam fand es irgendwie super, ein Zeichen, dass er und Rose dazu bestimmt waren, richtige Freunde zu werden.

»Hey, ich dachte, du bist schon in dein neues Gerät eingestöpselt«, entgegnete Charlotte. »Nein, soweit ich weiß, ist dein Vater kerngesund.«

»Aber wenn er sterben würde«, wollte Sam wissen, »wären wir dann reich?«

Charlotte lachte und warf Henry einen Seitenblick zu.

Er grinste zurück und bewunderte ihren Humor und wie gut sie mit allem fertigzuwerden schien. Er mochte es auch, wie sie Auto fuhr – ruhig und sicher, nicht wie Theresa, die bei lahmen Enten drängelte, zwischen den Blitzanlagen auf die Tube drückte und es jedem Beifahrer unmöglich machte, den Mund zu halten.

»Nein, wären wir nicht, Sam. Vielleicht würdest du ein bisschen was erben, seine Uhr oder sogar seine geliebte Plattensammlung«, neckte Charlotte, sah ihren Sohn im Rückspiegel an und freute sich an der neuen Unbefangenheit zwischen ihnen. Die hatte sich gerade vorhin wieder im gemeinsamen Herunterschlingen von Toastecken bemerkbar gemacht, wobei sie Butter und Honig auf ihre Morgenmäntel getropft und sich die Füße unter den Sofakissen gewärmt hatten. Sie hatten zwei Cricketteams in bunten Trikots auf der anderen Seite der Erde zugesehen, bis Sam eingeschlafen war und sie ihn zugedeckt hatte. Dann war sie wieder ins Bett gegangen und hatte auf das Klingeln des Weckers gewartet. »Das Meiste würde vermutlich Cindy bekommen. Wenn du mehr darüber wissen willst, musst du ihn schon selbst fragen. Oh Mann, das würde dein Dad bestimmt gern hören«, schloss sie belustigt und war überglücklich, dass sie Martin nicht mehr um Geld oder sonst etwas bitten musste. Auch dass die belastende Intensität der Gefühle, der guten wie der schlechten, vorbei war. Er konnte seine weltlichen Besitztümer gern Cindy hinterlassen – falls sie so lange zusammenblieben und Cindy nicht auch am Ende seine Kreditkartenabrechnungen durchging wie sie selbst, auf der selbstquälerischen Suche nach Beweisen, ganz die im Dunkeln tappende, betrogene Frau.

Die Fahrt aus London heraus war ein Kinderspiel mit Henry als Navigator. Innerhalb einer guten Stunde waren sie auf der A12 und fuhren in gleichmäßigem Tempo und ohne irgendwelche Hindernisse, abgesehen von einem gelegentlichen langsamen Laster oder so hellem Sonnenschein, dass sie Henry bitten musste, ihre zerkratzte alte Sonnenbrille aus dem Handschuhfach zu holen. Als der Käfer das unheilvolle dumpfe Geräusch hören ließ, das er sich für lange Fahrten aufsparte – einmal, kurz nachdem sie von der A12 abgefahren waren, und das andere Mal, als sie vor der berüchtigten gewölbten Brücke bremste –, lachte Henry über ihr ängstliches Stöhnen und versprach, ihr die Nummer eines ausgezeichneten Mechanikers zu geben, sobald sie wieder in London waren.

»Oh Henry, du bist meine Rettung«, seufzte Charlotte und merkte, dass sie zuweilen zwar nicht Martin, wohl aber die männliche Furchtlosigkeit vermisste, die er in ihre Partnerschaft eingebracht hatte. Etwas Ähnliches empfand sie, als Henry heraussprang, um das schwere Gittertor vor der kleinen Auffahrt des Cottages zu öffnen, und als er das Gepäck aus dem Kofferraum vor die Tür wuchtete.

»Deine Schlüssel.« Er ließ sie in ihre Hand fallen.

»Vielen, vielen Dank, Henry …«

»Ich bring das eben noch rauf, ja?«

»Nein, lass nur, Sam und ich kommen jetzt allein klar.« Gerührt sah Charlotte zu, wie er den Einwand ignorierte und die kurze, schmale Treppe mit ihren beiden Taschen hinaufstieg. »Ich drücke den Schalter im Lüftungsschrank, damit du sofort heißes Wasser hast«, rief er. »Wie sieht's mit der Heizung aus? Soll ich sie anstellen? Oder erst heute Abend? Oder meinst du, ein Kaminfeuer reicht? Es sollte noch mehr Feuerholz im Schuppen sein, aber ich seh' gleich mal nach. Die Anzünder sind unter dem Papier im Korb neben dem Kamin.«

»Henry, bitte, du hast schon genug getan«, sagte Charlotte, als er wieder herunterkam. »Wir werden bestimmt zurechtkommen. Ich weiß, dass du zu arbeiten hast, und wir wollen dich … wir werden dich nicht stören. Ich habe es Theresa versprochen – die ausgebaute Scheune ist dein Bereich und das hier unserer. Dass du Sam und mich hier kampieren lässt, ist sehr großzügig von dir, und ich würde mich schlecht fühlen, wenn ich den Eindruck hätte, dass wir dir im Weg sind.«

»Sei nicht albern.« Henry hatte seine Brille abgenommen und polierte die Gläser mit dem Saum seines Pullovers.

»Ich dachte, wir packen erstmal aus«, fuhr Charlotte fort, »und gehen dann zu der berühmten, gut sortierten Post mit Lebensmittelladen im Dorf, um ein paar Vorräte einzukaufen. Sag mir, was ich dir mitbringen kann – das ist das Mindeste, wenn du schon keine Miete annehmen willst.«

Henry setzte seine Brille wieder auf und steckte die Hände in die Hosentaschen, wobei er durch das kleine Fenster im Flur auf seine Reisetasche blickte, die immer noch auf dem Kiesweg neben dem Auto stand. »Ich würde am liebsten mitkommen, wenn's recht ist. Tut gut, sich ein bisschen die Beine zu vertreten nach der Fahrt. Hämmer einfach an die Tür, wenn du so weit bist. Übrigens«, wandte er sich an Sam, »George hat hier irgendwo einen Lenkdrachen verstaut. Wenn genug Wind ist, könnten wir den mal steigen lassen, hast du Lust?«

Sam sah verstohlen zu seiner Mutter, bevor er antwortete. Er wollte natürlich gern, fürchtete aber nach ihrer kleinen Rede über das Nichtstörenwollen, das könnte die falsche Antwort sein. »Ja, George hat gesagt, dass ich ihn benutzen kann«, begann er vorsichtig und ergänzte dann schnell: »Ich werde aber wahrscheinlich nicht allzu viel Hilfe dabei brauchen.«

Henry lachte herzhaft. »Oh doch, glaub mir. Diese Sorte ist verflucht schwer in die Luft zu kriegen. Bis gleich, also.« Er lachte immer noch in sich hinein, als er davonging.

Ich mache die Augen auf und sehe das Moseskörbchen neben mir. Es steht auf einem behelfsmäßigen Ständer, der mich etwas beunruhigt, weil er so wackelt. Darüber hängt der schiefe Baldachin, den ich selbst genäht und aufgehängt habe, in dem Bemühen, den Korb weniger wie ein Behältnis für Wäsche und mehr wie eine der luxuriösen Wiegen für Neugeborene in meinen Zeitschriften für Schwangere aussehen zu lassen.

Immer noch betäubt vor Müdigkeit, gebe ich meinen schweren Lidern nach. Schlaf ist zu einer neuen Besessenheit in unserem Leben geworden, rar, geheiligt, umkämpft. Es ist Samstagnachmittag, eine Stunde nach dem letzten Stillen, nach einer ruhelosen Nacht. Eve kommt zum Tee, damit wir sie fragen können, ob sie Patentante werden will. Hinter mir, von mir abgewandt, zusammengekauert, einen Arm über den Kopf gelegt, die Faust aufs Ohr gepresst, wie um das nächste Schreien nicht zu hören, schläft Martin. Irgendwann später merke ich undeutlich, dass Eve da ist, sich mit Tulpen in der Hand über das Körbchen beugt. Martin steht neben ihr, die Arme vor der Brust verschränkt, lächelnd und stolz.

»Wir hätten gern, dass du Patin wirst«, flüstert er.

Eve schnappt nach Luft und wedelt mit den Blumen. »Oh mein Gott – da versage ich bestimmt, aber oh, vielen Dank.« Sie legt ihren Arm um ihn, als sie auf Zehenspitzen hinausgehen.

Einen Augenblick später, so kommt es mir jedenfalls vor, gibt Sam sein wieherndes Kreischen von sich, das meine Milch strömen lässt. Der Korb knackt, als ich ihn heraushebe. Während er saugt, stütze ich seinen zarten, flaumigen Kopf, atemlos vor Glück, und brauche sonst nichts, gar nichts.

»Wann kann ich deine Filme sehen?«

»Hm, ich schätze, wenn du fünfzehn bist. Es sei denn, ich bekomme ein Angebot für den nächsten Narnia-Kassenschlager, das wäre auch nicht schlecht.« Benedict riss einen Grashalm aus, kaute darauf herum und sah seine Nichte aus zusammengekniffenen Augen an. Sie lagen im Park, lang ausgestreckt auf der Seite, die Überreste eines Picknicks aus dem Supermarkt zwischen sich.

Rose zog einen Flunsch. »Der letzte hat mir nicht gefallen. Alles sah so künstlich aus, vor allem Aslan.«

»Na ja, selbst der cleverste und mutigste Löwenbändiger der Welt hätte einen echten Löwen wohl nicht dazu bringen können, all diese Sachen zu machen, oder?«

»Ist es, weil ganz viel Sex darin vorkommt und du dich ausziehen musstest?«

Benedict lachte. »Ich nehme an, wir sind jetzt wieder bei der Altersfreigabe meiner Filme?«

»Ist es das?« Rose grub ihren Fingernagel unter einer vorbeieilenden Ameise in den Boden. Ein Erdbeben für die Ameise, dachte sie, und nur ein Krümel für mich.

»Im letzten sieht man meinen Hintern, ja«, gab Benedict vergnügt zu.

Rose kicherte. »Igitt.«

»Genau. Ich hätte das nicht besser ausdrücken können. Erspar dir so was, solange du kannst, rate ich dir.« Benedict grinste und streichelte ihr über die wild gelockte rote Mähne, wobei er dem Impuls widerstand, ihr zu sagen, was er ihr immer sagen wollte, nämlich dass sie ein Wesen von ungezähmter, außergewöhnlicher Schönheit war. Er rollte sich auf den Rücken und sah zum Himmel hinauf, der ebenfalls außergewöhnlich schön war, wie er fand, ein glattes blaues Meer mit lauter vorüberziehenden Segeln. Er mochte den April, seine Frische, sein helles Versprechen des Sommers. »Und deine neue Schule ist also inzwischen ganz erträglich?«

»Jo.« Rose grub tiefer und suchte nach der Ameise, die verschwunden war. »Ziemlich gut sogar. Da ist ein Junge, den ich mag.«

»Der Glückspilz«, kommentierte ihr Onkel, der im Gegensatz zu den meisten Erwachsenen, die sie kannte, immer unerwartete Sachen sagte. »Hoffentlich weiß er, was für ein Glück er hat.«

»Ich glaube schon.« Die Ameise war oben auf dem kleinen Erdhaufen wieder aufgetaucht und hatte sich auf die Hinterbeine gestellt, sah aus wie ein Entdecker, der von einem Berggipfel Ausschau hielt. »Wir schreiben uns Briefe, das ist alles.«

»Briefe? Was bist du doch für ein erstaunliches Mädchen. Bitte ändere dich nie, okay?«

»Quatschkopf, natürlich nicht.« Rose ließ die Ameise über ihren Fingernagel krabbeln und pustete sie weg.

»Du siehst aus, als wäre dir kalt, Süße, wollen wir gehen?«

»Mir ist nicht kalt.«

»Doch, du hast ganz blaue Knie, guck mal.«

Rose setzte sich auf und untersuchte ihre Knie. »Die sehen immer so aus.«

»Wir sollten trotzdem lieber gehen, sonst macht mich dein Vater zur Schnecke, weil ich mit dir im Park herumgehangen habe, bis du blaugefroren warst, und dir Junkfood zu essen gegeben habe und nicht darauf geachtet habe, dass du dich hinter den Ohren wäschst oder was ich sonst noch tun soll.«

»Quatschkopf«, wiederholte Rose und stieß ihn mit beiden Händen gegen die Brust, worauf Benedict zwei Rollen rückwärts machte, bevor er auf die Füße sprang.

»Ich finde deine Tochter einfach wunderbar«, bemerkte er später am Abend, als er Dominic gegenübersaß, der gekonnt seine Essstäbchen in Alubehälter voll Rindfleisch, Algen und Nudeln tauchte.

»Sie dich auch.« Dominic aß mit Heißhunger und fing die herabtropfende Soße mit dem Handrücken auf. »Vielen Dank, dass du auf sie aufgepasst hast.«

»Pausierende Schauspieler haben so ihren Nutzen«, erwiderte Benedict trocken. Er pickte etwas vorsichtiger an seinem Take-away herum, weil er wie immer auf die Kalorien achtete. »Sie scheint sich übrigens so eine Art Freund zugelegt zu haben.«

Dominic sah ihn mit offenem Mund und frisch beladenen Stäbchen in der Luft verblüfft an. »Bist du sicher?«

Benedict nickte.

»Oh Gott.«

»Nein, da ist nichts ›oh Gott‹ dabei. Sie schreiben sich Briefe, Mann. Ist das nicht niedlich?«

Dominic schüttelte verwundert den Kopf und dachte an den mit der Hand adressierten Umschlag, für den ihm Rose nie eine Erklärung gegeben hatte.

»Und da wir gerade beim Thema Beziehungen sind ...« Benedict lehnte sich im Sessel zurück und räumte zwischen den Kartons auf dem Tisch einen Platz für seine Füße frei. »Hat Petra sich schon bei dir gemeldet?«

Dominic, der sich gerade ein paar baumelnde Nudeln in den Mund schaufelte, verdrehte die Augen zur Decke. »Musst du dich eigentlich in alles einmischen?«

»Selbstverständlich.« Benedict lächelte und richtete seine großen braunen Augen mit den langen Wimpern direkt auf Dominic, als er hinzufügte: »Ich habe auch Maggie für dich gefunden, oder?«

Dominic brauchte einen Moment, bevor er antworten konnte. Sein Bruder testete ihn, das war ihm klar. Er brachte Maggie mit Absicht ins Spiel, wie er es immer tat, wie die meisten Leute es nicht wagten, nämlich um herauszufinden, wie es ihm ging und wo er sich in dem Trauerprozess befand, den er seit drei Jahren durchmachte und der länger und dunkler war, als sich irgendjemand hätte vorstellen können. »Ja, das hast du, du Mistkerl, und das war genug Kuppelei für ein ganzes Leben, herzlichen Dank. Aber um deine Frage zu beantworten, die du so freundlich und mit deinem üblichen Feingefühl gestellt hast: Deine Starlet-Freundin Petra und ich haben bisher nur Telefontennis gespielt, das heißt uns Nachrichten auf Anrufbeantwortern hinterlassen und uns nie erreicht. Letztes Mal war ich dran, und sie hat bis jetzt nicht zurückgerufen, aber ich bleibe am Ball«, versprach er, fuchtelte mit den Stäbchen und lachte über die besorgte Miene seines Bruders. »Es geht mir gut, Ben«, fügte er weicher hinzu. »Wirklich.«

Benedict, der die Luft angehalten hatte, atmete langsam aus. »Gut, denn ich will dir einen Vorschlag machen. Einen geschäftlichen Vorschlag.«

»Großer Gott, Mann, hab Erbarmen. Meine Frauen, mein Haus, verdammt nochmal …«

»Das mit dem Haus war kein Einmischen, das war purer Pragmatismus. Katies Eltern wollten ihr tolles Haus schnell und problemlos verkaufen, und du hast dringend was gesucht, um aus diesem Loch rauszukommen. Sorry, aber es ist schon schäbig. Das hast du selbst schon zigmal gesagt.« Benedict verschränkte die Hände hinterm Kopf und rutschte tiefer in den Sessel. »Rose ist schon ganz aufgeregt wegen des Umzugs. Morgen kommen die Möbelpacker, wie ich höre – meinen Glückwunsch.«

»Warum redet sie mit dir und nicht mit mir?«, beschwerte sich Dominic, gab die Nudeln auf und griff nach seiner Bierflasche.

»Weil ich außen vor bin«, antwortete Benedict ruhig. »Weil sie mich nicht vor Elend wie einen Hund jaulen gehört hat, weil nichts zwischen uns steht, außer dass ich sie furchtbar gern habe.«

Sie schwiegen eine Weile, in Gedanken versunken. Auf der Straße draußen röhrte ein Motorrad und hörte dann abrupt auf.

»Außerdem können Schwule eben gut mit Frauen umgehen«, scherzte Benedict, hob seine Füße vom Couchtisch und fing an, die Essensbehälter aufeinanderzustapeln. »Das solltest du mittlerweile wissen, Bruderherz.« Er blieb kurz bei

Dominic stehen und küsste ihn auf den Kopf. »Selbst solche, die sich nie geoutet haben und es nie tun werden, aus Angst, bei PR-Managern, Agenten, Fans und alten Eltern multiple Herzinfarkte auszulösen. Kriege ich noch ein Bier?«

»Klar. Bring mir auch noch eins mit.«

»Okay, dein geschäftlicher Vorschlag, raus damit«, drängte Dominic, nachdem sie einen Wettstreit darum ausgetragen hatten, wer die Kronkorken in den Papierkorb pfeffern konnte – es stand eins zu eins. »Ich weiß, dass du darauf brennst, es mir zu sagen.«

»Lass mich aber ausreden, ja?«, bat Benedict und reihte die leeren Flaschen in der Mitte des Tisches auf. »Was es zu bedenken gilt, ist …« Er schob eine Flasche aus der Reihe. »… erstens, dass du nie besonders gern in der City gearbeitet hast, aber eine Aufgabe brauchst. Zweitens …« Er rückte eine zweite Flasche neben die erste. »… dass du, zumindest in den nächsten Jahren, mehr Zeit für Rose haben willst, und drittens …« Er beugte sich vor, ließ von seinen Requisiten ab und faltete die Hände. »… dass du, obwohl du lebst und dich benimmst, als wärst du bettelarm, dank der Boni mehrerer Jahre genug Geld hast, um etwas riskieren und *investieren* zu können.«

»Außerdem wollen wir bedenken«, witzelte Dominic, »dass du ein Schlaumeier bist, der gern übertreibt und zu viel Zeit hat.« Er fuhr sich mit gespreizten Fingern und einem theatralischen Seufzer durch die Haare. »Okay, lass hören, aber mach fix. Manche von uns müssen nämlich früh raus zu ihren schrecklichen Jobs.«

Ein dünner Nebelstreif schwebte wie jeden Morgen um das Nebengebäude und den soliden Holzzaun, der das Cottage von den umgebenden Feldern trennte. Die Bäume mit ihren Kronen aus weißem Blütenschaum und frischem grünem Laub sahen aus wie Statuen, die bis zur Taille in einem milchigen See standen. Das bedeutete gutes Wetter, dachte Charlotte, als sie mit einem ersten Becher Tee in der Hand das Schauspiel vom Schlafzimmerfenster aus betrachtete und sich Henrys Loblied auf Suffolk im Frühsommer – zumindest das, was ihr davon im Gedächtnis geblieben war – in Erinnerung rief. Wie die Kühle einer sternklaren Nacht auf die Wärme des Tages traf und diesen morgendlichen Zauberteppich entstehen ließ, der immer dünner schimmerte, je höher die Sonne stieg, und sich schließlich auflöste. Er konnte Naturphänomene gut beschreiben, indem er ein liebevolles Interesse hineinlegte, das es einem unmöglich machte, nicht davon gepackt zu werden. Bestimmt flößte er auch am Krankenbett Vertrauen ein, dachte sie und pustete den Dampf von ihrem Tee, mit dieser perfekten Mischung aus sachlicher Information und Freundlichkeit, die so wenige Ärzte zustande brachten. Ja, falls sie je Lungenkrebs von den damals mit Bella an offenen Fenstern und auf eiskalten Schulfeuertreppen gepafften Zigaretten bekäme, wäre Henry ihr Mann.

Sie war lediglich mit dem vagen Wunsch nach ein wenig Luftveränderung in diesen Kurzurlaub aufgebrochen, nach mehr Schlaf und vielleicht einer neuen Perspektive auf die neuesten Verwicklungen ihres Londoner Lebens, und stellte nun mit Erstaunen fest, wie viel Spaß sie und Sam hier gehabt hatten. Jetzt lag nur noch ein voller Tag vor ihnen, und sie wünschte, es wären zehn oder zwanzig. Zweifellos hatten sie das zum größten Teil Henry zu verdanken. Henry, vor dessen Anwesenheit sie ein wenig Bammel gehabt hatte und der ihnen nun jeden Tag mit Drachensteigenlassen oder Krebsefangen verschönte, mit seinen Tipps für die besten Spazierwege und Pubs und wie man ein Kaminfeuer machte, das loderte statt zu rauchen. Allerdings hatte sie auch ein schlechtes Gewissen deswegen. Der arme Mann war kaum zum Arbeiten gekommen, aber jedes Mal, wenn sie ihn darauf ansprach, sagte er, er habe ja noch genug Zeit, wenn sie und Sam wieder weg seien, und werde umso frischer ans Werk gehen, da er sich mit ihnen so gut erholt habe. Ein Großteil der Vorbereitung fände ohnehin in seinem Unterbewusstsein statt, hatte er erklärt, während er das recht fade Stew kaute, das sie am Abend zuvor gekocht hatte. Sein Gehirn beschäftigte sich mit den Problemen, auch wenn er nicht über seinen Aufzeichnungen hockte, sodass sie leichter zu lösen waren, wenn es daran ging, etwas zu Papier zu bringen.

Charlotte zog einen Pulli über ihr Nachthemd und entdeckte plötzlich das Objekt ihrer Gedanken. Henry watete bis zu den Knien im Nebel und ging auf den Schuppen zu, den er etwas großspurig als Garage bezeichnete. Ein paar Minuten später tauchte er wieder auf und schob ein großes, altmodisches Fahrrad mit zerbrochenem Lenkerkorb und zwei platten Reifen heraus. Sie sah zu, wie er es umdrehte und auf den Sattel stellte, dann energiegeladen die Räder abmontierte und die Schläuche herauszog. Gerade wollte sie sich abwenden, als er zu ihr hinaufsah und winkte.

Charlotte legte den Fensterriegel um und lehnte sich hinaus. Bei der noch schneidend kühlen Morgenluft stockte ihr kurz der Atem. »Ist es nicht ein bisschen früh dafür? Bei all dem Nebel – mich wundert, dass du überhaupt etwas sehen kannst«, rief sie lachend.

Henry grinste und legte eine Hand über die Augen, wie um sich vor einem blendend hellen Licht zu schützen. »Das ist wie mit der Dunkelheit, man kann viel besser sehen, wenn man mittendrin steckt. Und wenn ihr morgen wieder wegfahrt, werde ich das Rad gut brauchen können.«

»Ach je, das stimmt. Würde eine Tasse Tee helfen? Ich wollte gerade den Kessel aufsetzen.«

»Und ob das helfen würde. Tee, ausgezeichnet.«

»Und Toast?«

Henry stöhnte und griff sich an den Magen. »Toast. Himmlisch.«

»Kommt sofort.« Sie schloss das Fenster, zog ein Paar Socken über, ging halb die Treppe hinunter und dann wieder hinauf, um aus Gründen der Schicklichkeit ihre Jeans überzuziehen. Zehn Minuten später saßen sie sich am Küchentisch gegenüber, vor sich einen Teller mit gebuttertem Toast, diverse Marmeladen und die Cottage-Teekanne, die die witzig-kitschige Form einer quadratischen Kuh hatte und beim Ausschenken total unpraktisch war.

»Erlaube mir – jahrelange Übung. Man muss das mit einem gezielten Schwung machen.«

Charlotte kicherte, als Henrys Versuch in einer noch größeren Teepfütze als der von ihr verursachten endete. »Ich hole einen Lappen.« Sie ging zur Spüle und schrie plötzlich verärgert auf, weil eine leichte Reizung in ihrem linken Auge auf einmal richtig wehtat.

»Was ist los?«

»Nichts. Ich habe nur was im Auge. Wahrscheinlich einen Toastkrümel.« Sie zog ihr unteres Lid weg und blinzelte heftig. »So, schon besser. Nein, doch nicht.« Sie blinzelte noch stärker, mit tränendem Auge. »Mist, ich brauche einen Spiegel.«

»Nein, warte, lass mich mal sehen.«

Charlotte war schon halb an der Tür, eine Hand über das betroffene Auge gelegt, aber Henry versperrte ihr den Weg. »So etwas kann ich gut. Ich habe sogar ein sauberes Taschentuch – voilà.« Er zog ein gebügeltes, ordentlich gefaltetes blaues Taschentuch aus der Hose und schüttelte es mit einer zackigen Bewegung auseinander. »So, halt still. Guck mal nach links … nach rechts … nach oben … ah, da haben wir's. Nein, nicht bewegen …« Henry, der das schärfste Skalpell mit ruhiger Hand führte, musste seine zitternden Finger und Knie unter Kontrolle bringen, als er das Lid nach oben schob. Er hatte den winzigen schwarzen Fremdkörper entdeckt, konnte aber nur ihr Auge ansehen, dieses schöne Auge, ein Feuerrad aus Grün-, Braun- und Schwarztönen. Auch das erste Bild von ihr an diesem Morgen verschleierte noch seine Sicht, ihre herabfallenden Haare, als sie den Pullover überzog, der sich unter dem dünnen Nachthemd abzeichnende Brustkorb.

Charlotte, die mit zurückgeneigtem Kopf wie eine geduldige Patientin wartete, fand das zuerst nur unbequem. Dann, als hätte ein leichter Windhauch die Richtung gewechselt, merkte sie, dass etwas anders war, irgendwie nicht richtig. Henry starrte in ihr Auge, und sie versuchte, an die Decke zu starren und nicht zu blinzeln, indem sie sich auf das Gezappel einer dicken Fliege in einem Spinnennetz konzentrierte. Alles war wie immer, und doch anders. Denn plötzlich bemerkte sie eine Spannung, eine erwartungsvolle Spannung, die fast mit Händen zu greifen war. Sie hoffte noch, die seltsame Veränderung würde so schnell wieder verschwinden, wie sie gekommen war, als Henry, der das Stäubchen geschickt mit einem Zipfel seines Taschentuchs entfernt hatte, seine Hände zärtlich um ihren Hinterkopf legte und stöhnte: »Charlotte … oh Gott, Charlotte.«

Im ersten Moment fehlten ihr die Worte. Henrys Augen, durch die Brille ein wenig vergrößert, waren geschlossen, seine Lider flatterten. Ihn so zu sehen, so verwundbar, so unverstellt in seinem Liebesbegehren, war seltsam rührend. Er wollte sie küssen, und sie war fast einverstanden. Ja, tatsächlich. Der liebe, gute Henry, der drei selbstlose Tage lang den Vater für Sam gespielt und sich um sie gekümmert hatte, der ihnen beiden gezeigt hatte, was sie nie wirklich gekannt hatten. Die Familienurlaube mit Martin waren eher Kriegsschauplätze gewesen, der arme Sam mittendrin, oft der Anlass für die Streitereien und ihr ein Trost, wenn sie eskalierten.

Henry hatte außerdem einen schönen Mund, das hatte sie schon öfter gedacht, sinnlich, humorvoll, beweglich, der zum Küssen einlud. Vor allem aber war er nett, wirklich nett. Und wenn er sie auf diese erstaunliche, unerwartete Art mochte, musste dann sie – die ungebundene Seite – wirklich die Verantwortung übernehmen und ihn wegstoßen? Das Leben war ein einziges Durcheinander. Es war doch sicher zu rechtfertigen, wenn man das Glück beim Schopf packte, jedem Moment so viel Freude wie möglich abrang, im Augenblick lebte? War es nicht genau das, was sie sich geschworen hatte?

Henry, der ihr Entgegenkommen spürte, murmelte erneut ihren Namen und zog sie an sich. Ihre Lippen berührten sich schon fast, als kurz hintereinander zwei Dinge geschahen: Charlotte kam zur Vernunft und wich zurück, und Henrys Mobiltelefon klingelte in seiner Hosentasche.

»Es ist Theresa.« Er starrte auf das Display und ging nicht ran.

»Ich rede mit ihr, ja?«, sagte Charlotte scharf.

»Nein, ich …« Henry starrte immer noch auf das Telefon, obwohl es nicht mehr klingelte. Seine Schulter schmerzte noch dumpf, dort wo Charlotte ihn weggestoßen hatte. »Charlotte, mit dir zusammen zu sein ist … ich …«

»Du«, zischte sie, »bist ein Idiot. Und ich auch.«

»Nein, du nicht, kein bisschen …«

»Oh Henry, hör mit diesem Schwachsinn auf. Ich bin in gutem Glauben hierhergefahren und hatte nichts anderes vor, als mit Sam ein wenig auszuspannen. Es ist mir nie in den Sinn gekommen, dass du … Verdammt, dein Bemühen um uns, deine Zuvorkommenheit … Ich kann noch nicht einmal sagen, wie ich mich jetzt fühle.«

»Charlotte.« Henrys Knie gaben nun doch nach, sodass er sich an der alten Kommode festhalten musste, die seiner Mutter gehört hatte und auf der immer noch ihre Lieblingskristallvase stand. »Charlotte, meine Gefühle für dich … ich dachte, du wüsstest … ich dachte, du … diese Tage mit dir …«

»Gefühle?«, schrie Charlotte, zu wütend, um freundlich zu sein. »Was ist mit Theresas Gefühlen? So etwas hat sie nicht verdient, Henry, und außerdem weiß ich, dass du sie liebst, ich weiß es genau, denn ich habe es all die Jahre gesehen, gesehen und beneidet. Ich habe Martin auch einmal geliebt, aber das ist alles kaputtgegangen, weil er unfähig war, *treu* zu sein.« Sie spuckte das Wort geradezu aus. »Und obwohl ich froh bin, dass wir nicht mehr verheiratet sind, weil es hoffnungslos war und wir beide zu immer abstoßenderen Menschen wurden, begreife ich allmählich, was wir da eigentlich weggeworfen haben. Glaub mir, wenn ich das zurückhaben könnte, wäre ich froh, ich wäre so verflucht froh.«

Charlotte stand mit geballten Fäusten da und atmete schwer, ihre Augen funkelten. »Jetzt ruf Theresa an, los. Es könnte was Dringendes sein.«

»Was Dringendes?« Henry umklammerte den Rand der Kommode und versuchte, diesen neuen Schrecken zusammen mit Charlottes Feindseligkeit zu verarbeiten. All ihre Verletzlichkeit, dieses bezaubernde Anlehnungsbedürfnis, wo war das hin? Aber sie hatte recht, wenn Theresa an einem Urlaubstag um acht Uhr morgens anrief, musste es etwas Wichtiges sein. Er wandte sich ab, um sie anzurufen, hatte Angst vor der Stimme seiner Frau und davor, dass sie ihm etwas anmerkte.

Charlotte stand an der Haustür und fröstelte, mehr vor Schock als vor Kälte, als Henry aus der Küche geeilt kam und das Handy schwenkte. »Theresa wollte nicht mich erreichen, sondern dich. Dein Handy ist abgeschaltet.«

»Nein, ist es nicht, es liegt nur am Netz«, murmelte Charlotte, ohne ihn anzusehen.

»Es geht um deine Mutter.«

»Meine Mutter?« Jetzt sah sie auf. »Meine Mutter?«, fragte sie, während Henry auf seinen Lippen kaute und eine undefinierbare Mischung von Emotionen sein Gesicht überzog.

»Es tut mir leid, aber anscheinend ist sie gestürzt. Hier.«

Henry ging wieder zu seinem Fahrrad, während die beiden Frauen miteinander sprachen. Es stand immer noch auf dem Kopf neben der Scheune, die Schläuche hingen schlaff aus den Reifen. Langsam, sorgfältig, wie betäubt zog er sie glatt und suchte mit seinen erfahrenen Arztfingern nach den Löchern. Dieser Zusammenprall von Phantasie und Wirklichkeit – Charlottes Abscheu, Theresas Anruf – war wie ein brutaler körperlicher Schmerz gewesen. Er wirkte noch nach, im heftigen Pochen seines Herzens und in dem Eindruck, nicht auf der Kiesauffahrt des Cottages zu stehen, sondern auf zwei auseinanderdriftenden tektonischen Platten; sein Leben war mitten entzweigebrochen, und er stand über der breiter werdenden Kluft und würde unweigerlich hineinstürzen, würde alles verlieren, was er je ersehnt und für wertvoll gehalten hatte.

Der Nebel hatte sich aufgelöst und die Sicht auf den braungrün gemusterten Flickenteppich der Felder und den durchscheinenden graublauen Streifen des Meeres dahinter freigegeben. Henry kehrte dem Fahrrad den Rücken zu und starrte in die Ferne, bis die Farben verschwammen, tief betrübt, dass noch nicht einmal dieser vertraute, geliebte Anblick ihm Trost spendete.

Elftes Kapitel

Als Sam zwei Jahre alt wird, kaufe ich einen Satz Pappteller und -becher, Servietten und Tröten mit Micky-Maus-Motiven. Fünf kleine Spielkameraden aus seiner Kindergartengruppe »Tumble Tots« kommen am Nachmittag zur Geburtstagsfeier, und ich habe einen Kuchen gebacken, der beim Abkühlen so sehr eingesackt ist, dass ich die Vertiefung mit Smarties gefüllt, dick Kuchenglasur daraufgeklatscht und das Ganze eine Schatztruhe genannt habe. Diese Tarnung ist vor allem für die kritischen Augen der anderen Mütter, denn Sam ist noch zu klein, um zu verstehen, was ein Pirat ist, geschweige denn dessen Schatz. Er sitzt strampelnd im Einkaufswagen und wird plötzlich still, ist nicht von den bunten Bildern der Zeichentrickmaus fasziniert, sondern vom Knistern der Cellophanverpackung drumherum.

Es verschlägt mir immer noch den Atem, wie schön mein Kind ist. Es hat weißblonde Haare, die sich in dichten Locken bis in den Nacken ringeln. Martin lästert oft, dass Sam damit wie ein Mädchen aussieht und sie abgeschnitten werden sollten. Aber gerade die Ringellöckchen entzücken mich aufs Äußerste, und ich würde mir eher einen Finger abhacken, als sie abzuschneiden. Wenn Sam müde ist, was selten vorkommt, wickelt er sie sich um die Finger und lutscht dabei am linken Daumen. Auch darüber macht Martin gern Witze, behauptet, dass sein Sohn eine kahle Stelle und einen Überbiss bekommen werde und man ihm das abgewöhnen müsse, ehe es zu spät sei.

Ich weiß, dass er mich nur aufziehen will, aber in letzter Zeit fällt es mir schwer, darüber zu lachen. Wir sind nicht mehr so mü-

helos auf einer Wellenlänge wie früher. Vor Newcastle haben wir in Birmingham gewohnt und davor in Leeds. Die Computerfirmen expandieren, und wir brauchen mehr Geld, mehr Platz. Mir fehlt es an Schlaf und an Freundinnen. Bella ist in Australien geblieben, und Eve, die ihr Glück in Amerika sucht, meldet sich nur selten. Manchmal scheint es mir, als hätte ich nur Sam.

An der Kasse grübele ich darüber nach und frage mich, ob das besorgniserregend ist oder ganz normal, nach acht Jahren Partnerschaft und der Veränderungen durch das Mutterwerden. Martin möchte mehr Sex, das weiß ich, aber ich bin oft viel zu erledigt, um auf seine Wünsche einzugehen (Kolik, Zahnen, Ohrenentzündung, Ekzeme, Krupp – Sam lässt nichts aus im Spektrum der Kinderkrankheiten).

»Oh, ist der süß!«, ruft die Kassiererin und blickt mit seitlich geneigtem Kopf zu Sam im Wagen, der die Plastikverpackung jetzt durchgebissen hat und an den Servietten lutscht. »Hallo, Süßer.« Sie winkt ihm zu, worauf Sam wieder mit den Beinen strampelt und charmant lächelt.

Aber wir haben heute Morgen miteinander geschlafen, tröste ich mich und schiebe die Sorgen von mir weg, während ich die Einkaufstüten und Sam ins Auto lade. Stets darauf bedacht, unseren Sohn nicht zu wecken, dessen Bettchen auf mein Beharren hin (es ist bequemer) immer noch am Fußende des Ehebetts steht, haben wir uns fast verstohlen berührt und bewegt, aber etwas von der alten Nähe und Innigkeit ist dabei aufgeglommen. Hinterher habe ich mich dafür entschuldigt, dass ich so selten in Stimmung bin, und Martin hat gesagt, er verstehe das und ich solle mir keine Gedanken machen. Außerdem habe ich ihm zum ersten Mal erklärt, wie wichtig es mir nach meiner eigenen Kindheitsgeschichte ist, eine gute Mutter zu sein, und er sagte, er verstehe auch das.

Später habe ich unten in der Küche, während Sam mit seinem Löffel auf seinen Babysitz einschlug und Haferbrei über die Wand verteilte, zärtlich Martins Krawatte zurechtgerückt und ihn an die Geburtstagsfeier erinnert. Er hat mich auf den Mund geküsst und gemeint, er würde sie um nichts auf der Welt verpassen wollen. Dann hat er Sam dazu gebracht, ihm zuzuwinken und sein »Schüss« zu glucksen, bevor er zum Abschied mit erhobenem Daumen auf die unförmige Schatztruhe deutete, aus der nun zwei Kerzen und ein Schild mit der glitzernden Aufschrift »Du bist 2!« ragen.

Doch als die Party beginnt, ist er nicht da. Die Frauen sagen Nettes und Aufmunterndes, wenn sie nicht gerade Windeln wechseln oder Tobsuchtsanfälle beschwichtigen. Ich möchte auf Martin warten, aber die Zeit fliegt dahin, und der Lärmpegel steigt. Die Mütter knabbern Fingerfood, tauschen Anekdoten über ihren Nachwuchs aus und sagen »Nur keine Eile«, aber um fünf müssen sie weg. Macht ja nichts, sage ich mir und schlucke eine Schmerztablette gegen das Pochen in meinem Kopf, bevor ich das Warten aufgebe und nach den Streichhölzern suche. »Macht ja nichts«, sage ich laut und lächele die Gesichter um den Tisch herum tapfer an, während ich Sam aus seinem Babystuhl hebe und ihm helfe, die zwei kleinen Flammen auszublasen.

Ich stehe vor dem Schlachtfeld der Kinderparty, als Martin mit über die Schulter geworfener Krawatte hereinrauscht. Er entschuldigt sich gut gelaunt und redet wie ein Schnellfeuergewehr über verspätete Züge und länger dauernde Meetings. Er würde mir ja beim Aufräumen helfen, sagt er, aber er müsse noch arbeiten. Es besteht die Möglichkeit, dass er befördert und nach London versetzt wird, falls er es sich nicht mit seiner neuen Chefin, Fiona, verdirbt, die einen Einserabschluss von Oxford und einen Doktortitel von Harvard hat und schrecklich intelligent ist. So halten sie einen als Mitarbeiter auf Trab. Er trägt seine Aktentasche ins Wohnzimmer, doch als Sam vor Überreizung laut greint, stampft er ungeduldig durch den Flur ins Schlafzimmer und macht die Tür hinter sich zu.

Eine Beförderung könnte ein Haus statt einer engen Wohnung bedeuten, und das will ich unbedingt, auch wenn wieder ein Um-

zug damit verbunden ist. Ein Spielzimmer, einen Garten, ein Gäste-WC. Daran denke ich, als ich die durchweichten Kuchenreste in den Mülleimer kratze und Sam mit viel gutem Zureden in die Badewanne bringe.

Der Verdacht stellt sich erst später am Abend ein, leise und heimlich wie ein Dieb, der nach Wertsachen sucht. Nicht der Verdacht, dass er mir untreu ist, noch nicht, sondern dass er sich emotional von mir entfernt. Die Geburtstagsfeier seines Kindes zu versäumen ist nur eine lässliche Sünde, doch was wehtut, ist der Mangel an echtem Bedauern – kein Anruf, kein Versuch, es wiedergutzumachen, nur Gerede über Arbeit, Beförderung und seine Intelligenzbestie von Chefin. Wenn das seine Prioritäten sind, wo bleiben dann Sam und ich? Ich rutsche an ihn heran, drücke meine Nase in den kleinen Wald aus Löckchen im Nacken unter dem Haaransatz und will getröstet werden, doch er reagiert nicht. Ich rieche den Duft seiner Haut und schwach noch etwas anderes, etwas Süßeres – das neue Duschgel wahrscheinlich, das ich gekauft habe.

Ich drehe mich um und schließe die Augen, die sofort wieder aufgehen, als das erste Wimmern aus dem Kinderbett ertönt. Alles ist, wie es sein sollte, sage ich mir. Meine Welt ist sicher, seit Martin darin existiert. Und doch bemerke ich eine neue Wachsamkeit an mir, die nichts mit dem unregelmäßigen Schlafrhythmus unseres Kindes zu tun hat. Ich bin auf der Hut vor Gefahr – vor sich wiederholenden Mustern, vor dem Verlust von Liebe, vor dem Verlust von Martin.

Sam schlich gebückt unter dem Scheunenfenster vorbei, kletterte schnell über das Tor, das er immer ordentlich auf- und zumachen sollte, und hob einen kräftigen Ast auf, mit dem er beim Weitergehen um sich schlug. Seine Großmutter tat ihm leid, aber nicht so sehr, wie man es wohl von ihm erwartete. Ein Knochenbruch war natürlich etwas Ernstes, aber dass es passiert war, als sie aus der Badewanne stieg und ausrutschte, rief die unwillkommene Vorstellung von ihrem alten Körper hervor, der schwabbelig und verrenkt auf den Bodenfliesen lag. Er war sich nicht sicher, ob er sich hätte überwinden können, sie anzufassen und hochzuheben, wie Prue, die Putzfrau, es vermutlich getan hatte, während sie auf den Krankenwagen warteten.

Als er einen noch dickeren, unbelaubten Ast entdeckte, warf er den ersten weg und nahm den neuen zur Hand. Sein Ende war so spitz wie eine Zeltstange, und junge Triebe hingen an ihm wie fette graue Warzen. Sam schüttelte ihn und rannte hinter einem Eichhörnchen her, das auf einen Baum flüchtete, wo es zwei große, schwarze, wild flatternde Vögel aufjagte, die ihn erschreckten. »Verpisst euch«, schrie er den Vögeln hinterher. »Verpisst euch, ihr Arschlöcher.«

Sam wusste, dass er mehr Mitgefühl mit seiner Oma haben würde, wenn das andere nicht gewesen wäre, die Sache vor dem Anruf. Seine Mum und Georges Dad, *eng umschlungen*. Hätte er es nicht selbst durch die offene Küchentür gesehen, würde er es nicht glauben. Er glaubte es eigentlich immer noch nicht so richtig. Wenn solche Dinge geschehen konnten, verstand er die Welt nicht mehr. Wenn solche Dinge geschehen konnten, wollte er nichts mit ihnen zu tun haben.

Georges Karte erwies sich als ziemlich nutzlos, lauter Pfeile und gebogene Linien, die eine große Senke in den Dünen bei einem umgestürzten Baum bezeichnen sollten; aber es gab hier mehrere geknickte Bäume und unzählige Senken. Sam suchte eine Weile, studierte die Karte aus verschiedenen Blickwinkeln und überlegte, ob er Meer und Himmel verwechselt hatte, bis eine Frau in Gummistiefeln, die einem Labrador mit schlammigen Beinen mit einem Wurfgerät einen Ball warf, ihn fragte, ob er sich verlaufen hätte. Sam brüllte »nein«, rannte den Weg zurück, den er gekommen war, und tauchte dann, als sie nicht hinsah, hinter einer der steileren Dünen ab. Er lugte hinter dem Sandberg hervor und sah der Brandung zu, die Schaumränder und Ansammlungen von Algen am Strand zurückließ. Er konnte immer noch die Doppelreihe seiner Fußspuren an der Strandlinie erkennen, wo der Sand schwer und nass war. Der Sand der Dünen dagegen war trocken und seidig-kühl und füllte die Vertiefungen, die er mit seinem Körper gemacht hatte, sofort wieder auf, sobald er sich von der Stelle bewegte.

Als die Frau mit dem Hund weg war, rollte Sam sich auf den Rücken und wedelte mit den Armen, um Adlerflügel zu machen. Der Himmel über ihm war eine blaue, riesige Kuppel. Es ist bloß irgendein Planet, dachte er, ohne Gott, ohne Regeln. Es war egal, dass seine Eltern sich scheiden ließen und seine Mutter die Väter von anderen küsste. Es war egal, dass seine Oma wie ein zappelnder Fisch auf die Badematte gefallen war und dass er, weil sein Vater zu viel zu tun hatte, seine Mutter wahrscheinlich bei dem bevorstehenden Besuch im Krankenhaus begleiten musste.

»Wäre Theresa doch nur in London«, hatte Charlotte zwischen den Telefonaten gejammert, und ihre Panik war noch schlimmer geworden, weil sie das Handy so komisch halten musste, um Empfang zu haben, und weil sein Vater nicht von der Arbeit wegkonnte. Sam, der weder Georges Mum noch Georges Dad – vor allem den nicht – je wiedersehen wollte, hatte diesen Moment genutzt, sich die Karte von dem Versteck geschnappt und war durch die Hintertür entwischt.

Er machte die Augen zu und drückte den Kopf in den Sand. Es gab nur einen Menschen, den er jetzt sehen wollte, eine Person, von der niemand etwas wusste und die bestimmt seinen letzten Brief nicht bekommen hatte, die vermutlich lachen würde, wenn er ihr erzählte, was passiert war. Sam schlug die Augen wieder auf und blinzelte, als die Sonne hinter einer

Wolke hervortrat und ihn blendete wie eine Taschenlampe. Er setzte sich und schüttelte den Sand aus den Haaren. Nein, Rose würde nicht lachen. Da war er sicher, denn sie war nicht wie die anderen Kinder. Sie verstand, wenn etwas ernst war und worüber man sich lustig machen durfte und worüber nicht. Rose musste man nicht erst erklären, dass das Leben beschissen war, sie wusste das.

Als Sam wieder zu der Wiese beim Haus kam, standen sie beide schon da, die Hände als Trichter am Mund, und brüllten seinen Namen. Weil er die Angst in der Stimme seiner Mutter hörte, rannte er los und winkte mit beiden Armen. Kurz darauf drückte sie ihn an sich, küsste ihn, nannte ihn einen Dummkopf und sagte in seltsam ersticktem Ton, dass sie ihr Gepäck ins Auto laden und losfahren müssten.

Georges Dad blieb ein Stück zurück und schüttelte den Kopf. Auf dem Rückweg zum Haus murmelte er: »Das war nicht deine beste Idee, mein Freund. Der Gezeitengang ist hier ziemlich gefährlich.«

Sam zuckte die Achseln und rannte voraus. Als seine Mum ihn einholte, sprudelte er ganz schnell und in einem Zug hervor, dass es ihm leidtäte wegen Omas Unfall und weil er weggelaufen war, und natürlich würde er mit ins Krankenhaus kommen, wenn sie wollte, aber ihm wäre noch jemand anders eingefallen, bei dem er bleiben könnte, weil George ja nicht da war und Dad zu viel Arbeit hatte.

»Tatsächlich?« Sie sah überrascht und beinahe froh aus über diesen unerwarteten Vorschlag. »Wer denn?«

Sam brummte Roses Namen, wiederholte ihn dann lauter und sah seiner Mutter ins Gesicht, forderte sie heraus, zu lachen oder nein zu sagen. Er spürte plötzlich, dass sein Wissen um ihr widerliches Geheimnis ihm Macht verlieh – die Macht der Unangreifbarkeit.

»*Rose Porter?* Aber du … das ist nicht dein Ernst!«

»Wir sind jetzt Freunde«, erwiderte Sam gereizt. »Ihr Dad sagt vielleicht nein, aber ich möchte, dass du ihn fragst. Ich weiß, dass sie nicht weggefahren sind, weil sie umziehen, in dieses Haus, das dir so gefallen hat.«

»Ja, ich weiß. Also gut, meinetwegen … wir können es versuchen, denke ich, falls ich irgendwie an die Telefonnummer herankomme. Sam, Schatz, bist du dir auch wirklich sicher?« Charlotte starrte ihn immer noch so erstaunt an, als sähe sie ihn zum ersten Mal, als wäre er vom Himmel gefallen.

Tims Tag hatte wenig vielversprechend damit begonnen, dass er mit seiner Zahnbürste ein abgebrochenes Stück Zahn ins Waschbecken schleuderte. Obwohl es nur ein kleiner Splitter war, fühlte sich die Vertiefung unter seiner prüfenden Zungenspitze beängstigend groß an. Er hatte schon öfter marode Füllungen gehabt, aber noch nie ein Stück vom eigenen Zahnmaterial verloren. Das schien ihm eine Mahnung zu sein, dass er noch so viel im Fitnessstudio trainieren, sich noch so ein hartes Sixpack an Bauchmuskeln zulegen konnte, und trotzdem würde es die kommenden drei Jahrzehnte unweigerlich schleichend bergab gehen, mit den Zähnen, den Haaren, dem Testosteron und manch anderem, was das Leben lebenswert machte.

Mit einer Frau an seiner Seite, die ihn bei solch uncharakteristischen Anfällen von Pessimismus aufpäppelte und sein Ego mit jeder Menge ungezügeltem Sex streichelte, würde er sich bestimmt nicht so mies fühlen. Doch seit dem Horrorabend mit Charlotte hatte sein Privatleben einen neuen Tiefpunkt erreicht. Als er am Abend zuvor allein mit einer Dose Bier auf dem Sofa gesessen und eine Folge einer amerikanischen Soap geglotzt hatte, die er mindestens schon dreimal gesehen hatte – umgeben von dem üblichen Durcheinander aus ungespülten Tassen, alten Zeitungen und hingeworfenen

Kleidungsstücken, die zu zerknittert waren, um sie noch zu tragen, aber noch nicht reif für die Waschmaschine –, war es ihm so schlecht gegangen, dass er seinen Laptop aufgeklappt und »Partnervermittlungsagenturen« in die Google-Suchmaschine eingetippt hatte. Sie hatte haufenweise Ergebnisse ausgespuckt – *Perfect Partner*, *Einsame Herzen*, *Love4Life*, *Flüchtige Begegnungen* –, und obwohl am Ende sein männlicher Stolz verbunden mit einer Abneigung, sich von mehreren Hundert Pfund zu trennen, die Oberhand behalten hatte, war es ihm eine große Beruhigung, dass es diese Möglichkeiten gab, falls er sie doch einmal brauchen sollte.

Jeder brauchte eine Art Sicherheitsnetz, hatte er sich getröstet, den Laptop zugeklappt und sich aufs Saubermachen gestürzt, wobei er sogar das Leopardenbild abgestaubt hatte und dann, etwas zärtlicher, das gerahmte Foto von Phoebe in der Karibik. Es hing nur deshalb noch an dieser gut sichtbaren Stelle, weil beim Abhängen ein hässliches helles Rechteck zurückgeblieben wäre. Aber es war tatsächlich eine verdammt gute Aufnahme, fand er und bewunderte das klar hervortretende Gesicht seiner Exfrau und den malerischen Hintergrund aus türkisblauem Meer und azurblauem Himmel. Wie es ihr jetzt wohl ging, dort in Dorset mit – wie ihm von verschiedenen Seiten zu Ohren gekommen war – einem Anwaltsfreund, platinblonden Strähnen und Reitstunden am Wochenende? War Phoebe glücklich genug, um kein Sicherheitsnetz zu brauchen? Vermisste sie ihn manchmal ebenso, wie er sie in schwachen Momenten vermisste?

Als Tim am Empfang der Zahnarztpraxis anstand, musste er wieder an Charlotte denken. Da hatte er einen ganz schönen Tritt in die Eier gekriegt. Innerhalb von Sekunden vom Liebhaber zum Vergewaltiger, wo er doch nur auf ihre Signale reagiert hatte. Sie hatte ihm zwar keine Vorwürfe gemacht, sondern sich vor allem entschuldigt, soweit er sich erinnerte, aber er hatte die Anklage in ihren Augen gesehen, als hätte er ihr ein Messer statt seinen Schwanz reingesteckt. Wütend über die Erinnerung – und weil sie ihm immer noch zu schaffen machte –, schlug er eine der Zeitschriften auf dem Tisch im Wartebereich auf: *Leugnen, Wut, Akzeptanz – wie Sie sich Ihre Ex endlich aus dem Kopf schlagen.*

»Mr. Croft, gut, wir schieben Sie dazwischen. Wenn Sie mir bitte folgen wollen, Sie müssten zuerst ein paar Formulare ausfüllen.« Die junge Rezeptionistin sah ihn über ihr Klemmbrett hinweg an. Grüne Augen, Irin, goldblonde Haare – aber flachbrüstig mit einem Verlobungsring am Finger. Tim, den sein pausenloses Begutachten von Frauen langsam selbst ermüdete, verkniff sich den Spruch, dass er ihr überallhin folgen würde, und schlängelte sich brav an den anderen wartenden Patienten vorbei.

Er hatte eine dicke Lippe, einen schmerzenden Unterkiefer, feuchte Hände und eine provisorische Krone im Mund, als der beschwingte Klingelton seines Handys durch die einschläfernde Musik im Behandlungsraum drang, die eher einen unheilvollen als beruhigenden Kontrapunkt zu dem bildete, was er in dem zurückgekippten Lederstuhl durchlitt.

»Eine Minute noch, dann können Sie telefonieren, Mr. Croft.«

Tim gab ein zustimmendes Grunzen von sich, das nicht erkennen ließ, wie elend er sich tatsächlich fühlte. Die Schutzbrille, die ihm von der Assistentin aufgesetzt worden war, schnitt in sein linkes Ohr. Vom Novocain wurde ihm immer übel, dabei hatte er wahnsinnig viel zu tun und musste topfit sein. Das Schlimmste aber war, dass er keine Frau kannte, die Zeit mit ihm verbringen und ihn anfassen wollte. Eine erbärmliche Träne quoll aus seinem linken Auge und rollte über die Wange bis zum Mundwinkel. Er leckte sie weg und half sich mit dem boshaften Gedanken, dass ein Mann mit so großen Nasenlöchern vielleicht nicht ausgerechnet Zahnarzt hätte werden sollen.

Das inzwischen auf Vibrationsalarm gestellte Handy meldete sich erneut, als er sich mit tauben Lippen mühsam den Mund ausspülte, und dann wieder, als er seine Krankenversicherungskarte aushändigte und einen Termin für das Einsetzen der echten Krone vereinbarte. Erst im Auto warf er einen Blick auf die Liste der Anrufe in Abwesenheit und stieß einen spontanen Triumphschrei aus, weil er sah, dass sie von Charlotte kamen. Ganz ruhig, mahnte er sich, ließ erst einmal das Seitenfenster herab und holte so tief Luft, wie er für eine Bahn Unterwasserschwimmen im Olympiabecken seines Fitnessclubs brauchte, ehe er zurückrief.

»Tim?«

»Ich war beim Zahnarzt«, brachte er hervor, und jede Spur von Ruhe und Gelassenheit verpuffte beim Hören ihrer sinnlichen Stimme und der Feststellung, dass seine eine Gesichtshälfte und sein Mund unbeweglich waren.

»Du Armer, tut mir leid, dass ich dich störe, aber ich brauche deine Hilfe. Meine Mutter ist gestürzt und musste ins Krankenhaus, und es ist zu kompliziert, um es jetzt zu erklären, aber ich brauche Mrs. Stowes Telefonnummer, das heißt, die Nummer des Mannes, der jetzt dort wohnt, Dominic Porter. Du erinnerst dich wahrscheinlich an ihn – der Witwer, der mein Haus scheußlich fand. Unglaublich, dass ausgerechnet er Chalkdown Road bekommen hat, aber so ist es nun mal. Die Welt ist klein, und ich war zuerst sehr enttäuscht, aber jetzt ist es mir egal. Kann natürlich sein, dass sich die Telefonnummer geändert hat, aber ich würde es gern versuchen, und du bist meine einzige Chance, weil ich hier in Suffolk festsitze und mein Adressbuch nicht dabeihabe und es vermutlich eine Geheimnummer ist, die ich nicht über die Auskunft rauskriege.« Sie holte endlich Luft. »Also gib mir bitte Mrs.

Stowes Telefonnummer, Tim, es ist ein Notfall, und sag nicht, dass das gegen dein Berufsethos verstößt oder so.«

Eine Frau in der Krise, und er war kaum in der Lage, Konsonanten zu bilden … Tim sah keine andere Möglichkeit, als sein Elend herunterzuschlucken und ihrem Wunsch zu entsprechen. Er massierte seine Wange, um die Muskeln zu stimulieren, und murmelte, dass er seine Kundenkartei durchgehen und ihr die Nummer per SMS senden werde. Darauf kam ein eiliges »Danke«, und das war's. Vorbei. Keine Erklärung, kein Bedauern, nichts. Tim starrte mehrere Minuten lang aus dem offenen Fenster und glaubte, sich jeden Moment übergeben zu müssen.

Es dauerte eine Weile, den Text zu verfassen, nicht weil er Probleme gehabt hätte, Mrs. Stowes Nummer zu finden oder weiterzugeben, sondern weil er Charlotte zugleich noch ein paar andere Dinge mitteilen wollte, wie zum Beispiel die Unwahrheit, dass er ihre Gleichgültigkeit gegenüber ihrer gescheiterten Romanze teilte, sowie – aus ganz bewusster Rachsucht – das Gerücht, dass die beiden Schwuchteln ihre Buchhandlung verkaufen wollten. Über ihr Herz mochte er keine Macht haben, aber er konnte ihr wenigstens einen Schrecken einjagen. Da der Ältere angeblich AIDS hatte, wollten die beiden ihre Zelte in London abbrechen und sich in ihre Hütte in Spanien verkriechen. Raven Books würde vermutlich durch ein hippes Café oder eine Filiale einer großen Supermarktkette ersetzt werden. »Hier die Tel.Nr. Hoffe, deiner Mum geht's ok. Hab gehört, dein Buchladen steht zum Verkauf, sorry. Leben ist verrückt, in Eile, T.«

Auch nicht viel verständlicher als das, was er mündlich hätte herausbringen können. Trotzdem drückte Tim mit einer gewissen Schadenfreude auf »Senden« und rief dann Savitri an, um Bescheid zu sagen, dass er arbeitsunfähig war. Danach schleppte er sich niedergeschlagen und mit schmerzendem

Mund nach Hause. Er würde ins Fitnesscenter gehen, beschloss er finster, seine Stimmung durch Endorphine aufpeppen und dem molligen Mädchen am Empfang mit den großen Titten und einem Lachen wie ein strangulierter Esel schöne Augen machen.

Doch als er die Haustür hinter sich schloss, musste Tim sich an der Wand abstützen. In seinem Mund kribbelte es, und von der Zahnwurzel ging ein unangenehmes Pochen aus. Ohne etwas zu essen im Bauch konnte er nicht trainieren, aber er durfte noch mehrere Stunden lang nichts essen, hatte der Zahnarzt gesagt, und dann auch nur auf der unbehandelten Seite kauen. Nichts schmeckte nur auf einer Seite, gar nichts.

Tim ging in die Knie und sah trübsinnig den Stapel Post auf dem Fußabtreter durch. Sämtliche Umschläge waren braun, aber der oberste, den nun der schwache Abdruck seiner Schuhsohle zierte, war besonders groß und dick. Neugierig drehte er ihn um, worauf seine Laune noch mehr in den Keller rutschte, denn er las den Namen der Firma, bei der er vor ein paar Wochen und einer Ewigkeit voller Hoffnungsfreude das Geschenk zu Charlottes Vierzigstem bestellt hatte. All seine guten Absichten, all das Geld – dieses Miststück! Aber es regte sich keine Wut mehr in ihm, keine kleinliche Bosheit, nur die bedrückende Erkenntnis, dass es vorbei war. Es war vorbei und hatte nie richtig begonnen. Zeit, es zu akzeptieren, wie es in dem blöden Artikel im Wartezimmer geheißen hatte.

Was wiederum bedeutete, dass sein Liebesleid nicht einmal etwas Besonderes war. Millionen machten so etwas durch, es war eine vorübergehende Phase, dazu geeignet, sie in Hochglanzmagazinen zu präsentieren. Er wollte den Umschlag gerade entzweireißen, besann sich aber und fuhr mit der Zunge an seinem Gebiss entlang, tastete nach dem Loch. Das Provisorium saß gut und fest. Das Pochen ging langsam in ein leichtes Prickeln über. Das Geschenk hatte eine Menge gekostet, vielleicht konnte er es zurückgeben. Er schlug beim Aufstehen mit dem Umschlag gegen seinen Oberschenkel und schimpfte laut, weil er sich von einer Frau hatte unterkriegen lassen, obwohl er sich geschworen hatte, so etwas nie wieder zu dulden.

Charlotte beschleunigte auf der äußeren, leeren Spur der A20, bis die Tachometernadel um 150 herum zitterte, wobei sie wachsam nach Polizei und Kameras Ausschau hielt. Der Käfer reagierte dankenswerterweise wie ein Kind auf eine Belohnung und ließ sein übliches protestierendes Husten in ein tiefes, gleichmäßiges Brummen übergehen.

Sie war immer noch ein bisschen durcheinander von der seltsamen Zerreißprobe, Sam an der rosenumkränzten Tür von Chalkdown Road Nr. 42 abzuliefern. Gewappnet mit jeder Menge Freundlichkeit und Dankbarkeit, war sie völlig davon entwaffnet worden, dass ihr nicht Dominic, sondern sein berühmter Schauspielerbruder geöffnet hatte, der mit den flott zerzausten Haaren und den klaren, haselnussbraunen Augen. Er war schon hochsommerlich gekleidet gewesen, in pinkfarbene Flip-Flops, weite, knielange Shorts und ein zerknittertes T-Shirt. Sogar eine Sonnenbrille saß auf seinem Kopf, lässig in die dunklen welligen Haare geschoben.

»Das ist wirklich nett von Ihnen.«

»Ach wo. Mit mir als einzigem Spielkameraden langweilt sich Rose zu Tode, stimmt's, Rosie?« Er tätschelte seine Nichte, die sich mit nach innen gedrehten Füßen verlegen an ihn lehnte.

Charlotte fragte sich nicht zum ersten Mal, ob sie diese merkwürdige Vereinbarung nicht lieber abblasen sollte. Nach anfänglicher, nur zu verständlicher Überraschung und einer kurzen Beratung mit seiner Tochter war Dominic mit Sams Besuch einverstanden gewesen. Doch jetzt blickte das

Mädchen eher widerwillig, und Sam verbarg sich links von ihr hinter einem blühenden Rosenstrauch. Sie hatten zudem eine schreckliche Fahrt mit mörderischem Verkehr und lastendem Schweigen hinter sich – sie sagte nichts, weil sie sich Sorgen machte, und Sam, vermutete sie, weil sie ihn noch einmal wegen seines Ausflugs an den Strand ausgeschimpft hatte.

»Dominic wollte eigentlich den ganzen Tag zu Hause bleiben, aber im Büro brennt's anscheinend. Ich soll ihn entschuldigen. Haben Sie Zeit für einen Tee?«

»Nein, ich …«

»Kaffee? Gin?« Rose und Sam sahen sich an und kicherten.

»Nein, meine Mutter …«

»Ach, natürlich – tut mir leid, Ihre Mutter hatte ja einen Unfall.« Benedict schlug sich mit der flachen Hand vor die Stirn. »Sie ist im Krankenhaus, nehme ich an?«

»Ja, ein gebrochenes Handgelenk und ein paar Prellungen. Hätte schlimmer sein können.« Charlotte griff nach Sams Arm und versuchte, ihn hinter dem Busch hervorzuziehen, löste aber nur einen Regen aus cremeweißen Blüten über der Treppe aus. Das Gekicher der beiden war jedoch ein gutes Zeichen. »Es ist nicht für lange, wahrscheinlich nur eine Nacht, schließlich ist ja Ostern am Wochenende. Ich weiß, es ist eine ungeheure Zumutung. Falls ich aus irgendeinem Grund morgen noch nicht zurück sein sollte, wird Sams Vater …« Charlotte ließ den Satz in der Luft hängen, weil der Ärger über Martins mangelnde Hilfsbereitschaft sie von Neuem überkam. Keine Flexibilität, die Arbeit ging immer vor, und dass Cindy einspringen könnte, war auch kein Thema – manches änderte sich eben nie.

»So lange, wie Sie wollen, hat Dom gesagt. Ostern, Weihnachten, kein Problem. Hey, Sam, schön, dich kennenzulernen«, fügte Benedict locker hinzu und reckte sich um die

Blumen herum, um Blickkontakt herzustellen. »Ich hoffe, du kannst gut Feuer machen. Rose und ich haben ein bisschen im Garten aufgeräumt. Nur ein kleines Feuerchen natürlich, nichts, was die Nachbarn erschrecken könnte – oder deine Mum.« Er grinste Charlotte an und zwinkerte ihr kaum merklich zu, als Sam mit seiner kleinen Reisetasche durch die Tür schlurfte.

An jedem anderen Tag wäre es wahrscheinlich ziemlich aufregend gewesen, komplizenhafte Blicke mit einem gutaussehenden, bekannten Schauspieler zu wechseln, selbst wenn dieser im Haus ihrer Träume logierte, dachte Charlotte, während sie auf die rechte Spur wechselte, um die Abfahrt nicht zu verpassen. Dieser Tag mit all seinen unerwarteten Wendungen nahm offenbar kein Ende. Das Debakel mit Henry in der Küche des Cottages schien schon Jahre her zu sein, die erschreckende Hoffnung in seinen Eulenaugen, ihr noch erschreckenderes Bedürfnis, ihm nachzugeben. Es schien Jahre her, und doch krampfte sich ihr immer noch vor Scham der Magen zusammen. Wie dumm von ihr, die Anzeichen nicht zu erkennen, die im Nachhinein so offensichtlich waren, weil sie nur Theresas Mann gesehen hatte, nur Henry gesehen hatte, den soliden, verheirateten Henry, von dem man sich ohne Bedenken nach Hause fahren lassen konnte, mit dem man bei einem Glas Wein oder einem Spaziergang auch mal ein bisschen flirten konnte. Von wegen ohne Bedenken. Es gab Grenzen – wenn jemand das wusste, dann sie, wenn jemand hätte aufpassen sollen, dann sie.

Charlotte war sich bewusst, dass die schlimme Nachricht vom Unfall ihrer Mutter genau zum richtigen Zeitpunkt gekommen war. Nicht nur wegen der brenzligen Situation, sondern auch, um das peinliche Danach zu überwinden. Zwar hätte sie gut auf die zusätzliche Ablenkung durch Sams Verschwinden verzichten können, aber es war eine Erleichterung gewesen, herumzutelefonieren und packen zu müssen, ganz zu schweigen von dem guten Grund dafür, vorzeitig abzureisen. Womit sie sich immer noch herumquälte, war die Frage, wie es weitergehen sollte, wie sie mit dem, was passiert war, umgehen sollte. Henry hatte sich, typisch männlich und klischeehaft, wie ein Schwein benommen, und sie überlegte, ob Theresa nicht das Recht hatte, davon zu erfahren. Theresa war so stolz und stark, eine Frau, die offene Worte schätzte und damit klarkam, wenn man sie mit einer unangenehmen Wahrheit konfrontierte.

Es kostete sie einige Mühe, ihre Gedanken auf ihre Mutter zu richten, stellte Charlotte schuldbewusst fest, als sie ihr Portemonnaie auf der Suche nach Kleingeld für den Parkautomaten auf dem Krankenhausparkplatz schüttelte. Jean würde hilflos sein und sich mit ihren blauen Flecken und dem Verband selbst leidtun. Sie würde die gute, fürsorgliche Tochter am Krankenbett spielen müssen, eine Aufgabe, der sie selbst ohne die Schrecken des Vormittags kaum gewachsen wäre … Schrecken, zu denen auch die beiläufige Bemerkung in Tims SMS gehörte. Was sollte sie nur ohne ihren Job anfangen? Es wäre wirklich zu grausam, ihn jetzt zu verlieren, wo sie gerade wieder auf die Beine kam.

Sie hatte eben einen schwierigen Tag, schalt sie sich, rammte eine Pfundmünze in den Schlitz des Automaten und ging mit energischen Schritten zurück, um den Parkschein ins Auto zu legen. Sie würde sich *nicht* wieder der Hoffnungslosigkeit hingeben. Im Leben ging es schließlich darum, mit schwierigen Tagen fertigzuwerden. Sie musste nur einen kühlen Kopf bewahren und ein Problem nach dem anderen angehen, dann würden ihre neue Kraft und Zielstrebigkeit zurückkehren. Und das dringlichste Problem im Moment war ihre Mutter. Eine angemessene Weile an ihrem Krankenbett, die richtigen Worte finden, eine Liste der Sachen notieren, die sie von zu Hause brauchte, den Kühlschrank auffüllen, sich davon überzeugen, dass das Haus sauber und aufgeräumt war – ja, das konnte sie bewältigen. Außerdem würde sie mit den Schwestern über die Nachbehandlung sprechen und die nötigen Formulare und Informationen besorgen, für den Fall, dass noch ein oder zwei Hausbesuche nötig sein sollten, nachdem Jean entlassen war.

Vor dem Krankenhauseingang gab es ein großes, rundes Blumenbeet, ein florales Farbenmeer – Bartnelken, Stiefmütterchen, Fleißige Lieschen, alles adrett und frisch gesetzt. Charlotte blieb kurz stehen, atmete den Duft ein, wollte sich in die richtige Stimmung versetzen. Stattdessen kehrten ihre Gedanken, verschlungen, aber mit Macht, zu dem Augenblick zurück, als Henry mit dem Telefon auf sie zugestürzt war. *Sie ist tot*, hatte sie gedacht. *Sie ist tot, und so fühlt sich das an, und es ist gar nicht so schlimm, gar nicht schlimm*. Als sie dann verstand, was Henry sagte, dass Jean nur gestürzt und nicht gestorben war, hatte eine diabolische Enttäuschung sie durchzuckt.

Aufgewühlt eilte sie zum Geschenkartikelladen. Zwanzig Minuten später stand sie am Eingang zur Station, bewaffnet mit einem Strauß Nelken, einer Tüte kernloser Trauben und der teuersten Pralinenpackung, die sie hatte finden können.

»Ah, die Tochter von Mrs. Boot«, rief die Schwester, nachdem sie sich vorgestellt hatte. »Sehr schön, ich glaube, sie ist fast so weit. Ich sehe mal, ob ich Schwester Telson finden kann, damit Sie Ihnen hilft, sie zum Auto zu bringen.«

»Zum Auto? Aber ich dachte …«

»Zum Glück ist die Fraktur lange nicht so schlimm, wie der Arzt zuerst befürchtete. Es ist vor allem ihr Selbstvertrauen, das einen Knacks erlitten hat. Aber wo nun jemand da ist, der sich um sie kümmert, sind wir froh, sie nach Hause entlassen zu können. Die Genesung geht dort immer viel schneller voran, besonders, wenn eine liebe Angehörige in der Nähe ist. Sie hat wirklich Glück«, fügte die Schwester strahlend hinzu. »Sie glauben nicht, wie viele Kinder in solchen Fällen nichts von ihren Eltern wissen wollen.«

»Ihr macht also echt eine Ostereiersuche?«

»Ja, immer. Dad versteckt sie. Ich soll nicht hingucken, aber natürlich versuche ich es trotzdem. Jedes Jahr denkt er sich schwerere Verstecke aus. Das letzte Mal hat er eines in dieses Gartenschlauchding gesteckt, und ich musste es mit einem Messer rausholen. Es waren zwölf insgesamt, aber ich darf nur drei pro Tag essen, also hat es vier Tage gedauert, logisch.«

»Logisch«, murmelte Sam und schickte ein Stoßgebet zum Himmel, dass seine Oma schwach genug und sein Vater beschäftigt genug sein möge, damit er über das Wochenende bei den Porters bleiben durfte. Rose hatte den Bogen raus, wie man mit den einfachsten Sachen richtig Spaß haben konnte. Wie diese Höhle, in der sie gerade lagen und Kekse knabberten, auf Kissen lümmelnd wie die römischen Kaiser. Er hatte bloß Georges nutzlose Karte erwähnt, und schon war sie durchs Haus gerannt, hatte Matratzen von den Betten gezogen und ihm befohlen, Kissen und Betttücher zu holen. Die ersten Versuche waren nicht so gut gelungen – einstürzende Wände, zu viele Zimmer –, aber sie hatten das Ganze zu einem Raum mit zwei Bereichen vereinfacht, der so hoch war, dass sie aufrecht darin knien konnten, ohne an die Decke aus Bettlaken zu stoßen.

Sam hatte vorher noch nie ein Mädchen getroffen, das auf Höhlen stand. Pattie hatte immer nur malen und fernsehen wollen. Insgeheim fragte er sich allerdings, ob sie nicht langsam zu alt für solche Spiele wurden. Immerhin waren sie schon dreizehn. Aber Rose gehörte nicht zu der Sorte Mädchen, die sich darum scherten, was man denken oder tun *sollte*, das hatte er schon unzählige Male in der Schule beobachtet, wo sie durch ihre Stärke und ihr hochmütiges Einzelgängertum auffiel. Er stellte fest, dass er auch mehr so sein wollte. Im Park am Vormittag hatte ihr Dad auf einer Bank gesessen und die Zeitung gelesen, während sie Spaziergängern hinterherspioniert hatten, meistens von den Ästen eines großen Baums aus. Sie hatte eine mit buntem Zucker überzogene Kaugummikugel hervorgeholt und dann eine zerdrückte Zigarette, die sie aus einem Päckchen in der Mantelinnentasche ihres Onkels geklaut hatte. »Er will es aufgeben, schafft es aber nicht«, hatte sie berichtet und dabei den Kopf geschüttelt, als wäre das wirklich traurig. Dann hatte sie Sam aufgefordert, seine Hände um die Flamme zu halten, während sie ein Streichholz anriss. Die Flamme flackerte wie verrückt, aber Rose paffte, bis ihre Lippen quietschten, und bald, unter viel Husten und Lachen, glühte die Zigarette, und sie reichten sie hin und her. Später wetteiferten sie darum, wer die größte Kaugummiblase machen konnte, und Rose gewann, indem sie einen riesigen, zitternden Ballon produzierte, der sie zum Schielen brachte und auf ihrer Nase tanzte, bevor er zerplatzte, sich über ihre Lippen und Backen verteilte und rosa Flecken zwischen die braunen Galaxien ihrer Sommersprossen streute.

Wie um alles in der Welt küsste man ein Mädchen?, fragte sich Sam jetzt, sah zu, wie Rose sich einen vierten Keks in den Mund schob, und dachte mit leichtem Widerwillen an ihre kühle, feuchte Spucke auf dem Filter der gemeinsam gerauchten Zigarette. Mit den Lippen, das konnte er sich vorstellen, aber mit der Zunge … Äh-bäh, wie Rose sagen würde. Nein, entschied Sam, niemals. Er versuchte, an etwas anderes zu denken, aber wie aus dem Nichts tauchte ein lebhafter Erinnerungsfetzen vor ihm auf: die halb offen stehende Küchentür, die Arme von Georges Dad um seine Mutter, ihre

Köpfe dicht beieinander. Er legte den Keks auf den Teller zurück, weil ihm plötzlich zu heiß und zu elend war, um zu schlucken.

»Was ist los?«

»Nichts.«

»Doch. Du siehst so komisch aus, als müsstest du gleich kotzen.«

Sam atmete schwer. »Kannst du ein Geheimnis für dich behalten?«

Rose schnaubte und schaffte es, zugleich verächtlich und vertrauenerweckend zu klingen. »Natürlich.«

Sam kroch zu dem Bettlaken vor dem Eingang, um sich zu vergewissern, dass sie allein waren, dann setzte er sich ihr im Schneidersitz gegenüber. Leise und verschämt beschrieb er die widerwärtige Szene, deren Zeuge er in Suffolk geworden war und die ihm den Aufenthalt dort viel mehr verdorben hatte als die Bauchlandung seiner Oma auf der Badematte.

Wie er es vorausgesehen hatte, lachte Rose nicht. Sie flüsterte ein paar Mal »ekelhaft« und schob sich mit beiden Händen die wippenden Korkenzieherlocken aus den Augen. »Für jedes Problem gibt es eine Lösung – das sagt mein Dad immer.«

Sam nickte düster. Das Deckenlaken hing immer mehr durch, und ein paar von Roses Haaren blieben beim Reden daran hängen. »Ich nehme mal an«, flüsterte sie noch leiser und beugte sich vor, »es hat noch mehr gegeben, die deiner Mum gefallen haben, oder?«

Sam nickte wieder und runzelte die Stirn, als er an den bärtigen Hausmakler und seinen Blumenstrauß dachte.

»Erzähl mir alles darüber«, forderte sie ihn auf, kramte nach einem Schreibblock und machte sich Notizen, als wäre sie eine Kommissarin in einem Fernsehkrimi.

Sam gehorchte ohne Zögern, nicht nur, weil Roses Eifer

und Zuversicht ansteckend waren, sondern auch, weil ihnen, was ihre selbstgebaute Hütte anging, die Zeit davonlief.

Es war merkwürdig, nachmittags mit dem Zug zu fahren und von Kindern und Leuten, die vom Einkaufen heimkehrten, umgeben zu sein, statt von anderen Angestellten, die sich hinter ihre Gratisblättchen zurückzogen und ihre Aktentaschen auf dem Schoß balancierten. Daneben war es auch unangenehm warm, denn das Heizungssystem des Bahnnetzes war noch nicht an die kräftige Nachmittagssonne angepasst worden, die jetzt durch die Zugfenster schien. Dominic lockerte seine Krawatte und unternahm noch einen Versuch, das Fenster zu öffnen, bevor er sich wieder hinsetzte und der jungen Frau gegenüber halb entschuldigend zulächelte. Sie hatte mehrere prall gefüllte Einkaufstüten dabei und hatte seinen Bemühungen um kühlere Luft beifällig, so meinte er jedenfalls, zugesehen. Er lächelte noch etwas freundlicher, worauf ihr Gesicht jedoch zu einer misstrauischen Maske gefror.

Dominic sah aus dem Fenster auf das gebändigte Chaos aus Lagerhäusern und Schrottplätzen, Reihenhäusern und Einkaufsstraßen. Er war so froh, wieder in London zu sein, noch viel mehr, als er gedacht hätte; er liebte das hektische Gewusel, die vielen Hautfarben, Religionen und Persönlichkeiten, die Tür an Tür wohnten, sich durchs Leben schlugen und wie jeder, wie auch er, um ein bisschen Glück kämpften. Dieses Streben hatte etwas Edles, dachte er, als der Zug über gut besuchte Marktstände rumpelte und flatternde Reihen von Wäsche auf Hochhausbalkonen vorbeizogen.

Entlassen. Dominic testete das Wort in Gedanken und versuchte zum zigsten Mal, sich eine vernünftige Reaktion abzuringen, fühlte sich aber dennoch persönlich abgelehnt. Natürlich hatte niemand den Ausdruck in den Mund genommen, weder seine mitfühlenden Kollegen noch die tipptop gekleidete Geschäftsführerin, die beauftragt worden war, ihm die Entscheidung mitzuteilen. Er wurde »freigestellt«, »von seiner Tätigkeit entbunden«, die Bank müsse rationalisieren, Personalkosten sparen, umstrukturieren. Es waren auch noch andere Köpfe gerollt, aber nur Dominic konnte sich der Ehre rühmen, an einem freien Tag extra herbeizitiert worden zu sein.

Benedict hatte recht gehabt, als er bei der Unterbreitung seines gut gemeinten, aber absurden Geschäftsvorschlags neulich abends (den Dominic rundweg abgelehnt hatte) behauptet hatte, dass Dominic seinen Job nicht besonders mochte, aber das machte es nicht leichter, den Schlag zu verkraften. Es stimmte auch, dass er gern mehr Zeit für Rose hätte und über einen schönen Batzen Erspartes verfügte, auch wenn das Meiste davon für das neue Haus draufgegangen war. Es war ein gutes Gefühl, nicht mit einer Hypothek belastet zu sein, aber zur Bestreitung des Lebensunterhalts war trotzdem ein Gehalt nötig, dachte Dominic bitter.

Was ihn zusätzlich verbitterte, war der Zeitpunkt seines Rauswurfs aus der Welt der Hochfinanz. Die Tinte auf dem Kaufvertrag für das Haus war noch feucht, seine Tochter hatte sich endlich in ihrer neuen Schule eingewöhnt und gerade ihren ersten Schulfreund seit dem Tod ihrer Mutter zu Besuch (zugegeben, ein höchst überraschender Freund, zu dem sie sich nur durch reinen Zufall bekannt hatte, aber das war typisch Rose). Diese positiven Entwicklungen hatten sie beide viel Mühe gekostet, und jetzt hatte er den Eindruck, dass diese Mühe durch seine Entlassung irgendwie hinfällig geworden war. Sie hätten nicht zurück nach London ziehen müssen. Er hätte sie beide samt ihrer Trauer und seiner Kenntnisse als Investmentfachmann auch nach Schottland oder Bath oder Timbuktu verpflanzen können.

Dominic stützte sich auf seine Aktentasche und sann darüber nach, ob vielleicht sein Sonderurlaub wegen Maggies Tod ihm das Genick gebrochen hatte; seine Vorgesetzten hatten ihn seitdem wahrscheinlich auf dem Kieker. Zwar hatten sie alle mehrfach Lippenbekenntnisse abgelegt, dass man angesichts seiner privaten Tragödie die Arbeit ohne Weiteres umorganisieren könne, es ihm aber dennoch insgeheim angekreidet.

Er umklammerte seine Aktentasche wohl etwas zu fest. Die junge Frau mit den Tüten sah ihn befremdet an. Obwohl es noch ein paar Minuten bis zu seiner Haltestelle waren, stand er auf und stellte sich an die Tür. Er würde niemandem von seiner Entlassung erzählen, zumindest nicht, bis Ostern vorbei war; weder Rose noch Benedict – vor allem nicht Benedict, der wieder Bierflaschen aufreihen und ihm sagen würde, was er zu tun hatte. Was er jetzt brauchte, war ein auf Arbeitsrecht spezialisierter Anwalt, jedoch nicht vor Dienstag, bevor Rose wieder zur Schule ging.

Auf dem Nachhauseweg ging Dominic beim Supermarkt vorbei, wo er seinen Wagen mit einer lächerlichen Menge von Schokoladeneiern in allen Größen, mehreren folienverpackten Osterhasen und einem Karton mit Hühnchen, die »Frohe Ostern« quäkten, wenn man auf ihren Schnabel tippte, belud. Es war eine Art Panikkauf, weil er unter Schock stand, das wusste er, aber es war auch herrlich maßlos und leichtsinnig. Maggie, die immer strikt für Selbstgemachtes gewesen war und Süßes nur in Maßen erlaubt hatte, wäre entsetzt gewesen.

»Ihre Kinder werden begeistert sein«, gluckste die Kassiererin.

»Das will ich doch hoffen.« Dominic schenkte ihr ein strahlendes Lächeln und wurde ein bisschen nervös, weil sie ihn ungewollt an seinen Hausgast erinnert hatte. Rose war über Charlottes überraschende Bitte an diesem Morgen so begeistert gewesen, dass er unmöglich hatte ablehnen können, doch jetzt machte er sich auf einmal Sorgen wegen ganz praktischer Fragen, zum Beispiel, ob Sam die Shepherd's Pie essen würde, die er zum Abendessen geplant hatte, und ob er etwas wegen der Bettenaufteilung unternehmen sollte. Rose ging ganz klar davon aus, dass Sam im unteren Teil ihres Etagenbetts schlafen würde, aber sie waren Mädchen und Junge, Teenager inzwischen, und Sam war ziemlich sicher auch der Brieffreund, von dem Benedict erzählt hatte. Wer wusste, was sie sich schrieben oder sich erträumten? Einen Augenblick lang war Dominic sogar versucht, die Kassiererin um Rat zu fragen, die der fröhliche, mütterliche Typ war und im richtigen Alter, um selbst ein paar ähnliche Zwickmühlen erlebt zu haben.

Doch das Schrillen seines Handys lenkte ihn ab. »Hallo?« Dominic klemmte sich das Gerät zwischen Ohr und Schulter, damit er weiter seine Einkäufe in Tüten packen konnte.

»Ah, endlich habe ich Sie erwischt.«

»Petra, ja, das haben Sie, sozusagen … Ich bin nur gerade im Supermarkt und muss gleich eine Tonne Ostereier bezahlen. Geben Sie mir bitte zwei Minuten Zeit«, bat er, während er mit seinem Portemonnaie, den Tüten und dem Telefon zugleich jonglierte und der Kassiererin den Rücken zukehrte, die das Schauspiel sichtlich genoss. »Bleiben Sie, wo Sie sind. Behalten Sie das Telefon in der Hand. Zwei Minuten, dann rufe ich zurück.«

»Ich will mich mit Ihnen treffen, Dominic«, sagte sie. »Wenn Sie mich nicht wollen, es wäre mir lieber, Sie sagen es, bitte.«

»Natürlich will ich Sie«, flüsterte er. »Das heißt, ich würde mich sehr gern mit Ihnen treffen. In zwei Minuten rufe ich zurück, dann können wir uns verabreden.«

Die Miene der Kassiererin hatte sich abrupt verschlossen. Vom zupackenden Vater zum fremdgehenden Ehemann – so sah sie ihn, erkannte Dominic resigniert, als sie den Bon aus der Kasse riss und in seine Hand klatschte. Er bedankte sich, aber sie strahlte schon den nächsten Kunden an und gab einem neuen Gesicht die Chance, die er unabsichtlich vertan hatte.

Er rief Petra zurück, sobald er die Einkaufstüten verstaut hatte, bekam aber nur »Hier ist Petra, bitte hinterlassen Sie Ihre Nachricht« zu hören.

Dominic schlug so fest mit beiden Händen aufs Autodach, dass sein Ehering auf dem Blech klirrte. Im selben Moment fiel ihm ein, dass er vergessen hatte, eine Gans zu kaufen. Gans mit Kartoffeln, Karotten und Erbsen zum Mittagessen am Ostersonntag … Benedict würde kommen, er hatte schon alles geplant. Sein Schock musste wohl größer sein, als er dachte. Ein wenig erschöpft holte Dominic sein Handy wieder aus der Jackentasche, starrte dann aber plötzlich auf seinen Ehering: Weißgold, mit dem eingravierten Hochzeitsdatum. Maggie hatte die Ringe extra anfertigen lassen. Er zog seinen aus und steckte ihn in die Gesäßtasche seiner Hose. Er ging leicht herunterzuziehen, sogar über dem Knöchel, als wäre er bereit dafür.

»Ich würde Sie wirklich gern treffen«, beharrte er auf Petras Mailbox, nachdem er die Nummer erneut gewählt hatte, »sehr gern sogar. Ich werde von jetzt an wesentlich mehr Zeit haben und das Mittagessen mit Ihnen zur obersten Priorität machen. So schnell gebe ich nicht auf«, fügte er hinzu, bevor er den Wagen elektronisch abschloss und zurück in den Supermarkt stürzte.

Zwölftes Kapitel

Im Vergleich zu der alten Wohnung ist das Haus in Wandsworth so geräumig, dass ich mit ausgebreiteten Armen von Zimmer zu Zimmer tanze, um mir selbst und Sam, der hinter mir herhüpft, zu zeigen, dass wir hier leben und uns bewegen können, ohne ständig an Wände zu stoßen. Martin, der sich derweil mit Lautsprecherkabeln und Schraubenziehern nützlich macht, sieht uns zu und lacht so ausgelassen, dass mir das Herz aufgeht. Eine andere Umgebung ist vielleicht kein Heilmittel, aber uns hilft sie bereits. Sie *– wer sie auch war (Fiona wahrscheinlich, auch wenn er es nie zugegeben hat) – ist jetzt weit weg, ist genauso Vergangenheit wie die enge Wohnung und die schlecht beleuchteten Straßenecken und Martins lächerlich lange Arbeitszeiten. Ich höre auf zu tanzen und schöpfe Atem, während eine Spur der damaligen Bitterkeit, des Verdachts zurückzukehren droht. Fünfzehnstundentage … Er hätte sie genauso gut mit nach Hause bringen können.*

Wir rücken die Möbel an Ort und Stelle und hängen Bilder auf, balancieren abwechselnd auf Sessellehnen und rufen nach Hinweisen, wo wir den Nagel einschlagen sollen. Zum Abendessen bestellen wir Pizza, weil der Herd nicht funktioniert; es liegt an der Sicherung, meint Martin, aber er hat keine Ersatzsicherungen, und die Läden sind schon zu. Wir lassen Sam lange aufbleiben, damit er richtig müde wird, er darf die Pizzakrusten knabbern und zwischen den Kisten spielen, während wir schuften und auspacken. Wir sind wieder ein Team, spüre ich, endlich. Und als Martin den Kampf mit den Lautsprecherkabeln gewinnt und einen unserer alten Lieblingssongs auflegt, gleite ich beinahe so aufgeregt wie bei unserem ersten Mal in seine Arme. Wir tanzen Wange an Wange, mit geschlossenen Augen; ein seltener, vollkommener Moment. Ich schwöre mir, ihn festzuhalten. Nichts von dem, was mit Fiona war, kann so schön und intensiv gewesen sein.

Irgendeine wichtige Schraube ist beim Umzug verloren gegangen, weshalb wir das Bett nicht aufbauen können. Völlig erschöpft sinken wir einfach auf die Matratze. Sam, der auf der anderen Seite des Flurs zum ersten Mal in seinem eigenen Zimmer schläft, wacht mitten in der Nacht auf und schreit, rüttelt an den Stäben des neuen Gitterbetts wie ein verzweifelter Gefängnisinsasse. Martin knurrt: »Lass ihn schreien«, aber das kann ich natürlich nicht.

»Ist ja gut, mein Schatz.« Er schlingt die Ärmchen um meinen Hals. Ich will ihn wieder hinlegen, aber er lässt nicht los. Ich versuche es mit einem Schluck Wasser aus seiner Schnabeltasse, aber er pustet hinein, spuckt und kichert. »Du böser, böser Junge«, schimpfe ich sachte.

»Böse, böse«, echot Sam, reibt sich die Augen und gähnt.

»Na gut, dann komm.« Ich trage ihn zu unserer Matratze und lege ihn auf meine Seite, um Martin nicht zu stören, aber gleich darauf klettert er über mich hinweg in die Mitte, furchtlos und – wie es sich für einen Dreijährigen gehört – ohne sich um irgendwelche anderen Bedürfnisse zu kümmern als seine eigenen.

Martin wacht auf und stöhnt. »Er hat sein eigenes Zimmer. Bring ihn zurück.«

»Mach du das.«

»Du weißt, dass das nicht funktioniert.«

»Du versuchst es ja nie.«

Wenige Augenblicke später sind mein Mann und mein Sohn fest eingeschlafen, liegen beide auf dem Rücken, die Arme an den Seiten, als würden sie in dem Mondlicht baden, das durch die noch vorhanglosen Fenster fällt. Tränen brennen in meinen Augen, teils vor Müdigkeit, aber vor allem, weil mein Glaube zurückkommt, der Glaube an uns, an die Frucht unserer Liebe, die zwischen uns *liegt, der Zankapfel, aber auch das, was uns zu einem Ganzen macht.*

Es dauerte schließlich doch noch ein paar Stunden, bis sie das Krankenhaus verlassen konnten. Jean wurde irgendwo noch einmal untersucht, und Schwester Telson konnte nicht gefunden werden, was Charlotte dazu nutzte, das Auto näher heranzufahren und sich über die Möglichkeiten häuslicher Pflege zu erkundigen. Sie glaubte gerade, die Lage ein wenig besser im Griff zu haben, und war daher umso erschrockener, als die Rückkehr der Patientin auf die Station angekündigt wurde und sie auf eine zusammengesunkene Gestalt in einem Rollstuhl starrte. »Mum.« Das Wort blieb ihr in der Kehle stecken.

»Der Rollstuhl soll nur ihre Kräfte auf dem Weg zum Auto schonen«, erklärte die begleitende Schwester munter. »Uns geht es wieder viel besser, nicht wahr, Mrs. Boot? Das Schlimmste war der Schreck, stimmt's? Bald sind wir wieder ganz die Alte. Was für ein Glück, dass Sie so eine nette Tochter haben, die sich um Sie kümmert.«

Jean erlaubte sich ein angedeutetes Lächeln. Ihr rechter Arm lag in ihrem Schoß wie ein wertvoller Gegenstand und war von den Fingern bis zum Ellbogen eingegipst. Sie trug ihr altes blaues Paisleykleid, dessen einer Ärmel wegen des Gipses nach oben geschoben war, und eine verblichene graue Strickjacke, die über ihre Schultern drapiert war wie eine Stola. Um ihre Beine schlackerten die üblichen zu großen Strümpfe, und ihre Füße steckten nicht in Schuhen, sondern in einem Paar alter Schaffellpantoffeln. Durch die Nylonstrümpfe hindurch konnte Charlotte die blauen Flecken an ihren Schienbeinen erkennen und eine fast schwarze Prellung, die sich von ihrem Knie nach oben unter den Saum ihres Kleides ausbreitete. Ihre Haare hatten ohne die gewohnte Pflege ihre Elastizität verloren und waren zu dünnen, leblosen Strähnen erschlafft, die kein Geheimnis aus der weißen, mit Leberflecken übersäten Kopfhaut darunter machten.

Charlotte wartete gespannt darauf, dass ihre unfreundliche, reizbare Natur zum Vorschein kam. Doch Jean blickte nur sanftmütig von ihr zu der Schwester und sagte so leise und matt »Ja, allerdings«, dass man nicht wusste, ob es ironisch oder ernst gemeint war.

Bei dem Hindernislauf durch schwergängige Brandschutztüren, übervölkerte Flure und langsame Aufzüge ertappte sich Charlotte dabei, dass sie in dieselbe falsche Munterkeit hineinrutschte wie die Schwester. *Bald haben wir dich zu Hause. Eine schöne Tasse Tee und viel Ruhe wirken Wunder.* Es war eine Überlebenstechnik, ein Bollwerk gegen negative Gedanken. Dennoch spürte sie, wie die Furcht, die sich auf dem Parkplatz in ihr breitgemacht hatte, sich zu etwas noch Schlimmerem verdichtete, etwas, das eher an Abscheu grenzte.

Sie fuhr übertrieben vorsichtig, erkundigte sich nach dem Unfall und der Prognose und versuchte, sich nicht über die schwachen, einsilbigen Antworten zu ärgern. Als sie vor dem Haus hielten, kam Prue gerade mit dem unglücklich an seiner Leine zerrenden Jasper um die Ecke. Die Putzfrau wirkte angesichts ihrer neuen Pflichten ausgesprochen froh, sie beide zu sehen, und ebenso der ihr anvertraute Schützling, der mit Gewalt davon abgehalten werden musste, sich an den schlabbrigen Strümpfen hochzuziehen, um den Kopf getätschelt zu bekommen. Die Kapriolen ihres Dackels entlockten Jean jedoch das erste echte Lächeln, und sie sprach sogar mit ihm, stellte Charlotte nüchtern fest, gurrte liebevollen Unsinn auf dem ganzen mühevollen Weg zur Haustür.

Als sie am nächsten Morgen mit dem Auto zum Supermarkt flüchtete, stieß Charlotte einen kleinen Schrei aus und gleich darauf noch einen sehr viel lauteren, der ihr Trommelfell zum

Vibrieren brachte. Sam hatte sie angefleht, bei den Porters bleiben zu dürfen, und Martin hatte erleichtert geklungen. Ein Pflegedienst würde Hausbesuche machen, jedoch erst nach dem Osterwochenende. Was bedeutete, dass sie noch vier Tage durchhalten musste, vier ganze Tage! Bei einer gedämpften Unterhaltung mit Prue hatte sie sichergestellt, dass diese ab jetzt dreimal wöchentlich kommen würde. »Wenn ich dafür bezahlt werde«, hatte die Putzfrau hinzugefügt, was natürlich vollkommen in Ordnung und zu erwarten war, aber Charlotte war trotzdem zusammengezuckt. Wo waren eigentlich die Bridgefreundinnen, hatte sie sich gefragt, und die anderen Namen auf dem Plan für den Kirchenschmuck? Wann war diese gesellige Phase durch die alleinige Zwiesprache mit einem Dackel abgelöst worden?

Das Schreien half. Auch der Supermarkt, der sich in einem weitläufigen, sauberen Gebäudekomplex befand, mit Cafébars am Rand und Gängen so breit wie kleine Straßen, wirkte irgendwie beruhigend. Charlotte ließ sich Zeit und widerstand dem Drang, nach ihrem eigenen Geschmack einzukaufen, stattdessen wählte sie Produkte mit langem Haltbarkeitsdatum oder solche, die in den winzigen Kühlschrank und das Gefrierfach ihrer Mutter passten.

Nach dem Bezahlen wollte sie die Rückkehr noch ein wenig aufschieben und lenkte ihren voll beladenen Einkaufswagen in die am schicksten aussehende Cafébar, wo sie sich mit einem Caffé Latte und einem Schokoladenbrownie in einem weichen Ledersessel niederließ. Sie hatte beides halb verzehrt und blätterte gerade in einer liegengelassenen Zeitung, als sie mit diesem etwas unheimlichen sechsten Sinn spürte, dass sie beobachtet wurde. Sie brauchte eine Weile, um herauszufinden, wo sich der Beobachter befand – nicht bei den Brötchen und den Kaffeemaschinen, sondern hinter ihr, an einem anderen Tisch, mit einem ebenfalls vollgetürmten

Einkaufswagen. Cindy. Charlotte brachte ein verzerrtes Lächeln zustande. Frau trifft auf die Freundin des Exmannes – für solche Begegnungen gab es keinen Benimmratgeber. Sie behielt die Grimasse noch einen Augenblick bei und verfluchte ihren Impuls, sich umzudrehen.

Cindys Lächeln war ebenso angestrengt. Sie hatte nichts zu lesen und wirkte vielleicht deswegen noch verlegener. Außerdem sah sie ein bisschen vernachlässigt aus, hatte die Haare zu einem unordentlichen Pferdeschwanz zusammengebunden und trug zum ersten Mal, seit Charlotte sich erinnern konnte, keinen Hauch von Make-up. Was um alles in der Welt tat sie am Karfreitag in einem Einkaufszentrum in Tunbridge Wells? Langsam, mit wachsender und nicht bloß harmloser Neugier drehte Charlotte sich zum zweiten Mal um. Cindy lächelte erneut, diesmal selbstsicherer, und nahm ihre Kaffeetasse. »Kann ich mich zu dir setzen?«

Charlotte reagierte verblüfft, nicht wegen des Ansinnens, obwohl das schon ein bisschen merkwürdig anmutete, sondern wegen Cindys Figur, die nun, da sie stand, voll zu sehen war. Einem Außenstehenden, der die sorgfältig gepflegte, gertenschlanke Frau nicht kannte, die das Interesse ihres Mannes geweckt hatte, wäre es vielleicht nicht aufgefallen, aber Charlotte sah sofort, dass Cindy schwanger war. Noch nicht weit fortgeschritten, man erkannte nur den Ansatz einer Wölbung unter ihrem T-Shirt, aber so, dass die einst beneidenswerte Einbuchtung ihrer Taille ausgefüllt war. Das erklärte auch ihre fahle Gesichtsfarbe, die dunklen Ringe unter den Augen, die aufgedunsene Kinnpartie – verräterische Anzeichen, die schon seit Wochen vorhanden waren, wie Charlotte jetzt erkannte.

Wie schnell sich alles änderte … wie unerwartet. Bei all ihrer Überraschung empfand Charlotte auch einen Stich des Neids. Es hatte mehrere Jahre gedauert, bis sie mit Sam schwanger wurde. »Okay, wenn du möchtest«, antwortete sie knapp und deutete auf den freien Platz ihr gegenüber, weil sie einfach zu neugierig war, um abzulehnen. Cindy, schwanger, niedergeschlagen und allein, wollte ausgerechnet mit ihr reden. Das war seltsam. Charlotte dachte daran, wie sie sich während der Samkrise an Martins Handy gemeldet und genauso schlaflos und verloren geklungen hatte wie sie selbst. Diese Erinnerung rief ein plötzliches Machtgefühl hervor. Sie, Charlotte, war nicht mehr hilflos. Vor allem steckte sie nicht im Gefühlschaos einer Schwangerschaft, hatte strähniges Haar und einen fleckigen Teint und grübelte über die letzte Auseinandersetzung mit Martin nach. Damit konnte Cindy sich jetzt herumschlagen, und sie wünschte ihr viel Glück. Man erntet, was man gesät hat, dachte sie boshaft, als Cindy sich setzte. »Ziemlich unerwartet, dich hier zu sehen.«

»Ich bin bei meiner Schwester zu Besuch.«

»Aha. Und ich bin bei meiner Mutter, sie hat sich das Handgelenk gebrochen.«

»Oje, das tut mir leid.«

Martin hatte es also noch nicht einmal erwähnt. Oder sie sprachen gerade nicht miteinander. Charlotte spielte mit ihrem Pappbecher, hin und her gerissen zwischen dem Wunsch, die Begegnung rasch zu beenden, und dem Drang, mehr zu erfahren. Cindy verbrachte das Osterwochenende bei ihrer Schwester – kein Wunder, dass Martin am Telefon gestresst geklungen hatte. Kein Wunder, dass er Sam nicht hatte zu sich nehmen wollen. Ihre Vermutung, dass bei den beiden der Haussegen schief hing, war offensichtlich richtig gewesen. Sie sahen sich zurzeit nicht, dabei war Cindy schwanger! Ihr Zustand zeigte sich nun auch daran, dass sie sich mit leicht gespreizten Beinen in dem Sessel niederließ, als wollte sie die kommenden Monate vorwegnehmen, wenn ihr Bauch solch unelegante Bewegungen erforderlich machen würde.

»Ich erwarte ein Kind«, platzte Cindy heraus. »Das wollte ich dir sagen.«

»Gratuliere. Ehrlich gesagt, ich habe es mir schon gedacht.« Cindy war ein derartiger Ausbund an Nervosität – ihre Augen schnellten durch das Café, ihre Beine wippten zwanghaft zu einem inneren Rhythmus –, dass sie Charlotte unter anderen Umständen vielleicht sogar leidgetan hätte.

»Ich hoffe, es macht dir nichts aus oder so.«

»Nein, natürlich nicht.«

»Es ist schrecklich, ehrlich gesagt, die grässlichsten sechzehn Wochen meines Lebens.«

»Tatsächlich?« Charlotte hoffte, dass sie nicht allzu selbstgefällig klang. So viele Erinnerungen schwebten auf einmal wie Seifenblasen durch ihren Kopf, dass sie sich kaum konzentrieren konnte. Ein Kind zu wollen war Teil der ersten, glücklichen Zeit mit Martin gewesen – ein gemeinsamer Wunsch, ein gemeinsames Ziel. Erst mit der eigentlichen Schwangerschaft waren die ersten Anzeichen einer Entfremdung aufgetaucht, das schleichende Gefühl schwindenden Einverständnisses. Cindy so bleich und unglücklich zu sehen, ließ das alles wieder aufleben. »Es ist eine schwierige Zeit, ich verstehe das«, sagte sie ganz erregt. Katzen wie Martin ließen das Mausen nicht. »Ich meine ...« Charlotte unterbrach sich. Sie hatte es immerhin mit Cindy zu tun. Aber einer anderen, hilfsbedürftigen Cindy, die etwas durchmachte, das niemand so gut kannte wie sie. »Ich weiß genau, wie das ist«, fuhr sie gefühlvoll fort und ließ alle Bedenken fahren. »Als ich mit Sam schwanger war, fing Martin auch an, sich von mir zurückzuziehen. Aber im Gegensatz zu dir hatte ich keine Schwester, die mich bei sich aufnahm.«

Charlotte fragte sich, ob die Vertraulichkeiten so weit gehen sollten, dass sie die Hand ihrer einstigen Rivalin tätschelte. Sie fühlte sich plötzlich phantastisch, ganz mühelos zu der Großzügigkeit fähig, die diese und andere Situationen erfordern mochten. Sollten sie nur alle kommen, die Mutter mit dem gebrochenen Handgelenk, der lüsterne Ehemann der besten Freundin und die Arbeitgeber mit ihren hinterhältigen Plänen – sie konnte es mit allen aufnehmen.

Cindy machte große Augen und schüttelte den Kopf. »Oh, nein, Charlotte, das hast du missverstanden. Ich besuche meine Schwester nur, weil ich in den letzten Wochen so reizbar und krank und weinerlich war und dem armen Martin eine Atempause verschaffen wollte. Er ist wunderbar zu mir, ganz wunderbar, obwohl er im Büro so irrsinnig viel zu tun hat und sogar heute arbeiten muss. Ach verdammt, jetzt muss ich schon wieder weinen.« Sie wedelte mit der Hand vor ihrem Gesicht herum, als wollte sie den Emotionsschub die Tränenkanäle hinauf zurückdrängen. »Ich wollte mit keiner Silbe andeuten, dass … Ich wollte es dir nur persönlich sagen, wegen des Babys, weil mir das richtiger vorkommt. Wir haben gerade erst angefangen, es anderen zu erzählen, und Martin hatte Sorge, dass du es schlecht aufnehmen könntest.«

Charlotte stieß ein unterdrücktes Geräusch aus, das als Lachen gedacht war.

Cindy redete weiter, sanft und ruhig, als hätten das Missverständnis und der kleine Heulanfall sie entspannt. »Es tut mir leid, dass es für dich so schlecht gelaufen ist. Natürlich wusste ich, dass es zwischen euch schon länger nicht mehr gestimmt hat. Martin hat sogar oft gesagt …« Sie stockte, als wäre ihr gerade erst klar geworden, mit wem und worüber sie da sprach.

»Was?« Charlotte hockte auf dem Rand des Sessels, jeden Muskel im Körper angespannt, das unechte Lächeln war wieder auf ihr Gesicht getreten. »Was hat Martin oft gesagt?«

»Charlotte, ehrlich, ich hätte das nicht …«

»Bitte sag es mir. Ich will es wissen.«

Cindy schnäuzte sich die Nase. »Dass er dich an Sam verloren hat.« Sie murmelte die Worte in ihr Taschentuch, als hoffte sie, sie dadurch zu entschärfen.

»Aber …« Charlotte merkte, wie ihre Stimme zitterte. »Das ist erbärmlich – empörend.« Ihre Kniekehlen krampften sich um die Sesselkante. »Mich an Sam verloren?«

»Da kommt meine Schwester, ich muss gehen.« Cindy packte den Griff ihres Einkaufswagens und begann, ihn hektisch zwischen den Tischen und Stühlen des Cafés hindurchzuschieben.

Charlotte sah die Schwester herannahen – enge Jeans, weißes T-Shirt, schlank, blond, ein bisschen jünger, ein Klon von Cindy. »Martin ist ein Lügner. Das war er schon immer.«

Cindy wirbelte herum und hatte wieder Tränen in den Augen, ihr Gesicht zuckte. »Nein, das ist er nicht. Er ist ehrenhaft und wunderbar und …«

»*Ehrenhaft?*« Es war eine Erleichterung, richtig herauszulachen. Die Schwester war inzwischen bei ihnen angekommen und schaute besorgt.

»Cindy, was ist los?«

»Ja, ehrenhaft.« Cindy spuckte das Wort zurück.

»Lass uns gehen, Süße«, sagte die Schwester und zog an dem Wagen.

»Jawohl, ehrenhaft«, wiederholte Cindy trotzig und drehte sich noch einmal zu Charlotte um. »Ich könnte dir ein Beispiel nennen, wenn du willst.«

Charlotte stand auf und verschränkte die Arme. Sie spürte ihre Kniescheiben vibrieren und grub ihre Fingernägel in die Ellbogen. »Bitte, gern.«

»Es hat Jahre gedauert, Jahre … *er wollte deinetwegen nicht mit mir schlafen.*«

Alle Köpfe drehten sich jetzt zu ihnen um. Vor der Kasse hatte eine Gruppe wartender Kunden der Vitrine mit dem

Gebäck und den Sandwiches den Rücken zugekehrt und beobachtete die Szene so erwartungsvoll wie Zuschauer an einem Boxring. Der junge Mann, der die Espressomaschinen bediente, stützte sich mit den Armen auf den Tresen, steckte geistesabwesend einen Finger in den Mund und spielte mit einem anderen an seinem Ohrring, als wäre die Show noch nicht spannend genug, um seine volle Aufmerksamkeit zu verdienen. Die Schwester zerrte nun sowohl an dem Einkaufswagen als auch an Cindys Arm.

»Und das soll ich dir glauben?«, zischte Charlotte mit trockenem Mund. »Martin muss dich mit seiner Lügerei angesteckt haben. Wie traurig. Wie *jämmerlich.*« Ihre Knie zitterten jetzt so stark, dass sie taub wurden und sie sich setzen musste. Sie bemerkte, wie Cindy ihre Schwester ansah, den Kopf schüttelte und die beiden sich daraufhin entfernten. Sie hatte sich behauptet, hatte schlagfertig gekontert, aber ihre Gedanken schossen wild hin und her, in die Vergangenheit und wieder zurück, bewerteten neu, verarbeiteten, versuchten, ein Bild zu entwerfen, das einen Sinn ergab. Bei alledem schwang, wie der Nachklang einer Stimmgabel, die noch unfassbare Möglichkeit mit, dass Cindy die Wahrheit gesagt hatte. Martins stetes Leugnen seiner Seitensprünge, ihre Zweifel, ihre Vorwürfe – das war das Leitmotiv ihrer Ehe gewesen, das Grundmuster, das sie geformt hatte. Charlottes Verstand geriet ins Schlingern. Natürlich gab es verschiedene Formen von Untreue, es musste nicht gleich Sex im Spiel sein … Sie wollte diesen Gedanken festhalten, doch er entglitt ihr, und stattdessen kam ihr ungebeten die kurze anonyme Nachricht wieder in den Sinn. *Jemand, der es gut meint*. Scheiße, von wegen.

Charlotte schnappte sich ihren Einkaufswagen und stürmte aus dem Café, murmelte Entschuldigungen, während sie knapp kleinen Kindern und böse blickenden Erwachsenen auswich. Die beiden waren jetzt schon an der automatischen Tür am Ausgang. Die Schwester schob die Einkäufe, und Cindy ging nebenher, hielt sich mit einer Hand am Wagen fest und hatte die andere schützend über die kleine Wölbung ihres Bauches gelegt.

»Du bist das gewesen, stimmt's? Diese anonyme Botschaft, das warst du.« Charlotte hatte Wut oder zumindest Empörung in die Anklage hineinlegen wollen, doch was herauskam, klang flehend.

»Verdammt, das gibt's doch nicht«, sagte die Schwester.

»Schon gut, Lu. Welche Botschaft?«

Charlotte, deren Kraft und Gewissheit plötzlich dahinschwanden, musste eine Erklärung liefern. »Es ändert selbstverständlich nichts mehr, aber ich muss es wissen«, schloss sie heiser. »Ob du sie geschrieben hast.«

Cindy zögerte, ihre Miene blieb maskenhaft ruhig, während sie sich daran erinnerte, wie sehr sie gejubelt hatte, als sie von der hinterhältigen Nachricht und Charlottes Reaktion darauf erfahren hatte, mit der sie ihr Martin endgültig in die Arme getrieben hatte. Das längste Gebet ihres Lebens war auf diese Weise erhört worden, und sie schämte sich sogar kurz dafür, dass sie die Umstände vergessen hatte. Doch als sie antwortete, hörte sich das hochmütig und beleidigt an. »Das hätte ich nie getan, Charlotte. Wenn du mich auch nur ein bisschen kennen würdest, hättest du mir die Frage nicht gestellt.«

Charlotte sah den Schwestern nach, wie sie in dem Meer der geparkten Autos verschwanden. Sie war froh, dass sie gefragt hatte. So froh, dass ihr beinahe schwindelig wurde. Außerdem hatte sie das Recht gehabt zu fragen. Und es war auch egal. Es spielte keine Rolle, jetzt nicht mehr.

Es fiel ihr schwer, den Wagen geradeaus zu schieben, da die Rollen ständig ausbrachen und ihr immer wieder Fetzen des Gesprächs in den Kopf kamen. *Er wollte deinetwegen nicht mit mir schlafen*. Selbst wenn man von unterschiedlichen Formen von Untreue ausging, wäre das doch ziemlich erstaunlich. Charlotte kämpfte mit dem eigensinnigen Wagen und hatte dabei das Gefühl, mit ihren Erinnerungen zu ringen. Sie war es, die sich *ehrenhaft* verhalten hatte, sie hatte ihn nicht aufgegeben und ihm das Oxford-Genie und all die anderen verziehen, die anderen vor Cindy.

Charlotte lud die Tüten nacheinander in den Kofferraum und fuhr langsam zurück zum Haus ihrer Mutter. Nachdem sie den Motor abgestellt hatte, blieb sie noch einen Moment sitzen und achtete nicht auf die zuckenden Vorhänge und das entfernte Bellen des Dackels. Natürlich war Cindy auf Martins Seite und verteidigte ihn. Die verletzende Bemerkung, Martin hätte sie an Sam verloren, gehörte dazu, war ein gemeiner Hieb unter die Gürtellinie. Charlotte näherte sich dem Vorwurf noch einmal, so vorsichtig wie dem Rand einer Klippe. Sie hatte Sam geliebt, wie jede Mutter das Recht hatte, ihr Kind zu lieben. Kein Wunder auch, dachte sie, als der Vorhang zur Seite gerissen wurde und Jeans besorgtes und stirnrunzelndes Gesicht am Fenster erschien.

Charlotte winkte und stieg aus dem Auto. Noch drei Tage lang die pflichtbewusste Tochter spielen – das war nicht viel aufs ganze Leben gerechnet. Es war sogar erleichternd, dass sie sich um jemand anders kümmern musste, eine praktische Aufgabe hatte, die sie von sinnlosen Spekulationen und den gehässigen Reden der fiesen – *schwangeren* – Cindy ablenkte. Sie würde sich darauf einlassen, für eine Weile Kindermädchen zu sein, und sich nicht dagegen wehren. Derart positiv gestimmt winkte sie noch einmal, während sie über den Gartenpfad ging und die Griffe der Plastiktüten in ihre Unterarme schnitten, und hielt auch in den langen Minuten ihre Ungeduld im Zaum, die ihre Mutter brauchte, um ihren Gehstock zu finden und sich zur Tür zu schleppen.

Dreizehntes Kapitel

Manchmal fand Theresa es schrecklich, dass sie nach zehn Jahren in derselben Nachbarschaft kaum einen Fuß vor die Tür setzen konnte, ohne auf Bekannte zu treffen, doch als sie an diesem Ostersamstag zurück in London war und mit Matty im Schlepptau, die furchtlos auf ihren Stützrädern dahinschlingerte, vom Fleischer zur Blumenhandlung hastete, stellte sie fest, dass sie die Straße regelrecht nach vertrauten Gesichtern absuchte. Typischerweise waren gerade jetzt kaum welche zu sehen, und sie erhaschte lediglich einen flüchtigen Blick auf Naomi im vorbeifahrenden Auto (Graham, der am Steuer saß, drehte sich kurz nach ihr um) und nickte Charlottes Nachbarn, Mr. Beasley, zu, der auf seiner gewohnten Bank bei der Ampel saß und die Welt an sich vorbeiziehen ließ.

Es war alles eine Frage der Stimmung, dachte Theresa. Sie wollte Kontakt zu Leuten, weil sie mit allem einverstanden war – mit dem Leben, mit sich selbst, mit Henry. Der Kurzurlaub in Cornwall war genau das gewesen, was sie gebraucht hatte. Natur, erholsame Nachtruhe in dem weichen alten Doppelbett, das sie fast verschluckte, große, unkomplizierte Mahlzeiten und nichts, worum sie sich sorgen musste, außer, ob die Kinder Sand mit ins Haus schleppten und ein Eis gegessen hatten oder drei. Das half ihr, vor sich selbst anzuerkennen, wie viel sie in London jeden Tag bewältigte, indem sie vier (fünf, wenn man Henry mitzählte) verschiedene Tagesabläufe und Ansprüche unter einen Hut brachte, ganz zu schweigen von ihren eigenen bescheidenen Bedürfnissen, denen sie nebenbei auch noch gerecht zu werden versuchte. Kein Wunder, dass sie manchmal fix und fertig war.

Ihre Mutter, die, wie vorausgesehen, mit der Suppe und den Crackern auf sie gewartet hatte, hatte das sofort erkannt. Nachdem sie die Kinder ins Bett gescheucht und Sherry in die Becher mit Suppe gegossen hatte, war ihre erste Frage, was denn los sei. »Nichts«, hatte Theresa geantwortet, war in Tränen ausgebrochen und hatte dann ihren niederschmetternden Verdacht wegen Charlotte und Suffolk hervorgestammelt. Ihre Mutter hatte ihr zugehört, hatte Suppe nachgeschöpft und verkündet, als spräche sie aus eigener Erfahrung, dass geschiedene Frauen eine gefährliche Sorte seien. Anschließend hatte sie gefragt, was Theresas weiblicher Instinkt ihr über die Gefühle ihres Mannes sagte.

»Dass er mich liebt«, hatte sie gewimmert und die Hände vom Gesicht genommen. »Und Charlotte … ich mag sie sehr, aber sie ist so verdammt hübsch und weiß es noch nicht einmal.«

»Gut. Dann hast du dich richtig verhalten, und es wird alles wieder gut werden. Ruf ihn nicht an«, hatte ihre Mutter ihr noch geraten und sie dabei streng angesehen. »Bedräng ihn nicht. Es gibt sowieso kein Telefon dort unten, oder?«

Doch dann war alles anders gekommen, als Theresa in die Nachrichtenkette wegen des Unfalls von Charlottes Mutter hineingeraten war (die Putzfrau hatte Martin erreicht, der es vergeblich über die Handys probiert und dann sie angerufen hatte). Henry hatte ein bisschen komisch geklungen, aber sie selbst wahrscheinlich auch und ebenso die arme Charlotte. An ein Krankenhausbett gerufen zu werden war nie schön, aber noch schlimmer, wenn die Verunglückte berüchtigt für ihre Kratzbürstigkeit und ihr wenig liebenswertes Wesen war. Sie hatte sich zwar gefreut, dass die Urlaubsgemeinschaft in Suffolk sich auflösen musste, aber auch mit ihrer Freundin gefühlt. Und sie hatte sich glücklich geschätzt, dass sie eine Mutter hatte, die nicht nur gesund, sondern auch warmherzig und verständnisvoll war und sie nach den Telefonaten wissend über die Köpfe ihrer Enkel hinweg angelächelt hatte.

Seitdem hatte Henry mehrmals angerufen und von Frust, Denkblockaden, einer zusammengebrochenen Zaunreihe und der Ankunftszeit seines Zuges am Nachmittag berichtet. Sie habe recht gehabt, was das Arbeiten mit Sam und Charlotte in der Nähe betraf, hatte er schroff, ja widerstrebend zugegeben. Das Ganze sei ein komplettes Desaster gewesen.

Ein Desaster! Komplett! Theresa machte einen Hüpfer, obwohl sie vorübergehend das vierrädrige Fahrrad, ihre Tochter, ihre Handtasche und eine schwere Tüte mit einem großen gerupften Truthahn und zwei Dutzend Würstchen trug.

Sam kam als Erster aus dem Immobilienbüro und erblickte Theresa, worauf er sich schnell wieder zurück in den Eingang duckte und gegen Rose stieß, die aufschrie und ihn auf den Rücken schlug.

»Da ist Georges Mum«, flüsterte Sam und zeigte die Straße hinunter, wo Theresa zwischen Matty und ihrem Fahrrad hockte und auf den kleinen rosafarbenen Sattel klopfte, offenbar um ihre Tochter zu ermutigen, wieder aufzusteigen.

»Na und?« Rose warf ihre Lockenmähne zurück und trat hinaus in die Sonne.

»Ich will keinen von denen je wiedersehen.«

»Das schaffst du sowieso nicht.« Sie sah ihn stirnrunzelnd an. »Außerdem magst du George.«

Besiegt von ihren logischen Einwänden, wie so oft in Debatten mit Rose, zog Sam die Schultern hoch und kam heraus. Außerdem wollte er schleunigst weg von hier, bevor Mr. Croft zurückkehrte und den Brief fand, den sie auf seinen Schreibtisch gelegt hatten. Auch das hatte Roses Logik ausgebrütet, aber Sam verlor gerade rapide das Vertrauen in die Idee.

Meine Mum hätte gern, dass Sie sich wieder mit ihr verabreden. Sie ist schüchtern und allein und war echt gern mit Ihnen zusammen. Bitte geben Sie nicht auf und sagen Sie ihr nicht, dass ich das geschrieben habe.

Mit freundlichen Grüßen,
Sam Turner

Rose hatte ihm das diktiert und war dabei bleistiftkauend in ihrem Zimmer auf und ab gegangen wie eine mit den Worten ringende Schriftstellerin. Während er gehorsam schrieb und vor Skepsis und Wagemut Herzklopfen hatte, war es Sam durch den Kopf gegangen, dass die Vorliebe seiner neuen Freundin für das geschriebene Wort doch ein bisschen seltsam war. Andererseits hätten sie sich sonst nicht miteinander angefreundet, und das wollte er auf keinen Fall rückgängig machen. Und Rose konnte wirklich super schreiben – das wusste er durch ihre Briefe und die Aufsätze, die in der Klasse vorgelesen wurden. Geschichte, Englisch, alles, wobei man Sätze aneinanderreihen musste. Noch dazu war sie gestern Abend, nachdem ihr Dad bei ihnen das Licht ausgemacht hatte, die Leiter des Etagenbetts heruntergerutscht, mit einer Taschenlampe zwischen den Zähnen und einem eingedellten Schuhkarton voller Heftseiten, auf denen Gedichte standen, Massen davon, alle in ihrer kleinen, sauberen Raupenhandschrift.

Sicher, dass er keinen Kommentar dazu abgeben konnte, der nicht unzureichend oder blöd wäre, hatte Sam nach dem nächstbesten Gedicht gegriffen und es in angespanntem Schweigen überflogen. Worauf Rose mehrere andere herausgezogen und laut vorgelesen hatte; sie reimten sich alle und handelten von Leuten, die sie kannten, und waren so boshaft komisch, dass sie sich schließlich die Bettdecke in den Mund stopfen mussten, damit man ihr Lachen nicht hörte.

»Dann gibt es noch das hier«, hatte sie gesagt und eine weitere Seite von ganz unten hervorgeholt, »und das ist anders.« Ihre Stimme klang auf einmal komisch, so hoch und gepresst, weshalb Sam sich schon dachte, dass sie sich wegen dem, was als Nächstes kam, nicht an die Bettwäsche klammern würden. Sie hatte die Taschenlampe ausgemacht und seine Hand genommen und sie ganz fest gedrückt, so als hinge sie über einem Abgrund und er müsste sie heraufziehen. Dann hatte sie das Gedicht aufgesagt und den Zettel vors Gesicht gehalten, als ob sie es las, aber es war viel zu dunkel, und sie konnte es ganz klar auswendig. Es ging um ein Mädchen, dessen Mutter immer dünner wurde und dann starb, lauter kurze, abgehackte Sätze, die sich kein bisschen reimten.

Weil er darauf erst recht nichts zu sagen wusste, hatte Sam ebenfalls ihre Hand gedrückt, so fest, wie er noch nie irgendwas gedrückt hatte, noch nicht einmal ihren Arm damals bei ihrer blöden Klopperei. Ein paar Sekunden später war sie von ihm abgerückt und wieder die Leiter hinaufgeklettert. Sam hatte noch stundenlang auf dem Rücken gelegen, so kam es ihm vor, hatte sich unfähig gefühlt und gewünscht, sie würde etwas sagen, bis er schließlich merkte, dass das leise Schnauben von oben bedeutete, dass sie eingeschlafen war.

Es hatte noch eine Weile gedauert, bevor er es ihr nachtun konnte. Rose tat ihm leid, klar, aber er tat sich auch selbst leid, weil er eine Mutter hatte, die er – auch wenn er froh war, dass sie noch lebte – seit Donnerstagmorgen ziemlich hasste. Dieser Hass war etwas Neues und irgendwie sogar aufregend. So als bräuchte er sie nicht mehr, als wäre er frei und unabhängig. Doch dann sah er sie wieder mit Georges Dad vor sich, und er fühlte sich so machtlos wie an dem Tag, als er über die Wiese zum Strand gerannt war und mit den Armen gegen den Wind angerudert hatte, der ihn zurückdrängen wollte.

Roses verrückter Plan war etwas, an dem er sich festhalten konnte und das ihm schließlich half einzuschlafen.

»Was ist eigentlich mit deinem Dad, hm?«, fragte er, als sie auf die Hauptstraße zugingen. »Hast du mal gesehen, wie er jemanden geknutscht hat?«

Rose blieb stehen, stemmte die Hände in die Hüften und starrte auf die Kaugummiflecken auf dem Pflaster. Sam hielt die Luft an und war sicher, dass er irgendeine unsichtbare Grenze überschritten hatte. Doch als sie aufsah, grinste sie geringschätzig. »Nein, natürlich nicht. Er will keine andere nach meiner Mum.«

»Ach so. Okay.« In beschämtem Schweigen ließ Sam seine Finger über eine niedrige Steinmauer schleifen und stapfte mit seinen Turnschuhen in die feucht-weichen Kissen aus herabgefallenen Blüten um die Bäume am Straßenrand. Theresa war jetzt nicht mehr zu sehen. Sam hob den Kopf und war froh darüber, auch darüber, hier mit Rose herumschlendern zu können. Er sah auf die Zeitanzeige seines Handys. Sie hatten noch zwanzig Minuten, bis sie sich mit ihrem Vater zum Mittagessen treffen mussten, in einem Café mit hoch aufgetürmtem Gebäck im Fenster. Der Onkel würde am Nachmittag vorbeikommen und mit ihnen grillen, hatte er gesagt, und zwar auf der immer noch schwarzen Stelle, wo sie die Kartons verbrannt hatten. Sam wusste nicht, wann er jemals so viel Spaß gehabt hatte. Er vermisste seine Eltern überhaupt nicht; seine Mum aus dem bekannten Grund und seinen Dad, weil sein Anruf bei ihm, um Frohe Ostern zu wünschen, in eine lange Leier über ein Konzert ausgeartet war, das der Chor gab, in dem er und Cindy sangen, und wie sehr sie sich freuen würden, wenn er kommen würde, auch wenn es nicht seine

Art von Musik war, aber sie würden hinterher ganz lecker essen gehen blah blah.

Sam ging langsamer, damit Rose ihn einholte. Sie trödelte nervig herum und pfiff dabei eine komplizierte Melodie, die sie ganz in Anspruch zu nehmen schien. *Dum diedel diedeldei.* Es klang schrecklich. Und sie sah aus wie ein Streifenhörnchen, fand er und stellte zu seinem Erstaunen fest, dass sie ihn nicht mehr überragte und er fast auf Augenhöhe mit ihr war, wenn er auf seinen Turnschuhen wippte.

Sie hörte kurz mit dem Pfeifen auf. »Komm, nimm meine Hand«, sagte sie, ohne ihn dabei anzusehen.

Sam tat es, aber nicht so fest wie in der Nacht zuvor, sondern mit ganz locker verschränkten Fingern, die man sofort wegziehen konnte, wenn es nötig sein sollte.

Ich liege auf dem Fußboden und starre auf die staubigen Streben des mittleren Tischbeins, das unseren Esstisch trägt. Obwohl Martin die Haustür leise zugemacht hat, spüre ich den körperlichen Widerhall seines Weggangs. Ich drehe mich auf die rechte Seite und kratze eine Kruste von eingetrocknetem Essen vom Holz. Eine unschöne weiße Narbe bleibt darunter zurück, und ich wünschte, ich hätte es gelassen.

Es ist der Abend vor unserem fünfzehnten Hochzeitstag. Über mir liegen die Reste des Essens, das ich zu seiner Feier auf die Beine gestellt habe: halb gegessene Brotkrusten, verkleckerte Mousse au chocolat, Reiskörner, Stiltonkrümel, Traubenkerne; für eine schlechte Köchin habe ich das gut gemacht. Vier Gänge, vier Paare, lebhafte Unterhaltungen über Schulen und Zinssätze und wo man am besten in Frankreich Urlaub macht – eine Fassade von solcher Normalität, dass ich zuweilen selbst daran geglaubt habe.

Als wir uns an der Türschwelle von Theresa und Henry und den anderen verabschiedeten und liebenswürdige Mienen aufsetzten, während sie uns beglückwünschten – zu dem Essen, dem schönen

Abend, dem Hochzeitstag–, schoss es mir durch den Kopf, dass wir vielleicht nur so tun mussten als ob und es irgendwann Wirklichkeit werden würde, wenn Martin und ich nur lange genug das glückliche Paar spielten. Doch sobald wir hinter den Letzten die Tür zugemacht hatten, brach das Unglück wieder über uns herein und verursachte in seiner Heftigkeit eine Gehirnerschütterung, als würde man mit voller Wucht gegen eine Wand laufen.

»Du willst also immer noch, dass ich gehe?«

Er stand am Fuß der Treppe, hatte die Augen im grellen Dielenlicht leicht zusammengekniffen und sah mit seinen in die Stirn fallenden blonden Haaren wieder so sehr wie der Mann aus, der vor zwei Jahrzehnten im Probenraum des Colleges auf mich gezeigt hatte, dass mein Entschluss beinahe ins Wanken geriet. Um stark zu bleiben, riss ich die Schublade des Dielentischs auf und holte den unfrankierten Umschlag heraus, den ich eine halbe Stunde, bevor die Gäste kamen, auf dem Fußabtreter gefunden hatte. In dem Moment hatte mich eine außergewöhnliche Ruhe überkommen, die mir die Kraft gab, darauf zu bestehen, dass wir die Farce des Abendessens durchzogen, er aber sofort danach das Haus verlassen sollte, da unsere Ehe für mich beendet war. Es war schwer, diese Gelassenheit ein zweites Mal aufzubringen, zumal die Erschöpfung nach dem Theaterspielen sich jetzt voll bemerkbar machte und er, wie er da an der Treppe stand, so schön und leidend aussah, als würde ihm Unrecht geschehen. »Es ist vorbei, Martin.«

»Du schenkst also einer blöden, niederträchtigen Mitteilung mehr Glauben als deinem Mann?«

»Ja.«

Er drehte sich auf dem Absatz um, setzte einen Fuß auf die unterste Stufe, dann hielt er plötzlich inne. »Hör zu«, knurrte er, nur halb zu mir umgewandt, »es gibt eine andere Frau, aber sie ist nur eine Freundin, okay? Nur eine Freundin, Charlotte, jemand mit dem ich mal reden kann, zum Teufel nochmal, aber es ist nichts zwischen uns passiert, klar? Gar nichts.«

Dieses Geständnis nach so vielen Jahren des Leugnens versetzte mich für einen Moment in die reinste Hochstimmung. So viel verschwendete Zeit, dachte ich, all die Jahre des Forschens nach Wahrheit, des Grabens und Bohrens mit den vorsichtigen Fingern einer Archäologin, wo doch der grobe Vorschlaghammer eines Ultimatums viel wirkungsvoller gewesen wäre. »Und wie heißt sie, diese ›Freundin‹?«

»Das ist nicht wichtig.«

»Für mich schon.« Ich schob die Füße auseinander, um einen festeren Stand zu haben. »Und für dich auch, nehme ich an, da irgendeine hilfsbereite Person es für ihre Pflicht hielt, mich auf ihre Existenz aufmerksam zu machen.«

Martin seufzte und knirschte mit den Zähnen. »Hast du überhaupt eine Ahnung, wie das gewesen ist, all die Jahre lang, deine Verdächtigungen, dein Misstrauen, ständig und immer wieder ...«

»Der Name, Martin. Wie heißt deine neueste Freundin?«

»Sie ist tatsächlich eine Freundin, eine wahre Freundin, und sie heißt Cindy.«

»Cindy! Das passt. Und wirst du jetzt zu Cindy gehen, oder ist sie dummerweise auch an ein Ehegespons gebunden?«

»Charlotte ...«

»Ist sie verheiratet?«

»Nein, ist sie nicht. Und ich würde im Traum nicht daran denken, sie jetzt anzurufen, ich gehe in ein Hotel.«

Wieder schwankend geworden krallte ich mich mit allen Zehen in meine Schuhe, während Martin die Treppe hinaufging. Ich blieb stocksteif stehen, starrte blinzelnd vor mich hin, hörte, wie Schubladen und Schränke geöffnet und geschlossen wurden und dann das klickende Zuklappen des Koffers. Erst bei seinen leisen Schritten auf der oberen Treppe zog ich mich ins Esszimmer zurück. Ich wollte nicht an seinen Abschied von Sam denken oder daran, wie rücksichtsvoll er sich benahm; ein Vater, der sein Kind so liebte, dass er es nicht wecken wollte, obwohl er sich von ihm trennen musste.

Die Kerzen, nur noch Dochte in Tümpeln aus flüssigem Wachs, verlöschen. Mir ist kalt, und ich kauere mich zusammen, ziehe die Knie an meine Brust. Es fällt leichter, im Dunkeln zu denken. Ich stecke den Daumen in den Mund und nuckele dran. Ich darf nicht zu hart mit mir ins Gericht gehen. Ich habe tapfer sein müssen und brauche jetzt Zeit, um mich zu erholen. Es ist eingetreten, wovor ich am meisten Angst hatte. Ich habe Martin verloren. Tief in mir habe ich immer gewusst, dass es so kommen würde.

Doch wie viel besser ist es, allein zu sein als einsam! Ich werde nicht wie meine Mutter enden – ein Leben lang aus Selbstschutz nichts wissen wollen, die Augen verschließen. Es hat einige Zeit gedauert, aber endlich ist der Furunkel aufgeschnitten worden. Der Heilungsprozess kann beginnen. Dieser wohlmeinende Mensch hat mir tatsächlich etwas Gutes getan. Ich schlafe auf dem Teppich ein, während ich mir diese Trostworte vorbete. Ich kann jetzt noch nicht darüber froh sein, aber irgendwann werde ich es sein, das weiß ich.

Vierzehntes Kapitel

Charlotte nahm die Abkürzung über den schmalen Fußweg, der von der Sackgasse abzweigte, ging nach links, dann wieder nach rechts an der Garage vorbei und kam bald zu dem Spielplatz, den ihre Mutter ihr beschrieben hatte und der von einem bewaldeten Hang und einer üppigen Wiese umgeben war. Da Jasper die ganze Zeit an der Leine zerrte, hätte sie ihn wahrscheinlich auch ohne Erklärung gefunden. Er zog jetzt noch stärker, sodass seine Augen von der Beinahestrangulation schon hervortraten und von der Begierde, auf seiner gewohnten und geliebten Strecke voranzukommen. Auf der Weide standen mehrere Pferde sowie ein Fohlen mit staksigen Beinen und plüschigem Fell. Als Jasper bellte, machte es einen erschrockenen Satz und steckte dann eilig die Nase unter den Bauch seiner Mutter, um zu trinken.

Getreu ihren Anweisungen wartete Charlotte bis zu dem Waldpfad, ehe sie den Hund von der Leine ließ. Jasper flitzte glücklich ein paar Meter den Hang hinauf, wurde aber gleich wieder langsamer, als die Steigung ihren Tribut forderte. Sie war zuerst besorgt gewesen, dass der kleine Liebling zwischen den Bäumen verschwinden könnte, und empfand nun beinahe Mitleid mit ihm, weil er so alt und dumm war, so hilflos letztlich. Die Bäume ragten hoch auf und waren größtenteils astlos bis zu den Wipfeln. Unter ihnen breiteten sich über Wurzeln und um Brombeersträucher herum Seen von Glockenblumen aus, die im gesprenkelten Abendlicht schimmerten. Es war kühl und windstill und duftete stellenweise nach wildem Knoblauch und Kiefern. Hier und da tanzten Mückenschwärme in den Sonnenstrahlen und genossen die vorzeitige sommerliche Wärme anscheinend genauso wie die Mütter in Shorts und T-Shirts, die ihre mit Sonnenhütchen bewehrten Kinder vom Spielplatz schoben.

Als eine Bank am Wegesrand auftauchte, ließ sich Jasper davor hinplumpsen und sah Charlotte hechelnd an.

»Hier macht ihr also immer Rast, ja? Na gut«, sagte sie und stieg über ihn hinweg, um sich zu setzen. Der Weg mit seinen ansteigenden Böschungen lag da wie ein grüner Korridor, lichtdurchflutet und so schön, dass Charlotte es fast bedauerte, ihn noch nie zuvor betreten zu haben. Der Spielplatz war einmal eine Tankstelle gewesen, erinnerte sie sich. Bei den seltenen Gelegenheiten, als sie daran vorbeigefahren war oder dort getankt hatte, war es ihr nie in den Sinn gekommen, sich die Umgebung näher anzuschauen. Was hatte sie wohl noch alles verpasst auf dieser Welt? Sie holte ihr Handy heraus, um es noch einmal bei Jason zu versuchen, aber dann kam es ihr nicht richtig vor, die Stille des Waldes zu stören. Sie hatte ihm bereits eine Nachricht hinterlassen, und außerdem war Ostersonntag, nicht gerade die richtige Zeit, um jemanden über seine Pläne auszufragen, selbst wenn es um etwas Wichtiges ging.

Stattdessen ließ sie ihre Gedanken zu der Begegnung mit den beiden Schwestern im Supermarkt zurückwandern, die sie jetzt mit einem Anflug von schwarzem Humor betrachten konnte: Cindys fleckiges Gesicht, ihre Ernsthaftigkeit und wie sie den Schwestern durch die Automatiktür hinterhergerannt war – Szenen aus einer absurden Komödie, man musste einfach darüber lachen oder verrückt werden. Denn Cindys Behauptungen waren widersinnig, keine Frage. Schwanger von Martin und unter dem Einfluss rebellischer Hormone sah die arme Frau wahrscheinlich nur das, was sie sehen wollte, blind vor Liebe wie einst auch Charlotte.

Hinterher hatte sie sich mit Hausarbeit abreagiert, was für ihren Gemütszustand Wunder gewirkt hatte – die körperliche Betätigung, die Zurschaustellung töchterlichen Pflichtbewusstseins. Am liebsten hätte sie sich selbst eine Medaille verliehen. Daneben bedeutete ihr Herumwirbeln, dass sie sich nicht allzu viel mit ihrer Mutter unterhalten musste, ein nicht zu unterschätzendes Plus.

Charlotte legte sachte einen Fuß auf dem Hund ab und schloss die Augen. Der Wald war gar nicht so still: Überall raschelte und knarrte und wisperte es, er atmete Geräusche. Man musste nur richtig hinhören, seine Sinne auf eine Ebene unter der Oberfläche richten. Ihre zufriedenen Betrachtungen wurden vom Piepsen des Handys gestört, das eine SMS ankündigte, nicht von Jason, zu ihrem Bedauern, sondern von Martin: »Konzert am 28. Mai, Ort steht noch nicht fest, hätte Sam sehr gern dabei. Hoffe, J. erholt sich gut.«

Charlotte lachte bitter in sich hinein. Offenbar hatte Cindy ihren kleinen Zusammenstoß noch nicht erwähnt, was gut, vielleicht sogar großzügig war, aber das hier zeigte den wahren Martin, den, den *sie* kannte: selbstbezogen, *unehrenhaft*, fordernd, der nur der Form halber nach den Bedürfnissen anderer fragte. Er hatte beträchtlich zu ihrem Stress am Donnerstag beigetragen, indem er Sam wegen zu viel Arbeit nicht zu sich nehmen wollte, und jetzt hatte er nur den Termin für sein dämliches Konzert im Kopf. Warum sollte *sie* überhaupt dafür sorgen, dass Sam dorthin kam? Es war doch *sein* Auftritt, also konnte er Sam auch abholen und zurückbringen. Charlotte ließ die Leine vor der Nase des Hundes baumeln, damit er sich wieder in Bewegung setzte, und marschierte weiter den Weg entlang. Cindy, sagte sie sich, wie schon so oft, konnte ihn haben, sie gönnte ihn ihr von Herzen.

Sie wählte eine derart lange Spazierstrecke durch den Wald, dass die Sonne schon unterging, als sie zurück zum

Spielplatz kamen, und der Hund hartnäckig trödelte, weshalb sie ihn entgegen seiner Proteste auf den Arm nehmen musste. Dort blieb er auch – trotz seines hündisch-verwirrten Blicks und seiner Versuche, ihr den Hals zu lecken –, bis sie fast das Haus erreicht hatten, und sie war danach heilfroh, dass sie dank der gescheiterten Umzugspläne ihr Versprechen, einen vierbeinigen Gefährten für Sam anzuschaffen, nicht einlösen musste.

»Ich bin's«, rief sie, nachdem sie die Haustür mit dem Schlüssel aufgeschlossen hatte, den sie auf Jeans Beharren jetzt immer mitnehmen musste, selbst wenn sie nur eben schnell zum Briefkasten ging. »Ich bin's nur«, wiederholte sie leiser und sah in der Küche und dann im Wohnzimmer nach, wo der Fernseher noch lief und der Tee, den sie extra gemacht hatte, grau und unangerührt auf dem Fußhocker stand. Zögerlich öffnete sie die Tür zu der Toilette im Erdgeschoss, doch auch die war leer und sah immer noch heruntergekommen aus, obwohl sie stundenlang die Kalkränder an den Wasserhähnen und den avocadogrünen Kacheln weggeschrubbt hatte. Eine Tüte mit frischem Brot und Milch stand nach wie vor in der Diele, wo sie sie abgestellt hatte, weil sie mit anderen Wünschen bestürmt worden war, sobald sie aus dem Laden an der Ecke zurückgekommen war: Tee kochen, die Fernbedienung für den Fernseher und ein bestimmtes Kissen finden und den Hund zu seinem gewohnten längeren Wochenendspaziergang ausführen.

Erst als sie schon halb die Treppe hinauf war, kam es ihr in den Sinn, sich Sorgen zu machen. Im Haus war es totenstill. Ihre Mutter war doch bestimmt nicht ausgegangen. Es sei denn, die Sonne hatte sie gelockt … Charlotte drückte ihr Gesicht an das Bullauge auf dem Treppenabsatz und blickte so weit sie konnte in den hinteren Garten, sah den Pflanzschuppen, den Bauernstuhl, der jetzt mit Flechten überzogen war und zu altersschwach, um darauf zu sitzen, drei große Maulwurfshügel und eine von irgendwo herbeigewehte leere Plastikflasche. Von der Sonne war nur noch ein feuerroter Fleck übrig, der mehr die Silhouetten beleuchtete als Licht spendete. Sie eilte weiter die Treppe hinauf und sah erst im Bad nach, bevor sie zum Schlafzimmer kam. Die Tür war nur angelehnt und quietschte, als sie sie ganz aufstieß. Jean lag mit geschlossenen Augen und unbequem hinter das Kissen gekipptem Kopf auf der Tagesdecke. Das Paisleykleid, das sie seit dem Krankenhaus ununterbrochen trug, war hochgerutscht und ließ die große violett-schwarze Prellung an ihrem linken Bein und ein Stück Spitzenunterrock sehen.

Charlotte starrte einen Moment wie gebannt auf den Unterrock, für die meisten Leute heutzutage ein altmodisches, nutzloses Kleidungsstück, aber sie erinnerte sich mit plötzlicher Klarheit daran, dass sie als Kind einmal zugesehen hatte, wie ein Nylonstrumpf unter einem ähnlich hübschen Spitzensaum hochgezogen wurde; ehrfürchtig hatte sie zugesehen, von dem Wunsch beseelt, dereinst auch so elegant, so wunderschön, so erwachsen zu sein.

»Mum?« Sie machte noch einen Schritt auf das Bett zu. Jean lag ganz still da, wie aufgebahrt. Charlotte war weniger erschrocken als tief beschämt darüber, dass sie einmal geglaubt hatte, wenn auch nur flüchtig, den Tod dieser Frau – geliebt, gehasst, nie verstanden – leicht verwinden zu können.

»Hat Jasper sein Spaziergang Spaß gemacht?«

Charlotte seufzte erleichtert auf. »Ja, ich glaube schon …« Sie musste sich erst von dem kleinen Schock erholen. »Ein Glück, alles in Ordnung mit dir … Jasper war ziemlich müde zum Schluss«, gestand sie und dachte schuldbewusst daran, dass der arme Hund getragen werden musste.

Jean brachte ihren Kopf in eine natürlichere Lage und sah ihre Tochter unverwandt an. »Noch ein Kissen wäre schön.«

»Noch ein Kissen … natürlich.«

»Im obersten Schrankfach. Du musst auf den Stuhl steigen.«

»Hab's schon. So, hier ist es. Kannst du dich aufsetzen? Gut so. Besser jetzt? Ich wollte gleich mal Abendessen machen, Pasta mit einer schönen Soße. Ich werde noch ein paar Pilze hinzutun, damit es richtig gut schmeckt.«

»Danke, Liebes, aber ich habe keinen großen Hunger. Ein Stück Toast genügt mir und vielleicht ein bisschen Bovril-Fleischextrakt.

»Bovril? Auf den Toast?«

»Nein, Butter auf den Toast und Bovril in einen Becher mit heißem Wasser. Aber vorher würde ich gern, wenn es dir nichts ausmacht …«

»Ja?« Charlotte hantierte an dem Fensterriegel herum. Es war so stickig im Zimmer, dass sie kaum atmen konnte.

»Bitte nicht, es zieht sonst.«

»Es zieht? Na schön.« Charlotte hakte den Riegel wieder ein und schob die Hände in die Hosentaschen, wie um sie daran zu hindern, noch mehr Unfug anzustellen. Noch zwei Tage. Nur noch zwei Tage, dann war sie wieder frei und konnte ungeduldig und eine schlechte Tochter sein und mit ihrem eigenen Leben weitermachen. Ein Team aus vier Pflegekräften würde die Betreuung eine Woche lang übernehmen, hatten die Leute von der Gesundheitsfürsorge gesagt. Sie würden nach einem Dienstturnus arbeiten und bestimmt lange nicht so gereizt sein wie Charlotte wegen Jeans Selbstmitleid, das zu der Hilflosigkeit hinzukam, und die Tatsache (wie die Schwester gesagt hatte), dass es das Selbstvertrauen ihrer Mutter war, das mehr als ihr Körper einen Knacks bekommen hatte. »Was wolltest du sagen?«

»Meine Haare … könntest du mir vielleicht helfen, sie zu waschen?«

Charlotte wollte zuerst einen Vorwand erfinden, um abzulehnen. Sie hatte schon so viel getan, hatte eingekauft, dies und das herbeigeholt, saubergemacht, Sachen geschleppt, den Hund ausgeführt, sich von der Außenwelt abgeschottet, während die ganze Zeit das Debakel mit Cindy an ihr nagte und es rein gar nichts Aufmunterndes gab außer einem gelegentlichen Anruf bei Sam. Der hatte es jedoch immer eilig, das Gespräch zu beenden und zu seinen neuen Freunden, den Porters, zurückzurennen. Ihre Unterhaltung am Abend zuvor hatte genau fünfzig Sekunden gedauert.

»Haare waschen, na sicher. Hättest du ruhig vorher sagen können.« Sie sprach schroff, um ihr Widerstreben zu verbergen. »Möchtest du es jetzt gleich machen oder nach dem …«

»Jetzt gleich.«

Es war nicht einfach. Das Bad war klein, das Waschbecken zu niedrig. Sie versuchten es, indem Jean sich auf einen Stuhl setzte, seitlich, vornübergebeugt, nach hinten gebeugt. Aber sie wurde nur nass und regte sich auf. »Es liegt nicht an dem Arm, sondern an meinem Hals. Ich kann ihn nicht richtig drehen, es ist hoffnungslos.«

»Vielleicht könnte ich den Gips mit Klarsichtfolie umwickeln und dir helfen, dich unter die Dusche zu stellen«, schlug Charlotte mit einem unsicheren Blick auf ihre Mutter und den festgeschraubten Duschkopf vor. Sie war jetzt ebenfalls ziemlich nass, vor allem vorne und an den Ärmeln, obwohl sie versucht hatte, sie vom Wasserstrahl wegzuhalten.

»Nein, lassen wir's bleiben. Macht nichts. Es ist einfach *hoffnungslos*.«

Sie weinte, stellte Charlotte erstaunt fest und war froh über den beschlagenen Spiegel, in dem sie es nicht allzu deutlich sehen musste.

»Ich möchte jetzt mein Bovril«, schnauzte Jean sie an und stand auf. »Und meinen Toast. Kriegst du das wenigstens hin?«

»Ich habe eine bessere Idee«, sagte Charlotte und drückte

sie sanft wieder auf den Stuhl. »Bleib hier sitzen.« Ein paar Minuten später kam sie mit einer alten Duschvorrichtung aus Plastik, einem hochgeschätzten Teil aus ihrer Teenagerzeit, das sie aus einer unteren Schublade in ihrem Zimmer gefischt hatte, und weiteren Handtüchern zurück. »Knie dich da drauf«, sagte sie, legte zwei der Tücher auf den Boden und eines um Jeans Schultern und schob und zerrte dann die kalkverkrusteten Enden des Schlauchs über die Wasserhähne der Wanne. »So. Jetzt lehnst du dich so weit du kannst mit deinem gesunden Arm über den Rand. So ist's gut. Mach die Augen zu. Das Handtuch hält ein bisschen was ab, aber du bist ohnehin so nass, dass ein paar Spritzer mehr nichts ausmachen. Wir suchen dir hinterher was Trockenes raus.«

Jean gehorchte ohne weitere Widerrede, und nach einer Weile schwieg auch Charlotte. Sie arbeitete rasch, massierte gründlich das Shampoo ein und fühlte die weiche Kopfhaut und den Schädel darunter, jedoch ohne Ekel oder Selbstgerechtigkeit oder Widerwillen oder eine der anderen unerbaulichen Regungen, die sie die letzten Tage – die letzten dreißig Jahre – beherrscht hatten, sondern mit einer einfachen, achtsamen Zärtlichkeit. Beim Ausspülen (das Wasser musste angenehm warm sein, nicht zu heiß, und Charlotte merkte, dass sie genauso sorgsam vorging wie damals, als sie ihr glucksendes Baby gebadet hatte) ließ Jean mehrere Seufzer des Wohlbehagens vernehmen. Der Schaum war längst weg, aber Charlotte spülte weiter und strich durch die dünnen, nassen Strähnen, bis sie unter ihren Fingern quietschten.

Es war so ein einfacher Gefallen, nicht nur die Reinigung an sich, die beruhigende Wärme des Wassers, sondern auch die Berührung, der Körperkontakt, die einfühlsamen Hände. Als sie schließlich das Wasser abdrehte, fiel Charlotte ein, dass sie vor ein paar Monaten die gleiche Fürsorge erfahren hatte, dass sie fast an derselben Stelle gekniet hatte, spuckend und elend, und Jean ihr die Haare zurückgehalten und ihr einen warmen Waschlappen auf die schmerzende Stirn gedrückt hatte.

So unspektakulär diese beiden Erlebnisse auch waren, beglückten sie sie doch auf ungeahnte Weise; es war beinahe, dachte sie später, als sie im Bett lag und das Gefühl zu beschreiben versuchte, wie sie sich einen Zustand göttlicher Gnade vorstellen würde, wenn sie religiös wäre. Was immer es war, sie wusste, dass Jean es auch gespürt hatte. Es war wie ein Gespräch zwischen ihnen gewesen, ein stummes Gespräch, und doch das intensivste, das sie je geführt hatten. Hinterher, ein wenig benommen vor Überraschung, ja vor Freude, hatte sie Jean geholfen, trockene Sachen anzuziehen, und sich dann willig in die Küche schicken lassen, um mit Löffel voll klebrigem Bovril und einem Toaster zu kämpfen, der das Brot erst ausspuckte, wenn es schon schwarz verbrannt war.

Am Abend des Ostermontag hatte sich über den zwei Tage anhaltenden tropisch blauen Himmel ein schwerer, dunkelgrauer Vorhang gesenkt. Das schwülwarme Lüftchen, das neckend unter die Decken und Rocksäume des nachmittäglichen Picknickvolks gefahren war, wurde kühl und peitschend und trieb alle nach Hause zu dickerer Kleidung und warmen Mahlzeiten.

»Die beiden kommen schon klar.«

»Das weiß ich. Ich mache mir keine Sorgen um sie.«

»Dann hör auf, aus dem Fenster zu sehen.«

»Sie haben ein Ei übersehen, auf dem Scharnier der Gartenpforte. Ich kann es von hier erkennen.«

»Du könntest auch weiter auspacken.«

»Und du könntest mal wieder nach Hause gehen.«

»Ich koche heute Abend, hast du das vergessen? Gänsefrikassee.«

Dominic drehte sich stirnrunzelnd vom Fenster weg. »Was ist das eigentlich genau?«

Benedict lag lang ausgestreckt auf dem Sofa, kaute an einem Bleistift und las ein Skript für ein Casting am nächsten Tag. »Das Gleiche wie mein berühmtes Hühnerfrikassee, nur mit Gans, dazu grüne Bohnen und neue Kartoffeln – ein echtes Festessen. Mann, hast du ein Glück, mich zum Bruder zu haben.«

Dominic sah wieder hinaus. Er hatte in Wahrheit nach einem schwarzen Käfer Ausschau gehalten und nicht nach den Kindern, die beide Handys dabeihatten und außerdem von einem anderen Vater beaufsichtigt wurden, der so tollkühn gewesen war, ein Ferientreffen für die Klasse im Park zu organisieren – es gab Ballspiele, und jeder brachte sein eigenes Picknick mit. Fünf Uhr, hatte Charlotte gesagt, und jetzt war es fast sechs. Er hatte versucht, sie anzurufen, um ihr wegen des Spielenachmittags Bescheid zu sagen und dass sie sich Zeit lassen könne, aber ihr Telefon war ausgeschaltet, vermutlich wegen der Autofahrt. Das war mittlerweile zwei Stunden her. »Was meinst du, wie lange fährt man von Tunbridge Wells hierher?«

»Eine Stunde?«, tippte Benedict, bevor er sich wieder auf die Rolle (ein Anwalt mit einer Schwäche für Perserkatzen und einer rachsüchtigen Exfrau) und den Kampf gegen die Versuchung, das abblätternde Bleistiftende gegen eine Zigarette zu vertauschen, konzentrierte. »Höchstens zwei, wenn die Straßen voll sind.«

»Was sie heute natürlich sein werden, vor allem der Südring bei Catford, Lewisham ...« Dominic schauderte, als er daran dachte.

»Kannst du's nicht erwarten, Sam loszuwerden?«

Dominic löste sich widerstrebend vom Fenster und fing an, Kissen aufzuklopfen und die Sonntagszeitungen zu ordentlichen Stapeln zusammenzulegen. »Im Gegenteil. Trotz des schlechten Starts, den die zwei hatten, scheint er ein guter Junge zu sein. Ein stilles Wasser, in sich gekehrt – genau Roses Fall. Ich dachte, du magst ihn auch. All dieses Feuermachen und Grillen, er war völlig hin und weg.«

»Der Junge ist in Ordnung.« Benedict legte sein Skript ab und setzte sich auf. »Was ist los?«

»Nichts.«

»Hast du Angst, dass Rose und er sich zu sehr mögen könnten?«

»Red keinen Quatsch.«

»Aber irgendetwas macht dir doch zu schaffen.«

»Ach wo.« Dominic boxte das letzte Kissen zurecht und warf es an seinen Platz, wobei er sich darüber wunderte, wie man jemanden so gern haben konnte, der manchmal so stur und lästig war. Daneben fragte er sich, ob nicht der Zeitpunkt gekommen war, die neueste, unglückliche Entwicklung in seiner Bankerkarriere zu offenbaren, die ihm, verrückterweise vielleicht, immer noch nicht besonders viel ausmachte, abgesehen von seinem verletzten Stolz. Falls Benedict da irgendwelche furchtsamen Schwingungen wahrnahm, mussten sie vollkommen unbewusst sein.

»Ha, ich hab's!« Benedict klatschte das Skript gegen seine Knie. »Die schöne Petra. Du hast sie noch gar nicht erwähnt, woraus ich nur schließen kann …«

»Verdammt nochmal. Solltest du nicht lieber was Nützliches tun, wie zum Beispiel Gänsefleisch von einem Gerippe schaben?«

Benedict schwang sich vom Sofa und zog mit einem selbstzufriedenen Grinsen seine Shorts hoch. Ein Zigarettchen im Garten, bevor es anfing zu regnen, als Belohnung dafür, dass er nur die Hälfte von dem Schokoladenberg gegessen hatte, den er über das Osterwochenende angesammelt hatte, und auf ein zweites Stück von Dominics Applepie beim Mittagessen am Vortag verzichtet hatte. »Du triffst dich also mit ihr, ja, du hinterhältiger Fuchs? Ich habe euch zusammengebracht, und dann besitzt du noch nicht mal den Anstand, mir …«

»Wir sind am Freitag zum Mittagessen verabredet«, unterbrach ihn Dominic müde, denn er hatte langsam genug, nicht nur von der Neugier seines Bruders, der, wie sie beide wussten, sowohl echte Zuneigung als auch ein ernsthaftes Defizit in seinem eigenen Privatleben zugrunde lagen, sondern auch von dieser allgemeinen Überzeugung (er nahm sich selbst nicht aus), dass jeder erwachsene Mensch einen Partner brauchte. Es war ihm gut gegangen in letzter Zeit, er fühlte sich stabiler und konnte sich nun sogar an Maggies eher ärgerliche Angewohnheiten mit der echten Gereiztheit erinnern, die er zu ihren Lebzeiten empfunden hatte, statt mit sehnsüchtiger Verklärung. Das Alleinsein brachte eine emotionale Freiheit mit sich, die ihm allmählich gefiel und die er nicht so leicht wieder aufgeben würde.

Petras Beitrag zu diesem ausgeglicheneren Zustand war eine Komparsenrolle bei seinen gelegentlichen sexuellen Phantasien, die sie so perfekt spielte, dass er schon überlegt hatte, es dabei zu belassen und sie nicht dem Test der Wirklichkeit auszusetzen, damit sie ihn nicht enttäuschen konnte; ganz das unbeschriebene Blatt, nach dem er sich so sehnte, ohne das Chaos des echten Lebens, ohne Narben und Altlasten, nervige Gewohnheiten und zerstörte Hoffnungen. Wenn er sich um Sam und Rose sorgte, dann um ihre unverdorbenen Herzen, die nicht wussten, dass die Fähigkeit zu lieben Hand in Hand ging mit der Macht zu enttäuschen und Schmerz zuzufügen.

»Das ist eine großartige Neuigkeit.«

»Es freut mich wie immer, dass ich deinen Segen habe«, erwiderte Dominic trocken. Er ging zurück zum vorderen

Fenster und sah, dass das bunte Schokoladenei vom Torpfosten verschwunden war, wahrscheinlich vom Wind heruntergeweht. Hinter sich hörte er, wie sein Bruder in die Küche ging, ein paar Schubladen zuknallte und sich dann durch die Gartentür (der Trottel, wem wollte er etwas vormachen) hinausschlich, um eine zu rauchen. So ein toller, warmherziger, talentierter Mann, aber ein Sklave seiner Laster, dachte Dominic mit gewohnt spöttischer Verzweiflung, als er den Vorhang beiseitehielt, damit er die Straße besser überblicken konnte. Mit der freien Hand tippte er eine SMS an Rose, um ihr mitzuteilen, dass sie um sieben zu Hause sein sollten, falls der Regen das Treffen nicht schon vorher beendete.

Erst als er den Vorhang fallen ließ, entdeckte er das Auto, ein halbrunder schwarzer Fleck hinter einer Wolke aus rosa Blüten. Es war etwa fünfzig Meter entfernt geparkt, gegenüber der aufgegebenen Kirche, die den an Laternenpfählen klebenden Plänen der Bezirksverwaltung zufolge demnächst in eine Grundschule umgewandelt werden sollte. Es konnte sich natürlich auch um einen anderen Wagen als den Käfer handeln, das war von seinem Standpunkt aus nicht genau festzustellen, aber irgendein Gefühl sagte ihm, dass er es war.

»Ich gehe mal kurz weg«, rief er, riss die Hintertür auf und überraschte Benedict, der wie ein ertappter Schuljunge herumfuhr und den Stein des Anstoßes in der hohlen Hand hinter seinem Rücken versteckte. »Verscharr die Kippe, ja?«, sagte Dominic und lachte in sich hinein, als er nach seiner Jacke griff und hinaus auf die Straße lief.

Es war eindeutig ein Käfer. Er verlangsamte seinen Schritt und dachte daran, wie er das letzte Mal, ebenfalls in dieser Straße, auf ihr Auto zugegangen war, an dem Abend, als er sich mit den Stowes geeinigt hatte. Es war stürmisch gewesen, und sie hatte auf sein Hilfsangebot wie auf einen unsittlichen Antrag reagiert. Dominic grinste, doch dann blieb er abrupt stehen. Der Käfer war leer und mit Blüten bestäubt. Er stand vielleicht schon seit Stunden hier. Also war es nicht ihrer. Idiot. Als käme es darauf an, wann diese Zicke einzutreffen geruhte. Sie benutzte ihn, wie es ihr passte, und betrachtete seine Freundlichkeit offenbar als eine Dienstleistung statt als Gefallen.

Dominic ging weiter die Straße entlang, spielte mit dem Gedanken, doch noch zu dem Klassenpicknick hinzuzustoßen und sich vielleicht als Fänger anzubieten. Er war früher mal ganz gut gewesen mit dem Ball, hatte Cricket und Fußball gespielt, bevor Familie und Arbeit ihm keine Zeit mehr für Hobbys gelassen hatten. Das war noch etwas, was er jetzt in Betracht ziehen konnte, mal wieder ein bisschen Cricket spielen am Wochenende. Wäre doch ideal, jetzt, wo es auf den Sommer zuging, vielleicht würde er sogar neue Freundschaften schließen, Gleichgesinnte kennenlernen, mit denen man sonntagabends mal ein Bierchen trinken konnte – ja, das wäre schön.

Beim Weitergehen wurde er unsicher. Sein Erscheinen bei dem Spielfest würde von seiner Tochter und ihrem Freund möglicherweise nicht mit ungeteilter Begeisterung aufgenommen werden. Am Ende dachten sie mit der neu gewonnenen, noch nicht gefestigten Selbständigkeit von Dreizehnjährigen, dass er sie wie Kleinkinder nach Hause bringen wollte. Nein, das wäre nicht gut, gar nicht gut.

Dominic blieb wieder stehen. Er hatte inzwischen die Straße überquert und war vor der Kirche angelangt, direkt neben dem Schild mit der Aufschrift »Unbefugtes Betreten verboten«, das schief am Zaun hing, als hätte es jemand irgendwann abreißen wollen. Der verfallene Zustand des Zauns ließ die Warnung sinnlos erscheinen – mehrere Latten waren zerbrochen oder fehlten, wie bei einem schadhaften Gebiss. Die neue Grundschule würde sich dagegen wie ein

Palast ausnehmen. Der Kirchenbau mit seinen pockennarbigen roten Backsteinen und den vernagelten Fenstern wirkte wie seit Jahren belagert und kurz vorm Aufgeben. Auf dem Boden ringsherum lag Müll verstreut, Dosen, Flaschen, Styroporbecher, zusammengeknüllte Kleidungsstücke; als hätten die Friedhofsbewohner ihre Ruhestätten verlassen, um eine nächtliche Party zu feiern, und hinterher nicht aufgeräumt, dachte Dominic. Durch die dicht stehenden Bäume an der Seite konnte er gerade noch ein paar schief stehende Grabsteine im hohen Gras erkennen. Und eine Frau. Dominic blinzelte. Eine Frau mit einem blauen Oberteil und roten Haaren … sie verschwand gerade hinter einem Grabstein und dann … wo war sie hin? Ein Geist? Er kniff die Augen zusammen, war sich in dem grauen Dämmerlicht seiner Reaktionen und seines Sehvermögens nicht mehr sicher. Maggie? Er öffnete den Mund und wollte sie rufen, schlüpfte stattdessen aber durch die breiteste Lücke im Zaun, gleich neben dem wackeligen Verbotsschild.

»Es tut mir leid.«

»Unsinn. Du brauchst dich nicht zu entschuldigen. So was kommt vor.« Theresa blickte auf ihre Socken, als sie ihre Hose wieder hochzog, und fragte sich dumpf, ob es an ihnen lag: Knöchellang, grau, praktisch, bequem, mit einer kleinen Laufmasche links, waren sie nicht gerade das, was man erotisch nennen würde. Aber Henry war so scharf gewesen, hatte sie vom Beladen der Spülmaschine weggezogen, sie nach oben gedrängt und an Reißverschlüssen und Knöpfen gezerrt, dass es ihr gar nicht in den Sinn gekommen war, irgendwie verführerisch aussehen zu müssen. Ihr Mann hatte zum ersten Mal seit über zwei Monaten ein körperliches Interesse an ihr gezeigt, weshalb es ihr ebenfalls nicht in den Sinn gekommen war, sich zu verweigern, obwohl sie noch tausend andere Dinge hatte erledigen wollen, bevor George und seine Brüder von ihren verschiedenen Spielverabredungen im und um den Park zurückgebracht wurden. Besonders hatte sie das Gestolper die Treppe hinauf genossen. Sie hatten gekichert und sich gegenseitig ermahnt, wegen Matilda leise zu sein, die ihnen die Gelegenheit überhaupt erst verschafft hatte, indem sie ausnahmsweise sofort nach ihrem Bad eingeschlafen war.

Im Schlafzimmer angekommen hatten sie trotzdem vorsichtshalber die Tür abgeschlossen und waren dann aufs Bett gefallen, hatten sich nur kurz voneinander gelöst, um ihre Kleider abzuwerfen. Bis auf die Socken … hatte Henry seine auch angelassen? Sie war zu sehr damit beschäftigt gewesen, das uralte Vergnügen des Begehrens und Begehrtwerdens wiederzuentdecken, um darauf zu achten. Jetzt hatte er sie jedenfalls an, ebenso seine Baumwollhose, die gewaschen werden musste, und das karierte Hemd, das er so schnell wieder hatte zuknöpfen wollen, dass er sich dabei vertan hatte.

»Warte mal eben …«

Henry wich zurück, missverstand ihre Annäherung als neuen Versuch, seine Leidenschaft zu wecken.

»Deine Hemdknöpfe«, sagte Theresa, während Wut langsam die Oberhand über ihr Mitgefühl als Ehefrau gewann. Was hatte sie denn falsch gemacht? Sie war auf seinen Annäherungsversuch eingegangen und hatte sich verständnisvoll gezeigt, als er unrettbarer- und unerklärlicherweise die Lust verloren hatte. Sie kannte genug Frauen, für die Sex eine lästige Pflicht war und die darüber scherzten, was für ein Segen doch die Woche Ruhe war, die ihnen ihre Monatsregel verschaffte. Nicht so sie, zumindest nicht in letzter Zeit. Durch die Entbehrung der vergangenen Wochen war ein regelrechter sexueller Hunger in ihr wiedererwacht. Keine, die vor der Geschirrspülmaschine bestürmt wurde, hätte williger, lustvoller, entzückter reagieren können. »Deine Knöpfe«, wiederholte sie knapp. »Falsch geknöpft.«

Nachdem Henry gegangen war, legte sich Theresa wieder aufs Bett, um ihre Hose zuzumachen, die eng war, viel zu eng, und schloss die Augen. Sie wünschte sich plötzlich, die kommenden hektischen Stunden überspringen und gleich einschlafen zu können. Die Jungen würden müde sein, aber auch hungrig, trotz ihrer Picknicks und anderer Mahlzeiten. George sollte ein Projekt über das Taj Mahal für die Schule fertig haben, und die beiden Jüngeren hatten Buchstabierübungen als Ferienaufgabe bekommen. Alfie hatte zuerst gesagt, dass seine Turnschuhe zu klein seien, und dann waren sie es auf einmal doch nicht, aber sie hätte ihm trotzdem neue kaufen sollen.

Theresa machte die Augen auf, streckte ein Bein in die Höhe und wackelte mit den Zehen. Alte Socken waren ein sehr viel harmloserer Grund, die Lust zu verlieren, als diese andere Sache, die sie eigentlich abgehakt hatte. Suffolk war ein *komplettes Desaster* gewesen, entsann sie sich. Henry war am Samstagnachmittag in einem für ihn so untypischen Zustand erschöpfter Erleichterung aus dem Zug und in ihre Arme getaumelt, dass sie zuerst vermutet hatte, er sei krank. Nein, nur glücklich, wieder zu Hause zu sein, hatte er ihr versichert, sich dann ihren drei Jüngsten zugewandt und jedes in die Luft geworfen, sogar Jack, der kompakt gebaut war und ziemlich unhandlich. Obschon er normalerweise zu denen gehörte, die Ostern nicht feierten, und es daher ihr überließ, das Verlangen der Kinder nach Häschen und Eiern zu stillen, hatte er sich das ganze restliche Wochenende über bemüht, an jedem Ritual teilzunehmen. Am Sonntagmorgen hatte er Theresa sogar mit einem riesigen, teuren Osterei aus dunkler Schokolade überrascht, gefüllt mit kullernden Trüffelpralinen, sowie einer Karte, einer richtigen Osterkarte, voller Frühlingsblumen, Lämmchen und Küken. Einer *Karte*! Gewöhnlich ließ sich Henry nur an ihrem Geburtstag zu solcher Extravaganz bewegen, und selbst dann hatte er es schon mal vergessen oder etwas Geschmackloses oder Unpassendes angeschleppt, das er offensichtlich in letzter Minute am Bahnhofskiosk gekauft hatte. *Liebste Theresa, frohe Ostern, in Liebe, H.*

Theresa wackelte heftiger mit dem Fuß, denn dieser Gedankengang gefiel ihr nicht, aber sie konnte ihn nicht unterbinden. Das Ei, die Karte … Da stimmte etwas nicht. Das roch nach schlechtem Gewissen. Was hatte Henry zu bereuen? Dass er sich monatelang wie der letzte Stoffel benommen hatte oder noch etwas Schlimmeres, das jüngeren Datums war, viel bedrohlicher?

Die Haustür schloss sich mit einem Rums, und Henry rief von unten: »Tessy, die Jungs sind zurück, und ich mache Rühreier. Soll ich uns auch welche machen, oder willst du noch warten?«

Theresa rollte sich vom Bett. »Nein, prima. Lasst uns alle zusammen essen.« Sie hörte, wie die Jungen unten polterten und rannten, wie sie es immer taten, als könnten sie nirgends schnell genug hinkommen. Wie schön musste es sein, sann sie wehmütig, sofort zum nächsten Ereignis eilen zu wollen, ohne Angst davor, was einen erwartete. Einer rief nach ihr – Alfie, mit seiner lustig brummenden Stimme, immer der, der sie am meisten brauchte.

»Komme schon.« Sie strich ihre Haare glatt und wischte die verschmierte Wimperntusche unter den Augen weg. Henry gab sich Mühe, warum auch immer, und das würde sie ebenfalls tun. Nichts von dem, was er über seine paar Tage mit Charlotte und Sam gesagt hatte, gab Anlass zu neuem Verdacht, im Gegenteil. Die beiden hätten ihn von der Arbeit abgelenkt und seien ihm lästig gewesen, hatte er mehrfach behauptet. Charlotte dagegen hatte bestimmt ein zermürbendes Wochenende mit der Pflege ihrer Mutter hinter sich und würde Aufmunterung brauchen. Sie würde ein gemeinsames Mittagessen vorschlagen, beschloss Theresa, als sie die Treppe hinunterlief, mal in einem richtig schönen Lokal zur Abwechslung statt in ihrem üblichen Café, vielleicht sogar in dem neuen Restaurant, das sie als Möglichkeit für die Feier von Charlottes Geburtstag angeregt hatte. Sie könnten drei Gänge bestellen und Wein dazu, wenn schon, denn schon, und das Ganze als Recherche deklarieren. Und sie könnte Charlotte wegen Suffolk auf den Zahn fühlen, ein paar beiläufige Fragen stellen und ansonsten auf ihren Instinkt vertrauen, wie ihre Mutter ihr geraten hatte. Unschuldig bis zum Beweis des Gegenteils, wie es in der Rechtsprechung hieß.

Nachdem sie gebührend den wackelnden Zahn bewundert hatte, der der Anlass für Alfies Rufen gewesen war, ging Theresa zu Henry in die Küche, wo sie verkleckertes Eiweiß aufwischte, Besteck holte und brav die Rolle des Souschefs spielte, obwohl es ihr in allen Fingern juckte, ihm den Kochlöffel aus der Hand zu reißen. Henry nahm nie genug Butter, nie genug Milch oder Salz. Die Eier würden trocken sein statt schön schlabberig, wie sie und die Jungen sie gern hatten. Früher hätte sie ihn ohne nachzudenken zur Seite geschubst. Sie hätte ihn einen nichtsnutzigen Trottel genannt, und er hätte sie als herrischen Drachen bezeichnet und sich glücklich hinter seine Zeitung verzogen.

Doch an diesem Abend war sie es, die sich nach dem Tischdecken die Zeitung vornahm. Kriegsgebiete, Mord, Ungerechtigkeit – die Berichte waren engagiert und vielfältig. Dennoch lastete ihr eigenes Leben zu sehr auf ihr, als dass sie sich wirklich dafür interessierte; ein Leben, das trotz all ihrer Anstrengungen zu zerbrechen schien, hinter den Kulissen, an einer Stelle, die sie nicht klar benennen konnte.

Aus dem Gleichgewicht gebracht, außer Kontrolle geraten, in Auflösung begriffen. Wie hatte sie je denken können, es sei ein Leichtes, etwas so Veränderliches wie eine gute Ehe aufrechtzuerhalten? Wie hatte sie es wagen können, im Stillen, voller Selbstgerechtigkeit, in Trennung begriffene Paare für ihr mangelndes Durchhaltevermögen zu kritisieren? Henry war aus irgendeinem Grund unerreichbar geworden. Das hatte nichts mit Ausdauer zu tun, es ging um Risse, die so tief waren, dass man sie nicht sah, eine unterirdische Landschaft, die sich jedes Mal wandelte, wenn sie glaubte, sie langsam zu begreifen.

Tim war überrascht, eine Frau im Vorgarten hocken zu sehen, eine Frau in einem gerüschten Stufenrock und mit so vielen Reifen und Ketten um Hals und Arme, dass er zuerst glaubte, Charlotte würde von einer der Zigeunerinnen belagert, die in letzter Zeit mit ihrem schmutzgesichtigen Nachwuchs neben dem Geldautomaten des Viertels herumlungerten. Verunsichert, weil seine eingeübte Rede sich zu lauter Unsinn zerstreute, blieb Tim an der Gartenpforte stehen, die repariert worden war, wie er mit einem Blick auf die glänzende neue Messingangel bemerkte. Doch als die Frau aufstand, sah er, dass sie auf einem großen Koffer saß und dass ihr Stufenrock gut geschnitten war und nur knapp bis zu ihren wohlgeformten Waden reichte. Dazu trug sie hochhackige braune Wildlederpumps, die ins Auge fielen. »Wollen Sie was von Charlotte?«, fragte sie und sah ihn mit zur Seite geneigtem Kopf an.

Tim wäre beinahe umgedreht und zu seinem Auto zurückgerannt, das er vorsichtshalber außer Sichtweite geparkt hatte, sowohl, um Charlotte nicht vorzuwarnen, als auch, um sich die Gelegenheit zu geben, seine Meinung unterwegs zu ändern. Die sicher harmlos gemeinte Frage der Frau klang bedeutungsschwanger in seinen Ohren. Wollte er was von Charlotte? Zur Selbstberuhigung klammerte er sich an ein, zwei Stellen aus seiner Rede, die scherzhafte Bemerkung über Kinder als Kuppler, den lockeren Ton einer unverbindlichen Erkundigung, der ihm so leicht vorgekommen war. Immerhin konnte Charlotte jeden Moment auftauchen, und dann waren überzeugende Worte gefragt. Aber er brachte seine klaren Gedanken von vorhin nicht mehr zusammen, und die abwartende Haltung der Frau und ihr belustigter Gesichtsausdruck verlangten nach einer Antwort. »Ja, aber nur auf gut Glück.«

»Genau wie ich!«, rief sie, offensichtlich erfreut, und ihre Armreifen klapperten, als sie in die Hände klatschte. »Ich sollte eigentlich erst Ende der Woche ankommen – ich lebe in Amerika, wissen Sie –, aber meine Pläne haben sich geändert, wie das so geht, und da habe ich mal auf gut Glück geklingelt. Aber Charlotte ist nicht da, und jetzt fängt es auch gleich noch an zu regnen, und ich muss außerdem meinen Bruder besuchen.«

Ein Schweigen entstand, während sie beide zum Himmel sahen.

»Wir könnten zusammen warten.«

Tim tastete nach der Gartentür hinter sich und schüttelte den Kopf. Er hatte sich vorgenommen, alles dem Schicksal zu überlassen, und da hatte er es – ein leeres Haus, eine verschlossene Tür. Dumm von ihm, die Nachricht des Jungen überhaupt ernst zu nehmen, seine Gefühle wieder aufleben zu lassen, wo er so kurz davor gewesen war, sie endgültig zu begraben. Der Brief hatte ihn zwar gerührt, denn er hatte nie zuvor den Eindruck gewonnen, dass Sam ihn besonders mochte, aber was wusste ein Dreizehnjähriger schon?

»Ehrlich gesagt wundert es mich, dass sie nicht zu Hause ist, denn sie meinte, Sams Schule würde gleich nach Ostern wieder anfangen. Er ist mein Patenkind«, fügte die Frau stolz hinzu. »Ich heiße übrigens Eve. Charlotte und ich sind alte Freundinnen, *uralte* Freundinnen. Wir hatten uns eine Zeitlang aus den Augen verloren, aber dann habe ich beschlossen, sie aufzuspüren – die Wunder des Cyberspace, nicht wahr?« Sie verdrehte die Augen und kam dann mit ausgestreckter Hand auf ihn zustolziert.

Es war eine sehr kleine Hand, kalt und mit lauter Ringen besetzt. Sie war üppiger gebaut, als Tim zuerst bemerkt hatte, zeigte ein großzügiges Dekolleté und eine deutliche Wölbung an der Hinterseite, die von einer auffallend schmalen, durch einen breiten Ledergürtel betonten Taille ausging. »Ich bin Tim – Tim Croft.«

»Und was machen Sie so, Tim Croft?«

»Ich leite ein Immobilienbüro«, antwortete er automatisch.

»Ich dachte, Charlotte hätte ihr Haus vom Markt genommen.«

»Hat sie auch. Äh, könnten Sie …«, stotterte er, »könnten Sie ihr vielleicht sagen, dass ich vorbeigekommen bin?«

»Falls ich sie sehe«, sagte Eve mit einem forschenden Blick. »Viel länger werde ich hier nicht mehr herumsitzen.«

Tim steckte die Hände in die Hosentaschen, als er zurück auf die Straße schlenderte, und drehte sich überrascht lächelnd um, als die Frau ihm noch ein extra Tschüss hinterherrief und dabei so kräftig winkte, dass ihre Armreifen bis auf den Ellbogen fielen.

Charlotte überkreuzte fröstelnd ihre nackten Beine, während sie sich an die raue Kirchenmauer drückte und zum zigsten Mal versuchte, den böigen Wind abzuhalten, um sich eine Zigarette anzuzünden. Jasper, der sich auf diesem eng begrenzten Areal langweilte, zog mit überraschender Kraft an seiner Leine. Charlotte zerrte ihn mit einem Ruck zurück und verspürte dabei einen Anflug des alten Hasses auf ihre Mutter – darauf zu bestehen, dass sie den verdammten Hund mit nach London nahm! Wie egoistisch, wie rücksichtslos, wie … Doch ihre Wut erlosch, als sie daran dachte, wie Jean sie mit zittriger Stimme darum gebeten hatte, sich um Jasper zu kümmern. Das war ein wahres Opfer für sie, kein Egoismus. Mit ihrem geprellten Bein und dem eingegipsten Arm, hatte sie erklärt, würde Jasper zu viele von seinen täglichen Annehmlichkeiten entbehren müssen. Prue, die ihn gerade mal so ertrug (die *sie* ertrug, um die Wahrheit zu sagen, hatte Jean düster gemurmelt), würde nur das Allernötigste tun, selbst wenn man sie dafür bezahlte. Er sei zwar klein und alt, aber noch voller Energie. Er würde es nicht verstehen. Er würde den ganzen Tag winseln. Das würde ihr das Herz brechen. Wenn Charlotte so nett sein könne, ihn nur für ein paar Wochen zu sich zu nehmen, bis sie wieder bei Kräften sei …

Sie hatten am Küchentisch gesessen, Jean in ihrem verwaschenen gelben Frotteebademantel, Charlotte im Nachthemd und mit einer alten, steifen Decke um die Schultern, die nach Mottenkugeln roch. Sie waren sich in den frühen Morgenstunden im Flur begegnet, zwei Schlaflose, die nie miteinander über ihre Schlaflosigkeit gesprochen hatten. Charlotte hatte vorgeschlagen, etwas Heißes zu trinken, und war in die Küche vorausgegangen, um den Kessel aufzusetzen. Sie war immer noch verwundert über die neue, stillschweigende Nähe zwischen ihnen und diesen weltlichen Zustand der Gnade, in dem sie sich befand. Die Bitte, sich um den Hund zu kümmern, war kurz darauf gekommen, ungelegen, lästig, aber nicht abzuschlagen. Sie hatte »ja, natürlich« gesagt und den Milchtopf ausgespült, sich dann damit getröstet, wie sehr Sam sich freuen würde, und eine plötzliche Sehnsucht nach dem sonnigen Lächeln ihres Sohnes empfunden.

Als sie gerade vorschlagen wollte, wieder ins Bett zu gehen, kam ihre Mutter mit unnatürlich glänzenden Augen und leicht keuchendem Atem aus dem Wohnzimmer zurück in die Küche geschlurft.

»Was ist los? Geht's dir nicht gut?«

»Doch, doch. Lass mir eine Minute Zeit.« Jean schloss die Augen und atmete bewusst langsamer. »Ach herrje«, sagte sie und ging zu einem Stuhl. »Ich werde das nicht gut hinbekommen.«

»Was hinbekommen?«, drängte Charlotte sanft und wagte es, ihrer Mutter eine Hand auf die Schulter zu legen und ihr über das weiche silberne Haar zu streichen ... das Haar, das sie gewaschen hatte. Das schöne Gefühl stieg wieder in ihr auf, als würde sich eine Tür öffnen und Wärme in ein kaltes Zimmer strömen lassen.

»Das hier.« Jean steckte die Hand in die Tasche ihres Morgenmantels und holte ein gefaltetes Stück Papier hervor. »Mach mir keine Vorwürfe, Charlotte.«

»Vorwürfe? Aber nein. Weshalb denn?«

»Ich wollte dich nur schützen.«

»Vor was? Mum, was wird das hier?«

»Setz dich, Liebes, ja?« Jean klopfte auf den Stuhl neben sich und seufzte schwer. »Der Tag, an dem dein Dad und ich dich nach Durham gebracht haben, erinnerst du dich?«

»Natürlich.« Charlotte versuchte ein Lächeln, doch es erstarrte auf ihrem Gesicht.

Jean hatte das gefaltete Papier auf den Tisch gelegt und sah sie immer wieder von der Seite an – ängstlich, beschämt, schüchtern, es war schwer einzuschätzen, verhieß aber bestimmt nichts Gutes. Was jetzt auch kommen würde, geschah wegen der neuen, unsichtbaren Verbindung zwischen ihnen, der offenen Tür, und Charlotte hatte nicht übel Lust, diese Tür schnell wieder zuzutreten.

»Er war schon so krank an dem Tag, weißt du noch?«

Charlotte wartete. Ihre Erinnerung an diesen Tag, die tief

in ihr verschlossen war, brauchte nicht in Worte gefasst zu werden. »Das Geld, das er dir gegeben hat … es war auch das hier dabei.« Die Finger von Jeans gesunder Hand mit den von Arthritis geschwollenen Knöcheln und den gefurchten, gelblichen Nägeln krochen wieder auf das Papier zu. »Ich habe es herausgenommen.«

Charlotte starrte verständnislos auf den Tisch. »Du hast es *herausgenommen?*«

»Ich habe es aufbewahrt, weil ich dachte, du wärst noch nicht bereit dafür. Du warst noch so unsicher und solltest gerade einen ganz neuen Lebensabschnitt beginnen. Lies es nicht jetzt, Charlotte … nicht gleich, bitte. Lass mich zuerst erklären. Ich habe den Brief zurückbehalten, weil ich dich liebte und wusste, wie sehr du *ihn* liebtest …« Aber Charlotte hatte die Seite schon dem unsicheren Griff ihrer Mutter entwunden und faltete sie auseinander. Sie hatte Angst und war zugleich von einer unbeherrschten, glücklichen Neugier erfüllt. Es gab also doch Antworten im Leben. Man bekam sie nur nicht immer dann, wenn man sie erwartete.

Charlotte kauerte sich noch enger an die Kirchenmauer, sog kräftig am Filter und hatte plötzlich einen unangenehmen Schwefelgeschmack von dem aufflammenden Streichholz im Mund. Das Ende der Zigarette glühte auf und erlosch wieder. Sie nahm das Zehnerpäckchen, das sie bei einem Zeitungskiosk am Straßenrand gekauft hatte, aus der Tasche und wollte die Zigarette zurück zu ihren neun Kameraden stecken, doch sie zerbrach, und die Tabakkrümel wurden vom Wind verweht. Sie zermalmte den Rest unter ihrer Schuhsohle und dachte auf einmal wieder an die kahlen, mit Posterstrips übersäten Wände ihres Collegezimmers und an jene andere Zigarette, die sie auf dem Rand des hässlichen Resopalschreibtischs abgelegt hatte. Dieses Drama, diese Aufregung, und dann die Enttäuschung, als die vier Fünfzigpfundscheine in ihren Schoß fielen.

Eine Weile war sie sogar ganz heiter gewesen, als sie da am Küchentisch saß und ihre Mutter schnell und atemlos redete, den Hintergrund zu den Worten ihres Vaters erklärte. Sie hatte den Brief mehrmals auf- und zusammengefaltet, war mit den Fingern die Knicke nachgefahren. Das verschwommene erste Viertel ihres Lebens wurde nun immer klarer. Alles ergab einen Sinn. Und er hatte tatsächlich versucht, es ihr zu sagen – der freudige Schrecken darüber löste beinahe Euphorie aus. Sie hatte Jean ins Bett geholfen und sie zärtlich umarmt, hatte gesagt, dass es in Ordnung sei, und ihr gedankt. Auch hatte sie danach gut geschlafen und war den ganzen Tag über geschäftig und hilfsbereit gewesen. Erst auf der Fahrt zurück nach London, als sie an den heruntergekommenen Ladenfronten und Wohnblocks der sich ballenden Vorstädte vorbeirauschte, hatten sich Ratlosigkeit und Verwirrung in ihr breitgemacht, sodass sie das Fenster herunterkurbeln und einen Musiksender ganz laut stellen musste, um mit der Wirklichkeit der Straße verbunden zu bleiben.

»Ich hätte Sie nicht für eine Raucherin gehalten.«

Charlotte schrie auf und ließ die Zigarettenpackung fallen, dann trat sie darauf und auf mehrere von Dominics Fingern, als der sie aufheben wollte. »Entschuldigung!«, schnaufte sie. »Sie haben mich vielleicht erschreckt. Alles in Ordnung mit Ihrer Hand?«

Dominic gab ihr das zerdrückte Päckchen und schüttelte möglichst unauffällig seine Finger, die ziemlich wehtaten. »Sie haben mich auch erschreckt. Und Sie haben offenbar einen Hund«, murmelte er, durch Jasper abgelenkt, der zwischen ihnen herumtollte. »Das wusste ich nicht. Sam hat nie etwas von einem Hund gesagt. Sie gehen wohl gerade mit ihm Gassi?«, erkundigte er sich und sah nach oben, als zwei Krähen krächzend auf einem zerbröckelnden Fenstersims über ihren Köpfen landeten.

»Nein, ich … ja, doch …« Charlotte stockte, weil es unmöglich war, jemandem den aufgewühlten Zustand zu beschreiben, der sie veranlasst hatte, kurz vor dem Haus anzuhalten und mit dem Päckchen Silk Cut auf den Friedhof zu stürmen. Sam, die Porters, die *Normalität* der Gegenwart waren ihr wie eine andere Welt vorgekommen, eine Welt, auf die sie sich noch nicht einlassen konnte, nicht bevor sie ein bisschen mehr Zeit gehabt hatte, um … ja, um was zu tun? Nachzudenken, zu verarbeiten, zu rekonfigurieren. Genau, das war es: Sie hatte ihr Leben mit diesen neuen Informationen *rekonfiguriert*, die, wie jetzt deutlich wurde, neununddreißig Jahre lang auf ihr gelastet und all ihre Bemühungen, sich ausgeglichen und vollständig zu fühlen, sabotiert hatten. »Das ist nicht mein Hund, er gehört meiner Mutter, aber es stimmt, ich bin seinetwegen zu spät«, brachte sie mit übermenschlicher Anstrengung eine angemessene Antwort zustande. »Wofür ich mich nur aufrichtig entschuldigen kann, zumal Sie ohnehin schon so nett zu uns waren. Ich wollte nicht zu spät kommen …«

»Ist schon gut. Ich habe versucht, Sie anzurufen. Rose und Sam sind noch im Park. Sie kommen erst um sieben zurück. Was viel wichtiger ist, wie geht es Ihrer Mutter?«, sagte Dominic, froh darüber, dass nur der Hund hinter dem exzentrischen Besuch eines alten Friedhofs steckte, und begann durch die Schneise, die er im hohen Gras hinterlassen hatte, zurückzugehen. Er sah, wo sie entlanggegangen war, eine Zickzackroute um Brombeerbüsche und halb eingesunkene Grabmale herum.

»Ist die Vergangenheit von Bedeutung?«, fragte Charlotte unvermittelt. »Das würde ich wirklich gerne wissen.«

Dominic, der erwartet hatte, dass sie ihm mit ein wenig Smalltalk über alt werdende Eltern und Knochenbrüche zurück zur Straße folgen würde, drehte sich verblüfft um. Sie stand immer noch an der Mauer, den Hinterkopf und die Handflächen an die Steine gelegt. Sie war mit den Nerven am Ende. Sie war auch mit den Nerven am Ende gewesen, als er sie das letzte Mal getroffen hatte, und davor auch und wahrscheinlich auch am Telefon vergangene Woche, als sie ihn gefragt hatte, ob Sam für ein paar Tage bei ihm und Rose bleiben dürfe. Sie hatte sich nicht durch den verfallenen Zaun gezwängt, um den Hund auszuführen, sondern um sich zu verstecken und unglücklich zu sein. Sie war niedergeschlagen und verkorkst, und er sollte unbedingt einen weiten Bogen um sie machen. »Natürlich ist die Vergangenheit von Bedeutung.«

»Warum?«, erwiderte sie streitlustig.

Dominic zuckte hilflos die Achseln. »Ich nehme an, weil sie der Gegenwart Sinn verleiht.«

»Aber sie ist vorbei und vergangen, für immer, und jeder erinnert sich unterschiedlich an sie, also ergibt das alles *keinen* Sinn.« Charlotte drehte den Kopf zur Seite und presste ihre Wange an die grobe Mauer. Ihre Lippen zitterten. Die Situation war unerträglich, aber sie konnte sie nicht in den Griff bekommen. Die Tür zur Vergangenheit war aus den Angeln gehoben worden, und sie fühlte sich allem ausgeliefert, was durch sie hindurchgeströmt kam. Derweil hatte der arme Mann vor ihr, mit seiner etwas zu großen Nase und den großen braunen Augen, jeden Grund, befremdet auszusehen. Er hatte bloß gewollt, dass sie ihren Sohn abholte, nach einem Besuch, der sich von vierundzwanzig Stunden auf *vier Tage* ausgedehnt hatte. Das Mindeste, was er erwarten konnte, war ein pünktliches Eintreffen und eine Schachtel Pralinen als Dankeschön. Stattdessen drückte sie sich auf einem Friedhof herum und redete wirres Zeug, was zweifellos seine frühesten, schlimmsten Bedenken hinsichtlich ihrer Tauglichkeit als Mutter bestätigte. Im Grunde wäre es kein Wunder, wenn er direkt nach Hause gehen und sie bei Miss Brigstock oder dem Jugendamt anzeigen würde.

Dominic war tatsächlich ziemlich ratlos. Der Regen ließ auf sich warten, aber es wurde zunehmend kälter. Er sah die Gänsehaut an Charlottes nackten Beinen und die aufgerichteten feinen Härchen an ihren Armen. Die Verletzung ihrer Mutter war offenbar viel schlimmer, als sie hatte durchblicken lassen. Es lag auf der Hand, dass sie einen heißen Tee oder einen Brandy brauchte, aber als er durch das Gras zu ihr zurückging, zog sich Charlotte nur noch tiefer in ihre Mauerecke zurück und verschränkte die Arme, wie um jede Annäherung abzuwehren. Der kleine Hund tapste um sie herum und ließ sich dann zu ihren Füßen nieder, als hätte er widerstrebend den Entschluss gefasst, Wache zu halten.

»Ist es wegen Ihrer Mutter?«, fragte Dominic vorsichtig und zupfte an den zu langen, ausgeleierten Ärmeln seines alten Pullovers. »Geht es ihr sehr schlecht?«

»Ich schätze, Sie wissen genau, wo Sie herkommen, stimmt's?«, blaffte Charlotte zurück. »Ein solider Hintergrund, eine solide Familie, eine solide Schulbildung – Sie sind genau der Typ.«

»Wie bitte?«

»Und Ihre Frau, Sie vermissen sie bestimmt.« Sie sah ihn herausfordernd an, und ihre grünen Augen blitzten wie Feuersteine. »Ich beneide Sie um Ihre klaren Gefühle.«

Dominic blies die Backen auf und wollte angesichts dieses verworrenen Verhörs eigentlich gekränkt sein, aber es gelang ihm nicht. Sie war wirklich fix und fertig, sie litt, und er wusste nur zu gut, was Leid und Kummer mit einem anstellen konnten, wie sie eine vormals klare, vernünftige Weltsicht verzerren konnten. »Trauer ist in Wahrheit eine sehr unklare Sache. Auf und ab, wütend und erleichtert, ein Wechselbad. Und Maggie war Vegetarierin, das vermisse ich nicht.« Er machte eine Pause und hoffte, sie lächeln zu sehen. »Also, wenn Sie einen Beweis dafür wollen, wie *unklar* es in mir zugeht – als ich Sie eben flüchtig von der Straße aus gesehen habe, hielt ich Sie beinahe für ihren Geist. Deswegen bin ich hier hereingegangen. Sie hatte auch rote Haare, wissen Sie, aber viel heller als Ihre, ein richtiger Karottenkopf, so wie Rose.«

Charlotte blinzelte und sah zur Seite. Nach einer Weile sagte sie: »Ich bin sehr froh, dass unsere Kinder so gute Freunde geworden sind.«

»Ich auch. Wollen wir jetzt gehen? Einen Tee trinken oder auch etwas Stärkeres, wenn Sie möchten.« Dominic rieb sich ungeduldig die Hände, denn er war durchgefroren.

»Es tut mir leid, dass ich mich so benommen habe«, murmelte Charlotte. »Was müssen Sie von mir denken …«

»Unsinn. Tee, das ist jetzt das Richtige.«

»Ich habe etwas Erschütterndes erfahren.«

»Ja, sicher, Ihre Mutter …«

»Nein, es geht nicht um sie. Mein Vater … Es hat sich herausgestellt, dass er nicht mein richtiger Vater war. Meine Mutter war von einem anderen schwanger, einem verheirateten Mann, der seine Frau nicht verlassen wollte und auch bald darauf starb. Sie hat es mir gestern Abend erzählt. Dad hat sie bei sich aufgenommen und durch die Heirat ihren Ruf gerettet. Er muss sich wohl eingeredet haben, sie zu lieben, aber das hielt nicht an. Sie konnte nirgends anders hingehen, weil sie kein Geld hatte. Deshalb sind sie zusammengeblieben – und wegen mir«, fügte Charlotte leise hinzu. »Er wollte mir kurz vor seinem Tod alles erklären, aber sie hat das verhindert, ohne dass er es erfuhr. Um mich zu schützen, sagt sie.«

»Nun, das ist verständlich, denke ich.«

»Das Verrückte ist, dass ich ihn immer so viel mehr geliebt

habe als sie. Er war ein miserabler, untreuer Ehemann. Er hat *rumgefickt.*« Charlotte stieß das Wort hervor und erwartete, dass Dominic zusammenzuckte, doch der sah sie nur unverwandt an. »Ich wusste das. Ich habe ihn sogar einmal mit einer seiner Frauen gesehen, als ich noch klein war, das hat mir auf Jahre hinaus das Leben vergällt, und doch … und doch hätte ich ihn meiner Mutter jederzeit vorgezogen.«

»Liebe ist eine komische Sache.«

»Er hat mir das hier geschrieben, kurz vor seinem Tod, um mir zu erklären …« Charlotte zog das jetzt ganz zerknitterte Stück Papier mit der blassen, krakeligen Kulischrift aus ihrer Rocktasche, das sie oft genug gelesen hatte, um es auswendig zu können. »Er hat mir einen Brief geschrieben, und sie hat ihn weggenommen und versteckt. Bis gestern Abend.«

»Um Sie zu schützen«, erinnerte Dominic sie, »weil sie Sie geliebt hat. Wie gesagt, die Liebe ist eine komische Angelegenheit – es gibt keine Regeln, null.«

»Ja, mag sein, aber … Da haben wir zusammengesessen, meine Mutter und ich, und waren nett zueinander, ganz ungezwungen, haben uns zum ersten Mal überhaupt natürlich benommen, und dann geht sie hin und …« Charlotte biss sich auf die Unterlippe, aber die Krämpfe kamen trotzdem, trockene, seltsame Geräusche tief aus ihrer Brust. Sie umschlang ihren Brustkorb mit den Armen, wie um ein eingeschlossenes Böses niederzuringen. »Alles – verändert sich – dauernd – jedes Mal – wenn ich versuche – mich in den Griff – zu bekommen – verändert sich alles … Ich weiß gar nichts mehr, ich weiß nicht, was wahr ist, wer ich bin.«

»Das ist doch Unsinn.« Dominic hörte aufmerksam zu, wusste aber langsam wirklich nicht mehr weiter und war daher beinahe erleichtert, als der Weinkrampf anfing. Er schob den Vorsatz mit dem weiten Bogen vorübergehend beiseite (selbst ein Herz aus Stein hätte das getan), sagte »Ist ja schon gut« und nahm sie in die Arme. Charlotte stand immer noch vollkommen verkrampft da, Kopf und Arme auf die Brust gepresst, als würde sie sich am liebsten in das sprichwörtliche Schneckenhaus zurückziehen. »Niemand weiß wirklich, wer er ist«, sagte er vorsichtig und fand den Gemeinplatz selbst richtig tröstend, sah zum ersten Mal die Wahrheit, die darin steckte. »Die meisten bringen ihr Leben damit zu, es herauszufinden.«

»Das ist alles …«, schluchzte sie, »… es tut mir so leid.«

»Bitte hör auf, dich zu entschuldigen. Ich bin einmal auf der Post zusammengebrochen – eine alte Dame hat mich mit zu sich nach Hause genommen und mir Tee gekocht. Und einmal im Kino, das war noch schlimmer, ich wurde angezischt, weil ich den Film gestört habe. Ach ja, und *zweimal* auf dem Schulhof, die arme Rosie …« Er unterbrach sich, als Charlotte, die jetzt nur noch schniefte und sich wieder unter Kontrolle hatte, von ihm abrückte.

»Du bist sehr nett, Dominic.« Sie blinzelte ihn mit roten Augen, aber vollkommen ruhig an, als wäre buchstäblich ein Sturm durch sie hindurchgetobt und hätte einen neuen Frieden zurückgelassen. »In den letzten Monaten haben mich ein paar Dinge – Dämonen – eingeholt … alte Geschichten, hervorgekrochen aus der Vergangenheit.«

»Ich glaube, Maggie war mir mal untreu. Ein Lehrer. Ich habe die E-Mails gefunden, als sie tot war.«

»Oh je, das tut mir leid.«

»Nein, ist schon in Ordnung. Ich habe eine Weile gebraucht, aber dann habe ich eingesehen, dass es nichts ändert. Wir waren die meiste Zeit sehr glücklich miteinander. Und ich habe verstanden, dass wir lediglich darauf hoffen können, Teile von anderen Menschen kennenzulernen, und das gilt erst recht für uns selbst.«

»Ja, das ist wahr«, stimmte Charlotte zu und sagte dann

mit abrupter Munterkeit: »Meinst du, Unglücklichsein macht einen weiser?«

Dominic lachte. »Das wäre schön, was? Als Belohnung sozusagen, aber leider ist das nicht notwendigerweise die Folge, meiner Erfahrung nach.«

»Ich bin schon so lange überwiegend unglücklich, dass es, glaube ich, zur Gewohnheit geworden ist. Ist so etwas möglich, was denkst du? Dennoch«, fuhr sie hastig fort, ohne auf seine Antwort zu warten, »beginne ich langsam zu begreifen, dass ich die Schuld immer woanders gesucht habe, bei anderen Menschen. Eigentlich«, sagte sie mit einem scharfen Auflachen, »ist es erstaunlich, dass ich überhaupt noch Freunde habe. Kein Wunder …«

»Ja?«

»Ach, schon gut.« Charlotte schüttelte den Kopf. Der arme Mann hatte weiß Gott genug getan. Er war schon blau vor Kälte, und ihr ging es genauso. Ob sie Martin in Cindys Arme (egal wie offen) getrieben hatte, war kaum eine Frage, zu der ein Außenstehender etwas sagen konnte. Schon gar kein bedauernswerter neuer Bekannter, dessen Geduld bereits auf eine harte Probe gestellt worden war. »Gilt das Angebot mit dem Tee noch?«

»Unbedingt. Und falls mein lieber Bruder es auf die Reihe kriegt, gibt es sogar Abendessen, wenn du möchtest.«

»Oho, auch noch Abendessen nach einer psychologischen Gratisberatung auf dem Friedhof! Vielen Dank, aber das kann ich nicht annehmen.«

»Wer sagt, dass sie gratis war?«, murmelte Dominic.

»Wie bitte?«

»Du kannst es dir jederzeit anders überlegen – mit dem Abendessen.«

»Okay, danke.«

Er ging voraus durch das hohe Gras, und diesmal folgte

sie ihm mit dem fröhlich hinterhertrottenden Jasper. Als sie gerade durch das Loch im Zaun schlüpfen wollten, legte Dominic ihr eine Hand auf den Arm. »Diese Sache mit Maggie, die habe ich noch nie jemandem erzählt.«

»Danke«, sagte Charlotte, denn was er ihr anvertraut hatte, war wie ein Geschenk. »Das mit meinem Dad, dass ich ihn mit einer anderen gesehen habe, habe ich vorher auch noch niemandem erzählt.«

»Was für ein Paar«, sagte Dominic grinsend, während er eine der losen Latten beiseitehielt, damit sie unbeschadet durch den Zaun auf den Gehweg gelangen konnte.

Fünfzehntes Kapitel

Benedict hatte seine Methoden, wenn er sich auf ein Casting vorbereitete: kein Alkohol am Abend zuvor, den Wecker früh stellen, eine Stunde Yoga, dann ein Morgenlauf, während sein Magen bereits nach Frühstück brüllte. Hunger konnte viel Energie freisetzen, hatte er herausgefunden, was von Vorteil war, wenn man sich der kräftezehrenden Aufgabe widmete, in eine andere Psyche zu schlüpfen. An diesem Morgen hatte er sich schon umfassend genug in die Figur des geschiedenen Anwalts hineinversetzt, um zu dem Schluss zu kommen, dass der Mann nicht nur eine Schwäche für Perserkatzen hatte, sondern auch für die Dichtung der Romantik (Keats' »Ode an eine griechische Urne« war eines seiner Lieblingswerke), und dass sich hinter seinem boshaften Zynismus ein gebrochenes Herz verbarg, das sich nach Heilung sehnte. Als Benedict seine drei Runden im Park gedreht hatte und anschließend die Hauptstraße des Viertels entlangjoggte, hatte er nicht nur jede Einzelheit bis hin zum Aftershave des Anwalts festgelegt, sondern auch eine leidenschaftliche, herzzerreißende Hintergrundgeschichte erfunden, die für sich genommen als Grundidee für einen Spielfilm ausgereicht hätte.

Zufrieden mit sich und ordentlich ausgehungert, joggte er einen Moment vor dem italienischen Café auf der Stelle und bemerkte plötzlich, dass er über eine Pyramide von frischen Gebäckteilen im Schaufenster auf seinen Bruder starrte. Dominic war mit der Tageszeitung und einem großen, warmen Frühstück beschäftigt und sah erst auf, als Benedict, der die neugierigen Blicke der anderen Gäste wegen seines irgendwie vertrauten Gesichts und seiner verschwitzten Sportkluft ignorierte, ihm auf die Schulter tippte.

»Na, Kumpel, verlängern wir unser Osterwochenende ein wenig?«

»Ben, hey! Gott, siehst du abstoßend aus.«

»Danke.« Benedict knotete die Fleecejacke an seiner Taille auf, legte sie auf den Stuhl und setzte sich. Er rief nach dem Kellner und bestellte ein Glas Orangensaft und ein englisches Frühstück mit extra Schinkenspeck. »Das ist toll, dass wir uns hier so zufällig begegnen, oder? Ich sage ja immer, London ist ein Dorf, aber niemand glaubt mir.«

»Ben, du redest, als hätten wir uns seit zwölf Jahren nicht gesehen, dabei sind es nur zwölf Stunden. Im Übrigen wohne ich jetzt kaum achthundert Meter von dir entfernt, also ist es nicht weiter verwunderlich, wenn unsere Wege sich gelegentlich kreuzen.«

»Warum bist du nicht im Büro?«

Dominic zerteilte bedächtig sein letztes Würstchen. Da Charlotte sich gestern Abend beim Alkohol zurückgehalten hatte, weil sie noch fahren musste, und Benedict wegen seines Vorsprechens nichts trank, hatte er das schmackhafte, aber ein bisschen merkwürdige Gänsegericht allein mit so viel Wein heruntergespült, dass er ein Bedürfnis nach einem herzhaften Frühstück verspürt hatte, nachdem Rose zur Schule gegangen war. Arbeitslos und leicht verkatert, hätte er eigentlich Trübsal blasen müssen, doch stattdessen hatte er, als er bei prächtigem Sonnenschein und mit der Zeitung unterm Arm zum Café gebummelt war, ein Kribbeln der Zufriedenheit und Zuversicht gespürt, als würde er in einen langen, wohlverdienten Urlaub fahren. Nicht bereit, diese schöne Illusion schon wieder zu zerstören, spießte er ein Stück Wurst auf und antwortete Benedict mit der Gegenfrage, warum er nicht bei seinem Casting oder auf dem Weg dorthin sei.

»Weil es erst heute Nachmittag stattfindet. Sag mal, sie ist doch nicht über Nacht geblieben, oder?«

»Wie bitte?«

»Du hast so einen Ausdruck im Gesicht – irgendwie übermütig, blödes Grinsen, benebelter Blick. Und du hast dich bei ihr gestern Abend ganz schön ins Zeug gelegt. Dieses lebhafte Interesse an der Buchhandlung plötzlich, bloß weil sich herausstellt, dass sie dort arbeitet und gerade erst erfahren hat, dass der Laden verkauft werden soll. Als ich dir neulich vorgeschlagen habe, ihn von Dean und Jason zu übernehmen, hast du das rundweg abgelehnt. Aber gestern dann den Retter spielen: ›Doch, das könnte eine *spannende* Herausforderung sein, eine *Buchhandlung* zu führen‹«, ahmte Benedict die tiefere, gedehntere Sprechweise seines Bruders treffend nach und brach dann in schallendes Gelächter aus, das erst beim Auftauchen des Kellners mit seinem Essen verstummte.

»Na ja …«, begann Dominic steif, denn seine Hochstimmung war wie befürchtet verpufft, wenn auch aus einem Grund, den er nicht hatte ahnen können. »Das war, bevor ich meinen Job verloren habe. Und nein, Herrgott nochmal, natürlich ist Charlotte Turner nicht über Nacht geblieben. Also wirklich, Ben, manchmal ist deine Klatschsucht schwer zu ertragen.«

»Du hast deinen Job verloren?«, stieß Benedict hervor, den Mund voll Rührei mit Speck.

»Ja, sie haben mich entlassen. Ich dachte, wenn jemand sich darüber freut, dann du«, antwortete Dominic trocken.

»Doch, schon, solange du damit klarkommst«, erwiderte Benedict und hielt sich die Serviette vor den Mund, um ein Rülpsen zu unterdrücken. »Entlassen werden ist nicht ganz das Gleiche wie selber kündigen, oder? Verdammt, diese

Schweine.« Er warf seine Serviette auf den Beilagenteller. »Jetzt ist mir klar, warum du dich vor der Frau so mit dem Buchladen aufgespielt hast.«

»Ich habe mich nicht vor ihr aufgespielt. Und überhaupt«, sagte Dominic, nun wirklich verärgert, und winkte dem Kellner wegen der Rechnung, »halt endlich deine Scheißklappe zu dem Thema, ja? Halt einfach die Klappe.«

Benedict nahm es ihm nicht übel und lümmelte in seinem Stuhl herum. Der Schweiß war inzwischen getrocknet, seine Haare klebten am Kopf, und sein T-Shirt fühlte sich auf der Haut steif und rau an. »Mal im Ernst, Brüderchen, halt dich dabei zurück, okay?«

»Und mit ›dabei‹ meinst du?«

»Sie ist sehr hübsch, zugegeben. Tolle Haut, tolle Wangenknochen und dieses verletzliche Etwas, bei dem, wie ich höre, ein großer Prozentsatz der männlichen Bevölkerung weiche Knie bekommt, und was ihre Beine angeht ...« Auf den tödlichen Blick seines Bruders hin schwenkte Benedict schnell um. »Nettes Kind auch, wie sich inzwischen herausgestellt hat, und ich bin sicher, dass seine Mutter, falls du dich entscheidest, dich auf die Buchbranche zu verlegen, eine ausgezeichnete Angestellte abgeben wird, aber ...«

Dominic gab vor, nicht mehr zuzuhören. Er lächelte den Kellner an und bezahlte für sie beide. Benedict, dachte er grimmig, wusste nicht, wann es genug war. Er würde ihn noch ein paar Minuten ertragen und dann nach Hause gehen und seine Sachen für den Flugplatz zusammensuchen. Offener Raum, Luft, ein Blick auf die Welt von oben, das war es, was er jetzt brauchte, eine neue Perspektive, inneren Frieden. Ja, er hatte den gestrigen Abend sehr genossen. Na und? Benedict doch auch und die Kinder genauso, die Charlotte gedrängt hatten, noch einen Kaffee zu trinken, damit er nicht so schnell zu Ende ging. Es war ein schönes, vergnügtes Beisammensein am Küchentisch gewesen, harmlos und herzerwärmend. Natürlich war es eine angenehme Überraschung, dass sie in der Buchhandlung arbeitete, und ebenso, dass sie viel über die Probleme wusste, mit denen sich unabhängige Läden auseinandersetzen mussten. Aber wie Sam Miss Brigstock nachgemacht hatte, war auch ein Riesenspaß gewesen, und bei Roses Darstellung eines Baums hatten sie um Gnade gefleht, weil sie so sehr lachen mussten. Als er sah, wie Charlotte sich den Bauch hielt und ihr die Tränen übers Gesicht strömten, wären ihm beinahe Zweifel gekommen, ob er die Begegnung bei der verfallenden Kirche nicht vielleicht geträumt hatte. Aus welchen Extremen die menschliche Gefühlswelt doch bestand, Kummer und Freude, entgegengesetzte Pole, und doch wurden sie mit ähnlich simplen Mitteln ausgedrückt.

»Du denkst gerade wieder an sie«, sagte Benedict vorwurfsvoll und drohte mit dem Zeigefinger. »Verdammt, das tust du, stimmt's?«

»Nein, mein Lieber, ich denke gerade, dass ich schleunigst aufbrechen sollte, weil es sonst zu knapp wird, zum Redhill-Flugplatz zu fahren, mich in die Lüfte zu schwingen und rechtzeitig zurück zu sein, bevor Rosie von der Schule heimkommt.«

»Gut. Ausgezeichnet. Denn andernfalls …« Benedict zögerte. Sie waren jetzt draußen auf der Straße, und Dominic ging sehr schnell. »Denn falls du doch an Mrs. Turner gedacht haben solltest, würde ich dir dringend davon abraten.«

»Benedict, *verdammt nochmal*!« Dominic war kurz vorm Ausrasten.

»Nein, Dom, hör mir zu«, bat Benedict. »Sie macht vielleicht den Eindruck, als wäre sie Single, aber sie ist es nicht. Sie trifft sich mit jemandem – einem *verheirateten* Mann.«

»So, so, und ausgerechnet du weißt davon«, spottete Dominic.

»Ja, ich …« Benedict zögerte erneut. Er plapperte nicht gern ein Geheimnis aus, aber noch weniger gefiel ihm die Vorstellung, dass sein immer noch labiler Bruder von einer geschiedenen Sirene getäuscht wurde, die zwar aussah, als könnte sie kein Wässerchen trüben, sich aber anscheinend nahm, was sie wollte, ohne Rücksicht auf andere. Er seufzte. »Rosie erzählt mir so manches, wie du weißt.«

»Ja, ja.« Dominic steckte die Hände in die Hosentaschen und sah nach links und rechts die Straße hinunter, um seine Gereiztheit deutlich zu machen.

»Also, offenbar hat Charlotte was mit Georges Vater – du weißt schon, George aus Rosies Klasse, dicke, dunkle Haare, sehr sportlich. Die Mutter sieht nett aus, rundlich, auch jede Menge Haare. Sie und Charlotte sind eigentlich beste Freundinnen. Der Vater ist irgendein Facharzt, Herz oder Lunge, ich weiß nicht mehr. Er war vergangene Woche in Suffolk«, fuhr Benedict nachdrücklich fort, um seinen Bruder zu einem Zeichen zu bewegen, dass er ihm zuhörte. »Deshalb ist sie vermutlich mit Sam dorthin gefahren. Außerdem gibt es da noch so einen Immobilienmakler, diesen Typ, den sie gefeuert hat, weil er ihr Haus nicht verkaufen konnte. Halt dich also an Petra«, riet er, als Dominic immer noch keine Reaktion zeigte, »tu dir selbst und anderen einen Gefallen.«

»Und du«, sagte Dominic endlich und stieß ihn mit dem Finger vor die Brust, »halt dich daran, eine schöne große Rolle zu kriegen, damit du dir nicht mehr so viel Spielplatztratsch reinziehen musst, bis du am Ende selbst daran glaubst.«

»Ich halte es für wahr, Bruderherz.«

Dominic breitete entnervt die Arme aus. »Das mag ja sein, aber wie ich dir schon zu erklären versuchte, könnte Charlotte Turner jeden Kerl in Südlondon bumsen, ob verheiratet oder nicht, und ich würde das nicht als meine Angelegenheit betrachten. Okay? Wie du weißt, treffe ich mich demnächst mit deinem polnischen Schützling und gedenke, das Beste daraus zu machen. Okay? Noch eine letzte Sache. Ich liebe dich heiß und innig, wie du weißt, und du hast mir mein ganzes Leben lang auf die großzügigste Weise geholfen, aber könntest du mich von jetzt an bitte ein bisschen in Ruhe lassen?«

»Klar.« Benedict, der nun doch verletzt war, ging kopfschüttelnd weiter. »Wie du willst. Schönen Flug«, sagte er und rannte zwischen den Autos hindurch über die Straße, wobei seine Fleecejacke um seine Hüften flatterte.

»Viel Glück für heute Nachmittag«, rief Dominic ihm schwach nach und verfluchte sich schon für seinen Ausbruch. Er fiel auf dem restlichen Heimweg in einen leichten Trab und verfluchte dabei noch ein paar andere Dinge, zum Beispiel die selbstsüchtige Unverfrorenheit einer ansonsten netten und intelligenten Frau sowie seinen lieben Bruder, weil er ihn so gut kannte.

»Zieh nicht so ein Gesicht, das Sommerhalbjahr macht doch immer Spaß. Guck mal, Jasper will dich aufmuntern«, scherzte Charlotte, als der Hund, der zu seiner großen Freude mit zur Schule fahren durfte, hüpfend versuchte, Sam über Kinn und Ohren zu lecken. Sie selbst fühlte sich beinahe wieder wie in diesem Zustand der Gnade, was vermutlich daran lag, dass sie wunderbar geschlafen hatte – tief, traumlos, erholsam –, fast als hätte ihr Körper einen neuen, unglaublichen Trick wie Fliegen oder Unter-Wasser-Atmen gelernt. »Niemandem fällt der Schulanfang leicht, noch nicht einmal den Lehrern. Außerdem wird Rose doch da sein, oder?«

Sam antwortete mit einem finster-vorwurfsvollen Blick. »Mit mir ist alles okay. Die Schule wird auch okay sein.« Er schob den Hund zurück auf seinen Schoß und gab sich Mühe, gelangweilt auszusehen.

Falscher Ansatz, tadelte Charlotte sich, richtete ihre Aufmerksamkeit wieder auf die Straße und beschloss, sich von dieser neuen feindseligen Phase ihres Sohnes nicht den ungewohnten Seelenfrieden verderben zu lassen. Der Verkehr war dicht wie immer, was bedeutete, dass es keinen freien Parkplatz geben würde. Dieselben Probleme, und doch entwickelte sich ihr Leben endlich in die richtige Richtung. Sam hatte ein Recht auf seine Launen. Er war schließlich ein Teenager. Sie schielte zum Beifahrersitz hinüber und bemerkte, wie zum ersten Mal, seine kantiger werdenden Züge, die größere, längere Nase, die stärker hervortretenden Kiefer- und Wangenknochen. Er würde ein gut aussehender Mann werden, erkannte sie plötzlich, genau wie sein Vater. Seit wann war er so? Große blaue Augen, ins Gesicht fallende blonde Haare, schmale Hüften und, was am auffälligsten war, ziemlich lange Beine. An diesem Morgen hatte sie, während sie Jasper in den Garten und wieder hineinjagte, beim Finden von Bleistiften, Radiergummis und Tintenpatronen half und sich selbst für die Arbeit fertig machte, zwischendurch den Saum seiner Schulhose herausgelassen und glatt gebügelt. Ein vergeblicher Versuch, die Beine ausreichend zu verlängern, damit sie bis auf seine Schuhe reichten, die ebenfalls zu klein geworden waren, sodass seine großen Zehen sichtbar gegen das abgestoßene Leder drückten. »Ich werde beim Schulladen anrufen und eine neue Hose für dich bestellen. Neue Schuhe kaufen wir dir am Wochenende.«

»Ja, hast du schon gesagt.«

Als Charlotte hielt – in zweiter Reihe, die Warnblinkanlage eingeschaltet –, stieg Sam aus und schlenderte auf eine Gruppe Kinder am Schultor zu, ohne sich noch einmal umzudrehen, die Tasche nachlässig über die Schulter geworfen. Charlotte fuhr nicht gleich weiter, sondern hielt nach bekannten Gesichtern in der Menge Ausschau und hoffte, das von Rose zu sehen. Rose, die sich von einer giftigen Petze zu einer engen Verbündeten gewandelt hatte und die gestern Abend aus ihrem schüchternen Schweigen am Esstisch herausgekommen war, um eine urkomische Darbietung einer Eiche im Sturm zum Besten zu geben. Die trotz ihrer Schlaksigkeit zwei große Teller vom Hauptgericht plus Nachtisch verputzt hatte und die Charlottes schwierigen, stacheligen Sohn zum Abschied so freundschaftlich und ohne eine Spur von Affektiertheit umarmt hatte, dass Charlotte sie ebenfalls umarmen wollte. In diesem Moment hatte sie geglaubt, alle pubertären Schwankungen in Sams Zuneigung ertragen zu können, wenn sie wusste, dass er von anderer Seite so sehr gemocht wurde.

Und dann gab es da noch eine weitere Eigenschaft, nämlich dass Rose die Tochter von Dominic Porter war, einem Mann, bei dessen Namen allein Charlotte früher bereits die Krise bekommen hatte. Aber nun, dank der erstaunlichen Ereignisse am vergangenen Abend, nahm er einen wesentlich positiveren Platz in ihren Gedanken ein. Als sie am Morgen aus ihrem köstlichen Schlaf erwacht war, war Dominic sogar als Erstes in ihrem Kopf aufgetaucht. Nun, mehrere Stunden später, befand er sich immer noch darin, beinahe wie ein sperriger Gegenstand, der die Sicht verstellte, etwas, um das sie herumdenken musste oder das sie miteinbeziehen oder aus dem Weg wuchten musste, um ein klares Bild von den anderen Dingen zu bekommen, um die sie sich zu kümmern hatte.

Er war nett zu ihr gewesen, das war der einzige Grund, sagte sie sich und ließ den Blick über eine neue Gruppe von Schülern schweifen, die sich gegenseitig aufzogen und stießen, während sie auf den Eingang zugingen. Er war nett gewesen, und wenn sie nur Rose unter all den auf und ab hüpfenden Köpfen entdecken könnte, würde sie vielleicht auch Dominic sehen und hätte Gelegenheit, sich richtig bei ihm zu bedanken. Seine tröstenden Worte, das Essen, der

Wein, die aufregende Aussicht, dass er eventuell die Pacht des Buchladens übernehmen würde, nachdem er seinen Job im Bankenviertel verloren hatte … es gab so viel zu sagen. Sie hatte sich bezüglich der Essenseinladung spontan umentschieden, aber weil sie von der Enthüllung über ihren Vater noch so aufgewühlt war und Sams ausdruckslose Blicke am Tisch ihr zusätzlich zu schaffen machten, war sie nicht gerade die Gesprächigste gewesen. Jetzt hingegen könnte sie noch einmal ihre Dankbarkeit ausdrücken und ihm sagen, wie sehr sie sich freuen würde, wenn die Buchhandlung in kompetente Hände überginge. Vielleicht würde sie ihm sogar anvertrauen, dass Dean und Jason das Geschäft immer wie zwei tuschelnde alte Damen geführt hatten, indem sie nie andere Meinungen einholten und sich auf unsinnige Ideen versteiften. Und wenn es sich ergab, würde sie gern erwähnen, dass sie so gut geschlafen hatte wie noch nie, ohne die sonstige Ruhelosigkeit und die Träume voller unbeantworteter Fragen. Das hänge selbstverständlich mit dem erhellenden Licht zusammen, das auf ihre Vergangenheit geworfen worden war, würde sie sagen, aber sie sei sicher, dass es vor allem seiner Geduld und seinen klugen Worten zu verdanken sei, dass sie die Neuigkeit so schnell und wohltuend verarbeitet habe, statt sich damit herumzuquälen …

Charlotte zuckte zusammen, als es plötzlich hupte. Im selben Augenblick dämmerte ihr, dass Rose ja mittlerweile in der Nähe der Schule wohnte und nicht mehr von ihrem Vater gebracht werden musste. Was bedeutete, dass sie weder an diesem noch irgendeinem anderen Morgen nach Dominic Ausschau zu halten brauchte. Dieselbe Hupe ertönte wieder, kürzer, zackiger diesmal. Sie blickte sich suchend um und sah Theresa, die immer wieder den Kopf aus dem Fenster des Volvos steckte und ihr im Schritttempo auf der anderen Fahrbahn entgegenkam.

Theresa – *Henry*. Charlotte schoss das Blut ins Gesicht. Theresa gestikulierte und sagte etwas, ihre Haare hingen ihr kreuz und quer ins Gesicht wie ein Netz. Charlottes Lippen waren zu trocken, um zu lächeln. Ihr Herz pochte. Henry hatte sich verraten, und nun schrie Theresa sie zusammen, lauter Beleidigungen, Hassworte. Als der Volvo auf gleicher Höhe war, kurbelte sie zaghaft das Fenster herunter.

»Alles in Ordnung bei dir?«, brüllte Theresa fröhlich und verdrehte mitfühlend die Augen, als Jaspers dreieckiges kleines Gesicht samt Vorderpfoten am offenen Fenster erschien.

»Ja, doch, danke.« Charlotte tätschelte dem Hund den Kopf. »Ich habe ihn nur so lange, bis Mum wieder auf den Beinen ist.«

»Du lieber Himmel, so ein Pech. Ich würde gern diesen Freitag mit dir mittagessen gehen – an dem darauf ist unser Mah-Jongg-Abend, oder? Bleibt es dabei, dass deine lang verschollene Freundin zu Besuch kommt? Deine Buchhandlung steht zum Verkauf, wusstest du das?«, rief sie noch, als der Verkehr sich weiterbewegte.

Charlotte konnte gerade noch »Ja«, schreien, ehe die Lichthupe eines Lasters sie zwang, sich wieder in den Strom auf ihrer Spur einzufädeln. Sie bog ab, sobald sie konnte, und fuhr durch ein Gewirr von Wohnstraßen zur Buchhandlung, was zwar ein Umweg war, aber wesentlich entspannter.

Natürlich hatte Henry nichts gesagt. Er war schließlich der schuldige Teil, dachte sie und konnte sich den peinlichen Beinahe-Zusammenstoß in der Küche in Suffolk nach den Aufregungen der letzten fünf Tage nur mit Schwierigkeiten ins Gedächtnis rufen. Das Einzige, was sie sich vorzuwerfen hatte, war, dermaßen blind gewesen zu sein. Das anfängliche Bedürfnis, sich Theresa anzuvertrauen, hatte ebenfalls nachgelassen. Manche Wahrheiten waren bedeutsam, manche weniger, sinnierte Charlotte, bremste ungeduldig vor den

Bodenschwellen und hielt dann ganz an, als ihr von einem Müllwagen ein Team pfeifender Männer in den Weg sprang. Im Grunde, dachte sie und trommelte mit den Fingern aufs Lenkrad, war es oft das Wie und das Wann, das die Bedeutung einer Wahrheit ausmachte. *Eine Zeit zu schweigen und eine Zeit zu sprechen.* Woher stammte das?

Ihre Mutter hatte wichtige Informationen zurückgehalten, um ihr Kummer zu ersparen. Das war verständlich, verzeihlich, überhaupt nicht dasselbe wie lügen, denn es hatte nichts mit Feigheit oder Eigennutz zu tun. Und nun wollte sie etwas vor Theresa verbergen, weil sie sie zu sehr mochte, um ihr unnötigen Schmerz zuzufügen. Das Leben konnte so einfach sein, wenn man es von der richtigen Warte aus betrachtete. Die Wahrheit über Henrys Zuneigung – oder seinen Mangel daran – würde Theresa auf andere Weise herausfinden, und darüber brauchte Charlotte weder etwas zu wissen noch sich zu sorgen. Sie würde sich mit ihr zum Mittagessen treffen und ihr eine Stütze sein, wo immer sie konnte, in der frohen Gewissheit, umgekehrt das Gleiche zu erhalten, wenn es um das verspätete Geständnis ihrer Mutter, Dominics Freundlichkeit, Sams Schmollen, ihre wachsenden Bedenken wegen Eve oder ein anderes Thema ging, das ihr am Herzen lag. Sie waren als Freundinnen schon durch dick und dünn miteinander gegangen, und nie wieder, schwor sich Charlotte, würde sie das aufs Spiel setzen oder als selbstverständlich hinnehmen.

Der Müllwagen machte endlich Platz, und sie traf genau in dem Moment bei der Buchhandlung ein, als der Mann, der das »Zu verkaufen«-Schild angenagelt hatte, wieder in seinen Lieferwagen stieg. Jason wartete drinnen mit ernstem Gesicht auf sie, nicht, wie sich herausstellte, weil er seine Existenz veräußern musste, sondern weil Dean todkrank war.

»Lungenkrebs, ein halbes Jahr noch, höchstens ein Jahr. Wir gehen nach Spanien«, sagte er und ließ sich dann so schwer gegen Charlotte sinken, dass sie mit ihm zu einem Stuhl wanken musste, als wäre er der Kranke und nicht sein Partner.

»Ich glaube, ich hasse sie«, murmelte Sam und starrte dem davonknatternden Käfer nach.

»Es ist also noch nichts passiert?«

Sam zuckte die Achseln. Er mochte es, dass Rose so selbstverständlich zu ihm gekommen war, ohne sich noch länger darum zu scheren, ob die anderen sahen, dass sie befreundet waren. »Ich würde es aber auch nicht mitbekommen, oder? Ich meine, nicht gleich jedenfalls, erst wenn er wieder mit seiner Luxuskarre auftaucht und mit ihr essen geht oder so was. Aber gerade eben hat sie Georges Mum zugewinkt, als wäre nichts. Das kotzt mich an…« Sam unterbrach sich schnell, als George über den Schulhof auf sie zugeschlendert kam.

»Hey.«

»Hey.«

»Hast du die Höhle gefunden?«

»Ja, ich glaub schon.«

»Cool. Hey Rose.«

»Hallo George. Was guckst du denn so?«

»Wie denn?«

»Das blöde Grinsen und so.«

George kicherte. »Ihr zwei und so, deshalb.«

»Was ist damit, Mondgesicht? Du stehst dafür auf Melanie Cooper, brauchst es gar nicht abzustreiten. Du schaffst es bloß nicht, dass sie auch auf dich steht.«

George war so rot geworden, dass Sam zu seiner eigenen Überraschung Mitleid mit ihm hatte. Rose ging es anscheinend genauso, denn sie fügte freundlicher hinzu: »Sie mag dich übrigens wirklich, wenn du's wissen willst.«

George wurde dunkelrot. »Echt jetzt?« Er sah zugleich ungläubig und erschrocken aus.

»Stimmt das, mag sie ihn?«, fragte Sam beim Weitergehen, und nahm sich vor, George zu warnen, wenn das nicht der Fall sein sollte. Als er ihn eben wiedergesehen hatte und an ihren Spaß beim Schlittschuhlaufen dachte und an die Karte für die Höhle, die trotz ihrer Nutzlosigkeit ein anständiges Angebot gewesen war, war ihm wieder eingefallen, wie gut er sich mal mit George verstanden hatte. Kindergarten, Grundschule, St. Leonard – sie kannten sich schon seit einer Ewigkeit. Wenn ihre Eltern sich wie Idioten benahmen, war das schließlich nicht ihre Schuld.

»Ja, total«, antwortet Rose, selbstbewusst wie immer. »Voll total«, bekräftigte sie, fing an zu laufen, als die Schulglocke läutete, und drehte sich dann rückwärts joggend zu ihm um. »Du weißt, dass du mein bester Freund bist, oder? Im Moment jedenfalls.« Sie grinste. »Aber wetten, dass ich schneller bei der Aula bin?« Sie wirbelte herum und sauste auf das Hauptgebäude zu wie eine unbeholfene Spinne mit ihren langen, dürren Beinen und der schlenkernden Schultasche, war aber so langsam, so leicht zu besiegen, dass Sam ihr ein bisschen Vorsprung ließ, ehe er mit Indianergeheul an ihr vorbeisauste.

Jean machte sich eine Tasse Tee, in der Absicht, sie ins Wohnzimmer hinüberzutragen, merkte dann aber, dass sie einen Gehstock und einen vollen Becher nicht zugleich handhaben konnte. Also humpelte sie zurück und trank den Tee stehend neben dem Wasserkessel, wobei sie ein wenig auf ihr Kleid verschüttete, weil sie so zitterte. Es war doch wohl nicht zu viel verlangt, ein Tässchen Tee am Schreibtisch trinken zu können, während sie Reggies geriffelten goldenen Füller in der gesunden Hand hielt und der Schreibblock aufgeschlagen vor ihr lag.

Ein gebrochenes Handgelenk war wahrscheinlich erst der Anfang. Die Osteoporose würde mit der Zeit zweifellos noch weiteren Tribut von ihrer Gesundheit und ihrer Würde fordern. Gesellschaft hatte sie auch keine richtige mehr, nur noch den Fernseher und die schroffe Pflegerin, die sie am Morgen gewaschen und dabei ständig angetrieben hatte – noch acht weitere Besuche, hatte sie gesagt –, sowie die herrische, übellaunige Prue, die sie beim Staubsaugen an einen stolzierenden, aufgeplusterten Truthahn erinnerte und vor lauter Ärger über ihre eigenen Probleme (ein Mann mit einer kaputten Hüfte, eine Tochter ohne Mann, aber mit einem kranken Kind) nicht in der Lage war, dem Leid anderer mit ein wenig Freundlichkeit zu begegnen.

Prue hatte ihr einen Fleisch-Kartoffelauflauf gemacht, was nett gewesen wäre, wenn sie nicht so ein Theater deswegen veranstaltet hätte – schwere Seufzer, eine Miene wie eine Märtyrerin und eine abschließende Leier von Ratschlägen, wie der Auflauf für zwei Mahlzeiten reichen würde, wenn man nicht zu gierig davon aß und ihn sachgemäß aufwärmte und aufbewahrte … Als würde sie mit einer Demenzkranken sprechen, und dabei hatte sie sich auch noch ihrer eigenen relativ robusten Gesundheit gerühmt, obwohl es nicht nur finanzielle Notwendigkeit war, weshalb sie seit fünfzehn Jahren jede Woche bei ihr klingelte. Jean hatte erleichtert aufgestöhnt, als die Haustür zuschlug, und sich dann Trost suchend nach Jasper umgesehen, bevor ihr einfiel, dass er nicht da war.

Als sie so allein mit ihrem Tee in der Küche stand, vergaß sie es wieder und fuhr abrupt herum, als sich etwas in ihrem Augenwinkel bewegte. Doch da war nichts zu sehen, nur das Muster der Küchenvorhänge, große silbrige Wirbel auf moosgrünem Untergrund, flach und unbeweglich. Sie stellte den leeren Becher ab und dachte an diese Bridge-Bekannte, die ihr einst von Dackeln abgeraten hatte – Camilla Sowieso. Sie seien wie Nager, mit ihren spitzen Gesichtern und rattenähnlichen Schwänzen, hatte die Frau behauptet und dabei geschickt beim Mischen die Karten ineinanderfallen lassen. Jean hatte nicht auf sie gehört und Jasper gefunden, der vom ersten Tag an zutraulich war und sich gern streicheln ließ, in ihren Einkaufskorb hüpfte, wenn er sah, dass sie ausgehen wollte, und sich unter dem Rand der Tagesdecke zusammenrollte wie ein blinder Passagier, sobald er merkte, dass der Zeitpunkt kam, zu dem er über Nacht in die Küche eingesperrt werden sollte.

Jean atmete langsam ein und aus, während die Sehnsucht schlimmer wurde und dann langsam nachließ. Sie hatte gedacht, dass sie sich dagegen gewappnet hätte, aber es war, als hätte sie ihren eigenen Schatten verloren.

Genug, sie hatte zu tun, griff nach ihrem Stock und ging hinüber zu dem Schreibtisch im Wohnzimmer. Sie hatte zu tun, und das Leben veränderte sich, nicht allmählich, sondern in unvorhersehbaren, entscheidenden Momenten: Charlottes Zeugung zum Beispiel – Furcht, Scheu, brennender Schmerz, in Sekunden vorbei, aber die Folgen musste man ein Leben lang tragen. Oder ihr dummes Stolpern im Bad – ein kleines Versehen, nur ein Zentimeter, um den sie sich verschätzt hatte, als sie ihr Bein aus der Wanne hob, und jetzt wankte sie hier herum wie ein Krüppel. Vor noch nicht allzu langer Zeit hätte sie sich einfach mit dem Arm abstützen können, sogar an den schlüpfrigen Kacheln der Badezimmerwand. Und vor etwas längerer Zeit wäre sie geschmeidig genug gewesen, um sich nur einen blauen Fleck zu holen oder höchstens eine Verstauchung, selbst wenn sie ausgerutscht und mit dem Arm voran auf den gefliesten Boden gefallen wäre.

Jean legte im Flur zwischen Küche und Wohnzimmer eine kleine Pause ein und lehnte die Stirn an die Wand. Sie dachte daran, wie sie sich vor sehr viel längerer Zeit, vor dem kurzen

Ausflug in die Promiskuität, der ihre Tochter hervorgebracht hatte, der schönen Hoffnung hingegeben hatte, ein gutes Leben zu führen, statt nur einfach irgendwie zurechtzukommen. Sie kniff die Augen zusammen, blendete die Singvögel auf der Tapete aus und sah Reggie vor sich, sorglos, gut aussehend, ein typischer Luftikus, und dann das faltige, würdelose Etwas, das er am Ende geworden war, als er um jeden rasselnden Atemzug kämpfte, bis sie ihm ein Kissen aufs Gesicht drücken und schreien wollte, dass es Zeit war, loszulassen und sich selbst und sie zu erlösen. Ein gutes Ende, ja, darin konnte echte Tugend, wahre Würde liegen. Jean öffnete die Augen und umklammerte ihren Stock. Sie hatte Reggie nicht dabei geholfen, aber sie konnte sich selbst helfen.

Immerhin hatte sie schon einiges dafür getan, tröstete sie sich, während sie auf den Schreibtischstuhl sank und den Stock auf den Teppich fallen ließ. Sie hatte ihren Frieden mit Charlotte gemacht, hatte ihr erzählt, was erzählt werden musste, und gesehen, wie ihre Tochter es tapfer und erwachsen aufgenommen hatte. Der liebe Jasper war gut untergebracht, und sowohl die Pflegerin als auch die putengesichtige Prue hatten die Geschichte geschluckt, dass Charlotte die Krankenpflege für den Rest der Woche übernehmen werde. Besonders raffiniert war, wie sie am Morgen Charlottes aufgeregtes und liebenswertes Geplapper über Pachtverträge und Buchläden am Telefon unterbrochen und behauptet hatte, die Leitung sei so schlecht und bestimmt kurz vorm Zusammenbrechen und sie überlege, British Telecom anzurufen. Ja, die Bühne war bereit, und sie war endlich wieder Herrin der Lage, entschlossen, mehr Bestimmungsgewalt über das Ende ihres Lebens auszuüben, als sie über dessen Verlauf gehabt hatte.

Jean griff nach dem Briefblock, schrieb das Datum und setzte wieder ab. Reggie war ein guter Briefschreiber gewesen, wenn er sich einmal dazu aufgerafft hatte. *Du warst also nicht von mir, aber du warst mein geliebtes Kind.* Was für eine schöne Zeile. Kein Wunder, dass Charlotte vor Rührung geschluckt hatte, als sie zu der Stelle kam. Als Jean sie selbst zum ersten Mal gelesen hatte, nachdem sie den Umschlag am Vorabend ihrer unvergessenen Fahrt nach Norden vor zwanzig Jahren über Dampf geöffnet hatte, hatte sie auch geschluckt – aus Angst, Eifersucht und dem Wunsch zu beschützen. Es war, als wären all ihre Fehler und Schwächen auf einen einzigen Augenblick reduziert worden.

Eigentlich erstaunlich, dachte sie und begann endlich zu schreiben, wie man sich an Gefühle erinnerte, aber sie nicht mehr empfinden konnte; wie mit der Zeit auch die glühendste Leidenschaft in den kühlen, sicheren Lagerraum fader Erinnerung verbannt wurde. All ihre leidenschaftlichen Gefühle für Reggie, zum Beispiel, die nun dahingeschwunden waren, genauso wie ihre anfängliche, heimliche Hoffnung darauf, was sich aus seinem edelmütigen, brüderlichen Heiratsangebot entwickeln könnte. Ganz zu schweigen von der baldigen Enttäuschung und Eifersucht, als zuerst Charlotte und dann die anderen Frauen (verheiratete Frauen, Dienstmädchen, er war nicht wählerisch) seine Zuneigung stahlen. Es erschöpfte sie schon, nur daran zu denken. Es hatte sie bereits damals erschöpft, sie ausgelaugt, sie wenig liebenswert und machtlos und wahrscheinlich zu einer schlechten Mutter gemacht. Dennoch hatte sie an ihm festgehalten, aus alter Gewohnheit, alter Hoffnung; sie hatte an ihm festgehalten, bis auf einmal seine versagende Lunge die größere Sorge war und ihr Verhältnis sich umgekehrt hatte, weil Reggie sie brauchte und sie feststellte, dass die Liebe, die sie dazu gebracht hatte, im besten Interesse ihrer Tochter zu handeln, auf einmal noch andere Erscheinungsformen annahm, auch wenn es ihr widerstrebte, das einzugestehen.

Meine geliebte Charlotte,
noch ein Brief – verzeih ihn mir und auch all das andere, was ich Dir zugemutet habe.

Bitte glaube mir, dass ich vom Moment Deiner Zeugung an immer versucht habe, das Beste für Dich zu tun. Wie ich Dir schon bei unserem Gespräch erklärt habe, beruhte die Heirat mit Reggie und auch der Umstand, dass ich bei ihm geblieben bin und so viel verschwiegen habe, vor allem auf dem Wunsch, Dich zu beschützen. Obwohl es nie leicht gewesen ist, bereue ich nichts davon. Einer der Gründe (neben dem lieben Sam natürlich), weshalb ich Dich so zu einer Versöhnung mit Martin gedrängt habe, war es, Dir die Chance zu ermöglichen, so wie ich zu erkennen, dass Schlechtes immer auch Gutes mit sich bringt; dass es keine Ehe ohne Fehler und Stolpersteine und Kompromisse gibt und dass man eine erstaunliche Zufriedenheit erlangen kann, wenn man etwas bis zum Ende durchsteht.

Jean hörte stirnrunzelnd auf zu schreiben und überlegte, ob sie die Seite zerreißen und nochmal von vorn anfangen sollte. Kaum ein paar Zeilen, und schon gerieten ihr die Worte, die Bedeutungen, aus den Fugen und führten ein Eigenleben. Sie hatte sich entschuldigen, erklären, sich verabschieden wollen. Und selbstverständlich bereute sie so manches, oder? Zum Beispiel, dass sie Charlotte nichts über ihre wahre Herkunft gesagt hatte, das war wirklich ein bedauerlicher Fehler gewesen. Das arme Kind. Andererseits … Jean fuhr mit dem Füller über ihre Lippen, während sie daran dachte, wie zerbrechlich ihre Tochter war, nicht nur damals als einsames, schüchternes Kind (das so dringend Spielkameraden brauchte, dass sie und Reggie schweren Herzens entschieden hatten, es auf ein Internat zu schicken), sondern auch hinsichtlich der Gefühlsextreme, die ihr Erwachsenenleben bestimmt hatten – am Boden zerstört bei Reggies Tod, himmelhochjauchzend, als sie Martin kennenlernte, vollkommen eingenommen von Sam und dann wieder zunehmend unglücklich, als das Vertrauen in ihrer Ehe zerbrach. Die Jahre waren so schnell verflogen, und es hatte immer einen guten Grund gegeben zu schweigen. Außerdem, fragte sich Jean plötzlich, wie konnte man etwas bereuen, das man in derselben Situation und mit demselben Wissensstand wieder tun würde?

Es gelang ihr einfach nicht, klar zu denken. Im Bett würde sie sich wohler fühlen, den Block auf den Knien, ein paar Kissen im Rücken und ein volles Glas Wasser neben sich – du lieber Himmel, das durfte sie nicht vergessen und auch nicht den Vorrat an Tabletten, den sie noch aus der Nachttischschublade hervorkramen musste.

An der Haltestelle London Bridge blieb Henry an diesem Morgen vor einem Blumenstand stehen. Er musste an eine Episode im Fernsehen denken, in der ein herumschäkernder Ehemann durch einen üppigen, aus schlechtem Gewissen gekauften Blumenstrauß aufgeflogen war. Diese romantische Geste von einem lebenslangen Zyniker hatte seine Frau sofort misstrauisch gemacht. Er selbst war noch nicht einmal ein Casanova, und seine Frau war trotzdem misstrauisch, dachte Henry bedrückt, sah auf seinen Hosenschlitz hinunter und blickte dann schnell zur Seite für den unwahrscheinlichen Fall, dass jemand seine Gedanken gelesen hatte. Alles funktionierte vollkommen normal (das hatte er seit dem beschämenden Fiasko im Schlafzimmer an Ostern mehrfach getestet), und doch schien er sich nicht mehr darauf verlassen zu können, wenn es darauf ankam.

Er war berühmt für sein eisernes Nervenkostüm im Beruf, für seine ruhigen Hände auch unter dem Druck greller OP-Lampen und verzweifelter menschlicher Hoffnungen, und konnte es daher nicht fassen, wie sehr ihn das Versagen beim Sex mit seiner Frau aus der Bahn geworfen hatte. Aus Furcht, dass es wieder passieren könnte, hatte er an jedem Abend danach Müdigkeit vorgeschützt und dann lange im Dunkeln wach gelegen. Er war so kurz davor gewesen, so voll guten Willens, sich wieder ganz auf seine Frau, seine Ehe einzulassen … Es war, als wäre sein Körper von Schuldgefühlen vergiftet. Sein Verstand mochte bereit sein, das unrechtmäßige Verlangen, Charlotte zu verführen, ein für alle Mal zu tilgen, doch ein anderer, stärkerer Teil von ihm hatte offenbar beschlossen, dass er sich nicht so leicht davon erholen sollte.

Theresa war unterdessen unerträglich still, unerträglich lieb, und ging so vorsichtig mit ihm um, als hätte er eine tödliche Krankheit. Sie konnten nicht miteinander reden, konnten sich nicht berühren, und jetzt war da auch noch die Angst vor dem Mädels-Mittagessen am Freitag, bei dem Charlotte vielleicht sowieso alles auffliegen ließ. Theresa hatte ihm am Morgen davon erzählt, als er schon halb zur Tür heraus war, den Mund voll Toast und mit einer Stimme, die von schriller Munterkeit widerhallte und in der die Frage »Warum?« so deutlich mitschwang, als prangte sie auf ihrer Stirn. Sie würden zu Santini gehen, hatte sie geflötet, ein Testessen für Charlottes Geburtstag, war das nicht eine tolle Idee?

Henry hatte nur düster genickt und an vom Wein gelöste Zungen und diese beängstigende weibliche Neigung, sich gegenseitig das Herz auszuschütten, gedacht. Charlotte hatte Theresa über Jahre hinweg ihre Eheprobleme anvertraut. Was sollte einem nützlichen Rollenwechsel nun im Weg stehen? Theresa brauchte nur ein gewisses Unbehagen einzugestehen, und wer wusste, wohin das führte. Die ganze Situation war eine tickende Zeitbombe.

In einem Eimer zu seinen Füßen standen Rosen, dunkelrosa mit weißen Einsprengseln. Würde Theresa die Augenbrauen hochziehen wie die Schauspielerin im Fernsehen? Oder würden ihre Augen diesen träumerischen Ausdruck annehmen, an den er in letzter Zeit so gern zurückdachte und den er einst mit einem einzigen Wort oder einer Zärtlichkeit hatte hervorrufen können; diesen Ausdruck, der ihm stets versichert hatte, dass sie nur ihn liebte und dass das so bleiben würde, bis die Würmer sie beide zu Staub verarbeiteten.

»Na, Hochzeitstag?«

Henry fuhr herum und sah sich Martin gegenüber. Er war tadellos glatt rasiert und schick zurechtgemacht, trug einen dunkelblauen Anzug mit einem pinkfarbenen Hemd und einer so knalligen fuchsiaroten Krawatte, dass Henry sogleich Cindys Einfluss dahinter vermutete. »Nein.« Er brachte ein Lächeln zustande und wurde ein bisschen rot.

»Ist auch nicht die richtige Tageszeit dafür, oder?«, scherzte Martin, der eindeutig in Hochform war. Er schüttelte seine Armbanduhr unter der gestärkten Manschette hervor und las ostentativ die Zeit ab. »Es sei denn, du machst jetzt wieder Nachtschichten und bist auf dem Nachhauseweg.«

»Nein, zum Glück nicht. Ich habe nur mal so geguckt … Die guten Sachen sind bei manchen Ständen schon früh weg.«

»Aha«, sagte Martin mit einem skeptischen Blick auf seinen Freund und den Blumeneimer.

»Vielen Dank übrigens für die Party«, fuhr Henry fort. »Ich weiß nicht, ob Theresa euch geschrieben hat …«

»Doch, hat sie, danke.«

»Hervorragend, ja, in so was ist sie gut … Aber im Ernst, es war ein toller Abend. Und du siehst auch toll aus. Offensichtlich läuft es bestens bei dir.«

Martins Grinsen wurde noch breiter und überzog sein attraktives Gesicht mit Fältchen, die seine dreiundvierzig Jahre widerspiegelten. »Das tut es, mein Alter, das tut es.« Er senkte die Stimme. »Cindy erwartet ein Kind – wir fangen gerade an, es allen zu sagen.«

»Mensch, herzlichen Glückwunsch! Das ist ja phantastisch.« Henry klopfte Martin auf den Oberarm und freute sich ehrlich für ihn. »Ihr beide müsst bald mal zu uns kommen. Ich werde mit Tess darüber sprechen – wir überlassen es am besten den Frauen, einen Termin abzumachen.«

»Ja, klar, unbedingt.« Eine Pause entstand, in der beide Männer sich im Stillen eingestanden, wie unwahrscheinlich das Zustandekommen eines solchen Treffens war. »Ihr könntet aber auch einen guten Zweck unterstützen«, schlug Martin vor. »Unser Chor gibt in ein paar Wochen ein Wohltätigkeitskonzert. Es hat eine Weile gedauert, aber jetzt haben wir einen schönen Veranstaltungsort gefunden – St. Gregory, nicht weit weg von der Albert Hall.«

»Die Albert Hall, du liebe Güte!«

»Nein, die Kirche ist in der Nähe der Albert Hall. Der Eintritt ist zugunsten der Brustkrebsforschung. Cindys Mutter ist daran gestorben, und sie und ihre Schwester Lu müssen sich regelmäßig untersuchen lassen. Ich sag Cindy einfach, sie soll euch eine Einladung schicken, dann könnt ihr es euch überlegen.« Er sah wieder auf seine Uhr, diesmal ernsthaft. »Okay, Henry, ich muss mich beeilen. Ich brauche ein Taxi, und vor dem Stand ist bestimmt eine Schlange. Ich hoffe, wir sehen uns bei dem Konzert«, sagte er noch und boxte Henry zum Abschied freundschaftlich in die Seite.

Henry, der nur noch ein paar Hundert Meter bis zum Krankenhaus zu gehen hatte, wo er an zwei Vormittagen die Woche Sprechstunden abhielt, blieb wie angewurzelt stehen und sah Martin nach, der sich mit seinem erstklassig geschnittenen Anzug wendig durch das Gewühl auf den Haupteingang der Station zubewegte. Der Lärm der Lautsprecherdurchsagen und vorbeihastenden Menschen wurde zum

Hintergrundgeräusch, als er daran dachte, wie er Martin auf der Party beneidet hatte, weil der so jugendlich wirkte und seine zweite Chance mit der wohlgeformten, strahlenden, göttinnenhaften Cindy wahrnahm. Jetzt empfand er nichts mehr dergleichen, beneidete den Freund weder um sein neues Leben noch um seine neue Frau, sein Designerhaus und sein Designeraftershave, das noch in der Luft hing, und schon gar nicht um das Baby, das unterwegs war. Wer wollte das alles noch einmal durchmachen, die Plackerei, bis man die Rollenverteilung ausgehandelt und halbwegs herausgefunden hatte, wer der andere wirklich war? Gar nicht zu reden von den von vornherein zum Scheitern verurteilten Bemühungen, die jeweiligen Freunde und Bekannten unter einen Hut zu bringen.

Als die lärmende Wirklichkeit seiner Umgebung wieder in den Vordergrund trat, entfernte sich Henry schnellen Schrittes von dem Blumenstand und ging auf den nächsten Ausgang zu. Er wollte auch eine zweite Chance, unbedingt, aber mit Theresa. Er wollte das zurückhaben, was sie einmal gehabt hatten: diese mühelose Nähe zwischen ihnen, die so leicht zu missachten war, gerade weil sie so vertraut war, dabei hatte es viele Stunden, Tage, Wochen und Jahre gedauert, sie aufzubauen, und er verstand nicht mehr, wie er ihren Wert und ihre Zerbrechlichkeit hatte unterschätzen können.

Als er zur Straße kam, schlug sein Herz so heftig, dass er stehen bleiben und tief Luft holen musste. Was für ein kostbarer Schatz, und er hatte ihn weggeworfen. Es sei denn … es sei denn, er redete mit Charlotte und brachte sie irgendwie dazu, nichts zu sagen. Ja, das war es. Ganz einfach, warum hatte er nicht gleich daran gedacht? Er würde den Stier bei den Hörnern packen, seine Lage erklären, sich ein bisschen Seelenfrieden verschaffen. Henry trat auf die Straße und machte einen Satz zurück, weil ein weißer Lieferwagen so dicht an ihm vorbeisauste, dass er die Zigarette des Fahrers roch. Auf der anderen Straßenseite erhaschte er noch einen Blick auf Martin, sein Oberkörper eingerahmt vom Seitenfenster eines Taxis; er grinste immer noch und winkte wie verrückt. Henry winkte zurück und ging dann ein Stück den Gehsteig entlang, um einen zweiten Versuch bei einer sicheren Ampelüberquerung zu machen, wo er geduldig auf das grüne Männchen wartete, obwohl die Straße frei war.

Sechzehntes Kapitel

Den Rest der Woche über benahm sich der April wieder so wetterwendisch, wie man es ihm nachsagte, allerdings derart extrem – Abschnitte mit strahlendem Sonnenschein, der die Augen schmerzen ließ, durchsetzt von heftigen Wolkenbrüchen –, dass es für Charlotte am Freitag schon zur Gewohnheit geworden war, jenseits ihres Gartenzauns riesige, schillernde Regenbogen vor bleigrauem Himmel zu sehen. Weil sie ein paar Mal durchnässt worden war, nahm sie nun auch zu den kürzesten Gassigängen mit Jasper einen Schirm mit und versuchte Sam dazu zu bewegen, eine wasserdichte Windjacke einzupacken, wenn er morgens mit seinem Fahrrad losfuhr – eine Neuerung, die sie sicher mehr begrüßt hätte, wäre sie nicht mit dem Verdacht einhergegangen, dass ihr Sohn sie nur eingeführt hatte, um möglichst wenig Zeit mit ihr verbringen zu müssen.

»Ein Teenager mit Pickeln am Kinn, der sich selbst sehr ernst nimmt und eine Freundin hat, und du erwartest, dass er seine Mama mag?«, spöttelte Eve, als sie anrief, um ihr Eintreffen Ende nächster Woche zu bestätigen, rechtzeitig genug, versprach sie, damit sie bei den Vorbereitungen für den Mah-Jongg-Abend helfen könne.

»Ich bin nicht sicher, ob Rose wirklich seine Freundin ist, im engeren Sinn, meine ich, und er hat keine Pickel, zumindest noch nicht.« Charlotte ließ den Blick zum Küchenfenster schweifen, wo es im Moment keinen Regenbogen zu sehen gab, nur Jasper, der an etwas im Gras schnüffelte. Der

Hund ihrer Mutter hatte sich als überraschend anspruchsvoller Hausgast erwiesen, der sich ausschließlich in Begleitung in den Garten hinauswagte und nur allein dort bleiben wollte, wenn man ihm die Hintertür aufließ. Sobald sie Anstalten machte, aus dem Haus zu gehen, merkte er das irgendwie, auch wenn er noch so fest in seinem Körbchen schlief und sie sich noch so leise zur Haustür schlich. Ließ sie ihn trotzdem allein zurück, begann er so markerschütternd und hartnäckig zu jaulen, dass Mr. Beasley am Mittwoch herübergekommen war, um sich zu beschweren und etwas von Grenzwerten der Lärmemission und Tierquälerei gebrummt hatte. Eingeschüchtert hatte sie den Hund daraufhin mit zur Arbeit genommen, ihn zuerst im Auto gelassen, ihn dann aber, als sie entdeckte, dass er ans Beifahrerfenster tappte und laut winselte, in den Laden gelassen, wo er es sich auf ihrer alten grünen Strickjacke in einem Regalfach des Lagers gemütlich gemacht hatte, als wäre seinen gottgegebenen Hunderechten endlich Genüge getan worden.

Eve lachte, weil Charlotte Sams makellosen Teint verteidigte. »Tja, das wird nicht so bleiben, du Muttertier. Aber ich kann es wirklich kaum erwarten, ihn zu sehen. Zumal ich ja keine eigenen habe …« Sie ließ den Satz in der Luft hängen und fügte schnell hinzu: »Ich habe übrigens am Montagabend auf gut Glück bei dir geklingelt, aber es war niemand da. Du hast dich wahrscheinlich um deine Mutter gekümmert. Wie geht es denn dem alten Schätzchen?«

Charlotte zauderte, zum Teil wegen der ironischen Spitze in Eves Frage, für die sie selbst verantwortlich war (das unterkühlte Verhältnis zwischen ihr und Jean war oft Thema angeregter Debatten während ihrer Studentenzeit gewesen), und zum Teil weil es aufgrund der Schlamperei oder Unfähigkeit des Telefonwartungsdienstes in Kent schon drei Tage her war, seit sie zuletzt mit ihrer Mutter gesprochen hatte. »Sie kommt einigermaßen zurecht, danke. Es gibt einen Pflegedienst, und die Putzfrau hilft auch mal aus.«

»Aha, gut. Ich freue mich schon darauf, endlich alles mit dir zu bequatschen, und es wird ein Spaß sein, mal wieder Mah-Jongg zu spielen. Eine Tante von mir hatte ein Spiel, aber das ist viele Jahre her.«

Als Charlotte auflegte, kamen ihr neue Bedenken, was das Auffrischen einer Freundschaft anging, die zehn Jahre lang brachgelegen hatte und nicht wirklich vermisst worden war. Sie hatte sich über die E-Mail, die sie kurz vor Weihnachten aus heiterem Himmel erhalten hatte, gefreut und auch den darauf folgenden Austausch schön gefunden, aber Eves Stimme wieder zu hören war komisch. Sie klang irgendwie merkwürdig, so anders. Und sie gehörte zu ihren glücklichen Erinnerungen an die ersten Jahre mit Martin. Es würde sie vielleicht verunsichern, befürchtete Charlotte, der alten Freundin als geschiedene, alleinstehende Frau gegenüberzutreten und in mancher Hinsicht wieder der schüchternen Studentin zu ähneln, mit der sich Eve bei Shortbread und Tee vor zwanzig Jahren angefreundet hatte. Aber das stimmte nicht, korrigierte Charlotte sich, griff nach dem Telefon und wählte schon fast trotzig erneut die Nummer ihrer Mutter. Sie könnte sich nicht mehr von dem Mädchen unterscheiden, das sie damals gewesen war: traurig, verloren, verwirrt, wütend, belastet vom nahenden Tod des Vaters und sehnsüchtig darauf wartend, dass das Leben endlich einen Sinn ergab. Es war wahrlich eine verzweifelte Zeit gewesen, die sie nur ertragen hatte, weil nicht noch mehr auf sie eingestürzt war.

Mitten im Wählen hielt sie inne und dachte mit der plötzlichen Klarheit, die man nur im Nachhinein hat, dass sie zu der Zeit, als sie Martin kennenlernte, unter einer Trennung gelitten hatte, nicht von einem Partner, sondern von dem Mann, den sie als ihren Vater gekannt und geliebt hatte.

Darüber hinaus hatte sie das nagende Gefühl von etwas Unabgeschlossenem mit sich herumgetragen, von ungesagten, ungeklärten Dingen. Kein Wunder, dass sie ein Podest errichtet und Martin daraufgehoben hatte. Kein Wunder, dass er heruntergestürzt war.

Sie brauchte mehrere Sekunden, um zu merken, dass das Besetztzeichen ihr ins Ohr piepte wie bei jedem Anrufversuch seit Dienstag. Entnervt und jetzt ernstlich besorgt knallte sie das Telefon hin und blätterte in ihrem Adressbüchlein, um nachzusehen, ob sie die Nummer der Putzfrau zufällig unter P eingetragen hatte. Dem war nicht so, weshalb sie sich damit trösten musste, dass Prue ja ihre Nummer hatte und garantiert anrufen und alles mit Gusto schildern würde, falls es ein Problem gab.

Charlottes Blick blieb bei dem letzten Eintrag auf der Seite hängen, der erst vor ein paar Tagen hinzugekommen war: »PORTER«, und dann, kleiner geschrieben, »Dominic und Rose«. Sie lachte in sich hinein. Als ob sie oder gar Sam diese beiden Namen so bald vergessen könnten. Und die Nase des Vaters war gar nicht so lang, vielleicht eher adlerhaft, ein kleiner Schönheitsfehler, der durch seine Augen mehr als wettgemacht wurde, so schmelzend und dunkel, braun wie Schokolade, aber mit schwarzen Tupfen und … Hoppla, hoppla, nur nicht übertreiben.

Charlotte klappte das Büchlein zu und riss sich zusammen. Jasper war durch die offene Tür hereingetrottet und lehnte sich gegen ihren linken Knöchel wie gegen ein Tischbein, während er die gymnastische Übung vollführte, sich mit der Hinterpfote am Ohr zu kratzen.

Sie musste sich schleunigst für die Arbeit fertig machen und vor allem für das schicke Mittagessen mit Theresa. Vielleicht sollte sie sich ausnahmsweise mal richtig schminken und die Haare aufstecken. Eventuell kam Dominic heute in den Laden, fiel ihr ein, als sie die Treppe hinaufeilte. Er war offenbar am Mittwoch hereingeschneit, als sie gerade Besorgungen machte, und sehr lange geblieben. Jason hatte ihr haarklein berichtet, was er für Fragen gestellt hatte, von denen manche so komplex gewesen waren, dass Dean, der Buchhaltungsexperte, mehrmals per Telefon zu Rate gezogen werden musste. Sogar Shona hatte den Besuch erwähnt und schwärmerisch »Was für ein netter Mann« gehaucht, weshalb Charlotte der paranoide Gedanke durch den Kopf geschossen war, das Mädchen könnte mit ihr in Konkurrenz um die Zuneigung ihres potenziellen neuen Arbeitgebers treten wollen. Sie hatte sich in Erinnerung rufen müssen, dass Dominic aufgrund ihrer Bemerkungen bei dem Essen am Montagabend schon genug über die Unzulänglichkeiten ihrer Mitarbeiterin wusste, um sie garantiert nicht übernehmen zu wollen, sollte er den Laden tatsächlich pachten. Auch die Bestellung des neuen, teuren Teppichs würde gestrichen werden, hatte er versprochen, und ebenso Jasons langgehegtes Projekt, den hübschen gusseisernen viktorianischen Kamin für ein paar magere Zentimeter mehr Regalfläche zu opfern.

Charlotte summte vor sich hin, während sie ihre Augenlider und Wangen mit den abgenutzten Make-up-Pinseln bestäubte, die in einem alten Zahnbecher neben dem Badezimmerspiegel standen, und verstummte dann zum konzentrierteren Auftragen des Lippenstifts. Sie starrte gerade betrübt auf ihre eingetrocknete, klebrige Wimperntusche und bezweifelte stark, dass diese noch irgendetwas zur Betonung ihrer Augen beitragen könnte, als ihr Handy klingelte. Weil sie sofort an ihre Mutter dachte, warf sie das Tuschebürstchen in den Kosmetikeimer und fischte das Handy aus ihrer Hosentasche.

Doch statt Prue oder Jean meldete sich ein Mann, so krächzend und unsicher, dass es einen Moment dauerte, bevor sie

Henry erkannte. »Ich hoffe, du rufst wegen deines Automechanikers an.«

»Nein, ich … tut mir leid, Charlotte, das hatte ich ganz vergessen. Er heißt Jarvis, und seine Werkstatt ist am Ende der Moreton Road unter der Eisenbahnbrücke. Leider habe ich seine Telefonnummer gerade nicht zur Hand.«

Henry presste verkrampft sein Handy ans Ohr. Er stand bei sich zu Hause in der Küche und hätte Jarvis' Nummer leicht heraussuchen können, aber er war zu nervös, um an so etwas zu denken. Theresa war heute zeitig zu der morgendlichen Schultour aufgebrochen, sodass er unerwartet ein paar ruhige Minuten zur Verfügung hatte und endlich seinen Plan, Charlotte anzurufen, in die Tat umsetzen konnte. »Du triffst dich heute Mittag mit Theresa.«

»Ja, wir gehen zu Santini. Wenn das Essen gut und nicht zu teuer ist, feiere ich vielleicht meinen Geburtstag dort. Warum? Willst du uns etwa Gesellschaft leisten?«

»Charlotte … bitte.«

Charlotte kam es in den Sinn, einfach aufzulegen. Nur für den Fall, dass er etwas wirklich Blödes sagen wollte, wie dass er in sie verliebt sei und sie wiedersehen wolle. Doch dann kam ihr noch etwas anderes in den Sinn, nämlich dass er sich möglicherweise einfach nur entschuldigen wollte.

»Ich wollte dich nur bitten«, platzte Henry heraus, »Theresa nichts zu sagen. Bitte, Charlotte. Es läuft gerade nicht so gut zwischen uns, weißt du, und dann denkt sie am Ende … Also bitte sag ihr nichts, ja?«

Keine Entschuldigung also. Aber auch kein neuer Annäherungsversuch, immerhin. Charlotte zögerte mit der Antwort, in erster Linie, weil sie nachdenken musste, und weniger, weil sie Henry auf die Folter spannen wollte. »Was ist, wenn sie mich direkt danach fragt?«

»Oh Gott, das wird sie doch nicht tun, oder?«

»Henry, sie ist deine Frau. Du hast mir gerade selbst erzählt, dass ihr euch zurzeit nicht so gut versteht. Vielleicht vermutet sie etwas. Vielleicht denkt sie, dass in Suffolk etwas passiert ist. Was weiß ich? Ich kann dir nur sagen, dass ich aus Gründen, die ich jetzt nicht vertiefen möchte, kein großer Fan von eiskalten Lügen bin.«

Eine längere Pause entstand. »Aber wenn sie nicht fragt, sagst du ihr nichts?«

»Nein, das hatte ich mir ohnehin vorgenommen.«

»Gut.«

Sie hörte, wie er aufatmete.

»Danke.«

»Keine Ursache.«

Charlotte streckte sich im Spiegel die Zunge heraus, als sie ihre Haare in Angriff nahm. Sie stach grob mit den Spangen und Klammern hinein, kümmerte sich nicht darum, wenn sie ihre Kopfhaut traf, und wünschte, sie könnte die Uhr zurückdrehen zu der Zeit, als Henry nichts weiter als Theresas kluger, ein bisschen tapsiger Ehemann war und sie die chaotische, zu Katastrophen neigende Freundin.

Als sie zum Gehen bereit war, hatte ihre gute Stimmung jedoch wieder die Oberhand gewonnen. Henry machte sein schlechtes Gewissen zu schaffen. Theresa war, wie sie immer war. Seit dem gebrüllten Wortwechsel durch die Autofenster hatten sie sich noch mehrmals ganz normal am Telefon unterhalten, unter anderem über die ärgerliche Ineffizienz von Telefongesellschaften und darüber, ob Charlotte wegen Martins Wunsch bezüglich des Chorkonzerts Theater machen sollte. Auf Theresas Rat hin hatte sie es gelassen, mit dem positiven Ergebnis, dass Martin angeboten hatte, Sam am nächsten Freitag direkt von der Schule abzuholen, sodass sie sich in aller Ruhe auf Eve und das Mah-Jongg vorbereiten konnte. Charlotte freute sich ungeheuer auf das gemeinsame

Mittagessen, nicht nur, weil es an der Zeit war, endlich etwas für ihren verhassten runden Geburtstag zu planen, sondern weil sie gern von den umwälzenden Ereignissen der letzten Tage berichten wollte. Wie die Sache mit ihrem Vater und dass sie sich mit ihrer Mutter ausgesöhnt hatte – Themen, die man besser unter vier Augen besprach und nicht am Telefon. Dann war da noch die Geschichte mit Dominic Porter, falls sie den Mut aufbrachte, darüber zu reden.

Jasper wartete im Flur auf sie, lag direkt vor der Schlafzimmertür wie ein Zugluftstopper. Als Charlotte nach unten ging, folgte er ihr hoppelnd und überschlug sich dabei fast, weil seine Beine so kurz waren und die viktorianischen Treppenstufen so hoch. »Tja, ich schätze, du willst mitkommen«, sagte sie und schüttelte belustigt den Kopf, als er vorauslief und seine zu allem entschlossene Pose bei der Haustür einnahm. Charlotte lächelte und verstand auf einmal die enge Bindung, die man zu einem Tier haben konnte, das auf einen wartete und bei einem sein wollte. Das schmeichelte und tat gut, egal wie unverständig es sein mochte. Als sie sich bückte, um die Post aufzuheben, fragte sie sich, wie Jean das bloß aushielt, ohne ihren vierbeinigen Freund zu sein, noch dazu nach dem Schock eines Unfalls, wenn sie ihn doch besonders brauchte ... Charlotte erstarrte mit der Post in der Hand. Das war nicht normal. Und das Telefon funktionierte nicht. Das war auch nicht normal. Da stimmte etwas nicht.

Sie warf die Briefe auf den Dielentisch und machte sich nun entschlossen auf die Suche nach der Nummer der Putzfrau, warf Unterlagen von Regalen und aus Schubladen, blätterte in Notizbüchern und alten Kalendern. Falls sie sie nicht fand, hieß das, dass sie nach Kent fahren musste. Sie suchte noch eifriger, trieb sich mit dem Gedanken an, wie ungehalten Jason wäre, wenn sie ihre Vormittagsschicht absagen würde, und wie enttäuscht Theresa, wenn sie dasselbe mit der

Lunchverabredung täte. Eine Spur von Zetteln und Papieren hinter sich herziehend stand sie irgendwann wieder vor dem Dielentisch, bereit, eine letzte verzweifelte Wühlaktion in den beiden kleinen Schubladen mit den Messinggriffen zu starten. Dabei wurde ihr Blick von einer schief aufgeklebten Briefmarke auf einem Umschlag angezogen, der zuunterst aus dem Poststapel herausragte. Neben der Marke war die zweite Hälfte ihres Nachnamens zu lesen, mit Füller in der Handschrift ihrer Mutter geschrieben, und zwar so zittrig, dass ihr Herzschlag sich beschleunigte.

Sie zog den Brief vorsichtig heraus und unterdrückte die dunkle Ahnung, dass ihre Welt, die erst seit Kurzem ins rechte Lot gerückt worden war, gleich wieder aus den Fugen geraten würde. Die Umschlagklappe war fest zugeklebt. Als Charlotte sie öffnete, nahm ihre Furcht zu, aber zugleich keimte in ihr eine geradezu heitere Schicksalsergebenheit auf. Warum gegen irgendetwas ankämpfen? Schon möglich, dass in ihr immer noch das verlorene kleine Mädchen steckte und sich das nie ändern würde. Manche Lebenswege waren eben holprig und andere nicht. Ihre Chancen, etwas an diesem rätselhaften Ungleichgewicht zu ändern, standen ungefähr so gut, wie einen der Regenbogen zu erklimmen, die aus ihrem Gartenzaun hervorsprossen.

Als Henry die Haustür hörte, legte er schnell das Handy weg, griff nach einem Glas auf dem Ablaufbrett und drehte den Kaltwasserhahn auf. Einen Augenblick später marschierte Theresa in die Küche und war genauso überrascht wie er. Sie sei wegen Mattys Ballettschuhen zurückgekommen, erklärte sie und griff an ihm vorbei, um den Hahn, der seinen Anzug vollspritzte, ein Stück zuzudrehen. Ob er nicht seinen Zug verpasse?

»Kopfschmerzen«, sagte Henry und deutete auf seine

Schläfe. »Bin nochmal kurz nach Hause, um eine Tablette zu nehmen. Vielleicht kriege ich ihn noch, wenn ich renne.« Also rannte er los und merkte erst, als er zusammen mit zwei anderen Nachzüglern durch die sich automatisch schließende Tür des acht Uhr zweiunddreißig hechtete, dass er sein Handy vergessen hatte.

Theresa flitzte unterdessen durchs Haus und durchwühlte Plastiktüten und Rucksäcke, wobei sie die ganze Zeit an ihre im unabgeschlossenen Auto angeschnallte Tochter denken musste, die zu spät zur Schule kommen würde und obendrein mit ihrem charmanten Grinsen und den niedlichen Zöpfchen ein bevorzugtes Opfer für Kindesentführer und Pädophile abgab. Sie hatte die Ballettschuhe heute Morgen schon irgendwo gesehen und daran gedacht, dass sie sie mitnehmen musste, es dann aber doch vergessen. Weil dieses »Irgendwo« sich als die Stelle zwischen Obstschale und Keksdose herausstellte, entdeckte sie dabei auch zufällig Henrys Mobiltelefon. Weniger offenkundig war, weshalb sie sich trotz ihrer Eile die Zeit nahm, das Ding zu schnappen und die letzte gewählte Nummer im Display anzeigen zu lassen.

Mehrere Minuten später trat sie aus dem Haus und bewegte sich auf einmal so ohne jede Hast, dass Matilda ihren Kopf mit den Zöpfchen aus dem Autofenster steckte und tadelnd rief: »Jetzt komm schon, Mami!«

»Gute Dusche?«, fragte Eve träge. Sie rollte sich herum, um ihren neuen Lover durch ihre zerzausten Haare hindurch zu betrachten, und genoss den Anblick seines Handtuch-Minirocks, der bis knapp zu den prall hervortretenden Muskeln über seinen Knien reichte. Sein Oberkörper glänzte noch vor Feuchtigkeit, was das dunkle Dreieck seiner Brustbehaarung und den trainierten Waschbrettbauch vorteilhaft zur Geltung brachte. Während er durchs Schlafzimmer ging, Schubladen aufzog und die Hemden an der Kleiderstange durchsah, wurde Eve klar, dass er vor ihr mit seinen Vorzügen angab. Er war also eitel, doch das gefiel ihr, denn es gab wenig, was sie nicht über Eitelkeit wusste, und ihrer Erfahrung nach war ein Mann, der auf sein Äußeres achtete, auch in anderer Hinsicht vorzeigbar – Hygiene, Manieren, die richtige Kleidung zum richtigen Anlass. Ja, der hier kam durchaus in Frage. »Keine Zeit für einen Quickie also?«, sagte sie mit sinnlich koketter Stimme, als der Oberkörper in einem zitronengelben Hemd verschwand.

»Tut mir leid, Baby.« Tim grinste sie im Spiegel des Kleiderschranks an und knöpfte weiter sein Hemd zu, obwohl er es sich liebend gern wieder vom Leib gerissen hätte. Eine gute Nummer war genau das, was er gebraucht hatte. Und sie war exakt sein Typ, frech, selbstbewusst, voller Überraschungen. »Ich würde ja gerne, aber ich bin auch so schon spät dran.«

»Schade.« Eve setzte sich auf und klemmte sich die Decke unter die Achseln, während sie ihr Handy in ihre Handtasche warf und Feuerzeug und Zigaretten herausfischte.

»Oh, hier drin nicht, bitte«, sagte Tim und drohte ihr mit dem Zeigefinger.

»Mach doch das Fenster auf, das wär nett, dann riechst du nichts.« Eve zündete sich eine Zigarette an und inhalierte genüsslich. »Wie ich schon gestern Abend sagte, meine Laster und ich sind unzertrennlich – alles oder nichts, nicht verhandelbar.« Sie beobachtete mit halb geschlossenen Augen, wie Tim zuerst schwankte, dann aber brav das Fenster öffnete. Zur Belohnung beugte sie sich halb aus dem Bett, um den Rauch zum Fenster hin zu blasen, und sorgte dafür, dass die Decke auf ihre Taille herunterrutschte.

»Du bist schrecklich«, sagte Tim leise und hielt kurz inne, um den Anblick zu bewundern.

»Ich weiß.« Eve lehnte sich zurück und streckte einladend die Arme über den Kopf. »Zeig mir doch nochmal, wie schrecklich ich bin …«

»Ich kann nicht, Süße. Später.«

»Wer sagt dir, dass ich dann noch hier bin?«

»Du«, erwiderte Tim. »Bis Freitag, hast du gesagt.«

»Ach ja, Freitag, wenn ich zu Charlotte gehe. Bis dahin werde ich wohl eine dunkle Brille und einen großen Hut tragen müssen.«

»Meinetwegen nicht.« Tim schlang eine Krawatte um seinen Hals. »Ich habe dir ja schon gesagt, dass es, was mich betrifft, nie so richtig funktioniert hat zwischen uns.« Er mühte sich mit der Krawatte ab, bis er einen dicken, lockeren Knoten knapp unter dem obersten Hemdknopf zustande gebracht hatte.

»Du siehst gut aus.«

»Danke. Du übrigens auch.«

Eve stieg aus dem Bett, um die Asche am offenen Fenster abzuklopfen, wobei sie die Bettdecke mit sich zog wie ein extravagantes Ballkleid. Unfähig zu widerstehen, lief Tim zu ihr hin und küsste sie, wobei er möglichst viel von der Bettdecke beiseiteschob. Noch nicht einmal der Rauch machte ihm etwas aus. Er war viel zu sehr aus dem Häuschen darüber, wie sich alles entwickelt hatte und dass er doch noch nicht aus dem Spiel war. Er konnte sein Glück kaum fassen – so eine Klassefrau kam einfach in sein Leben geschneit, und das ausgerechnet vor Charlottes Haustür. Es war Eves Verdienst gewesen, dass sie Telefonnummern ausgetauscht hatten, denn sie war ihm hinterhergerannt und hatte versprochen, sich nach dem Besuch bei ihrem Bruder zu melden. Endlich mal eine Frau mit Mumm, eine Frau, die wusste, was sie wollte. Tim hatte auf ihren Anruf gewartet wie ein hechelnder Teenager.

Eve drückte ihre Zigarette auf dem Fenstersims aus, beugte sich hinaus und ließ sich die Morgensonne aufs Gesicht scheinen. Sie schnippte die Kippe auf einen Busch zu, doch die rollte nur ein Stück über Tims saubere, leere Terrasse. »Falls ich ihr zufällig begegne, muss ich aber schon mit der Wahrheit rausrücken.« Sie sagte es lässig über die Schulter hinweg und musterte Tim genau. Er stand jetzt mit einem Kamm vorm Spiegel, glättete die Schläfen und fuhr oben auflockernd durch seine Haare, vermutlich, um die kleine, lichte Stelle zu kaschieren.

Sie hatte sich sehr über seine Erzählung von seiner kurzen Affäre mit Charlotte amüsiert und wie ihre alte Freundin zu sehr geklammert hatte, weshalb er die Notbremse ziehen musste. Und dann Sams goldiger Versuch, ihn umzustimmen (woraufhin er aus Mitleid einen letzten Versuch machen wollte, den Eve unwissentlich verhindert hatte), das war auch köstlich. Die Vorstellung, von einem Kind so geliebt und unterstützt zu werden, selbst von einem mauligen Teenager, gab Eve zu denken. Sie hatte sogar kurz überlegt, ob sie ihre Eierstöcke wieder aufbinden lassen sollte, um für sich auch so ein loyales kleines Wesen zu zeugen. Andererseits war Charlotte von Anfang an eine derart gluckende, in ihr Kind vernarrte Mutter gewesen, wie sie es nie sein würde: das Geplärre, die Gerüche, die Kotze, das Gebrauchtwerden – sie hatte das alles zuerst bei Charlotte und dann bei diversen anderen Freundinnen mit angewidertem Befremden beobachtet.

Tim hatte seine Körperpflege unterbrochen. »Ganz wie du es für richtig hältst, Baby, aber es hat sie arg getroffen.« Er verzog das Gesicht.

»Okay, ich werde behutsam sein«, versprach Eve. »Und ich werde da sein, wenn du zurückkommst«, rief sie und kuschelte sich wieder unter die Decke, als er die Treppe hinuntereilte.

Da das Wetter mild war und reger Gästeandrang herrschte, hatte »Santini« seit Kurzem die Verandatür zu seinem großen gepflasterten Innenhof geöffnet, der hübsch von moosbewachsenen Steinmauern und üppigen grünen Ranken von Geißblatt und Clematis eingefasst war. Es gab insgesamt acht Tische draußen, jeder ausgestattet mit einem Heizpilz, beschwerter Tischdecke und einem großen, standfesten Sonnenschirm, der das gleiche grün-goldene Streifenmuster wie die Markise am Vordereingang hatte. An diesem Freitag war es zu warm für die Heizgeräte, und die Schirme waren zum Schutz gegen die Sonne aufgespannt. Sie bildeten einen derart wirkungsvollen Schild, dass sich eine tief hängende, dunkelgraue Wolkenmasse ungesehen am Horizont zusammenballen und lauernd Kraft sammeln konnte wie eine Katze auf Beutejagd.

Theresa hatte die Front schon von ihrem Schlafzimmerfenster aus gesehen und schnell noch ein wärmeres Oberteil mit langen Ärmeln angezogen. Wenig später erblickte sie auch den VW-Käfer, der auf einem der wenigen Parkplätze direkt vor dem Restaurant stand. Ein Fenster war einen Spaltbreit offen für den kleinen Hund, der mit den Pfoten gegen die Scheibe tapste, als sie vorbeiging. Doch als sie Charlotte entdeckte, die unter dem entlegensten Stoffschirm saß und ihr Kinn auf beide Hände gestützt hatte, während sie die Speisekarte las, murmelte sie dem Kellner, der sie zu ihrem Tisch führen wollte, eine Entschuldigung zu und flüchtete nach unten auf die Damentoilette.

Sie vermied es, sich in der Spiegelwand anzusehen, und hockte sich auf einen kleinen Samtstuhl neben einer Vase mit Lilien, wo sie ihre heiße Stirn mit einem Kosmetiktuch abtupfte. Ihre Mutter hatte ihr am Telefon zur Zurückhaltung geraten, sie solle einen kühlen Kopf bewahren und abwarten, aber für Theresa stand fest, dass ein Wendepunkt erreicht war und sie reagieren musste – jedoch erst dann, wenn sie es für richtig hielt. Das zumindest hatte sie in der Hand: zu entscheiden, wann sie das Gebäude ihrer Ehe zum Einsturz bringen wollte. Nach so vielen Wochen erschöpfender Ungewissheit und lastenden Verdachts würde es geradezu eine Erleichterung sein, die ganze Geschichte ans Tageslicht zu zerren. Mit ruhigen Schritten stieg sie die Treppe wieder hinauf und schritt dann so entschlossen sie konnte über den glatten Steinboden des Restaurants.

Charlotte grinste fröhlich und stand auf, noch bevor Theresa den Tisch erreicht hatte. Sie wedelte mit dem Blatt Papier, in das sie vertieft gewesen war. Es war nicht die Speisekarte, sondern anscheinend ein Brief. Von ihrer Mutter, sagte Charlotte, immer noch breit lächelnd, als sie sich auf die Wangen küssten, und unterbrach ihr Geplauder nur, um dem Vorschlag des Kellners, ein Glas Champagner als Aperitif zu trinken, überschwänglich zuzustimmen.

Champagner? Theresa nickte und lächelte frostig, als sie sich setzte. Ihr Kopf war schwer von der Frage, die wie eine gespannte Feder darin lauerte, bereit, jederzeit herauszuschnellen: *Hast du eine Affäre mit Henry?* Ja, das genügte. Das Schwierige war das, was danach kam. *Nimm ihn. Gib ihn mir zurück. Beende es. Macht ruhig weiter. Geh zum Teufel.* Es gab zahllose Möglichkeiten.

»Und in dem Brief schreibt sie, dass sie für eine Weile weggefahren ist«, erzählte Charlotte, »ganz allein, was ziemlich bemerkenswert ist in ihrem geschwächten Zustand, aber sie meint, sie kommt gut zurecht, bis auf das Problem, dass sie sich manchmal ihren Gips nass macht, und sie hätte festgestellt, dass alles eine Frage der Einstellung ist. Ich kann dir gar nicht sagen, wie erleichtert ich bin, ich hatte mich so aufgeregt heute Morgen. Ich war überzeugt, dass irgendwas Schreckliches passiert ist … Ich meine, die Idee ist trotzdem komisch, aber sie kann natürlich tun und lassen, was sie will, und ich erinnere mich ehrlich gesagt nicht, wann sie das letzte Mal ein bisschen rausgekommen ist, außer natürlich, um den blöden Hund Gassi zu führen. Aber Jasper ist eigentlich gar nicht blöd, sondern ziemlich goldig, und ich ahne jetzt schon, dass ich ihn furchtbar vermissen werde, wenn sie ihn wieder zu sich nimmt. Mehr als Sam jedenfalls, dabei hätte ich gedacht, er würde sich total über einen Leihhund freuen, aber er hat ihn bisher kaum beachtet. Außerdem …« Charlotte nippte zwischendurch an ihrem Champagner. »Außerdem scheint sie mir Geld geben zu wollen.« Sie nahm den Brief und las laut vor: »›Ich füge etwas bei, mit dem du anfangen kannst, was du möchtest.‹ Einen Scheck, nehme ich an.«

»Toll«, sagte Theresa und nahm einen großen Schluck, um ihre Nerven zu beruhigen.

»Nur dass meine alte Dame vergessen hat«, fuhr Charlotte lachend fort, »das, was sie beifügen wollte, beizufügen, weshalb ich keine Ahnung habe, wie dankbar ich sein sollte. Und da sie ein Geheimnis daraus macht, wohin sie gefahren ist, kann ich sie im Moment auch nicht danach fragen, aber das wäre sowieso ein bisschen unangenehm, oder? Obwohl wir uns jetzt so viel besser verstehen. Ich kann es nicht richtig erklären, aber als ich mich letzte Woche nach dem Krankenhaus um sie gekümmert habe, wovor ich einen solchen Horror hatte, ist etwas zwischen uns passiert, irgendwie war da plötzlich eine neue Verbindung. Ich habe die ganze Zeit darauf gebrannt, es dir zu erzählen, weil es dazu geführt hat – zumindest glaube ich, dass es so war –, dass sie mir etwas Unglaubliches über …« Charlotte war langsamer geworden und verstummte nun ganz. Sie hatte sich regelrecht überschlagen und nur an sich gedacht. Die arme Theresa sah aus wie eine verwirrte Kreatur, die versuchte, einem Sturm zu trotzen. »Verzeih mir, ich rede wie ein Wasserfall. Es gibt einfach so viel, was ich dir sagen wollte. Tut mir leid.«

»Nein, erzähl weiter«, forderte Theresa sie auf und war

beeindruckt, wie sicher sie klang. »Das ist toll, dass du jetzt besser mit deiner Mutter auskommst, wirklich toll«, wiederholte sie mit weniger Überzeugung und führte wieder ihr Glas an den Mund.

»Du bist meine beste Freundin«, sagte Charlotte ernst und fühlte sich genug ermuntert, um Theresas Hand zu nehmen und sie festzuhalten, während sie von der Entdeckung berichtete, dass der Mann, den sie für ihren Vater gehalten hatte, ihre Mutter geheiratet hatte, als diese bereits schwanger war, und zwar aus Freundschaft und dem ritterlichen Wunsch heraus, ihr gesellschaftliches Ansehen zu wahren, und nicht aus leidenschaftlicher Liebe. Und dass ihre eigene Existenz, soweit sie es verstanden hatte, das Ergebnis eines einmaligen sexuellen Abenteuers mit einem verheirateten Mann war, der gestorben war, ohne je von den Folgen seines Seitensprungs zu erfahren.

Theresa entfuhr ein ungläubiges Lachen, nicht aus mitfühlender Verwunderung, wie Charlotte annahm, sondern über die Tücke des Schicksals, dass ihr ausgerechnet jetzt etwas so Bewegendes und Persönliches anvertraut wurde. Sie war schon hin und wieder neugierig auf Charlottes Vergangenheit gewesen, auf die Zeit vor Martin, aber es erschien ihr lächerlich grausam, dass diese Neugier gerade in diesem Moment und auf so dramatische Weise befriedigt wurde, wo sie sozusagen den Knüppel bereithielt, um eine andere, aktuellere und für sie selbst verheerende Wahrheit aus Charlotte herauszuprügeln.

»Theresa? Ist alles in Ordnung? Ich wollte nicht …«

»Nein, nichts ist in Ordnung«, presste sie hervor und ließ sich ihre Wut und ihr Unglück endlich anmerken.

»Ach du je, ich …«

»Dein Vater … was du gesagt hast, natürlich fühle ich mit dir, aber …«

»Nein, ich bin eigentlich ganz im Reinen damit«, stammelte Charlotte, als ihr der mögliche Grund für das distanzierte Verhalten der Freundin dämmerte. Sie lehnte sich auf ihrem Stuhl zurück, der ihr auf einmal hart und unbequem vorkam, lauter Ecken und Kanten an den falschen Stellen. Hinter dem Baldachin des Schirms sah sie eine dunkle Wolke, die sich unaufhaltsam über den blauen Himmel schob wie eine heranrollende Welle. »Alles ergibt jetzt viel mehr Sinn«, sagte sie leise. »Es zu verstehen bedeutet, dass ich nicht mehr darüber nachgrübeln muss.«

»Schön für dich.«

Charlotte hörte den höhnischen Unterton und wappnete sich für das, was nun kommen würde. Ein Kellner, der sich ihnen genähert hatte, um die Bestellung aufzunehmen, merkte, dass sie ein wichtiges Gespräch führten, und zog sich taktvoll zurück, um ein paar neue Gäste zu ihren Plätzen zu geleiten.

Dominic stand wartend unter der grün-goldenen Markise und traute seinen Augen nicht, als er den schlammbespritzten schwarzen Käfer mit dem vierbeinigen Insassen darin sah, der auf einer karierten Decke auf dem Rücksitz schlief. Es konnte natürlich sein, dass sie nicht im selben Lokal aß, dass die Schicksalsgöttinnen zwar zu Streichen aufgelegt, aber nicht wirklich grausam waren. Er spähte durch die Fensterfront des Restaurants, doch es war schwierig, mehr als die Schemen einiger verstreuter Gäste zu erkennen. Er sah auf seine Uhr. Schon zehn Minuten zu spät, vielleicht würde sie nicht erscheinen. Dominic spürte Hoffnung aufkeimen und rief sich sogleich ungehalten zur Ordnung. Was sollte das? Selbstverständlich wollte er, dass Petra erschien. Nur ein Vollidiot oder ein Mann, der kurz vor der Priesterweihe stand, würde das nicht wollen. Versetzt zu werden würde ihn jedenfalls ganz schön treffen, gestand er sich ein, nach diesem ganzen Hin- und Hertelefonieren; zumal sein Ego wegen Maggie immer noch angeschlagen war und weil er beim Flirten aus der Übung war und weil man ihn gefeuert hatte, gar nicht zu reden davon, dass er wegen eines dicken verheirateten Arztes mit buschigen Altmänner-Augenbrauen übergangen wurde …

»Dominiiic!«

»Hallo Petra, ich wollte schon die Hoffnung aufgeben.«

»Oh, tut mir so leid. Der Verkehr und nirgends ein Parkplatz in dieser verdammten Stadt.« Sie küsste ihn auf beide Wangen und strich sich dann durch die Haare, die seit ihrer ersten Begegnung ein ganzes Stück gewachsen und in lange, fedrige Stufen geschnitten waren, was ihr herzförmiges Gesicht betonte. »Wie schön, dich zu sehen – endlich!« Sie hakte sich kameradschaftlich bei ihm ein, blieb dann jedoch stehen und schlug die Hand vor den Mund. »Die verdammte Parkuhr – ich habe vergessen, Geld reinzustecken. Ich bin gleich wieder da. Geh schon vor, ich komme gleich.«

Dominic lachte, als sie zurück durch die Straße rannte. Tolles Mädchen. Er stieß die Tür des Restaurants auf und hielt kurz inne, um noch einen Blick auf ihre wehenden blonden Haare und die berühmten Beine unter dem engen Rock zu werfen.

Unglücklichsein machte niemanden reizvoll, dachte Charlotte deprimiert; nur in Filmen und Büchern waren Menschen, die Kummer hatten, immer noch attraktiv und redegewandt. Im wirklichen Leben dagegen erging es ihnen wie der armen Theresa in diesem Moment: geschwollenes Gesicht, nervöses Kauen auf den Lippen, zu sehr ihren Emotionen ausgeliefert, um sich mit wohlartikulierten Worten zur Wehr zu setzen. Sie selbst konnte, während sie ihre Hände im Schoß rang und sich bereit machte, ehrlich zu antworten, nur an die Hässlichkeit des menschlichen Egoismus denken und an seine Macht, diejenigen, die man liebte, zu verletzen.

»Ich weiß Bescheid«, stieß Theresa hervor, nachdem sie tief Luft geholt hatte, »über dich und Henry. Er hat dich heute Morgen angerufen, ich weiß es, und euer Stelldichein in Suffolk, wie konntest du nur?«

»Was?«

»Du und Henry …«

»*Was?*«, wiederholte Charlotte lauter. Ihre Empörung fiel ihr leicht, weil sie echt war. Es gab keine Einheit »sie und Henry«. Auch die Ehrlichkeit kannte offenbar verschiedene Abstufungen. Das Leben war nicht schwarzweiß, selbst wenn man sich das manchmal wünschte. »Theresa, was redest du da? Hör sofort auf damit.« Aus dem Augenwinkel sah sie, wie Dominic – *Dominic!* – zu einem Tisch auf der anderen Seite des Innenhofs geführt wurde. Das gab ihr einen Energieschub und noch mehr Vertrauen in die diplomatische Haltung, die sie einnahm. Theresas Gesicht ermutigte sie zusätzlich, denn ihre zittrige Anklage wich kurz einem Aufleuchten reiner Hoffnung.

»Er hat dich heute Morgen angerufen«, bohrte Theresa weiter, das Gesicht wieder von Unsicherheit verdüstert.

Darauf lachte Charlotte so glockenhell, dass Dominic sich umdrehte. Ihr Herz machte einen freudigen Sprung. »Wegen eurer Autowerkstatt, du Dummkopf.« Sie grinste und fand es beinahe wirklich lustig. »Henry hat mich wegen eurem Automechaniker angerufen, Mr. Jarvis, unter der Eisenbahnbrücke. Er hatte mir versprochen, mir seine Nummer für den Käfer zu geben, auch wenn sich meine eigensinnige kleine Karre neuerdings lammfromm benimmt.«

»Aber Suffolk.« Theresa klang jetzt verbissen. »Es war, als hättet ihr beiden das so arrangiert.«

»Unsinn, was für ein Unsinn!« Wieder steckte so viel

Wahrheit in dem Leugnen, dass es ihr leichtfiel. »Ihr habt mir die Woche angeboten, aber ich hatte die ganze Zeit ein schlechtes Gewissen, weil Henry doch arbeiten wollte.« Der Kellner schlich ungeduldig um sie herum und schenkte ihnen Champagner nach.

»Und die Sache mit den Schlüsseln?«, beharrte Theresa, wenn auch inzwischen mit weniger Überzeugung. »All diese Anrufe in letzter Minute und dass du Henry angeboten hast, ihn mitzunehmen.«

Charlotte erstarrte. Das Theater mit den Schlüsseln war ihre Nachlässigkeit gewesen, aber Henry hatte sich das schlau zunutze gemacht, indem er ihr nahelegte, ihn in ihrem Auto mitzunehmen, zumal er in einem Taxi aufgetaucht war. Was bedeutete, dass er Theresa angelogen und es so hingestellt hatte, als wäre der Vorschlag von ihr ausgegangen, und zwar noch vor jenem Morgen und nicht erst kurz vor der Abfahrt. Sie merkte, wie ihr Verstand bei dieser Verwicklung und der neuen Notwendigkeit, sich zu verstellen, blockierte. Derweil schritt eine große, blonde Frau auf Dominics Tisch zu und erregte Aufmerksamkeit mit ihrem kurzen, engen Rock und der gut sitzenden Kostümjacke, die sie nun mit Dominics Hilfe ablegte und unter der ein knappes graues Leinentop und durchtrainierte Schultern zum Vorschein kamen. Um den Hals trug sie einen Anhänger aus einem großen, flachen Stein in einem zarten Silberreifen, der genau in der auffällig großen Vertiefung ihres Schlüsselbeins lag.

Was für eine schöne junge Frau. Mist, da brauchte sie sich also keine Hoffnungen zu machen. Blöd von ihr, etwas anderes gedacht zu haben. Gott sei Dank hatte sie Theresa noch nichts davon gesagt. Gott sei Dank gab es Theresa, dachte Charlotte, als sie den immer noch hoffnungsvollen Ausdruck der Freundin sah und sich bewusst wurde, dass sie es in der Hand hatte, diese Freundschaft, die auf der Kippe stand, zu zerstören oder zu vertiefen. Und es gab noch mehr Gründe, dankbar zu sein, zum Beispiel Sam, immer wieder Sam, trotz seiner derzeitigen Muffeligkeit, sowie ihre verrückte, konfuse, beherzte Mutter mit ihren vergessenen Schecks und ihrer neuen Sanftmut und ... Die junge Frau berührte Dominics Arm, um etwas Gesagtem Nachdruck zu verleihen, worauf er den Kopf schüttelte und lachte.

»Oh, Theresa.« Charlotte nahm ihre beiden Hände. »Ich habe die blöden Schlüssel einfach vergessen, wirklich, und als Henry so nett war, sie vorbeizubringen, schien es das Naheliegendste zu sein, ihm eine Mitfahrgelegenheit anzubieten. Das war übrigens reiner Egoismus, denn du weißt ja, dass ich immer Angst habe, mich zu verfahren, und dass was mit dem Wagen sein könnte, der dann tatsächlich beinahe den Geist aufgegeben hat, und dein Mann war wunderbar, um ehrlich zu sein, auch die ganze Zeit während meines Aufenthalts mit Sam im Cottage, aber nur auf eine Weise, dass ich dachte, was hat Theresa für ein Glück, was sind die beiden für ein großartiges Paar, aber ihr verdient es auch, weil ihr so gut und toll seid ...«

Sichtlich verlegen zog Theresa ihre Hände weg und stützte ihren Kopf hinein. »Oh Gott, es tut mir leid, oh Gott, wie peinlich! Du solltest sauer auf mich sein – warum bist du nicht sauer?«, klagte sie.

»Weil das alles nur ein dummes, unbedeutendes Missverständnis ist«, antwortete Charlotte schnell, »und ich weiß, dass es in letzter Zeit ein bisschen schwierig für euch war ...«

Theresa sah ruckartig auf und starrte sie an. »Woher weißt du das?«

Charlotte schluckte. Noch war also nichts gerettet, aber gleich, falls sie Ruhe bewahrte und sich konzentrierte und nicht an Dominic und seine Begleiterin dachte. »Henry hat heute Morgen am Telefon erwähnt, dass du ein wenig deprimiert wirkst. Er hoffte, unser Mittagessen würde dich aufmuntern.«

»Tatsächlich?«, sagte Theresa, nun ohne jede Spur von Aggression. »Das war nett. Charlotte, es tut mir wirklich leid …«

»Nein, entschuldige dich nicht. Es ist in Ordnung, ehrlich. Man kann schon mal was falsch verstehen. Ich bewundere dich dafür, dass du mich direkt darauf angesprochen hast. Typisch für dich.« Sie grinste freundschaftlich.

Theresa sah sie geradeheraus an. Ihre gewohnte Tapferkeit kehrte langsam zurück, nun, da sie beruhigt worden war. »Er hat aber schon eine kleine Schwäche für dich, weißt du.«

»Ja«, erwiderte Charlotte so leichthin wie möglich und war froh, dass nur sie selbst ihren beschleunigten Puls spüren konnte. Sie hatte sich für eine Strategie der Halbwahrheit entschieden und würde Theresa zuliebe dabei bleiben. Enge Freundschaften hingen manchmal an einem seidenen Faden; man musste sie retten. »Ich übrigens auch für ihn. Wie gesagt, du bist ein Glückspilz.«

»Es tut mir so schrecklich leid«, flüsterte Theresa, immer noch entgeistert. »Es ist nur so … Also, ich war in den vergangenen Wochen wirklich etwas niedergeschlagen, aber nur, weil Henry so komisch abweisend war, gar nicht wie sonst, und als ich dann gesehen habe, wie gut ihr beide euch versteht, habe ich wohl zwei und zwei zusammengezählt und …«

»Fünf herausbekommen!«, warf Charlotte ein. »Und wenn wir nicht bald etwas bestellen, werde ich von all dem Champagner vom Stuhl fallen, falls uns dieser finster dreinblickende Kellner nicht vorher wegen Herumlungerns rauswirft.«

Es war eine Bestätigung ihrer Freundschaft, dachte Charlotte später, als sie mit Jasper zum Fluss hinunterging und die Regentropfen von ihrem Schirm abprallten, dass sie und Theresa es geschafft hatten, nach diesem Austausch noch eine richtig schöne Zeit miteinander zu haben. Eine Flasche

Pinot Grigio hatte auch dazu beigetragen, nur das Essen war überfeinert und kräftig überteuert gewesen, weshalb sie übereingekommen waren, dass dieses Lokal sich doch nicht für die Geburtstagsfeier eignete. Theresa hatte gemeint, sie werde sich etwas einfallen lassen, aber Charlotte hatte gesagt, sie solle sich nicht die Mühe machen, vielleicht werde sie an ihrem Geburtstag einfach ihre Mutter besuchen.

»Hübsch, sehr hübsch«, hatte Theresa gemurmelt, als sie beim Gehen Dominic und seine Tischdame entdeckte. »Ein stilles Wasser, der da – mir ist der Bruder lieber, muss ich sagen. Aber toll, dass Rose und Sam sich jetzt so gut vertragen«, hatte sie hinzugefügt und Charlotte ein letztes Mal umarmt, ehe sie sich den Blazer über den Kopf zog und zum Auto rannte.

Charlotte sah über die Mauer zum Fluss hin. Die Wasseroberfläche war schlammig grau und pockennarbig, als würde ein Kugelhagel auf sie niedergehen und nicht nur harmloser Regen. Ihr kleiner Taschenschirm konnte es nicht mit den nassen Windstößen aufnehmen, die horizontal vom Wasser herpeitschten und sie auf Gesicht und Brust trafen. Ihre Waden waren längst nass vom Gehen, und ihre Steckfrisur, die bereits während des Essens zusammengesackt war, hing nun als feuchte Masse in ihrem Nacken. Eigentlich nutzte der Schirm überhaupt nichts, entschied sie, klappte ihn zusammen und hob ihr Gesicht zum Himmel. Wie dumm war es doch, unbedingt trocken bleiben zu wollen. Wie dumm! Sie vollführte ein paar hüpfende Tanzschritte mit geschlossenen Augen und fragte sich flüchtig, ob sie noch beschwipst war, scherte sich aber nicht sonderlich darum. Sie hatte ihr Möglichstes getan, um für Theresa alles wieder ins Lot zu bringen, das war die Hauptsache. Und ihre albernen Phantasien bezüglich Dominic hatten zu keiner Blamage geführt. Niemand wusste davon. Niemand brauchte je davon zu erfahren. Charlotte wirbelte herum und verstreute Haarklammern um sich, als ihr durchnässter Knoten endgültig auseinanderfiel.

Als sie wenig später mit schwarz verschmierter Wimperntusche um die Augen und dem zappelnden, schmutzigen Bündel von einem Hund unterm Arm an einer Ampel wartete, war es vielleicht ganz gut, dass sie die Insassen des kleinen schwarzen Sportwagens nicht sah, der an ihr vorbeischoss und in hohem Bogen Regenwasser auf ihre Füße spritzte.

Dominic jedoch erkannte die tropfnasse Gestalt am Straßenrand und rutschte etwas tiefer in seinen Sitz, dankbar für den rasanten Fahrstil seiner polnischen Begleiterin. Er verfolgte das Bild so lange es ging im Seitenspiegel und wunderte sich wie schon mehrfach beim Essen darüber, wie jemand so dreist und unverfroren sein konnte, in bester Laune mit der Frau eines Liebhabers zu speisen. Es stand ihm nicht zu, ein Urteil zu fällen, wie er Benedict versichert hatte, aber es war trotzdem schwer zu verkraften, dass eine Frau, die er eventuell gern näher kennengelernt hätte, eine so skrupellose Seite hatte. Obendrein erinnerte es ihn schmerzlich daran, wie er auf Maggies »andere Seite« gestoßen war, und an die traurige Zeit danach, als er meinte, den Glauben an die Liebe ebenso verloren zu haben wie alles andere.

Auch in Kent regnete es stark an diesem Nachmittag, wodurch die Flechten auf den ältesten Grabsteinen und die schiefernen Dachziegel der Kirche wie lackiert wirkten. Jean, die mit einem Regenmantel und Gummistiefeln vernünftiger angezogen war als ihre Tochter, ging langsam den Kiesweg entlang, während Bill, der Fahrer, der sich nun schon seit vier Tagen so freundlich um sie kümmerte, den ausladenden bunten Schirm aus dem Kofferraum seines eleganten, silberfarbenen Audi über sie beide hielt. Er benutze ihn sonst beim Golfen, hatte Bill bei einer ihrer vielen kleinen Unterhaltungen erklärt, und manchmal für ganz besondere Kunden. Letzteres sagte er mit einem Augenzwinkern, und auch dieses Zwinkern hatte Jean liebgewonnen, weil es ein perfektes Gleichgewicht zwischen Respekt und Nähe schuf.

Bill hielt den Schirm gerade und blickte zu der steinernen Kirchhofmauer hinüber, während Jean einen Strauß mit ihren Lieblingsblumen, Iris und Glockenblumen, ablegte. Dann fuhr sie mit dem Zeigefinger langsam das R des in den Grabstein eingemeißelten Namens nach. Es war im Grunde so einfach, wie scheinbar komplizierte Dinge am Ende häufig waren. Vergebung, das Einverstandensein mit all den Unzulänglichkeiten der Liebe, die sie vier Jahrzehnte lang an Reggies Seite hatte bleiben lassen – das fiel ihr wirklich nicht mehr schwer.

»Er war immer so liebevoll«, sagte sie zu Bill, als sie zum Auto zurückgingen. »So liebevoll«, wiederholte sie leiser und behielt die Betrachtung für sich, dass es genau das war, was es so hart für sie gemacht hatte; dass Sanftmut und Freundlichkeit eine Beleidigung für jemanden sein konnten, der sich nach der Erwiderung einer leidenschaftlicheren Liebe sehnte.

Bill bot ihr seinen Arm als Stütze, als sie sich vorsichtig ins Auto setzte. »Zurück zum Hotel also?«

»Ich würde gern noch ein bisschen hier sitzen, wenn's recht ist«, erwiderte Jean und ließ das Fenster herunter.

»Dann vertrete ich mir ein wenig die Beine«, sagte er gutmütig, holte seine Zigaretten heraus und tippte auf den Ohrstöpsel, der ihn mit seinem Mobiltelefon verband. »Bin gleich wieder da. Hupen Sie, wenn Sie mich brauchen.« Er schlenderte davon, den Schirmgriff über eine Schulter gelegt, während er sich eine Zigarette ansteckte.

»Ach ja«, seufzte Jean laut und verlagerte ihren verletzten Arm, damit sie näher an das offene Fenster rutschen und die nasse Erde riechen konnte. Erde, Baumrinde, der Duft von frisch gemähtem Gras und der zarte Geruch des Regens selbst … Man entdeckte immer wieder neue Noten, wenn man sich die Zeit dazu nahm. Es gab auch eine deutliche Geräuschkulisse, ein stetes Tröpfeln und Trommeln, durchsetzt mit Vogelgezwitscher und dem fernen Brummen des Verkehrs auf der Autobahn. Auf Reggies Beerdigung hatte es auch geregnet, obwohl sie damals natürlich nichts Schönes daran erkennen konnte.

»Entschuldige, Reggie, dass ich nicht früher gekommen bin. Entschuldige, Liebster.« Jean wischte eine Träne weg und setzte ihre Brille auf, weil sie den Grabstein durch den schräg fallenden Regen und die schwankenden Äste hindurch noch einmal klar sehen wollte. Die Luft an ihrem Gesicht fühlte sich kalt an, aber Hände und Füße waren angenehm warm. »Wer hätte das gedacht?«, rief sie aus, was sowohl ein allgemeiner Kommentar zu ihrer Situation sein sollte als auch ein neuer Versuch zu verstehen, wie es dazu gekommen war. Ein Licht, das war es. Ein Licht war in ihrem Schlafzimmer aufgeleuchtet, gerade als die Erschöpfung und die Hoffnungslosigkeit ihren Würgegriff verstärkten. Der Briefblock mit dem Abschiedsbrief an Charlotte – der dritte Versuch – hatte schief an ihren Knien gelehnt. Sie hatte Tinte auf die Bettdecke geschmiert, scheußliche schwarze Flecken, und dann bemerkt, dass sie doch vergessen hatte, ihren kleinen Vorrat an Schlaftabletten zusammenzusuchen, und nun wieder unter Schmerzen aus dem Bett klettern und sie hervorkramen musste. Doch dann, ohne Vorankündigung, war da dieses Licht gewesen, oder zumindest eine Wärme, eine Hitze, ein Glühen, irgendetwas in der Art.

Jean winkte Bill zu, der zwischen den Bäumen hervorkam, und schloss das Fenster. Sie glaubte nicht an Geister; während ihrer Jahre in Übersee hatte sie alles Geschwätz der Dienstboten über Geister rundweg als Unsinn abgetan. Dennoch hegte sie keinen Zweifel daran, dass etwas an diesem Abend in ihr Zimmer eingedrungen war, irgendeine Substanz oder Energie, die sie erfüllte und noch weiter nachwirkte, nachdem sie versickert war. Die Idee zu dieser privaten Pilgerreise war ihr gleich darauf gekommen und zu einem so starken Bedürfnis geworden, dass sie die Notwendigkeit, dafür am Leben zu bleiben, gar nicht erst in Frage gestellt hatte. Noch am selben Abend hatte sie das Taxiunternehmen angerufen und weitere Zuversicht gewonnen, als man auf ihre zögerliche Frage nach einem Fahrer für eine Tagespauschale so bereitwillig einging, als würde dergleichen ständig verlangt und nicht nur von einsamen Witwen mit gebrochenem Handgelenk und dem spleenigen Wunsch, alte Stätten der Erinnerung aufzusuchen.

Sie hatte das Telefon neben die Gabel gelegt und niemandem etwas gesagt, aus Angst, den Mut zu verlieren. Während sie packte, ihre Route und ihre Unterkunft festlegte, das Haus in Ordnung brachte und dabei ständig ihren Arm überanstrengte, war sie mehr als einmal kurz davor gewesen, einen Rückzieher zu machen. Zuweilen hatte sie nur die Anstrengung, die es kosten würde, alles wieder abzusagen, bei der Stange gehalten, dazu ihr selbst verspottendes Gemurmel, wie nebensächlich doch strähnige Haare und ein durchnässter Gips waren. Und dann war Bill gekommen, pfeifend, tadellos gekleidet, sauber rasiert, der ihr die Türen aufgehalten, schwungvoll ihre Taschen getragen und einen Witz über das unberechenbare Wetter gemacht hatte, sodass sie sofort für ihn eingenommen war wie eine schüchterne Braut, die in einer eleganten Limousine entführt werden sollte.

»Jetzt bitte zurück zum Hotel, Bill.«

»Ein Glück, dass es noch steht nach all den Jahren, was, Mrs. B.? Und noch dazu viel schicker, wie Sie sagen.«

»Ja, ein Glück … viel schicker, ja.« Jean lehnte ihren Kopf gegen die Stütze und schloss die Augen, sah wieder die grauen

Wände des winzigen Zimmers vor sich, in dem sie und Reggie sich gestritten hatten, über England, über Häuser, über Charlotte … kurzum über jedes Thema, außer dem, das in jenen Wochen alles überschattet hatte: das Thema namens Charity, jenes Mädchen mit samtweicher Haut, an das ihr Mann beinahe sein Herz verloren hatte, zum ersten Mal und ohne es zu wollen.

Ein Wort hatte das andere gegeben, bis Charlotte, gleich einem Schuss im Dunkeln, »Stopp!« geschrien und gegen die Wand gehämmert hatte. Nur Zentimeter voneinander entfernt, hatten sie alle drei den Atem angehalten. Dann, in der zähen, schrecklichen, stillen Dunkelheit, hatte Jean gespürt, wie Reggie ihre Hand berührte. Wenig später bewegte sich die Hand über ihren Arm, ihren Bauch, ihre Beine, in eindeutiger Absicht, aber auch mit so viel Zärtlichkeit, als gäbe es neben dem mechanischen Tun dieses unersättlichen Appetits doch so etwas wie Leidenschaft.

Siebzehntes Kapitel

Als Martin und Sam am Abend des folgenden Freitags in die Sackgasse in Rotherhithe einbogen, glänzten Rasen und Asphalt nach den Regengüssen des Nachmittags im strahlenden Sonnenschein. Da Sam auf der Fahrt darüber informiert worden war, dass er ein Halbgeschwisterchen bekommen werde und sich während der kommenden sechsunddreißig Stunden ruhig und anspruchslos zu verhalten habe, weil Cindy angegriffen und müde sei, schleppte er seinen Rucksack nicht gerade in bester Laune nach oben. Aus der Küche roch es verdächtig, und zwar nach Fisch, wie sich herausstellte – drei graue Exemplare nebeneinander in der Pfanne, ihre toten, milchigen Augen auf die Dampfwolken an der Decke gerichtet.

Mal zur Abwechslung und weil es gesund sei, meinte Cindy, als er ihr hallo sagte, als wüsste sie schon, dass es ein blödes Essen war, noch bevor sie es auf den Tisch brachte.

»Kann ich rausgehen, Fahrrad fahren?«

»Nach dem Essen, denke ich, wenn der Regen wegbleibt und dein Vater einverstanden ist.«

»Womit einverstanden? Hmm, hier riecht es aber gut.« Martin kam mit elastischen Schritten in die Küche und legte seine Arme um Cindys Taille, umfasste zärtlich das Bäuchlein, das ihre Schürze noch verbarg.

Sam sah schnell zur Seite. Ohne die Info im Auto hätte er gar nicht gemerkt, dass Cindy dicker war, geschweige denn schwanger. Früher hatte er sich mal einen Bruder oder eine

Schwester gewünscht, aber jetzt, wo es wahr wurde, und noch dazu in dieser komisch geteilten Familie, war er sich nicht mehr so sicher. Er würde immer die Nummer eins sein, hatte sein Dad gesagt, aber dazu waren Sam nur George und seine Geschwister eingefallen, von denen keines je die Nummer eins war, nicht wirklich. »Ich will nach dem Essen mit dem Fahrrad raus.«

»›Ich möchte‹, heißt das«, murmelte Martin, »und außerdem wird es bald dunkel.«

»Ich habe gesagt, dass er darf«, warf Cindy ein und zog ein schiefes Gesicht in Sams Richtung. »Es ist noch eine ganze Weile hell, und wir essen früh, weil ich, wie immer neuerdings« – sie zog ein anderes schiefes Gesicht, diesmal für seinen Vater –, »am Verhungern bin.«

»Und ich habe Licht am Rad«, fügte Sam hinzu, dessen Stimmung sich beim Anblick von Kartoffelbrei ein wenig aufhellte.

»Von allen Seiten bedrängt.« Martin gab sich geschlagen. Er ließ Cindy los und näherte sich Sam mit erhobenen Fäusten wie ein kampfbereiter Boxer. Sam duckte sich weg und rannte zur Tür, doch sein Vater schnappte ihn und schwang ihn über seine Schulter.

»So groß bist du wohl doch noch nicht, was?«, knurrte Martin, während Cindy die Augen verdrehte und die Erbsen abgoss und Sam, der sich strampelnd wehrte, überlegte, wann es für einen Jungen Zeit wurde zu verkünden, dass er solche Spiele nicht mehr lustig fand.

Der Fisch war dann doch nicht so eklig, wie Sam befürchtet hatte, vor allem, nachdem ihm erlaubt worden war, das Ketchup zu holen. Er aß schnell, ein Auge immer auf den Streifen blauen Himmels hinter den Küchenjalousien gerichtet, während sein Dad und Cindy über die Arbeit sprachen und dann über den Kartenvorverkauf für ihr Konzert, wobei sie hin und wieder eine Frage an ihn richteten, aber offensichtlich nur, damit er sich nicht ausgeschlossen fühlte.

Als er endlich gehen durfte, klopfte sein Vater, der nun noch aufgekratzter war und ein Glas Wein in der Hand hielt, auf seinen Helm und sagte, er solle in der Siedlung bleiben, keine alten Damen überfahren und nach Hause kommen, sobald es dunkel werde.

Sam ließ sein Fahrrad den abschüssigen, geteerten Abstellplatz hinunterrollen, fuhr dann langsam mehrmals um den kleinen Kreisel und wünschte, er hätte sein Handy mitgenommen. Er und Rose hatten vor Kurzem ihre Nummern ausgetauscht – endlich! –, und er wollte ihr unbedingt erzählen, dass Cindy ein Baby bekam. Sie würde wissen, was in ihm vorging, ohne dass er es erklären musste. Sie war toll in so was, sie kapierte Sachen einfach, wie zum Beispiel, dass er seit dem offenkundigen Fehlschlagen ihres Plans nicht mehr über das abstoßende Thema des Liebeslebens seiner Mutter reden wollte. Und dass er nur mit ihr befreundet sein wollte, nichts weiter – er spürte, dass sie auch das verstand und genauso darüber dachte, trotz der blöden Hänseleien auf dem Schulhof.

Die Räder machten ein schönes zischendes Geräusch auf dem nassen Asphalt. Sam sauste auf zwei dicke Tauben zu, die sich um eine Brotkruste zankten, und bekam einen kleinen Machtrausch, als sie verängstigt aufflatterten. Später würde er einmal ein Motorrad haben, beschloss er, und trat nun so schnell er konnte in die Pedale, fort von dem Kreisel und über die Kreuzung hinweg, die zur Einfahrt der Siedlung führte.

»Mah-Jongg fällt aus, fürchte ich.« Theresas Stimme klang nüchtern, schwer zu deuten. »Es gibt eine Ehekrise.«

Charlotte legte das Messer ab und griff nach einem Papiertaschentuch, um sich die Zwiebeltränen abzuwischen. Ihre Haare, die noch feucht vom Baden waren – ein ausgiebiges, wohliges Eintauchen mit dem Radio auf dem Hocker neben der Wanne–, fühlten sich auf einmal unangenehm kalt an. »Oh, nein, Theresa, das tut mir leid.«

»Bei Naomi«, sagte Theresa hastig und eine Spur verlegen, weil sie den Gedankensprung der Freundin nachvollzogen hatte.

»Naomi?« Charlotte sank auf einen Stuhl und hoffte, dass sie sich nicht allzu erleichtert anhörte. »Warum, was ist passiert?«

»Sie ist gerade mit allen drei Kindern im Schlepptau bei Jo aufgetaucht. Offenbar hatten sie und Graham Streit, und er hat sie geschlagen oder wollte es zumindest. Sie hat sich geduckt, und seine Faust hat die Wand getroffen. Kannst du dir das *vorstellen?*«

Beim allem Entsetzen und Mitgefühl schien Theresa den Skandal beinahe zu genießen. Kein Wunder, dachte Charlotte. Ihre Probleme mit Henry mussten sich dagegen läppisch ausnehmen.

Als Theresa näher auf das Vorgefallene einging, wurde sie wieder ernst und leicht hysterisch. »Zugegeben, sie kam mir ein bisschen weggetreten vor, als sie neulich zum Tee da war, kurz vor Ostern, als die Zwillinge so grässlich herumtobten. Sie war eindeutig nicht ganz auf der Höhe, aber ich hätte nie vermutet, dass es so schlimm steht. Und Jo auch nicht, die sie schließlich am besten kennt. Jetzt ist es zu diesem Eklat gekommen, und da Naomis Eltern in Frankreich sind und ihre einzige Schwester ständig auf Reisen ist, wusste sie nicht, zu wem sie sonst gehen sollte. Jo meint, sie hat versucht, dich anzurufen wegen heute Abend, aber du bist nicht rangegangen.«

»Ich hatte wahrscheinlich gerade das Badewasser laufen, bin mal wieder nass geworden beim Spazierengehen mit dem Hund. Herrgott, die arme Naomi. Ich kann es kaum glauben, obwohl es auch wieder zeigt…«

»Was? Was zeigt es?«

»Dass … na ja, dass es immer auch das andere Leben gibt.«

»Das andere Leben?«

»Das wir voreinander verbergen«, sagte Charlotte und musste an Dominic im Restaurant in der vergangenen Woche denken; wie ihr Magen sich jedes Mal zusammengezogen hatte, wenn er sich seiner Begleiterin zuneigte, wie sie jedes Mal zu ihm hinsehen wollte, wenn er lachte. »Das wir für uns behalten.«

»Verstehe«, murmelte Theresa, während ihre Gedanken sich ebenfalls von Naomi auf ihre eigene Situation richteten. Das einzige »andere Leben«, das ihr wichtig war, war ihr gemeinsames Leben mit Henry, ein verlorenes Glück, das sie so dringend zurückhaben wollte, dass sie nach Jos Anruf sofort zum Kühlschrank gegangen war, um zu sehen, ob sie eine leckere Überraschung zum Abendessen zaubern konnte. Sie war entschlossener denn je, die Harmonie in ihrem Haushalt mit jedem ihr zur Verfügung stehenden Mittel wiederherzustellen, egal wie bemitleidenswert oder altmodisch dieses sein mochte. Erfüllt von frischem Optimismus, hatte sie gerade eine Packung tiefgefrorener Garnelen in der Hand, als Henry anrief, um sie daran zu erinnern, dass er abends einen Vortrag halten musste, kein Abendessen brauchte und erst nach neun zurück sein würde. »Also, in mir spielt sich weniger ein anderes Leben ab als ein großes, lächerliches Durcheinander, aber das muss ich dir ja nicht sagen.«

»Wie können wir Naomi helfen?« Charlotte wollte lieber beim ursprünglichen Thema bleiben.

Theresa seufzte. »Ich glaube nicht, dass wir etwas tun können, jedenfalls im Moment nicht. Jo scheint alles im Griff zu haben. Sie hat Naomi und die Zwillinge in ihrem ausgebauten Dachboden untergebracht und Pattie bei einem der Mädchen. Paul wird mit Graham sprechen. Sie ruft mich morgen wieder an. Du hast hoffentlich noch nicht angefangen zu kochen, oder?«

Charlotte blickte auf die gehackten Zwiebeln, die in einem Klecks Öl in der Bratpfanne schwammen. »Nein, noch nicht so richtig, aber ich muss sowieso kochen wegen Eve.«

»Ach ja, Eve, hatte ich ganz vergessen. Na dann, viel Spaß zusammen.«

»Theresa?«

»Ja.«

»Eve wird nie so eine gute Freundin für mich sein wie du.«

»Danke, Charlotte. Das hast du schön gesagt.«

»Ich meine es auch so.«

»Ich auch – und wegen unseres Essens neulich … Es tut mir leid, dass wir seitdem nicht mehr richtig miteinander geredet haben. Ich habe es ein bisschen vor mir hergeschoben, um ehrlich zu sein – ich kam mir so blöd vor. Aber du hast dich großartig verhalten, wirklich. Und was du mir über deinen Vater erzählt hast«, redete Theresa hastig weiter, »da wusste ich einfach nicht, was ich sagen sollte. Wie du ja gemerkt hast, sind mir andere Dinge im Kopf herumgegangen. Ich denke aber, dass es schlussendlich immer gut ist, die Wahrheit zu erfahren. Ich meine, das Schlimmste ist doch zu spüren, dass etwas nicht stimmt, und nicht zu wissen, woran es liegt, oder?«

»Genau. Die Wahrheit ist wichtig.« Auch Ehrlichkeit kannte verschiedene Abstufungen, sagte sie sich erneut, als sie auflegte. Das Leben bestand aus Grauzonen. Man musste sich an die wenigen Gewissheiten klammern, die man hatte. Theresa und Henry waren füreinander bestimmt, und sie hatte recht daran getan, in diesem Sinne zu handeln. Naomis Kummer klang ernst, aber die Zeit würde ihn heilen, so wie es auch bei ihr gewesen war. Und was die Sache mit Dominic betraf, so würde sich das zweifellos legen, würde ohne

Aussicht auf Erwiderung erlöschen wie eine Flamme, der man den Sauerstoff entzog. Ihre Hand zitterte ein wenig, als sie sich wieder den Zwiebeln zuwandte. Der Schreck wegen Naomi natürlich, sagte sie sich und rührte kräftig, als das Öl knisternd heiß wurde.

Eve war nicht sicher, was sie erwartet hatte. Graue Haare, Altersspeck, Tränensäcke vor Gram? Aus Respekt vor Charlotte hatte sie nicht nur die Einkaufsstraße des Viertels gemieden, sondern auch Tim nicht mehr über sie ausgefragt. Die arme Frau hatte schließlich eine Menge durchgemacht, wenn sie nach der transatlantischen E-Mail-Korrespondenz mit ihr in den letzten Monaten gehen konnte. Scheidung, Geldsorgen, Sams Schwierigkeiten in der Schule – eine ganze schöne Liste. Schon lange vor der Geschichte mit Tim hatte Eve ein ungewohntes Mitleid mit der alten Freundin empfunden, wenn sie mit Berichten über ihren florierenden Versandhandel, ihr erfülltes Privatleben und ihre Begeisterung für alles Amerikanische geantwortet hatte.

»Charlotte!«

»Eve!«

Es gab einen Augenblick gegenseitigen Taxierens, so kurz wie das Klicken einer Kamera, ehe sie sich in die Arme fielen. »Typisch für dich, dass du bei all dem Ärger immer noch aussiehst wie die verdammte Nicole Kidman«, scherzte Eve und lächelte breit, während sich wieder die alte Furcht in ihr regte, von Charlotte in den Schatten gestellt zu werden. »Und wo ist der liebe Sammy?«, rief sie und warf einen wachsamen Blick auf Jasper, der mit kleinen Freudensprüngen bei dem Jubel mitmachen wollte. »Ich habe ihm etwas schrecklich Kompliziertes zum Bauen gekauft, Lego für Fortgeschrittene. Man braucht sogar Batterien dafür.«

»Wie lieb von dir.« Charlotte sah ihr das unpassende Geschenk leicht nach (woher sollte Eve auch wissen, dass Sams verstaubte Legokiste das Einzige war, von dem er sich beim Ausmisten neulich bereitwillig getrennt hatte?) und verkniff es sich (weniger leicht), darauf hinzuweisen, dass »Sammy« keine akzeptable Koseform für den Vornamen ihres Sohnes darstellte.

Es war noch viel merkwürdiger, Eve bei sich zu Hause zu haben, als Charlotte erwartet hatte. Sie sah genauso aus, wie sie sie in Erinnerung hatte, und doch ganz anders. Ihre mausbraunen Haare waren immer noch schulterlang und hatten immer noch den geraden, mädchenhaften Pony, aber inzwischen auch goldblonde Strähnen, und sie hingen nicht mehr schlaff herunter, sondern wellten sich so schwungvoll, als würden sie von einer eigenen Energiequelle gespeist. Noch bemerkenswerter war, dass sie ihre füllige Figur, die sie früher schamhaft unter sackartigen Kleidern und weiten Latzhosen verborgen hatte, nun durch einen eng sitzenden Rock und ein tief ausgeschnittenes Top betonte und die üppigen Vorzüge zur Schau stellte, die sie als junge Frau – meist unter viel Gestöhne und Gezerre vorm Spiegel – so angestrengt hatte kaschieren wollen.

»Du siehst toll aus!«, rief Charlotte, schnappte sich den Hund, dessen Begrüßung offensichtlich nicht geschätzt wurde, und bemerkte beim Bücken Eves schicke Wildlederpumps. »Echt phantastisch.« Sie hielt die Tür weiter auf und ließ ihren Gast samt einem großen Koffer auf Rollen eintreten. »Entschuldige den Hund, er gehört meiner Mutter. Und Sam ist bei Martin, aber nur bis morgen, und es hat leider eine Änderung wegen des Mah-Jongg gegeben«, plapperte sie drauflos, weil sie nicht wusste, welches Thema sie zuerst ansprechen sollte. »Es gab ein kleines Drama, aber komm erstmal rein, komm rein. Erkläre ich dir alles später. Mensch, Evie, es ist unglaublich, dich nach all der Zeit wiederzusehen.«

»Ja, nicht wahr! Aber das ist ja himmlisch hier«, sprudelte Eve hervor, stellte ihren Koffer an der Treppe ab und sauste in scheinbarer Begeisterung von einem Raum zum anderen, um sich ihre spontane Abscheu vor der einfachen, abgenutzten Einrichtung und den zerkratzten, cremeweißen Wänden nicht anmerken zu lassen. Sie sehnte sich danach, Charlotte ihr Wohnzimmer in Boston zu zeigen, mit den pfirsichfarbenen seidenen Zierkissen, die zu den Vorhangschleifen passten, und dem hellen Teppich von so herrlich üppigem Flor, dass sie drei Jahre nach seinem Kauf immer noch alle Besucher bat, die Schuhe an der Tür auszuziehen. Diese Hausregel löste zuerst oft Unwillen aus, brach aber am Ende immer das Eis, sogar bei verdrießlichen Zeitgenossen wie dem Mexikaner neulich, der gekommen war, um die Abflüsse gegen Kakerlaken zu besprühen, und schließlich auf einen Eistee geblieben war, wobei er jedes Mal, wenn er lächelte, zwei Reihen blitzender Goldzähne gezeigt hatte.

»Es ist überhaupt nicht himmlisch«, widersprach Charlotte fröhlich. »Alles muss renoviert werden. Ich habe schon den Maler bestellt, aber er verspätet sich wegen eines anderen Auftrags, die übliche Geschichte. Oh, wie nett«, sagte sie, als Eve eine Flasche Wein aus ihrer Umhängetasche zog.

Während ihre Gastgeberin sich auf die Suche nach einem Korkenzieher machte, freute sich Eve im Stillen darüber, dass der Mah-Jongg-Abend abgesagt war. Und dass Sam nicht da war, empfand sie ebenfalls als Segen. Höflich mit Hausfrauen plaudern und die liebevolle Patentante spielen stellten zwar Herausforderungen dar, denen sie sich durchaus gewachsen fühlte, aber ein ordentlicher langer Schwatz mit Charlotte war ihr viel lieber. Sie hatte noch eine zweite Flasche im Koffer, die sie für später aufheben wollte, wenn es richtig zur Sache ging und sie dieses herrliche Stadium erreicht hatten, in dem man keine Gläser mehr zählte. Bis dahin hatte Charlotte wohl auch, wie sie ernstlich hoffte, ihre steife, unsichere Haltung abgelegt und sich so locker gemacht, wie es zu ihren immer noch schönen, wallenden Haaren passte.

»Ich fürchte, ich werde rauchen müssen«, erklärte sie, als Charlotte mit dem Korkenzieher und zwei Gläsern zurückkam. »Ich weiß, alle geben es zurzeit auf, aber ich war noch nie eine, die mit dem Strom schwimmt. Ich werde natürlich hinausgehen«, fügte sie mit einem schnellen Blick auf den Abendhimmel hinzu, der sich hinter dem Wohnzimmerfenster zu purpurfarbener Tinte verdunkelte. »Du bist schon seit Jahren clean, schätze ich?«

»Schon eine Weile, ja«, sagte Charlotte und widerstand der Versuchung, ihren kleinen Beinahe-Rückfall neulich hinter der Kirche zu erwähnen. Wie Dominic die Episode wohl erlebt hatte? Sie hatte sich tatsächlich so etwas wie Verbundenheit, ein wirkliches gegenseitiges Verstehen eingebildet, aber für ihn war das offenbar nicht so gewesen. Freundlichkeit, Höflichkeit, eine Einladung zum Abendessen, die sich halt anbot, das war alles. Außerdem hatte sich der Bruder trotz der vergnügten Stimmung bei Tisch ihr gegenüber merklich kühl verhalten, ganz anders als bei ihrer ersten Begegnung kurz vor Ostern.

»Äh, es wäre wirklich nett, wenn du rausgehen würdest«, bat sie zaghaft, da Eve sich unbekümmert in einen Sessel fläzte und eine Zigarette anzündete. Wo war die Eve geblieben, die sehr wohl mit dem Strom geschwommen war? Die Eve, die ihr besorgte Vorträge über Lungenkrebs hielt, die bequeme Kleidung trug statt Acht-Zentimeter-Absätze und Oberteile, die eine Nummer zu klein waren? Die Eve, die sich erboten hätte, bei den Essensvorbereitungen zu helfen, statt wirkungslos Rauch in Richtung Gartentür zu blasen, während sie einen laufenden Kommentar über die Freuden des Lebens an der amerikanischen Ostküste abgab?

»Ich würde mich gern ein bisschen frisch machen«, sagte sie, als Charlotte einen Topf mit Kochbeutelreis abgoss. »Ich finde mich schon zurecht. Bin gleich wieder da.« Es folgte das Gepolter des Koffers auf der Treppe, dann wurde es still. Nach ein paar Minuten setzte Charlotte die Deckel auf das heiße Essen und ging in die Diele. Sie spähte hinauf und sah, dass die Tür zum Gästezimmer halb offen stand. Sie wollte Eve gerade rufen, da hörte sie ihre gedämpfte Stimme, unterbrochen von perlendem Gelächter. Sie telefonierte also, und zwar mit einem Mann, wie es sich anhörte. Charlotte zog sich lächelnd zurück. Schön für Eve. Ohne den Trost eines Kindes war es noch wichtiger, einen Partner zu haben. Ohne Sam, zum Beispiel … Charlotte sah wieder nach oben, als die Tür des Gästezimmers weit aufschwang und Eve herauskam; ihre Haare waren vom Bürsten noch aufgebauschter, und ihre Lippen glänzten in einer frischen Schicht Pink.

»Hey!« Eve zog eine weitere Flasche Wein hinter ihrem Rücken hervor. »Shiraz – immer gut nach einem Merlot, findest du nicht? Aus der Neuen Welt, natürlich. Ich *liebe* die Neue Welt. Und guck mal, was ich noch gefunden habe.« Sie wedelte mit der anderen Hand. »Das nenne ich ein scheußliches Andenken, meine liebe Charlotte … *Jemand, der es gut meint*. Wie krank ist das denn?«

Charlotte verschränkte die Arme und versuchte, freundlich zu bleiben, obwohl sie sich in ihrer Privatsphäre verletzt fühlte. Sie hatte zwar damit gerechnet, dass sie irgendwann auf das Thema Scheidung und Martin kommen würden, aber nicht so schnell und auf eine Art, bei der sie sich unwohl fühlte, so … überrumpelt. »Ich hatte vergessen, dass es dort liegt. Ich …«

»Wer war denn dieser wohlmeinende Gutmensch? Das würde ich ja nun gern wissen.«

»Ich auch. Ich meine, ich … ich habe es nie herausgefunden.«

Eve ließ sich mit einem theatralischen Japsen gegen das Geländer fallen.

»Ich habe es aufgehoben, weil es das Ende für uns bedeutet hat«, sagte Charlotte schlicht. »Martin und ich – der Zettel, den du da in der Hand hältst, hat schlussendlich zu unserer Trennung geführt.«

Eve kam kopfschüttelnd die Treppe herunter. »Ist das dein Ernst? Das hier?« Sie hielt die Nachricht mit spitzen Fingern. »Deshalb hast du ihn gehen lassen? Hat dich das nicht erst recht angestachelt, um ihn zu kämpfen? Martin. *Martin*, Herrgott nochmal. Du hast ihn deswegen aufgegeben?«

Charlotte wich einen Schritt zurück. Ihr schwante, dass ihr Gast mehr als ein wenig betrunken war. Als Eve Kette rauchend an der Küchentür gestanden hatte, hatte sie dabei die erste Flasche fast ganz allein gekippt. »Das Essen ist fertig.« Charlotte riss Eve den Zettel aus den Fingern und stopfte ihn in ihre Handtasche, bevor sie wieder in die Küche ging. »Es wird schon kalt.«

Eve hielt sich schwankend am Treppenpfosten fest, um ihr Gleichgewicht zurückzugewinnen. Sie hatte zwar vorgehabt, ans Eingemachte zu gehen, aber noch nicht so früh. Den Kontakt zu Charlotte hatte sie in einem Anfall von Heimweh und dem Wunsch, sich auf ihre englischen Wurzeln zu besinnen, wieder aufgenommen, und die Nachricht von der laufenden Scheidung hatte eine persönliche Begegnung geradezu zwingend gemacht. Das zu organisieren war der leichte Teil gewesen, erkannte sie nun. Es mit Charlotte von Angesicht zu Angesicht aufzunehmen würde sehr viel schwieriger sein. Der Zettel, der aus einem Buch in der Nachttischschublade herausgelugt hatte, hatte alles beschleunigt. Ganz zu schweigen von dem Wein, den sie, das musste sie selbst zugeben, wohl zu schnell auf den Schnaps in ihrem Tee und den Wodka Tonic getrunken hatte, den Tim ihnen bei seiner Rückkehr von der

Arbeit gemixt hatte – bevor er ihren Rock hochgeschoben und sie an die Wand gelehnt genommen hatte.

In der Küche teilte Charlotte Reis und eine dünnflüssige Hackfleischsoße mit darin herumschwimmenden Kidneybohnen aus. »Ich wusste nicht, wie viel du willst«, sagte sie knapp. »Ich hoffe, das ist okay.« Sie stellte den dampfenden Teller neben ein volles Glas Wasser auf eines der Platzsets. »Bitte, Eve …« Sie deutete auf das Essen – und das Wasser. »Setz dich.«

»Ich hole erstmal den Korkenzieher, ja?« Eve klopfte auf die Flasche Shiraz, sodass die Ringe an ihren Fingern gegen das Glas klirrten. Sie sah weder Charlotte noch den ihr zugewiesenen Platz an. Das Glas Wasser war wie ein Befehl, und sie ließ sich von niemandem mehr etwas befehlen. »Ich glaube, er liegt noch im Wohnzimmer.« Sie spürte, wie sich Charlottes Augen, die nach all den Jahren immer noch bemerkenswert waren und garantiert immer noch Männer bezauberten, zwischen ihre Schulterblätter bohrten, als sie hinausging. »Wenn schon, denn schon«, murmelte sie und hielt sich mit Gedanken an Tim aufrecht, als sie die Flasche zwischen ihre Knie klemmte. Der Korken gab nur schwer nach und sprang dann quietschend und mit solcher Gewalt heraus, dass rote Tropfen sich in hohem Bogen über den Teppich ergossen. Sie wurden sofort von dem blauscheckigen Muster aufgesogen und bildeten eine gepunktete Linie, die so deutlich sichtbar war wie eine Reihe eingehämmerter Nägel. Eve überlegte träge, ob sie sich hinknien und sie mit einem Taschentuch aufsaugen sollte. Sie hasste Schweinerei, vor allem ihre eigene. Andererseits war es ein scheußlicher alter Teppich, dachte sie und stieg mit ihren spitzen Schuhen vorsichtig über die Flecken hinweg, als wären sie eine schwer zu überschreitende, tückische Barriere und nicht nur ein paar Tropfen Wein.

Sam fuhr einfach der Nase nach. Eben noch sauste er über die neuen, melasseartigen Teerstraßen der Siedlung, und auf einmal holperte er schon den schmutzigen, buckeligen Gehsteig neben der Hauptstraße entlang, wobei er rücksichtsvoll auf alte Damen achtete, wie sein Vater ihm aufgetragen hatte. Es waren mehrere davon unterwegs, eine mit einem Stock, eine mit einem elektrischen Rollstuhl und eine, die so komisch seitwärts dahintrottete und lange Hexenhaare am Kinn hatte und ihn zu Tode erschreckte, indem sie ihn bat, ihr über die Straße zu helfen. Das war nicht leicht mit dem Fahrrad, zumal die Oma sich an seinen Arm klammerte, während er den Knopf der Fußgängerampel drückte. Doch als er sie hinübergebracht und zugesehen hatte, wie sie seitwärts in den Hof eines Hochhausblocks trippelte, fühlte er sich ziemlich gut, als wäre sein kleines Abenteuer nun vollauf gerechtfertigt.

Sam ging zurück zur Ampel, doch der Feierabendverkehr blockierte die Straße schon wieder Stoßstange an Stoßstange, fauchend und brüllend wie eine Herde wilder Tiere. Also schob er sein Rad noch ein Stück weiter und hielt nach einem Laden Ausschau, in dem er das Fünzig-Pence-Stück auf den Kopf hauen konnte, das in seiner Hosentasche herumkullerte. An der Hauptstraße gab es keinen, aber er entdeckte ein Eisschild weiter hinten in einer Seitenstraße, worauf er in den Sattel sprang und darauf zufuhr. Als er dort ankam, musste er jedoch feststellen, dass das Schild zu einer aufgegebenen Tankstelle gehörte. Zwei Jungen, ein weißer und ein schwarzer, die ein paar Jahre älter aussahen als er, fuhren auf dem Platz Skateboard und übten abwechselnd Sprünge über die Erhebungen, auf denen einst die Zapfsäulen gestanden hatten. Sie trugen Trainingshosen und ärmellose T-Shirts, die ihre Armmuskeln sehen ließen. Die Rollen rumpelten wie Donner auf dem rissigen Beton.

»Hey, wir haben Publikum, Digger«, rief der größere der beiden nach ein paar Minuten und deutete mit dem Kopf auf Sam. »Sollen wir ihm Eintritt abknöpfen oder was?«

Sam sah weg, rührte sich aber nicht. Er konnte sehr schnell sein mit seinem Rad, verdammt schnell. Er fühlte sich stark vor Wut. Er hatte eine Mutter, die es mit den Vätern von anderen Jungs trieb und einen Vater, der ein Baby mit einer Frau machte, die so heiß wie ein Model aussah. Die beiden da mochten älter und größer sein, aber sie konnten ihm nichts anhaben. Außerdem war es cool, hier an diesem fremden Ort herumzuhängen, die Abendsonne im Nacken, einen Fuß auf den Bordstein gestellt, jederzeit bereit, sich davonzumachen. Die Skater waren beide gut, aber der kleinere, dunkelhäutige war eindeutig der Bessere, ging tief in die Knie, wenn er zum Sprung ansetzte, und streckte bei seinen astreinen Landungen die Arme aus wie ein Tänzer.

»Guckst du zu oder was?«

Sam zuckte die Achseln.

»Hey, Alter, der denkt, der kann einfach zugucken, Mann.«

Sam wurde es plötzlich ungemütlich, nicht weil ihre Worte drohend klangen, sondern weil sie über seine Schulter hinweg gerufen wurden, wo er eigentlich nichts anderes bemerkt hatte als ein paar überquellende Recycling-Container. Er drehte sich langsam um wie ein Tier, das Gefahr wittert, und sah drei weitere Jungen, die zwischen den Containern hervorkamen und achtlos durch Flaschen, Dosen und Papier schlurften, als würden sie durch knöchelhohes Wasser waten. Sie hielten die Arme leicht angewinkelt wie Cowboys vor einem Duell. Nur dass sie natürlich keine Halfter oder Revolver hatten. Und das hier war nicht der Wilde Westen, sondern Rotherhithe an einem warmen Maiabend, und nur ein paar Hundert Meter weiter strömten die Leute von der Arbeit nach Hause, schmusten sein Dad und Cindy auf dem Sofa und nutzten zweifellos die Zeit, die er nicht da war.

Sam stieß sich vom Bordstein ab. Er sah seinen Fluchtweg im Kopf wie auf einer Karte eingezeichnet: eine rasche Kehrtwendung, sofortiges Beschleunigen und ein Sprint zu der stark befahrenen Straße, die in der Ferne winkte wie das rettende Ufer, bevor die fünf auch nur blinzeln konnten. Doch als er gerade drehen wollte, machten die drei Jungen ein paar schnelle Schritte und versperrten die Lücke, durch die er schlüpfen wollte. Die anderen beiden hatten inzwischen ihre Skateboards liegen lassen und kamen ebenfalls mit schnellem, über die Fußsohlen abrollendem Gang herbei. In der Hand des Größeren sah Sam etwas aufblitzen. Der Junge bemerkte seinen Blick und grinste breit mit schadhaften Zähnen.

Sam vergaß das mit der Kehrtwendung und fuhr geradeaus, an der Tankstelle vorbei. Aus dem Augenwinkel sah er, wie die ersten beiden ihm nachrannten, wie sie die Luft mit den flachen Händen zerteilten, um an Geschwindigkeit zu gewinnen. Der größere war schneller, und das Messer ragte wie ein zusätzlicher Finger aus seiner Handfläche hervor. Sam stemmte sich in die Pedale, den Blick fest auf die schmaler werdende Straße gerichtet. Ein ganzes Stück weiter vorn endete sie im Schatten eines langgestreckten, flachen Terrassenbaus. Aber davor gab es eine Abzweigung nach rechts, die er möglicherweise erreichen konnte, wenn der schnellere seiner Verfolger nur stolpern oder langsamer werden würde oder wenn seine Beinmuskeln mal weniger zittern würden, damit er genug Tretkraft für einen richtigen Sprint hätte – so wie der, den er am Nachmittag zuvor so leicht hingelegt hatte, als er auf der letzten Etappe im Wettlauf mit dem Sekundenzeiger seiner Armbanduhr gefahren war und seine persönliche Bestzeit um fast zwei Minuten unterboten hatte.

Dominic lag auf dem Rücken, die Hände unterm Kopf verschränkt, sodass seine Ellbogen mit den Kissenrändern abschlossen. Das Bett war ein schmales Doppelbett, das in eine Ecke des Zimmers gezwängt worden war, um Platz für eine Kommode, einen Kleiderschrank und ein hohes, übervolles Schuhregal zu schaffen. Die Schranktüren gingen nicht ganz auf, ohne an den Bettrahmen zu stoßen, der durch Missachtung dieser Einschränkung zwei tiefe, symmetrische Scharten davongetragen hatte. Sie waren ihm aufgefallen, als er vor dem Bett gekniet hatte, den Kopf zwischen Petras langen Beinen vergraben und darum bemüht, nur an die vor ihm liegende Aufgabe zu denken und nicht an den unbequem harten Boden unter seinen Kniescheiben.

Doch dann war alles besser geworden, sehr viel besser. Petra hatte jedenfalls zufrieden gewirkt, sein Gesicht hinterher mit Küssen bedeckt und »wunderbar« gesagt, ehe sie aus dem Bett gesprungen war, um zu duschen. Während er allein im Bett lag, hatte er die Schuhe gezählt und dann an Rose gedacht, die wegen einer Geburtstagsparty bei einem hübschen, nigerianischen Mädchen namens Gabby übernachtete, das offenbar eine neue Freundin war und Sam nicht verdrängen sollte, wie seine Tochter mit rührender Ernsthaftigkeit erklärt hatte, sondern nur neu hinzukam. Dieses zweite Rendezvous war auf Petras Betreiben hin zustande gekommen, ebenso wie die Entscheidung, direkt zum Abwerfen ihrer Kleidung überzugehen.

Dominic überkreuzte die Beine und sah auf seine Füße, die, wie Maggie oft gesagt hatte, ungewöhnlich elegant für einen Mann waren, elegant und *lang*, hatte sie ihn geneckt und an seinen Zehen gezogen. Es war schön gewesen, dass jemand seinen Körper so gut kannte, sinnierte er jetzt, ihn als vertrautes Terrain betrachtete, aus dem man gemeinsam Lust und Vergnügen ziehen konnte.

»Dominic, du bist ein gut aussehender Mann«, bemerkte

Petra, die wohl seinen träumerischen Ausdruck erhascht hatte, als sie mit zwei Handtüchern aus dem Bad kam, eines als Turban auf dem Kopf, das andere als Minikleid umgewickelt. »Ich mag dich sehr.« Sie zwinkerte ihm zu und kramte in einer Schublade voller Unterwäsche. »Aber jetzt muss ich ausgehen. Zu einer Party. Ist aber nur Cocktails. Ich komme bald zurück, damit wir zusammen essen und wieder Sex haben können. In zwei Stunden. Wenn du willst?« Sie kam zum Bett und küsste ihn, sinnlicher jetzt, befeuchtete seine Lippen mit ihrer Zunge, ehe sie ihren Mund darauf presste.

»Eigentlich muss ich jetzt nach Hause«, murmelte Dominic. »Wegen Rose«, fügte er hinzu und überraschte sich selbst mit der Lüge.

»Das ist aber traurig. Jetzt bin ich traurig.« Sie zog einen Schmollmund, rückte von ihm ab und hakte ihren BH zu, wobei sie ganz und gar nicht traurig aussah.

Die Sonne draußen war ein blutroter Fleck, ein verglimmendes Stück Kohle in einem dunklen Kamin.

»Es wird bald wieder regnen«, prophezeite Petra, als sie hinaus auf die Straße traten. Sie schlug den Kragen der schwarzen Jeansjacke hoch, die sie über ein schimmerndes Silbershirt und frisch gewaschene weiße Jeans gezogen hatte, und schob ihre langen Haare darunter.

»Ich habe einen Knirps – einen Schirm – im Auto, wenn du möchtest.«

»Nein, ich bin schon spät dran. Ich muss gehen.« Sie vollführte eine lässige Drehung auf dem Absatz und wirbelte dann noch einmal herum. »Ich könnte nach meiner Party zu dir kommen, vielleicht? Ach nein«, verbesserte sie sich noch in der Sekunde, die Dominic zögerte. »Deine Rose, ihr würde das nicht gefallen. Kleine Mädchen, die ihre Daddys lieb haben, ich verstehe das.« Sie schüttelte beim Davongehen amüsiert den Kopf.

Dominic fuhr langsam nach Hause und grübelte dabei über diese letzte Bemerkung und die Frage nach, warum er seine Tochter unnötigerweise als Ausrede herangezogen hatte. Außerdem gab es ihm zu denken, dass Petra während ihrer beiden immerhin sehr persönlichen Treffen praktisch nichts über sich selbst erzählt hatte. Stattdessen hatte sie ihn mit Erkundigungen über die Londoner City, Benedict und das Filmbusiness gelöchert, mit dem sie sich gut auskannte und für das sie ein leidenschaftliches Interesse hegte. Immer, wenn er aus einer Art Pflichtbewusstsein heraus das Gespräch auf Maggie gebracht hatte, hatte sie es geschickt auf etwas anderes gelenkt und ihn gedrängt, mehr über seine Pläne mit der Buchhandlung zu erzählen, wobei sie ihn in ihrem etwas monotonen Schulenglisch gewarnt hatte, dass er den Adrenalinkick von unmöglich knappen Terminen und attraktiven Boni bestimmt vermissen werde.

Wahrscheinlich hatte Benedict sie Maggies wegen ins Gebet genommen, vermutete Dominic und kämpfte gegen seine zunehmend schlechte Laune an, als er in das leere Haus kam und nachsah, ob es Nachrichten auf dem Anrufbeantworter gab. Seit dem leicht aggressiven Wortwechsel vor dem Café hatte sein Bruder sich nicht mehr gemeldet, und er begann allmählich, darunter zu leiden. »Okay, okay, es tut mir leid«, bellte er ins Telefon, nachdem er Benedicts Ansage gehört hatte, die entnervenderweise zur Hintergrundmusik einer Bachfuge aufgenommen worden war. »Du hattest recht. Charlotte Turner ist attraktiv, aber so eine Frau würde mich zum Frühstück verspeisen und zum Mittagessen wieder ausspucken, und außerdem weiß ich zufällig, dass sie ziemlich verkorkst ist, also werde ich ihr aus dem Weg gehen. Im Übrigen«, fuhr er verschlagen fort, wohl wissend, dass Benedict bei diesem Köder anbeißen würde, »habe ich gerade einen wunderbaren Nachmittag mit der bezaubernden Petra verbracht … und, lass mich nachdenken, was noch? Ach ja, Rose hat bald ihr Sportfest und möchte gern, dass du wieder dabei bist. Deine Vorstellung beim Dreibeinrennen letztes Jahr ist uns allen eine unvergessliche Erinnerung. Also, ruf mich an, du Idiot, ja?«

Dominic steckte Haustelefon und Handy in die Hosentasche, legte Aufschnitt, Käse, Oliven und Brot auf einen Teller und ließ sich mit einem Stapel Papierkram auf dem Wohnzimmersofa nieder. Es gab jede Menge zu erledigen: Vor ihm lagen eine lange Liste von Freunden und öffentlichen Stellen, die noch eine Mitteilung über die Adressänderung bekommen mussten, Formulare von Versorgungsbetrieben und ein Brief von seinem Anwalt, der sich optimistisch darüber äußerte, eine bessere Abfindung herausholen zu können – sechs Monatsgehälter statt nur drei –, wenn er die folgenden Informationen beibringen könne …

Er legte das Schreiben bald beiseite und griff stattdessen nach den Umsatzzahlen von Ravens Books. Das »Zu verkaufen«-Schild hatte noch ein paar andere Interessenten angelockt, aber Jason, der gestresst und erschöpft klang, hatte ihm an diesem Vormittag so gut wie garantiert, dass er das Geschäft übernehmen könne, falls er bereit sei, die Ablösesumme von sechzigtausend Pfund zu bezahlen. Hinzu kam eine jährliche Pacht von fünfundzwanzigtausend Pfund plus Haus- und Grundsteuern natürlich, die sich auf fünftausend beliefen … Dominic kaute an seinem Bleistift und dachte über ein paar von Charlottes Ideen zur Umgestaltung des Ladens, zur Verbesserung der Lagerhaltung sowie der Beziehungen zu den Schulen des Viertels nach. Egal. Er klopfte mit dem Stift auf seinen Notizblock. Er würde Charlotte dazu bringen zu kündigen, und ebenso diese untaugliche Shona. Er würde sagen, dass er eine erfahrene Vollzeitangestellte brauche, und das würde sie Sams wegen ablehnen. Dominic holte sich noch ein Bier, um seine Entscheidung zu feiern, gab dann den Schreibkram auf und zappte vergeblich durch die Fernsehkanäle auf der Suche nach etwas, das seiner Stimmung entsprach.

Gegen halb neun schließlich hatte Eve ein wenig in ihrem Essen herumgestochert und die zweite Flasche Wein mit einer Geschwindigkeit und Unerschrockenheit in Angriff genommen, die Charlotte schon wieder bewundern musste. Weniger leicht zu tolerieren war, wie ihr Gast auf dem Küchenstuhl herumlümmelte, die Asche seiner endlosen Zigaretten in die Trümmerlandschaft des ungegessenen Essens schnippte und seine Füße auf der Wertstoff-Sammelbox ruhen ließ, die neben Jaspers Körbchen stand. Der Dackel hatte sich, nachdem er an den abgestellten Wildlederpumps geschnüffelt hatte, zu seinem drittliebsten Schlafplatz zwischen dem Kleiderständer und der Fußmatte in der Diele zurückgezogen.

Durch Eves Ausbruch auf der Treppe etwas ungehalten und gereizt, hatte auch Charlotte wenig Appetit, weder auf das Chili con Carne noch auf mehr Wein. Sie sah sich gezwungen, höfliches Interesse an den Anekdoten (von denen manche schon zum zweiten Mal zum Besten gegeben wurden) aus dem glorreichen Leben einer Mailorder-Königin zu heucheln, die es aus eigener Kraft geschafft hatte, und wusste nicht, wie sie den Rest des Abends, geschweige denn die nächsten Tage, überstehen sollte. Andererseits war es auch wieder lustig, musste sie einräumen, dieses neue, extrovertierte Selbst ihrer einst so ruhigen Freundin kennenzulernen. Was Sam von ihr halten würde, mochte sie sich gar nicht vorstellen. Aber Theresa davon zu erzählen würde ein Spaß werden. Sie unterdrückte ein Gähnen und begann die schmutzigen Teller abzuräumen, ohne dabei allzu ungemütlich zu wirken.

Im selben Moment kam neues Leben in Eve, die ihre Füße

von der Box nahm und sich an der Tischkante festklammerte. Charlotte vermutete, dass sie ihre Hilfe anbieten wollte, fürchtete um das Geschirr und bedeutete Eve, ruhig sitzen zu bleiben.

»Ein verfluchter Sam Mendes!«

»Wie bitte?« Charlotte hielt mit den Tellern in der Hand inne.

»Martin … all seine Regiearbeit an der Uni … er hätte ein zweiter Sam Mendes werden können.«

Charlotte lachte und räumte weiter ab. »Da bin ich mir nicht so sicher, Eve, aber Martin wäre bestimmt geschmeichelt, das zu hören. Dieser Zettel im Nachttisch, übrigens«, fügte sie hinzu, weil sie dem Bedürfnis, für Klarheit zu sorgen, nicht widerstehen konnte, selbst gegenüber einer Frau, mit der sie nie wieder eng befreundet sein würde und die sichtlich Gefahr lief, in Kürze sowieso nichts mehr zu kapieren. »Das war natürlich nur der Tropfen, der das Fass zum Überlaufen brachte. Martin hat sich mit anderen Frauen eingelassen, den Verdacht hatte ich schon lange, und das war der erste konkrete Beweis. Es war eine Erleichterung, offen gesagt. Mit der Frau, auf die sich das bezieht, lebt er jetzt zusammen. Sie erwarten ihr erstes Kind. Es hat eine Zeitlang gedauert, aber jetzt ist es für mich in Ordnung, wirklich.« Sie richtete sich von der Spülmaschine auf und zog eine Grimasse. »Ehe, Kinder – nichts als Ärger. Klug von dir, dir all das zu ersparen.«

Eve runzelte die Stirn und versuchte, ihren Blick schärfer auf Charlotte einzustellen. Der Abend hatte für sie diese stets spannende Phase erreicht, in der ihr Geist sich genug von ihrem Körper und den lästigen Zwängen des Gewissens und der höflichen Gepflogenheiten gelöst hatte, um so viele Kapriolen zu schlagen, wie er wollte. Sie musste bloß den Tisch festhalten, weil er sich, wie auch die anderen Möbelstücke, mit den Wellen eines unsichtbaren Meeres hob und senkte und sie fürchtete, er könnte aus dem Raum treiben. »Klug?« Eve gefiel das Wort und dessen Wirkung auf Charlotte, die ihr Bündel Besteck ablegte und sie endlich beachtete, weshalb sie es mit mehr Nachdruck wiederholte und ihre Lippen dabei dehnte wie eine Opernsängerin. »Es hat für mich immer nur einen Mann gegeben.«

Charlotte sammelte das Besteck wieder ein. »Wen denn?«

»Was glaubst du wohl?«, blaffte Eve. »Martin, natürlich. Aber das wusstest du. Das hast du immer gewusst.«

Charlotte stand der Mund offen. »Nein, ich … jedenfalls nicht …«

»Wir haben mal miteinander geschlafen, ist dir das auch neu? Vor diesem blöden Vorsprechen damals. Nur einmal, aber es hätte was draus werden können, wenn du nicht dahergekommen wärst und es kaputt gemacht hättest. Martin war schon immer ein Mann, der nur mit einer Frau zusammen sein konnte. Das Mädchen vor mir, mit dem hat er auch knallhart Schluss gemacht, noch am selben Tag, als er mich kennenlernte. Liebe, Loyalität, bis dass der Tod uns scheidet – er glaubte an so was.«

»Ich auch«, sagte Charlotte leise und war entsetzt und fasziniert zugleich, dass ihre Vergangenheit, über die sie die ganze Zeit Klarheit zu gewinnen suchte, sich schon wieder verschob und neu zusammensetzte, sich rekonfigurierte. »Ich wusste, dass du … ich meine, ich dachte, es wäre nur so eine Verknalltheit. Ich hatte keine Ahnung. Es tut mir sehr leid.«

»Er hätte mich lieben können.« Eve schlug mit der Faust auf den Tisch und verlor eine weitere Runde in ihrem Kampf gegen die totale Trunkenheit. »Das weiß ich, denn nach Sams Geburt, als du auf einem andern Planeten warst, nie ganz da, immer am Schlafen oder Spazierengehen oder Stillen oder Herumtanzen um dein verdammtes Baby, und ihn gar nicht mehr bemerkt hast, da sind wir beide uns wieder ziemlich nahe gekommen. Aber er wollte es nicht zugeben oder etwas ändern oder auch nur ein einziges Wort gegen dich sagen.« Sie schlug erneut auf den Tisch, so krachend, dass Charlotte zusammenzuckte.

»Hör zu, Eve, das wusste ich wirklich nicht, ich …« Charlotte stockte, als sie erkannte, dass es diese Verbitterung war, die Eve zur Rückkehr veranlasst hatte, dass diese Last letztendlich der Grund war, weshalb sie den Kontakt wieder aufgenommen hatte. Die Erneuerung ihrer Freundschaft war von Anfang an zum Scheitern verurteilt gewesen.

Eve ließ den Kopf hängen und zerrte an ihren Haaren. »Ich bin nicht zuletzt in die Staaten gegangen, um davon wegzukommen – von dir.« Sie hob eine Hand und schüttelte sie in Charlottes Richtung. »Du blödes, blödes Miststück.«

»Ich denke«, sagte Charlotte vorsichtig, »dass wir langsam einen Strich unter all das ziehen sollten. Vielleicht sollten wir für heute Schluss machen und ins Bett gehen.«

»Und ich denke, du solltest deine Scheißklappe halten.«

Charlotte erstarrte und bemühte sich, Mitleid statt Empörung zu empfinden, bemühte sich immer noch, alldem einen Sinn zu geben. Dass Eve und Martin mal kurz zusammen gewesen waren, überraschte sie nicht sonderlich. Auch nicht die Eröffnung, dass Eve noch Jahre später in ihn verliebt gewesen war. Nein, was sie schockierte, war dieser neue Hinweis darauf, dass Martin stark geblieben war, dass er *treu* gewesen war. Ein Mann, der nur mit einer Frau zusammen sein konnte, der kein böses Wort gegen sie gesagt hatte, der um ihre Ehe kämpfte, während sie … Was hatte sie getan? Sam umsorgt, sich in Selbstmitleid gewälzt, in der Gewissheit, betrogen zu werden, ehe es dazu gekommen war … es möglicherweise sogar selbst heraufbeschworen. Charlotte atmete schwer und dachte an Cindys Behauptung, dass Martin ihr widerstanden hätte. »Es tut mir leid, dass du unglücklich bist, Eve«, sagte sie sanft. »Ich habe viele Fehler gemacht und beginne gerade erst zu verstehen, wie viele, aber deine Gefühle … dafür kann ich nichts. Dafür wenigstens trage ich keine Verantwortung.«

Eve riss den Kopf hoch, ihre Augen funkelten mit neuer Energie. »Wer sagt denn, dass ich unglücklich bin? Mir geht es *wunderbar*, vielen Dank. Ich habe gerade jemanden kennengelernt, einen ganz tollen Mann. Mit dem habe ich vorhin telefoniert. Er hat mich geradezu angefleht, zu ihm zu kommen. Wenn du jetzt also so nett wärst, mir ein Taxi zu rufen …« Sie versuchte aufzustehen, fiel aber zurück auf den Stuhl.

»Bitte, Eve«, sagte Charlotte, weil sie die Chance, dieses unglückliche Wiedersehen doch noch irgendwie zum Guten zu wenden, nicht vergeben wollte, »es ist toll, dass du einen neuen Freund hast, aber es wäre vielleicht doch besser, wenn du hier übernachten würdest. Danach kannst du immer noch überlegen, ob du deinen Besuch abkürzen willst …«

»Dort bin ich aber mehr willkommen«, nuschelte Eve, schüttelte ihre Zigarettenpackung und schaute belämmert, als nur ein paar Tabakkrümel herausfielen.

»Du bist hier auch willkommen«, erwiderte Charlotte schwach und mit schlechtem Gewissen, weil sie es nicht ehrlich meinen konnte.

Eve zerknüllte die Zigarettenpackung in der Hand. »Er heißt übrigens Tim, Tim Croft. Wir sind uns vor deinem Haus begegnet, als ich nachsehen wollte, ob du zufällig da bist, was irgendwie passt, wenn man's genau betrachtet.«

»Tim Croft?«

»Glaub mir, Charlotte«, säuselte sie, »ich verstehe, wie das für dich sein muss. Aber es hat sofort gefunkt, weißt du, so was wie Liebe auf den ersten Blick …« Eve unterbrach sich. Ihre Lippen fühlten sich auf einmal gummiartig an, als würden sie den Worten hinterherlaufen. Die Wände neigten sich auf sie zu, und da war nichts von dem Triumph, den sie sich ausgemalt hatte, weder was Tim anging noch das lang ersehnte Gespräch über Martin, denn Charlotte lachte nur und klatschte in die Hände und sagte, die Liebe kenne eben keine Regeln, und sie werde ihr mit Freuden ein Taxi bestellen, wenn Tim sie erwarte, und warum sie das nicht gleich gesagt habe, aber nur, wenn sie ganz sicher sei, dass sie nicht bis morgen warten wolle.

Die Welt wurde erst wieder klarer, als Eve auf dem Rücksitz eines Gefährts, das stark und widerlich nach Vanille-Duftbäumchen roch, über die Buckel der Straße holperte. Ihre Erinnerungen an den Abend waren bereits bruchstückhaft und schwer in die richtige Reihenfolge zu bringen. Es war gründlich schiefgelaufen, das wusste sie. Irgendwann hatte es Kaffee gegeben, und Charlotte hatte sie umarmt und Tim angerufen und ein Taxiunternehmen …

Sie rappelte sich mühsam auf, beugte sich zum Fahrer vor und tippte ihm auf die Schulter. »Hab's mir anders überlegt. Zum Hilton in Heathrow und eine Zigarette, wenn Sie eine haben.«

»Oho, das wird teuer, meine Liebe«, knurrte der Taxifahrer, »und das ist ein Nichtrauchertaxi, falls Sie das Schild nicht gesehen haben.«

Doch Eve hatte sich schon wieder nach hinten fallen lassen und der Wonne hingegeben, die Augen zu schließen. Sie war zu lange von England weg gewesen. Das Wenige, für das sie zurückgekommen war, war längst dahin. Die Vergangenheit konnte man sowieso nicht ändern, man konnte nur damit abschließen.

Es war schon halb zehn, als Henry vor seiner Haustür ankam. Nirgends brannte ein Licht, und die Glühbirne unterm Vordach war kaputt. Beim Tasten nach den Schlüsseln musste er wieder an den Abend denken, an dem er Charlotte nach Hause gefahren hatte, an dem alles angefangen hatte. Ihr Haus war damals auch so dunkel gewesen, so leer und so vollkommen still, abgesehen vom Quietschen der Gartenpforte. Das Traurige daran hatte ihn bedrückt, ihn aufs Glatteis geführt, ihm den Boden unter den Füßen weggezogen. Er war inzwischen sicher, dass Theresa von seinem Ausrutscher wusste. Ihre bemühte Munterkeit, ihr wortkarger Bericht über das gefürchtete Mittagessen, die erbitterte Art, mit der sie erklärt hatte, weshalb ihr geliebter Mah-Jongg-Abend so kurzfristig abgesagt worden war. Es mochte ein kleiner Fehltritt im Gesamtbild menschlicher Laster sein, einen Annäherungsversuch bei der besten Freundin seiner Frau zu machen, aber nicht in seinem Fall. Für ihn und Theresa erwies er sich als enorm, nicht wiedergutzumachen, verheerend.

Als Henry endlich den richtigen Schlüssel gefunden hatte, rammte er ihn ins Schloss und brummelte dabei unglücklich vor sich hin. Ein pechschwarzes Haus – ihn durch derart frühes Zubettgehen vor den Kopf zu stoßen, um halb zehn! Noch nie während ihrer ganzen Ehe waren sie so früh schlafen gegangen. Mit diesen trüben Gedanken beschäftigt, hätte er beinahe den kleinen linierten Zettel übersehen, der mit Klebestreifen am Türklopfer angebracht war. Henry prallte erschrocken zurück und ließ die Schlüssel stecken. Nicht nur ein dunkles, sondern auch ein leeres Haus also … Sie war fort. Oh Gott, sie war fort. Henry riss die Nachricht ab und entfernte sich vom Vordach, um in dem buttrig-gelben Mondlicht zu lesen, worin er sein Todesurteil vermutete. Seine Arme waren schwer wie Blei, als er den Zettel weit von sich hielt, weil er die falsche Brille aufhatte.

Wenn du mich fallen lassen willst, komm bitte nicht rein.

Henry lief so schnell ins Haus, dass er auf der Treppe stolperte. Er konnte den Schlüssel nicht abziehen, fand den Griff seiner Aktentasche nicht. Drinnen hing ein weiterer Zettel neben der Alarmanlage.

Ich werde dich nie fallen lassen.

Dann, oben an der Treppe: *Ich warte auf dich. Ich höre deine Schritte. Ich halte den Atem an. (NB: Weck die Kinder nicht auf!)*

Und am Griff der Schlafzimmertür, diesmal zusammengefaltet und zugeklebt, wahrscheinlich für den Fall, dass neugierige Minderjährige auf dem Weg zum Klo vorbeigewankt kamen: *Ich liebe dich, für immer. Sex = Zuckerguss auf dem Kuchen. Hab ich schon erwähnt, dass ich dich liebe?*

Cindy konnte es nicht fassen, dass sie sich stritten. Sam war immer noch nicht von seinem Fahrradausflug zurück, und anstatt zusammenzuhalten, stritten sie sich. Martin hatte nach ihm gesucht, zuerst zu Fuß und dann mit dem Auto. Nur weil sie darauf bestand, hatte er die Polizei angerufen, und jetzt ging er unruhig im Wohnzimmer auf und ab und widersprach allem, was sie sagte, mit lauter Stimme, als wäre es ihre Schuld, dass sein sprunghafter Sohn durchgebrannt oder überfahren worden war und nicht den Anstand beziehungsweise den Verstand besessen hatte, sein Handy einzustecken. Am schlimmsten aber fand sie, dass Martin sich weigerte, Charlotte Bescheid zu sagen.

»Es ist fast zehn Uhr. Du musst es ihr sagen. Das ist das einzig Richtige.« Cindy legte beide Arme schützend um ihren Bauch. »Wenn es unser …« Sie beendete den Satz nicht, hoffte, genug gesagt zu haben, damit Martin aufhörte, sie finster anzusehen und herumzuschreien.

Doch sein Gesichtsausdruck verhärtete sich nur. »Ich habe dir doch gesagt, was mir die Polizei zur Antwort gegeben hat. Hunderte von Jugendlichen werden jeden Tag als vermisst gemeldet und tauchen zu neunundneunzig Prozent innerhalb von vierundzwanzig Stunden wieder auf. Sam ist genau in dem Alter für so was, testet seine Grenzen aus, lehnt Autorität ab. Er ist schon seit Monaten schwierig. Ich war damals genauso, hab meine Eltern zum Wahnsinn getrieben.«

»Du solltest es ihr sagen«, wiederholte Cindy hartnäckig. »Das ist nur fair.«

»Fair? Was ist fair daran, Charlotte zu beunruhigen? Es reicht, wenn ich mir Sorgen mache, oder? Soll sie Angst und Schrecken ausstehen, wo der kleine Mistkerl doch jeden Moment die Auffahrt raufgeschlittert kommen kann?«

Cindy erwiderte ruhig: »Martin, es ist fast zehn. Sam ist seit drei Stunden weg. Charlotte hat ein Recht zu …« Es verschlug ihr die Sprache, als Martin einen Satz auf sie zumachte, sich vor dem Sofa auf die Knie fallen ließ und die Hände vors Gesicht schlug.

»Ich kann das nicht tun«, wimmerte er. »Ich kann das einfach nicht tun. Sie hat immer geglaubt, dass ich ihn nicht genug liebe. Immer. Von Anfang an konnte ich nichts richtig machen. Und jetzt das. Sie wird …«

»Aber natürlich liebst du ihn«, flüsterte Cindy, schockiert über diese ungeahnte Verletzlichkeit des Mannes, den sie besser zu kennen glaubte als jeden anderen Menschen, und über den neuen Aspekt, der dadurch dem Scheitern seiner Ehe hinzugefügt wurde. Dass er Charlotte an Sam verloren habe, war einer von Martins Lieblingssprüchen während der ersten vertrauten Gespräche zu Beginn ihrer Beziehung gewesen, und sie hatte großes Verständnis gezeigt, denn eine übertrieben gluckende Mutter eines Einzelkindes hätte wohl jeden Mann in die Flucht geschlagen. Doch jetzt ahnte Cindy zum ersten Mal, dass es da noch eine tragischere Seite gab. »Hey, Schatz.« Sie rutschte an den Rand des Sofas und zog seinen Kopf auf ihren Schoß, sodass seine Wange an der Ausbuchtung mit ihrem ungeborenen Kind zu liegen kam. »Liebling. Natürlich liebst du ihn. Charlotte weiß das. Aber du musst ihr sagen, dass er verschwunden ist, nur für den Fall, dass …« Cindy biss sich so fest auf die Unterlippe, dass es blutete, während sie ihren Mut zusammennahm, um weiterzureden. »Für den Fall, dass Sam zu diesem einen Prozent gehört. Ich kann es für dich tun, wenn du willst.«

»Nein.« Martin rappelte sich mit geballten Fäusten auf die Beine, obwohl er nicht wütend aussah, sondern eher, als würde er einen starken körperlichen Schmerz niederkämpfen. »Ich weiß, du meinst es gut, Liebes, aber noch nicht jetzt. Ich werde nochmal nach ihm suchen. Diesmal nehme ich das Fahrrad, das hätte ich gleich machen sollen. Wenn ich ihn nicht finde oder er in der Zwischenzeit nicht auftaucht, rufe ich Charlotte an, versprochen. Okay?«

Cindy nickte, saugte an ihrer blutenden Lippe und schluckte den Kloß in ihrem Hals herunter. Tränen würden nicht helfen. Martin machte die Situation schwer zu schaffen, also musste sie für ihn stark sein. So funktionierte das schließlich bei guten Paaren, man trug die Last des anderen mit und glich gegenseitig seine Schwächen und Unzulänglichkeiten aus. Ihre Mutter war trotz ihres Krebsleidens bis zum Ende lebensfroh und positiv geblieben und hatte ihren Vater immer wieder aufgerichtet, obwohl sie diejenige war, die mit dem Tod rang.

Cindy drehte sich um, presste ihre Stirn gegen das Fenster hinterm Sofa, das von ihrem Atem beschlug, und versuchte, mit Gedankenkraft, den silbergrauen Rahmen von Sams Rad aus der Dunkelheit auftauchen zu lassen.

Tim wartete eine halbe Stunde, dann eine Stunde, dann nochmal zwanzig Minuten, dann ging er hinaus auf die Straße, um nachzusehen, ob der Taxifahrer eventuell vorm falschen Haus hielt. Eve hatte am Telefon ziemlich fertig geklungen und verwechselte möglicherweise die Hausnummer.

Er spähte in die von Straßenlampen erhellte Nacht hinaus und hielt sein Handy griffbereit, verkniff es sich jedoch, es zu benutzen. Sie war nicht der Typ, der es mochte, wenn ein Mann ihr nachlief.

Ein magerer Fuchs tauchte aus dem Garten gegenüber auf, trabte über die Straße und verschwand zwischen den Mülltonnen. Irgendwo miaute eine Katze. Der Mond war fast voll und sehr gelb. Ein Sommermond, dachte Tim träge und genoss die kühle Luft auf seiner nackten Haut und die Vorfreude darauf, Eves weichen Körper bald wieder in den Armen halten zu können. Er sah erneut auf die Uhr und ging dann zurück zum Haus. Vor der Tür blieb er stehen und grinste erwartungsvoll, als ein Wagen am Ende der Straße erschien. Er fuhr langsam, als suchte der Fahrer nach der richtigen Adresse. Doch dann beschleunigte er plötzlich mit aufjaulendem Motor, sauste vorbei und verfehlte nur knapp den Fuchs, der wieder zur anderen Seite hinüber wollte.

Das Telefonklingeln war ein Geräusch aus einer anderen Welt. Charlotte, versunken in die neue Wohltat tiefen, seligen Schlafs, kam nur allmählich zu Bewusstsein. Eve war nicht über Nacht geblieben, fiel ihr als Erstes voller Erleichterung ein; sie war betrunken gewesen und sehr unverblümt, und dann war sie zu Tim Croft gefahren. Tim und Eve – hurra! Was für eine romanreife Wendung! Welch ein Beweis für die Willkür des Lebens, das manchmal mit den unwahrscheinlichsten Lösungen aufwartete.

Da es hartnäckig weiterklingelte, wurde sie vollends wach und stellte mehr schläfrig-verwundert als erschrocken fest, dass es weit nach Mitternacht war. Als sie Martins Stimme hörte, dachte sie zuerst an ihr Gespräch mit Eve und die demütigende Erkenntnis, dass sie ihm Unrecht getan hatte. Es dauerte mehrere Sekunden, ehe sie begriff, was Martin sagte.

»Mit dem Fahrrad? Seit wann? Die Polizei?« Charlotte ließ ihn alles wiederholen, während sich eine Taubheit in ihren Gliedern ausbreitete und ihr unaufhaltsam lähmende Bilder von Sam durch den Kopf schossen: wie er am Morgen zur Schule geradelt war und sich nicht umgedreht hatte, obwohl er wusste, dass sie darauf hoffte; wie er ins Wanken geraten war, als er um die Kurve fuhr und seinen Rucksack zurechtgerückt hatte; wie er neben seinem verbogenen Rad auf der Straße lag… Nein, das durfte sie nicht denken. Stattdessen kam ihr eine Meldung in den Sinn, die vor Kurzem durch die Nachrichten gegangen war, dass ein vermisstes Kleinkind auf einem Klippenvorsprung gefunden worden war. Wie viele Tage hatte es dort überlebt? Auf einer Klippe gefunden, gesund und munter. »Ich komme und helfe suchen.«

»Ich glaube nicht, dass…«

»Ich muss nach ihm suchen.«

»Charlotte, es tut mir so leid… ich… wenn ihm was passiert ist…«, stammelte Martin auf einmal, den Tränen nahe. »Ich… Herrgott, ich…«

»Hey, ganz ruhig, dafür ist es noch zu früh, Martin, viel zu früh«, sagte Charlotte und merkte verwundert, wie ihre eigene Furcht sich als kühle Ruhe äußerte. »Er ist irgendwo da draußen. Er hatte vielleicht einen Platten oder hat sich verfahren oder… Wenn er einen Unfall gehabt hätte, wüsste die Polizei inzwischen davon, oder? Außerdem ist er schon dreizehn, er ist kräftig und vernünftig…« Charlotte dachte wieder an das gerettete Kleinkind, das drei Tage lang auf dem Felsvorsprung gelegen hatte, ohne Lebenserfahrung oder Vernunft. »Was ist mit seinem Handy? Hat er es dabei?«

»Nein«, sagte Martin kleinlaut. »Bring eine Taschenlampe mit«, fügte er dann schroffer hinzu. »Die große an dem Haken im Besenschrank.«

Eine halbe Stunde später traf Charlotte mit der Taschenlampe und einem alarmiert-entschlossenen Gesichtsausdruck ein, wie jemand, der in ein grelles Licht blickt und sich weigert zu blinzeln. Cindy öffnete ihr. »Oh Charlotte, er hatte versprochen, bei Einbruch der Dunkelheit zurück zu sein und in der Siedlung zu bleiben …« Ihre Augen waren vom Weinen verquollen. »Gerade ist mir noch ein anderer Gedanke gekommen, nämlich dass er vielleicht wegen des Babys durcheinander ist. Meinst du, wir haben ihm einen Schock versetzt?«

»Falls es so ist, war es unvermeidlich«, sagte Charlotte sachlich. »Ja, ich kann mir schon vorstellen, dass er deswegen schmollt.«

»Ich auch«, sagte Martin, der aus der Küche kam. Er sah blass und erschöpft aus, als dauerte diese Zerreißprobe schon Monate und nicht erst wenige Stunden. »Hallo, Charlotte.« Er konnte ihr nicht ins Gesicht sehen. »Du bleibst bitte beim Telefon, Schatz«, sagte er zu Cindy. »Die Polizei sucht auch nach ihm. Wir könnten jeden Moment etwas hören.« In seiner Stimme schwang Hoffnung mit, aber sein Blick wirkte hohl vor Verzweiflung, als er in die Dunkelheit hinausstarrte.

Sie arbeiteten sich systematisch durch die Siedlung, riefen Sams Namen und klingelten an den Häusern, in denen noch Licht brannte. Charlotte hatte in einer panikartigen Eingebung noch Sams letztes Klassenfoto vom Kaminsims im Wohnzimmer genommen, obwohl sie gleich bemerkt hatte, dass es ihm nicht mehr sehr ähnlich sah – zu kindlich, die Haare zu kurz, die Nase zu klein und undefiniert. Als Martin es sah, rannte er nochmal ins Haus und holte ein neueres Foto, das Cindy von ihm und Sam gemacht hatte, wie sie am Geländer neben dem Spazierweg am Flussufer lehnten.

Der Fluss, herrje, der Fluss. »Martin, bist du schon auf der anderen Seite gewesen, unten am Fluss?«

»Nein, ich bin einfach davon ausgegangen … man kommt

schwer mit dem Fahrrad dorthin, zumindest auf dem ersten Stück. Man muss absteigen und schieben, was Sam nicht mag. Aber vielleicht sollten wir …«

»Ich gehe hin.«

»Charlotte?«

Sie drehte sich um und erinnerte sich verschwommen – als gehörte es zu einem anderen Leben – an Eves Eröffnungen, die die unbeständige Landschaft ihrer Vergangenheit erneut verändert hatten. Die Geschichte von ihr und Martin, ihre Liebe, das Ende ihrer Liebe. Alles, was jetzt zählte, war, dass sie sich in diesem Moment beistanden und ihre Angst und Sorge miteinander teilten. In dieses vertraute Gesicht zu blicken – geküsst, gehasst, vermisst, nicht vermisst – war in diesem Moment, als würde sie in einen Spiegel starren.

»Wenn Sam etwas passiert ist«, sagte er heiser, »ich würde mir das nie …«

»Hör auf, das ist nicht nötig«, erwiderte sie und brachte die Kraft auf, fest zu klingen. »Ich rufe dich in zehn Minuten an.« Sie lief den Weg entlang, der um den Rand der Siedlung herum zum Fluss führte. Er war schmal und mit Metallstangen durchsetzt, die Radfahrer zum Absteigen zwingen sollten, weshalb in Charlotte die Gewissheit wuchs, dass Martins Annahme richtig gewesen war. Sam wäre das zu anstrengend, zu aufwändig, besonders in Anbetracht seiner lustlosen Unbeteiligtheit in letzter Zeit. Doch als sie zu dem geteerten Uferweg an der Themse kam, wurde diese Gewissheit von blanker Panik hinweggefegt. Links oder rechts? Der Fluss sah so schwarz, so bedrohlich aus, als könnte er einen Riesen verschlingen und erst recht ein Kind. Links oder rechts? Die Zeit war kostbar, sie durfte keine Sekunde vergeuden.

Sie wandte sich nach links, trabte an den Rückseiten der Häuser vorbei, überlegte es sich dann anders. Unschlüssig, entmutigt… Nein, nicht entmutigt, tadelte sie sich. Der

Felsvorsprung, das Kleinkind und dieses andere Kind vor ein paar Jahren, der Junge in dem Abflussrohr – oder war das ein Fernsehdrama gewesen? Sie rief Martin an, nach zwanzig Minuten, statt nach zehn, und sagte ihm, dass es nichts Neues gebe und sie die nächste Abzweigung zurück zur Hauptstraße nehmen würde.

»Die Polizei … sie haben ein silberfarbenes Fahrrad gefunden«, sagte Martin mit erstickter Stimme. »Sie wollen, dass ich es mir ansehe.«

»Wo?« Das Wort kam als Schrei heraus, brach durch ihre Selbstbeherrschung hindurch. »Wo haben sie es gefunden?«, fragte sie ruhiger und bezwang ihre Furcht. »Und suchen sie nach ihm? Die Polizei, sucht sie nach ihm, Martin?«

»Das haben sie gesagt.«

»Wo haben sie es gefunden?«, wiederholte sie, verwünschte sich wegen der auf dem Uferweg verschwendeten Zeit und versuchte, den Ansturm neuer, schlimmerer Szenarien auszublenden. Sam liebte sein Fahrrad. Er würde es nur unter extremen Umständen zurücklassen.

»Vor einem Zeitungskiosk in der Warren Road. Ich bin auf dem Weg dorthin. Es liegt in der Seitenstraße vor dem Kreisel, die wir immer als Abkürzung zur Old Kent Road benutzen.«

Sie hörte Martin beim Sprechen laufen, das Klatschen seiner Schuhsohlen auf dem Asphalt, seinen keuchenden Atem. Charlotte begann ebenfalls zu laufen, kein langsames Traben diesmal, sondern so schnell sie konnte. Für Sam, sie rannte für Sam, und Martin tat das Gleiche, und das war doch gewiss eine positive Kraft, eine Kraft, die Gutes bewirkte – zwei Menschen, die aneinander gescheitert waren, aber ihr Kind liebten.

Zehn Minuten später bog sie schwitzend und doch innerlich frierend in die Straße ein, die besagte Abkürzung darstellte, sah aber schon Martin auf sich zukommen und den Kopf schütteln. »Ist nicht seines. Zu groß. Anderes Modell.«

Charlotte beugte sich vornüber und schöpfte Atem. Das Laufen hatte gegen die Panik geholfen. Sie würden bis in alle Ewigkeit nach ihm suchen, falls nötig. Bis in alle Ewigkeit. So einfach war das. Als sie sich aufrichtete, klingelte ihr Handy.

»Das ist wahrscheinlich Cindy – ich habe vorhin mit der Polizeiwache telefoniert.«

Aber es war nicht Cindy, sondern Dominic Porter. Sam stehe ziemlich aufgelöst vor seiner Tür, sagte er, sie solle besser vorbeikommen.

Erst da fing Charlotte an zu weinen und ließ sich gegen Martin fallen, der begriffen hatte, dass es eine gute Nachricht war und ebenfalls anfing zu schluchzen. Immer noch weinend und aneinandergeklammert wie zwei Betrunkene, wankten sie zu dem Polizisten, der noch neben dem Zeitungskiosk herumstand, und sagten ihm Bescheid.

»Ich bring ihn um«, krächzte Martin und wischte sich die Augen, als sie zurückgingen. »Scheiße, ich bring ihn um.«

»Ich auch«, keuchte Charlotte. Sie drückte Martins Hand, da er ihre nahm, und war sich einer Verbundenheit bewusst, die sie als Liebende oder Eltern nie erfahren hatten, noch nicht einmal im Kreißsaal vor dreizehn Jahren. »Und ich möchte dir sagen, dass es mir leidtut.«

»Leid?« Er lachte halb vor Erleichterung.

»Wegen uns. Weil wir uns so verrannt haben. Ich weiß, dass ich daran genauso schuld bin wie du.«

»Okay. Danke. Mir tut es auch leid.« Er ließ ihre Hand los und wirkte etwas verunsichert.

»Ich musste das einfach sagen«, erklärte sie hastig, ehe sie die Sprache wieder auf Sam brachte.

Cindy, die gerade mit ihrer Schwester telefonierte, als sie hereinkamen, sprang auf sie zu und kreischte die frohe

Nachricht gleichzeitig in die Sprechmuschel. Sekunden später saßen sie schon in ihren Autos und fuhren in Richtung Wandsworth. Martin fuhr hinter Charlotte her und musste sich anstrengen, um nicht zurückzufallen, denn sie hielt sich an keine Geschwindigkeitsbegrenzung und schoss über rote Ampeln und Bodenschwellen hinweg wie eine Frau mit einem klaren Ziel, eine Frau, die fliegen lernte.

Achtzehntes Kapitel

Obschon der Termin jahreszeitlich früh im Schulkalender angesetzt war, dämmerte der Mittwoch des Sportfestes von St. Leonard mit einem karibisch blauen Himmel und hochsommerlicher Wärme herauf. Jean ließ das Seitenfenster von Bills klimatisiertem Audi herunter, während sie auf der Suche nach einem Parkplatz herumkurvten, und fühlte sich in die Zeit ihrer Ankunft in Ceylon vor sechzig Jahren zurückversetzt, als sie aus dem Flugzeug gestiegen war und der tropische Wind in ihren Mund und unter den Saum ihres Kleides gefahren war, wo er ihren feuchten Kniekehlen Luft zufächelte.

»Hier muss es sein.« Bill verrenkte sich den Hals und versuchte, über die Hecke zu spähen, die günstigerweise in einen Zaun überging, wodurch mehrere Sportplätze sichtbar wurden, auf denen es von Kindern, kleinen, bunten Markierungskegeln und Zuschauern wimmelte. »Können Sie sie erkennen?«

Jean beschattete ihre Augen mit der Hand. »Ich sehe sie zwar nicht direkt, aber es scheint hier schon richtig zu sein. Sam hat geschrieben, neben einer Kirche, und da ist eine Kirche.« Mit der unbandagierten Hand kramte sie in ihrer Tasche nach der Brille, fand aber nur Lippenstifte, ihr Portemonnaie und das Handy, zu dessen Kauf Bill sie ermutigt hatte und bei dessen Bedienung er ihr half, sowie den Umschlag mit dem Scheck darin. Du lieber Himmel, den durfte sie nicht wieder vergessen. Eine positive Einstellung zum Leben zurückzugewinnen hatte sich als sehr viel leichter erwiesen, als ihr Gedächtnis auf Vordermann zu bringen.

»Vielleicht sollte ich mir die SMS mal ansehen, ja, Mrs. B.?«

»Oh, da ist ein Mann«, rief Jean, die noch nicht für weiteres Hin und Her mit dem Mobiltelefon bereit war. »Halten wir an und fragen ihn. Entschuldigen Sie … hallo, entschuldigen Sie«, zwitscherte Jean und steckte den Kopf so weit aus dem Fenster, wie es ging. »Wissen Sie zufällig, ob das dort das Sportfest der St.-Leonard-Schule ist?«

Tim Croft, der in seinem Nadelstreifenanzug schwitzte und sich die Stirn mit dem Taschentuch abtupfte, lächelte freundlich. Stolze Großeltern, vermutete er, Muttchen sitzt hinten, wo sie sich sicherer fühlt, und beide sind ziemlich verwirrt von dem Verkehr in London, dem Einbahnstraßensystem und der Hitze. »Ja, ich glaube schon. Allerdings gibt es hier keine Parkplätze, fürchte ich. Sie müssen Ihr Glück in der nächsten Parallelstraße versuchen.«

Nach getaner Pflicht drehte er sich wieder zu dem Zaun um und sah Charlotte nach, die sich durch die Menge bewegte. Er hatte sie rein zufällig zwischen zwei Hausbesichtigungen in der Nachbarschaft erspäht, als sie auf einem uralten Fahrrad mit einem Korb am Lenker und einem rostigen Gepäckträger angeradelt kam. Der leichte Wind hatte ihren lila Baumwollrock um ihre phantastischen Beine gebauscht, und der kleine Hund war nebenhergetrottet. Das alte Begehren war so stark in ihm aufgeflammt, dass er sie weiter beobachtete, als sie das Rad parkte und die Hundeleine am Lenker befestigte, und darüber spekulierte, was wohl passiert wäre, wenn er sie an dem Abend angetroffen hätte statt Eve, ob es vielleicht doch noch mit ihnen beiden geklappt hätte. Er hing dem Tagtraum weiter nach, während seine Blicke ihr in der fröhlichen Menge aus Kindern und Erwachsenen folgten, und versuchte, sich vorzustellen, wie es wäre, mit ihr und dem Kind zu leben, zu Schulveranstaltungen zu gehen und eine Rolle in einer ganz anderen Welt einzunehmen.

Es war ein schwerer Schlag für ihn gewesen, dass Eve einfach abgehauen war. Das Biest hatte ihn bis zum nächsten Morgen warten lassen, ehe sie von ihrer Abflughalle in Heathrow anrief, umgeben vom Tumult der Durchsagen, Gesprächsfetzen und rumpelnden Gepäckkarren. England kotze sie an, hatte sie gesagt, als würde das alles erklären. Es sei schön gewesen, Charlotte zu treffen und ihn natürlich, aber sie würde nun mal gern ihren Impulsen nachgeben. Er könne sie jederzeit in Boston besuchen, die Einladung stehe. Zwei Tage später hatte sie ihm eine E-Mail geschrieben und die Einladung so charmant flirtend wiederholt, dass er ihr verziehen und freundlich geantwortet hatte. Der Austausch wurde seitdem auf feurige Weise fortgesetzt, und er freute sich darauf, nach Amerika zu reisen. In der Zwischenzeit hatte er im Supermarkt zufällig eine alte Flamme wiedergetroffen (viel hübscher, als er sie in Erinnerung hatte), und im Fitnesscenter gab es eine neue Frau, die ihm Signale sandte – aschblond, Anfang vierzig, aber wendig wie eine Katze … Es war wie mit den Londoner Bussen, dachte Tim fröhlich. Lange Zeit tat sich gar nichts, und dann kamen mehrere auf einmal.

Es war besser, ein Hansdampf in allen Gassen zu sein, entschied er, ging vom Zaun weg und überquerte die Straße: Amerika im August, die alte Flamme nächste Woche, Fitnesscenter heute Abend. Charlotte war ein Fehler gewesen, ein nachehelicher Irrtum, der ihn vorübergehend gebremst hatte.

Tim hörte es in seiner Jackentasche rascheln und zog den braunen Umschlag heraus, der an diesem Morgen gekommen war. Er enthielt die inzwischen eselsohrigen Tickets, die er mal als Geburtstagsgeschenk für Charlotte vorgesehen hatte, begleitet von einem knappen Hinweis auf das Kleingedruckte, das besagte, dass eine Rücknahme gegen Gelderstattung nicht möglich war. Tim klatschte den Umschlag gegen seine Handfläche und wog die Versuchung, mit den Karten um eine der neuen Kandidatinnen zu werben, gegen die dunkle Ahnung ab, sie könnten verhext sein und Unglück bringen.

Am Ende überwog sein Aberglaube. Außerdem hatte er die Buchung schließlich für Charlotte vorgenommen, sagte er sich, holte einen Stift heraus und schrieb ihre Adresse über seine durchgestrichene sowie eine kurze Erklärung auf die Umschlagklappe. Und vielleicht, nur vielleicht, würde diese großzügige Geste dazu beitragen, ihre schlechten Erinnerungen an das fehlgeschlagene Beisammensein auf seinem Sofa zu zerstreuen. Zwar kam es eigentlich nicht mehr darauf an, aber ein Mann hatte seinen Stolz, dachte er, und ihn überkam eine kleine Aufwallung von Zufriedenheit, als er den Umschlag in einen Briefkasten warf.

Charlotte musste sich sehr beherrschen, um nicht ständig Sams Nähe zu suchen, ihn zu berühren und ihn alle paar Minuten zu fragen, ob es ihm gut ging, ob die Kopfschmerzen wirklich weg waren, ob er sicher war, dass die Schnittwunde in seinem Bein beim Vierhundertmeterlauf nicht wieder aufplatzen und er noch mehr bluten würde. Herrgott, sie hätte ihn am liebsten in einen Stahlpanzer gepackt, nicht nur zum Schutz gegen kriminelle Jugendliche mit Messern, sondern auch gegen jede Art von zukünftigem Leid.

Andererseits auch wieder nicht, dachte sie und entfernte sich ein Stück. Sie freute sich daran, Sam mit seinen Klassenkameraden zu sehen, zu sehen, wie er sich behauptete; die sich gelb verfärbende Prellung und der Verband an seinem Bein waren das Letzte, woran er dachte. Es hatte zwar dreizehn Jahre gedauert, aber allmählich begriff sie, dass der mütterliche Drang, seinen Nachwuchs zu beschützen, manchmal im

Zaum gehalten werden musste, damit nicht alles andere aus dem Gleichgewicht geriet. Auf der Welt konnte es, wie schon auf dem Schulhof, gemein und brutal zugehen, und noch so viel Mutterliebe und schützende Panzerung würde niemanden vor Verletzungen bewahren – weder sie noch Martin noch Eve noch Sam, so sehr sie sich das auch wünschen mochte. Es blieb einem nichts anderes übrig, als darauf zu hoffen, dass es glimpflich ausging: dass ihr Sohn in einer Gefahrensituation durch gewaltbereite Schlägertypen mit genug Verstand, Selbstvertrauen und Urteilsvermögen ausgestattet war, um in die Pedale zu treten und sich aus dem Staub zu machen, sogar nachdem der schnellste seiner Angreifer ihm mit dem Klappmesser einen tiefen Schnitt an der Wade beigebracht hatte, sogar nachdem er gestürzt war, weil er die Kurve zu schnell genommen hatte, und humpelnd und auf sein Fahrrad gestützt weiterflüchten musste. Charlotte war froh, dass sie nichts davon gesehen hatte und nur Sams knappen, widerstrebenden Bericht kannte, seine Beschreibung von dem großen weißen Jungen mit dem Messer, der ihn verfolgt hatte, und von dem Geländer, auf das er beim Fallen mit dem Kopf geknallt war, und wie er lange herumgeirrt war, bis er zu der Hauptstraße mit dem Schild »Clapham« kam und wusste, dass er nicht mehr weit von Wandsworth entfernt war.

Als sie mit Martin bei Dominic eingetroffen war, hatte Sam auf dem Sofa gesessen, kreideweiß bis auf die blauunterlaufene Beule über seinem rechten Auge, ein Jeansbein war über einer langen, aufgeworfenen Kerbe voll von getrocknetem Blut aufgerollt. Dominic, in grauer Jogginghose und T-Shirt, noch blass und zerzaust vom Schlaf, hatte ihnen Platz gemacht und gesagt, er habe es für besser gehalten, auf sie zu warten, bevor er etwas unternahm, zumal Sam sich aufgeregt habe, als er vorschlug, den Krankenwagen zu rufen. Außer Atem hatten sie sich vor das Sofa gekniet und Sams erste, verworrene Version seines Abenteuers angehört, ehe auch sie ihm schonend klarmachten, dass sie ihn zu einem Arzt bringen mussten.

»Ich will aber nicht genäht werden«, hatte Sam geschluchzt und sich in die Falten des Sofabezugs gekrallt.

»Das wird auch nicht mehr wehtun als jetzt, Schatz«, hatte Charlotte ihm versichert und ihm über den Kopf streicheln wollen, aber bestürzt die Hand zurückgezogen, als er wegzuckte. »Wir bringen dich jetzt gleich dorthin, damit wir es hinter uns haben. Die Ärzte müssen sich auch die dicke Beule da an deinem Kopf ansehen.«

»Wir könnten Georges Vater anrufen, wenn du möchtest«, hatte Martin vorgeschlagen, als Sam nicht aufhörte zu weinen. »Es ist zwar schon ziemlich spät, aber ich weiß, dass Henry dich gern beruhigen und dir erklären wird, was sie im Krankenhaus mit dir anstellen.«

Sam hatte sich daraufhin noch mehr aufgeregt und war geradezu hysterisch geworden. »Nein, mach das nicht, Dad, nicht der. Ich will ins Krankenhaus.«

»Okay, mein Junge, okay. Ganz ruhig.«

»Wir fahren zum St. George«, sagte Charlotte rasch, weil sie merkte, dass jeder weitere Aufschub für Sam eine Qual wäre, ebenso für Dominic, dessen Gesichtsausdruck darauf hindeutete, dass er sich zunehmend unwohl fühlte.

»Vielen, vielen Dank.«

»Er ist einfach hier aufgetaucht. Ich habe nichts weiter getan.« Dominic starrte auf den Teppich, trat in seinen abgenutzten Wildlederslippern von einem Fuß auf den anderen und sah sich verstohlen nach Martin um, der Sam schon zum Auto half. »Hör mal, ich will dir nicht zu nahe treten«, sagte er leise und überstürzt, »aber ich finde, du solltest das wissen. Die Sache eben mit Georges Vater – Sam hat so reagiert, weil er … tut mir leid, Charlotte, das ist ein bisschen schwierig … weil er Bescheid weiß. Über dich und den Arzt, er hat Rose nach eurem Aufenthalt in Suffolk davon erzählt. Sam weiß es.«

Selbst jetzt noch, inmitten der Trillerpfeifen und schreienden Kinder und während Sam sich für den Weitwurf-Wettbewerb mit einem Tennisball einreihte, musste Charlotte ungläubig grinsen, wenn sie daran dachte. »Aber …« – das war alles, was sie herausgebracht hatte. *Aber.* Dann war sie auch schon zur Tür hinaus gewesen und wieder Kolonne gefahren, diesmal mit Martin an der Spitze und Sam ausgestreckt auf dessen Rücksitz, mit einem kleinen Umweg zu ihrem Haus, damit sie den Käfer abstellen und mit ihnen zusammen zur Notaufnahme fahren konnte.

Sie war hinten eingestiegen und hatte Sam an sich gezogen, hatte seinen Widerstand gespürt, aber endlich die Ursache verstanden. Und als Martin »Scheiße« geflucht hatte und zu einer Tankstelle abgebogen war, wodurch er ihnen ein paar Minuten allein im Auto verschaffte, hatte sie Sam, ohne zu stocken und ohne auf seinen knallroten Kopf zu achten, erklärt, dass zwischen ihr und Georges Vater nichts lief. Falls irgendetwas in Suffolk ihn zu einem anderen Schluss gebracht habe, habe er sich getäuscht, und das tue ihr leid. Sie seien miteinander befreundet, nichts weiter, und er könne ihr vertrauen, denn sie habe ihn noch nie angelogen und beabsichtige nicht, jetzt damit anzufangen. »Und ich mag Cindy«, hatte sie etwas weniger flüssig hervorgestoßen, »und freue mich sehr, dass sie und Dad miteinander glücklich sind und ein Baby bekommen, und du solltest dich auch für sie freuen.« Daraufhin hatte Sam sie umarmt und sein Gesicht an ihre Brust geschmiegt wie früher, als seine Liebe noch ohne Vorbehalt war, ein reines Bedürfnis, und sie so naiv und glücklich gewesen war, dass sie alles andere in ihrem Leben vernachlässigt hatte.

Dominic dagegen hatte nur ein Aber zur Erklärung erhalten, dachte Charlotte niedergeschlagen. Der Mann war offenkundig keine Klatschbase, doch es wurmte sie trotzdem. Hinzu kam, fiel ihr mit wachsender Empörung ein, dass Dominic, wenn man Jason glauben konnte (der allerdings eine Klatschbase war), seine Übernahme von Ravens Books mit der Suche nach einer Vollzeitangestellten beginnen wollte, die sie, die engagierte Teilzeitkraft, ersetzen sollte. Da sie noch keine Gelegenheit gehabt hatte, mit Dominic persönlich darüber zu sprechen, wusste sie nichts Sicheres. Er war neulich wieder in den Laden gekommen, als sie nicht da war, und bei ihren beiden Versuchen, sich noch einmal wegen Sam zu bedanken, hatte sie nur den Anrufbeantworter erreicht.

Auch dass er ihr jetzt den Rücken zukehrte, war gewiss kein Zufall. Er unterhielt sich angeregt mit Naomi, die ein gewagt kurzes gelbes Sommerkleid trug und nach ihrem vierundzwanzigstündigen Aufenthalt in Josephines Dachgeschosswohnung sehr erholt aussah. Sie und Graham gingen jetzt zur Eheberatung (das hatte Josephine Theresa erzählt, die es wiederum ihr erzählt hatte), was aber niemand wissen sollte. Naomi vermutete, dass sie seit den Zwillingen mit einer leichten postnatalen Depression zu kämpfen hatte, während Graham Zornbewältigungsprobleme zugegeben hatte. Sie redeten sich jetzt alles von der Seele und hörten mehr auf ihre jeweiligen Bedürfnisse.

Wie auch Theresa und Henry… Charlotte ließ ihren Blick zu ihrer Freundin und deren Mann wandern, der das seltene Vergnügen eines Nachmittags außerhalb seiner Untersuchungszimmer mit einem Panamahut und einem orangegrün gemusterten Hawaiihemd feierte. Sie hatten es sich mit Thermoskannen und Sandwiches auf einer Decke bei der Weitsprunggrube bequem gemacht und sahen liebevoll zu George hinüber, der sich in der Nähe warm machte. Als sie Charlottes Blick auffing, hob Theresa ihren Plastikbecher, deutete auf eine Thermoskanne und runzelte dann übertrieben enttäuscht die Stirn, als Charlotte den Kopf schüttelte.

Aber sie hatte tatsächlich ein bisschen Durst und überlegte, ob ihr noch Zeit blieb, die Flasche Wasser zu holen, die sie im Korb von Mr. Beasleys Fahrrad zurückgelassen hatte. Sie blinzelte mit zusammengekniffenen Augen über den Sportplatz hinweg und stellte gerührt fest, dass eine alte Dame Jasper streichelte, bevor sie erkannte, dass es sich um ihre eigene Mutter handelte. Ihre Mutter, die sie seit ihrer rätselhaften Autoreise regelmäßig anrief, sich nach Neuigkeiten erkundigte und Lobeshymnen auf einen Taxifahrer namens Bill sang sowie neuerdings auch auf dessen Tochter Jill, die anscheinend Prue und die Pflegerinnen ersetzt hatte und leidenschaftlich gern Karten spielte.

»Sam, schau mal, da ist Oma«, rief sie. »Ich gehe hin und helfe ihr durch das Gedränge. Wirf den Ball noch nicht, okay? Sag Mr. Tyler, ich hätte dich extra gebeten, als Letzter zu werfen.«

»Mum«, stöhnte Sam, »das kann ich nicht machen, die Reihenfolge steht schon fest. Außerdem wusste ich, dass Oma kommt, sie hat mir eine SMS geschrieben.«

»Sie hat was?«

»Sie hat jetzt ein Handy«, sagte Sam wie jemand, der einer geistig beschränkten Person einen ganz einfachen Sachverhalt erklären muss. »Sie wollte dich überraschen. Und Jasper auch. Sie will ihn mit nach Hause nehmen.«

»Ach, na so was. Schau, da kommt sie, und sie bringt ihn mit, dabei sind Hunde hier nicht erlaubt. Du meine Güte.«

Sam verdrehte in Richtung seiner Freunde die Augen, als seine Mutter davoneilte, und sah dann nach Rose, die ganz unglücklich über die Schmach war, dem Kostümwettlauf zugeteilt worden zu sein, der Veranstaltung für Loser, obwohl keiner der Lehrer das zugab. Insgeheim fand Sam es ziemlich klasse von seiner Oma, die sonst nie irgendwohin ging, zu seinem Sportfest zu kommen, auch wenn sie vor allem ihren Hund abholen wollte. Das tröstete ihn ein wenig über die Absage seines Vaters in letzter Minute hinweg, der bei Cindy im Krankenhaus war, weil sie irgendwie geblutet hatte, was zu widerlich war, um darüber nachzudenken, ihn aber zu der Schlussfolgerung gebracht hatte, dass es wohl besser war, ein Geschwisterchen zu bekommen, als eines zu verlieren, das noch unterwegs war. Sie hatten sich nach dem Angriff auf ihn beide super verhalten, hatten nicht ein einziges Mal gesagt (aber es wahrscheinlich tausendmal gedacht), dass er selbst daran schuld war, weil er die Siedlung verlassen hatte. Was seine Mutter ihm bei der Tankstelle gesagt hatte, hatte ihn auch schwer erleichtert. Eigentlich war alles sehr viel besser geworden, seit er den Ärger in der Schule und jetzt den Messerkampf gehabt hatte (wie er es gern vor seinen Freunden nannte), sodass er sich langsam fragte, ob man immer so viel Mist durchmachen musste, damit alles richtig super wurde.

Er holte mit geradem Arm zum Wurf aus, stellte sich einen Kricketspieler an der Spielfeldgrenze vor und versuchte, seine ganze Schulter mitzunehmen, als er den Ball losschnellen ließ. Er merkte schon an der Flugbahn, dass es ein guter Wurf war, und gleich darauf auch daran, dass Miss Johnson, die Mr. Tyler assistierte, von den Markierungsfähnchen der vorherigen Versuche aus rückwärts lief und dabei stolperte, weil sie in die Luft sah.

»Hurra!«, jubelte Jean, die hocherfreut war, dass sie in die richtige Richtung sah, als der Ball aufschlug, und darüber sogar den armen Jasper vergaß, den sie auf Charlottes Betreiben hin wieder am Fahrrad hatte anbinden müssen. »Hurra, hurra! Schade, dass ich nicht klatschen kann. Ach, ich habe hier übrigens was für dich, diesen Scheck. Hättest du mir je gesagt, dass ich vergessen habe, ihn dazuzulegen, du liebes, dummes Mädchen? Könntest du ihn bitte aus meiner Tasche ziehen? Alles ist so viel einfacher, wenn man beide Hände gebrauchen kann. Er steckt in einem Umschlag, ja genau, das ist er. Im Grunde war es ganz gut, dass ich ihn zuerst vergessen hatte, denn dank der Fälligkeit von einer von Reggies Geldanlagen konnte ich ihn auf eine etwas höhere Summe ausstellen als ursprünglich geplant. Sag mal, bietet uns die nette Dame dort drüben etwa Tee an? Ja, ich glaube, das tut sie, Liebes. Sieh nur, sie winkt und zeigt, und ich wüsste nicht, wen sie sonst meinen sollte.«

Doch Charlotte konnte nicht antworten. In all der Aufregung der letzten Tage hatte sie nicht mehr an das Versehen ihrer Mutter mit dem Scheck gedacht. Noch beim Aufreißen des Umschlags eben war sie in Gedanken mehr bei Sams tollem Wurf gewesen. »Mum, das kann ich nicht annehmen«, murmelte sie endlich und starrte ungläubig auf die Ziffern in dem Kästchen, die zwar in Jeans krakeliger Altfrauenhandschrift geschrieben waren, aber unmissverständlich besagten, dass dem Inhaber die Summe von dreiundsechzigtausend Pfund ausbezahlt werden sollte.

»Natürlich kannst du das. Das ist nur recht und billig. Wie sich herausgestellt hat, hatte Reggie schreckliche Angst davor, in Armut zu sterben. All seine Geldanlagen haben sich über die Jahre gut entwickelt, was für meinen Finanzberater genauso eine Überraschung war wie für mich. Und ich kann dir versichern, dass ich auf seinen Rat hin handele, wegen der Steuern und so weiter. Betrachte es als vorweggenommenes Geburtstagsgeschenk, wenn dir das lieber ist. Oh, sieh mal, sie kommt jetzt her, die Dame, die uns zum Tee einlädt, mit einem Herrn in einem scheußlichen Hemd. Ist das ihr Mann?«

»Mum, vielen Dank!« Charlotte steckte den Scheck ein, als Theresa und Henry herankamen. »Mensch, man braucht ja eine Sonnenbrille, um dich anzusehen«, witzelte sie und war froh, das grelle Hemd als Anknüpfungspunkt zu haben, zum einen, weil sie noch ein bisschen wegen des Schecks zitterte, und zum andern, weil es so liebenswert, so typisch der *alte* Henry war, dass der dumme Zwischenfall in Suffolk für sie nun endgültig vergeben und vergessen war.

»Kaum zu glauben, dass wir uns noch nicht kennengelernt haben«, sagte Theresa herzlich und schüttelte Jeans gesunde Hand. »Ich habe euch gewunken, weil wir wie üblich zu viel für das Picknick gemacht haben, stimmt's, Henry? Charlotte, du hättest uns sagen sollen, dass deine Mutter heute kommt«, schalt sie mit strahlenden Augen. »Sie hat uns nichts davon erzählt!«

Jean lächelte und freute sich über das viele Aufhebens um sie. »Sie wusste es nicht. Es war eine Überraschung. Ich wollte mit eigenen Augen sehen, wie es Sam geht, nach dieser schrecklichen Geschichte am Wochenende neulich – und außerdem Jasper endlich abholen«, fügte sie schnell hinzu, um die heitere Stimmung nicht zu verdüstern, indem sie die traumatische Erfahrung ihres Enkels zur Sprache brachte. »Ich denke, ich kann jetzt wieder mit ihm spazierengehen. Der gute kleine Kerl liebt seine Ausflüge. Ich schätze, er hat dich ganz schön außer Puste gebracht, was, Charlotte?«

»Wie ich dir schon mehrmals beteuert habe, Mum, hatte ich sehr viel Spaß mit ihm.«

»Das stimmt, das kann ich bezeugen.« Theresa hängte sich bei Charlotte ein, weil sie die benommene Miene der Freundin sah und fürchtete, der alte Mutter-Tochter-Zwist könnte sich wieder bemerkbar machen. »Aber sag mal, Charlotte, warum hast du dir denn plötzlich ein Fahrrad zugelegt?«

»Das ist nicht meins«, sagte Charlotte lachend. »Es gehört meinem Nachbarn – mein verflixter Käfer hat heute Mittag beschlossen, nun ernstlich den Geist aufzugeben. Ich wurde zuerst sauer, weil Mr. Beasley mich hinter seinen Gardinen beobachtet hat, aber dann kam er und schob dieses Rad heraus. Es gehörte offenbar seiner Frau, weshalb ich mich sehr geehrt fühle.«

»Dann brauchst du jetzt dringend Mr. Jarvis, unseren Mechaniker«, bemerkte Henry und verlegte sich auf das eine Thema, das er für absolut harmlos und sicher hielt. »Ich habe dir die Nummer immer noch nicht gegeben.«

Ein langer Moment des Schweigens folgte. Zumindest kam er Charlotte endlos vor. Ihr war immer noch ein wenig schwindelig wegen des Geldes, und sie musste sich zusammennehmen, um nicht Theresas Arm zu umkrallen, während sie nach einer Antwort suchte, die verhinderte, dass alles, was sie gerettet glaubte, in die Luft flog. Lügen haben kurze Beine, dachte sie, sie fielen auf einen zurück und verloren nie ihre zerstörerische Macht. »Doch, das hast du, Henry«, brachte sie schließlich mit flacher, aber ruhiger Stimme heraus. »Du hast mich netterweise angerufen, weißt du nicht mehr? An dem Tag, als Theresa und ich zusammen mittagessen waren. Allerdings konnte ich nach all dem Durcheinander in letzter Zeit den Zettel nicht mehr finden, auf den ich die Nummer geschrieben hatte, sodass ich dich ohnehin nochmal danach fragen muss.«

»Kein Problem.« Henry hüstelte in seine Hand.

»Möchte jemand Tee?« Theresa spürte die Verlegenheit, war aber zu glücklich, um ihr weiter Beachtung zu schenken. Sie und Henry waren sich näher als seit Jahren, stimmten in allem überein, was die Kinder betraf, lachten über dieselben Dinge und liebten sich wie frisch Verheiratete zu verrückten Zeiten und in neuen Stellungen. Das würde nicht anhalten. Es war eine Phase zweiter Flitterwochen, ehe der Alltag wieder einsetzte, das Ergebnis einer stillschweigenden Übereinkunft zwischen ihnen, Henrys Rückkehr von einer inneren Abwesenheit zu feiern, die als kalter Wind durch ihr glückliches

Heim gefegt war. Beinahe wäre etwas passiert, aber nur beinahe. Theresa war nicht sicher, was genau oder mit wem, und es kümmerte sie inzwischen auch nicht mehr. Sie folgten wieder derselben Bahn, gingen ihren Weg gemeinsam und blickten nicht zurück, genau wie Menschen, die unter Höhenangst litten, wussten, dass sie nicht nach unten blicken durften.

Als alle sich zum großen Finale der Sprintwettkämpfe versammelten, bemerkte Charlotte, dass Sams Beinverband durchzubluten begann, schaffte es aber, kein Theater deswegen zu machen. Ihre Mutter stützte sich inzwischen, sichtlich erschöpft, auf sie, nachdem sie auch Naomi und Jo vorgestellt worden war, die charmanterweise darauf bestanden hatten, dass sie mal wieder zu Besuch kommen müsse, wenn sie ihren Mah-Jongg-Abend abhielten. »Was für nette Freundinnen, Liebes«, hatte Jean gesagt. »Eine Frau braucht gute Freundinnen.«

Charlotte entdeckte Dominic wieder zwischen den Leuten, diesmal mit der jungen Frau aus dem Restaurant, und war froh, dass sie das Spiel des Sich-gegenseitig-aus-dem-Weg-Gehens mitgespielt hatte. Sein berühmter Bruder war auch da und zog verstohlene Blicke auf sich, tat aber überzeugend so, als bemerke er sie nicht. Die junge Frau stand zwischen ihnen, ihre offenen blonden Haare wehten im leichten Wind. Sie trug hochhackige Goldriemchensandalen und einen Jeansminirock, der kurz genug war, um ein großes, milchkaffeebraunes Muttermal hinten an ihrem linken Oberschenkel sehen zu lassen. Sie hielt eine winzige Clutch aus Krokoleder in der einen Hand und ihr Handy in der anderen, ein rosa glitzerndes, nur zwei Finger breites Ding.

Charlotte zeigte Sam einen Hochdaumen und sah dann nach Jean, die jetzt auf einem Jagdstock hockte, den Theresa netterweise aus dem Kofferraum des Volvo geholt hatte.

Es gab einen Fehlstart und dann noch einen. Die Reihe der Wettläufer verschwamm vor ihren Augen, als ihre Gedanken ungewollt wieder zu dem Muttermal zurückkehrten und zu der plötzlich dringlichen Frage, ob Dominic es geküsst hatte oder nicht. Dieser weiche, breite Mund, der über nackte Haut streichelte … wie sich das wohl anfühlte? Sie merkte, dass sie trotz der stechenden Nachmittagssonne eine Gänsehaut bekam.

Das Rennen war vorbei, und sie hatte nicht zugesehen. Sam war Dritter geworden – oder war er Vierter? Er sah trotzdem glücklich aus, stellte sie erleichtert fest, keuchte noch, wischte sich den Schweiß ab und schlug seinen Konkurrenten auf die Schulter, als hätten sie gemeinsam eine Schlacht überlebt. Als er zu ihr hinsah, zog sie eine mitfühlende Grimasse. Sam zuckte die Achseln und holte dann einen Stapel Flugblätter aus seiner Trainingstasche, die er eilig den sich langsam zerstreuenden Zuschauern in die Hände drückte.

»Werbung für Dads Konzert«, erklärte er grinsend, als er an ihnen vorbeilief. »Ich schlepp sie schon seit einer Ewigkeit mit mir herum. George hat mich zum Abendbrot eingeladen, ist das okay?«

»Ja, natürlich.« Charlotte lachte über die billig gemachten Handzettel. Sie hatte sich bereit erklärt, Sam hinzufahren, und schon überlegt, ob sie nicht ebenfalls teilnehmen sollte. Martin, der Mozart sang – das musste sie mit eigenen Augen sehen. Und sie war reich! Die Tatsache flammte wie ein helles Licht in ihrem Kopf auf.

»Entschuldige, hast du einen Moment Zeit?« Dominic war wie aus dem Nichts neben ihr aufgetaucht. Sie bemerkte zufrieden, dass er aus der Nähe unordentlich und unrasiert aussah und dunkle Ringe unter den Augen hatte – ganz und gar nicht der attraktive Typ, der eben noch in ihrer Phantasie herumgespukt hatte.

»Äh, nein. Das heißt … das ist meine Mutter.« Charlotte stolperte über ihre Worte, als ihr Jean einfiel, die es offenkundig zum Gehen drängte. »Mum, das ist Dominic Porter, der Vater von Sams Freundin Rose.«

»Ach ja, Charlotte hat mir alles über Sie erzählt, Sie sind der Mann, der unseren Sam gerettet hat.« Jean packte Dominics Arm mit ihrer gesunden Hand. »Sie haben das Haus gekauft, das ihr so gefiel. Und jetzt kaufen Sie die Buchhandlung.«

»Mum …«

»Ich bin nicht sicher, ob das eine faire Zusammenfassung der Ereignisse ist«, sagte Dominic mit einem gequälten Lächeln.

»Da ist Bill«, rief Jean auf einmal. »Er musste bestimmt in zweiter Reihe parken, und er hat so lange gewartet. Charlotte, ich muss jetzt wirklich gehen. Ich nehme Jasper dann also mit.«

»Aber was ist mit seinem Körbchen und den anderen Sachen?«

»Die können bis zu meinem nächsten Besuch warten«, entgegnete Jean gut gelaunt. »Vielleicht kann Jill mir ja Mah-Jongg beibringen. Tschüss, mein Liebes. Und schönen Geburtstag, falls wir uns vorher nicht mehr sehen, aber wir telefonieren natürlich bald wieder.«

»Oh là là.«

»Normalerweise ist sie nicht so.«

»Wann hast du Geburtstag?«

»Was?«

»Sie hat ›schönen Geburtstag‹ gesagt. Wann ist der?«

»Ach, erst in ein paar Wochen.« Charlotte sah, wie Benedict ein Stück weiter weg seine Nichte Rose, die den Kostümwettlauf gewonnen hatte, auf seine Schultern hob. Sie strömten zusammen mit dem Großteil der Menge zurück zur

Straße. Die blonde Frau ging neben ihnen und gestikulierte mit der freien Hand, während sie in ihr rosa Telefon sprach.

»Meine Mutter … irgendwas ist mit ihr passiert, sie ist auf einmal so fröhlich. Sehr merkwürdig.«

»Aber schön, oder? Vielleicht hängt es mit dem zusammen, was du mir da bei der Kirche erzählt hast.«

»Oh Gott, das, ja … da war ich ziemlich am Ende.« Charlotte wurde rot. »Tut mir leid, dass ich dich damit belästigt habe. Übrigens …« Sam war mit dem Curtis-Klan auf und davon, aber sie sah, dass Dominics treues Trio an der Straße wartete. Sie beide waren jetzt die Einzigen auf dem ganzen Sportplatz, bis auf einen mürrisch dreinblickenden Referendar, der liegen gelassene Wasserflaschen und Kleidungsstücke einsammelte. »Übrigens«, wiederholte sie, weil sie das Herumreden um den heißen Brei, ihre albernen Phantasien und ihre Verlegenheit, weil er so dicht bei ihr stand, satt hatte. »Um ein für alle Mal Klarheit zu schaffen, auch wenn es dich nichts angeht: Da läuft nichts zwischen mir und Henry Curtis – oder sonst jemandem, nebenbei. Es war ein Missverständnis, weil ich ihm leidtat, vermute ich, was kein Wunder wäre, da ich bis vor Kurzem einen ziemlich erbärmlichen Eindruck gemacht haben muss, und … und … ach ja.« Ihre Stimme wurde härter. »Falls du von Anfang an beabsichtigt hattest, mich zu feuern, sobald du den Pachtvertrag unterschrieben hast, hättest du wenigstens so anständig sein können, mich vorzuwarnen.«

Dominic errötete nun ebenfalls, verschränkte die Arme und trommelte mit den Fingern auf seine Ellbogen. »Also, das ist doch …«

»Vielleicht interessiert es dich zu erfahren, dass ich überlege, selbst noch ein Angebot für die Buchhandlung abzugeben. Ich bin zu etwas Geld gekommen.« Charlotte ballte die Fäuste und genoss sein Erstaunen und das Gefühl, ihm einmal einen Schritt voraus zu sein. »Möglicherweise mache ich Jason ein höheres Angebot.«

»Aber du musst dich doch um Sam kümmern – das würdest du nicht schaffen.«

»Wir werden ja sehen«, entgegnete sie mit einer Verschmitztheit, die im Gegensatz zu ihrem heftig klopfenden Herzen stand, wandte sich um und stolzierte auf ihr Fahrrad zu.

Erst als sie ein Bein über den Sattel schwang, fiel ihr wieder ein, dass Dominic zu ihr gekommen war, um ihr etwas zu sagen. Sie lugte durch den Zaun, aber die Straße war leer, abgesehen von dem jungen Referendar, der mit seinem Bündel Fundstücke davonlatschte. Betreten fuhr sie langsam los. Sie würde es natürlich nicht machen, die Sache mit der Buchhandlung, sie würde vernünftig sein und das Geld auf die Bank bringen, es langfristig anlegen. Aber das Machtgefühl war herrlich gewesen, fand sie und lachte, als sie an Dominics fassungsloses Gesicht dachte; als hätte sie ihm ein Glas kaltes Wasser ins Gesicht geschüttet, statt nur eine verrückte Idee aus dem Ärmel zu schütteln.

Neunzehntes Kapitel

Was ist überhaupt ein Requiem?«

»Das ist Musik für eine Totenmesse …«

»Na toll.« Sam starrte düster auf die Baustellenampeln, die ihre Fahrt über die Wandsworth Bridge aufhielten.

»Doch, Mozart ist wirklich toll. Er hat es geschrieben, als er selbst schon todkrank war.«

»Ich halt's nicht aus.« Sam rutschte tiefer in seinen Sitz und vergrub das Gesicht in den Händen.

Charlotte lachte. »Du wirst dich wundern, wie sehr es dir gefällt. Ich bin ja selbst kein großer Klassikfan, wie du vielleicht weißt, aber bei Mozart bekommt man immer ein paar schöne Melodien zu hören. Außerdem ist es für einen guten Zweck.«

»Krebs, ja, ich weiß«, sagte Sam schnell, um nicht das peinliche Wort »Brust« hören zu müssen.

»Schau mal, der Käfer läuft wieder super, oder?«

»Ich dachte, wir kriegen ein neues Auto.«

»Tun wir auch. Bald. Aber ich bin froh, dass Mr. Jarvis ihn nochmal hinbekommen hat. Ich mag dieses Auto, wir haben viel zusammen erlebt.«

»Ja, das war immer voll das Erlebnis, wenn er abgesoffen ist«, höhnte Sam.

»Das Hemd steht dir gut«, wechselte Charlotte das Thema und fragte sich, ob diese Ampel je grün wurde. »Besonders zu der Jeans«, fügte sie schlau hinzu und sah aus dem Augenwinkel, wie sehr Sam sich bemühte, nicht erfreut auszusehen.

»Jo.« Sam gab grinsend nach und streckte die Arme aus, um das Hemd zu bewundern, das lange Ärmel hatte und blauweiß gestreift war. Seine Mutter hatte es am vergangenen Wochenende von einer Kleiderstange in einem Laden gezogen, und er war erstaunt gewesen, wie sehr er sich darin gefiel. Bei demselben Einkaufstrip war auch die Jeans erworben worden, ausgewaschen, weit, tief auf der Hüfte sitzend, und zu seinem noch größeren Erstaunen war er sogar dazu ermuntert worden, sie an diesem Abend zu tragen. Sam hatte sich im Spiegel angestarrt, völlig von den Socken, wie gut man in neuen Klamotten aussehen konnte, was sie einem für ein gutes Gefühl gaben. Und dank Omas Scheck würde er jetzt ein richtiges Taschengeld bekommen, nicht nur ab und zu einen lausigen Betrag, sondern *dreißig Pfund im Monat* für alles, was nichts mit der Schule zu tun hatte, ausgenommen sein Handy, das sein Dad bezahlte, solange die Rechnung unter fünfundzwanzig Pfund blieb.

Charlotte spürte die Zufriedenheit, die ihr gar nicht mehr so kleiner Begleiter ausstrahlte, und störte sich nicht daran, dass er ihr wie so häufig nichts davon mitteilte (was wohl auch noch eine Zeitlang so bleiben würde). Im weichen Abendsonnenschein sah die Themse ausnahmsweise einmal richtig blau aus statt braun. Ein kleiner Vogelschwarm schoss über die Wasseroberfläche hinweg, stieß herab und stieg wieder auf, veränderte seine Formation und behielt sie doch auf wundersame und exakte Weise bei. Sie umfasste das Lenkrad fester, als ein warmes Vertrauen in die geordnete Schönheit der Welt sie erfüllte. Noch vor ein paar Monaten war ihr das Leben als eine Abfolge grausamer Zufälle erschienen, unbegreiflich und unkontrollierbar. Derselbe Fluss hatte heimtückisch schwarz geschimmert, jederzeit bereit, ihren Sohn und ihr ganzes Glück zu verschlingen.

Aber es war nicht die äußere Welt, die sich verändert hatte, erkannte Charlotte, als die Ampel endlich umschaltete und sie auf der Brücke Gas gab, sondern ihre Wahrnehmung der Welt. Ebenso waren die Energie und der Optimismus, mit denen sie nun jeden Morgen aufstand, nicht auf eine Veränderung ihrer unerquicklichen Lebensumstände zurückzuführen, sondern auf ein besseres Verständnis davon, wie es zu ihnen gekommen war.

Es gab einen Parkplatz in der Nähe der Kirche, keine einfache Lücke, aber gerade groß genug. Charlotte manövrierte den Käfer hinein und spürte wieder die gütige Ordnung der Welt. Sie war eine schlechte Ehefrau gewesen. Ja, das stand außer Frage. Sie zog ruckartig die Handbremse, als diese unbequeme Wahrheit wieder in ihr Bewusstsein drang, die keineswegs leichter zu akzeptieren war, nur weil sie versucht hatte, sich bei Martin zu entschuldigen. Erst hatte sie ihn obsessiv geliebt, dann vernachlässigt, hatte sich selbst bemitleidet, gejammert und sich in ihrem Unglück gewälzt, als wäre das die einzige Eigenschaft, die sie auszeichnete. Es hatte natürlich Gründe dafür gegeben, es gab immer Gründe, aber man konnte es Martin nicht verübeln, dass er enge Beziehungen zu anderen Frauen eingegangen war, ob mit oder ohne Sex.

Trotz dieser klarsichtigen Selbstanalyse war Charlotte nicht auf den Anblick von Cindy gefasst, die in einem enganliegenden schwarzen Seidenkleid an das Dirigentenpult trat, um die Willkommensrede zu halten. Sie sah umwerfend aus, nicht nur, weil sie unleugbar schön war – ihre blauen Augen strahlten, ihre Haare schimmerten golden im Lampenlicht, ihre Stimme klang voll und kräftig –, sondern weil sie in ihrem schwangeren Zustand, offen und emotional, dabei redegewandt, vor dem Hintergrund der ebenfalls schwarz gekleideten Chor- und Orchestermitglieder eine enorme Anziehungskraft ausstrahlte, die alle in ihren Bann zog. Charlotte bildete keine Ausnahme, und sie erkannte im Stillen an, dass Martin bei seiner Suche nach einer zweiten Seelenverwandten eine gute Wahl getroffen hatte.

»Es bedeutet mir und meiner Schwester Lu sehr viel ...« – Hälse verrenkten und Köpfe drehten sich, als sie auf Lu in der ersten Reihe zeigte, die zierlicher war, als Charlotte sie in Erinnerung hatte, und ein unauffälliges, braungraues Kleid trug –, »... dass ihr so zahlreich gekommen seid, so viele Freunde und Freunde von Freunden ...«

Es war wohl eher die Kirche als der Anlass selbst, was ihr so naheging, sagte sich Charlotte und sah zum Deckengewölbe hinauf, um die Tränen wegzublinzeln, die ihr in die Augen gestiegen waren, noch bevor Cindy ihren Platz im Chor eingenommen und die leisen, schwermütigen ersten Takte des Kyrie eingesetzt hatten. Als ritueller Ort für die bedeutenden Ereignisse im menschlichen Leben – Gedenktage und Benefizkonzerte, Beerdigungen, Totenmessen, Hochzeiten, Taufen, Konfirmationen – rief eine Kirche zwangsläufig Emotionen hervor. Besonders eine so schöne wie diese, sinnierte Charlotte und versuchte, sich auf handfeste Dinge wie Steinmetze und Architekturstile zu konzentrieren, während ihr Blick von den Trauben von Engeln und Cherubim oben auf jeder Säule zur Orgelempore hinüberwanderte. Doch die Musik strömte durch sie hindurch, schwappte über sie hinweg, riss sie mit ihrem erhabenen Klang mit sich und ließ jede Quelle von Glück und Traurigkeit, die sie gekannt hatte, wieder in ihr lebendig werden: die Hochzeit mit Martin, das Begräbnis ihres Vaters (der nicht ihr Vater war), Sams Taufe – er hatte geschrien, war aber bei der Berührung mit den feuchten Fingerspitzen des Pfarrers ruhig geworden und hatte den Mann mit seinen erstaunten, dunkelblauen Augen unverwandt angesehen.

Dasselbe Kind saß nun neben ihr, schlug immer wieder seine schlaksigen Beine übereinander und kaute kräftig auf einem Kaugummistreifen herum, den es schon beim Verlassen des Hauses ausgepackt hatte. Wenn sie jetzt anfing zu weinen, wäre Sam entsetzt. Charlotte schluckte und sah wieder klarer, doch was sie sah, war ein Vogel, ein kleiner, brauner Vogel, der auf der abgebröckelten Steinnase eines Engels auf der nächststehenden Säule hockte und mit schräg gelegtem Köpfchen der brausenden Musik lauschte wie ein anspruchsvoller Kritiker. Statt zu versiegen, quollen ihre Tränen jetzt mit Macht hervor. Es war einfach zu viel – der kleine Vogel, die Gefühlsstürme, die Erinnerungen, die sich verdichtenden, rasch aufsteigenden, dann wieder schwebenden, sich auseinanderdividierenden Töne ... Mit brennenden Augen und zugeschnürter Kehle wühlte sie in ihrer Handtasche nach einem Taschentuch, zog aber nur den zusammengeknüllten Zettel heraus, den sie an dem seltsamen Abend mit Eve dort hineingestopft hatte. *Ihr Mann ... Jemand, der es gut meint ...*

Das brachte die Tränen abrupt zum Stillstand. Diesen blöden Fetzen trug sie schon viel zu lange mit sich herum, wie einen üblen Geruch oder eine Erinnerung an böses Pech, die drohte, sie immer wieder in die Vergangenheit zurückzuziehen, sie herunterzuziehen. Sie hatte alle Antworten, auf die es ankam. Sie hatte getan, was sie konnte, um den Menschen, die ihr etwas bedeuteten, das Leben leichter zu machen. Sie bestimmte in einem Maß über ihre eigene Existenz, wie man es sich nur erhoffen konnte, vor allem jetzt, da sie einen Batzen Geld auf der Bank hatte und ein aktualisierter Lebenslauf an eine Arbeitsvermittlung unterwegs war, die mit individuellen Stellenvermittlungen für Teilzeitkräfte warb. Sie hatte sogar an Dominic Porter geschrieben und ihm ihre Entscheidung mitgeteilt, die Buchhandlung zum selben Termin zu verlassen wie ihre jetzigen Arbeitgeber, und dabei einen Wunsch nach Veränderung und andere Gemeinplätze angeführt, um ihr Gefühlswirrwarr zu verbergen.

Charlotte sah sich mit nun trockenen Augen um und

wollte nur den traurigen alten Papierfetzen loswerden. Es war schon grässlich, ihn nur in der Hand zu halten. Unbeabsichtigt traf ihr Blick auf Henrys. Er saß neben Theresa in einem Seitengang. Eine Sekunde lang war da etwas in seinen Augen – Dankbarkeit, Bedauern, Erleichterung? Schwer zu sagen. Henry sah als Erster weg, wandte sich wieder nach vorn und legte seinen Arm schützend auf die Banklehne hinter Theresa, die aufrecht und mit geschlossenen Augen dasaß, ganz der Musik hingegeben. Charlotte schielte noch einmal zu der Säule hinauf, doch der Vogel war fort, und der Engel war nur noch eine Steinskulptur mit abgebrochener Nase.

Sam zupfte an ihrem Ärmel und deutete mit theatralisch angewidertem Gesicht auf den fade gewordenen Kaugummi in seinem Mund. Ohne Bedenken hielt Charlotte ihm den Zettel hin, damit er ihn hineinspucken konnte, und lehnte sich dann wieder zurück, um die Musik zu genießen, wobei sie Papier und Kaugummi geistesabwesend zu einer kleinen Kugel knetete, die in der Pause in einen Abfalleimer wandern sollte.

»Ich dachte, es würde eine Pause geben.«

»Das hätte den Zauber gebrochen, vermute ich. Es war wunderbar, nicht?«

»Ganz großartig. Bleibst du nicht noch auf einen Drink? Es gibt Sekt und Häppchen. Henry hat versprochen, voll beladen zurückzukommen. Ich mache gerade eine neue Diät, nur Suppe und Gemüse, aber ein Abend Unterbrechung wird mir nicht schaden.« Theresa holte Luft. Es drängte sie zu sagen, dass sie glücklich war, dass sie glücklich miteinander waren, aber eine andere, weisere Stimme flüsterte ihr zu, dass Charlotte das von allein sah und dass man ein so zartes Pflänzchen wie privates Glück besser still auskostete, statt es öffentlich breitzutreten. Sie hatte dieses Glück einmal als selbstverständlich hingenommen, es für unangreifbar gehalten; sie war selbstzufrieden gewesen und hatte nicht erkannt, dass der Schlüssel zu seiner Bewahrung das Wissen war, dass es jederzeit verloren gehen konnte. »Komm schon, nur ein Gläschen. Ich mache Henry ein Zeichen.«

»Nein, Theresa, wirklich nicht. Es hat mir sehr gefallen, aber ich will nicht länger bleiben. Ich habe Sam bei Martin abgeliefert, sie wollen noch mit ihm essen gehen und ihn bei sich haben. Ich finde, ich habe meinen Teil getan, um ehrlich zu sein.«

»Das hast du allerdings«, rief Theresa und küsste sie. »Und du hast es verdammt gut gemacht, möchte ich sagen, so wie du dafür gesorgt hast, dass sich alle wohler fühlen. Wenn ich daran denke, wie es mal war…«

»Ich weiß.« Charlotte klimperte demonstrativ mit den Autoschlüsseln. Theresa meinte es gut, und sie war tatsächlich ein bisschen stolz auf sich, aber allmählich ließen ihre Kräfte nach. Die aufblühende Cindy, der strahlende Martin… Sich bei so einem Anlass gut zu benehmen war das Mindeste, was sie für ihn tun konnte, aber noch länger durchzuhalten schien ihr unmöglich.

»Hey, was ist mit deinem Geburtstag?« Theresa hielt Charlotte am Ellbogen fest, als sie sich anschickte, sich einen Weg durch die vielen Leute zu bahnen, die sich um die runden Tische mit Snacks und Getränken scharten. »Wir haben immer noch nicht entschieden, wie du ihn feiern willst.«

»Doch, hab ich inzwischen«, gestand Charlotte lächelnd. »Ganz unerwartet. Zwei Karten für eine Ballonfahrt in West Sussex. Ich nehme Sam mit. Das ist alles, was ich mir wünsche, ehrlich«, fügte sie hinzu, als Theresas Überraschung einem besorgten Ausdruck wich.

»Okay, das ist natürlich auch nicht schlecht. Du meine Güte, wie bist du denn an die gekommen?«

Charlotte kicherte. »Du wirst es nicht glauben – durch Tim

Croft, ausgerechnet! Er hat sie anscheinend gekauft, als er noch hoffte, mich zu erobern – bevor Eve ihn erobert hat. Er hat mir ein paar Zeilen dazu geschrieben, sie wären nun mal für mich bestimmt gewesen und ich solle sie als Dankeschön für Eve betrachten. Ich habe dir von der Sache mit Eve erzählt, weißt du noch?«, hakte sie nach, da Theresa immer noch verwundert den Kopf schüttelte.

»Ja, ja, hast du. Also so was, na ja, ist mal was anderes. Eine Ballonfahrt!«

»Sam ist schon ganz aufgeregt.«

»Das glaube ich gern, aber trotzdem, irgendwie kommt mir das nicht …«

»Theresa, es ist in Ordnung«, versicherte Charlotte ihr, nun mit mehr Nachdruck, da sie Henry herantänzeln sah, der einen Teller mit Häppchen auf zwei Champagnerflöten balancierte. Zu allem Übel folgte ihm Lu, Cindys Schwester, direkt auf den Fersen und steuerte gezielt auf sie zu. Charlotte wusste, dass ihr sinkender Mut dazu nicht mehr ausreichte.

Mit einem hastigen Abschiedskuss entfernte sie sich in die andere Richtung und wählte einen Umweg über das Chorgestühl hinter dem Altar, um zum Ausgang zu gelangen. Bei den leeren Sitzen, die nach Holzpolitur und Weihrauch rochen, blieb sie kurz stehen, um die Kirche noch einmal auf sich wirken zu lassen, den abgetretenen Steinfußboden und die in das Gestühl eingeschnitzten Wappen und Namen der Stifter. Doch dann scheuchte sie das Klappern von Absätzen hinter ihr auf, und sie eilte weiter, schlüpfte durch einen Bogen in das weniger überfüllte Seitenschiff und ging auf das große Holzportal zu. Das Absatzgeklapper verstummte, als Cindys Schwester ihr den Weg versperrte.

»Charlotte, ich wollte dir danken, dass du gekommen bist.« Das erdfarbene Kleid hatte lange, weite Ärmel, an denen sie beim Sprechen nervös zupfte.

»Keine Ursache.« Charlotte rang sich ein Lächeln ab und wollte an ihr vorbei. Bilder von dem schrecklichen Zusammentreffen im Supermarkt blitzten vor ihr auf, und ihr wurde heiß, als sie die Demütigung von Neuem durchlebte. Gott sei Dank hatte sie das hinter sich gelassen. Der Vorfall war jetzt nur noch ein weiteres Bruchstück ihrer Vergangenheit, einer der vielen Trittsteine auf einer schwierigen Reise, nicht vergessen, aber so endgültig abgelegt wie der klebrige Klumpen aus Papier und Kaugummi, den sie in einen Mülleimer neben dem Getränketisch geworfen hatte.

»Ich wollte dir sagen …«

»Danke, Lu, schon gut. Ich muss wirklich los.« Charlotte ging schneller, hämmerte jetzt selbst mit den Absätzen auf die harten, unebenen Steinplatten.

»… dass ich es war«, rief Lu und lief ihr nach. »Jemand, der es gut meint. Das war ich. Cindy weiß nichts davon. Ich habe das damals gemacht, weil sie so unglücklich war, und du auch, nach alldem, was ich mitbekommen hatte. Ihr alle drei, gefangen im Unglück. Ich … ich dachte, man muss was unternehmen.«

Charlotte erstarrte und brauchte einen Moment, ehe sie sich umdrehen konnte. Lu sah sie ängstlich unter ihren langen, glatten Ponyfransen hervor an. »Irgendetwas«, murmelte sie und wedelte mit ihren weiten Ärmeln.

»Dazu hattest du kein Recht«, stieß Charlotte kaum hörbar hervor.

»Ich weiß.« Lu zappelte jetzt weniger und hielt ihrem Blick stand. Trotz schimmerte in ihren großen blauen Augen. »Mum war gerade gestorben, und Cindy war todunglücklich, ihr habt euch alle nur herumgequält, aber Martin wollte dich nicht verlassen und sich zu Cindy bekennen … also habe ich etwas unternommen. Ich bin davon überzeugt, dass es sowieso passiert wäre, ich habe das Ganze nur beschleunigt.«

»Das Ganze beschleunigt?«

Lu sah zu Boden. »Ich weiß, das klingt herzlos. Was ich getan habe, war furchtbar, und es hat mich die ganze Zeit belastet, aber dann hat Cindy gesagt, dass du einen anderen Mann kennengelernt hast, und da war ich total erleichtert, weil ich dachte, du wärst jetzt ebenfalls glücklicher, dass sich alles zum Besten gefügt hätte. In dem Supermarkt-Café habe ich dann aber gemerkt, dass es dich auch immer noch belastet, ob glücklich oder nicht – das Nichtwissen, meine ich. Und dass du Cindy verdächtigt hast, das hat mich fertiggemacht. Seitdem habe ich das Bedürfnis, es dir zu gestehen, dir zu sagen, dass es mir leidtut …« Lu spielte mit dem Riemen ihrer Umhängetasche und sah ehrlich zerknirscht aus, auch wenn Charlotte das nur ungern anerkannte.

»Dir kann ja wohl kaum etwas leidtun, das zu einem Happy End für deine Schwester geführt hat«, wandte sie bitter ein.

Lu seufzte und strich den blonden Pony zurück, der ihr prompt wieder in die Augen fiel. »Nein, aber das, was du durchgemacht hast, das tut mir leid – ich will es mir gar nicht vorstellen.«

»Tja, dann danke.«

»Charlotte, würdest du bitte … würdest du es Cindy bitte nicht sagen?«

Charlotte nickte kaum merklich und ging davon. Sie hielt sich gerade und aufrecht, um all das auszudrücken, was Lu zu sehen verdiente – Gekränktheit, Stolz, Wut. Doch sobald sie draußen war, ließ sie die Schultern hängen und atmete tief durch. Da war sie also, die letzte Antwort, die, auf die es nicht mehr ankam, auf die es noch nie angekommen war. Irgendwann, bald, würde sie Lu das eingestehen. Die Ehe war längst tot gewesen, gestorben durch ihre eigene Hand und Martins. Sie waren jetzt tatsächlich alle drei glücklicher, alle vier, wenn man Sam mitzählte. Und wie konnte man Sam nicht mitzählen?, tadelte Charlotte sich lächelnd, als sie die letzten Meter zum Auto zurücklegte.

»Dort!«, schrie Dominic, löste seinen Gurt und zeigte nach vorn, als der Taxifahrer endlich in die angegebene Straße einbog. »Halten Sie!«

»Ich dachte, Sie wollten in die Kirche, Mann.«

»Wollte ich auch, aber wir sind zu spät, und ich muss mit dieser Frau da sprechen.«

»Ach, tatsächlich?«, gluckste der Taxifahrer und war kein bisschen überrascht, dass dieser komplizierte und hektische Fahrgast sich auf einer Mission befand, in der es um Leben oder Tod und vor allem um das schöne Geschlecht zu gehen schien. »Hey, und ich muss noch bezahlt werden«, rief er merklich weniger amüsiert, als Dominic aus dem Taxi sprang und mit fuchtelnden Armen und wehenden Jackettschößen auf einen schwarzen VW-Käfer zurannte, der gerade aus seiner Parklücke stieß. Als er kurz darauf zurück ans Fahrerfenster des Taxis kam, war er außer Atem, und seine dunklen Haare standen in alle Richtungen ab. »Sie sagt, sie wartet.«

»Na, da sind wir aber erleichtert, mein Freund, aber es macht insgesamt immer noch fünfundvierzig Pfund. Ist 'ne Menge Holz, ich weiß, aber wir mussten ja noch zu der Tankstelle fahren, nicht wahr? Und dann die Warterei, als Sie gemerkt haben, dass das Problem nicht nur ein leerer Tank ist und ihre Mitgliedschaft im Automobilclub abgelaufen ist.«

Dominic fischte drei Zwanzig-Pfund-Noten aus seinem Portemonnaie und hörte nicht zu. Er musste von dem Fahrer nicht daran erinnert werden, dass er einen höllischen Abend hinter sich hatte. Erst hatte er im Stau vor der Wandsworth Bridge gestanden, nachdem Benedict schon verdammt spät zum Babysitten erschienen war, dann das Fiasko mit dem Wagen, sodass er sich langsam wie ein Lachs vorgekommen war, der sich verzweifelt anstrengte, eine Stromschnelle zu überwinden, dabei wollte er doch nur an einem Benefizkonzert teilnehmen und dort pünktlich und in einem halbwegs präsentablen Zustand ankommen, früh genug, um ein freundliches Gesicht zu finden, neben dem er sitzen konnte … Nein, wem wollte er etwas vormachen, korrigierte sich Dominic und unternahm einen halbherzigen Versuch, seine Haare zu glätten, als er auf den Käfer zueilte. Er hatte ein bestimmtes Gesicht im Sinn gehabt, und kein besonders freundliches.

Er ging jetzt langsamer und war sich bewusst, dass der Taxifahrer ihn beobachtete und dass es ihm scheinbar allmählich zur Gewohnheit wurde, sich Charlotte zu nähern, wenn sie in ihrem berüchtigt unzuverlässigen Gefährt saß. »Danke, dass du gewartet hast. Ich wollte nur kurz mit dir reden.« Er ging auf dem Bürgersteig neben dem offenen Fenster in die Hocke.

Sie runzelte die Stirn. »Du weißt, dass das Konzert vorbei ist, oder? Es hat um sieben angefangen.«

»Leider ja, ich weiß. Ich hatte eine etwas abenteuerliche Fahrt hierher.«

»Es gibt noch was zu trinken dort drin.«

»Das ist schön, aber ich möchte jetzt nichts zu trinken.«

»Ich nehme an, du hast meinen Brief bekommen«, sagte sie, nun ohne jede Spur von Freundlichkeit.

»Allerdings.« Dominic richtete sich halb auf. Seine Knie wurden steif, und er merkte, wie albern es gewesen war, darauf zu hoffen, dass das Gespräch so glatt verlief wie bei den stummen Proben in seiner Vorstellung.

»Alles in Ordnung?« Sie steckte den Kopf aus dem Fenster und sah fragend auf seine Beine.

»Meine Knie tun weh.«

»So ein Pech.«

»Meine Knie tun weh, und ich streite mich in letzter Zeit dauernd mit meinem Bruder, was ich sonst nie tue. Nie.«

»Benedict?«

»Genau der. Hör mal, du könntest mich nicht vielleicht nach Hause fahren, oder?«

Charlotte lachte verdutzt. »Du bist doch gerade erst angekommen.«

»Ich weiß. Der Abend war eine einzige Katastrophe. Aber ich wollte sowieso mit dir sprechen.«

»Na ja, meinetwegen.« Sie beugte sich über den Beifahrersitz und zog die Türsicherung hoch, geringschätzig, geradezu ungehalten, kam es Dominic vor, der an Schwarze Witwen und Spinnennetze und die anderen anschaulichen Warnungen seines Bruders dachte, als er seine langen Beine in den Käfer zwängte. Kaum saß er angeschnallt neben ihr, verdichteten sich diese Bedenken zu einer totalen Sprachlosigkeit. Auch Charlotte fuhr schweigend, bis sie sich mit hochgezogenen Augenbrauen und ziemlich barsch erkundigte, was den Bruderzwist verursacht hatte.

»Du«, antwortete Dominic.

»Ich?« Sie machte eine nicht den Verkehrsregeln entsprechende Vollbremsung, sah ihn entsetzt an und schaltete dann wieder geräuschvoll durch die Gänge, wobei sie unter Beschleunigung sowohl des Käfers als auch ihrer Worte eine hitzige Verteidigungsrede für ihre Drohung, die Buchhandlung zu übernehmen, und ihre Entscheidung zur Kündigung hielt. »Ich habe keinen Kopf für Zahlen, und natürlich hattest du recht, das Letzte, was ich will, ist ein Job, bei dem ich mich nicht mehr um Sam kümmern kann. Aber«, fügte sie bissig hinzu, »ich habe auch meinen Stolz und gehe lieber von selbst, ehe man mich rauswirft.«

»Es stimmt, ich wollte dich loswerden«, gab Dominic ruhig zu.

Sie schlug einmal hart aufs Lenkrad, mehr triumphierend als beleidigt. »Gut. Ich bin froh, dass wir das geklärt haben.

War das die frohe Nachricht, die du mir beim Sportfest mitteilen wolltest?«

»Genau.«

»Schön. Sehr gut. Dann ist ja alles klar zwischen uns. Hat Benedict versucht, dir das auszureden, oder was?«, fragte sie mit einem Anflug von Neugier.

»Nein, im Gegenteil. Benedict findet, ich sollte dir um jeden Preis aus dem Weg gehen.«

Charlotte scherte in die Haltebucht einer Bushaltestelle aus und zog die Handbremse. »Ich denke, du solltest jetzt besser aussteigen und dir ein neues Taxi suchen. Das mag etwas hart erscheinen, aber diese Unterhaltung führt offenbar zu nichts, und ich muss mir so etwas nicht antun, wirklich nicht.«

Dominic saß ganz still. Er wusste, dass er es nicht gerade geschickt angefangen hatte, aber das lag daran, dass er wieder an einem Abgrund stand – dem unsichtbaren Abgrund, der sich auftat, wenn man sich etwas so sehr wünschte, dass jeder Schritt das Risiko von Enttäuschung und Verletzung barg. »Ich gebe Benedict nicht recht«, sagte er schließlich und drehte sich auf dem Sitz um, damit er sie richtig ansehen konnte, die winzigen, hellen Sommersprossen auf ihrer Nase, das kleine, störrische Kinn, die dunkelroten Flammen der Haare, die unter den Ohrläppchen hervorzüngelten. »Charlotte, ich möchte, dass du noch einmal über einen Einstieg in die Buchhandlung nachdenkst. Nicht als alleinige Inhaberin, sondern als meine Partnerin. Fifty-fifty. Ich glaube, wir würden ein gutes Team abgeben. Ich bin nämlich gut mit Zahlen, und du kennst dich mit dem Sortiment und der Kundschaft aus. Wir könnten die Arbeit so aufteilen, dass wir beide genug Zeit für die Kinder haben, und … äh, da kommt ein Bus, einer von diesen langen mit Ziehharmonika in der Mitte.« Er zeigte auf die hellen Scheinwerfer im Rückspiegel. »Der Bus?«, wiederholte er, als sie nicht reagierte. »Okay, vergiss den Bus. Was ist mit meinem Vorschlag? Was hältst du davon?«

»Nein, das geht nicht«, sagte sie leise. »Unmöglich. Nein.« Sie schüttelte ihren Kopf, der sich furchtbar schwer anfühlte, als widersetzte er sich der Bewegung. »Danke für das Angebot, aber ich kann es nicht annehmen.« Sie starrte geradeaus, wie gebannt von dem Tupfenmuster aus toten Insekten auf der Windschutzscheibe.

»Gründe?«

»Mehrere.«

»Verstehe. Na gut, es war den Versuch wert.« Dominic schlug sich auf die Oberschenkel und zog am Türgriff. »Dann werde ich mich jetzt allein auf den Heimweg machen, wie du so nett angeregt hast.«

Schon halb aus der Tür, hielt er noch einmal inne, weil er es nicht fassen konnte, dass sie ihren Rauswurf nicht rückgängig machte, wenigstens aus gutnachbarlichem Anstand, zumal es schon spät war und der Bus hinter ihrer Stoßstange fauchte wie ein wildes, rachsüchtiges Tier.

Viele Stunden später lag Charlotte schlaflos und mit weit offenen Augen im Bett und ging noch einmal jeden Moment in ihrer Erinnerung durch, analysierte alles wie ein Detektiv auf der Suche nach einer Spur in einer Reihe von rätselhaften Ereignissen. Hatte Dominic das Widerstreben in ihrer Körperhaltung bemerkt? Hatte er so lange für die Überquerung der Straße gebraucht, weil er wollte, dass sie sah, in welcher Seitengasse er verschwand? Und sie, was war in sie gefahren, dass sie ganz gegen ihre sonstige Gewohnheit den Verkehr aufgehalten hatte, indem sie in drei Zügen wendete und an dem »Einfahrt verboten«-Schild vorbei in die Gasse bretterte, die er als Fluchtweg gewählt hatte? Das war kein Mut gewesen zu dem Zeitpunkt, reine Tollkühnheit höchstens, möglicherweise hervorgerufen von dem Drang, diesen Moment nicht verstreichen zu lassen, ohne der Wahrheit eine Chance zu geben. Hatte Lu sie dazu angeregt oder der ermutigende Waffenstillstand bei den Curtis oder der verhinderte Versuch ihres sterbenden Vaters, ihr reinen Wein einzuschenken? Gewiss spielte alles eine Rolle, denn jeder Wendepunkt im Leben war das Ergebnis vieler anderer bedeutsamer Momente zuvor.

Als Charlotte ihn einholte, ging Dominic einfach weiter und zwang sie, Schritttempo zu fahren wie ein Freier auf dem Autostrich. »Du hast dich gerade wie ein Verkehrsrowdy benommen«, rief er, als sie das Fenster herunterkurbelte. »Hier in der Gegend wimmelt es nur so von Überwachungskameras, du könntest ins Gefängnis kommen. Führerscheinentzug ist das Mindeste.« Er kickte einen Stein weg. »Vielleicht könnte ich dich auch wegen Belästigung drankriegen.«

»Dominic.« Es war schwer, laut und deutlich zu sprechen und gleichzeitig zu fahren. »Dein Vorschlag … die Antwort lautet immer noch nein, aber es ist nicht so, wie du denkst. Ich habe meine Gründe, es sind nur andere, als du glaubst.«

Er blieb sofort stehen. »Ich habe nur so getan, als wäre ich beleidigt. So zu fahren – ich dachte, du hast es dir anders überlegt. Wo hast du gelernt, so zu fahren? Bitte überleg es dir anders, bitte.« Er war wieder ans Fenster gekommen, auf die Knie gefallen und hob komisch-flehend die Hände.

»Dominic, hör auf! Lass das, das ist unerträglich.« Charlotte ließ den Kopf hängen. »Und peinlich. Außerdem dachte ich, die Knie tun dir weh. Tun sie nicht furchtbar weh?«, beharrte sie, als er sich nicht rührte.

»Nicht, bevor ich deine Gründe gehört habe. So lange werde ich hier leiden.«

»Oh Gott«, stöhnte Charlotte und ließ die Stirn aufs Lenkrad sinken. »Also, es ist so …« Sie stellte den Motor ab und schaltete die Warnblinkanlage an, obwohl die Straße leer war. »Dein Angebot mit der Buchhandlung, ich finde es sehr … verlockend. Ich habe mein Geld sogar auf eines dieser Konten eingezahlt, wo man alle drei Monate etwas abheben kann, ohne Zinsen zu verlieren.«

»Tja, großartig.« Dominic zuckte die Achseln und sah ratlos aus. »Wo liegt dann das Problem?«

Charlotte schluckte. »Das Problem ist, dass ich, wie man in Amerika sagt, Gefühle habe …« Sie blies pustend die Backen auf, ihr Gesicht brannte.

»Äh, die haben wir alle, Charlotte.«

Er hatte sich auf die Fersen gehockt und starrte sie mit seinen unergründlichen schwarzbraunen Augen an.

»Für dich«, stammelte sie, schlug sich mit der flachen Hand gegen die Stirn und wandte das Gesicht ab. »So. Das ist wahrscheinlich das Schwerste, was ich je sagen musste, also geh schonend mit mir um, wie es so heißt. Eigentlich wäre es wohl das Beste, wenn wir bei dem Plan mit dem Taxi blieben.«

»Nein, da kann ich dir nicht zustimmen. Und was deine Ablehnung meines Angebots betrifft, das finde ich auch nicht gut. Was war das andere? Ach ja, die *Gefühle*. Darüber werden wir wohl noch ein Wörtchen miteinander reden müssen.« Dominic rutschte näher ans Fenster heran. »Charlotte? Bitte sieh mich an. Ich muss dir in die Augen sehen, bei dem, was ich als Nächstes sage.« Sachte fasste er ihr Kinn und drehte sie zu sich herum. »Ich war innerlich erstarrt. Rose und ich, wir waren beide wie erstarrt. Du und Sam …«

»Sam hat Rose geschlagen.«

»Ja, schon, aber sie ist auch ein kleines Biest, und zu der Zeit war sie obendrein ein sehr trauriges kleines Biest. Sam war der Erste, der zu ihr durchgedrungen ist, und dafür werde ich ihn immer gern haben, egal, was mal aus den beiden wird. Liebesgeschichten mit dreizehn …« Er blickte finster drein. »Kannst du dich überhaupt noch erinnern, wie das war?«

»Doch, das kann ich«, beteuerte Charlotte und dachte flüchtig an Adrians freundliches, breites Gesicht und seine Segelohren. »Obwohl ich glaube, dass Sam und Rose wirklich nur gute Freunde sind.« Sie war zu diesem Zeitpunkt nicht euphorisch, noch nicht, nur wunderbar ruhig, so ruhig wie noch nie in ihrem Leben, als wüsste sie bereits, dass ihr Instinkt sie nach all dem Straucheln und Stolpern in die richtige Richtung gelenkt hatte.

»Also, wo waren wir? Ach ja, du hast gesagt, du hättest Gefühle. Ist das richtig?« Er nahm ihre Hand wie ein Arzt, der den Puls fühlen wollte.

Charlotte nickte und verbot sich immer noch zu hoffen, obwohl sie die Wärme seines Interesses spürte. »Ich glaube, es hat auf dem blöden Friedhof angefangen …«

»Ah, Gott sei Dank für den blöden Friedhof und für Sam und für Hausverkäufe und streikende Autos und all die anderen Dinge, die mich zu dir geführt haben.«

»Was?«

Sein Mund war so nahe, dass sie eine schwache Süße in seinem Atem roch, Schokolade vielleicht oder Kaffee. »Aber was ist mit …«

»Was ist mit was?« Er strich ihr jetzt mit beiden Händen durch die Haare, bis seine Fingerspitzen um ihren Hinterkopf lagen.

»Deine … diese Frau …«, stieß Charlotte hervor. »In dem Restaurant … und beim Sportfest … oh, bitte hör auf, sonst kann ich für nichts mehr garantieren.«

»Sollst du auch nicht«, flüsterte er, »nie wieder, nicht bei mir.« Er schmiegte seinen Mund und die lange Nase, die sie so angestrengt versucht hatte nicht zu mögen, an ihre Haare, ihre Stirn und ihre Augenhöhlen.

»Diese Frau …« Es fiel ihr schwer zu sprechen. Dieses berauschende Gefühl des Begehrens und Begehrtwerdens, sie hatte es beinahe vergessen. Wie konnte man so etwas vergessen?

»Sie heißt Petra. Sie kommt aus Polen. Ich habe mich bemüht, sie zu mögen, weil Benedict es mir befohlen hat und ich früher immer gut damit gefahren bin, meinem Bruder zu gehorchen.« Er streifte mit den Lippen über ihr Kinn. »Ich habe so meine Vermutungen, Petra betreffend, und die bevorzugte ist zurzeit, dass sie nach einem – möglichst reichen – englischen Ehemann Ausschau hält. Benedict überlegt, ihr den Gefallen zu tun, aus rein praktischen Erwägungen.«

»Benedict?« Charlotte wich erstaunt zurück.

Dominic nutzte die Gelegenheit, sich unter übertrieben schmerzhaftem Grimassieren auf die Beine zu rappeln. »Meinst du, ich dürfte eventuell wieder einsteigen? Das heißt, falls ich überhaupt noch gehen kann.«

»Ja, ja, steig ein!«, rief Charlotte zerknirscht, weil sie seine unbequeme Haltung ganz vergessen hatte, konnte sich aber das Lachen nicht verbeißen, als er um den Wagen herum zum Beifahrersitz humpelte. »Armer alter Mann, ist das vorzeitige Arthritis oder was?«

»Beleidigungen, hm, das ist ein gutes Zeichen«, brummte Dominic, schlug die Tür zu und zog sie so fest in seine Arme, wie der Schaltknüppel es erlaubte. »Jetzt habe ich wieder den Faden verloren. Wo waren wir stehen geblieben?«

»Benedict.«

»Richtig.« Er streichelte ihr Haar und blickte für einen Moment ernst drein. »Mein Bruder ist schwul, braucht aber eine Frau. Das alte Rock-Hudson-Syndrom. Es ist ein Geheimnis, aber darin haben wir ja schon Übung, uns Geheimnisse anzuvertrauen, oder? Es war ein verdammt gutes Gefühl, fand ich, du nicht?«

»Verdammt gut«, murmelte sie und stellte fest, dass darauf zu warten, geküsst zu werden, beinahe ebenso schön war wie die

Sache selbst. »Ich wünschte trotzdem, er würde mich mögen.« Sie seufzte und fügte mit gespieltem Schmollen hinzu: »Er ist so gut aussehend und berühmt – ich will, dass er mich mag.«

Dominic lachte. »Benedict mag dich sehr. Er will mich nur beschützen. Er war der Meinung, dass du viel zu schön bist, um dich für einen Esel wie mich zu interessieren, und außerdem haben ihm die roten Haare Sorgen gemacht, wegen Maggie. Aber du siehst ihr überhaupt nicht ähnlich, nicht im Geringsten.« Er legte eine Pause ein. »Obendrein glaubte er natürlich das hässliche Gerücht, das dein Sohn in die Welt gesetzt hat, das mit dem ollen Arzt. Herrgott, ich hätte ihn umbringen können, als er dich neulich bei dem Sportfest geküsst hat, ehrlich.«

»Henry hat mich geküsst?«, sagte Charlotte entzückt. »Daran kann ich mich gar nicht erinnern.«

»Zweimal. Einmal auf jede Wange … so. Aber nicht so … oder so … oder …«

Charlotte, die nun zwischen zerwühlten Bettlaken lag, vergrub ihr Gesicht im Kissen. Ein allradgetriebener Jeep, der ihnen in der erlaubten Richtung entgegenkam, hatte sie durch mehrfaches Hupen aufgeschreckt. Sie hatte mit dem Käfer zurückstoßen müssen, während ihr die Ohren klangen und sich alles um sie herum drehte und Dominic, der selbst nicht ganz bei sich war, unzuverlässige Richtungsangaben machte.

Sie drehte sich auf den Rücken und beobachtete die silbrige, heller werdende Morgendämmerung durch den Spalt zwischen den Vorhängen. Ihr Körper, energiegeladen vor Freude und Aufregung, war bereit für den Tag. Sie blinzelte zu ihrem Wecker hin, wollte die Zeiger mit Willenskraft dazu bringen, sich schneller zu bewegen.

»Und da dachte ich, ich hätte dich vollkommen erschöpft«, murmelte Dominic, rutschte zu ihr herüber und legte zärtlich die Arme um sie.

»Hast du auch. Ich bin nur schon wach, weil ich so aufgedreht bin, so glücklich.«

»Hm, das verheißt nichts Gutes. Dein Glück, mein Schlaf – kann ich nicht beides haben?«

Charlotte lag so still es ging und unterdrückte das Bedürfnis, ihn zu fragen, ob es wirklich funktionieren würde – sie beide, der gewagte Plan, gemeinsam ein Geschäft zu führen. Dominic würde ja sagen, weil er liebenswürdig war und noch in der wunderbaren Losgelöstheit nach dem Sex schwelgte. Aber er wusste es nicht, konnte es nicht wissen. Und sie genauso wenig. Niemand konnte es vorhersagen. Außerdem war er am Ende seiner Kräfte, und zwar ihretwegen, hatte er gesagt, weil er all die Wochen darüber nachgegrübelt hatte, was er tun sollte; dazu die Angst, abgewiesen zu werden, sich Benedict zu widersetzen, auf sein Herz zu hören.

Er war wieder eingeschlafen, sein Kinn ruhte leicht auf ihrer Schulter. Charlotte schloss ebenfalls die Augen, nicht, um zu schlafen, sondern um seine Wärme zu genießen und das herrliche, beruhigende Wissen, wieder ganz am Anfang zu stehen, keine Antworten zu brauchen, bereit, zu vertrauen und Vertrauen entgegengebracht zu bekommen.

Zwanzigstes Kapitel

Charlotte wusste, dass sie sich, nachdem sie ihren Wunsch nach einem ruhigen Geburtstag so lautstark kundgetan hatte, nicht beklagen durfte, als der Tag ohne Fanfare begann und sich nur durch eine besonders frühe Tasse Tee heraushob, die sie sich selbst machte. Auch die Aufgabe, einen schlaftrunkenen Teenager für eine Fahrt zu einer Wiese irgendwo in West Sussex wecken zu müssen, hatte nichts wirklich Festliches.

»Wird's da was zu essen geben?«

»Natürlich nicht. Es ist ein Heißluftballon und keine Cafeteria.«

»Alles Gute zum Geburtstag, übrigens«, gähnte Sam, als er ein paar Minuten später im Schlafanzug in die Küche schlurfte. »Ich hab dir was in der Schule gebastelt, aber das muss noch fertig gelötet werden. Soll ich dir verraten, was es ist?«

»Nein!« Charlotte tat entsetzt. »Ich will eine Überraschung.« In dem Versuch, sich in Feierlaune zu bringen, holte sie das Päckchen herbei, das ihre Mutter ihr im März so verfrüht gegeben hatte, und öffnete es beim Frühstück, wobei sie die Klebestreifen mit möglichst viel Tamtam ablöste. Sam sah ihr halbwach zu und biss lustlos in seinen Marmeladetoast, bis Charlotte aus einem Berg von Seidenpapier ihren einst so geliebten Satz Matroschka-Puppen hervorzog. »Ach, du lieber Himmel.« Überrascht und enttäuscht, weil sie Badesalz oder etwas Nützliches für die Küche erwartet hatte, drehte sie die Holzfigur in den Händen herum und fragte sich, ob

Jean ihr dieses merkwürdige Geschenk auch mit ihrer neuen, positiven Lebenseinstellung gemacht hätte.

»Kann ich mal sehen?« Sam war plötzlich hellwach und leckte sich die Marmelade von den Fingern.

»Sicher. Die hatte ich schon, als ich klein war. Oma hat wohl gedacht, ich würde sie vermissen.«

Immer noch rätselnd ging Charlotte mit dem schmutzigen Frühstücksgeschirr zur Spüle. Sie hatte die Püppchen einst sehr gemocht. Und Reggie hatte sie mal neu lackiert, kurz bevor er starb. Vielleicht war das der Grund – Reggies kleine Reparaturarbeit als Andenken an seine Liebe zu ihr …

Hinter ihr stieß Sam ein unbedachtes mädchenhaftes Kreischen aus.

»Wow, Wahnsinn! Mum, guck mal, was ich gefunden habe, ganz in der Mitte. Meinst du, Oma hat den mit Absicht da reingetan? Ist das echtes Gold? Da ist ein Löwe drauf. Wahnsinn«, wiederholte er und probierte einen großen, glänzenden Ring an, runzelte aber enttäuscht die Stirn, als alle zehn Finger sich als zu klein erwiesen.

»Du meine Güte, das ist sein Siegelring«, sagte Charlotte leise. Sie nahm ihn Sam ab und wog ihn in der hohlen Hand, dachte an die tiefe Rille, die er in den kleinen Finger von Reggies linker Hand gegraben hatte. »Er hat deinem … deinem Großvater gehört, meinem Vater. Das heißt, er war mein Vater, weil er mich von Geburt an großgezogen hat, aber mein leiblicher Vater ist gestorben, bevor ich ihn kennenlernen konnte.«

Sam hatte den Ring wieder an sich genommen und musterte eingehend das Emblem. »Das ist Pech, aber wenn du ihn nie gekannt hast, vermisst du ihn auch nicht, oder?«

»Nein«, murmelte Charlotte, von dieser arglos-herzlosen Bemerkung auf den Boden der Tatsachen gebracht. Ihre Welt hatte sich verdunkelt, als sie noch sehr jung war; zur falschen

Zeit am falschen Ort – zufällig in den Schuppen gestolpert –, und alles war auf den Kopf gestellt worden. Sam kannte auch seinen Kummer und seine Probleme, aber bislang, selbst wenn er hier und da nur knapp davongekommen war, nichts derart Gravierendes. »Es ist ein sogenannter Siegelring«, erklärte sie und nutzte die Gelegenheit, um ihm schnell durch die Haare zu wuscheln, »das heißt, man kann ihn in Siegelwachs drücken und Briefe und Umschläge damit verschließen, so wie in alten Zeiten.«

»Wow«, rief Sam noch beeindruckter. »Das will ich gleich mal ausprobieren.« Er sah sich um, als wäre irgendwo Siegelwachs in den Küchenschubladen zu finden.

»Nein, nicht jetzt. Jetzt werde ich ihn erstmal sicher irgendwo aufbewahren, und du gehst nach oben und ziehst dich an.«

»Werde ich den eines Tages mal erben?«, insistierte Sam und blieb an der Tür stehen.

»Ja, wahrscheinlich schon«, antwortete Charlotte lachend. »Aber vorläufig gehört er *mir*, und heute ist *mein* Geburtstag, und wenn du dich jetzt nicht beeilst, hebt der Ballon ohne uns ab.«

Ein paar Minuten später kam Sam wieder herunter, nicht nur angezogen, sondern auch mit einer Karte in der Hand, die er offensichtlich am Computer ausgedruckt hatte und auf der eine knallrote Vierzig prangte. »Was ich dir gemacht habe, das ist auch Schmuck, aber kein Ring«, sagte er, anscheinend besorgt, dass sein Geschenk nach dem kostbaren Ring, den seine Großmutter in ihrem Geschenk versteckt hatte, schäbig wirken könnte, zumal es noch nicht fertig war.

»Es wird mir bestimmt gefallen«, beruhigte Charlotte ihn. Jede Spur von Enttäuschung war verschwunden, als sie aus der Stadt fuhren – ohne sich über den Stoßverkehr ärgern zu müssen, denn es war erst sieben Uhr an einem Samstagmorgen – und der blaue Himmel, den die Meteorologen versprochen hatten, sich bereits über ihnen wölbte.

Sam war bald wieder eingeschlafen, seine Fleecejacke als Kopfkissen an das Seitenfenster geknüllt. Er war sicher noch müde wegen der frühen Stunde, aber Charlotte hatte auch den leisen Verdacht, dass er ihre Absicht ahnte, die erzwungene Zweisamkeit im Auto zu nutzen, um ihn über seine Meinung wegen Dominic zu befragen. »Ist doch egal, was ich denke«, hatte er das letzte Mal genervt ausgerufen, als sie das Thema anzusprechen versuchte, »so läuft's halt, oder?«

Ja, so lief es halt, dachte Charlotte, und sie war so machtlos dagegen wie ein Strandkiesel gegen eine Flutwelle. Außerdem war es, wie Dominic so weise betont hatte, ein besonderes Privileg, einem anderen Menschen ins Herz schauen zu dürfen, und wenn Sam in Ruhe gelassen werden wollte, würde sie sich eben damit abfinden müssen.

Als sie sah, dass nur ein kleiner Lkw am Feldrand parkte, glaubte sie zuerst, sich in der Zeit oder dem Ort vertan zu haben. Doch schon bald darauf wurden sie und ein paar der übrigen vierzehn Passagiere aufgefordert, die Anmeldeformulare auszufüllen und beim Auspacken der Ausrüstung zu helfen, wozu auch ein dicker, heuballenförmiger Sack gehörte, der den Ballon in unaufgeblasenem Zustand enthielt. Sam ließ sich begeistert von dem stämmigen Mann, der das Sagen hatte, Anweisungen geben und zog und zerrte an dem Inhalt des Sacks, bis ein See aus Stoff vor ihnen lag, der fast die ganze Wiese bedeckte. Dann standen sie fasziniert nebeneinander, während eine kleine, lärmende Maschine an der Rückseite des Lkws Luft in den Stoffsee pumpte, bis er sich in eine schwebende, buntgestreifte Blase von der Größe eines Parkhauses verwandelt hatte.

»Hey, da kommt dein anderes Geschenk«, brüllte Sam über den Lärm hinweg, als ein silberfarbener Mercedes an das Ende der Reihe parkender Autos heranfuhr. »Ich hab ihnen gesagt, dass sie kommen sollen, ich hoffe, du hast nichts dagegen.«

»Wem was gesagt?«, brüllte Charlotte zurück, kannte die Antwort aber schon, noch ehe Dominic und Rose herauskletterten, sich ihre blassen Gesichter rieben und in einer Aufmachung präsentierten – Gummistiefel, Shorts, Schals –, die darauf schließen ließ, dass ihnen der frühmorgendliche Start ebenfalls nicht leichtgefallen war.

Sam rannte schon über die Wiese, um sie zu begrüßen. Charlotte ließ sich etwas mehr Zeit, weil sie sich keinen von Roses eisigen Blicken einfangen wollte, und bemerkte, dass Dominic die unvergessliche knallrote Pudelmütze gegen die kühle Morgenluft trug. »Was für eine tolle Überraschung.« Sie beschränkte sich auf ein Wangenküsschen zur Begrüßung. »Diese Mütze fand ich schon immer klasse – weißt du, Rose, dass dein Vater sie aufhatte, als wir uns zum ersten Mal begegnet sind, nämlich als er sich mein Haus angesehen hat und es ihm nicht gefallen hat?«

»Es hat mir schon gefallen, es war nur nicht das Richtige für uns«, widersprach Dominic. »Ich hätte es außerdem nie so schön hinbekommen wie du jetzt. Falls du es je wieder zum Verkauf anbietest, werden die Leute davor Schlange stehen.«

Sie grinsten sich einvernehmlich an, weil sie sich beide wegen ihres Nachwuchses zurückhielten. Aus dem gleichen Feingefühl heraus waren sie übereingekommen, noch nicht im selben Bett zu schlafen, zumindest nicht in aller Offensichtlichkeit – eine Entbehrung, die ihnen mehr ausgemacht hätte, wenn es nicht zu anderen Tageszeiten reichlich Gelegenheit gegeben hätte, sich zu zeigen, wie glücklich sie waren.

Aber Rose war viel zu aufgeregt, um sich um Komplimente oder die schon etwas langweilig gewordene Herausforderung zu kümmern, dass sie eine Rivalin um die Zuneigung ihres Vaters hatte. Aus dem schlaffen Ballon war ein Planet geworden, prall und wunderschön, der den Himmel beinahe verdeckte. »Oh, der ist ja riesig«, sagte sie ehrfürchtig und trottete dann hinter Sam her, der mit seinem neuen Kumpel, dem stämmigen Verantwortlichen, angeben wollte.

»Das ist er wirklich, oder?«, bemerkte Dominic, der wie alle anderen auf der Wiese nach oben starrte. »Herzlichen Glückwunsch zum Geburtstag.«

»Erinnere mich nicht daran.« Charlotte verzog das Gesicht.

»Es ist doch nur eine Zahl.«

»Das sagen jüngere Leute immer.«

Dominic lachte. »Ich bin nur ein paar Monate jünger. Wir werden zusammen vierzig, ja?« Er löste seinen Blick vom Himmel und nahm ihre Hand, die er auch dann noch festhielt, als Rose zurückgerannt kam und verkündete, dass sie sich beeilen müssten, weil man jetzt einsteige, und man solle immer zu zweit gehen, und sie wolle mit Sam fahren. »Und alles Gute zum Geburtstag«, fügte sie atemlos hinzu und lächelte Charlotte dabei an. »Der Ballon ist so was von cool, echt das Coolste …« Damit sauste sie wieder los, linkisch hoppelnd in ihren Gummistiefeln.

»Ich habe ein Geschenk für dich, aber damit warte ich, bis wir allein sind, okay?«

»Dass du hier bist, ist Geschenk genug.«

»Das war ganz einfach, sie hatten noch zwei Plätze frei, als sollte es so sein.« Er drückte ihre Finger.

Beim Abheben schwebte der Ballon zuerst so ruhig und präzise ein paar Zentimeter über dem Boden, dass Charlotte sich übermütig fragte, ob die Sicherheitsanweisungen des Stämmigen, sich beim Landen hinzuhocken und festzuhalten, nicht übertrieben waren. Unter der Flamme des Heißluftapparats wurde es derart warm, dass sie, als der Korb schließlich ernsthaft in die Luft stieg, schon ihre Fleecejacke ausgezogen und Dominic die Bommelmütze in die Hosentasche gestopft hatte.

»Ach du Schande.«

»Was ist?«

»Ich glaube, ich pack das nicht.«

»Du bist doch hier der Flieger«, erinnerte Charlotte ihn lachend, während sie sich über den Rand des Korbs beugte, um den Anblick des sich entfernenden Erdbodens und der auf Spielzeuggröße schrumpfenden Autos, Häuser, Kühe und Schafe zu genießen. Im Nachbarabteil waren Sam und Rose, die kreischten, mit den Fingern zeigten und sich gegenseitig an den Schultern packten, offensichtlich genauso begeistert.

Dominic dagegen drückte sich mit aschfahlem Gesicht an die Hinterseite des Abteils aus Korbgeflecht.

»Es ist okay.« Charlotte legte den Arm um ihn, als sie merkte, dass die Höhenangst echt war.

»Nein, ist es nicht. Gar nichts ist okay.«

»Aber Liebling, du fliegst Flugzeuge«, wandte sie sachte ein.

»Ist mir egal. Das ist was ganz anderes.«

»Weil du hier nicht an den Kontrollhebeln sitzt?«

Er nickte schwach. »Vielleicht. Ich kann nicht nach unten sehen, auf keinen Fall.«

»Musst du ja auch nicht. Guck nach oben in den Himmel. Sieh dir die vielen verschiedenen Grüntöne der Bäume und Felder an. Schau mal, wie ordentlich und sauber die Landschaft von oben aussieht, ein Platz für Gartenzwerge, eine Spielzeuganlage, so hübsch und unbedrohlich …«

»Dazu müsste ich nach unten gucken, um das zu sehen.«

»Ach so, entschuldige. Dann eben nur zum Himmel, sieh immer schön nach oben. Dort ist ein Wolke, klein und flauschig, wie ein verlorenes Schaf.«

Dominic schob sich langsam ein Stück nach vorn und

umklammerte dabei ihre Hand. »Maggie war die mit der Höhenangst. Nicht ich.«

»Ich will schwer hoffen, dass du jetzt nicht daran denkst, das Fliegen aufzugeben.«

Dominic lachte und entspannte sich ein bisschen. »Nein, niemals. Das würde ich zu sehr vermissen.«

»Einen Monat lang versprichst du es mir jetzt schon, und du hast mich immer noch nicht mitgenommen.«

»Kommt noch. Es war ziemlich viel los in letzter Zeit, falls du das nicht bemerkt hast.« Er tastete sich vorsichtig noch näher an den Korbrand und lugte hinunter. »Jetzt ist es besser, weil wir höher sind, mehr wie im Flugzeug. Aber ich fühle mich so … *ausgeliefert*, du nicht? Ein Niesen, und ich könnte rausfallen.«

Charlotte kicherte. »Unsinn. Außerdem würde ich dich festhalten.«

»Dann würdest du mit mir fallen.«

»Dann würde ich mit dir fallen«, bestätigte sie lächelnd.

Hoch oben war es still und ruhig, als würden sie an einem unsichtbaren Haken am Himmel hängen, statt zu fliegen. Die Welt unten war ein Teppich, glatt, unbevölkert, ungestört. Völlig losgelöst stützten sie die Ellbogen auf den Rand und weideten sich an der Aussicht – die Farbschichten des Himmels, das verlorene Wolkenschaf, das zu einem Fetzen wurde, einem Fleckchen und dann verschwand.

»Wir sinken«, schrie Dominic ausgelassen, als der Ballon etwa vierzig Minuten später allmählich an Höhe verlor. »Ich hoffe, du weißt noch, was zu tun ist.«

»Ganz leicht.« Charlotte drehte sich mit dem Rücken zum Korbrand, packte den Sicherheitsgriff und hockte sich hin.

»Sehr beeindruckend. Allerdings«, fügte er hinterhältig hinzu, »gibt es da noch etwas, auf das du dich vorbereiten musst, etwas, das ich noch nicht erwähnt habe.«

»Was denn? Wovon redest du?« Sie boxte ihn auf den Arm.

»Wenn du runterguckst, siehst du es womöglich.« Dominic zeigte auf die Straße, wo der Laster, der Funkkontakt mit dem Ballonfahrer hielt, auf die Wiese zusteuerte, die als bester Landeplatz ausgemacht worden war. »Dahinter ist ein kleines Begrüßungskomitee unterwegs. Tut mir leid, aber Theresa kann ziemlich einschüchternd sein, wenn sie sich etwas in den Kopf gesetzt hat, nicht wahr? Sie wollte die Idee mit der Geburtstagsparty einfach nicht aufgeben.«

Charlotte starrte sprachlos auf die kleine Autokarawane, die jetzt hinter dem Laster sichtbar wurde. Aus den offenen Fenstern ragten bekannte Gesichter und winkende Arme heraus: Theresa, Naomi, Josephine samt Ehemännern und Kindern, alle waren sie da. Der blitzblanke Audi des guten Bill bildete das Schlusslicht, und ihre Mutter saß entgegen ihrer Gewohnheit vorn, ihr Gesicht war klein und verschwommen hinter der Windschutzscheibe erkennbar. Vier, fünf Wagen, wenn man den Laster mitzählte … Charlotte blickte über die Straße und suchte nach Martins schwarzem Cabrio. Es war nicht da, aber es fühlte sich gut an, ihn dabeihaben zu wollen und zu wissen, dass er ein positiver, erwünschter Teil ihres Lebens war.

»Ich bin heil.« Sie flüsterte die Worte in die Luft. Die Erde kam jetzt auf sie zugerast und brachte das Rauschen der Bäume, das Brummen von Automotoren und das Bellen eines Hundes mit sich. Die Wirklichkeit hatte sie wieder: Es wurde Zeit, die Sicherheitsposition einzunehmen. Jetzt erschien es ihr auch nötig, denn sie sanken sehr schnell, alles Mögliche konnte passieren. Charlotte hockte sich wieder hin, fasste aber nicht nach dem Haltegriff, sondern nach Dominics Hand und sah ihn an, als sie sich zur Landung bereit machten.

Danksagung

»Hilfe bei Recherchen« erhalte ich so häufig und manchmal so beiläufig, dass ich nicht alles vollständig aufzählen kann. Ein ausdrückliches Dankeschön gebührt Paula Carter, die mich zum Fliegen mitgenommen hat, Ed und Louisa Brookfield für mein hilfreiches Geburtstagsgeschenk, Sara Westcott für medizinische Informationen und dem Greene's College, Oxford, für das Verbessern meines Lateins.